DANIELLE STEEL

Verborgene Wünsche
Doch die Liebe bleibt

Verborgene Wünsche

Verborgene Wünsche hegen auch die scheinbar so erfolgreichen Stars der neuen, Aufsehen erregenden Fernsehserie »Manhattan«: Sabina, die sich von ihrer Rolle endlich den großen Durchbruch erhofft; Jane, die von ihrem brutalen Mann gequält wird; Zack, der ein dunkles Geheimnis vor den Augen der Öffentlichkeit verbergen muss; Bill, der in seiner Ehe mit einer süchtigen Frau die Hölle durchmacht. Sie alle erkennen im Laufe ihrer engen Zusammenarbeit, dass ihnen trotz des Ruhms und des Erfolgs bislang eines verwehrt blieb: eine erfüllte Liebesbeziehung – und eine große Sehnsucht wird für einige von ihnen endlich beglückende Wirklichkeit …

Doch die Liebe bleibt

Gillian Forster lebt mit ihrer kleinen Tochter in San Francisco und arbeitet als Dekorateurin. Als sie bei Dreharbeiten den Filmemacher Chris Matthews kennen lernt, beginnt eine stürmische und turbulente Zeit der Liebe – bis sie schwanger wird und Chris sie sitzen lässt. Doch Gillian gelingt, als sie Gordon Harte begegnet, ein Neuanfang im Leben und in der Liebe. Da kommt es eines Tages zu einem Wiedersehen mit Chris. Gill steht vor der schwersten Entscheidung ihres Lebens …

Autorin

Danielle Steel, als Tochter eines deutschstämmigen Vaters und einer portugiesischen Mutter in New York geboren, lebte als junges Mädchen lange Jahre in Europa. Seit 1977 schreibt Danielle Steel – die Mutter von neun Kindern ist und in San Francisco lebt – große Romane, die sie innerhalb weniger Jahre zur meistgelesenen Autorin der Welt machten.

Von Danielle Steel ist bereits erschienen:

Auf den Flügeln der Freiheit (35219) – Das Geschenk (35985) – Das Haus hinter dem Wind/Es zählt nur die Liebe (35202) – Der lange Weg nach Hause (35996) – Die Erscheinung (35800) – Die Ranch (35605) – Familienbilder/Palomino (35702) – Fünf Tage in Paris (35273) – Gesegnete Umstände (35079) – Jenseits des Horizonts/Der Preis des Glücks (35112) – Juwelen (35160) – Nichts ist stärker als die Liebe (35023) – Schiff über dunklem Grund/Herzschlag für Herzschlag (35792) – Stiller Ruhm (35503) – Unter dem Regenbogen/Sternenfeuer (35376) – Unverhofftes Glück (35722) –Väter/Abschied von St. Petersburg (35906) – Verlorene Spuren/Nie mehr allein (35527)

Danielle Steel

Verborgene Wünsche
Doch die Liebe bleibt

Zwei Romane in einem Band

BLANVALET

Die Originalausgabe von »Verborgene Wünsche« erschien 1985 unter dem Titel »Secrets« bei Delacorte Press, die von »Doch die Liebe bleibt« 1973 unter dem Titel »Going Home« bei Pocket Books, beide New York.

Umwelthinweis:
Alle bedruckten Materialien dieses Taschenbuches sind chlorfrei und umweltschonend.

Der Blanvalet Verlag
ist ein Unternehmen
der Verlagsgruppe Random House.

1. Auflage
Taschenbuchausgabe März 2005

Umschlaggestaltung: Design Team München
Satz: deutsch-türkischer fotosatz, Berlin
Druck: GGP Media GmbH, Pößneck
Verlagsnummer: 36180
UH · Herstellung: H. Nawrot
Made in Germany
ISBN 3-442-36180-X
www.blanvalet-verlag.de

Verborgene Wünsche

Aus dem Amerikanischen
von Ingrid Rothmann

Für John,
das schönste und kostbarste
Geschenk meines Lebens,
aus ganzem Herzen und mit Liebe

d. s.

1

Die Sonne wurde von den Gebäuden zurückgeworfen – die Strahlen blitzten blendend weiß wie eine von einem Eisberg abprallende Hand voll Diamanten. Sabina lag auf einem Liegestuhl und setzte ihren nackten Körper der Hitze von Los Angeles aus. Ihre Haut glänzte ölig und war von der gnadenlosen Sonne bereits zu einem Honigton gebräunt. Später wollte Sabina für eine Weile zum Pool hinuntergehen, um sich abzukühlen, vorher aber galt es ein ganzes Ritual hinter sich zu bringen. Allmorgendlich lag sie so auf dem Rücken da, das Gesicht eingecremt, den Körper eingeölt, die prachtvolle blonde Haarflut vor der Sonne geschützt, die Augen mit ölgetränkten Wattebäuschen abgedeckt, ein feuchtes Tuch um das Gesicht gelegt, damit die nahezu unsichtbaren Narben vom Vorjahr nicht ungeschützt der Sonne ausgesetzt wurden. Die Brüste wurden ebenso und aus demselben Grund von kleinen feuchten Mullstücken geschützt. Die drei chirurgischen Eingriffe, die sie bisher hatte vornehmen lassen, hätten nicht besser gelingen können – und vor allem nicht unauffälliger. Die erste Operation hatte sie mit achtunddreißig, später als geplant, machen lassen, nur um eine kleine Furche zwischen den Brauen glätten und die Lider auf die Höhe anheben zu lassen, die sie zehn Jahre zuvor gehabt hatten. Bei der zweiten Operation war sie zweiundvierzig gewesen; damals wurde die Form ihrer Brüste verbessert, und es wurden ihnen jene Fülle und Festigkeit verliehen, die sie nie, nicht einmal mit sechzehn, besessen hatten. Und dann die letzte Operation im Jahr zuvor – eine Wiederholung der ersten, die aber diesmal etwas rigoroser und mit ein paar zusätzlichen Straffungen zu den Ohren hin ausgeführt worden war. An einem guten Tag sah sie aus wie fünfunddreißig, an einem großartigen wie einunddreißig, und für das Auge der Kamera wirkte sie mitunter noch jünger ... aber nur manchmal und nur dann, wenn der Kameramann sein Geschäft verstand. Sabina Quarles war fünfundvierzig Jahre alt, und ihr Körper war perfekt. Jeden Morgen betrieb sie eine Stunde lang Gymnastik, dreimal wöchentlich ließ sie sich massieren, sie schwamm jeden Nachmittag, und wenn es nicht zu heiß war, dann ging sie zwei Meilen täglich. Sie joggte nicht, nein, sie ging, denn sie war nicht so töricht, ihre Brüste, die sie fünftausend Dollar gekostet hatten, durch Joggen über den Betonboden von Beverly Hills wieder um ein paar Zentimeter absacken zu lassen.

Sie liebte tief dekolletierte Kleider, die den Brustansatz sehen ließen, auf den sie so stolz war – jenes makellose Stückchen honigfarbenen Fleisches, das keine Anzeichen des Alters erkennen ließ. Ihre Röcke hatten fast alle einen langen Schlitz – mit gutem Grund: Sabina hatte Beine, für die die meisten Frauen ihr Leben gegeben hätten. Die Schönheit ihrer Beine war nicht das Werk eines Schönheitschirurgen, sondern das des lieben Gottes, der es sehr gut mit ihr gemeint hatte. Tatsächlich hatte er die vor fast einem halben Jahrhundert in Huntington, Pennsylvania, geborene Mary Elizabeth Ralston sehr großzügig mit Schönheit bedacht. Mary Elizabeths Vater hatte unter Tage gearbeitet, ihre Mutter war Kellnerin in einer Fernfahrerkneipe gewesen, deren grelle Neonlettern die ganze Nacht über verkündeten, dass The Café geöffnet hatte. Mit neun Jahren hatte Mary Elizabeth ihren Vater verloren, und ihre Mutter hatte in den folgenden sieben Jahren dreimal geheiratet, ehe sie starb, als Mary Elizabeth siebzehn war. Danach war sie, die schon vorher auf dem Absprung gewesen war, nicht mehr zu halten. Sie bestieg mit ihren langen, wohlgeformten Beinen einen Greyhound-Bus in Richtung New York und schlüpfte an jenem Tag aus Mary Elizabeth Ralstons Haut. In New York wurde aus ihr Virginia Harlowe. Sie hatte diesen Namen gewählt, weil er ihr damals als Gipfel des Glamours erschienen war. Sie bewarb sich um kleine Jobs als Fotomodell und landete schließlich als Tänzerin in einer Show, die vom Broadway sehr weit entfernt war. Sie hielt diese Auftritte für Höhepunkte ihres Lebens, bis sie, als sie einundzwanzig Jahre alt war, eine Filmrolle angeboten bekam. Damals war ihr Haar tiefschwarz gewesen – sehr sorgfältig gefärbt, damit niemand den helleren Ansatz sah. Das Schwarz betonte ihre großen grünen Mandelaugen günstig. Für ihren ersten Film brauchte sie keinerlei Kostüme und Kleider. Die Dreharbeiten fanden in einem eiskalten Lagerschuppen an der Lower East Side statt – zwei andere Mädchen und ein Mann posierten dort vor der Kamera. An diese Rolle verschwendete Sabina später keinen Gedanken mehr. Niemals. Virginia Harlowes Leben war noch kürzer als das von Mary Elizabeth Ralston. Für Virginia folgten ein paar ganz ähnliche Filmauftritte, dann ein Job in einem Striplokal an der West Side. Sie war klug genug, um zu erkennen, dass sie in eine Sackgasse geraten war, als ihr der Name »Sabina Quarles« aus den Seiten eines Magazins entgegensprang, das jemand in der gemeinsamen Garderobe vergessen hatte. Das Ersparte reichte gerade für ein Ticket nach Los Angeles. Virginia war vierundzwanzig und wusste, dass es fast schon zu spät war. Fast, aber nicht ganz. Die schwarze Haarfarbe passte nicht mehr zu ihr, und sie verwandelte sich bei ihrer Ankunft in Kalifornien in eine Blondine. Keine drei Wochen vergingen, und sie hatte ein Zimmer und einen Agenten gefunden. Ihre New Yorker Filme blieben unerwähnt – sie gehörten in ein anderes Leben, in ein Leben, das sie besser aus ihrem Gedächtnis strich. Sabina Quarles, zu der sie geworden war und die sie bleiben sollte, besaß ein besonderes Talent, alles Unangenehme zu vergessen, das Leben im Bergarbeitermilieu, die Stripkneipe in New York, die billigen, hässlichen Pornofilme, die sie in dem Schuppen an der Lower East Side gemacht hatte. In L. A. wurde sie Fotomodell und wirkte in Werbefilmen mit. Es folgten Probeaufnahmen bei MGM und Fox, und nach einem knappen halben Jahr wurde Sabina eine Rolle in einem anständigen Film angeboten. Danach kamen noch drei weitere kleine Rollen und schließlich eine größere. Als Sabina sechsundzwanzig Jahre alt war, kannten einige Regisseure ihr Gesicht. Ihr schauspielerisches Talent war zwar nicht außergewöhnlich, aber es war ausreichend, und Sabinas Agent engagierte eine Lehrerin, die schwierige Szenen mit ihr durcharbeitete. Der Agent verhalf ihr auch zu weiteren Rollen.

Als Sabina achtundzwanzig wurde, waren dem Publikum ihr Gesicht und ihr Name bekannt. Ihr Presseagent sorgte dafür, dass ihr Name regelmäßig in der Presse erschien. Sie wurde in den Klatschspalten mit einigen männlichen Stars in Verbindung gebracht und hatte mit dreißig tatsächlich eine Affäre mit einem der umschwärmtesten Stars von Hollywood. Nach einer Rolle an seiner Seite stieg ihr Kurswert beträchtlich. Es war eine hart erarbeitete Karriere, eine, die sie sich mühsam aufgebaut hatte, weil sie bereit war, mehr Haut zu zeigen als die meisten anderen Stars jener Zeit, und weil sie mit der Zeit ihr Spiel verbesserte. Nach ihrem dreißigsten Geburtstag verschwand sie eine Weile in der Versenkung, um dann mit einem Film wieder auf der Bildfläche zu erscheinen, von dem es hieß, er würde einen Star aus ihr machen. Es war nicht der Fall, aber ihr Name war nach dieser Arbeit noch etwas bekannter, und Sabina erhielt fortan bessere Rollen.

Sabina Quarles hatte hart gearbeitet, um dorthin zu gelangen, wo sie jetzt war. Sie stand mit fünfundvierzig Jahren keineswegs auf dem Gipfel des Ruhmes, aber sie war in Hollywood bekannt, und nach einem Augenblick der Überlegung hätte jeder Kinobesucher im ganzen Land zu sagen gewusst, wer sie war … Ach, ich weiß schon, war sie nicht in … erst ein verständnisloser Blick, dann ein Lächeln, bei Männern von Sehnsucht und Begierde begleitet. Sie war der Typ, von dem Männer in erotischen Fantasien träumten, obschon sie mit zunehmendem Alter immer wählerischer wurde. Sabina Quarles bewies Durchhaltekraft und verfügte über einen Körper, der auch mit den Jahren nicht an Attraktivität verlor. Natürlich tat sie selbst einiges für den Erfolg. Sie pflegte alle Kontakte, rief täglich ihren Agenten an, stürzte sich in die Arbeit, wenn sie eine Rolle bekam, und war während der Dreharbeiten bemerkenswert fügsam.

Sabina Quarles war keine Primadonna, sie war ein Filmstar … mehr oder weniger … einer jener Stars der zweiten Garnitur, die zuweilen die großen Namen, die kommen und gehen, in den Studios täglich Schiffbruch erleiden und von jüngeren, unverbrauchteren Gesichtern ersetzt werden, überleben. Sabina Quarles' Gesicht war noch immer einen Blick wert. Obwohl sie kein ausgesprochener Kassenmagnet war, schenkte sie zumindest den Männern glückliche Stunden im Kino. In dieser Hinsicht hatte sich seit ihrem einundzwanzigsten Lebensjahr nichts geändert. Die Männer verspürten den Wunsch, die Arme nach ihr auszustrecken und sie zu berühren. Und das gefiel ihr, ob sie die Männer nun gewähren ließ oder nicht. Das war gar nicht der Punkt. Ihr Körper war ihr Weg zum Erfolg gewesen.

Nach einem Blick auf den Wecker, der auf der Terrasse stand, veränderte sie mit einer anmutigen Wendung ihre Lage und fing nach einem raschen und geübten Griff zum Cremetiegel hin an, sich Gesicht und Arme einzucremen. Ihre Arme waren so geschmeidig und fest wie alles an ihr – Sabinas Haut war überall straff und jugendlich.

Als sie aufstand, läutete das Telefon. Es war Zeit für die zwei großen Gläser Mineralwasser, ehe sie hinunterging, um im Pool ein paar Runden zu schwimmen. Instinktiv warf sie einen Blick auf die Uhr, neugierig, wer der Anrufer sein mochte. Mit ihrem Agenten hatte sie bereits gesprochen.

»Hallo.« Sabina Quarles hatte eine tiefe und wohlklingende Stimme, die auf die Männer im dunklen Kinosaal sehr sexy wirkte.

»Sabina Quarles, bitte.« Eine zwanzigjährige Sekretärinnenstimme plapperte am anderen Ende – eine unbekannte Stimme.

»Am Apparat.« Hoch gewachsen und schön stand Sabina mit dem Hörer in der Hand in ihrem Wohnzimmer und strich sich mit der freien Hand die Mähne von den Schultern. Niemand hätte vermutet, dass ihre Haarfarbe nicht echt war. Alles an Sabina war schön, sorgsam gestylt und perfekt. Sie hatte ihr Leben darauf verwandt, das zu werden, was sie war, und sie hatte ganze Arbeit geleistet. Umso bedauerlicher war, dass sie nie bis ganz an die Spitze des Ruhmes gelangt war. Hin und wieder grübelte sie, woran es liegen mochte, doch im Grunde hatte sie sich damit abgefunden. Sie war immerhin eine bekannte Schauspielerin, wenn auch nicht Hollywoods Filmkönigin. Aber trotzdem befürchtete sie nie, dass es zu spät war. Sabina war noch lange nicht alt, müde, matronenhaft, und sie resignierte auch nicht. Sie war immer noch eine Frau, die etwas vor sich hatte, selbst wenn ihre Karriere in letzter Zeit etwas ins Stocken geraten war. Das Ausbleiben größerer Rollen störte sie nicht, solange der Geldstrom nicht versiegte. Im Monat zuvor hatte sie in einem Zobelmantel für ein Werbefoto posiert. Sie war gewillt, alles zu tun, um sich ein ständiges Einkommen zu sichern … alles, nur keine Arbeit fürs Fernsehen. Fernsehfilme waren etwas, wofür sie sich nie hergeben würde.

»Hier ist Mel Wechslers Büro«, ließ sich die Stimme selbstgefällig vernehmen. Melvin Wechsler war einer der größten Produzenten in Hollywood, und wer für ihn arbeitete, strahlte in seinem Glanz, zumindest schien der Ton der Sekretärin dies anzudeuten. Sabina lächelte. Vor einigen Jahren war sie einige

Male mit Mel ausgegangen. Ganz abgesehen von seinen Erfolgen war er ein sehr attraktiver Mann, deshalb war Sabina sehr gespannt, warum er anrief.

»Ja?« Aus ihrer goldenen Stimme war ein Lächeln herauszuhören, als sie sich in ihrem Wohnzimmer umblickte. Die Wohnung war modern und sparsam eingerichtet. Linden Drive lag in einem Teil von Beverly Hills, der sich von der attraktivsten Gegend kaum unterschied, und galt als gute Adresse. Der vorwiegend in Weiß gehaltene Raum hatte zwei verspiegelte Wände. Sabina sah ihr nacktes Spiegelbild, die hohen, festen Brüste, die genau so waren, wie sie sie geplant hatte, und die langen und wohlgeformten Beine. Sie sah sich gern im Spiegel, denn ihr Anblick bot keinen Anlass zur Furcht oder Besorgnis, und wenn ihr etwas missfiel, dann wusste sie, was dagegen zu unternehmen war.

»Mr. Wechsler lässt fragen, ob Sie sich heute zum Lunch mit ihm treffen könnten. Im Bistro Gardens.« Sabina fragte sich, warum er nicht selbst anrief und wieso die Einladung so kurzfristig ausgesprochen wurde. Vielleicht ging es um eine Rolle in einem Film, wenngleich er in letzter Zeit wenige Kinofilme produziert hatte. Melvin Wechsler hatte seine größten Erfolge in den vergangenen zehn Jahren beim Fernsehen gefeiert. Und dass sie nicht fürs Fernsehen arbeitete, wusste er – das war allgemein bekannt. Für Sabina waren Fernsehfilme reiner Unsinn, wie sie bei jeder sich bietenden Gelegenheit äußerte. Sie war Sabina Quarles und hatte es nicht nötig, Fernsehfilme zu machen. Das bekam ihr Agent jedes Mal zu hören, wenn er das Thema zur Sprache brachte, was neuerdings nicht mehr oft der Fall war. Mehr Glück hatte er, wenn er ihr zu Werbeaufnahmen wie mit dem Zobelmantel zuredete. Das war eine Arbeit, die im Gegensatz zum Fernsehen Niveau und Klasse hatte. Aber Mel Wechsler selbst hatte auch Klasse. Und Sabina hatte heute nichts vor. Es war Viertel vor elf. »Um eins?« Das Mädchen kam gar nicht auf die Idee, dass Sabina etwa ablehnen könnte. Das tat niemand oder vielmehr nur sehr wenige Menschen, Schauspieler aber niemals.

»Viertel nach.« Sabina schien belustigt. Es war ein Spiel, das in Hollywood alle spielten, und sie spielte es besser als die Kleine. Beide wussten es.

»Sehr gut. Also im Bistro Gardens.« Das Mädchen wiederholte es so eindringlich, als würde Sabina es sonst vergessen.

»Danke. Richten Sie ihm aus, dass ich da sein werde.«

Worauf du deinen Hintern verwetten kannst, Schätzchen, dachte das Mädchen, als es auflegte und sich mit Mr. Wechsler verbinden ließ. Die Vorzimmerdame von Mel Wechsler nahm die Mitteilung entgegen, dass Sabina Quarles um Viertel nach eins zur Stelle sein würde. Wechsler schien erfreut, als sie ihm die Notiz reichte.

Auch Sabina war guter Dinge. Mel Wechsler. Wenn sie es recht bedachte, hatte sie ihn schon seit Ewigkeiten nicht mehr gesehen. Vor zehn Jahren hatte er sie sogar zur Oscar-Verleihung begleitet. Damals hatte sie den Eindruck gewonnen, dass er sich mehr zu ihr hingezogen fühlte, als er sich anmerken ließ, doch irgendwie waren sie nie dazu gekommen, die Beziehung zu vertiefen.

Sie betrat ihr Ankleidezimmer, einen verspiegelten kleinen Raum, der in ein winziges Bad führte. In der Duschkabine drehte sie mit geübten Händen an den Wasserhähnen. Der scharfe, heiße Wasserstrahl war angenehm auf der eingeölten Haut. Sie wusch sich das Haar, während sie sich den Kopf zerbrach, was sie zu der Verabredung mit Mel Wechsler anziehen sollte. Es kam darauf an, was er vorhatte – ob es um Arbeit ging oder um etwas Persönlicheres. Sie war nicht sicher, wie sie sich ihm präsentieren sollte und ob sie als chancenreicher Star auf dem besten Weg zur großen Karriere oder als verführerische Frau von Welt auftreten wollte. Beide Vorstellungen brachten sie zum Lachen. Diese beiden Personen waren ein und dieselbe. Schließlich war sie Sabina Quarles, groß, schlank, blond und schön. Mel Wechsler konnte auf verschiedene Weise sehr viel für sie tun, wie ihr wohl bewusst war.

Zuletzt duschte sie eiskalt, und ihr ganzer Körper prickelte, als sie sich trocken rieb und ihr langes blondes Haar kämmte. Wenn man nicht zu genau hinsah, konnte man sie für fünfundzwanzig … oder achtundzwanzig, neunundzwanzig halten … sie lächelte. Es kümmerte sie keinen Deut. Vierzehn oder achtundneunzig, ihr war es einerlei. Sie war mit Mel Wechsler zum Lunch verabredet.

2

Gut gelaunt fuhr Sabina mit dem Lift, einem kleinen rüttelnden Metallkäfig, hinunter in die Garage. Nur ganz selten regte sich bei ihr die Besorgnis, belästigt oder beraubt zu werden. Ihre einzige Angst war, dass jemand ihrem Gesicht Schaden zufügen könnte. Geld hätte sie freiwillig herausgerückt, außerdem trug sie nur selten einen größeren Betrag bei sich und besaß auch keinen wertvollen Schmuck. Was sich im Laufe der Jahre angesammelt hatte, war längst verkauft. Sie hatte eine andere, viel wichtigere Verwendung für Geld.

Ihr Wagen war ein kleiner silberner Mercedes 280 SL, ein Modell, das nicht mehr hergestellt und nur mehr selten gefahren wurde. Es war ein schnittiges Auto, wenn auch nicht mehr neu – wie so vieles in Sabinas Besitz. Ihre Kleider, die ihren Typ fantastisch unterstrichen, erstand sie allein unter dem Gesichtspunkt der Zweckmäßigkeit. An Modetorheiten war sie nicht interessiert. Zu ihrem weißen Seidenrock mit langem Schlitz trug sie eine leuchtend blaue seidene Hemdbluse, die ihre Sonnenbräune und Haarfarbe betonte. Die obersten vier Knöpfe standen offen, und die Senke zwischen ihren Brüsten war dazu angetan, jedem Mann den Verstand zu rauben. Ihr Haar, das sie getrocknet und in Form gebürstet hatte, fiel ihr als lockere Flut über die Schultern. Ihre Fingernägel waren perfekt manikürt und hellrot lackiert wie die Zehennägel, die in ihren weißen Sandalen mit den hohen Absätzen zu sehen waren. Sabina startete den Wagen, fuhr aus der Garage und ihrem Ziel, dem Bistro Gardens, entgegen.

Auf dem Wilshire Boulevard bog sie scharf rechts ab, dann sofort noch einmal und fuhr zwischen den hohen eisernen Torflügeln der Einfahrt zum Beverly Wilshire hindurch, um sich wie ein Diamant zwischen zwei Brüsten neben den beiden Gebäuden festzusetzen – ein Diamant, der in der Sonne funkelte, während sie dasaß und auf den Portier wartete. Er kam mit einem herzlichen Lächeln auf sie zu. Er kannte sie schon seit Jahren und kümmerte sich gern um ihren Wagen. Sie gab stets großzügig Trinkgeld und war eine ungeheuer schöne Frau. Schon wenn er sie ansah, ging es ihm besser. Er öffnete ihr die Tür, und sie streckte ihre langen Beine aus dem Wagen. Wie immer war sie mit offenem Verdeck gefahren.

»Guten Tag, Miss Quarles, speisen Sie heute bei uns?«

Sie lächelte ihr Lächeln, das jeden Mann ihre Worte vergessen ließ. »Nein, hier in der Nähe. Können Sie den Wagen übernehmen?« Eine rein rhetorische Frage. Er tat Sabina Quarles immer gern einen Gefallen, und er genoss die Gelegenheit, sie zu betrachten.

»Aber gewiss doch. Bis später dann.« Er reichte ihr den Parkschein, und sie entfernte sich mit einem Augenaufschlag, der in ihm das Gefühl weckte, sexy und bedeutend zu sein. Er sah ihr nach, bis sie rechts abbog und sie seinem Blick entschwand. Es war, als sähe er einem kunstvollen Ballett zu, als er ihr nachblickte und das Spiel des weißen Rockes im Wind beobachtete.

Sabina hätte sich gefreut, hätte sie die Wirkung bemerkt, die sie auf ihn und vier andere Männer ausübte, die einfach dastanden und ihr bewundernd nachstarrten. Nur einer von ihnen hatte sie erkannt, aber darum ging es gar nicht. Die Männer beachteten Sabina ihres Aussehens, ihrer Art, sich zu bewegen, und ihrer Ausstrahlung wegen. Eigentlich war es jammerschade, dass ihre Karriere seit dem letzten verdammten Film so ins Stocken geraten war. Sie brauchte jetzt dringend die richtige Rolle – und den richtigen Produzenten.

Sabina wartete an der Ampel und überquerte dann die Kreuzung an der Stelle, wo sich zu der Zeit, als sie nach Hollywood gekommen war, das Brown Derby befunden hatte. Rasch und zielstrebig ging sie daran vorüber. Es war schon zehn vor eins, und sie hatte es eilig. Doch ihrer Aufmachung fehlte noch eine Kleinigkeit. Sie wusste genau, was das war. Alles, was Sabina unternahm, war sorgfältig kalkuliert.

Sie war nur ein paar Schritte von der Ecke mit der gelb-weiß gestreiften Sonnenmarkise entfernt, die ein Wahrzeichen des Rodeo Drive war, das Allerheiligste der bezauberndsten Frauen von Hollywood: Giorgio. Sie durchschritt die Ecktür und hielt direkt auf die Hutständer gegenüber der Bar zu, während die anerkennenden Blicke des Barkeepers sie verfolgten.

»Ein Drink, Madame?« Er sprach mit französischem Akzent und hätte eigentlich gegen die vielen Schönheiten, die er zu sehen bekam, immun sein sollen. Doch Sabina zählte zu den schönsten. Mit einem Lächeln lehnte sie den Drink ab und fing an, Hüte zu probieren. Als eine Verkäuferin auf sie zusteuerte, hatte sie bereits gefunden, was sie suchte. Das Mädchen betrachtete Sabina unauffällig. Dass ihr der Name hätte geläufig sein müssen, wusste sie, doch sie war ihrer Sache nicht sicher. Die Verkäuferin wusste nur, dass sie diese Kundin schon gesehen hatte. Sabina ließ sich bei Giorgio nur selten blicken. Der Laden war für sie zu teuer, und sie kaufte dort nur für besondere Anlässe etwas ein – wie seinerzeit, als sie mit Mel der Oscar-Verleihung beigewohnt hatte. Ansonsten sah man sie bei Giorgio höchstens einmal im Jahr. Und ganz plötzlich fiel der Verkäuferin ein, wen sie vor sich hatte. Es war so ermüdend, sich immer erinnern zu müssen, wer diese Frauen waren. Nicht alle hatten Gesichter, die einem im Gedächtnis blieben, doch jetzt wusste sie, wer Sabina war.

»Miss Quarles, kann ich Ihnen behilflich sein?«

»Ich nehme diesen Hut.« Sabina schien sehr zufrieden mit ihrer Wahl zu sein. Sie trug den Hut tief ins Gesicht gedrückt, damit er ihr Gesicht beschattete, ihr eine geheimnisvolle Aura verlieh und ihren angeborenen Sex-Appeal betonte, aber nicht so tief, dass er ihre schönen Smaragdaugen verdeckt hätte. Der Hut gestattete es ihr sogar, ihre Blicke gezielt einsetzen zu können. Es war ein großer, breitkrempiger Strohhut, der ihr so gut stand, als wäre er ein Teil von ihr. Es war genau das Accessoire, das sie sich vorgestellt hatte und das zusammen mit der blauen Bluse, dem hoch geschlitzten Rock und dem Parfüm, das sie umschwebte, den idealen Rahmen für sie bildete. Es war fünf Minuten nach eins.

»Dürften wir Ihnen noch etwas zeigen? Es sind ein paar zauberhafte Seidenkleider hereingekommen und ein paar Traumabendkleider für den Herbst.« Ein Kauf um lumpige fünfzig Dollar war nicht gerade das, was man hier erwartete, es war jedoch genau das, was Sabina im Sinn hatte. Mel würde nur für den Lunch mehr ausgeben. Und wer konnte wissen, was er vorhatte? Fünfzig Dollar waren für eine Investition in ihre Karriere weiß Gott nicht zu viel. Das konnte sie sich leisten.

»Das wäre alles, danke.«

»Unsere Jacqueline-de-Ribes-Roben sind eingetroffen …« Sabina lächelte. Bei ihr biss die Verkäuferin auf Granit.

»Vorige Woche habe ich mir bei Saks drei zugelegt«, log sie, obwohl drei Kleider von Jacqueline de Ribes ihr halbes Einkommen vom Vorjahr verschlungen hätten. Die Verkäuferin ließ sich aber noch immer nicht abwimmeln.

»Wir haben ein paar exklusive Stücke, eigens für unser Geschäft bestimmt. Fred hat sie in Paris selbst aus der Kollektion ausgewählt.« Der berühmte Fred Hayman war Manager des feinsten Ladens am Rodeo Drive, doch auch die Nennung seines geheiligten Namens zeitigte nicht die gewünschte Wirkung. Sabina sah auf die Uhr. Zehn nach eins.

»Ich muss mich beeilen. Nach dem Lunch komme ich noch mal vorbei.« Oder nächstes Jahr oder vielleicht nächste Woche, falls Mel in seinem nächsten Film für mich eine Bombenrolle vorgesehen hat. Ihr Blick hatte etwas an sich, das keine Einwände erlaubte – er besagte: Her mit dem verdammten Hut, oder ich gehe, ohne Ihnen Geld hier zu lassen. Doch sie brauchte den Hut für den Lunch mit Mel. Und die Verkäuferin wusste, wann ihr Drängen unangebracht war.

»Ja, selbstverständlich, Miss Quarles. Soll ich Ihnen ein paar Sachen zurücklegen?« O Gott, die lässt aber wirklich nicht locker, dachte Sabina, als das Mädchen schließlich mit dem Hut hinter der versteckten Kasse verschwand. Es war schon Viertel nach eins, als sie wiederkam und Sabina den Hut reichte, den diese genau im richtigen Winkel aufsetzte. Die Wirkung war geradezu umwerfend. Zahllose Blicke folgten ihr, als sie vom Rodeo Drive zum Beverly lief und dann den Block zum North Canon. Es war einundzwanzig Minuten nach eins, als sie vor dem Bistro Gardens anlangte und eintrat – selbstbewusst und schön. Sie sah über die faszinierten Blicke der Gäste, die sie anstarrten, hinweg. Menschen, die hier verkehrten, achteten sorgsam darauf, dass ihnen niemand entging: Gregory Peck, Elizabeth Taylor, Meryl Streep … sieh mal, Jane, dort drüben … ständig lag ein Raunen in der Luft. Diesmal aber beließen es die Leute bei ihrer Bewunderung und sahen wieder weg, als der Ober auf Sabina zueilte und sich zwischen den im Freien stehenden Tischen hindurchwand. Vielfarbige Blumen ergänzten das elegante Dekor, bunt gestreifte Sonnenschirme schützten die Tische vor der prallen Mittagssonne.

»Madame?« Es war Frage und Feststellung gleichermaßen, als er sie lächelnd empfing.

»Ich bin mit Melvin Wechsler verabredet«, erklärte Sabina. Ihr Blick hielt den des Obers fest, als wollte sie die Wirkung des Hutes testen, obwohl sie wusste, dass er Beobachter beeindruckte. Er machte sie rätselhaft und gleichzeitig bedeutend. Sabina sah hinreißend aus. Melvin Wechsler beobachtete sie von einem ruhigen Tisch aus. Er bemerkte den anmutigen Gang, die festen Brüste in der leuchtend blauen Bluse, die leuchtenden Augen unter der Hutkrempe. Menschenskind, sie hatte tatsächlich das gewisse Etwas ... Er hatte es ja gewusst, seine Erinnerung hatte ihn nicht getrogen. Sie war genau das, was er suchte. Ganz genau. Er lächelte versonnen, als sie plötzlich dastand und auf ihn heruntersah, sexy wie immer, vielleicht sogar schöner als seinerzeit, oder wurde er allmählich sentimental? Hatte er sein Herz für alternde Starlets entdeckt? Das hier war aber keine Schönheitskönigin von vorgestern. Sabina Quarles war eine Frau, mit der zu rechnen war, eine Frau mit einem Wert von 9,9 auf der Richter-Skala, und er verspürte einen Stich, als er sie ansah, und fand das gar nicht unangenehm. Er stand auf und streckte ihr die Hand entgegen. Sein Arm war lang und kraftvoll, sein Händedruck fest, seine Augen eisblau, sein Haar eine gepflegte weiße Mähne.

Mel Wechsler war vierundfünfzig und hatte den Körper eines sehr viel jüngeren Mannes, wie viele Männer in Hollywood, die vom Glück begünstigt waren. Er spielte täglich Tennis – oder zumindest sooft er es einrichten konnte – und ließ sich wie Sabina mehrmals wöchentlich massieren. Kosmetische Eingriffe hatte er keine hinter sich. Er sah wirklich verdammt gut aus für sein Alter. Vom weißen Haar abgesehen, hätte er sich ohne weiteres für zehn Jahre jünger ausgeben können, falls er Wert darauf gelegt hätte – das aber hatte er nicht nötig.

»Hallo, Sabina, wie geht's?«

»Entschuldige die Verspätung.« Sie lächelte. Ihre Stimme kam ihm tiefer und verführerischer vor, als er sie in Erinnerung hatte. Und nachdem sie sich gesetzt hatte, eröffnete sich ihm ein umwerfender Einblick in ihre Bluse. »Der Verkehr nimmt einfach lächerliche Dimensionen an.« Besonders, wenn man sich unterwegs noch einen Hut kauft, dachte sie insgeheim. Mel betrachtete sie. Sie kam ihm wie eine geschmeidige Katze vor, die sich in der Sonne streckt. »Hoffentlich habe ich dich nicht zu lange warten lassen.«

Seine blauen Augen bohrten sich in die ihren. Ständig war er dabei, zu beobachten und abzuwägen, als hätte er etwas sehr Wichtiges vor. Sein Lächeln brachte seit vielen Jahren die Frauenherzen zum Schmelzen, und wenn schon nicht ihre Herzen, dann zumindest ihren Widerstand. Es war ein halbes Lächeln, eines, das seine Lippen umspielte, auch wenn seine Augen ernst blieben wie jetzt. »Manche Dinge im Leben sind eine Wartezeit wert.«

Sabina lachte auf. Ihr fiel ein, wie gern sie sich seinerzeit mit Mel unterhalten hatte, und sie fragte sich wieder, warum es so lange zu keinem Wiedersehen gekommen war. Ab und zu kreuzten sich ihre Wege, doch es war wohl nicht oft genug der Fall gewesen. »Danke, Mel.« Als er sie fragte, was sie trinken wolle, entschied sie sich für eine Bloody Mary … Dann erst fiel ihr auf, dass er selbst Mineralwasser trank. Dieser Mann passte nicht in das übliche Hollywoodschema. Er verfügte über viel Substanz, und sein Erfolg beruhte auf harter Arbeit und einem genialen Gespür für die Erfordernisse der Branche. Bei der Besetzung seiner Fernsehshows und -filme bewies er geradezu schlafwandlerische Sicherheit. Es kam kaum vor, dass er einen falschen Griff tat, und das gehörte zu den vielen Dingen, die sie an ihm bewunderte. Melvin Wechsler war ein Profi und außerdem ein attraktiver Mann. Sie wusste, dass er vor einigen Jahren eine längere Affäre mit einem der großen Filmstars gehabt hatte. Die beiden waren unzertrennlich gewesen, und er hatte seiner Geliebten Rollen in drei seiner Filme gegeben. Dann musste etwas schief gegangen sein, denn sie trafen sich nicht mehr. Wie ganz Hollywood hätte auch Sabina gern gewusst, warum diese Beziehung in die Brüche gegangen war, doch er erwähnte seine Verflossene nie mehr, und auch diese Diskretion mochte Sabina an ihm. Er besaß Stolz. Er hatte Mut und Stil. Er gehörte nicht zu denen, die öffentlich ihre Wunden lecken. Nicht einmal über die große Tragödie seines Lebens sprach er – über die schon gar nicht. Was Sabina darüber wusste, hatte sie aus den Zeitungen oder von Bekannten erfahren. Er war mit Elizabeth Floyd, vor etwa dreißig Jahren einer der größten Hollywoodstars, verheiratet gewesen. Sie hatten sich kennen gelernt, kurz nachdem Mel nach Hollywood gekommen war und bei MGM um seine Position kämpfen musste. Damals hatte der blonde junge Mann als hoffnungsvoller Aufsteiger gegolten. Und sie war bekannt gewesen, der umworbene Star, und hatte sich in Mel verliebt. Nach ein paar Jahren hatten sie geheiratet, und kurz darauf hatte Mels Frau sich zurückgezogen, da sie ihr erstes Kind erwartete. Sie gebar Zwillinge, zwei Mädchen, die Liz wie aus dem Gesicht geschnitten waren. Die junge Mutter hatte ihre Karriere abgebrochen, um sich den Kindern zu widmen.

Zwei Jahre später war ein Junge zur Welt gekommen, und von da an sah man hin und wieder die Familie in der Öffentlichkeit. Mel hielt die Presse auf Distanz, was sein Privatleben betraf, wenngleich dies bei einer Frau wie Liz nicht einfach war. Sie war so schön, dass ihr die Fotografen jahrelang auf Schritt und Tritt folgten. Sabina konnte sich aus ihren Anfängen in Hollywood an sie erinnern. Damals hatte Liz sich vom Geschäft schon völlig zurückgezogen, aber schön war sie immer noch gewesen, rotblond von Natur aus, mit großen blauen Augen und heller Haut, einem bezaubernden Lächeln und einer Figur, die Männern die Tränen in die Augen trieb. Sie war in der Frauenbewegung tätig gewesen und daneben in allen möglichen Vereinen. Die Wechslers hatten ein Haus in Bel Air bewohnt und eine Ranch bei Santa Barbara besessen. Mel war der ideale Familienvater gewesen, was man ihm auch jetzt noch abnahm, mochte er inzwischen auch mit noch so vielen jungen Schauspielerinnen zusammen gewesen sein. Der Mann hatte etwas Väterliches an sich, und es hieß allgemein, dass man wie ein Familienmitglied behandelt wurde, wenn man für ihn arbeitete. Er kümmerte sich rührend um die Leute, die in seinen Shows arbeiteten. Mel Wechsler sorgte für alle, nicht zuletzt für seine Familie, die er vergötterte. Alljährlich fuhr er mit Frau und Kindern nach Europa, und 1969 hatten sie eine Reise nach Israel unternommen. Es war ein unvergesslicher Urlaub, und er war sehr ungehalten gewesen, als er nach L. A. fliegen musste, weil eine wichtige Konferenz anberaumt worden war, die er keinesfalls versäumen konnte. Er hatte Liz und die Kinder in Tel Aviv zurückgelassen und versprochen, dass er in vier Tagen wieder zurückkommen würde, sobald die Konferenz zu Ende war. Kaum aber war er in L. A., erwies sich alles als viel komplizierter als ursprünglich erwartet. Bei seiner größten Show war ein Problem aufgetaucht, und damals hatte er den Erfolg noch nicht so sicher gepachtet gehabt. Schließlich hatte er den Plan, nach Israel zu fliegen, aufgegeben und hatte Liz zur Heimkehr gedrängt. Sie aber hatte geplant, für ein paar Tage in Paris zu bleiben. Und um ihre Kinder nicht zu enttäuschen, hielt sie an diesem Vorhaben fest. Sie flogen mit einer Maschine der El Al zurück, Mel hatte gerade wieder eine Sitzung und fühlte sich unerklärlicherweise sehr unbehaglich. Immer wieder hatte er auf die Uhr gesehen und den Drang unterdrückt, Liz anzurufen. Er wollte ihr sagen, dass sie mit Air France oder mit einer anderen Gesellschaft fliegen solle, dann aber hatte er sich töricht gescholten – bis der Anruf gekommen war. Das State Department hatte angerufen, ehe Mel in den Nachrichten davon hören konnte. Sieben arabische Terroristen hatten sich an Bord geschmuggelt und die Maschine in die Luft gesprengt. Zweihundertneun Menschen, Passagiere und Besatzung, hatten sie für ihre Sache mit in den Tod genommen … Liz, Barbie, Deborah und Jason waren umgekommen. Mel hatte die nächsten Wochen wie in Trance durchlebt, unfähig zu erfassen, dass ihm so etwas hatte widerfahren können … Vielleicht, wenn er sie nicht allein gelassen hätte … wenn er angerufen hätte … Jahrelang sollten ihn die Wenns dieses Tages noch verfolgen. Es war ein Albtraum, aus dem zu erwachen er nie wieder hoffen durfte. Alles war so schrecklich, dass es ihm lieber gewesen wäre, er hätte mit ihnen gemeinsam den Tod gefunden. Seine Angst vor dem Fliegen hatte zehn Jahre angehalten. Doch die Vergangenheit ließ sich nicht wieder zum Leben erwecken. Es gab kein Zurück. Barbie und Deb waren zwölf gewesen, Jason zehn. Es war eines jener Ereignisse gewesen, von denen man normalerweise nur in der Zeitung lesen konnte. Damals aber hatte es ihn getroffen. Seine ganze Familie war einer Terroristenbombe zum Opfer gefallen, und sein Leben war in vielfacher Hinsicht nie wieder so geworden wie ehedem. Mel hatte sich in die Arbeit gestürzt, und die Schauspieler, die für ihn arbeiteten, hatten für ihn die Stelle seiner Kinder eingenommen. Doch es waren nicht die leiblichen Kinder … und es hatte nie wieder eine Liz gegeben. Niemals. Eine Frau wie sie gab es kein zweites Mal, und er suchte auch gar nicht nach einer Nachfolgerin. Er lebte in der Erinnerung an seine Familie, auch jetzt noch. Natürlich hatte es andere Frauen gegeben, obwohl er sich auch damit sehr lange Zeit ließ, doch hatte er seither nur eine einzige ernsthafte Affäre erlebt. Geheiratet hatte er nicht mehr. Eine Ehe kam für ihn nie wieder infrage – er sah keinen Grund dazu. Schließlich hatte er alles besessen und alles verloren. Das hatte ihn gelehrt, dem Leben im Allgemeinen und den Trivialitäten Hollywoods im Besonderen philosophisch zu begegnen. Er nahm sich nichts mehr zu Herzen, und doch nahm er alles ernst. Seine Geschäfte waren für ihn sehr wichtig, sie waren ein Spiel, das er perfekt beherrschte. Aber es gab eine Tür zu seinem Herzen, die mit dem Anruf aus Paris ins Schloss gefallen war und für immer verschlossen blieb. Natürlich war er gegenüber der Schönheit, die ihn täglich umgab, nicht mit Blindheit geschlagen, und er genoss die Gesellschaft der Frauen, mit denen er ausging. Immer wieder aber kam jener Augenblick der Wahrheit, wenn er abends nach Hause fuhr oder wenn sie sich am nächsten Morgen von ihm trennten ... jener Augenblick, in dem er sich seiner Einsamkeit gegenübersah und mit seinen Erinnerungen allein war. Deshalb arbeitete er so intensiv, denn seine Arbeit bot ihm eine bequeme Fluchtmöglichkeit, die sich bewährt hatte, seitdem ein Stück seines Herzens mit seiner Frau und den Kindern gestorben war.

»Was hast du in jüngster Zeit so getrieben?« Er lächelte Sabina über sein Glas hinweg zu. Sabina dachte an die Tragödie seines Lebens, die nun schon so lange zurücklag. Mel trug seinen Kummer nicht zur Schau. Nur selten und nur in Gesellschaft guter Freunde erwähnte er seine Familie.

Das schreckliche Ereignis hatte seinerzeit auf alle wie ein Schlag gewirkt. Der Totenfeier in der Synagoge von Mulholland hatten tausende Trauergäste beigewohnt. Eine Beerdigung hatte nicht stattgefunden, da es keine sterblichen Überreste gab. Es war nichts übrig geblieben. Nur Luft, gebrochene Herzen, schmerzhafte Erinnerungen und Kummer. »Wie ich hörte, hast du vergangenes Jahr einen netten Film gemacht.« Er hatte sogar mehr gehört. Er wusste, dass der Film sich trotz anständiger Kritiken als finanzieller Misserfolg entpuppt hatte. Dies änderte nichts an seinem Urteil über Sabinas Vorzüge. Er hatte sie schon in vielen Filmen gesehen und wusste genau, wer und was sie war. Und er wollte sie für seine Serie haben – dringender, als sie je ahnen konnte. Sie hätte sich nicht mal den Hut kaufen müssen, den er mit unverhohlenem Wohlgefallen registrierte. Dies war jener Bereich seiner Arbeit, der ihm neue Lebensfreude vermittelte. Er hatte zu lange mit seinem Verlust gelebt. Nun hatte er es geschafft, seine Trauer zu verdrängen und Frieden mit der Erinnerung zu schließen, die jetzt nicht mehr sein ganzes Dasein beherrschte. Dafür war Arbeit sein Lebensinhalt geworden, und das behagte ihm. In Gedanken war er auch jetzt bei seinen Plänen. »Manhattan«, so hieß die geplante Serie, für deren weibliche Hauptrolle Sabina seiner Meinung nach die Idealbesetzung war.

Seine freundliche Bemerkung brachte Sabina zum Lachen. Nur Mel konnte eine solche Formulierung finden. Immer ganz Gentleman. Er konnte es sich auch leisten, denn er war auf dem Gipfel angelangt. Die Welt, in der er sich bewegte, gehörte ihm, und die Fernsehgesellschaften lagen ihm zu Füßen, weil er sichere Erfolge produzierte und für alle ein Vermögen verdiente – für sich, für die TV-Konzerne, für die Geldgeber und meist auch für die mitwirkenden Schauspieler. Und er war wegen seiner Großzügigkeit bekannt. Mel Wechsler hatte es nicht nötig, jemanden mit Rollenangeboten in sein Bett zu lotsen. Das machte ihn umso begehrenswerter, und Sabina dachte keineswegs ausschließlich an seine Position, als sie ihn mit einem verführerischen Lächeln bedachte.

»Der Film war ein Reinfall. Ein netter Reinfall, nichtsdestoweniger eine totale Niete.«

»Du hast gute Kritiken bekommen.« Mel ließ sich Zeit.

»Davon habe ich nichts. Mit guten Kritiken kann man keine Miete bezahlen. Und auch keine anderen Unkosten bestreiten.«

»Manchmal schon.«

»Das solltest du den Filmproduzenten erklären. Die wollen

doch nur volle Kassen, egal wie. Und sie pfeifen auf Kritiken.« Beide wussten, dass dies bis zu einem gewissen Ausmaß der Wahrheit entsprach.

»Das ist das Schöne am Fernsehen.« Seine Miene blieb unverändert, obwohl ihm bewusst war, dass er sich auf gefährliches Terrain vorwagte. Sabina zog ruckartig eine Braue hoch. »Die Einschaltziffern spielen dort eine viel größere Rolle als die Kritiken bei Filmen.« Die Einschaltziffern waren beim Fernsehen das A und O.

Sie sah ihn mit einem Blick an, der mit Ablehnung geladen war.

»Die Einschaltziffern spiegeln gar nichts wider, und das weißt du ebenso gut wie ich. Sie zeigen nur an, dass unzählige kleine schwarze Apparate an die Fernsehgeräte hirnloser Schwachköpfe angeschlossen wurden. Und alles giert nach den Einschaltquoten und zittert vor ihnen. Da ziehe ich allemal einen ambitionierten Film vor.«

»Ach, deine Meinung übers Fernsehen hat sich also nicht geändert?« Unverändert nonchalant und überlegen winkte er den Ober herbei und bestellte noch ein Mineralwasser.

»Fernsehen ist und bleibt Mist.« Ihre Augen blitzten unter der Hutkrempe. Sie hatte das Fernsehen immer gehasst und aus ihrer Abneigung nie einen Hehl gemacht.

Er lächelte. »Immerhin sehr profitabler Mist.«

»Mag ja sein. Aber ich habe mich gottlob nie so prostituieren müssen.« Sie schien zufrieden mit sich, was ihn ein wenig enttäuschte. Doch sie hatte ja das Drehbuch zu »Manhattan« noch nicht gelesen. Wenn er sie bewegen konnte hineinzusehen, würde sie ihre Meinung ändern.

»Sabina, es gibt weiß Gott Ärgeres. Und du weißt so gut wie ich, dass viele Filme ihre Produktionskosten nicht wert sind. Da ist eine gut gemachte, spannende TV-Serie allemal befriedigender.«

Sabina tat sich keinen Zwang an. »Mel, das ist lächerlich. Man kann Kinofilme nicht mit Fernsehfilmen vergleichen.«

»Doch, ich kann es, wahrscheinlich besser als jeder andere, da ich beides produziere. Beides kann sehr befriedigend sein und ist doch völlig verschieden, aber sowohl Fernsehen als auch Kino hat seine Vorzüge. Etwas Besseres als eine wirklich gute Langzeitserie fürs Fernsehen gibt es nicht. Die Schauspieler haben mehr davon, als Gable vermutlich von ›Vom Winde verweht‹ hatte.« Sein Vergleich entlockte beiden ein Lächeln.

»Das ist doch ein Film nach deinem Geschmack, Sabina.« Der Gedanke brachte sie zum Lachen. Sabina nahm sich meistens ziemlich ernst, doch Mel machte es ihr leicht, über sich selbst zu lachen. Er verstand es sehr gut, die Menschen aus der Reserve zu locken, sie zum Lachen zu bringen … ihnen zu suggerieren, dass sie wichtig und erfolgreich waren. Vor dem Essen hatte er sich ernsthaft über Sabina Gedanken gemacht. Sie arbeitete seit langer Zeit in Hollywood, mindestens seit zwanzig, wenn nicht gar seit fünfundzwanzig Jahren. Und da sie so viel Zeit in ihren Beruf investiert hatte, verdiente sie mehr Anerkennung, als sie bekam. Und diese Anerkennung konnte ihr Mel Wechsler oder vielmehr »Manhattan« verschaffen.

»Sabina, frag irgendeinen Schauspieler, der eine TV-Serie gemacht hat, frag ihn, was er davon hält. Er hat Woche für Woche die Chance, etwas rüberzubringen, die Rolle auszufeilen, den Auftritt zu perfektionieren. Viele Schauspieler identifizieren sich so sehr mit ihren Rollen in den Serien, dass sie entweder selbst Fortsetzungen schreiben oder auf dem Regiesessel landen.«

»Das machen sie wahrscheinlich aus purem Selbsterhaltungstrieb.« Sie beäugte ihn unter der Hutkrempe hervor, und er lachte.

»Hat dir schon mal jemand gesagt, dass du halsstarrig bist?«

»Nur mein Agent.«

»Und kein Exehemann?« Er hatte vergessen, ob sie eine Ehe hinter sich hatte, doch als sie den Kopf schüttelte, fiel es ihm ein. Sie lebte allein, wie viele Schauspielerinnen ihres Formats. Diese Frauen waren so sehr mit sich, ihrer Arbeit und ihrem Aussehen beschäftigt, dass keine Zeit für einen Partner blieb. Und wenn sie sich banden, dann nur selten länger als für eine Saison. Das Einzige, was ihn an Sabina gestört hatte, als er ihre Bekanntschaft gemacht hatte, war der Umstand, dass sie nie verheiratet gewesen war. Er hatte stets eine Vorliebe für Frauen mit langjährigen Beziehungen gezeigt, für Frauen, die Kinder hatten. Damit befriedigte er ein Bedürfnis, das er immer verspürte. Er wollte keine zweite Familie, da er einen Verlust nicht noch einmal hätte ertragen können. Deswegen hatte er gern die Sprösslinge anderer Leute um sich.

»Ich bin nie einem Mann begegnet, mit dem sich das Zusammenleben gelohnt hätte.« Sie war ganz aufrichtig. Sabina ließ niemanden im Unklaren über ihre Person, über ihre Ziele und Wünsche. Und sie war zufrieden mit ihrem Leben.

»Nun, das spricht nicht eben für die Männer deiner Bekanntschaft.« Ihre Blicke begegneten sich. Als der Kellner wieder an ihren Tisch kam, bestellten sie, und die Unterhaltung wandte sich unverfänglicheren Themen zu. Er hatte keine Pläne für den Sommer. Die Farm in Santa Barbara war schon längst verkauft, und wenn er ausspannen wollte, mietete er ein Haus am Strand von Malibu, las dort Drehbücher und genoss die Ruhe. Dafür aber war jetzt keine Zeit, da er seit Wochen mit den Fernsehgesellschaften intensiv alle Vorbereitungen für die Dreharbeiten traf. Die größte Aufgabe stand noch bevor. Die Besetzung für »Manhattan« musste ausgewählt werden. Es sollte die bedeutendste Serie ihrer Art werden, eine Serie, wie es sie noch nie zuvor gegeben hatte. »Und was ist mit dir, Sabina, hast du eine Reise vor?«

Kopfschüttelnd sah sie vor sich hin und stocherte geistesabwesend in ihrem Salat. Dann musterte sie ihn von unten herauf. Einen Augenblick wirkte sie sehr verwundbar, so wie er sie nie zuvor gesehen hatte. Am liebsten hätte Mel ausgerufen »Halt, kopieren«, um diesen Ausdruck auf ewig festzuhalten, doch als sie ihn wieder anlächelte, war der Ausdruck verschwunden. Sie zog die Schultern hoch.

»Bis auf ein paar Tage in San Francisco werde ich den ganzen Sommer über hier sein.« Er wusste, dass sie im Moment nicht beschäftigt war. Seit dem Film vom Vorjahr hatte sie nicht mehr gearbeitet. Er fragte sich, ob sie nicht manchmal verzweifelte, weil sie es in ihrer Karriere nicht weiter gebracht hatte. Dass sie zufrieden mit dem Erreichten war, konnte man sich bei Sabina schwer vorstellen. Er setzte seine Hoffnung darauf, dass sie im Moment neue Anstöße für ihre Karriere suchte.

Er wartete bis zum Kaffee, ehe er wieder vorsichtig das Thema anschnitt. »Ich wünschte, du würdest ein Drehbuch für mich lesen.«

In ihren Augen flammte Wärme auf. Sie hatte etwas in dieser Richtung erhofft. Entweder dies oder dass er wieder mit ihr ausgehen wollte. Sie hätte sich auch dieser Chance nicht abgeneigt gezeigt. Ganz im Gegenteil, das hätte ihr sogar sehr gut gefallen. Sabina war gar nicht sicher, was ihr lieber gewesen wäre oder ob sie nicht beides zugleich haben konnte. Mel und eine Rolle in seinem nächsten Film. Seine Kinofilme waren selten geworden, umso schmeichelhafter war sein Angebot. So oder so, beides hätte sie sehr glücklich gemacht, obwohl sie eigentlich die Arbeit dringender als ein Liebeserlebnis brauchte. Ob er das wusste? Hollywood war ein Nest, und was die Leute nicht wussten, das argwöhnten sie, und sie tuschelten darüber. Es war ein Ort, an dem Klatsch und Gerüchte blühten und Geheimnisse gern an die Öffentlichkeit gezerrt wurden. »Das übernehme ich gern. Ich nehme an, du planst einen neuen Kinofilm.«

»Nicht so ganz.« Es hatte keinen Sinn, sie anzulügen. Er hatte das Drehbuch in einem Aktenkoffer unter seinem Sitz bei sich und war gewillt, es ihr nach dem Essen auszuhändigen, falls sie bereit war, es zu lesen. »Ich plane eine neue Fernsehserie.«

Ihre grünen Augen verschlossen sich wie Zwillingstore zu einer Smaragdstadt. »Damit ist der Fall für mich erledigt.«

»Hm, und ich hatte eigentlich damit gerechnet, dass du wenigstens einen Blick in das Buch werfen würdest. Das kann doch nicht schaden.« Aus seinem Ton sprachen Willenskraft und Sanftheit und dazu noch etwas, das Sabina schwankend werden ließ. Sie spürte die Anziehungskraft dieses Mannes, der ihr gegenübersaß und seinen Espresso trank, sehr deutlich.

»Du bist zwar ein Mensch, der sich darauf versteht, jemandem etwas einzureden, aber wir verschwenden hier deine und meine Zeit.« Sie formulierte ihre Ablehnung höflich, aber unmissverständlich.

»Diese Zeitvergeudung kann ich mir leisten.« Am liebsten hätte er hinzugefügt: »... und du auch«, unterließ es jedoch. »Wie lange braucht man schon, um ein Drehbuch zu lesen? Und wenn es so gut ist, wie ich glaube, wirst du es nicht bereuen.«

Lächelnd schüttelte sie den Kopf. »Mel, für dich würde ich fast alles tun. Ich weiß, was du im Schilde führst – du willst, dass ich mich in das Skript verliebe, aber das kannst du nicht im Ernst erwarten.«

»Und wenn doch?«

»Ich würde nie eine Rolle im Fernsehen annehmen.«

»Warum nicht?«

»Aus Prinzip nicht – auch wenn es sich verrückt anhört. Ich arbeite nicht fürs Fernsehen.«

»Sabina, durch deinen Eigensinn lässt du dir eine große Chance entgehen. Ich hätte dich nicht um diesen Gefallen gebeten, wenn ich nicht wüsste, dass die Rolle wie für dich geschaffen ist. Sie ist dir geradezu auf den Leib geschrieben, so sehr entspricht sie deiner Persönlichkeit. Wenn ich dich vor mir sehe, dann sehe ich Eloise Martin vor mir. Die Serie heißt ›Manhattan‹, und es handelt sich dabei nicht um irgendeine Serie. Es ist eine glanzvolle, bedeutende und kostspielige Produktion. Sie wird das Fernsehen dieses Landes so prägen wie keine Serie zuvor, und ich bin überzeugt, dass du für die Rolle die Richtige bist. Ich hätte ja deinen Agenten kontaktieren können, anstatt mich mit dir zu verabreden. Ich hätte Dollarscheine und Verträge vor seiner Nase schwenken können, aber das wollte ich nicht – ich wollte, dass du dich in diese Frau verliebst, dass du siehst, was ich sehe, nämlich die Ähnlichkeit mit dir … und anschließend könnten wir alles Übrige besprechen. Glaube mir, ich habe Verständnis für deine Prinzipientreue, doch mein Weitblick sagt mir, was die Rolle auf lange Sicht für deine Karriere bewirken könnte. Heute in einem Jahr könntest du die Größte der Filmwelt sein. Im Moment ist das unglaublich, aber ich weiß, dass die Serie eine ungeheure Wirkung haben wird. In den letzten Jahren habe ich mich selten geirrt« – er klopfte lächelnd auf Holz –, »und ich weiß, dass ich auch diesmal nicht danebengreife. Ich wünschte wirklich, du würdest das Buch lesen. Es könnte dich auf den Gipfel deiner Karriere führen – auf den dir zustehenden Gipfel.« Jedes Wort schien von Herzen zu kommen, Sabina aber war noch immer nicht überzeugt.

»Und wenn es ein Reinfall wird?«

»Das wird es nicht, aber für den Fall des Falles – es kann nicht schlimmer sein als dein letzter Film. Was soll's? Dank deines Stehvermögens wirst du weitermachen wie wir alle. Aber es wird kein Flop, Sabina. Es wird ein atemberaubender Erfolg. Die Serie hat Dramatisches, Hartes und Brillantes. Es ist nichts Halbes, nichts Lächerliches oder Kitschiges darin. Einmal wöchentlich werden dich sechzig Millionen Menschen sehen. Sie werden dich sehen und mit Haut und Haar verschlingen. Dein Leben wird sich auf Dauer drastisch ändern. Davon bin ich felsenfest überzeugt.« Er hörte sich so überzeugend an, so sicher, dass sie flüchtig versucht war, das Skript zu lesen, nur um zu sehen, was er so Außergewöhnliches auf Lager hatte. Zum Teufel, sie hatte ja wirklich nichts mehr zu tun, als auf der Terrasse zu liegen, zum Pool zu gehen und darauf zu warten, dass das Telefon klingelte. Was konnte es schon schaden, wenn sie das Drehbuch las? Und während sie sich die Sache durch den Kopf gehen ließ, lächelte sie, um gleich darauf laut aufzulachen, als sie wieder Mel Wechsler ansah.

»Kein Wunder, dass du so viel Erfolg hast, Mel, du verstehst es, einen herumzukriegen.«

»In diesem Fall habe ich es gar nicht nötig, Sabina. Du wirst sehen, wie es gemeint ist, wenn du es liest. ›Manhattan‹ ist wie für dich geschaffen – vom Anfang bis zum Ende.«

»Hast du einen Pilotfilm geplant?«

Diesmal war er es, der lachte. »Das ist nicht sehr schmeichelhaft, meine Liebe. So grausam ist nicht einmal die Fernsehgesellschaft. Nein, ein Pilotfilm ist nicht geplant.« Seine Projekte waren so auf Erfolg abonniert, dass kein Mensch von Mel Wechsler zur Einführung einen Pilotfilm erwartete. »Wir fangen mit einer dreistündigen Eröffnung an und zeigen nach diesem Knalleffekt wöchentlich eine einstündige Folge.«

»Ich könnte das Skript ja lesen. Aber gib dich ja keinen falschen Hoffnungen hin, Mel, an meiner Meinung über das Fernsehen wird sich nichts ändern.«

»Also gut!« Er langte unter seinen Stuhl und holte das Drehbuch für den dreistündigen Eröffnungsfilm hervor. »Das nenne ich einen fairen Vorschlag. Ich bin dir schon dafür dankbar, dass du das Drehbuch liest.« Dankbar. Eine brillante Wortwahl, die Mel so ähnlich sah. Dankbar. Er war dankbar, und sie hatte verdammt viel Glück. Und das wussten beide.

»Auf dein Urteil gebe ich sehr viel. Wir haben beide weiß Gott schon genug Drehbücher gelesen, um dafür einen Riecher zu entwickeln.« Dass er sie in seine Erfahrung mit einbezog, war wohl berechnet. Schlagartig wurde Sabina klar, wie raffiniert er vorging. Dieser Mann war tatsächlich nicht nur ein Genie auf seinem Gebiet, sondern auch mehr als geschickt im Umgang mit Menschen. Und sie hatte das Zusammensein mit ihm sehr genossen. So sehr, dass sie hoffte, er würde sie wieder anrufen. Wenn sie das Drehbuch las, hatte sie wenigstens einen Vorwand für ein Wiedersehen.

»Ich möchte dich nicht in Versuchung führen, außerdem reizt dich die Figur der Eloise vielleicht gar nicht. Wir lassen die Kostüme von François Brac entwerfen – in Paris. Wer immer die Rolle der Eloise Martin übernimmt, wird der Anproben wegen einen Monat in Paris verbringen. Nach den Dreharbeiten darf sie die Garderobe behalten.« Sabinas Augen leuchteten unwillkürlich auf. Das war wahrhaftig ein verlockendes Angebot, ganz abgesehen von der Gage, die er vermutlich bieten würde. Damit wäre eins ihrer Probleme für einen langen Zeitraum gelöst. Vielleicht für immer.

»Mel, schildere die Sache nicht zu verlockend.« Sabina lachte ihr erotisches Lachen, und er spürte ein kleines erregendes Gefühl, verursacht von der Hoffnung, sie für die Rolle zu gewinnen, und von ihrer Nähe. Sie war eine aufregende Person, und deswegen wollte er sie unbedingt für die Rolle gewinnen. Und einen Augenblick lang musste er sich nachdrücklich ermahnen, dass er sie für seine Serie wollte und nicht für sich selbst.

»Sabina, ich kann mein Angebot noch viel verlockender gestalten. Aber zuerst sollst du das Skript lesen.« Er schlug einen neckenden Ton an, doch dies war ein Spiel, das sie ebenso gut beherrschte.

»Und ich dachte schon, du hättest mich zum Lunch eingeladen, weil du plötzlich entdeckt hast, dass ich die Liebe deines Lebens bin.« Sie ging auf seinen scherzhaften Ton ein, aber in ihren Augen lag dabei eine Zärtlichkeit, die ihm den Atem raubte. Sekundenlang blieb er ihr die Antwort schuldig.

»Sabina, es hat mich sehr gefreut, dich zu sehen.« Das sagte er ganz leise, und sie wusste, dass er es aufrichtig meinte. Auch sie hatte seine Gesellschaft genossen. Ob ihr nun das Drehbuch gefallen würde oder nicht und ob sie von ihren starren Ansichten über das Fernsehen abrücken würde, stand auf einem anderen Blatt. Im Moment war dies nicht so wichtig. »Ruf mich an, sobald du es gelesen hast.«

»Mach ich.«

Er kritzelte seine Privatnummer auf eine Karte und winkte den Ober heran. Mit Bedauern sah Sabina dem Ende des Zusammenseins entgegen.

»Ach, übrigens – wen konntest du außerdem für die Besetzung gewinnen?«

»Niemanden.« Er sah sie offen an. »Mit der Hauptrolle mache ich den Anfang. Die muss ich besetzen, ehe ich mich um die anderen Rollen kümmern kann. Ein paar Vorstellungen hätte ich schon. Als männlicher Hauptdarsteller käme Zack Taylor in Frage. Und ich könnte mir denken, dass ihm das Buch zusagt. Zudem ist er im Moment frei. Sobald er aus Griechenland zurück ist, möchte ich mit ihm reden. Das wird in ein paar Wochen der Fall sein.«

Sabina schien davon sehr angetan. Zack Taylor war einer der attraktivsten männlichen Stars, zugleich einer der vielseitigsten. Er hatte alles gemacht, von dramatischen Rollen in Kinofilmen über Fernsehfilme bis hin zu Bühnenauftritten. Vor etlichen Jahren hatte er sogar einen großen Broadwayerfolg landen können. Für die weibliche Darstellerin würde er einen wunderbaren Partner abgeben. Sabina gefiel diese Aussicht. »Mel, du machst keine halben Sachen, wie?«

»Niemals.« Lächelnd stand er auf und geleitete sie zwischen den Tischen hindurch hinaus. An das Restaurant schloss sich eine Boutique für Kindersachen an, doch für diese Dinge hatte Mel keinen Blick mehr übrig. Das war endgültig vorbei. Sein Interesse galt jetzt einzig Sabina. »Es war schön, dich wieder zu sehen … nicht nur aus diesem konkreten Anlass …« Sie hielt das Drehbuch in der Hand, er trug seinen leeren Aktenkoffer. Sein Wagen, ein Mercedes 600, gefahren von einem Chauffeur, der schon seit Jahren für ihn arbeitete, stand an der Gehsteigkante. Der Wagen war kostspielig, imponierend und diskret wie Mel selbst. Und er hatte Stil – wie Mel. »Sabina, ruf mich an.«

Ihre grünen Augen hielten die seinen fest, als sie sein Lächeln erwiderte. Das Skript in ihrer Hand war vergessen. Im Moment verschwendete sie keinen Gedanken an »Manhattan«. Sie sah nur Mel und war sich bewusst, wie attraktiv er war. Er war ein Mann, dem sie zu gern näher gekommen wäre. »Ja, ich melde mich …« Sie umfasste das Manuskript fester. Als er ihr anbot, sie mitzunehmen, lehnte sie mit einem Lächeln ab, das sein Begehren wach werden ließ. Sabina hatte etwas an sich, das ihn verrückt machte, eine mit spröder Zurückhaltung gepaarte Sinnlichkeit, die in einem Mann den Wunsch weckte, ihr die Kleider vom Leib zu reißen, nur um festzustellen, wie sie aussah. Verdammt gut, wie er sich denken konnte. Es hätte ihn auch nicht gekümmert, wenn es anders gewesen wäre.

Sie winkte ihm noch zu, als sie schon zurück zum Rodeo Drive lief, und er sah ihr aus dem losfahrenden Wagen, der viel zu rasch um eine Ecke bog, nach. Doch die Erinnerung an Sabina sollte ihn noch den ganzen Nachmittag verfolgen, sodass er nicht mehr sicher wusste, was er eigentlich bezweckte. Wollte er sie für seine neue Fernsehserie gewinnen oder für sich oder gar für beides? Er wusste nur, dass er sie nicht vergessen konnte.

3

An jenem Nachmittag, als Sabina zum Beverly Wilshire schlenderte, um ihren Wagen abzuholen, nach Hause zu fahren und ein paar Runden zu schwimmen, ehe sie sich Mels Drehbuch vornahm, hatte Bill Warwick drei Vorsprechtermine hinter sich gebracht. Anders als Sabina und Mel war er miserabler Laune. Er konnte beileibe nicht sagen, dass er sich sinnlich fühlte oder das Gefühl gehabt hätte, das Leben halte etwas Aufregendes für ihn bereit, sei es eine Rolle oder ein Liebesabenteuer. Bei allen drei Vorsprechterminen war er abgeblitzt, und eine Bettaffäre war das Allerletzte, wonach ihm zumute war. Er wollte nichts als arbeiten und hätte jeden Job angenommen, da er außer den in einem Umschlag in seiner Schreibtischschublade versteckten achthundert Dollar nichts mehr besaß, sah man von einem Hund ab, der zu viel fraß, und von einer Frau, die seit einem Jahr nicht mehr engagiert wurde, obwohl sie bei ihrer Hochzeit im Vorjahr eine gute Rolle in einer Fernsehserie gehabt hatte. Sechs Wochen nach der Hochzeit hatte man sie gefeuert, und sie hatte sich seither nicht wieder um eine Rolle bemüht. Stattdessen verbrachte sie ihre Zeit mit Nichtstun. Sie hockte Tag und Nacht da und pumpte sich mit Drogen voll. Seit zwei Monaten hatte sich körperlich zwischen ihnen nichts mehr abgespielt. Sandy war mittlerweile so dünn geworden, dass sie unterernährt aussah. Vor Jahren hatte sie mit Schlankheitspillen angefangen, war dann zu Aufputschmitteln übergegangen, schließlich zu Beruhigungsmitteln und Heroin, zuletzt auch zu Kokain. Neuerdings griff sie zu einer Mischung aus Heroin und Koks, die sie high machte und ihr die Illusion ließ, sie sei noch ganz bei Verstand, was in Wahrheit nicht mehr der Fall war. Sie war so abhängig vom Rauschgift, dass Bill starke Zweifel hegte, ob sie jemals wieder davon loskommen würde.

Bill lockerte seinen Schlips und machte sich darauf gefasst, mindestens eine Stunde auf den Bus warten zu müssen. Sie hatten den Wagen, einen bejahrten VW, verkaufen müssen, und wenn sie nicht bald die Miete bezahlen konnten, würden sie ohne Dach über dem Kopf dastehen, was in gewisser Hinsicht sogar eine Erleichterung bedeuten mochte. Vielleicht würde Sandy dann endlich zur Vernunft kommen. Sie war fünfundzwanzig, und ihr Leben ging im Eiltempo bergab. Sie war eine Augenweide gewesen, als Bill sie kennen gelernt hatte – langes schwarzes Haar und große braune Augen. Sie wirkte auch jetzt noch immer wie ein kleines Mädchen. Wenn er an ihre erste Begegnung auf einer Party dachte, erfüllte ihn noch immer sanfte Wärme. Wie ein verlorenes Kind hatte sie ausgesehen, und sein Herz war bei ihrem Anblick geschmolzen. Sie hatte einen hilflosen Eindruck gemacht und ausgesehen, als könnte sie sich der Wölfe nicht erwehren, die in der Branche zuhauf unterwegs waren. Tatsächlich wurde sie mit diesem Problem nicht fertig. Um mit dem ständigen Druck leben zu können, griff sie immer häufiger zu Tabletten und erwartete von Bill, dass er ihre sämtlichen Probleme lösen konnte. Jetzt forderte sie, dass er genügend Geld verdiente, um ihre Sucht zu finanzieren.

»Was soll ich deiner Meinung nach tun? Soll ich als Straßenkünstler auftreten?« Er dachte an den Streit vom letzten Morgen. Wie er diese Wortgefechte satt hatte! Sie stritten sich fast ständig, und langsam kam ihm der Verdacht, dass seine Eltern doch Recht gehabt hatten. Ihrer Meinung nach war der Schauspielerberuf etwas für Kinder, Schwachsinnige und haltlose Typen. Sandy war nun gewiss kein Hort der Kraft, und er zweifelte allmählich an seinem eigenen Talent. Sein Demovideo mit Ausschnitten aus Werbe- und Fernsehfilmen, in denen er mitgewirkt hatte, war mittlerweile durch sämtliche Besetzungsbüros gewandert und hatte die Runde bei Produzenten, Regisseuren und Werbefirmen gemacht – ohne Erfolg. Heute hatte Bill sogar seinen Agenten angebrüllt, weil er ihn für das Rendezvousspiel einsetzen wollte. Bill war daraufhin der Kragen geplatzt.

»Verdammt, ich bin schließlich verheiratet«, hatte er Harry vorgehalten.

»Wer weiß das schon? Ihr beide habt es so gut geheim gehalten, dass kein Mensch etwas ahnt. Und außerdem glaubst du doch nicht, dass das jemandem etwas ausmachen würde?«

»Mir macht es was aus.« Doch die Frage war, ob es Sandy gestört hätte. Lag ihr denn so viel an ihm, dass sie eine Entziehungskur auf sich nehmen würde? Er hatte seine Zweifel. Außer ihren Drogenkontakten hatte sie keine Interessen. Das Geld von der Fernsehserie war draufgegangen, und ihre Arbeitslosenunterstützung verwendete sie ausschließlich für Stoff – jeden Cent. Ein großartiges Leben. Und Harry hatte in einem Punkt Recht – kein Mensch wusste etwas von der Heirat, weil Sandys Agent befürchtet hatte, eine Ehe könne ihrem naiven Image schaden. So wie die Einstiche an ihren Armen, falls jemand sie zu sehen bekäme.

Wie immer dauerte es lange bis zur Ankunft des Busses, und auf halbem Weg nach Hause entschied Bill, dass er noch nicht in Stimmung war, Sandys Anblick zu ertragen. Er konnte das zerwühlte Bett nicht mehr sehen, nicht den leeren Kühlschrank und die Reste des gestrigen Abendbrotes auf dem Tisch. Der Gedanke an sein Zuhause war Bill zuwider. Sogar der Hund machte einen unglücklichen Eindruck. Und dabei litt Bill ständig unter verdammten Schuldgefühlen. Die waren überhaupt das Schlimmste. Auf Schritt und Tritt verfolgte ihn der Gedanke, dass er, falls er großen Erfolg gehabt hätte, Sandy zu einer Entziehungskur in ein Sanatorium hätte stecken können. Doch das konnte er im Moment nicht bezahlen. Er war zweiunddreißig, mit einer Drogenabhängigen verheiratet, und er hatte es satt bis oben, als arbeitsloser Schauspieler herumzulaufen. Er hatte seit Monaten jeden Vorsprechtermin wahrgenommen, von dem er gehört hatte. Niemand hatte für ihn Interesse gezeigt. Zu Jahresbeginn hatte er zwei Werbefilme gemacht, gottlob ziemlich aufwendige, aber die Gage dafür war schon verbraucht. Nach einer gewissen Zeit würde es noch ein paar Tantiemen tröpfeln, doch im Augenblick war er gezwungen, sich von seinem Agenten Geld zu leihen. Er hatte das schon öfter getan, und in diesem Punkt war Harry, der verrückte Bursche, wirklich ein Prachtkerl. Er machte Bill ständig Mut und behauptete, er würde eines schönen Tages noch ganz groß herauskommen. Aber wann? O Gott, wie dringend er jetzt ein Engagement brauchte! Er brauchte es verzweifelt. Das war überhaupt ein Wort, das zunehmend besser zu ihm passte. Verzweifelt! Bill Warwick war verzweifelt.

Er saß im Bus und starrte auf den vorüberflutenden Verkehr. Eine Meile vor seinem eigentlichen Ziel in den Hollywood Hills entschloss er sich auszusteigen und auf ein schnelles Bier bei Mike's einzukehren. Es war eine Kneipe, in der er seit vierzehn Jahren herumhing, seit der Zeit, als er mit allen seinen hochgespannten Erwartungen von New York an die UCLA gekommen war. Damals hatte er gewusst, dass er eine große Karriere machen würde. Er wünschte nur, er hätte diese Sicherheit auch jetzt besessen. Der Einzige, der jetzt noch an ihn glaubte, war Harry, sein Agent.

Er blinzelte, als er Mike's Bar betrat. Die Kneipe war wie immer stickig, düster, von Bierschwaden erfüllt und gedrängt voll mit beschäftigungslosen Schauspielern. Sogar die Barkeeper waren Schauspieler, Adam mit eingeschlossen, der im Moment seine Schicht hatte. Bill war mit ihm auf der Uni gewesen, und seither waren sie locker befreundet. Adam kannte sogar Sandy, wenn auch nur flüchtig.

Vier gut aussehende junge Männer in T-Shirts und Jeans spielten Billard, alle Tische waren dicht besetzt, und die Leute diskutierten über die Rollen, die sie bekommen oder für die sie vorgesprochen hatten. Da und dort sah man ein Mädchen, doch die Männer waren eindeutig in der Überzahl. Bill ließ sich an der Bar nieder und bestellte bei Adam ein Bier. Er berichtete von seinem Pech und dem Vorsprechtermin für einen Werbefilm. Als er seine langen, in einem Khakianzug steckenden Beine ausstreckte, hatte er das Gefühl, meilenweit gelaufen zu sein, ohne sein Ziel erreicht zu haben.

»Der Erste fand mich zu jung aussehend, der Zweite zu sexy, und der Dritte wollte wissen, ob ich schwul bin. Großartig, nicht? Langsam komme ich mir vor wie ein sexversessener Schwuler mit Babygesicht.«

Adam lachte. Er hatte vor kurzem eine winzige Rolle in einer Serie abgedreht, und man hatte ihm versprochen, ihn bald wieder zu beschäftigen. Er selbst hatte nie so viel Ehrgeiz an den Tag gelegt wie Bill Warwick, doch die Probleme der Branche waren ihm vertraut, wenn er auch den größten Teil seiner Zeit hinter der Theke verbrachte.

»Und mein Agent wollte mich im Rendezvousspiel einsetzen. Allmählich glaube ich, mein Alter hatte Recht und ich täte besser daran, in die Versicherungsbranche einzusteigen.« Allein der Gedanke bewirkte, dass er einen verzweifelten Blick zum Himmel schickte. Adam stellte das Glas vor ihn hin.

»Junge, lass bloß nicht locker. Vielleicht wartet die Rolle deines Lebens gleich um die Ecke.«

»Hm, ich habe da so meine Zweifel.« Bill nahm einen Schluck Bier und fuhr in hoffnungslosem Ton fort. »Manchmal komme ich mir vor wie jemand, der ständig am Automaten spielt und nie gewinnt. Ich habe wirklich das Gefühl, dass es für mich hier nichts mehr zu holen gibt.«

»Rede keinen Unsinn.« Der Barkeeper meinte es aufmunternd, aber Bill war zu erschöpft und niedergeschlagen von der Hitze und den Absagen. Beides machte ihm schwer zu schaffen.

Er dachte an die Sommer, die er als Junge auf Cape Cod verlebt hatte. Die Hitze in Kalifornien konnte er nicht gut ertragen, im Gegensatz zu Sandy, die hier zu Hause war und dieses Klima liebte. Außerdem spürte sie die Hitze nicht mehr. Sie empfand gar nichts mehr. »Wie geht es Sandy?« Fast hatte Bill das Gefühl, dass Adam seine Gedanken gelesen habe. Doch der Barkeeper sah sofort, dass auch dieses Thema nicht geeignet war, Bill aufzumuntern, denn sein resigniertes Achselzucken deutete noch tiefere Niedergeschlagenheit an.

»So wie immer, schätze ich …« Er sah Adam ausdruckslos an. »Ich glaube, wir stecken knietief drin.«

»Was ist mit Methadon?« Adam kannte Sandys Problem. Man hatte es ihr angesehen. Und als sie mit Bill unlängst in der Bar aufgekreuzt war, hatte sie ihm Kokain angeboten. Bill war darüber so in Wut geraten, dass sie bald wieder gegangen waren. Adam wusste, wie sehr Sandys Sucht Bill belastete, und deswegen tat er ihm besonders Leid. Er konnte es ihm sehr gut nachfühlen, denn er hatte Ähnliches vor einigen Jahren mit einem Mädchen aus Newport Beach durchgemacht. Nach einem Jahr hatte er sie verlassen. Ihre Eltern hatten sie durch sämtliche Sanatorien und Anstalten des Staates geschleust, bis sie schließlich in einem schäbigen Hotel in Venice an einer Überdosis zugrunde gegangen war.

»Ich weiß nicht. Alles Mögliche habe ich ihr vorgeschlagen, aber sie will ja nicht hören. Ihr einziges Interesse gilt dem Nachschub. Sie geht nicht mal mehr zu Vorsprechterminen. Es hätte ohnehin keinen Sinn. Beim letzten Mal ist sie eingeschlafen. Den Eindruck auf den Regisseur kann man sich denken.«

»Wenn sie nicht aufpasst, wird sie noch hinter Gittern landen.« Jetzt schien auch Adam ernüchtert zu sein. Er wusste, wie ernst die Lage war. Bill saß wortlos da, während Adam einen anderen Gast bediente. Schließlich bestellte Bill einen Hamburger. Um acht nahm er einen Bus, und zwanzig Minuten später war er zu Hause. Er betrat das Haus in der Erwartung, Sandy schlafend anzutreffen oder ganz high, falls sie sich von ihrem Dealer Kokain beschafft hatte. Überrascht stellte er fest, dass sie nicht zu Hause war. Überall herrschte die gewohnte Unordnung, das Bett war verwühlt, das Geschirr nicht gespült, ihre Kleidungsstücke waren auf dem Boden verstreut. Der Bernhardiner geriet bei Bills Heimkehr außer sich.

»Na, alter Junge … wo ist Sandy?« Schweifwedelnd drängte der Hund den Riesenschädel an Bills Beine, ausgehungert nach Zärtlichkeit. Sandy hatte keine Nachricht hinterlassen, doch Bill nahm an, dass sie entweder mit ihren Freunden unterwegs war, sich allein auf die Suche nach Drogen gemacht hatte oder aber zu einem Treffen mit ihrem Kontaktmann gegangen war. Es war die einzige Beschäftigung, der sie nachging, und sie erwies sich als zeitraubender als die Schauspielerei. Bills Blick fiel auf ein Foto, das im Vorjahr von ihnen aufgenommen worden war – kurz vor der Hochzeit. Er erschrak über die Veränderung, die Sandy seither durchgemacht hatte. Sie hatte mindestens fünfzehn, wenn nicht zwanzig Pfund abgenommen, und ihre Augen glänzten ständig fiebrig. Ihr Haar war immer in Unordnung, und um ihre Kleidung kümmerte sie sich überhaupt nicht mehr. Sandy war entweder high oder in einem so elenden Zustand, dass ihre äußere Erscheinung für sie nicht mehr zählte. Trotz seines Mitgefühls empfand er Wut, wenn er an sie dachte.

Bill machte sich selbst ans Aufräumen, wobei ihm der Hund ständig auf den Fersen blieb, in der Hoffnung, endlich einen Happen abzubekommen. Aber es war nicht einmal Hundefutter im Haus, wie Bill auf den ersten Blick sah, als er den Schrank öffnete, in dem sie das Tierfutter aufbewahrten. Bill öffnete zwei Dosen Stew und füllte sie in den Fressnapf. Genüsslich machte sich der riesige Bernhardiner darüber her, während Bill das Geschirr in die Spüle räumte und angeschimmelte Essensreste entfernte.

»Scheiße …«, murmelte er vor sich hin, doch sein Zorn verflog bald, und als er das Schlafzimmer betrat, war er mehr niedergeschlagen als wütend. Es war ein trübsinniges Leben, das er einst so geliebt hatte. Er bewohnte ein Gärtnerhaus, das auf einem großen Anwesen lag und für hundert Dollar pro Monat vermietet wurde. Der Besitzer, der den jungen, glücklosen Schauspieler sympathisch fand, wusste, dass die Vermietung ungesetzlich war. Doch das Häuschen war ideal für Bill, er wohnte schon drei Jahre hier. Bevor Sandy hierher gezogen war, war alles hübsch und ordentlich gewesen. Jetzt herrschte das reinste Chaos.

Bill hatte das Schlafzimmer einigermaßen aufgeräumt und sogar das Bett frisch überzogen, ehe er sich an seinen Schreibtisch setzte und in der Schublade nach dem Umschlag mit dem Geld suchte. Plötzlich war ihm eingefallen, dass er nachsehen musste, ob er noch an seinem Platz war, denn er enthielt ihr gesamtes Barvermögen. Achthundert Dollar. Er hatte Sandy nichts von dem Geld erzählt, um sie nicht in Versuchung zu führen, aber sie hatte den Umschlag trotzdem gefunden. Er war noch da, aber die Banknoten waren verschwunden. Mit Tränen in den Augen stand er auf und ging langsam ins Bad, wo sich ihm ein widerlicher Anblick bot. Sandy hatte Nadel, Watte und Löffel auf dem Mauervorsprung neben der Toilette zurückgelassen. Sandy machte sich nicht einmal mehr die Mühe, etwas zu verbergen. Die Utensilien ihres Lasters lagen offen da. Am liebsten hätte er losgeheult, als er so dastand, die Nadel anstarrte und genau wusste, wofür seine Frau das letzte Geld verwendet hatte. Er konnte es nicht mehr ertragen. Sie hatte sein allerletztes Geld verbraucht, und er hatte niemanden, an den er sich wenden konnte. Verdammt wollte er sein, wenn er jetzt seinen Vater anrief und ihn um finanzielle Unterstützung bat. Lieber würde er an einer Tankstelle arbeiten oder einen Job in Mike's Bar annehmen. Unzählige Schauspieler vor ihm hatten so etwas tun müssen. Er wollte jetzt gleich Adam anrufen und fragen, ob eine zusätzliche Kraft gebraucht würde, doch ehe er sein Vorhaben in die Tat umsetzen konnte, läutete das Telefon. Es war Sandy, die benommen und zerfahren klang. Eigentlich hatte er gar keine Lust, mit ihr zu reden.

»Hi, Baby …«, lallte sie mit schwerer Zunge. Unwillkürlich sah er die Nadel im Bad vor sich.

»Ich will mit dir jetzt nicht sprechen.« Bill war plötzlich erleichtert, dass sie nicht zu Hause war. In diesem Moment hätte er sie glatt umbringen können. Wo sie war und in welcher Gesellschaft, das fragte er gar nicht, denn es war ihm gleichgültig. Es war immer dasselbe. Und es war abstoßend. Er empfand Ekel vor ihr und ihren Freunden und vor all dem, was diese darstellten. Er selbst hatte als Student fleißig Hasch geraucht, sodass er den Lastern seiner Mitmenschen einigermaßen tolerant gegenüberstand, doch was Sandy trieb, ging über ein Laster hinaus. Es war reiner Selbstmord, und er wollte nicht gemeinsam mit ihr untergehen. Denn eine andere Wahl hatte er nicht. Immer mehr setzte sich bei ihm die Meinung fest, dass seine Frau unrettbar verloren war.

»Was willst du?«, fragte er barsch. In diesem Augenblick hasste er sie, wenngleich sie zu benommen war, um seinen Ton zu registrieren.

»Ich habe kein Geld mehr, also kann dies nicht Grund deines Anrufs sein. Du hast dir mein letztes Geld in den Arm gepumpt, nach allem, was ich gesehen habe. Ich weiß nicht, woher wir unsere nächste Mahlzeit nehmen sollen, obwohl mir natürlich klar ist, dass Essen für dich keine Bedeutung hat. Aber Bernie und ich leiden nun mal an diesem verrückten Verlangen …«

»Ich … hm … ich brauche Hilfe …« Sie war so voll, dass ihm vom Zuhören allein übel wurde. Er wollte nichts mehr mit ihr zu tun haben. Jetzt nicht, vielleicht niemals wieder.

»Dann ruf jemand anderen an. Mir reicht es.«

»Bill, warte …« Ihre Stimme klang, als ob sie zu Tode erschrocken wäre, und ein winziger Teil seines Wesens sprach darauf an, der Großteil aber blieb gleichgültig. »Man hat mich geschnappt.« Sie klang wie ein kleines Mädchen. Bill ließ sich schwer in einen Sessel sinken.

»Mist. Wo steckst du?«

»Im Knast.«

»Großartig. Und was nun? Ist dir klar, dass ich durch dein Verschulden nicht mal genug Geld für die Kaution habe?«

»Kannst du dir nicht Geld borgen?« Sie hatte Mühe, einen zusammenhängenden Satz zu formulieren. Bill seufzte. Er hatte dies alles mit ihr bereits zweimal durchgemacht, und einmal war sie beinahe an einer Überdosis gestorben. Er hatte die Polizei rufen müssen, und man hatte Sanitäter geschickt, die lebensrettende Maßnahmen durchführten, bis sie das Krankenhaus erreichten. Damals war sie dem Tod sehr nahe gewesen.

»Was wirft man dir vor?«

Natürlich das Übliche. Unerlaubter Drogenbesitz.

»Drogenbesitz und -handel und … weiß nicht … noch was anderes …« Sie fing zu heulen an. »Kannst du mich hier nicht herausholen? Ich fürchte mich.«

»Allmächtiger …«, murmelte er halblaut, während er nach einer Zigarette kramte. Vor fünf Jahren hatte er das Rauchen aufgegeben. Aber Sandy hatte ihn so weit gebracht, dass er vor kurzem wieder angefangen hatte. Die Anspannung war unerträglich. Es gab immer wieder Tage, an denen er sich fragte, wie er das alles überstehen sollte. Dazu kamen die ständige Geldknappheit und seine Arbeitslosigkeit. »Vielleicht würde es dir gut tun, eine Weile hinter Gittern zu verbringen.« Aber er konnte sich ausrechnen, dass es nur eine Frage der Zeit war, bis jemand herausfand, wer sie war, und die Presse verständigte. Exstar von »Sunday Supper« wegen Drogenbesitzes festgenommen oder so ähnlich. Dann würden die Fotografen aufkreuzen, und es würde ein Blitzlichtgewitter geben. Diesem Aufsehen wollte er sie nicht aussetzen und auch sich selbst nicht, weil sonst bekannt würde, dass sie verheiratet waren. Sandy war ihm ein Klotz am Bein, und sein Agent wurde ihretwegen allmählich immer nervöser.

»Bill ... ich muss gehen ...« Er hörte Stimmen, ehe sie auflegte – unwirsche Stimmen, und plötzlich wurde ihm bewusst, wo sie sich befand und wie schrecklich es für sie sein musste. Es war entsetzlich. Sie war so verdammt hilflos, und er hatte es satt, ihr immer wieder helfen zu müssen. Aber er wurde zugleich das Gefühl nicht los, dass er keine andere Wahl hatte. Nach einem tiefen Zug an seiner Zigarette wählte er die Nummer seines Agenten.

»Na, wie ist es beim letzten Vorsprechtermin gelaufen?« Der Agent schien überrascht zu sein, weil Bill ihn zu Hause anrief, aber er wurde so häufig von Schauspielern gestört, dass er sich damit abgefunden hatte.

»Sauschlecht. Hör zu, es tut mir Leid, dass ich dich darum bitten muss, aber es ist etwas passiert, kannst du mir Geld leihen?«

Erstauntes Schweigen am anderen Ende – aber der Agent fasste sich rasch. Bill gehörte zu jenen seiner Schützlinge, in die er tiefes, blindes Vertrauen setzte. Für Bill hätte er alles getan.

Und er wusste mit Sicherheit, dass er ihm eines Tages alles zurückzahlen würde. »Aber sicher, wie viel?«

Bill hätte sich ohrfeigen können, weil er vergessen hatte, Sandy zu fragen, wie hoch die Kaution war, aber allzu hoch konnte sie nicht sein. »Sagen wir fünfhundert – nur für alle Fälle?«

»Was für Fälle? Sandy steckt doch nicht wieder im Dreck, oder?« Er wusste Bescheid über sie und konnte sie nicht ausstehen. Er war der Meinung, dass Bill Warwick sehr gut ohne diese zusätzliche Plage auskommen würde. Kein Mensch konnte Probleme dieser Art brauchen. Sandy war gleichbedeutend mit schlechten Nachrichten, die immer schlechter wurden – nach allem, was man so hörte. Menschen wie sie waren das reinste Gift für Hollywood. Bill machte schon seit Monaten einen sehr unglücklichen Eindruck. Der Grund war klar, aber Bill war nicht in der Stimmung für Geständnisse, am allerwenigsten seinem Agenten gegenüber.

»Nein, ihr geht es gut, aber das verdammte Hundsvieh müsste operiert werden, und dazu brauche ich Geld. Das ist alles.«

»Okay … geht in Ordnung … klar. Komm morgen in mein Büro.«

»Könnte ich ausnahmsweise heute noch vorbeikommen?«

Bills Ton strafte seine Ausrede Lügen. Es ging natürlich doch um Sandy, aber es war sinnlos, jetzt darüber zu debattieren. Sie hatten sich deswegen schon oft gestritten, und Bill hatte all seine törichten ritterlichen Ideale ins Feld geführt … von ihm als Ehemann würde jede Unterstützung erwartet. Außerdem liebte Bill Sandy auf eine merkwürdige Weise – er dachte wohl an das Mädchen, das nicht mehr existierte. Harry hatte schon vor Jahren gelernt, mit seinen Schutzbefohlenen nicht über ihre Partner zu diskutieren. »Schon gut, mein Junge. Ich habe etwas Geld da. Du kannst jederzeit kommen.«

Mit einem Seufzer der Erleichterung drückte Bill die Zigarette aus und sah auf die Uhr. »In einer Stunde bin ich da.« Es war nicht so einfach, den Ritter in schimmernder Rüstung zu spielen, wenn man auf Busse angewiesen war, besonders in L.A. Bill ließ sich jedoch davon nicht abhalten. Er ging aus dem Haus und lief bergab zur Bushaltestelle. In weniger als einer Stunde hatte er Harrys Haus am Rand von Beverly Hills erreicht. Eine weitere halbe Stunde brauchte er bis zur Polizeistation an der North Wilcox, wo er entdeckte, dass man Sandy mit zwei schwarzen Burschen und einem Mädchen wegen illegalen Drogenbesitzes und Handels mit Drogen festgenommen hatte. Gegen Sandy und das Mädchen lag zusätzlich eine Anzeige wegen Prostitution vor. Mit verkniffener Miene stand er da, als er Harrys Geld als Kaution auf den Tisch legte. Sandy wirkte verängstigt und elend, als sie auf ihn zutaumelte und er sie stützte.

Bill sparte sich eine Bemerkung. Er ging hinaus und rief ein Taxi. Unterwegs spürte er, wie Sandy zitterte. Sie stand noch immer unter Drogeneinfluss und fing zu schluchzen an. Sie wirkte verkommen und schmierig. Plötzlich sah er sie als das, was sie war, als einen kranken und gebrochenen Menschen, verelendet und verdreckt. So hatte er sie noch nie betrachtet. Mehr als alles andere schmerzte ihn, dass man seiner Frau Prostitution vorgeworfen hatte. Um an Drogen heranzukommen, tat sie alles. Sie stahl und verkaufte ihren Körper an Wildfremde. Wortlos ging er ihr ins Haus voraus. Der Hund kam ihnen entgegengesprungen, und Sandy brach auf dem Sofa zusammen, während Bill ins Bad ging und die Wanne voll laufen ließ. Er packte die Nadel und alles andere und warf die Sachen in den Papierkorb. Mit dem Fuß zertrat er das Zeug und ging wieder ins Wohnzimmer.

»Geh und nimm ein Bad.« Er wünschte sich, sie könnte mit dem Bad allen Dreck, der an ihr klebte, abwaschen, aber beide wussten, dass das unmöglich war. Bill fragte sich, wie oft sie sich schon auf diese Weise Geld verschafft hatte, wie oft sie mit ihm im Bett gewesen war, nachdem sie es für den Preis eines Trips mit einem Fremden getrieben hatte. Sandy, die auf dem Sofa eingeschlafen war, sah jetzt einem verzweifelten Kind noch ähnlicher. Es schmerzte ihn, sie anzusehen, und er wunderte sich, dass niemand die Presse verständigt hatte, ehe sie aus der Haft entlassen worden war. Das zumindest war ihnen erspart geblieben, obwohl auf Seite vier der *L. A. Times* am nächsten Morgen stand: »Sandy Waters wegen Drogenbesitzes festgenommen!« Es wurden die Anklagepunkte genau aufgezählt, und Bill zuckte zusammen, als er den Artikel beim Frühstück las. Kurz vorher hatte er Adam angerufen und mit ihm besprochen, dass er in der Bar arbeiten würde. Zu seinem Glück wurde für einen der Kellner, der ein Engagement bekommen hatte, kurzfristig Ersatz gesucht. Wenigstens würde er nicht verhungern, und die Vorsprechtermine konnten ihm momentan ohnehin gestohlen bleiben. Er war absolut nicht in der Stimmung dafür.

Sandy stand bleich und zerbrechlich in der Küchentür, während er den Artikel las. Sie sah todkrank aus, und Bill hätte Mitleid mit ihr empfunden, wenn ihn die Vorkommnisse der Nacht nicht so schockiert hätten. Er war entschlossen, diesem Spiel ein Ende zu machen. Es war endgültig Schluss damit.

»Steht was drin?« Unsicher kam Sandy an den Küchentisch und setzte sich. Sie sah aus wie eine mit einer tödlichen Krankheit behaftete Zwölfjährige, ausgemergelt und blass, aber ihre Augen hatten nichts von ihrer Schönheit eingebüßt. Das lange schwarze Haar fiel ihr wie ein üppiger Umhang auf die Schultern. Als sie Bill ansah, sprach aus ihrem Blick das Leid von Äonen. »Bill, es tut mir so Leid.« Es war kaum mehr als ein Flüstern. Peinlich berührt wich er ihrem Blick aus.

»Mir auch. Und um deine Frage zu beantworten, ja, hier sind sämtliche Punkte aufgeführt.« Einzig die Tatsache, dass sie mit Bill verheiratet war, blieb unerwähnt, weil kein Mensch davon etwas ahnte.

»Du lieber Himmel, Tony wird mich umbringen.« Tony war ihr Agent. Bill sah sie entgeistert an. Sollte das ein Scherz sein? Sie war unter anderem wegen Prostitution festgenommen worden, und Tony würde sie umbringen? Wo blieb dabei er selbst, ihr Ehemann? Und was für eine Bedeutung hatte ihr Ehegelübde noch? Er sagte kein Wort. Nachdem er sich eine Zigarette angesteckt hatte, las er die Zeitung weiter. Obschon er es kaum erwarten konnte, aus dem Haus zu kommen, musste er zuvor noch etwas regeln, und zwar sofort.

»Was hast du im Moment vor?« Er zwang sich, ihr in die Augen zu sehen, mochte es für ihn auch noch so schmerzlich sein.

»Mir einen Anwalt nehmen, schätze ich.« Mit einer heftigen Bewegung warf sie die dunklen Haare zurück.

»Ach, und womit? Oder willst du mit deinem neuen Beruf auch diese Ausgabe bestreiten?« Seine Worte ließen sie sichtlich zusammenzucken, und diesmal empfand er keinen Funken Mitleid. »Bevor du irgendetwas unternimmst, solltest du dich in ärztliche Behandlung begeben.«

»Ach, ich schaffe das allein.« Das war ein Satz, den er schon oft zu hören bekommen hatte. Es reichte.

»Unsinn. Das schafft keiner. Du brauchst Hilfe. Also sieh zu, dass du sie bekommst.« Er konnte sie nicht gewaltsam in ein Krankenhaus bringen. Das konnte niemand. Sie musste aus freien Stücken gehen, sonst würde man sie nirgends aufnehmen. Das alles hatte er schon unzählige Male mit ihr durchgesprochen, und das Ergebnis war immer gleich null gewesen.

»Was ist mit uns?« Sie sah ihn einen schmerzlichen Moment fragend an. »Ich habe das Gefühl, du hast es irgendwie satt.« Irgendwie … satt haben … die ewige Naive … mit fünfundzwanzig war sie noch ein Baby.

»Wie wäre dir nach allem, was vorgefallen ist, zumute?«

»Du meinst, dass man mich geschnappt hat?« Sie wirkte hilflos und schwach, und er musste gegen sein Mitgefühl ankämpfen.

»Nein, ich meine das, was man dir vorwirft, oder hast du das vergessen?«

Er sah, wie sie sich auf dem Stuhl wand, nicht nur aus Scham und Schuldbewusstsein, wie er sich denken konnte. Vermutlich brauchte sie dringend Stoff. Sie musste das Zeug gleich am Morgen in sich hineinpumpen. »Das heißt doch nichts … das weißt du. Ich habe Geld gebraucht … das ist alles …«

»Stell dir vor, ich auch, aber deswegen bin ich nicht auf den Sunset Strip gegangen, um meinen Hintern an den Nächstbesten zu verhökern. Ich habe mir unsere Ehe weiß Gott anders vorgestellt.« Er steigerte sich in seine Wut hinein. Allein der Gedanke an Sandys Verhalten weckte in ihm Schmerz und Zorn. Er hatte sie immer als unschuldiges Kind gesehen, als Kind mit einer schrecklichen Angewohnheit. Doch es war eine auf selbstmörderischer Besessenheit basierende Lebensweise.

»Es tut mir Leid.« Diese kaum hörbaren Worte waren wie ein Hauch in dem stillen Raum. Nur der Hund auf seinem Lager in einer Küchenecke gab ein Schnauben von sich. »Alles tut mir Leid.« Nervös stand sie auf, als stünde sie plötzlich einem Fremden gegenüber. Und es sah aus, als wollte sie aus dem Haus gehen. Er kannte diesen Blick, der sagte, ich brauche es jetzt ... egal, was du sagst ... dieser Blick hatte ihre Ehe zerstört.

»Wohin willst du?«

»Ich muss weg.« Sie hatte noch die Kleider vom Vorabend an, hatte sich weder gekämmt noch die Zähne geputzt. Als sie ihre Handtasche nahm und sich umsah, hatte Bill das Gefühl, sie ginge zum endgültig letzten Mal. Plötzlich bekam er es mit der Angst zu tun. Er stand auf und legte die Zeitung hin.

»Um Himmels willen, Sandy, gestern hat dich die Polizei geschnappt. Willst du nicht mal eine Pause einlegen?«

»Ich muss nur jemanden treffen.«

Mit zwei raschen Schritten war er bei ihr und ergriff ihren Arm. »Komm mir nicht mehr mit diesem Unsinn! Ich bringe dich auf der Stelle ins Krankenhaus. Jetzt gleich! Und es kümmert mich einen Dreck, wenn wir uns nie mehr wieder sehen, aber du wirst nicht so weitermachen, bis du in irgendeinem dreckigen Fixerloch an einer Überdosis krepierst oder dir jemand ein Messer zwischen die Rippen jagt. Verstehst du mich?«

Sandy weinte vor Reue, vor Elend, vor Verzweiflung, weil sie ihm das alles antat und weil sie dringend Stoff brauchte. Auch er weinte, als er sie in die Arme nahm. Wo war das Mädchen geblieben, das er geliebt hatte?

»Billy, es tut mir Leid ... so Leid ...« Diese gestammelten

Worte zerrissen ihm das Herz. Verzweifelt wünschte er sich, sie retten zu können.

»Bitte, Baby, ich bleibe bei dir, den ganzen Tag, auch im Krankenhaus. Wir werden alles tun, was nötig ist.«

Sie schüttelte nur den Kopf. »Ich kann nicht …«

»Warum nicht?«

»Ich habe nicht die Kraft dazu.« Sie flüsterte diese Worte, und er zog sie enger an sich. Von ihr waren nur noch Knochen zu spüren. Tief in seinem Inneren wusste er, dass er sie noch immer liebte.

»Doch, du hast die Kraft. Und ich habe Kraft für uns beide.«

»Nein, das schaffst du nicht.« Langsam machte sie sich von ihm los und strich ihm mit unsicherer Hand eine Strähne aus der Stirn. »Ich muss es allein schaffen … wenn ich bereit dazu bin.«

»Und wann wird das sein?«

»Ich weiß es nicht … noch nicht …«

Er spürte, wie sich sein Herz zusammenkrampfte. »Sandy, ich kann es nicht länger ertragen …« Noch nie im Leben hatte er so tiefes Bedauern empfunden, aber er wusste, dass er ihr nicht mehr helfen konnte.

»Ich weiß … ich weiß.« Sie nickte und stellte sich auf die Zehenspitzen, um ihm einen Kuss auf die Lippen zu drücken. Als sie sich umdrehte, fiel ihm auf, dass sie keinen Ehering mehr trug. Wahrscheinlich hatte sie ihn verkauft.

Sie stand da, sah ihn an, während der Hund hinter ihnen ein leises Winseln ausstieß, wie ein Echo auf Bills Gefühle, und dann war sie fort, lautlos beinahe, und diesmal hielt er sie nicht auf. Er wusste, dass er sie nicht zurückhalten konnte. Er konnte nichts tun, gar nichts. Verzweifelt wischte er sich die Tränen von den Wangen und kämpfte gegen neue Tränen an, als er ins Bad ging und sich die Zähne putzte, in Gedanken in der Vergangenheit … wie hübsch sie gewesen war … wie verrückt sie aufeinander gewesen waren ... sie hatten sich erst vor zwei Jahren kennen gelernt, aber ihm schien es ein Menschenleben her zu sein ... ein Menschenleben in der Hölle mit einer Frau, die er einst geliebt hatte und noch immer liebte, obwohl sie längst nicht mehr existierte. Die Frau, die am Vortag wegen Prostitution festgenommen worden war, kannte er nicht.

4

Das schindelgedeckte, lang gestreckte Haus in Pasadena hatte einen L-förmigen Grundriss. An beiden Enden befanden sich Kamine. Vor dem Haus wuchsen Rosen in ordentlichen Reihen, und eine ausgedehnte Rasenfläche führte hinter dem Haus zu einem riesigen rechteckigen Pool, aus dem lautes Gekreisch drang. Eine Schar Teenager spielte Volleyball, stieß Schreie des Ärgers und Entzückens aus und belegte sich gegenseitig mit allerhand Namen und freundschaftlichen Beleidigungen. Dies alles schien die Frau mit dem hinreißenden Körper nicht zu stören. Als wäre die Welt um sie versunken, lag sie in einem schwarzen Bikini da und ließ sich von der Morgensonne bräunen. Auf ihrem Gesicht lag ein großer Strohhut, neben ihr ein Stapel Handtücher. Ihre vollen und großen Brüste drohten das Bikinioberteil zu sprengen, die schmale Taille rundete sich zu sinnlichen Hüften, die in lange, schlanke Beine übergingen. Sie hatte die Figur einer Schönheitskönigin, die sie vor zwanzig Jahren auch gewesen war, nachdem sie Buffalo den Rücken gekehrt hatte. Jane Adams war neununddreißig. Dass sie drei Kinder geboren hatte, war ihrem Körper nicht anzusehen.

Sie öffnete das eine ihrer großen blauen Augen und spähte unter ihrem Hut hervor, um zu sehen, was die Kinder trieben. Dann döste sie weiter in der Sonne. Ihr Ehering und die schlichten goldenen Ohrreifen waren der einzige Schmuck, den sie trug. Das Haus zeugte unübersehbar von Wohlstand, in der Garage stand ein Mercedes-Kombi, den sie fuhr, ein Volvo für das Hausmädchen und die Kinder, und ihr Mann war in seiner Mercedes-Limousine zur Arbeit gefahren. Der Pool war sehr großzügig bemessen, selbst nach den in Pasadena gültigen Maßstäben.

»He … hier rüber … Jungs … los schon …« Der Ball sauste auf sie zu und landete neben ihrem Liegestuhl. Jane sprang mit fast kindhafter Anmut auf. Sie rückte mit einer Hand ihr Bikini-Top zurecht, bevor sie dem Ball nachsetzte. Die jungen Leute im Pool starrten sie an wie immer, während ihr Sohn die offene Bewunderung seiner Freunde finster registrierte. Es ärgerte ihn, wenn sie seine Mutter so betrachteten, als wäre sie eine von ihnen. Ein Glück, dass sie sich üblicherweise dezent zu kleiden pflegte. Mit tiefen Ausschnitten und hohen Rockschlitzen hatte Jane Adams nichts im Sinn. In ihren alten Hemdblusen und Wickelröcken, an den Füßen Espandrillos, wirkte sie ganz züchtig. Ihres umwerfenden Aussehens schien sie sich selbst gar nicht bewusst zu sein. Und war einmal ihr Körper den Blicken der Allgemeinheit entzogen, dann wirkte alles Übrige nicht mehr so auffallend. Sie war eine gut aussehende Frau mit einem hübschen Gesicht und einem warmen Lächeln, das sie gern allen zuteil werden ließ. Wie bei vielen Rotschöpfen waren auch bei Jane Brust und Arme mit Sommersprossen übersät. Ihre großen blauen Augen wirkten unschuldig, als sie den Kindern den Ball zurückwarf.

»Na, wie wär's jetzt mit Mittagessen?«, rief sie ihnen zu, die Jugend aber war bereits wieder ins Spiel vertieft, als sie sich erneut auf ihrem Liegestuhl niederließ. Für die jungen Leute bereitete sie immer ganze Platten voll mit Sandwiches vor und füllte den Kühlschrank mit Limos und Eis an. Nach achtzehn Jahren wusste sie, was Kindern am besten schmeckte.

Jason wollte im Herbst auf die Universität in Santa Barbara, und beide Mädchen würden die High School besuchen. Alyssa war endlich aufgenommen worden und konnte es kaum erwarten, das erste Jahr hinter sich zu bringen, während Alexandra schon vor dem Abschluss stand und sich einen eigenen Wagen wünschte. Der Volvo sei für sie zu groß und zu alt, behauptete sie. Sie wollte etwas Schnittigeres, so einen Wagen, wie ihn Jason zu seinem achtzehnten Geburtstag bekommen hatte. Im September würde er in einem Triumph nach Santa Barbara fahren, und Alexandra hätte gern etwas Ähnliches gehabt.

Ihre Mutter lächelte versonnen, als sie sich wieder in der Sonne ausstreckte. Die drei waren typische Teenager, ganz anders, als sie selbst es in ihrer Jugend in Buffalo gewesen war. Vor der High School hatte sie Todesängste ausgestanden, bis sie endlich mit sechzehn von zu Hause davongelaufen und nach New York gegangen war, wo sie auch alle möglichen Ängste ausstehen musste. In New York blieb sie nur so lange, bis sie dank verschiedener Jobs das Fahrgeld nach L. A. beisammenhatte … Los Angeles … Hollywood … das Land ihrer Träume … dort sollte sie auch ihre erste Krone als Schönheitskönigin gewinnen. Damals war sie siebzehn gewesen … hatte als Fotomodell gearbeitet und tausend andere Dinge gemacht: zum Beispiel Hamburger in einem Drive-in-Restaurant serviert – und schließlich eine kleine Rolle in einem Horrorfilm bekommen. Sie hatte ihre Schreie perfektioniert und war der Meinung, sie sei auf dem besten Weg, eine Bombenkarriere zu machen, als sie Jack Adams begegnete. Mit ihren neunzehn Jahren hatte sie sich Hals über Kopf in ihn verliebt. Jack war wirklich ein Traummann. Er hatte in Stanford studiert und arbeitete in der Firma seines Vaters, eines Börsenmaklers. Jack war damals dreiundzwanzig gewesen und hatte toll ausgesehen, gepflegt und sportlich. Schon bei der vierten Verabredung hatte er Jane seiner Familie vorgestellt. Jack hatte ihr beigebracht, wie man sich kleidet, was man sagte und wie man sich benahm. Das war besser, als in Horrorfilmen zu agieren, vor allem aber viel amüsanter. Die Adams bewohnten ein herrliches Backsteinhaus am Orange Grove, und Jane hatte die ganze Familie rückhaltlos bewundert, in erster Linie Jack, der so erwachsen und reif und im Bett so wundervoll war. Er war der liebevollste und beste Mann, dem sie je begegnet war, bis er anfing, sie zu drängen, ihre Filmkarriere aufzugeben. Jane, die immer schon vom Film geträumt hatte, wusste, dass sie es mit Ausdauer in Hollywood zu etwas bringen konnte. Jack aber wollte nichts davon hören. Er hasste ihre Wohnung, ihre Freunde, die Filme, in denen sie spielte, er hasste alles, was sie tat, von ihrer Aktivität im Bett abgesehen. Einer Frau wie ihr war er noch nie begegnet, und wenn er den Kopf zwischen ihren Beinen in dem goldenen Lockennest begrub, das sie ihm so freizügig darbot, wusste er, dass er sie nicht verlassen würde, mochten seine Eltern sich auch noch so heftig gegen diese Verbindung stellen. Sie hielten Jane für eine Schlampe, seine Mutter ging einmal so weit, sie Hure zu nennen, aber nur ein einziges Mal. Jack weigerte sich standhaft, Jane aufzugeben. Stattdessen zwang er sie, ihre Träume zu begraben. Er brachte es fertig, dass sie ihre Vorsicht vergaß und schwanger wurde, ehe sie einundzwanzig war. Und damit war alles beschlossene Sache. Jack ließ nicht zu, dass sie eine Abtreibung vornehmen ließ. Sie hatte sich die Adresse eines Arztes in Tijuana verschafft und beichtete Jack unter Tränen ihr ganzes Unglück. Noch am gleichen Abend machte er ihr einen Antrag, und zwei Wochen später wurden sie in einer kleinen Kirche in der Nähe seines Elternhauses getraut. Das war das Ende der Horrorfilme und ihrer Karriere. Jane wurde Mrs. John Walton Adams III., und ein halbes Jahr später kam Jason zur Welt, ein strammer, munterer Junge mit einem roten Haarschopf, der ihm ein ganzes Jahr lang senkrecht in die Höhe stand. Der Kleine war so süß und Jack so liebevoll, dass Jane die Welt, die sie aufgegeben hatte, kaum vermisste. Die ersten fünf Jahre ihrer Ehe hatte sie auch kaum Zeit, einen Gedanken daran zu verschwenden. Als Jason zwei Jahre alt war, wurde Alexandra geboren, und zwei Jahre später Alyssa. Alexandra sah aus wie Jack, während Alyssa ganz anders war. Die Adams waren eine ideale Familie, und Jane fühlte sich wohl. Die Kinder hielten sie den ganzen Tag über in Trab und Jack in der Nacht. Er schien nie genug von ihr bekommen zu können. Tag und Nacht sehnte er sich nach ihr, und manchmal trieb er es sogar im Bad mit ihr, während die Kinder abends fernsahen oder zu Abend aßen. Er konnte es kaum erwarten, dass sie ins Bett kam, und sie liebten sich jeden Abend, auch wenn sie zu müde war, um zu denken, zu reden oder zu essen, nachdem sie sich den ganzen Tag um die Kinder gekümmert hatte.

Manchmal hatte sie das Gefühl, für sich selbst zu wenig Zeit zu haben, aber es machte ihr nicht viel aus. Ihr lag viel daran, die perfekte Frau und Mutter zu sein und alle zufrieden und glücklich zu machen. An sich selbst dachte sie kaum. Sie war so froh, Buffalo entkommen zu sein, und sie war sehr gern Mrs. Jack Adams. Es war die schönste Rolle, die sie je gespielt hatte. Erst als die Kinder ins Schulalter kamen, meldete sich bei ihr wieder die Sehnsucht nach allem, was sie aufgegeben hatte. Damals war sie siebenundzwanzig, sah aber nicht viel anders aus als zehn Jahre zuvor, besonders wenn sie nackt im Pool schwamm. Jack pflegte sie dabei spätabends zu beobachten. Dann löschte er immer das Licht und kam zu ihr ins Wasser. Jane brauchte sich keine Sorgen zu machen, dass die Kinder sie sehen könnten. Sie brauchte sich überhaupt keine Sorgen zu machen. Jack kümmerte sich um alles, um ihre Rechnungen, um ihr Leben, sagte ihr, mit wem sie Umgang pflegen sollte, was sie zu tun und wie sie sich zu kleiden hatte. Er formte sie nach seiner Idealvorstellung, und das Einzige, was dabei störte, war ihre Liebe zur Schauspielerei. Hin und wieder sprach sie sehnsüchtig davon, wieder zu filmen, er aber wollte nichts davon hören.

»Du gehörst nicht mehr dazu. Du hast eigentlich nie dazugehört.« Er sagte es in schroffem Ton. »Es ist eine Welt der Schlampen und Wüstlinge.« Jane fand es abscheulich, wenn er so redete. Sie hatte die Welt von Hollywood geliebt, und einige ihrer Freunde von damals fehlten ihr noch immer. Ihr Mann ließ es aber nicht zu, dass sie mit ihnen zusammenkam. Ihre alten Freundinnen, mit denen sie zusammengewohnt hatte, waren in alle Winde zerstreut. Als ihr Mann sie einmal dabei ertappte, dass sie ihrem ehemaligen Agenten eine Weihnachtskarte schrieb, warf er sie weg. »Jane, vergiss das alles. Das ist vorüber«, tadelte er sie. Er wollte es so. Er wollte, dass sie alles vergaß … auch die Rollen, die sie geliebt hatte … die Menschen … die Träume …

Alyssa war erst drei, als ein Mann Jane in einem Supermarkt eine Karte zusteckte. Er war Talentsucher einer Agentur, und Jane fühlte sich sofort wie einst in Hollywood. Der Agent lud sie zu Probeaufnahmen ein, Jane aber lachte nur. Früher hatte sie das oft zu hören bekommen, besonders in ihrer ersten Zeit in L. A. Seine Beharrlichkeit erstaunte sie, doch nach einiger Zeit warf sie seine Karte weg, ohne sich bei ihm gemeldet zu haben. Dieser Mann jedoch hatte Kräfte in ihr geweckt, die zu lange unterdrückt worden waren. Eines Tages rief sie ihren ehemaligen Agenten an, nur um Guten Tag zu sagen und nachzufragen, wie es ihm ging. Er beschwor sie, wieder zurückzukommen. Er könne Arbeit für sie finden. Und ein halbes Jahr später, als sie in L. A. Einkäufe machte, besuchte sie ihn – nur so. Er umarmte sie und wollte unbedingt sofort ein paar Aufnahmen machen. Danach schickte sie ihm sogar ein paar Schnappschüsse zu, und vier Monate später kam die große Entscheidung. Er hatte tatsächlich eine Rolle in einer Seifenoper gefunden, die für sie wie geschaffen war. Jane versuchte die Sache mit einem Lachen abzutun, doch der Agent ließ nicht locker und bat sie, wenigstens vorzusprechen, nur zur Übung, um der alten Zeiten willen … ihm zuliebe … ihr zuliebe … der guten Arbeit zuliebe, die sie vor zehn Jahren geleistet hatte … Die ganze Nacht über lag sie wach und zermarterte sich das Gehirn. Am liebsten hätte sie geheult, weil sie sich Sorgen machte, was Jack dazu sagen würde. Sie versuchte, mit ihm darüber zu sprechen, aber sie wusste nicht einmal, wie sie anfangen sollte und wie sie ihm die Leere erklären sollte, die sie fühlte, die Einsamkeit, wenn die Kinder in der Schule waren. Doch das Einzige, was ihn an ihr interessierte, war Sex. Er hörte gar nicht zu. Er diskutierte nie mit ihr. Niemand unterhielt sich mit ihr. Nach zehn Jahren Ehe war Jack noch so scharf auf sie wie am Anfang, und Jane wusste, dass sie deswegen eigentlich hätte dankbar sein sollen. Ihre Freundinnen führten oft Klage darüber, dass ihre Männer sie nicht beachteten, sich sexuell für sie nicht interessierten und von der Liebe nichts mehr wissen wollten. Sie hatte einen Mann, der nahezu unersättlich war und ihr Schmeicheleien und schlüpfrige Versprechungen zuflüsterte. Jane stand immer tausend Ängste aus, dass die Kinder es hören könnten. Aber reden konnte sie nicht mit ihm. Er hatte keine Ahnung, was in ihrem Kopf vorging, in ihrem Herzen, in ihrer Seele … ihr Agent hingegen wusste es umso besser. Er hatte es bei ihrem Besuch in ihrem Blick gelesen, und er hatte nicht die Absicht, sie wieder loszulassen. Sie hatte etwas, was er gut verkaufen konnte, sie hatte es immer schon gehabt, und das war mehr als Sex-Appeal. Jane strahlte Menschlichkeit, Anständigkeit und Wärme aus. Sie war mütterlich und zugleich das tollste Weibsstück, das ihm seit Jahren untergekommen war, eine Marilyn Monroe mit Kindern. Sie gefiel Frauen und Männern, und er kannte niemanden, der sich nicht von ihr angezogen fühlte, denn Jane war natürlich und jugendlich geblieben.

Sie hatte viel mehr zu bieten als nur verlockende Rundungen. Es war so viel mehr an ihr.

Schließlich fuhr sie an einem heißen Junitag zum Vorsprechtermin, obwohl an diesem Tag die anderen Rollen besetzt werden sollten. Und sie bestand darauf, die schwarze Perücke aufzubehalten, die sie sich gekauft hatte. Als Lou sie nachher zu sehen bekam, stieß er einen anerkennenden Pfiff aus und grinste. Sie sah aus wie eine hübschere, jüngere Gina Lollobrigida, eine, die zudem noch mehr Sex-Appeal ausstrahlte. Und Jane bekam die Rolle. Auch mit schwarzer Perücke. Man wollte sie haben. Auf der Stelle. In Tränen aufgelöst, saß Jane im Büro ihres Agenten.

»Was soll ich jetzt tun, Lou?«

»Du sollst wieder arbeiten.« Er spürte, wie sein Herz klopfte, wenn er sie ansah, nicht aus Begierde, sondern weil er sich freute, ihr ein Engagement verschafft zu haben. Er wusste, dass er mit ihr viel erreichen konnte, falls sie ihre Chancen wahrnahm. Sie verfügte über eine Anziehungskraft wie kaum ein Star in Hollywood. Wenn er sie nur dazu bringen könnte, sich von diesem kleinkarierten Ehemann zu trennen …

»Und was soll ich Jack sagen?«

»Sag ihm einfach, dass du wieder arbeiten möchtest.« Aber so leicht war das nicht. Über eine Woche konnte Jane kaum schlafen, und zu guter Letzt lehnte sie die Rolle ab, weil sie keine Gelegenheit gefunden hatte, mit Jack darüber zu reden. Er wollte gar nicht zuhören, wenn sie zum Sprechen ansetzte. Er ächzte und stöhnte bei der Liebe, und jedes Mal, wenn sie versuchte, etwas zu sagen, drehte er sich zu ihr um und fing von neuem an. Seine Art, sie nicht zu beachten, hatte fast etwas Komisches an sich. Er wollte von ihr nur, dass sie mit ihm schlief, seine Kinder großzog und seine Kunden beim Dinner unterhielt. Der Produzent der Serie war der Meinung, Jane wolle sich zieren und rar machen. Man verdoppelte daraufhin das Gagenangebot, und Lou rief sie einige Male täglich an. Jane stand Todesängste aus, dass Jack an den Apparat gehen könnte, und Lou gestand, dass Jack tatsächlich einmal abgehoben hatte. Lou aber war so schlau gewesen, zu behaupten, er habe eine falsche Nummer erwischt. Schließlich gab Jane Lous Drängen nach. Vor Angst bebend, steckte sie die schwarze Perücke in einen Beutel und fuhr zu den Studios in Burbank zu einem Vorgespräch. An jenem Nachmittag unterschrieb sie den Vertrag und war entsetzt über das, was sie da machte, und voller Angst vor dem, was Jack ihr antun würde. Mehr als einmal hatte er gedroht, er würde sie hinauswerfen, falls sie je wieder vor eine Kamera träte. Sie wusste, dass er dazu imstande war. Er hatte auch gedroht, dass er nach einer Trennung die Kinder, das Haus, einfach alles behalten würde. Sie selbst war nur an den Kindern interessiert ... und an der Arbeit. Und das Schlimmste war, dass sie sich in ihre Arbeit verliebte. Sie spielte die Marcia in »Unsere geheimen Sorgen« mit schwarzer Perücke. Sie arbeitete täglich von zehn bis halb fünf und kam immer rechtzeitig nach Hause, um sich voller Interesse alles anzuhören, was die Kinder über die Schule zu erzählen hatten. Sie kochte das Abendesssen und brachte die Kinder in die Schule, ehe sie selbst ins Studio fuhr. Und alle, auch Jack, waren der Meinung, sie arbeite ehrenamtlich in einem Krankenhaus. Zu Hause erzählte sie sogar Geschichten von ihrer angeblichen Tätigkeit. Das »Krankenhaus« wurde ihr Leben ... doch in Wahrheit waren es die Dreharbeiten. Sie liebte die Menschen, die Hektik, die ganze Atmosphäre, und alle waren begeistert von ihr. Jane arbeitete unter dem Namen Janet Gole, ihrem richtigen Namen, den sie in Buffalo getragen hatte, ehe sie nach Hollywood gekommen war. Es grenzte an ein Wunder, dass niemand ihr Doppelleben entdeckte. Jane wich jeder Art von Publicity aus. Obwohl sie jedes Jahr einen der obersten Ränge in der Beliebtheitsskala einnahm, fiel keinem ihrer Bekannten ihre Ähnlichkeit mit Janet Gole aus »Geheime Sorgen« auf, einer Serie, die jeden Nachmittag live im Fernsehen gesendet wurde. Jane war nie glücklicher im Leben gewesen. Andere

Rollenangebote folgten, darunter einige, die für sie sehr wichtig hätten sein können, aber sie lehnte alle ab. Ihre Anonymität zu verlieren konnte sie sich nicht leisten, und sie wusste, dass sie diese in anderen Rollen nicht beibehalten konnte. Es war nicht damit zu rechnen, dass andere Produzenten für ihre Abneigung gegen Presse, Interviews und jegliche Publicity Verständnis aufbringen würden. Zehn Jahre glückte es ihr, bei »Unsere geheimen Sorgen« unerkannt zu bleiben und sich mit ihrer schwarzen Perücke zu tarnen. Ihre Steuern bezahlte sie unter dem Namen Janet Gole. Sie verfügte über eine eigene Versicherungsnummer, sodass Jack nie etwas merkte. Ihr Geheimnis blieb gewahrt.

Bis heute. Das Telefon schrillte, während Jane am Pool lag und den Kindern beim Volleyball zusah. Sie hatte sich gerade wieder ausgestreckt, nachdem sie ihnen den Ball zugespielt hatte, als sie das Klingeln hörte. Im Moment hatte die Serie eine zweimonatige Pause – eine Unterbrechung, die sie sehr begrüßte, da sie sich mehr mit den Kindern abgeben konnte. Zudem waren wie alljährlich zwei Wochen Ferien in La Jolla eingeplant. Jane lief ins Haus und nahm den Hörer ab.

»Hallo, schöne Frau.« Es war Lou, der sie oft anrief, manchmal nur, um hallo zu sagen. Ihr Agent, mittlerweile ein Mann um die sechzig, hatte sie immer sehr anständig behandelt und kümmerte sich auch jetzt rührend um sie. Jane respektierte ihn sehr, und er wiederum respektierte ihre »Verrücktheit«, wie er ihre Bemühung nannte, ihre Karriere vor Jack geheim zu halten. Lou ging dabei so vorsichtig vor, wie es angebracht war, da er ihre Arbeit nicht gefährden wollte. Das hatte an Lous Stelle der neue Regisseur der Serie besorgt.

»Hallo, Lou.«

»Na, genießt du den Urlaub?« Sein Ton kam ihr irgendwie komisch vor. Sie schob es auf den Dauerstress, unter dem er litt. Neben einer Hand voll Stars hatte er es mit Heerscharen hungriger Schauspieler zu tun, die ihn Tag und Nacht bestürmten, ihnen Arbeit zu verschaffen.

»Die Pausen gefallen mir sehr, weil ich mich mehr den Kindern widmen kann.« Jane und ihre Familie. Ihr einziges Thema. Dies und ihr Haus und ihre Kochkunst. Du lieber Gott, vielleicht ist es sogar ganz günstig, dass sie grundsätzlich keine Interviews gibt, dachte er. Denn bei ihrer Figur würde ihr niemand ihre Hausbackenheit glauben.

»Was gibt es?«

Er schwieg eine Weile und suchte nach den richtigen Worten, da er wusste, dass er ihr wehtun musste, bevor sie die Neuigkeit aus dem Studio erfuhr. »Keine guten Nachrichten.« Er redete nicht lange um den heißen Brei herum, obwohl ihm die Sache sehr unangenehm war. »Nach der Pause wird deine Rolle gestrichen.«

»Was?« Ein Scherz. Es musste einer sein. Unter ihrer Sonnenbräune wurde sie fahl, und ihre großen blauen Augen füllten sich mit Tränen. »Ist das dein Ernst?«

»Leider ja. Der neue Regisseur möchte der Serie ein neues Image verpassen. Er lässt dich sofort in der ersten Folge bei einem Autounfall ums Leben kommen. Natürlich wird man dir eine ansehnliche Abfindung zahlen, dafür habe ich gesorgt, aber es sieht aus …« Mehr brauchte er nicht zu sagen. Jane liefen die Tränen über die Wangen. Es war die schlimmste Nachricht, die sie je bekommen hatte. Die Serie war ihr ganzes Leben … außer Jack und den Kindern natürlich. Fast elf Jahre war sie nun dabei … »Fast elf Jahre meines Lebens habe ich mitgemacht, und jetzt will er mich …« Das war nicht weiter ungewöhnlich, schon gar nicht bei Seifenopern. Für Jane aber war es verheerend. Die Kollegen waren für sie zur zweiten Familie geworden. »Kannst du ihn nicht umstimmen?«

»Ich habe alles versucht.« Er verschwieg ihr, dass eine Jüngere ihre Stelle einnehmen sollte und dass man drei homosexuelle

Freunde des Regisseurs zusätzlich in die Handlung eingebaut hatte. Es hätte keinen Sinn gehabt, ihr dies zu sagen. Für sie war nur wichtig, dass sie draußen war. »Man braucht dich nur am ersten Tag nach der Pause, und dann ist es endgültig aus.«

»Mein Gott …« Jane saß heulend am Küchentisch, als ihre ältere Tochter hereinkam und sie überrascht ansah.

»Mom, ist was passiert?«

Jane lächelte tapfer und schüttelte den Kopf. Mit einem abfälligen Hochziehen der Schultern nahm Alexandra sich eine Limo, ehe sie wieder hinaus zu ihren Freunden ging. Für Jane, die wieder zu weinen anfing, hatte sie keinen Blick mehr übrig.

»Ich kann es nicht glauben«, schluchzte sie ins Telefon.

»Ich auch nicht. Persönlich bin ich ja der Meinung, dass es sehr dumm von ihm ist, aber wir können nichts machen. Es ist das gute Recht des Regisseurs. Du kannst von Glück sagen, dass du zehn Jahre dabei sein konntest.« Ja, aber was nun? Sie wusste, dass sie etwas Ähnliches nicht finden würde. Kein anderer Produzent würde zulassen, dass sie ihre Anonymität wahrte; und dass Jack von ihrem Doppelleben erfuhr, konnte sie nicht zulassen.

»Mir ist, als wäre jemand gestorben.« Sie lachte traurig. »Vermutlich bin ich es selbst.«

»Ach was, diese Idioten sollen zum Teufel gehen, wir finden etwas anderes für dich.«

Da fing sie wieder laut zu schluchzen an. Lou ging dieser Ton durch und durch. »Etwas anderes kann ich nicht machen … das weißt du … für mich war die Rolle ideal …«

»Kopf hoch, wir werden für dich wieder eine tagsüber ausgestrahlte Seifenoper finden, in der eine Sexbombe mit schwarzer Perücke auftritt.« Inzwischen besaß sie ein Dutzend Perücken, sämtliche Längen und Frisuren der letzten zehn Jahre. Sie war noch immer untröstlich, als sie sich die Nase mit einem Küchentuch putzte. »Kleines, ich weiß nicht, was ich sagen soll«, versuchte Lou sie zu trösten. »Es tut mir echt Leid.« Es stimmte. Lou konnte es nicht ertragen, dass sie litt. Jane hatte kein so unrühmliches Ende verdient.

»Was soll ich jetzt tun?« Wieder putzte sie sich die Nase, während ihr die Tränen über die Wangen auf die Brust liefen.

»Du musst dich mit Würde in dein Los fügen. Etwas anderes bleibt dir nicht übrig. Fahr noch mal ins Studio, und sag allen Lebwohl.« Er wusste, dass es eine schlimme Szene geben würde. Noch während des Gesprächs notierte er sich etwas in seinen Kalender. Er durfte nicht vergessen, ihr an dem Tag anonym Blumen zu schicken. »Ich will mich umhören, ob ich etwas anderes für dich bekomme.«

»Lou, etwas anderes geht nicht.«

»Da wäre ich nicht so sicher. Überlass das nur mir. Ich rufe dich in ein, zwei Tagen wieder an.«

Sie legte auf und putzte wieder ihre Nase. Sie war von Weltuntergangsstimmung erfüllt. Und in gewissem Sinn war tatsächlich eine Welt untergegangen. Kaum hatte sie aufgelegt, als die Horde Teenager hereingepoltert kam – elf an der Zahl. Jason, Alexandra, Alyssa und ihre Freunde.

»Was gibt es zum Lunch?« Jason fragte es lächelnd. Die eben vergossenen Tränen hatten in Janes Gesicht keine Spuren hinterlassen. Jason sah beinahe so aus wie Jack, als sie ihn kennen gelernt hatte. Auch Alexandra ähnelte Jack sehr, obwohl beide Kinder Janes rotes Haar geerbt hatten. Bis auf diesen einen Punkt aber hatten die beiden mit ihr nicht die geringste Ähnlichkeit.

Sie drehte ihnen den Rücken zu, damit man ihre geröteten Augen nicht bemerkte, und nahm die Platte mit den vorbereiteten Sandwiches aus dem Kühlschrank. Sie waren reichlich mit Schinken, Wurst und Putenfleisch in verschiedenen Kombinationen belegt. Die hungrige Bande schnappte sich die Sandwiches, dazu drei Sechserpackungen Coke und verschwand wieder. Seufzend ließ sie sich am Küchentisch nieder. Es war vorbei. Für sie war alles vorbei. Jack hatte zu guter Letzt doch den Sieg davongetragen und wusste es nicht mal.

Als hätten ihre Gedanken ihn herbeigezaubert, hörte sie einen Wagen in der Auffahrt. Sie spähte aus dem Fenster und sah, wie Jack aus seinem Wagen sprang. Er wirkte noch immer sehr jung, da sein blondes Haar das schon vorhandene Grau noch verdeckte. Mit Sport hielt er sich so gut in Form, dass er jünger wirkte als dreiundvierzig, doch aus seinem Blick sprach etwas Abweisendes, und um den Mund lag ein harter Zug, der vor Jahren noch nicht zu sehen gewesen war. Seinem guten Aussehen mangelte es an Wärme, und auch als er jetzt hereinkam, lächelte er ihr nicht einmal zu. Ihre Niedergeschlagenheit bemerkte er gar nicht. Tatsächlich würdigte er sie kaum einmal eines Blickes.

»Hallo, mein Schatz, was führt dich nach Hause?«, fragte sie mit einem Lächeln, während er sich umdrehte und sich aus dem Kühlschrank ein Bier holte.

»Ach, ich hatte einen Termin ganz in der Nähe und dachte mir, ich könnte über Mittag auf einen Sprung nach Hause kommen.« Als er sich wieder umdrehte, glitt sein Blick an ihr herunter, ohne ihren Augen zu begegnen. Jack lockerte seine Krawatte und nahm einen Schluck Bier aus der Dose. Seine Jacke hatte er auf einen Stuhl geworfen. Jane beobachtete das Spiel seiner Muskeln unter dem Hemd. Jack trainierte fast täglich auf dem Tennisplatz, wenn er abends heimkam. Er und Jason bildeten ein gefürchtetes Doppel. Jane hatte es im Tennis nicht weit gebracht, sodass die beiden höchst ungern gegen sie spielten. »Du bist heute nicht im Krankenhaus?«

»Sommerpause. Hast du das vergessen?« Wieder lächelte sie, und diesmal erwiderte er ihr Lächeln.

»Ja, richtig, das vergesse ich tatsächlich immer.« Er betrachtete ihre reifen, üppigen Formen und verlor sofort das Interesse an allem anderen. »Warst du draußen am Pool?« Jack Adams sorgte sehr gut für seine Familie und verschaffte ihr alles. Einen Pool, Autos, Kleider für Jane und die Kinder, ein Ferienhaus in La Jolla, und zu Weihnachten machten alle Urlaub auf Hawaii, und doch wurde Jane nie das Gefühl los, dass er wenig mit ihnen gemeinsam hatte.

»Ja, ich musste die Kinder ein wenig im Auge behalten.« Ihre Gespräche waren immer nur ein Austausch von Banalitäten. Nie erzählte er ihr von seiner Arbeit, das hatte er nie getan, und nur selten erfuhr sie etwas über die Menschen, mit denen er zu tun hatte.

»Hast du das Zeug besorgt, das ich nächste Woche für La Jolla brauche?« Er hatte ihr eine genaue Aufstellung der Angelutensilien gegeben, die er haben wollte.

»Dazu hatte ich keine Zeit. Ich erledige das heute Nachmittag.« Plötzlich wurde sie wieder von der Weltuntergangsstimmung übermannt. Habe ich denn nicht wirklich viel verloren, fragte sie sich, als Jack näher kam und zwei Finger vorne in ihr winziges Bikinihöschen steckte. Er fand das Gesuchte und drang ein, so heftig, dass es schmerzte, doch sie ließ sich nichts anmerken.

»Und für etwas anderes hättest du Zeit?« Eine rein rhetorische Frage, denn sie hatte noch nie Nein gesagt. Jack hatte die Bierdose bereits abgestellt und fasste mit der anderen Hand nach ihrer Brust. Sein Mund nahm ihren so heftig in Besitz, dass ihre Lippen schmerzten. »Möchtest du mit mir bumsen?« Mittlerweile hatte sie sich an seine Ausdrucksweise gewöhnt. Nach zwanzig Jahren war seine Brutalität für sie weder ein Schock noch ein Grund zur Verwunderung. Das gehörte einfach zu Jacks Art. Am Anfang ihrer Beziehung war es anders gewesen. Damals hatte er mehr Feingefühl an den Tag gelegt. Doch kurz nachdem sie geheiratet hatten, änderte sich alles. Manchmal hatte sie den Eindruck, er sei von Sinnen, da er nicht tief und heftig genug in sie eindringen konnte. So unsanft war er auch während der Schwangerschaften mit ihr umgegangen. Jane hatte es oft mit der Angst zu tun bekommen, doch zum Glück hatte es weder ihr noch den Babys geschadet. Sich bei ihrem Arzt auszusprechen war ihr zu peinlich gewesen.

Jetzt zog Jack sie an sich und drängte sich an sie.

»Gut, dass ich gekommen bin. Besser als eine Mittagspause in der Stadt.«

Jane lachte auf, obwohl ihre Augen ernst blieben. Er fasste sie am Arm und lief mit ihr den langen Flur entlang, um das große L herum, das den abgesenkten Wohnraum umgab. Das Schlafzimmer lag am äußersten Ende, er hatte es so geplant, und Jane hatte sich oft gefragt, ob er es so eingerichtet hatte, dass die Kinder nicht hörten, welche Laute er von sich gab. Er knallte die Tür hinter sich zu und sperrte sie ab. Die Jalousien zog er nicht herunter, was nicht weiter tragisch war, da man vom Pool aus die Schlafzimmerfenster nicht sehen konnte. Jane blickte hinaus zu den Bäumen, als er sie unsanft auf den Boden zog und ihr den Bikini vom Leib riss. Er begnügte sich damit, seine Hose zu öffnen, und drang ohne Vorspiel und ohne Zärtlichkeit in sie ein, während er mit den Händen ihre Brüste bearbeitete, bis er den Kopf senkte und sie in die Brustwarzen biss. Es war schon vorgekommen, dass er sie biss, bis sie blutete, aber diesmal war er vorsichtiger. Er bearbeitete sie, bis auch Jane erregt war und unter seinen Händen zu stöhnen anfing. Plötzlich ließ er von ihr ab und liebkoste sie mit den Lippen. Er öffnete sie mit den Händen ganz weit und drang dann von neuem ein, diesmal endgültig. Er stieß einen Schrei aus, dann ein lang gezogenes, leises Stöhnen und sank über ihr zusammen. Er lächelte befriedigt, als er wieder nach ihren Brüsten fasste, ohne einen Blick für die Tränen, die Jane über die Wangen liefen, übrig zu haben.

5

Als Jane ins Studio kam, war ihre Kehle wie zugeschnürt. Sie sah die vertrauten Gesichter der Kulissenarbeiter, Tontechniker und Produktionsassistenten. Alle waren ihr ans Herz gewachsen. Sie hatte Plätzchen und Kuchen für sie gebacken und für die erwarteten Babys gestrickt. Jeder Einzelne war ihr lieb und teuer, fast unersetzlich. Sie brauchte diese Menschen für ihr seelisches Wohlbefinden. Sie waren ihr lieb und teuer wie eigene Kinder. Es waren ihre einzigen Freunde. Und jetzt stand sie im Begriff, sie alle auf einmal zu verlieren.

Die Atmosphäre war gedrückt. Niemand begrüßte sie. Alle wussten, was bevorstand. Die Neuigkeit hatte sich bereits herumgesprochen. Die Opfer waren vorgewarnt worden. Und Jane kämpfte mit den Tränen, als der Regisseur sie ansprach und ihr die Szene erklärte, den Unfall, der ihrem Filmleben ein Ende bereitete. Was er ihr im wirklichen Leben damit antat, blieb unerwähnt. Niemand sprach davon, dass er ihr eine Rolle wegnahm, die sie mehr als zehn Jahre lang verkörpert hatte. Es war tatsächlich der erste Tag ihrer elften Saison bei der Serie. Ihr erster und letzter Tag. Sie wollte sich gar nicht zurückerinnern und durfte nicht an die Anfänge zurückdenken – es wäre unerträglich gewesen.

Sie ging in ihre Garderobe und packte ihre Habseligkeiten in einen Koffer: vier schwarze Perücken, eine Strickjacke, einen Trainingsanzug und Shorts, die sie in den Drehpausen getragen hatte. Dazu ein paar Handschuhe und Dutzende von Make-up-Tiegeln und Nagellackfläschchen. Sie schickte Stoßgebete zum Himmel und flehte darum, dass sie die letzte Szene hinter sich brachte, ohne hysterisch zu werden. Sie wusste, was für einen Schock die Szene für das Publikum darstellte, und wie Lou war sie der Meinung, dass der Regisseur einen großen Fehler beging.

Man munkelte, dass bis Weihnachten alle alten Gesichter verschwunden sein würden. Als sie herunterkam, waren die Doubles und die Beleuchter am Werk. Man brauchte die Doubles, damit die Scheinwerfer richtig eingestellt werden konnten. Plötzlich empfand Jane Neid. Wie gern wäre sie als Double geblieben … sie hatte das Gefühl, zum ersten Mal eine Heimat aufzugeben. Es war ihr leichter gefallen, Buffalo zu verlassen, als dem Studio Lebwohl zu sagen.

Fünfundzwanzig bis dreißig Personen standen herum, die Wände der Dekoration wurden zurechtgeschoben, eine Ewigkeit schien zu vergehen, bis das Warnzeichen ertönte und die Klimaanlage ausgeschaltet wurde, damit kein Geräusch die Sendung störte. Dann leuchtete das Licht auf, das anzeigte, dass sie auf Sendung waren.

Die Szene wurde noch schrecklicher, als Jane befürchtet hatte. Als man ihr Gesicht bei dem tödlichen Unfall aufnahm, der das Ende ihrer Karriere bedeutete, waren ihre Tränen und ihr Schluchzen echt, ebenso echt wie der letzte grässliche Aufschrei. Jane fiel in Ohnmacht, als die Sendung ausgeblendet wurde.

Der Regisseur war verschwunden, und die Kollegen halfen ihr in die Garderobe. Eine Abschiedsparty war nicht vorgesehen. Es gab einen tränenreichen Abschied mit Umarmungen und dem Versprechen, in Kontakt zu bleiben, bis Jane zum letzten Mal in ihrem Mercedes-Kombi vom Studiogelände fuhr. Auf der Heimfahrt weinte sie so hemmungslos, dass sie sich gezwungen sah, sich eine passende schreckliche Krankenhaus-Geschichte zurechtzulegen, die sie ihrer Familie präsentieren konnte, nur um ihre Verfassung zu erklären. Lous Blumen erwarteten sie bereits, und gottlob kamen die Kinder heute später von der Schule. Jason war schon in Santa Barbara, und die Mädchen hatten Hockeytraining. Sogar vor Jack hatte sie heute Ruhe. Er rief an, um ihr mitzuteilen, dass er eine Besprechung habe und nicht vor neun zu Hause sein könne.

Stundenlang lag sie weinend auf dem Bett und ging kein einziges Mal ans Telefon. Sie wollte mit niemandem sprechen. Ihr Leben in »Unsere geheimen Sorgen« gehörte der Vergangenheit an, ihre Karriere war zu Ende, so wie Jack es vor langer Zeit gefordert hatte. Ihr zukünftiges Leben lag öde und langweilig vor ihr. Noch öder als zuvor. Sie schlief, von den Tränen erschöpft, in ihren Kleidern ein, und Jack hatte zu viel getrunken, um das nächtliche Sexritual mit seiner Frau auszuführen. Jane schlief ungestört, angezogen, mit gebrochenem Herzen und erschöpft von den Härten des Tages. Jack hatte keine Ahnung, was sie durchgemacht hatte, keine Ahnung, was sie die letzten zehn Jahre getrieben hatte und wer sie in Wirklichkeit war.

6

Da er den ganzen Tag in Mike's Bar bedient hatte, war Bill Warwick um vier Uhr nachmittags schon rechtschaffen müde. Im Moment gab es eine kleine Atempause, da die einzigen Gäste an der Bar hockten oder Billard spielten. Bill plauderte mit Adam, als das auf der Bar stehende Telefon klingelte.

»Für dich.« Bill sah erstaunt auf, als Adam ihm den Hörer reichte. Vielleicht war es Sandy, die ihn sprechen wollte. Er konnte sich nicht erinnern, ob er ihr gesagt hatte, dass er hier arbeiten würde. Den ganzen Tag über hatte er sich schon ihretwegen Sorgen gemacht und sich gefragt, wo sie steckte. Doch es war nicht Sandy, sondern Harry, sein Agent.

»Hallo, Kleiner.«

»Wie hast du mich hier aufgestöbert?«

»Dein Anrufbeantworter hat mir diese Nummer verraten. Wo bist du?« Bill hatte vergessen, dass er die Nummer aufs Band gesprochen hatte.

»Ich versuche es zur Abwechslung mit Arbeit. Ich bediene in meiner Lieblingskneipe.«

»Dann sag den Leuten, dass du auf der Stelle kündigst.«

»Liegt ein bestimmter Grund vor? Vielleicht eine Hauptrolle in einem Kinofilm?«, scherzte er und ließ sich auf einer Bank nieder.

»Würdest du dich mit einer Rolle in der neuen Serie von Mel Wechsler begnügen?« Nun trat eine Pause ein, während Harry vor sich hin grinste und Bill ins Leere starrte. Insgeheim machte er sich auf eine neue Enttäuschung gefasst.

»Momentan wird die Besetzung zusammengestellt. Es wird eine Superserie, von vornherein auf Erfolg programmiert. Ein sicherer Spitzenreiter. Mir kam die Sache erst letzte Woche zu Ohren. Wechsler sucht einen Burschen in deinem Alter. Wir haben ihm deine Demobänder zugeschickt, und jetzt möchte er dich sehen.«

Bill stieß einen Pfiff aus und sah Adam grinsend an.

»Meinst du, ich habe eine echte Chance?« Er wagte es nicht zu hoffen, da er schon zu viele Luftschlösser gebaut hatte, die sich dann in nichts aufgelöst hatten. Aber diesmal vielleicht ... das war ja der Reiz an diesem Beruf. Immer gab es eine Hoffnung, immer irgendeine Chance, immer ein Morgen.

»Ich glaube, deine Chancen stehen ausgezeichnet. Wechsler möchte dich morgen um zehn sehen. Eine Kopie des Skripts habe ich bei mir. Du solltest es heute noch lesen. Es wird dir garantiert gefallen.«

Bill hätte in diesem Moment auch einen Auftritt in einer Hundefutterwerbung großartig gefunden, eine Rolle in einer Serie von Wechsler war jedoch der absolute Gipfel. »Kannst du vorbeikommen und dir das Manuskript holen?«

»Ich arbeite bis zehn. Kann ich es bei dir zu Hause holen?«

»Ich werfe es auf dem Heimweg in deinen Briefkasten. Und du musst mir versprechen, dass du es lesen wirst. Kümmere dich heute nicht um Sandy, auch wenn sie eine Überdosis intus hat. Schließ dich im Bad ein, und lies das Zeug.«

»Mach ich, mach ich. Du brauchst mich nicht zu bitten.«

»Gut. Und ruf mich morgen nach dem Gespräch mit Wechsler an.«

»Wird gemacht.« Mit jungenhaftem Grinsen legte Bill auf. Seine nicht zu übersehende Selbstzufriedenheit entlockte Adam ein Lächeln.

»Was Neues?«

»Das war mein Agent.«

»Dachte ich mir's doch.«

Seinem Freund von der Serie zu erzählen wagte er nicht, um seine eigene Chance nicht zu gefährden. Womöglich hörte einer der Jungs an der Bar mit und stellte sich auch bei Wechsler vor. Bill wollte nicht riskieren, dass ihm die Rolle entging. Die nächsten sechs Stunden glaubte er auf Wolken zu schweben und war auch nicht müde, als er um elf nach Hause kam. Er stand einen Augenblick Angst aus, als er die Tür öffnete, da er fürchtete, Sandy würde in schlechter Verfassung sein und ihm eine Szene machen. Jetzt brauchte er seine Ruhe, um das Skript lesen zu können, das Harry wie versprochen in die Briefbox gesteckt hatte.

Das Haus war leer, als Bill eintrat, leer bis auf Bernie, den Bernhardiner, der ihn und die Speisereste erwartete, die er aus der Kneipe mitgebracht hatte. Bill ließ ihn hinaus in den Garten, tat die Reste in den Napf und holte sich ein Bier aus dem Kühlschrank, ehe er sich mit dem Skript niederließ. Die Sorgen um Sandy waren zwar nicht gebannt, aber er war erleichtert, dass er seine Ruhe hatte. Er wollte mit ihren Problemen nichts zu tun haben. Nicht heute. Er wollte das Skript lesen und sich auf das Gespräch mit Wechsler einstellen.

Um eins war er mit dem Skript fertig. Sein Herz klopfte vor Aufregung. Es war die beste Rolle, von der er je gehört hatte, und ihm wie auf den Leib geschrieben. Er wusste, dass er großartige Arbeit leisten konnte, wenn er Wechsler nur von seinem Talent zu überzeugen vermochte. Nachdem er zu Bett gegangen war, konnte er lange nicht einschlafen. Er lag da, dachte an die Rolle und die geplante Serie. Er wünschte sich nichts auf der Welt mehr als diese eine Chance. Es war vier, als er sich noch immer schlaflos im Bett wälzte. Plötzlich glaubte er draußen ein Geräusch zu hören und meinte, Sandy sei nach Hause gekommen, aber er hatte sich getäuscht.

Sandy kam in dieser Nacht überhaupt nicht nach Hause. Bill schwankte am Morgen beim Rasieren zwischen Sorge und Erleichterung, denn das Leben war ohne sie um vieles angenehmer – ein Umstand, der ihn aber auch traurig stimmte. Er wusste noch, was sie einmal miteinander geteilt hatten, und dachte daran, wie es hätte sein können, wenn sie je eine normale Ehe hätten führen können. Sofort fragte er sich, ob ihre Beziehung von allem Anfang an zum Scheitern verurteilt gewesen war. Er dachte an ihre Flitterwochen in Hawaii und wie wundervoll Sandy zu ihm gewesen war. Lieb war sie noch immer zu ihm, doch das reichte nicht mehr. Es machte den Schmerz nicht wett, den sie ihm zufügte, weil sie ihm Tag und Nacht Sorgen machte. Doch im Moment konnte er sich diese Überlegungen nicht leisten, er durfte weder an gute noch an böse Zeiten denken, sondern musste sich voll und ganz auf den Termin bei Mel Wechsler konzentrieren. Das war das Einzige, was ihn jetzt beschäftigen durfte.

Während er auf den Bus wartete, dachte er ständig an das Skript. Die Fahrt zu Wechslers Büro in Burbank verging wie im Fluge. Er war so aufgeregt, dass er kaum atmen konnte, als er das Gelände betrat und dem Posten am Tor seinen Namen nannte. Bill wurde erwartet, und man sagte ihm, zu welchem Gebäude er gehen sollte. Er überquerte das ganze Gelände und ging dann in dem betreffenden Gebäude einen langen Korridor entlang, ehe er in einem Vorzimmer mit vier Sekretärinnen und einer Wand voller Bücher und Gemälde landete. Er nannte seinen Namen, man bot ihm Platz an, und plötzlich hatte er schreckliches Lampenfieber. Er würde die Rolle nie bekommen. Sie war einfach zu großartig. Und er war vermutlich noch nicht bereit für sie.

»Mr. Warwick.« Er hörte seinen Namen, als er gerade zu der Einsicht gelangt war, dass er niemals hätte herkommen dürfen. Als er aufstand, fühlte er sich wie ein Schuljunge, der vor den Rektor zitiert wird. Seine Ängste schwanden erst, als er in Mel Wechslers Allerheiligstes geleitet wurde. Mel, der hinter seinem Schreibtisch saß, streckte ihm die Hand entgegen und empfing ihn mit einem herzlichen Lächeln, während seine leuchtend blauen Augen Bill Warwick einer gründlichen Musterung unterzogen.

»Hallo, Bill. Schön, dass Sie gekommen sind.« Bill glaubte, sich verhört zu haben. Er wäre auch über Glasscherben und rostige Nägel gegangen, nur um diesen Termin nicht zu versäumen. »Ihre Demobänder haben mir gut gefallen.«

»Danke.« Plötzlich hatte er das Gefühl, jedes Wort würde ihm in der Kehle stecken bleiben. Wieder bekam er es mit der Angst zu tun, da er nicht wusste, was er sagen sollte. Aber Mel Wechsler nahm ihm das Problem ab.

»Haben Sie das Skript gelesen?«

»Ja.« Bills Blick wurde lebhaft, sein Lächeln hätte die Herzen von Millionen Frauen zum Schmelzen gebracht. Es war genau der Ausdruck, den Mel sich für Sabinas Filmsohn vorstellte. Die weibliche Hauptrolle in »Manhattan« war eine Konzernchefin, unterstützt von ihrem Sohn, gehasst von ihrer Tochter, auf Händen getragen von ihrem Liebhaber, den ein älterer Schauspieler darstellen sollte. Mel hoffte, Zack Taylor dafür zu gewinnen. Die zweite sehr wichtige weibliche Rolle war die der Schwester der Hauptdarstellerin, einer Frau, die zunächst kein

Interesse für das Unternehmen zeigt, mit dem Fortschreiten der Handlung aber den Kampf mit der Schwester um das Unternehmen, die Kinder und ihren Geliebten aufnimmt. Alles drehte sich um die Machtkämpfe und Intrigen innerhalb eines von starken, habgierigen und schönen Menschen geleiteten Geschäftsimperiums. Und Mel konnte sich Bill als Sabinas Sohn sehr gut vorstellen. Für die Rolle wurde ein junger Mann Ende zwanzig gesucht, und Bill kam dem Idealtyp sehr nahe.

»Es hat mir sehr gut gefallen.« In Bills Blick lag Aufrichtigkeit. »Sämtliche Rollen stellen eine Herausforderung dar und besonders diejenige, die mir am meisten zusagt.« Er strahlte wie ein kleiner Junge und war nur von Mel Wechslers Blick ein wenig eingeschüchtert. Er hatte das Gefühl, einem Zauberkünstler gegenüberzusitzen, der für die Fernsehgesellschaften mit allen seinen Filmen Erfolge produzierte.

»Das freut mich. Wir waren ähnlich begeistert von dem Drehbuch. Meiner Meinung nach wird es auf allen Kanälen der größte Serienerfolg der kommenden Saison. Die Dreharbeiten sollen im Dezember beginnen.« Bill starrte ihn an, als säße er Gottvater persönlich gegenüber. Hinterher kam er sich albern vor, weil er nicht mehr gesagt hatte, aber ihm war einfach nichts eingefallen. Dauernd hatte er an die Rolle denken müssen, die er sich so verzweifelt wünschte. »Würde das in Ihren Terminplan passen?«

»Wie ... meinen Terminplan?« Er sah Mel verständnislos an. Welcher Terminplan? Die Arbeit in Mike's Bar etwa? Oder seine Bemühungen um Sandy? Ein Problem, das er nicht vergessen durfte. »Ich ... ach ... sehr gut ... im Moment habe ich keine Verpflichtungen.« Er fühlte sich wie ein Neunjähriger und hätte sich ohrfeigen können, weil er so wortkarg war. »Im Moment bin ich nämlich ohne Arbeit.«

Mel Wechsler lächelte. Seinem Blick entging nichts. Bill war jung und befangen, aber er gefiel ihm. Die Videobänder hatten ihm gezeigt, was er konnte. Mel wollte für eine Serie wie »Manhattan« keine halb garen Schauspieler, sondern nur das Allerbeste. Und das war Bill in seinen Augen. Der Junge sah gut aus, hatte Sex-Appeal, war jung und ein verdammt guter Schauspieler. »Bill, Sie sind gut, sehr gut.« Mel erwähnte die Abschnitte, die ihm am besten gefallen hatten. Zudem hatte er Bill im Vorjahr in einem Fernsehfilm gesehen, in einem billigen Machwerk mit miserabler Regie, aber Warwick hätte seine Rolle nicht besser spielen können.

»Danke. Ich hatte noch nicht viel Gelegenheit zu zeigen, was ich kann. In letzter Zeit habe ich oft bei Werbefilmen mitgemacht.«

»Da muss jeder durch.« Mel lächelte. »Unsere Branche ist knallhart. Wie lange machen Sie das schon?«

»Zehn Jahre.« Das kam sogar Bill selbst erstaunlich vor. Zehn lange Jahre voller Vorsprechtermine, kleiner Erfolge und Misserfolge, Rollen auf Sommerbühnen, in Werbefilmen, alles, was er kriegen konnte, ohne seine berufliche Integrität zu opfern. Es war ein langer und mühsamer Weg, doch hier in Mel Wechslers Büro kam er ihm nicht mehr so lange vor. Es hatte sich gelohnt.

»Na, das ist ja eine ansehnliche Zeit.«

»Vorher war ich auf der Uni.«

»Wie alt …?« Die meisten schwindelten in dieser Beziehung, doch Bill war so jung, dass er es nicht nötig hatte. Jedenfalls hatte er das richtige Alter für die Rolle, und darauf kam es im Moment an.

»Zweiunddreißig.«

»Sehr gut. Phillip, der Sohn von Eloise Martin, ist achtundzwanzig, vielleicht siebenundzwanzig. Wir haben uns nur ungefähr festgelegt. Die Rolle passt fabelhaft zu Ihrem Alter.« Es kam auch darauf an, wie alt Sabina in dieser Rolle wirken wollte, falls sie sich positiv entschied. Mel beabsichtigte jedenfalls, sie nicht jünger zu machen, als sie tatsächlich war. »Sie sehen so aus, wie es die Rolle verlangt. Sobald die Serie ausgestrahlt wird, werden sich jede Menge Frauen in Sie verlieben, Großmütter, Teenager, Frauen Ihres Alters. Es wird die üblichen Verrücktheiten geben, vielleicht sogar noch größere. Poster, Fotos, Pressekonferenzen, Gott weiß was alles. Durch diese Serie werden Sie ein großer Star, Bill.« Bill fragte sich, ob dies bedeutete, dass er engagiert war, und wartete mit angehaltenem Atem. »Ich nehme an, Sie sind ungebunden. In der Öffentlichkeit jedenfalls.« Mel hatte Erkundigungen eingezogen, die zu seiner Zufriedenheit ausgefallen waren. Der Junge war sauber, fleißig, und er war beliebt bei allen Regisseuren, mit denen er zusammengearbeitet hatte. Mel Wechsler mochte es nicht, wenn unter seinen Leuten Drogenabhängige, Aussteiger oder einfach schwierige Typen waren. Er mochte es nicht, wenn die Leute zu spät kamen, angetrunken durch die Dekorationen torkelten oder hinter jeder Person anderen Geschlechts her waren, sodass Drehtermine und die gute Laune der Mitarbeiter gefährdet waren. Er pflegte die Dreharbeiten mit straffem Zügel zu lenken und gedachte es auch bei »Manhattan« so zu halten. »Sie sind doch nicht verheiratet, oder?«

Bill Warwick spürte, wie ihm die Chance seines Lebens zu entgleiten drohte, weil ihm eine drogensüchtige Frau wie ein Mühlstein um den Hals hing. »Nein«, sagte er. Insgeheim schickte er ein Stoßgebet zum Himmel, dass Mel nie dahinter kam, dass er mit Sandy verheiratet war. Wie auch? Kein Mensch wusste von ihrer Ehe. Und wenn Sandy sich endlich zu einer Entziehungskur entschloss, konnte man immer noch eine große Hochzeit arrangieren. Im Moment war sie dazu nicht in der Verfassung. Dennoch kam Bill sich wegen dieser Lüge wie ein Verräter vor.

»Geschieden?«

»Nein, Sir.« Das zumindest entsprach der Wahrheit.

»Wunderbar. Das wird Ihren Fans gefallen.« Und Mel wusste, dass der Junge nicht schwul war, zumindest hatte man ihm das berichtet. Zwei seiner Informanten waren der Meinung, dass Bill ein ständiges Mädchen hatte, da er schon seit einiger Zeit wenig ausging. Jedenfalls waren sie überzeugt, dass er normal war, und auch das war gut. Mel Wechsler wollte, dass Phillip Martin zu Amerikas Liebling wurde, und dies bedeutete Starruhm für Bill Warwick.

»Was würden Sie dazu sagen, wenn ich Ihnen jetzt eröffne, dass ich Sie für die Idealbesetzung halte?«

Bills Herz raste ... fast hatte er die Rolle in Händen ... fast ... »Mir gefällt die Rolle ungemein, Mr. Wechsler ... ich weiß, dass ich gut ... sehr gut sein könnte ... werde ...«

Mel Wechsler streckte ihm über den Schreibtisch die Hand entgegen. »Dieser Meinung bin ich auch. In den nächsten Tagen werde ich mich bei Ihrem Agenten melden und ihm eine definitive Antwort geben.« Er stand auf, und Bill blieb nichts übrig, als es ihm gleichzutun. Dabei hoffte er inständig, dass er einen halbwegs anständigen Eindruck gemacht hatte. Am liebsten hätte er Wechsler rundheraus gebeten, ihm die Rolle zu geben, denn er wusste, dass es oft vorkam, dass Bewerber aus einer Besprechung gingen und überzeugt waren, bald einen Vertrag unterschreiben zu können, nur um ein paar Tage später zu erfahren, dass ihnen ein anderer vorgezogen worden war.

»Ich hoffe sehr, dass ich die Rolle bekomme, Mr. Wechsler.« Mehr brachte er nicht heraus, als sich ihre Blicke begegneten. Bill wusste wirklich nicht, was er glauben sollte, als er hinausging. Von Mike's Bar aus rief er Harry an. Mit seinen Nerven war er mittlerweile ziemlich am Ende. Adam riet ihm, einen kühlen Kopf zu bewahren, da er ohnehin Wechslers Entscheidung nicht beeinflussen konnte. Bill hatte Adam schließlich doch anvertraut, dass er sich bei Mel Wechsler vorgestellt hatte, ihm aber verschwiegen, wofür. Noch immer befürchtete er, dass ein anderer den Sieg davontragen könnte.

Harry sprach ihm wie gewohnt Mut zu.

»Ruhig Blut, mein Junge, die Sache ist gut gelaufen.« Das sagte er immer, auch wenn die Sache nicht für Bill, sondern für andere gut gelaufen war.

»Harry, ich hab mich wie ein Vollidiot benommen.«

»Was denn? Hast du ihn geküsst?«

»Nein, im Ernst. Aber ich habe vor Angst kein vernünftiges Wort herausgebracht. Ich muss ihm reichlich dämlich vorgekommen sein.«

»Na und? Du bist Schauspieler und keine Debütantin. Du kriegst ein Skript, du liest es, du lernst den Text, und dann erst musst du was Vernünftiges von dir geben. Hör mal, er hat in ganz Hollywood Erkundigungen über dich eingezogen. Also meint er es ernst.«

»Und was wollte er wissen?«

»Ob du Säufer oder Fixer bist, wie du arbeitest, den üblichen Kram. Und du stehst nicht schlecht da. Alle mögen dich.« Beide dachten gleichzeitig an dasselbe.

»Glaubst du, dass ihm jemand von Sandy erzählt hat?«

»Außer mir und Tony Grossmann weiß niemand etwas von ihr, oder?«

»Richtig.«

»Nun, ich halte den Mund, und Tony wollte ohnehin niemals, dass jemand etwas von der Heirat erfährt. Das war zwar damals, als Sandy bei »Sunday Supper« mitmachte, vielleicht ist es ihm jetzt egal, aber ich glaube nicht, dass er damit herausrücken wird. Er möchte sie sicher bei nächster Gelegenheit einem Produzenten wieder als Jungfrau präsentieren.« Harry hasste Tony Grossman, wie Bill wusste. Diese Abneigung rührte aus den früheren Zeiten her, und Bill hatte nie erfahren, warum die beiden Agenten zerstritten waren. Er wusste nur, dass sie sich spinnefeind waren, sodass er sich am Beginn seiner Romanze mit Sandy wie Romeo mit Julia gefühlt hatte, die ihre Liebe vor den Sippen der Montagues und Capulets verbergen mussten.

»Wechsler hat mich gefragt, ob ich verheiratet bin.«

Harry schluckte hörbar. »Und was hast du gesagt?«

»Nein.«

»Braver Junge. Er möchte dich als jungen Helden herausbringen, und dazu braucht er jemanden, der frei und ungebunden ist.«

»Das dachte ich mir auch. Trotzdem fühlte ich mich wie ein Schuft. Was ist, wenn er dahinter kommt?«

»Das wird er schon nicht. Du hast es richtig gemacht. Und jetzt halt die Klappe, und beruhige dich, bis er wieder anruft.«

»Ich arbeite noch immer in der Bar.«

»Nicht mehr lange.«

Bill antwortete mit einem von Harrys Lieblingssprüchen, indem er sagte: »Dein Wort in Gottes Ohr.«

»Also, ich melde mich wieder.«

»Danke.« Bill legte auf und hatte anschließend sofort alle Hände voll zu tun, da die Mittagsgäste in die Bar drängten. Eine Ewigkeit schien vergangen zu sein, seit er Mel Wechsler gegenübergesessen hatte. Es wurde fünf, ehe Bill sich selbst zu einer Tasse Kaffee und einem Hamburger hinsetzen konnte. Er ließ sich an der Bar nieder und sah sich die Nachrichten an, die aus dem Fernsehgerät oberhalb von Adams Kopf kamen. Unvermittelt hielt er im Essen inne. Ein Bild von Sandy, das drei Jahre alt war, erschien auf dem Bildschirm. Ihm fiel sofort auf, wie stark sie sich verändert hatte. Dann kam die Meldung, dass man sie am Morgen bei einer Razzia festgenommen hatte. Am Morgen, während er bei Wechsler war … Bill wurde übel. Wie festgenagelt saß er da und starrte den Fernsehapparat an. Doch es kam noch die Meldung, dass man sie mit fünf anderen Verdächtigen im Gefängnis der Stadt Los Angeles festhalten würde und dass es sich bei ihr nicht um die erste Festnahme handelte. Weiter hieß es, dass sie wegen Drogenmissbrauchs ihre Rolle in der Serie verloren habe. Dann folgte die nächste Meldung.

Auch Adam hatte die Nachricht gehört. Wortlos sah er zu, wie Bill ans Telefon ging. Natürlich würde Bill versuchen, sie zu erreichen. Aber er konnte nur in Erfahrung bringen, dass die Kaution für sie bereits hinterlegt worden war. Von wem, erfuhr er nicht. Die nächsten fünf Stunden erschienen ihm wie eine Ewigkeit. Er hatte etliche Male zu Hause angerufen, ohne dass sich jemand gemeldet hätte. Und als er zu Hause eintraf, erwartete er, Sandy auf dem Sofa oder auf dem Bett, angezogen und verdreckt, voll gepumpt mit Stoff zu sehen. Stattdessen fand er nur die von ihm am Morgen selbst verursachte leichte Unordnung und Bernie vor, der ungeduldig auf seine Abendfütterung wartete. Es stand fest, dass Sandy nicht nach Hause gekommen war. Er hatte das Gefühl, dass sie sich bewusst war, dass sie diesmal zu weit gegangen war. Einerseits war er froh darüber, andererseits tat es ihm Leid. Es war ihm so zur Gewohnheit geworden, ihr aus dem Schlamassel helfen zu müssen, dass er jetzt völlig durcheinander war. Sie einfach vergessen – dazu war er nicht imstande. Ihre Sachen hingen noch im Schrank und lagen in den Schubfächern. Ihre Zahnbürste stand auf dem Bord neben der seinen, dazu ihre Make-up-Utensilien, die sie schon lange nicht mehr verwendet hatte, da ihr Aussehen für sie bedeutungslos geworden war. Ihre Kleider hingen formlos an ihr herunter, sie schminkte sich nicht mehr und putzte sich nicht mal mehr regelmäßig die Zähne. Sandys einzige regelmäßige Gewohnheit war das Fixen.

Nachdenklich ließ er sich auf dem Sofa nieder. Er fragte sich, wo Sandy steckte, und machte sich Sorgen um sie. Das Läuten des Telefons schreckte ihn auf. Es war knapp vor Mitternacht. Das musste Sandy sein. Sie war es nicht.

»Bill?«

»Ja.« Seiner Stimme war die Spannung anzuhören. Vielleicht war es die Polizei. Vielleicht war Sandy verletzt oder … und dann erkannte er Harrys Stimme.

»Entschuldige den späten Anruf. Aber ich war länger aus und wollte es dir unbedingt selbst sagen. Außerdem dachte ich, dass es dir bestimmt nichts ausmachen würde.«

»Was gibt es?« Bill runzelte die Stirn. Seine Gedanken kreisten einzig und allein um Sandy. Und plötzlich hasste er sich wegen seines verdammten Pflichtgefühls ihr gegenüber. Er wollte nicht mehr an sie denken, und doch tat er es ... viel zu intensiv. Er hasste und liebte sie zugleich und verabscheute die Misere, die sie in sein Leben brachte.

»Du hast sie!« Harry äußerte diese Worte mit jener Begeisterung, die er bei Bill vermutete.

»Was habe ich?« Zunächst verstand Bill nicht, dann ging ihm ein Licht auf. »Mein Gott ... du meinst ... ich ... wirklich?«

»Kleiner, darauf kannst du deinen Hintern verwetten. Um sechs hat sich Wechslers Sekretärin bei mir gemeldet. Nächste Woche bekommen wir den Vertrag. Und am sechsten Dezember beginnen die Dreharbeiten. Am neunzehnten Oktober musst du für Garderobenanproben bereit sein. Das wär's, mein Freund. Ein Star ist geboren. Na, wie gefällt dir das, Mr. Warwick?«

Bill spürte die Tränen in den Augen. Zehn Jahre harter Arbeit und kaputter Träume, und davor auf dem College vier Jahre Hoffnung, und jetzt dies ... die Rolle seines Lebens. »Mistkerl ... ich dachte schon, es würde nie passieren.«

»Ich wusste es. Immer schon. Ich habe keine Sekunde daran gezweifelt.« Da fiel Harry etwas ein. »Ach, übrigens, ich habe die Meldung gehört ... du weißt schon ...« Bill wusste, dass er Sandy meinte.

»Ja.«

»Ist sie bei dir?«

»Nein. Ich hab sie seit zwei Tagen nicht mehr gesehen. Wir hatten Streit. Ich habe sie erst vorgestern aus dem Knast geholt.«

»Bill, tu dir einen Gefallen, und halte die Klappe. Und halte dir vor allem Sandy vom Leib. Wenn die Geschichte ans Licht käme, wärst du total bedient. Das Mädchen ist für dich eine Belastung und eine Gefahr.«

»Ach was, sie ist total am Ende, das ist alles.« Sandy zu verteidigen war Bill zur zweiten Natur geworden.

»Das reicht ja. Es könnte dich die Rolle kosten, das möchtest du sicher nicht.«

»Nein.« Aber er konnte nicht Verrat an Sandy üben, wenn sie ihn brauchte. Er würde ihr helfen, das wusste er. Aber sehr diskret, denn von nun an war Vorsicht angebracht. Wechsler hatte er bereits angelogen. »Keine Angst, ich werde auf der Hut sein.«

»Das würde ich dir auch raten, oder Wechsler wird dich verklagen, weil du ihn hinters Licht geführt hast. Er ist im Recht und kann dich so schnell feuern, dass du gar nicht weißt, wie dir geschieht. Man könnte es ihm nicht verübeln. Also, halt dir das Mädchen vom Leib.«

»Im Moment ist das kein Problem.«

»So soll es bleiben. Und meinen Glückwunsch. Du wirst großartig sein.« Harry steigerte sich in echte Rührung. »Ich bin stolz auf dich.«

»Danke, Harry.« Bill legte lächelnd und noch immer fassungslos auf. Er wünschte, es wäre jemand bei ihm, mit dem er sein Glück hätte teilen können. Aber da war nur der schweifwedelnde Bernie. Und Bill hatte keine Ahnung, was Sandy unterdessen zugestoßen war.

7

Sabina stand im Badeanzug auf der Terrasse. Gerade war sie aus dem Pool gestiegen und war nun in Gedanken versunken. Am Tag zuvor hatte sie sich mit Mel getroffen und seither das Skript siebenmal gelesen. Siebenmal. Wenn sie gewillt gewesen wäre, fürs Fernsehen zu arbeiten, dann wäre dies für sie genau das Richtige. Die Rolle der Eloise Martin las sich, als wäre sie ihr auf den Leib geschrieben worden. Sie hätten Zwillinge sein können, Sabina Quarles und Eloise Martin. Sie waren praktisch ein und dieselbe Person. Und wenn Mel es schaffte, Zack Taylor für die männliche Hauptrolle zu gewinnen, könnte es eine fantastische Serie werden. Sie wusste, dass Mel damit rechnete, aber reichte es auch? Reichte es, um sie von ihrer Meinung abzubringen? Ging sie jetzt von ihren Prinzipien ab, dann würde sie von allen Seiten Hohngelächter ernten. Auch wenn sie dabei die Einzige sein würde, die echten Grund zum Lachen hatte. Am Morgen hatte ihr Agent sie angerufen und ihr eröffnet, dass man ihr für die erste Saison drei Millionen bot. Drei Millionen. Es gab in ihrem Leben einiges zu berücksichtigen. Und mit drei Millionen war für lange, lange Zeit alles abgedeckt. Die Wahrheit war, dass sie sich eine Absage nicht leisten konnte. Und das Komische daran war, dass sie gar nicht ablehnen wollte. Und dennoch hatte sie das bestimmte Gefühl, dass alles noch der gründlicheren Überlegung bedurfte. Plötzlich lachte sie. Das Ganze war ein Witz. Bei drei Millionen Dollar gab es kein Überlegen. Sie musste zugreifen.

Um vier Uhr rief sie Mel an. Da er bei einer Besprechung mit der Fernsehgesellschaft war, meldete er sich kurz nach sechs bei ihr, als sie gerade aus der Dusche kam. Sie lag nackt auf der Couch, um den Kopf ein weißes Frotteetuch, und las eine Illustrierte.

»Sabina?«

»Ja.« Ihre melodiöse Stimme weckte in Mel unweigerlich ein erregendes Gefühl. Er kostete die Vorstellung aus, wie das männliche Publikum auf sie reagieren würde, wenn sie in seiner Serie mitmachte.

»Entschuldige, dass ich nicht da war, als du anriefst.«

»Schon gut.« Sie lächelte ihr katzenhaftes Lächeln, das so gut zu ihrer Stimme passte. Alles an ihr war harmonisch, alles stimmte. Es gab nichts Unpassendes, Falsches oder Fehlerhaftes an ihr. »Seit gestern habe ich eifrig gelesen.« Sie hatte ihn nicht angerufen, um sich bei ihm für den Lunch zu bedanken. Sie hatte in Ruhe das Skript lesen wollen, und jetzt hatte sie die Antwort parat.

»Sollte ich dich fragen, was du über das Drehbuch denkst, oder soll ich höflich sein und warten, bis du es mir selbst sagst?«

Sie hatte eine bessere Idee. »Komm doch auf einen Drink zu mir, damit wir die Sache besprechen können.« Zumindest erteilte sie ihm keine glatte Abfuhr. Immerhin etwas. »Wie hört sich das an?«

»Wundervoll. Was hältst du davon, wenn wir anschließend zusammen essen gingen?«

Sabina war entzückt. Mel Wechsler gefiel ihr, und ebenso gefiel es ihr, in seiner Gesellschaft gesehen zu werden. Und wenn sie die Rolle übernahm, würde man sie sehr oft mit ihm sehen. Sehr, sehr oft, wenn ihre Ahnung sie nicht trog. »Klingt gut. Warum nehmen wir den Drink nicht einfach nach dem Essen?«

»Einverstanden, um acht hole ich dich ab. Ist es dir recht?«

»Ja, sehr, bis später, Mel.« Sie schnurrte seinen Namen, und sein Herz raste, als er den Hörer auflegte. Mel fuhr zum Umziehen nach Hause und ließ von seiner Sekretärin in der L'Orangerie einen Tisch bestellen. Punkt acht holte er Sabina ab. Diesmal saß er selbst am Steuer seines Mercedes, wie so oft, wenn er abends ausging. Wenn er den Abend in Damengesellschaft verbrachte und nicht wusste, wie das Zusammensein enden würde, war es günstiger. Seinen Chauffeur nahm er nur tagsüber in Anspruch.

Das Restaurant war bis auf den letzten Platz besetzt. Er hatte es mit Absicht gewählt. Ganz Hollywood war anwesend, und alle Köpfe wandten sich nach ihnen um. Viele erkannten Sabina, aber noch mehr wussten über Mel Bescheid, der in Hollywood zu den einflussreichsten Leuten gehörte. Sie bildeten ein sehr eindrucksvolles Paar. Sabina sah fabelhaft aus, als sie kurz stehen blieben und auf ihren Tisch warteten. Sie mussten nur so lange warten, bis der Ober sich vergewissert hatte, dass alles genau so war, wie »Monsieur Wechsler« es schätzte. Alle hatten Zeit, Sabinas eng anliegendes weißes Satinkleid zu bewundern. Mel glaubte, sicher zu sein, dass sie darunter nichts anhatte, obwohl man es nicht genau sah, aber das Kleid saß so knapp wie eine zweite Haut. Seit er sie vor ihrer Wohnung abgeholt hatte, spürte er das Verlangen, seine Hände über ihren Körper gleiten zu lassen. An ihren Ohren hingen lange Diamantgehänge, an den Füßen trug sie aufregende weiße Satinsandaletten mit ganz hohen Absätzen. Ihr blondes Haar hatte sie auf dem Kopf aufgetürmt, und die tiefe Sonnenbräune kontrastierte wirkungsvoll zu ihrem weißen Kleid.

»So ist es jetzt«, sagte Mel verhalten, als sie sich setzten. Er meinte damit die Blicke, die ihnen gegolten hatten. »Kannst du dir vorstellen, wie es in einem Jahr sein wird, wenn ganz Amerika dich aus ›Manhattan‹ kennt?«

Ihr Lächeln drückte Gelassenheit aus, als wollte sie ihn quälen wie eine Katze ihre Beute. Sie genoss die Situation ungemein. Mel bestellte Champagner, dem bald trockene Martinis folgten. Dann schloss sich ein hervorragendes Dinner an. Mel bewies außerordentliches Geschick, ihr beim Gespräch die Bälle zuzuspielen. Sie plauderten über alles Mögliche und sparten nur die Serie aus, bis Mel es vor Spannung nicht mehr aushielt.

»Du musst zugeben, dass ich mich tapfer gehalten habe. Ich habe dich noch nicht mal nach deiner Meinung gefragt. Jetzt halte ich es wirklich nicht mehr aus, Sabina. Na, wie denkst du über die Serie?« In diesem Augenblick wirkte er wie ein kleiner Junge. Sie beugte sich näher zu ihm hin und sah ihm tief in die Augen.

»Ich war begeistert.«

Er wartete auf weitere Erklärungen, aber Sabina schwieg. »Das war's also?« Mel schien enttäuscht.

»Es ist perfekt. So perfekt, wie du es mir beschrieben hast.«

»Aber …« Er ahnte bereits, dass sie ablehnen würde, und konnte seine Enttäuschung kaum verhehlen. Die Rolle war wie für sie geschaffen. Sabina war mit Blindheit und Eigensinn geschlagen, wenn sie das nicht einsah.

»Aber was?«

»Es ist perfekt, aber …?«

»Aber nichts.« Sie war ganz ruhig.

»Sabina Quarles« – er fasste nach ihren Händen und blickte ihr tief in die grünen Augen –, »würdest du mir gefälligst erklären, wie das gemeint ist? Du machst mich noch wahnsinnig.«

Da warf sie den Kopf zurück und lachte. Das war ganz nach ihrem Geschmack. Sie wusste, dass sie ihn quälte, aber es war nur ein Spaß, quasi ein Vorspiel.

»Wirst du bei ›Manhattan‹ einsteigen oder nicht?«

»Natürlich werde ich. Ich wäre verrückt, wenn ich es nicht täte … glaubst du im Ernst, dass ich so dumm bin?« Sie sah ihn an, als wäre dies von Anfang an klar gewesen. Er zog ein Gesicht, als ob er sie am liebsten erwürgen würde. Plötzlich aber schlang er die Arme um Sabina und küsste sie. Interessierte Blicke registrierten diese Geste gebührend. Mel war schon dabei, den Ober zu rufen und Champagner zu bestellen, als sie abwinkte und ihm leise zuraunte:

»Wollen wir nicht lieber bei mir zu Hause feiern?« Er sah sie kurz an, nickte und bat dann den Ober um die Rechnung. Minuten später führte er sie aus dem Restaurant zum Mercedes. Er konnte noch immer nicht fassen, dass sie zugesagt hatte, und fühlte sich wie ein kleiner Junge, der das große Los gezogen hat. Sabina Quarles würde eine Hauptrolle in »Manhattan« spielen!

»Sabina, ich kann es noch gar nicht richtig begreifen. Du bist wunderbar! Du bist großartig!«

»Danke, Mr. Wechsler, dasselbe kann ich von Ihrem Skript behaupten. Zumindest von dem ersten. Und von den folgenden möchte ich sehr hoffen, dass sie ebenso gut sind.« Beide wussten, dass sämtliche Folgen ähnlich qualitätvoll sein würden. Mel beschäftigte nur die besten Drehbuchschreiber und legte in diesem Fall noch strengere Maßstäbe an, denn diese Serie sollte alle anderen überrunden.

Sabina sah so verlockend aus wie bei ihrem großen Auftritt im L'Orangerie. Mel hatte es plötzlich sehr eilig, ihre Wohnung zu erreichen. Als sie vor ihrem Apartmenthaus vorfuhren, öffnete ihnen der Portier die Tür. Sie nahmen den Lift. Mel, der noch immer in Hochstimmung war, ließ sich auf der Couch nieder, und Sabina holte eine der zwei Flaschen Champagner, die sie immer eisgekühlt bereithatte – für den Fall eines besonderen Anlasses. Und dies hier war ein ganz besonderer Anlass, der Beginn eines neuen Lebensabschnittes, wie beiden nur zu klar war.

Sie brachte die Flasche und zwei Gläser und ließ den Korken knallen. »Sabina, du kannst dir gar nicht vorstellen, wie sehr ich mich freue.« Mel wandte sich ihr wieder mit einem Lächeln zu. »Die Serie wird eine echte Sensation.«

Sie sah ihm tief in die Augen. »Ich weiß, dass mir alles sehr zusagen wird.« Damit meinte sie nicht nur die Arbeit, und er spürte wieder jenes erregende Gefühl, das ihn immer erfasste, wenn er sie ansah. Seit dem Tod seiner Frau hatte es einige Frauen in seinem Leben gegeben, aber keine wie Sabina.

Er schenkte die Gläser voll und trank auf Sabinas Wohl.

»Auf dich, Sabina ... und auf Eloise Martin.«

Sabina hatte nie reizvoller ausgesehen als jetzt. Sie trank einen Schluck Champagner und musterte Mel wortlos. Sie spürte sich unwiderstehlich zu Mel hingezogen, sie spürte sogar, dass dies auf Gegenseitigkeit beruhte. Die Fernsehserie konnte für sie in mehrfacher Hinsicht sehr interessant werden. Nicht nur die Rolle war von Bedeutung, sondern auch Mel …

Er erinnerte sie daran, dass sie in einem Monat nach Paris fliegen sollte, damit die Anproben bei François Brac erledigt werden konnten, eine Vorstellung, die ein entzücktes Lächeln auf Sabinas Gesicht zauberte. Plötzlich gab es so vieles, worauf sie sich freuen konnte.

»Warst du schon mal in Paris?«, fragte Mel.

»Einmal … das ist schon lange her. Bei Außenaufnahmen. Werden wir dort auch drehen?«

»Das glaube ich nicht. Obwohl, im zweiten Jahr vielleicht … nun ja, bei einer Serie dieses Formats ist nichts unmöglich, und für Vorschläge zeigen wir uns stets zugänglich.« Ihr gefiel alles, was er ihr sagte, aber noch viel mehr gefiel ihr, wie er sie ansah … Sie war ihm bestimmt nicht gleichgültig, und er benahm sich, als hätte er seit Jahren nicht mehr so empfunden. Das rührte sie an, und sie streckte die Hand nach der seinen aus.

»Mel, ich bin dir sehr dankbar für diese Chance. Ich weiß, das hört sich jetzt abgeschmackt an, aber ich bin wirklich dankbar …« Diese Worte bildeten einen scharfen Gegensatz zu Sabinas Image als selbstbewusster Star, aber sie wusste, wie viel Glück dazu gehörte, in ihrem Alter eine solche Rolle zu bekommen. Und Mel hatte Recht. Eine Rolle wie diese konnte sie zum Superstar machen. Das war für eine Frau von fünfundvierzig eine verdammt gute Chance, mochte ihr Schönheitschirurg noch so perfekt gearbeitet und sie in Form gebracht haben. Es war ein großer Glücksfall, den sie Mel zu verdanken hatte. Sollte er ruhig wissen, dass sie sich dessen bewusst war.

»Sabina, du brauchst mir nicht zu danken. Ich wäre nicht hier, wenn ich von dir nicht eine so hohe Meinung hätte. Du wirst der Serie ein Glanzlicht aufsetzen.« Beide wussten, dass mehr dahinter steckte, und noch ehe er weitersprechen konnte, beugte sie sich vor und küsste ihn. Es begann als sanfter Kuss, der rasch leidenschaftlicher wurde, als er sie in seine Arme zog und festhielt. Seine Arme waren stark, und seine Lippen drückten sich energisch auf die ihren. Als sie sich von ihm löste, war sie ganz außer Atem. Wortlos ließ sie ihren Blick sprechen, als er sie wieder küsste, um sodann mit dem Ausdruck des Bedauerns aufzustehen. Mel kannte seine Grenzen – er hatte sie bereits erreicht. Noch ein Kuss wie dieser, und er hätte ihr das weiße Kleid vom Körper gezerrt, eine Vorgangsweise, zu der er sich nicht hinreißen lassen wollte.

»Ich glaube, es wird Zeit, dass ich gehe.« Lächelnd sah er auf sie nieder. Die Zärtlichkeit seines Blickes wärmte ihr Herz.

»Liegt ein besonderer Grund vor?«

Er lachte verhalten auf. »Ein sehr triftiger. Miss Quarles, Sie rauben mir den Verstand. Und da von mir gutes Benehmen erwartet wird, gehe ich lieber, ehe ich mich am Star meiner neuen Serie vergreife.«

Ihr Katzenlächeln erleichterte ihm die Sache nicht. »Und ich dachte, wir wollten feiern.«

»Haben wir das nicht getan?«

»Mir kommt es so vor, als wäre das erst der Anfang gewesen.«

Sanft zog sie ihn zu sich hinunter und schmiegte sich an ihn. Plötzlich musste Mel lachen.

»Ich möchte nicht in den Ruf geraten, meine Filme mithilfe der Couch zu besetzen. Ich möchte jetzt sofort von Ihnen die Erklärung, Miss Quarles, dass Sie die Rolle bereits angenommen haben und es sich hier nur um eine Feier handelt.«

»Abgemacht, Mr. Wechsler.«

»Also dann …« Wieder küsste er sie, und diesmal war er es, der vor Leidenschaft fast verging, als sie in seinen Armen dahinzuschmelzen schien und er spürte, wie das seidige Material ihres Kleides unter seinen Fingern nachgab. Gleich darauf stand sie vor ihm, vollkommen wie eine Statue, in all ihrer nackten Schönheit, von den zwei verspiegelten Wänden des Raumes aus allen Blickwinkeln reflektiert. Sabina sah hinreißend aus, als sie nach seiner Hand fasste und ihn mit sich zum Schlafzimmer zog. Es war das letzte Mal in dieser Nacht, dass sie die Führung übernahm. Von dem Augenblick an, als sie ihr Bett erreichten, war es Mel, der dominierte und sie zu Höhepunkten geleitete, die sie seit langem nicht mehr erlebt hatte. Es war eine Nacht der Leidenschaft, würdig der beiden für »Manhattan« wichtigsten Personen, des Produzenten und des Stars.

8

Nach dem Labor Day kam Zack Taylor aus Griechenland zurück, braun gebrannt und sehr lässig in den neuen Kleidern, die er sich in London hatte anfertigen lassen. Er sah einem Polospieler auf Urlaub ähnlicher als einem Filmstar. Zack strahlte den ganzen Glanz der Highsociety aus, eine Eigenschaft, die immer schon zu seinen Pluspunkten gezählt hatte und ihn für »Manhattan« besonders empfahl. Nachdem er seinen letzten Film abgedreht hatte, hatte er drei Monate im Ausland verbracht und freute sich nun wieder auf Bel Air. Dort besaß er ein prachtvolles Haus und außerdem eines in Malibu, wie viele andere Stars.

Zudem gehörten ihm mehrere Rennpferde, die in Del Mar bei San Diego untergebracht waren. Er war ein Mensch, der zahlreiche Ziele verfolgte und vielen Leidenschaften huldigte. Sein Interesse erwachte sofort, als er Mel zuhörte. Das alles klang sehr viel versprechend. Die Aussicht, Sabina Quarles, mit der er schon einmal zusammengearbeitet hatte, als Partnerin zu bekommen, reizte ihn besonders. Sie war zwar kein ganz großer Star, aber sie war ein Profi und machte ihre Sache sehr gut. Mit ihr als Partnerin blieb seine Vorrangstellung als Star der Serie unangetastet. Er strich über sein leicht gewelltes Haar, das seit einigen Jahren an den Schläfen ergraut war, und lächelte Mel zu. Sie hatten zusammen im Hillcrest Country Club gegessen.

»Mel, ich bin auf das Skript sehr neugierig. Wenn es wirklich so gut ist, wie du behauptest, dann planst du wieder einen bombensicheren Erfolg. Wie immer.«

»Danke, Zack.« Mel erzählte ihm nun von Bill Warwick und den anderen Mitwirkenden, die er für die Serie im Sinn hatte. Es gab da noch zwei, die er unbedingt haben wollte. Sabina und Bill waren die Einzigen, die er bislang sicher unter Vertrag hatte. »Und die Fernsehgesellschaft steht voll und ganz hinter uns.« Er arbeitete immer mit derselben Gesellschaft zusammen, und er hatte keine Probleme, da man wusste, dass er sichere Erfolge produzierte. Das wusste auch Zack, der keine Skrupel hatte, fürs Fernsehen zu arbeiten – ganz im Gegenteil, er tat es sehr gern und freute sich, in einer bedeutenden Serie mitwirken zu können, da er wusste, wie viele Zuschauer seine Auftritte sehen würden. Das war ein Aspekt, den Sabina nie ins Kalkül gezogen hatte. Zack aber war schon seit Jahren auf dem Fernsehschirm zu sehen.

Mel übergab Zack ein Skript, überzeugt, dass dieser ebenso positiv beeindruckt sein würde wie Sabina. Begeistert und begierig darauf, die Rolle zu übernehmen.

»Mel, ich rufe dich morgen an.« Zack gebrauchte keine Tricks, spielte nie »Hollywood«, was Mel an ihm stets sehr geschätzt hatte. »Heute habe ich nichts mehr vor. Ich werde das Drehbuch also lesen können und dir morgen Bescheid sagen.«

»Vielen Dank, Zack. Es wird dir sicher gefallen.«

»Wie könnte es anders sein nach allem, was du mir schon erzählt hast.« Die zwei Männer tauschten ein Lächeln. Wie schon öfter in der Vergangenheit regte sich bei Mel Neugierde. Zachary Taylor war ein liebenswerter Mensch, einer, den er gern zum

Freund gehabt hätte, aber zwischen ihnen war immer ein gewisser Abstand, eine unsichtbare Wand. Zack schien zu niemandem eine engere Beziehung zu haben, und Mel hätte gern den Grund dafür gewusst. Vielleicht war Zack menschenscheu oder nur zurückhaltend. Angesichts seines Riesenerfolges erschien Mel dies aber wenig wahrscheinlich. Mel kannte jedoch niemanden, den man als Zacks Freund hätte bezeichnen können.

Vor dem Club trennten sie sich. Zack stieg in ein dunkelblaues Corniche-Kabrio, einen eleganten, schnittigen Wagen, ähnlich elegant wie Zack in seinem Blazer und dem offenen blauen Hemd. Nachdem er Mel kurz zugewinkt hatte, fuhr er los nach Bel Air. Zwei Frauen, die ihn erkannt hatten, deuteten aufgeregt schnatternd mit dem Finger auf ihn. Wartet bis zum nächsten Jahr, meine Damen, dachte Mel bei sich, als er in seinen Mercedes stieg und ins Büro fuhr.

Dort erwartete ihn eine Nachricht von Sabina, die er lächelnd in Empfang nahm. Seit zwei Wochen verbrachten sie fast jede Nacht zusammen. Sabina hatte eine Leidenschaft in ihm geweckt, wie er sie nie zuvor erlebt hatte. Auch heute waren sie zum Dinner verabredet. Obwohl Mel das Aufsehen genoss, das sie erregten, wenn sie sich zusammen in der Öffentlichkeit zeigten, hatten sie sich entschlossen, mehr Zurückhaltung an den Tag zu legen. Sie wollten sich in nächster Zeit nur zu Hause treffen, da er es für unklug hielt, öffentlich kundzutun, dass sie eine Affäre hatten. Dass der Produzent seinen großen Star ausführte, entsprach den Gepflogenheiten der Branche, stellte es sich aber heraus, dass mehr dahinter steckte, würde das Probleme mit der übrigen Besetzung schaffen, sobald die Dreharbeiten begannen.

Er saß noch an seinem Schreibtisch, als Sabina an die Sprechanlage ihrer Wohnung ging. Der Portier meldete ihr, jemand habe ein Päckchen für sie gebracht und sie müsse persönlich den Empfang bestätigen. Sie unterschrieb voller Neugierde den Lieferschein und nahm ein blaues, mit einem weißen Satinband geziertes Etui entgegen. Sie schloss die Tür und war gespannt, wer ihr ein Geschenk geschickt haben mochte. Dann entdeckte sie unter dem Band die Aufschrift »Tiffany«. Von der Frage bewegt, ob es von Mel kam, öffnete sie das Etui und schnappte nach Luft, als sie ein Diamantarmband vor sich sah. Sie legte es an, es passte perfekt. Es war ein besonders kunstvolles Schmuckstück. Sabina war so verblüfft, dass sie fast vergessen hätte, die beigelegte Karte zu lesen, auf der nur die Worte standen: »Willkommen bei ›Manhattan‹.«

9

An ihrem letzten Drehtag bei »Unsere geheimen Sorgen« hatte Jane Adams das Gefühl, dass ihr Leben zu Ende ginge. Es gab kaum etwas, für das es sich noch zu leben lohnte. Mit dem Ende der Ferien wurde alles so bedrückend, dass sie fast nicht mehr atmen konnte. Sie schmökerte in Romanen, lag am Pool, ließ sich von Jack herumschubsen und gab allen seinen unvernünftigen Forderungen nach, die er schon seit zwanzig Jahren an sie stellte. Alles war ihr völlig gleichgültig geworden. Sie wollte auch keines der Skripts lesen, die ihr Agent ihr zuschickte, wollte keinen der Termine wahrnehmen, von denen er sprach. Es wäre sinnlos gewesen. Bei den momentan laufenden tagsüber gesendeten Seifenopern war nichts frei, wie er festgestellt hatte, und zur Hauptsendezeit konnte sie unmöglich arbeiten, auch wenn sie eine Rolle bekommen hätte. Sie hätte ihre Arbeit vor Jack nie geheim halten können. Jane war daher sehr aufgeregt, als sie das Skript von »Manhattan« in den Händen hielt. Ihr Agent hatte es an ihre Privatadresse geschickt, wo es in Jacks Hände hätte fallen können.

»Lou, ist dir klar, was er mir dafür angetan hätte?«

»Was denn?« Er konnte sich nicht vorstellen, dass der Bursche so kleinkariert war, wie Jane behauptete. Niemand konnte so töricht sein. Nicht in der Welt Lou Thurmans.

»Er würde sich scheiden lassen.«

»Aber lesen kannst du das Drehbuch trotzdem. Es ist großartig. Du weißt gar nicht, was ich anstellen musste, um es zu kriegen.«

»Warum? Was ist denn so besonders daran?« Das klang unglücklich, gelangweilt und gereizt. Jane war schon seit Wochen in dieser Stimmung. Seit sie aufgehört hatte, ihrer verlorenen Rolle nachzuweinen, war sie richtig unleidlich geworden. Lou wusste, wie unglücklich sie war und welchen Schlag es für sie bedeutet hatte, eine Rolle zu verlieren, die sie fast elf Jahre lang verkörpert hatte. Das wäre jeden hart angekommen.

»Das Besondere daran ist, dass es eine neue Serie von Mel Wechsler ist und dass er im Begriff steht, die Rollen zu besetzen. Ich möchte ihm ein paar Videobänder von ›Sorgen‹ schicken, dein Einverständnis vorausgesetzt.«

»Handelt es sich um eine Nachmittagsserie?«

»Nein, Hauptsendezeit.« Lou war ehrlich stolz, aber Jane war nahe daran, aufzulegen.

»Verdammt, Lou, ich habe dir schon so oft gesagt, dass das nicht geht.«

»Lies wenigstens das Skript, streiten können wir später.« Er verschwieg ihr, dass er bereits ein paar Videobänder an Wechslers Büro abgeschickt hatte. Am nächsten Morgen meldete er sich wieder, um ihr mitzuteilen, dass Wechsler mit ihm Kontakt aufgenommen hatte.

»Warum?« Sie verstand gar nichts mehr. Am Abend zuvor, nachdem Jack zu Bett gegangen war, hatte sie das Skript gelesen. Sie war begeistert, aber gleichzeitig war ihr klar, dass sie die Finger davon lassen musste, weil ein in der Hauptsendezeit ausgestrahlter Film für sie nicht infrage kam.

»Du fragst, warum? Er hat angerufen, weil ihm deine Videos gefallen haben. Hast du das Skript gelesen?«

»Ja.«

»Und?« Er musste ihr jedes Wort aus der Nase ziehen.

»Ich bin hellauf begeistert, aber das nützt uns nichts. Ich kann die Serie nicht machen, und das weißt du.«

»Unsinn! Wenn du eine Rolle in dieser Serie spielst, wird es für dich der große Durchbruch. Ich bringe dich glatt um, wenn du nicht annimmst.«

»Wechsler bietet mir doch keine Rolle an, oder?«

»Er will dich sprechen.«

Janes Herz drohte auszusetzen. »Wann?«

»Morgen um elf.« Ob sie um diese Zeit kommen konnte, fragte er nicht. Sie musste Zeit haben.

»Kann ich eine Perücke aufsetzen?« Vielleicht sollte sie hingehen, nur um Lou einen Gefallen zu tun. Es konnte ja nicht schaden. Jack würde nie davon erfahren …

»Mir egal, ob du deine sämtlichen Perücken und dazu einen Hut aufsetzt, aber geh hin, Janie. Mir zuliebe … bitte …«

»Schon gut, schon gut. Aber eine Rolle kann ich nicht annehmen, das weißt du genau.« Jane wusste, dass sie ein Rollenangebot nicht ernsthaft befürchten musste. Ihr ging es vor allem darum, den berühmten Mel Wechsler kennen zu lernen. Und als Jack an jenem Abend nach Hause kam, kümmerte sie sich nicht darum, dass er abstoßend und lästig war. Nicht einmal seine Nörgelei und seine Begierde konnten sie aus der Ruhe bringen – sie dachte ausschließlich an Mel Wechsler und den bevorstehenden Termin. Kaum war Jack eingeschlafen, stand Jane auf und las das Skript noch einmal. Es war das beste Drehbuch, das sie je erhalten hatte. Sie versteckte es in ihrem Schrank, ehe sie zu Bett ging. Noch lange lag sie wach und dachte an die Filmarbeit. Wie es wohl sein würde, wieder in einem Studio zu stehen, und sei es nur für einen Besuch?

Am nächsten Morgen war Jack wie immer schon um fünf Uhr auf den Beinen und fuhr um sechs ins Büro. Jane kochte Kaffee für ihn und hatte dann eine Stunde Zeit für sich, ehe sie das Frühstück für die Mädchen zubereitete. Um acht war sie wieder allein und hatte Gelegenheit, sich für die Begegnung mit Mel Wechsler zurechtzumachen. Sie schminkte sich sehr sorgfältig und entschied sich für ein schickes beigefarbenes Kleid, das sie erst vor kurzem gekauft hatte. Es war dezent und wirkte teuer und exklusiv. Mit ihrem Haar gab sie sich keine Mühe, da sie beabsichtigte, auf der Fahrt nach Los Angeles eine Perücke aufzusetzen. Sie hatte eine lockige Kurzhaarperücke gewählt, die sie auf der Toilette einer Tankstelle aufsetzen wollte.

Unterwegs aber war Jane so aufgeregt, dass sie fast vergessen hätte anzuhalten. Es fiel ihr gerade noch rechtzeitig ein. Als sie sich im Spiegel betrachtete, hätte sie den Termin am liebsten platzen lassen. Sie wirkte müde, und um die Augen zeigten sich neue Fältchen, das schwarze Haar schien plötzlich nicht mehr zu ihr zu passen. Sie hatte sogar mit dem Gedanken gespielt, die Perücke wegzulassen, wagte aber nicht, sich mit ihrem eigenen flammend roten Haar vorzustellen. An ihren wohlgeformten, in ihrem Kaschmirkleid wundervoll zur Geltung kommenden Körper, an ihre schönen Beine in den hohen Pumps oder an ihr Talent als Schauspielerin verschwendete sie keinen Gedanken. Fast elf Jahre hatte sie sich in »Geheime Sorgen« bewährt. Sie war so lange beschäftigt worden, weil sie eine gute, zuweilen sogar eine hervorragende Leistung erbracht hatte. Hinausgeworfen hatte man sie nur, weil sie mit niemandem hatte ins Bett gehen wollen. Die Publikumsreaktionen waren durchweg positiv gewesen. Jede Woche kamen noch immer Dutzende Briefe, in denen stand, wie gern die Leute sie gesehen hatten. Doch dies alles gehörte in eine andere Welt. Die Serien, die Mel Wechsler produzierte, waren eine Klasse für sich.

Jane war so aufgeregt, dass ihr Mund wie ausgetrocknet war,

als sie am Tor des Studiogeländes vorfuhr. Die Anerkennung im Lächeln des Pförtners war nicht zu übersehen. Sie war eine auffallend hübsche Frau, wäre da nicht das schwarze Haar gewesen, das sie zu hart machte. Mel fiel das sofort auf, als Jane ihm gegenüber Platz nahm, die Beine erst nervös übereinander schlug, dann wieder gerade hinstellte und ihre Handtasche vor sich hielt wie ein Schutzschild. Ihre Nervosität war irgendwie rührend. Trotz ihres Alters hatte sie etwas Verletzliches an sich, einen Hauch von Unschuld, der in einem den Wunsch weckte, den Arm um sie zu legen und ihr zu sagen, dass alles wieder gut würde. Er wusste, dass Jane auf die Zuschauer die gleiche Wirkung haben würde. Alle würden sie vor Eloise in Schutz nehmen wollen und für sie Partei ergreifen. Jane Adams war genau der Typ, den er als Sabinas Gegenspielerin suchte. Sie entsprach exakt seiner Vorstellung ... wäre da nicht ihr schwarzes Haar gewesen ... Mel hielt den Blick unverwandt auf sie gerichtet, während sie miteinander sprachen, und plötzlich hatte er eine Idee. Lächelnd beugte er sich vor.

»Jane, darf ich Ihnen eine sehr indiskrete Frage stellen?«

»Ja, bitte?« O Gott, dachte sie bei sich, und ihre Angst wuchs, jetzt wird er mich bitten, mich auszuziehen, er wird zudringlich werden ... mit blassem Gesicht hörte sie, was er zu sagen hatte.

»Ist das Ihr eigenes Haar?«

Sie hatte die Perücke ganz vergessen. »Ach, das?« Verständnislos sah sie ihn an, um dann in die steifen, schweren Locken zu fassen. »Ach so ...« Sie errötete. Jane wirkte wie das schüchterne Mädchen von nebenan. »Nein, es ist nicht mein Haar. Damit arbeite ich, das heißt bei ›Sorgen‹ ...« Wie konnte sie ihm dies alles erklären? In ihren Augen brannten Tränen. Wie konnte sie ihm gestehen, dass ihr Mann ihr vor Jahren untersagt hatte zu arbeiten und dass sie jahrelang in eine Doppelrolle gedrängt worden war, von der Jack keine Ahnung hatte.

»Würde es Ihnen etwas ausmachen, die Perücke abzunehmen?«

Ihm schoss flüchtig der Gedanke durch den Kopf, dass vielleicht mit ihrem echten Haar etwas nicht in Ordnung sein könnte. Umso verblüffter reagierte er, als sie langsam die Perücke abnahm. Ihr Haar war von einem erstaunlich natürlichen Rotton. »Ist das Ihre Naturfarbe?«

Sie lächelte. »Ja. Als Kind habe ich sie immer gehasst.« Jetzt sah sie aus wie vierzehn und nicht wie neununddreißig. Am liebsten hätte Mel einen Freudenschrei ausgestoßen. Er hatte seine Jessica gefunden! Sie war einfach perfekt! Sabina, die sinnliche rassige Blondine, und Jane, der süße Rotschopf, dem alle Herzen zufliegen würden. Alle Frauen würden sich mit ihr identifizieren, da sie trotz ihrer unglaublichen Figur und dem herrlichen roten Haar nicht wie eine bedrohliche weibliche Konkurrenz wirkte. Jeder Mann würde mit ihr ins Bett gehen wollen. Sogar die Kinder würden sie ins Herz schließen, weil sie so liebenswert war. Und dass sie eine gute Schauspielerin war, hatten ihm die Videobänder gezeigt. Er hatte sich insgesamt zwölf Folgen von »Sorgen« angesehen und wusste, dass sie gut war ... dass sie sich sogar noch steigern konnte ... Er strahlte sie an, und sie erwiderte sein Lächeln. Mel entsprach so gar nicht dem Bild, das sie sich von ihm gemacht hatte. Er war weder hart noch rüde oder gemein, sodass im Laufe des Gesprächs ihre Angst verflogen war. Sie konnte sich gut vorstellen, mit ihm befreundet zu sein, sogar die Möglichkeit, sich in ihn zu verlieben, hätte sie nicht ausgeschlossen ... wäre da nicht Jack, natürlich ... Mel sah aus, als könnte er wunderbar mit Kindern umgehen. Dies alles ging ihr durch den Kopf, während sie ihn ansah und Mel lässig in seinem Sessel lümmelte und ihr rotes Haar bewunderte.

»Wissen Sie, dass Sie eine Schönheit sind?« Er sah sie mit professionellem Blick an und ahnte, was man in der Serie aus ihr machen konnte. Seine Bemerkung war also nicht persönlich gemeint, aber dennoch errötete Jane tief.

»Ach, ich bin mir immer eher unscheinbar vorgekommen.« Und in gewisser Weise war sie das auch. Sie hatte ein gut geschnittenes, typisch amerikanisches Gesicht mit ebenmäßigen Zähnen, großen blauen Augen und einem zarten Hauch von Sommersprossen, die auch das Make-up nicht zu verdecken vermochte. An ihr wirkten sie nicht unpassend, sondern reizend. Und darauf beruhte die besondere Wirkung von Jane Adams. Sie sah nett und sexy aus, eine Frau, wie man sie sich zur Freundin wünschte, aber zugleich eine Frau, der man Leidenschaft zutraute. Und diesen Zug wollte Mel in der Serie betonen. Er hatte einiges mit ihr vor, und dazu gehörte, dass er sie typgerecht einkleiden lassen würde. François Brac würde am besten wissen, wie Jane am günstigsten zu präsentieren war. Ihre Garderobe war zwar längst nicht so kostspielig wie die von Sabina, doch der Pariser Designer würde für sie wie für die anderen Darstellerinnen sämtliche Kleider entwerfen. Jane würde in seinen Kreationen eine fabelhafte Figur machen: in einem Pelz, in Abendroben … Mel musterte sie aus zusammengekniffenen Augen.

»Wie hat Ihnen das Drehbuch gefallen, Jane?« Er zweifelte nicht daran, dass es sie begeistert hatte, aber er wollte genau wissen, was sie davon hielt. Jane war in der Welt der Seifenoper ein echter Profi, und diese Welt unterschied sich von jener der großen Serien nicht so sehr, wenn man von der ausgefeilteren Dramatik absah.

»Ich habe mich auf der Stelle in das Drehbuch verliebt.«

»Zack Taylor soll die männliche Hauptrolle übernehmen.« Er registrierte ihren Blick genau und wusste, dass jede Frau so reagierte. Zacks Anblick allein genügte, um den Frauen den Verstand zu rauben. »Seit gestern steht es fest. Und Sabina Quarles wird die Eloise spielen.« In seinen Blick stahl sich ein zärtlicher Glanz, der Jane jedoch entging. »Sabinas Sohn wird von einem jungen Schauspieler namens Bill Warwick verkörpert. Er wird seine Sache sehr gut machen.« Er sah sie fragend an, und wieder wurde sie blass vor Erregung. »Und was ist mit Ihnen, was halten Sie von der Rolle der Jessica?«

Sie konnte es ihm nicht sagen, musste es jedoch tun. Aber dann wollte er bestimmt wissen, wieso sie überhaupt gekommen war. Ja, warum? Am Ende glaubte er, sie habe sich nur ein Spiel mit ihm erlaubt, und vielleicht wurde er wütend. Sein freundlicher, interessierter Blick würde einem missbilligenden weichen … allein der Gedanke daran jagte ihr Angst ein.

»Ich … ich weiß nicht … ich bin nicht sicher, ob ich dafür schon bereit bin.«

»So sehr unterscheidet sich die Rolle nicht von Ihrer bisherigen. Ich bin der Meinung, dass Sie sehr wohl bereit sind, Jane. Lou teilt meine Meinung. Heute Morgen haben wir die Sache ausführlich besprochen.«

Lou drängte sie, dieser gemeine Kerl, obwohl er genau wusste, dass sie die Rolle nicht übernehmen konnte. Warum hatte er die Sache so weit vorangetrieben?

»Ich muss mir erst alles genau überlegen.«

»Jane, wir möchten Sie sehr gern haben. Sehr gern.« Er nannte die Gage, die er auch Lou genannt hatte, und sie wurde so bleich, dass ihre Sommersprossen noch deutlicher sichtbar wurden. Eine halbe Million … Allmächtiger … was man damit alles anfangen konnte … und Jack jammerte ständig, dass seine Familie jeden verdienten Cent zum Fenster hinauswarf …

»Ich … ich fühle mich sehr geschmeichelt, Mel.«

»Ach was, Sie sind jeden einzigen Dollar wert.« O Gott, sie würde in der Versenkung verschwinden, wenn sie sein Angebot ablehnte.

»Also, lassen Sie sich die Sache durch den Kopf gehen. Ich hoffe, bald von Ihnen zu hören.« Er lächelte ihr zu, als er aufstand und gemeinsam mit ihr sein Büro verließ, den Arm um ihre Schultern gelegt, freundschaftlich, herzlich. Wirklich erstaunlich, welche Wirkung diese Frau auf ihn ausübte. Am liebsten hätte er ihr gesagt, dass sie ruhig nach Hause gehen solle, weil er sich um alles andere kümmern würde. »Ich werde Lou noch mal anrufen.« Als er mit ihm telefonierte, erhöhte Mel sein Angebot um zweihunderttausend Dollar. Doch das beeindruckte Jane nicht. Die Begegnung mit Mel und alles, was er zu ihr gesagt hatte, waren dazu angetan, sie in einen an Benommenheit grenzenden Zustand zu versetzen, so sehr, dass sie beim Verlassen des Studiogeländes mit ihrem Wagen einen anderen streifte und ihre vordere Stoßstange verbogen wurde. Mit zitternden Händen steckte sie einen Zettel an die Windschutzscheibe des anderen Wagens und fuhr nach Hause. Ein Glück, dass noch niemand da war, als sie das Haus betrat. An den Wagen dachte sie gar nicht mehr. Als das Telefon läutete, hätte sie am liebsten gar nicht abgehoben. Sie wusste genau, wer sie anrief, und sie hatte richtig getippt. Es war ihr Agent.

»Wechsler ist verrückt nach dir. Er ist sogar mit der Gage raufgegangen.«

Sie setzte sich hin und spielte mit der Perücke, die sie in der Hand hielt. Fast hätte sie das Ding im Auto vergessen. »Lou, ich kann nicht annehmen. Aber schön war es doch.«

»Ach was, schön. Es ist das tollste Angebot, das du je bekommen wirst, die größte Serie, die je ausgestrahlt wird.« Dass sie neununddreißig war und diese Rolle ihr vielleicht den Durchbruch verschaffen konnte, ließ er unausgesprochen. »Jane, du musst die Rolle übernehmen.«

»Ich kann nicht.«

»Verdammt, warum nicht?« Er kannte den Grund, aber er konnte den Unsinn nicht mehr hören. »Ich weiß, ich weiß, wegen Jack. Menschenskind, dann sag ihm, wie viel du dafür bekommst. Da kann kein Mann widerstehen, egal, was er von Hollywood hält.«

»Das alles ist ihm gleichgültig.« Obwohl sie zum ersten Mal ihre Zweifel hatte. Siebenhunderttausend Dollar waren ein Haufen Geld, ein Betrag, den niemand einfach so ablehnen würde. Jack verdiente in der Firma seines Vaters nicht annähernd so viel. Er kam auf hunderttausend im Jahr und hielt sich für einen Großverdiener. Ihre Gage von »Geheime Sorgen« hatte sie verheimlicht. Sie hatte Jack erklärt, dass sie auf eigene Faust mit Aktien spekuliert und Gewinne erzielt habe. Das würde jetzt nicht mehr gehen. Kein Mensch konnte mit Aktien so viel verdienen. Nicht mal Jack.

»Ich lasse nicht zu, dass du dir diese Chance entgehen lässt.« Lou blieb hart.

Mit Tränen in den Augen sagte Jane schließlich: »Mir bleibt nichts anderes übrig.«

»Wenn du das Angebot ablehnst, bist du nicht ganz richtig im Kopf. Ich möchte, dass du mit deinem Mann darüber sprichst. Sag ihm, wie sehr du es dir wünschst ... sag ihm, dass ich dich umbringe, wenn du ablehnst ... sag ihm, was du willst, und ruf mich morgen an. Mit Wechsler bin ich so verblieben, dass wir uns gegen Ende der Woche bei ihm melden.«

Sie wusste, dass es keinen Zweck hatte, mit Lou zu streiten. Natürlich hätte sie die Rolle sehr gern übernommen, aber sie konnte nicht, hatte wirklich keine Ahnung, wie sie das alles Jack erklären sollte. Sie konnte es sich noch weniger vorstellen, als er abends nach Hause kam und sie anbrüllte, weil sie an ihrem Wagen einen Blechschaden hatte. Er hatte zu viel getrunken und ließ seinem Unmut freien Lauf. Er drohte ihr sogar damit, ihr den Wagen wegzunehmen und sie mit dem Volvo fahren zu lassen, den sie für die Kinder hielten.

»Herrgott, Jane, nicht mal das kannst du richtig machen!« Immer bekrittelte er sie, und in letzter Zeit machte er sie sogar in Gegenwart der Kinder nieder, was die Sache noch verschlimmerte. Die Kinder stimmten in diese Angriffe lautstark und mit großer Selbstverständlichkeit ein, da Jack ihnen mit schlechtem Beispiel voranging, aber das konnte sie ihm nicht klar machen. Sie hatte versucht, ihm zu erklären, dass er ihrem Ansehen bei den Mädchen schadete. Und Alexandra war der beste Beweis dafür, als sie Jane mit eisigem Blick ansah und dann ihren Vater fragte: »Kann ich Moms Wagen haben?«

»Keine schlechte Idee.« Er verwöhnte die Kinder unvernünftig und stellte Jane immer so hin, als hätte sie weniger Verstand als ihre eigenen Sprösslinge. Als sie noch täglich drehte, war ihr das nicht so stark aufgefallen. Die Dreharbeiten hatten ihr so viel Befriedigung verschafft, dass ihr sonstiges Leben in den Hintergrund getreten war. Jetzt aber hatte alles plötzlich schärfere Konturen angenommen. »Alex, du fährst längst besser als deine Mutter.« Er lächelte seine Tochter an. »Und Alyssa ebenfalls.«

Anschließend meckerte er über das Essen und stellte ihr doch glatt die Frage, wieso sie nicht fähig sei, etwas Genießbares auf den Tisch zu bringen. Nach dem Essen stürmte er übellaunig aus dem Haus – angeblich, um mit einem Freund Tennis zu spielen, solange das Tageslicht reichte. Jane aber argwöhnte, dass er etwas anderes vorhatte. Als er zurückkam, war seine Alkoholfahne noch stärker, und er hatte seinen Tennisdress gar nicht an. Manchmal fragte sich Jane, ob er sie betrog, obwohl dies in Anbetracht seiner ehelichen Aktivitäten unglaublich schien. Er rührte sie nicht an und fing stattdessen wieder wegen des Schadens am Wagen zu toben an und nannte sie »doofe Fotze«. Als sie diese Worte hörte, spürte sie, wie in ihr etwas ausrastete. Im Laufe der Jahre hatte sie schon genug Demütigungen hingenommen, und die traurige Wahrheit war, dass Jack sie wirklich für das hielt, was er sie nannte. Er hielt sie für ein Stück Fleisch, das er vor Jahren käuflich erworben hatte und mit dem er nun nach Belieben umspringen konnte. Jane hatte es satt, ausgenützt und missbraucht zu werden – von ihm und den Kindern. Ihre Töchter behandelten sie wie ein Stück Dreck, weil sie mit anhörten, mit welchen Namen Jack sie belegte.

»Sprich gefälligst nicht so mit mir«, fuhr sie ihn an. Es war das erste Mal, dass sie sich zur Wehr setzte.

»Wie denn?«

»Hör auf mit diesen Beschimpfungen.«

»Was ... Fotze?« Er lächelte boshaft. »Genau das bist du doch, oder?« Er war noch betrunkener, als sie befürchtet hatte. Ein Streit war zwecklos. Sie ging ins Bad, schloss die Tür und trat in die Duschkabine. Ihre Gedanken schweiften ab – zu der Serie, zu Mel und all dem, was Lou gesagt hatte, als plötzlich Jack die Tür der Duschkabine aufriss und sie anstarrte. »Raus hier!«

Sie sah ihn verdutzt an. Er benahm sich schlimmer als sonst, so als ob er ihr unbedingt etwas beweisen müsste.

»Ich möchte duschen.« Sie sagte es ganz ruhig, obwohl sie innerlich kochte. Jack hinderte sie daran, das zu tun, was sie sich am sehnlichsten wünschte, seit Jahren gewünscht hatte. Elf Jahre lang hatte sie ihrer Arbeit klammheimlich nachgehen müssen, und wenn sie ihm jetzt gehorchte, würde sie die Chance ihres Lebens vertun. »Ich bin sofort fertig.«

»Raus jetzt!« Er ergriff ihren Arm und riss sie an sich. Sein Hemd wurde nass, aber er schien es nicht zu bemerken.

»Lass mich los.« Ihr Ton war gefährlich ruhig. Jack zerrte sie so heftig an ihrem Arm, dass sie fast hinfiel. Jane gelang es, sich freizumachen. »Hör auf, Jack«, bat sie.

»Verdammte Fotze!« Wieder sprach er die Worte aus. Er zog Jane aus der Duschkabine und drückte sie gegen das Waschbecken, wobei er ihre Arme gestreckt festhielt und sein Knie in ihren Schritt bohrte. »Du schuldest mir eine Nummer für den Schaden am Auto.«

»Nichts schulde ich dir!« Trotz des Gefühlsaufruhrs, der in ihr tobte, bewahrte sie äußerlich Ruhe. »Lass mich los!«

Jack lachte auf und fasste brutal zwischen ihre Beine.

»Du gehörst mir, vergiss das nicht, du Biest.« Damit drehte er sich um und ging hinaus. Jane blieb zitternd im Bad zurück. Am liebsten hätte sie ihn laut angeschrien, doch das wagte sie nicht. Sie war nicht sein Eigentum. Niemand hatte ein Recht auf sie. Jack aber war überzeugt davon. Er war der Meinung, dass er sie mit seiner angesehenen Stellung und mit dem Leben, das er ihr als Frau eines Börsenmaklers bot, gekauft hatte. Ihm ging jegliches Verständnis für sie und ihre Nöte ab.

Jane trocknete sich ab und zog ihren Bademantel an, ehe sie ins Schlafzimmer ging. Er saß im Bett und starrte auf den Fernsehschirm. Seine Sachen lagen in einem Haufen auf dem Boden. Immer ließ er seine Sachen dort liegen, wo sie hinfielen. Ich tue alles für ihn, wie es sich für eine perfekte Ehefrau geziemt, dachte sie, und zum ersten Mal seit zwanzig Jahren gestand sie sich ein, dass sie es voller Widerwillen tat. Sie hatte es satt, die perfekte Ehefrau, die perfekte Gastgeberin und perfekte Bettgespielin zu sein. Dies alles hing ihr plötzlich zum Hals heraus.

»Jack, ich muss mit dir reden.« Ohne sie zu beachten, schaltete er auf einen anderen Kanal um. Jane setzte sich in einen Sessel außer seiner Reichweite. Sie hatte Angst vor seiner Reaktion, aber sie konnte mit ihrer Eröffnung nicht länger zurückhalten. »Ich muss mit dir sprechen.«

»Worüber? Willst du die Reparatur bezahlen?« Er würdigte sie nicht einmal eines Blickes.

»Nein. Man hat mir eine Rolle in einer Fernsehserie angeboten.«

»Ach? Na großartig«, murmelte er, als hätte er gar nichts gehört.

»Ich möchte die Rolle annehmen.«

Lange Zeit sagte er gar nichts, dann drehte er den Kopf und sah sie an. »Was hast du gesagt?« In seinem Ton lag offene Verachtung. Auf einmal wurde sie gewahr, dass sich sein Äußeres zum Schlechten verändert hatte. Er sah nicht mehr annähernd so gut und anziehend aus wie einst, denn seine Züge wurden jetzt von Gemeinheit und Derbheit geprägt.

»Man hat mir eine Rolle in einer Serie angeboten, in einer großen Fernsehserie«, wiederholte sie.

»Woher weißt du das? Wer hat dir das Angebot gemacht?« Schon vor Jahren hatte er ihr verboten, Lou auch nur anzurufen.

»Das spielt keine Rolle.« Sie spürte, wie ihr Herz sich vor Angst zusammenkrampfte. »Ich möchte das Angebot annehmen, Jack ... es bedeutet mir sehr viel.«

»Bist du übergeschnappt? Ich habe dir von Anfang an gesagt, dass dieser Unsinn ein Ende haben muss. Oder möchtest du wieder mit Regisseuren und Produzenten ins Bett gehen?« Das war ein böser Hieb, eine Unwahrheit, wie beide wussten. Zumindest wusste sie es. Was Jack in diesem Punkt wirklich dachte, hatte sie sich oft gefragt.

»Das habe ich nie getan.«

»Egal, du wirst nicht annehmen. Du kannst dich nicht mit diesem Mist abgeben und gleichzeitig meine Frau sein.«

»Das ist kein Mist. Es ist eine große Serie. Mel Wechsler ist der Produzent.«

»Seit wann denkst du darüber nach? Jane, was geht da eigentlich vor?« Er behandelte sie wie ein unartiges Kind, aber zumindest beschäftigte er sich endlich einmal ernsthaft mit ihr.

»Seit heute.«

»Wie kommt es, dass du dann schon so gründlich Bescheid weißt?«

Dass sie sich mit Mel getroffen hatte, wagte sie ihm nicht zu gestehen. »Mein Agent hat mich angerufen.«

»Ich habe dir verboten, mit ihm zu sprechen.« Jacks Blick wanderte zum Fernsehschirm. »Vergiss die Sache. Das ist mein letztes Wort. Sag denen, sie sollen zur Hölle fahren.«

Damit war jedes weitere Wort überflüssig. Jane saß da und überlegte hin und her, wie sie weiterhin vorgehen sollte, als an die Tür geklopft wurde.

Es war Alexandra, die mit einem Arm voller Wäsche eintrat – Verachtung im Blick. Das Zeug landete auf Janes Schoß, begleitet von der anklagend geäußerten Beschuldigung: »Du hast für mich heute nicht gebügelt.«

»Ich hatte anderes zu tun.« Jane rollte das Bündel zusammen und reichte es ihrer Tochter. Sie spürte, dass in ihr eine Veränderung vorgegangen war und dass sie sich von ihrer Familie nichts mehr gefallen lassen würde. »Sobald ich Zeit habe, werde ich die Sachen bügeln.«

»Ich habe nichts anzuziehen«, ließ sich Alexandra mit missmutigem Jammerton vernehmen. Jane stand auf. Das reichte. Es war das erste Mal, dass sie so dachte. Aber jetzt hatte sie es endgültig satt, sich von der Familie überfahren zu lassen.

»Du hast einen ganzen Schrank voller Kleider. Sicher findet sich etwas darin.«

»Wie kommt es, dass du nicht anständig für die Kinder sorgst? Du hast doch sonst nichts anderes zu tun.« Es war elf Uhr abends, und Jane wollte weiter mit Jack über das Rollenangebot reden, obwohl ihr nicht viel Hoffnung blieb.

»Morgen werde ich alles erledigen.« Sie war müde und niedergeschlagen. Manchmal hatte sie das Gefühl, von erbitterten Gegnern umgeben zu sein, besonders, wenn alle sich gegen sie verschworen wie so oft. Warum sprang ihre Familie so mit ihr um?

In Jacks Blick gewitterte es. »Bügle das Zeug jetzt sofort.«

»Danke, Dad.« Alexandra warf ihm einen bewundernden Blick zu. »Kann ich morgen mit Moms Auto zur Schule fahren?«

»Ich muss den Wagen reparieren lassen.« Wieder machte er seinem Ärger Luft und sah seine Frau finster an. »Aber sobald er aus der Werkstatt kommt, kannst du ihn haben.« Wieder ein Schlag in Janes Gesicht. Mehr hielt sie nicht aus. Sie nahm Alexandras Kleiderbündel und flüchtete in die Küche. Dort holte sie Bügelbrett und Bügeleisen hervor. Dreimal wöchentlich kam eine Putzfrau, doch die bügelte längst nicht so sorgfältig wie Jane. Sie hatte sie alle verwöhnt und büßte nun dafür. Wie sie das satt hatte. Sie hatte sie alle satt bis obenhin.

Jane war eine volle Stunde beschäftigt, und als sie wieder ins Schlafzimmer kam, schlief Jack vor dem laufenden Fernsehapparat. Sie schaltete das Gerät aus und starrte ihren Mann lange an. Dann legte sie sich ins Bett, ganz leise. Wieder dachte sie an Mel und daran, wie zuvorkommend er gewesen war.

Am nächsten Morgen ging Jack aus dem Haus, als sie noch schlief, und Alexandra fuhr mit dem Volvo zur Schule. Jack brachte Janes Wagen zur Reparatur und nahm die Schlüssel zu seinem eigenen Wagen mit, sodass sie sich vorkam wie ein unartiges Kind, das man mit Hausarrest bestraft hatte. Und auch das war sie plötzlich leid. Sie hatte einfach genug, und die Gage, die Wechsler ihr angeboten hatte, eröffnete ihr plötzlich neue Möglichkeiten. Die Serie ebenso. Sie entschloss sich, ihr Leben in eigene Hände zu nehmen und Lou anzurufen. Sich diese Chance entgehen zu lassen wäre sehr dumm gewesen. Und wofür? Um sich von der Familie noch mehr ausnutzen zu lassen? Vielleicht würden Mann und Kinder ihr mit mehr Respekt begegnen, nachdem sie sich vom ersten Schock erholt hatten. Diese Möglichkeit bestand immer, und in einem Punkt hatte Lou Recht. Jack würde darüber hinwegkommen. Es würde ihm nichts anderes übrig bleiben.

Mit unsicheren Händen griff sie nach dem Hörer und wählte. Lou meldete sich sofort. Jane war so nervös, dass sie kaum sprechen konnte.

»Na?« Man merkte, dass er den Atem anhielt.

»Du kannst Wechsler sagen, dass ich annehme.«

Lou Thurman stieß einen Schrei aus. »Halleluja, Baby! Du hast mir ganz schön Angst eingejagt.«

»Ich mir selbst auch.« Sie lächelte. Ihre Hand zitterte noch immer.

»Du wirst ganz groß herauskommen, ist dir das klar?«

»Ach was, ich freue mich nur auf die Arbeit.«

»Ich rufe dich nachmittags zurück.«

Dazu hatte er dann keine Zeit, aber es kamen Blumen von ihm – und auch von Mel, zwei riesige Blumensträuße. Einer prangte im Speisezimmer, der andere beherrschte die Diele. Es waren herrliche Blumen, und Jane sah mit Bangen Jacks Rückkehr entgegen, obwohl sie sich zum ersten Mal in ihrem Leben selbstsicher, stark und sehr gut vorkam.

10

Mel Wechsler sah auf die Uhr, als ihm über die Sprechanlage jemand angekündigt wurde. Seine Laune hätte nicht besser sein können. Seitdem Jane Adams zugesagt hatte, die Rolle der Jessica zu übernehmen, nahm sein Vorhaben immer deutlicher Gestalt an, und er hatte das sichere Gefühl, dass das Mädchen, das er erwartete, genau das Richtige war. Ihre Erfahrung war zwar begrenzt, ihre Videos aber – meist Werbefilme und ein paar kleine Rollen – waren sehr viel versprechend. Er wusste, dass sie sich mithilfe eines Lehrers sehr verbessern konnte. Vor allem aber sah sie genauso aus, wie er sich Tamara, Sabinas Tochter und Janes Nichte, vorstellte. Er staunte nicht schlecht, als die junge Frau eintrat. Sie war bildschön mit ihrem langen, seidigen schwarzen Haar und den grünen Augen, doch sie war kleiner als erwartet, ein Umstand, der ihrer Persönlichkeit und ihrem Auftreten jedoch keinen Abbruch tat. Sie war vierundzwanzig, sah aber viel jünger aus, was sie für die Rolle umso geeigneter machte. Tamara Martin war neunzehn Jahre alt. Da Tamara ihre Mutter Eloise verabscheute, lebte sie bei ihrer Tante. Im Verlauf der Serie würde sie allen große Schwierigkeiten machen. Dem Mädchen, das jetzt ihm gegenüber Platz nahm, waren alle Eskapaden, die Tamara vorhatte, zuzutrauen. Sie sah ungemein reizvoll aus, und ihre Stimme war sanft und wohlklingend. Ein wenig aufgeregt war sie zwar, alles in allem wirkte sie aber viel gelassener als Jane. Mel hatte das Gefühl, dass es dieses Mädchen noch sehr weit bringen würde.

»Miss Smith, erzählen Sie mir doch ein wenig von sich.« Mit ihr brauchte er nicht so behutsam umzugehen wie mit Jane. Diese junge Frau wusste genau, was sie wollte, und in ihren Augen lag ein Schimmer, der ihm gefiel. Sie sah aus, als könnte sie auch lustig und spitzbübisch sein, und auch das fand er sehr ansprechend.

»Ich bin ein Einzelkind, komme von der Ostküste und lebe jetzt seit zwei Jahren hier.« Er hatte nicht gewusst, wie weit sie es in dieser kurzen Zeit gebracht hatte.

»Haben Sie eine Ausbildung?«

»Ich habe Schauspiel in Yale studiert.« Dies beeindruckte Mel Wechsler mehr, als er zu erkennen gab. Immer schon hatten ihm Absolventen der großen alten Universitäten mächtig imponiert. In diesem Zusammenhang drängte sich ihm unwillkürlich die Frage auf, wer sie in Wahrheit war und was – von Yale und ihren zwei Jahren in L. A. abgesehen – hinter diesem Mädchen steckte. Man ahnte, dass mehr an Gabrielle Smith war, als sie zeigte, und er hätte gern alles über sie gewusst, doch sie gab Einzelheiten nur sparsam preis. Ihre Angaben enthielten nur die nötigsten persönlichen Daten.

»Wo haben Sie an der Ostküste gelebt?«

Sie zögerte unmerklich. »In New York. Dort bin ich zur Schule gegangen.« Sie verschwieg ihm, dass sie auch in der

Schweiz eine Schule besucht hatte und perfekt Französisch sprach, dass sie außerdem eine der besten Privatschulen Englands absolviert hatte, ehe sie nach Yale gekommen war. Es gab vieles, was sie Mel und allen anderen in L. A. verheimlichte.

»Erzählen Sie mir von Ihrer Familie.«

Sie lächelte. Warum er diese Frage wohl stellte? »Ach, sie ist sehr nett. Ich komme gut mit meinen Eltern aus.«

»Sie müssen sehr stolz auf Sie sein.«

Wieder lächelte sie unverbindlich. Sie sagte ihm nicht, dass ihre Berufswahl ihren Eltern fast das Herz gebrochen hatte. Ihr Vater hatte gehofft, dass sie Rechtswissenschaften studieren würde, während ihre Mutter sie am liebsten gut verheiratet sehen wollte. Sie aber hatte ihre eigenen Träume und hatte sich gegen die Eltern durchgesetzt.

»Gabrielle, haben Sie das Drehbuch gelesen?«

»Ja. Es ist das Beste, was mir je unter die Augen gekommen ist.« Sie lächelte spitzbübisch. »Und ich bin überglücklich, dass Sie ausgerechnet mich zu sich bestellt haben.«

Mel sagte ihr nun, wer die anderen Mitwirkenden waren, und sie zeigte sich sichtlich beeindruckt. »Mit Bill Warwick habe ich einen Werbefilm gemacht. Er ist gut, richtig professionell«, sagte sie spontan.

»Gabrielle, Sie sind auch gut. Ihre Videos haben mir sehr gefallen.«

»Danke, Mr. Wechsler.« Ihr wohlerzogener Ton weckte in ihm wieder die Neugierde. Er wollte gern mehr über sie erfahren und fragte offen: »Gabrielle, was sind Sie eigentlich? Ich werde das Gefühl nicht los, dass Sie mir etwas vorenthalten. Irgendwie passen Sie nicht in das Starletschema.« Auch das gefiel ihm, sehr gut sogar, und doch wollte er mehr wissen.

»Spielt das eine Rolle?«

»Möglich. Gibt es ein Geheimnis, das Sie mir anvertrauen müssten?«

Nur wenn der Job davon abhing. Sie hatte nie mit jemandem darüber gesprochen, und sie hatte nicht vor, ihm zu viel von sich zu erzählen.

»Nein«, antwortete sie. Gabrielle Smith gefiel ihm immer besser. Sie war ein sehr nettes Mädchen, sympathisch und schön. Für die Rolle ideal – wie alle anderen. Jetzt hatte er seine ideale Besetzung beisammen: Sabina, Zack, Jane, Bill und Gabrielle.

Gabrielle betete insgeheim noch immer darum, die Rolle zu bekommen, als Wechsler lächelnd sagte: »Am sechsten Dezember fliegt das Team zu Außenaufnahmen nach New York. Wie sieht es bei Ihnen aus? Passt Ihnen der Termin?«

»Aber ja.« Sie wusste, dass ihre Eltern entzückt sein würden, da sie dann die Weihnachtsfeiertage bei ihnen verbringen konnte … Wenn sie die Rolle bekäme. Das große Wenn. »Wie lange werden die Außenaufnahmen dauern?«

Er lächelte. »Vier bis sechs Wochen.« Und dann entschloss er sich, ihr die gute Nachricht nicht länger vorzuenthalten. Warum hätte er sie noch zappeln lassen sollen? »Und Sie werden dabei sein, Gabrielle. Das hoffe ich zumindest sehr.«

Ihre Augen weiteten sich, sie sah plötzlich aus wie ein Kind, als sie aufsprang und ihn anstarrte. »Soll das heißen, dass ich die Rolle bekomme?« Ihre Fassungslosigkeit war echt.

Er lachte. »Genau das. Gabrielle, Sie sind eine gute Schauspielerin.«

»Wummm!« Sie lief um seinen Schreibtisch, schlang die Arme um Mel und drückte ihm einen dicken Kuss auf die Wange. Dann trat sie zurück. »Danke, Mr. Wechsler. Vielen Dank!« Sie schüttelte ihm die Hand, und er begleitete sie an die Tür und versprach ihr, am nächsten Tag ihren Agenten anzurufen. Als sie die Treppe hinunterlief, sah er ihr nach. Dass sie draußen auf dem Gehsteig einen Freudenschrei ausstieß und diesem einen Luftsprung, den sie beim Ballett gelernt hatte, folgen ließ, bekam er nicht mehr mit. Sie hatte es geschafft! Sie hatte die größte Rolle ihres Lebens bekommen! Gabby Smith war auf dem besten Weg, Karriere zu machen.

11

»Woher kommen die Blumen?« Jack Adams warf seiner Frau einen argwöhnischen Blick zu, als er beim Betreten des Hauses den Riesenstrauß bemerkte.

Jane sah ihn lange wortlos an. Den ganzen Nachmittag über hatte sie sich die Worte vorgesagt, und jetzt hatte sie alles vergessen. Zwar wusste sie, was sie ausdrücken wollte, doch es fiel ihr noch viel schwerer als befürchtet.

»Ich fragte, woher die Blumen kommen.« Von Jack abgesehen schickte ihr niemand Blumen, und von ihm hatte sie seit zehn Jahren keine mehr bekommen.

»Von Lou.«

»Warum? Hast du ihm gesagt, dass er sich die Rolle an den Hut stecken kann?«

Langsam schüttelte sie den Kopf. Noch nie im Leben war ihr etwas so schwer gefallen, und doch wusste sie im Inneren, dass sie das Richtige tat. Danach würden Jack und die Kinder sie anders behandeln. Sie würden ihr mit mehr Respekt begegnen. Ja, davon war sie überzeugt. Wichtiger war noch, dass sie ihre Selbstachtung wiedergewinnen würde.

»Das hast du ihm doch gesagt, oder?«

»Nein, das habe ich nicht getan.« Sie war sehr schön, doch Jack hatte keine Augen dafür, und Jane selbst war sich dessen nicht bewusst. »Ich habe das Angebot angenommen.«

»Du hast was?« Er sah aus, als wäre er geohrfeigt worden.

»Ich habe ihm gesagt, dass ich die Rolle übernehme.« Sie hatte ihre Stimme wiedergefunden. »Jack, ich weiß, wie dir zumute ist … aber für mich ist es sehr wichtig.« Mit jedem Wort wuchs ihre Zuversicht.

Er sah sie an, als könnte er seinen Ohren nicht trauen.

»Weißt du nicht mehr, was ich dir vor Jahren gesagt habe?« Sie standen noch immer in der kleinen, von Blumenduft erfüllten Diele. Jane stockte der Atem, als Jack sie mit drohender Miene ansah. »Weißt du nicht, dass ich dir die Wahl gelassen habe – entweder ich oder Hollywood? Erinnerst du dich?« Wie immer bediente er sich eines Tones, als hätte er ein begriffsstutziges Kind vor sich.

Sie nickte beklommen. »Ich weiß … Aber, Jack, das ist anders. Es ist eine Hauptrolle in einer großen Serie …«

Er schnitt ihr das Wort ab. »Jane, mit wem hast du gebumst, um die Rolle zu kriegen?«

»Mit niemandem.«

Sie sah ihn verzweifelt an. »Man hat mich einfach angerufen.« Das stimmte beinahe. Sie wusste aber, dass sie ihm eines Tages beichten musste, dass sie lange Jahre heimlich gearbeitet hatte, doch das hatte noch Zeit.

»Warum hat man dich angerufen? Weil es sich herumgesprochen hat, dass du leicht ins Bett zu kriegen bist?«

Jane schossen die Tränen in die Augen, und sie wandte sich ab. »Sag doch nicht solche Dinge, Jack … bitte, erlaube, dass ich arbeite.« Sie sah ihn mit flehendem Blick an. Er stieß sie beiseite und stürmte an ihr vorüber ins Wohnzimmer, nur um den zweiten großen Strauß im Esszimmer zu entdecken.

Da stürmte er ins Schlafzimmer, riss die Schranktür auf und warf einen Koffer aufs Bett. Jane lief ihm nach.

»Jack, bitte … hör mir doch zu.« Sie wusste, dass sie ihm jetzt sagen musste, dass sie die Rolle aufgeben würde. Aber er war nicht fair. Und der Preis war zu hoch für das bisschen Glück, das er ihr verschaffte. »Bitte …« Sie fing zu schluchzen an, und er brüllte los, als die Mädchen aus ihren Zimmern kamen, um zu sehen, was los war.

»Eure Mutter geht zurück nach Hollywood. Dort wird sie mit sämtlichen Produzenten und Regisseuren schlafen, und deswegen verlasse ich sie!«, rief er ihnen zu. Beide fingen zu heulen an. »Ich verlasse sie, weil ich nicht mit einer Hollywoodhure verheiratet sein möchte.« Und doch erwartete er, dass sie für ihn die Hure spielte, Tag und Nacht, ohne ein liebes Wort. Nach allen Entwürdigungen und Brutalitäten, die sie durch ihn erfahren hatte, nachdem sie sich zwanzig Jahre alles hatte gefallen lassen, weil sie glaubte, ihm das schuldig zu sein, da er ihr ein schönes Haus, drei Kinder und Respektabilität verschafft hatte, behandelte er sie wie eine Aussätzige. Zum Teufel mit ihm. Sie warf die Tür zu, damit die Mädchen ihre Worte nicht hören konnten. Jetzt ließ Jane jede Rücksicht fallen.

»Hör auf, solche Dinge zu behaupten! Ich war dir zwanzig Jahre lang treu, und ich war nie leicht ins Bett zu kriegen, nie! Hörst du mich, Jack? Ich möchte meinen Beruf wieder ausüben, ich möchte etwas Anerkennung, ein wenig Achtung … das Gefühl, dass ich etwas leisten kann, ja, das möchte ich haben, ehe ich zu alt bin und es mir gleichgültig ist und ehe du mich ganz kaputtgemacht hast. Ist das zu viel verlangt? Ist das so schlimm?«

Ohne sie einer Antwort zu würdigen, warf er Krawatten, Hemden und Unterwäsche in den Koffer, nahm zwei Paar Schuhe und seine Tennissachen, dann klappte er den Koffer zu, zog den Reißverschluss zu und nahm einen Arm voller Anzüge aus dem Schrank, ehe er die Tür aufriss. Er sah sie mit einem Blick voller abgrundtiefer Verachtung an, als er hervorstieß: »Ich werde meinen Anwalt anrufen. Da du jetzt einen eigenen Beruf hast, brauchst du von mir nichts mehr.« Wie konnte er an so was denken? Was bedeutete sie ihm überhaupt? Zwanzig Jahre wurden einfach so abgetan, ihr ganzes gemeinsames Leben, ihre Ehe, mochte sie auch noch so inhaltslos gewesen sein. Ihm war das alles nichts wert. Gar nichts. Die Mädchen klammerten sich an ihn, als er schwer beladen den Flur entlangging. Sie flehten ihn an, bei ihnen zu bleiben. Alexandra ging sogar so weit, ihn zu bitten, dass er sie mitnahm. Da wandte er sich mit wutentbranntem Blick zu Jane.

»Da siehst du, was sie von dir halten. Sie wollen ebenso wenig wie ich mit einer Hure zusammenleben.«

»Nenne mich nicht so!« Sie ging auf ihn zu, doch zwischen ihr und Jack standen die Mädchen.

»Lass ihn!«, kreischte Alex. »Bleib weg … von uns allen! Ich hasse dich … ich hasse dich …« Sie schluchzte noch immer, als Jack die Haustür zuknallte und im nächsten Augenblick davonfuhr. Gleich darauf schlossen sich die beiden Mädchen in ihren Zimmern ein, und Jane war wieder allein mit ihren Gedanken, ihren zerbrochenen Träumen und verstreuten Krawatten und Socken, die Jack im Flur verloren hatte. Sie hob die Sachen auf, während sie langsam zurück ins Schlafzimmer ging. Was sich hier alles zugetragen hatte … wie er über sie hergefallen war … wie er sie gedemütigt hatte … und jetzt ging er einfach auf und davon, nur weil sie die Rolle in »Manhattan« angenommen hatte – oder steckte da mehr dahinter? Hatte er am Ende schon seit langem auf diese Gelegenheit gewartet?

An diesem Abend ließen sich die Mädchen nicht mehr blicken. Da nützte es nichts, dass Jane sie inständig darum bat und in regelmäßigen Abständen an die Türen klopfte. Sie ließ ihnen das Abendessen in Alufolie gewickelt im Backrohr und zog sich schließlich in ihr Zimmer zurück. Es gab niemanden, mit dem sie sprechen konnte, niemanden, den sie anrufen konnte. Die eigenen Kinder waren kein Trost, ganz im Gegenteil. Dafür hatte Jack gesorgt. So wie er für alles andere gesorgt hatte. Jane setzte sich ermattet hin, voller Zweifel, ob das, was sie vorhatte, den Preis wert war, den sie dafür bezahlte. Sie erwog,

Lou anzurufen und ihm zu sagen, dass sie die Rolle nun doch nicht annehmen konnte. Doch sie hatte ein Recht darauf … oder nicht? … Jane legte sich angezogen aufs Bett und weinte sich in den Schlaf.

12

Die Einladung traf bei allen am gleichen Tag ein. Die goldgerahmte, auf elfenbeinweißem Papier gedruckte Einladung war betont schlicht gehalten. »Mel Wechsler bittet Sie um das Vergnügen Ihrer Gesellschaft am … um … bei …« Es folgte seine Adresse in Bel Air. Seine Sekretärin hatte jeden Namen sorgfältig eingefügt, sodann die Uhrzeit – acht Uhr; ganz unten hatte sie auf Mels Anweisung hin geschrieben: »… damit die Mitwirkenden Gelegenheit haben, miteinander bekannt zu werden.« Gleichzeitig hatte seine Sekretärin bei Chasen angerufen und Mels Lieblingsspeisenfolge bestellt: Steak, Chili, kleine Bratkartöffelchen und Spargel mit Sauce hollandaise. Vorher sollten Horsd'œuvres und Kaviar nach Belieben gereicht werden. Als Dessert war ein Schokoladenauflauf mit Eiskrem und Schokoladensoße vorgesehen. Es war ein gutes und einfaches Menü, das jedem Geschmack entgegenkam. Alles in allem würden fünf Gäste und Mel anwesend sein. Er hatte flüchtig erwogen, noch ein paar Freunde einzuladen, hatte den Gedanken aber sofort wieder verworfen. Es war günstiger, wenn sich die Schauspieler in aller Ruhe, ohne Außenseiter, kennen lernen konnten. Er wollte, dass sich zwischen den fünf Stars seiner Serie ein freundschaftliches Verhältnis entwickelte. Das Arbeitsklima konnte sich auf die Dreharbeiten sehr bedeutsam auswirken, und Mels Interesse an einer angenehmen Atmosphäre entsprang dem Bestreben, alles zu tun, um einen Erfolg zu gewährleisten. Die ganze Woche über hatte er Verhandlungen mit der Fernsehgesellschaft geführt. Jetzt war alles unter Dach und Fach. Sämtliche Verträge waren unterschrieben, mit den Stars war alles abgesprochen, François Brac erwartete Sabina in zwei Wochen in Paris, die erste Klappe konnte anschließend fallen. Im Moment ging es noch um die Besetzung der Nebenrollen. Die Vorsprechtermine jagten einander, und die Presse hatte bereits ein paar Hinweise erhalten, wer die Stars von »Manhattan« sein würden. Mel war sehr zufrieden mit dem Stand der Dinge. Überaus zufrieden, wie er sich eingestehen musste, als er an jenem Tag sein Büro verließ. Er wollte zu Hause die letzten Vorbereitungen für das Dinner selbst überwachen, denn es sollte alles seinen Vorstellungen genau entsprechen. Er hatte seine Sekretärin angewiesen, auf der Einladung Abendkleidung vorzuschreiben, damit die Gäste sich darauf einstellen konnten, zudem machte es den Damen viel mehr Spaß, wenn sie sich für einen solchen Abend festlich zurechtmachen konnten.

Zu Hause stellte er zufrieden fest, dass alles wunderbar arrangiert war. Die Firma Chasen machte ihre Sache immer erstklassig, und seine Haushälterin hatte alles bestens vorbereitet. Ihm blieb sogar Zeit, im Pool zu schwimmen und sich anschließend auszuruhen. Maria würde ihn rechtzeitig wecken, falls er einschlafen sollte.

Er war nicht der Einzige, der nachmittags schlief. Bill hatte gegen seine Nervosität, die ihn den ganzen Tag nicht losließ, angekämpft, indem er in den Hügeln joggte. Danach hatte er geduscht und war in seinem Häuschen nackt auf dem Bett eingeschlafen, während Bernie, der in der Septemberhitze mit hängender Zunge hechelte, es sich daneben auf dem Boden bequem machte und Bill bewachte. Als Sandy das Haus betrat, reagierte der Hund mit mattem Schweifwedeln. Nie begrüßte er sie mit jener Begeisterung, die er bei Bill jedes Mal an den Tag legte. Zum Bellen lag kein Grund vor, er wusste, wer Sandy war und dass sie hier Hausrecht hatte, obwohl sie seit jenem Morgen vor mehreren Wochen, als sie ihre Sachen abgeholt hatte, nie mehr aufgetaucht war. Sie blieb kurz stehen und sah die beiden an. Sie fragte sich, ob sie Bill wecken sollte oder nicht. Da bewegte er sich im Schlaf. Als spüre er eine Anwesenheit im Raum, setzte Bill sich plötzlich auf und starrte sie an. Er wusste im ersten Moment nicht, ob er träumte.

»Ach, hallo …« Sie sah noch verheerender aus als vor drei Wochen, und sein Herz krampfte sich vor Mitleid zusammen. Über eine Wange zog sich eine hässliche Spur, eine frische Narbe, die sich im Haar verlor.

»Wo hast du gesteckt?« Wo auch immer, es war ihr dort nicht gut ergangen. Einen schrecklichen Augenblick fragte er sich, ob man sie geschlagen hatte. »Geht es dir gut?« Eine dumme Frage. Es ging ihr alles andere als gut, aber zur Abwechslung machte sie den Eindruck, nicht ganz mit Drogen voll gepumpt zu sein. Sie wirkte nur ein wenig benommen. Lächelnd ließ sie sich auf der Bettkante nieder. Sie trug Sachen, die er nicht kannte. Es drängte ihn, sie zu fragen, wo sie jetzt lebte, aber als er sich bewusst wurde, dass er ganz nackt war, überkam ihn Befangenheit. Er langte nach dem Handtuch, das er auf dem Bett liegen gelassen hatte, und bedeckte sich.

»Du sollst ja den großen Durchbruch geschafft haben«, sagte Sandy. Er nickte, von Sorge um sie und nicht um sich bewegt. »Das freut mich für dich.«

»Danke.« Auch sie hatte ihre große Chance gehabt und hatte sie vertan, doch davon wollte er jetzt nicht sprechen. »Wo steckst du?«

»Bei Freunden an der South La Brea. Mir geht es gut.« Dies zu glauben fiel schwer, wenn man sie so vor sich sah. Sie wirkte verkommen und abgekämpft, um mindestens zehn Jahre gealtert.

»Du tätest gut daran, dich in ärztliche Behandlung zu begeben.« Er gab nicht auf, da er das Gefühl hatte, ihr diese Fürsorge schuldig zu sein, der guten Zeiten wegen. Er fühlte sich irgendwie schuldig, weil sein Leben nun eine günstige Wendung genommen hatte.

»Das werde ich eines Tages sicher tun, wenn sich die Möglichkeit ergibt.«

»Und warum nicht sofort?« Er hätte sie hingebracht, überallhin. Er wollte sicher sein, dass sie in guten Händen war, ehe er in seinem Leben einen Schritt weiter ging. Immerhin war Sandy seine Frau.

»Ich habe eine Verabredung.« Er wusste, dass sie log, aber es hatte keinen Zweck, sich in Debatten einzulassen. Er hatte keinerlei Einfluss auf sie.

»Ich wollte dir nur sagen, wie ich mich für dich freue. Wirst du nach New York ziehen?«

Er schüttelte den Kopf. »Die Außenaufnahmen nehmen etwa vier bis sechs Wochen in Anspruch, aber bis dahin ist es noch Zeit. Ich werde noch eine Weile hier sein.« Sie sollte wissen, dass sie sich an ihn wenden konnte, falls sie Hilfe brauchte. Er hatte Angst um sie, da sie eine Welt betreten hatte, die er fürchtete. Die Sorge, was ihr in dieser Welt zustoßen mochte, ließ ihn nicht los.

»Ich könnte mir denken, dass du in absehbarer Zeit eine Scheidung möchtest«, sagte Sandy kläglich. Davon konnte keine Rede sein, denn diese Art von Publicity konnte er jetzt nicht brauchen.

»Das eilt nicht. Ich laufe nicht weg. Alles klar?«

»Ja.« Sie betrachtete ihn bekümmert, als wäre er ein Symbol für all das, was sie verloren hatte. Es war ein herzzerreißendes Bild, das sie bot. Bill war sich im Klaren, dass er Sandy nicht zu helfen vermochte und dass er diese Chance eigentlich nie gehabt hatte. »Ich dachte nur, jetzt … mit der Fernsehserie …«

»Ach, vergiss es.«

Sie hielt den Blick unbeirrt auf ihn gerichtet. »Ich wollte dich nicht mit mir in den Abgrund ziehen. Ich dachte, du würdest so besser dran sein, deswegen habe ich nie angerufen.« Genau das hatte sie ihm heute sagen wollen. Nun war ihm klar, warum sie sich so lange nicht gemeldet hatte. Er schlang das Handtuch um seine Hüften und stand auf. Der Gegensatz zwischen ihnen war Mitleid erregend. Sie war abgezehrt, krank und blass, während Bill vor Gesundheit und jugendlicher Kraft strotzte.

»Kann ich dir etwas zu essen machen?« Sie schüttelte den Kopf. Sie lebte von Schokoriegeln und Zigaretten und hatte fast keinen Appetit mehr. Sie brauchte nur Stoff, alles andere war ihr gleichgültig. Schon der Anblick von Speisen war ihr unerträglich. Die größte Ironie bestand darin, dass Bills Kühlschrank jetzt gefüllt war. Im ersten Jahr würde er eine Dreiviertelmillion Dollar Gage bekommen – einen Betrag, von dem er nie zu träumen gewagt hatte. Sein Kühlschrank würde für sehr lange Zeit gefüllt bleiben. Dass Sandy die gute Zeit nicht mit ihm erleben konnte, betrübte ihn sehr. Zwischen ihnen war alles vorbei, und doch fiel es ihm schwer, es zu glauben. »Brauchst du etwas? Ich könnte …« Er wollte ihr Geld anbieten, aber ihm fiel sofort ein, dass sie es doch nur für Rauschgift verwenden würde. Da auch sie es wusste und von ihm nichts annehmen wollte, zwang sie sich, den Kopf zu schütteln. Zögernd stand sie auf.

»Ich sagte schon … mir geht es gut …«

Bill bekam feuchte Augen, als er die Arme nach ihr ausstreckte. »Sandy, bleib bei mir … ich werde dir helfen, deine Sucht zu bekämpfen, das schwöre ich dir. Du kannst es schaffen.«

»Nein, ich kann nicht.« Wieder lächelte sie ihr trauriges Lächeln. »Jetzt nicht. Für mich ist es zu spät. Jetzt ist deine Zeit gekommen, nicht meine.« Mit fünfundzwanzig tat sie so, als läge ihr Leben hinter ihr. Es war so traurig, dass er sich abwenden musste, damit sie seine Tränen nicht sah. Das wollte er ihr ersparen. Es hatte keinen Sinn, sie halten zu wollen, indem man Schuldgefühle in ihr weckte. Sie musste ihr eigenes Leben leben. Sie wollte es nicht anders und tat damit vielleicht sogar das Richtige.

»Du kannst auch wieder auf die Füße kommen, jederzeit, wenn du nur den festen Willen hast. Das darfst du nie vergessen. Du musst nur von den Drogen loskommen.« Nur … das war leicht gesagt, wie beide wussten, aber ausgeschlossen war es nicht. Das Schlimme war, dass Sandy gar keine Lust hatte, das Rauschgift aufzugeben.

Sie trat auf ihn zu und berührte seinen Arm, ganz leicht, wie ein Vögelchen. »Gib Acht auf dich.« Sie streckte sich und gab ihm einen Kuss auf die Wange, ehe sie rasch hinausging. Er hörte ihre Schritte draußen auf den Steinplatten und musste sich zwingen, ihr nicht nachzulaufen. Bill stand mit Tränen in den Augen da, voller Angst, dass er sie nie wieder sehen würde. »Leb wohl, mein Liebling«, flüsterte er. Nachdem sie gegangen war, hatte er keine Lust mehr, das Haus zu verlassen.

Jane saß den ganzen Nachmittag über in Pasadena beim Friseur. Es war für sie ein ganz großer Tag, denn sie sollte bei Mels Party ihre neuen Kollegen kennen lernen. Seit die Einladung gekommen war, hatte sie in Vorfreude geschwelgt. Sie war eigens zu Saks gefahren und hatte sich ein perlenbesticktes weißes Kleid gekauft. Erst hatte sie Zweifel, da sie fürchtete, es sei zu auffallend, aber es sah an ihr so toll aus, dass die Verkäuferin sie überredet hatte, es zu kaufen.

Die Mädchen waren von der Schule noch nicht zurück, als sie nach Hause kam, tadellos frisiert und mit hellrot lackierten Nägeln. Sie holte das Kleid aus dem Schrank und betrachtete es sorgenvoll, wie sie in letzter Zeit alles sorgenvoll betrachtete, dann aber dachte sie: Zum Teufel mit den Sorgen, und ließ das

Badewasser einlaufen. Sie hatte noch Stunden Zeit, und außerdem würde Mel ihr einen Wagen schicken, damit sie nicht selbst fahren musste. Und das war nur der Anfang, wie sie wusste. Es war, als wäre sie eine Königin – vielleicht würde sie es für ein ganzes Jahr sein oder auch für länger, wenn die Serie Erfolg hatte. Das alles war so aufregend, dass sie es kaum aushielt. Der einzige Wermutstropfen war Jack, der sich so unmöglich benahm. Er vergiftete die Herzen der Mädchen und war sogar so weit gegangen, Jason in Santa Barbara zu besuchen und ihn ähnlich zu beeinflussen wie seine Töchter. Jason hatte Jane daraufhin angerufen und sie gebeten, die Rolle nicht zu übernehmen, weil Jack sich so aufregte. Jack hatte nicht nur seine Anwälte bemüht und die Scheidung eingereicht, sondern ihr seine Haushälfte zum Kauf angeboten. Sie könne es sich jetzt leisten, hatte er behauptet, und da sie in Gütergemeinschaft lebten, sei sie ihm dies nach all den Jahren schuldig. Falls sie ihm die Haushälfte nicht abkaufen wolle, müsse sie ausziehen. In dem Brief, den sie bekommen hatte, stand, dass sie neunzig Tage Gnadenfrist habe. Als sie Jack zu erreichen versuchte, ließ er sich verleugnen. Schließlich hatte sie es aufgegeben und selbst einen Anwalt angerufen. Unglaublich, dass es in so kurzer Zeit so weit hatte kommen können. Aber Jack meinte es ernst. Wenn sie bei ihrer Absicht blieb, wieder zu filmen, wollte er sich scheiden lassen. Mehr als einmal hatte sie erwogen, auf die Rolle zu verzichten, aber sie wusste, dass sie ihren Mann dann ewig dafür hassen würde, also war es sinnlos. Ihre Ehe war unwiderruflich zerrüttet. Jane, die nicht mehr gewillt war, nach den alten Spielregeln weiterzumachen, freute sich auf ihr neues Leben. Sie konnte nur hoffen, dass die Kinder mit der Zeit begriffen, dass auch sie ein menschliches Wesen mit eigenen Gefühlen und Bedürfnissen war und dass alles, was Jack in seiner Wut über sie sagte, nicht stimmte.

Sie hörte nicht, wie die Haustür geöffnet und wieder geschlossen wurde, sie hörte auch nicht die Schritte im Flur, als sie in der Unterwäsche dastand und wartete, dass die Wanne voll wurde. Erschrocken fuhr sie zusammen, als sie sich umdrehte und ihn sah.

»Jack … was machst du hier?« Seit Wochen hatte sie ihn nicht mehr zu Gesicht bekommen – seit damals, als er seine restliche Garderobe abgeholt hatte. Plötzlich stand er vor ihr und starrte sie an, als hätte er ihr etwas zu sagen.

»Ich muss etwas holen.« Sie wusste ebenso gut wie er, dass von seinen Sachen nichts mehr da war. Er hatte alles vor Wochen abgeholt. Nun rätselte sie, aus welchem Grund er gekommen war.

»Ist alles in Ordnung?« Sie beobachtete ihn voller Nervosität, denn in seinem Blick lag ein sonderbarer Ausdruck.

»Ja. Ich wollte dich anrufen und mit dir reden.«

»Ich konnte dich nie erreichen.«

»Ich war beschäftigt.« Er sagte es achselzuckend, den Blick auf ihre Brüste gerichtet, als wären es ihre Augen.

»Ich dachte, dass wir einiges besprechen sollten, aber …« Jane zögerte, ihm zu sagen, dass sie sich in Ruhe anziehen wollte, ehe die Mädchen nach Hause kamen.

»Der Zeitpunkt ist nicht sehr günstig.«

Misstrauisch betrachtete er sie. »Warum nicht?«

Sie sagte ihm nur ungern den Grund, andererseits sah sie keinen Grund, ihn anzulügen. »Heute findet für die ganze Besetzung ein Dinner statt.«

»Und was geht dabei vor? Treibt es jeder mit jedem, damit ihr von Anfang an wisst, wer es am besten kann?« In seinen Augen funkelte es bösartig. Jetzt erst merkte sie, dass er ein wenig betrunken war. Das war neu an ihm, dieses häufige Betrunkensein. Sie hasste es, mit ihm zu diskutieren, wenn er in diesem Zustand war.

»Es ist nur ein Dinner, mehr nicht. Kann ich dich morgen im Büro anrufen?«

»Warum? Damit du mir erzählen kannst, wie es war? Was geht mich das an? Ich weiß ja, wie du bist ...« Er ging auf sie zu, und sie wich einen Schritt zurück. Dabei stolperte sie über ihre vor dem Badezimmer liegenden Schuhe.

»Jack, lass das ... wir wollen nicht wieder damit anfangen. Wir sollten uns hinsetzen und uns aussprechen.«

»Mit dir brauche ich mich nicht hinzusetzen. Ich setze mich nicht mit Schlampen zusammen.« Der Mann war krank. Es war das erste Mal, dass ihr dieser Gedanke kam. Er war besessen von der Vorstellung, sie sei eine Hure und Schlampe. Das ging eindeutig zu weit.

»Warum gehst du nicht einfach?«, sagte sie ganz leise. Es hatte keinen Sinn, eine Aussprache mit ihm zu suchen.

Er wollte nicht gehen. »Warum? Erwartest du jemanden?«

»Nur deine Töchter. Und anziehen muss ich mich auch noch.«

»Das kannst du dir sparen. Ich kenne dich nackt.«

»Sehr gut. Warum gehst du dann nicht?«

»Ich möchte die Mädchen sehen.« Angriffslustig baute er sich vor ihr auf. Um seine Augen hatten sich tiefe Linien gegraben, die sein Gesicht noch härter erscheinen ließen.

»Du kannst sie ein andermal besuchen.«

»Rauswerfen kannst du mich nicht. Es ist immer noch mein Haus. Immer noch.« Er trat weiter auf sie zu. Diesmal behauptete Jane ihre Stellung. »Und du gehörst ebenfalls zu mir. Ich kann dich haben, wann ich möchte.«

»Lass das.« Plötzlich bekam sie es mit der Angst zu tun. Sie fürchtete sich, mit ihm allein zu sein, weil er sich wie ein Wahnsinniger benahm. Jack spürte ihre Angst. Wieder kam er einen Schritt näher und griff nach ihrem Arm.

»Das ist die Wahrheit ... du gehörst mir ... wie immer schon ... meine kleine Fotze ...« Wie sie es hasste, wenn er so redete. Jetzt hasste sie alles an ihm und fragte sich unvermittelt, wie lange sie ihn schon so verabscheute. Er packte ihre Arme und zerrte sie ins Schlafzimmer und zum Bett.

»Jack ... hör auf ... bitte ...«

»Bitte was? Soll ich es dir tüchtig besorgen wie immer, du kleine Schlampe? Mehr warst du ja nie, nur ein Stück Fleisch, das ich mir aus Bequemlichkeit im Haus hielt ... mehr hat mir nie an dir gelegen, weißt du das? Weißt du das, du elendes Biest?«

Warum hasst er mich so, schoss es ihr durch den Kopf, als er sie aufs Bett schleuderte und sich mit vollem Gewicht auf sie warf und sie festnagelte. Dabei riss er ihr den Büstenhalter herunter und versuchte ihr Höschen herunterzuziehen. Es war reiner Wahnsinn. Nach zwanzig Jahren Ehe vergewaltigte er sie – etwas Sinnloseres gab es nicht.

»Jack, hör auf!« Jane schluchzte verzweifelt. Sie bekam kaum Luft, weil er so schwer war, an ihren Brüsten drückte, während er den Reißverschluss seiner Hose aufzog und mit Gewalt in sie eindrang. Es war unglaublich, dass er jederzeit bereit war. Vielleicht erregte ihn ihr Widerstand noch mehr.

»Bitte ...«, flehte sie von neuem. Jetzt biss er zu. Sie schmeckte Blut, als er ihre Lippen zwischen die Zähne nahm. Dann wich er zurück, um sie in die Brust zu beißen, bis sie Blut fließen spürte. Immer wieder drang er in sie ein, ritt auf ihr, peinigte sie und knetete gleichzeitig ihre Brüste, bis er dann mit aller Kraft auf sie einschlug und sie ins Gesicht traf, wobei er einen ekstatischen Schrei ausstieß, als er kam. Unsanft löste er sich von Jane und blickte auf sie nieder. Sie lag schluchzend und wie ein Häufchen Elend auf dem blutverschmierten Bett. Er trat zurück, zog den Reißverschluss zu und stieß mit einem verächtlichen Blick ein einziges Wort hervor: »Hure!« Dann ging er. Tränenüberströmt lag sie da und hörte seinen Wagen davonfahren. Jane hatte das Gefühl, dass ihr jetzt alles egal sein konnte.

13

Bill Warwick traf als Erster ein. Er sah so fabelhaft aus, wie Mel ihn in Erinnerung hatte, wenn er auch sehr ernst und irgendwie bedrückt wirkte. Sein Leihsmoking saß wie angegossen, sein blondes Haar glänzte, in seinem Blick aber schienen alle Kümmernisse der Welt zu liegen. Dieser Eindruck verstärkte sich im Laufe der Zeit immer mehr. Bill plauderte mit Mel an der Bar und ließ sich einen Scotch mit Eis geben. Aus seiner Bewunderung für die stilvolle Umgebung machte er keinen Hehl. Es war ein schönes Haus, ein Haus, das Mel sehr liebte. Hoch über Los Angeles gelegen, bot es einen prachtvollen Blick über die riesige Stadt. Die große, mit Steinfliesen ausgelegte Wohnhalle war durch Säulen untergliedert. An den Wänden hingen moderne Gemälde, vor dem Haus lockte ein Pool von stattlichen Ausmaßen. Das Dach über dem eleganten Esszimmer ließ sich automatisch zurückschieben, sodass man an warmen Abenden wie diesem im Freien sitzen konnte.

»Ein wunderschönes Haus«, murmelte Bill anerkennend. Unwillkürlich drängte sich ihm der Gedanke an seine eigene kleine Behausung auf, und damit verknüpft war unweigerlich die Erinnerung an Sandys Besuch. Wohin war sie gegangen? Wo lebte sie jetzt? Wer hatte ihr die Verletzung im Gesicht zugefügt, die Narbe … das alles war unbeschreiblich hässlich und traurig. Er musste mit aller Kraft die Tränen zurückhalten, während er mit Mel plauderte und auf die anderen wartete.

»Heute sind Sie aber sehr ernst.« Mel war ein einfühlsamer Mensch und um seine Stars sehr besorgt, denn sie waren das Wichtigste bei der Serie.

»Nur ein wenig aufgeregt, schätze ich«, überspielte Bill seine niedergeschlagene Stimmung. »In jüngster Zeit hatte ich viel Stoff zum Nachdenken.« Als er andeutungsweise lächelte, dachte Mel an die Millionen weiblicher Fernsehfans, die im nächsten Jahr, wenn die Serie ausgestrahlt wurde, Bills wegen in einen Taumel der Begeisterung verfallen würden.

Der nächste Gast, der eintraf, war Zack Taylor. Er war elegant, charmant und überaus lässig. Sein eigenes Haus war viel größer als das von Mel und ebenso schön. Die beiden fingen wie alte Bekannte ein Gespräch über Gärtner, Hausangestellte und Bauunternehmer an, während Bill die Aussicht bewunderte.

Dann kam Gabrielle in einem pfirsichfarbenen Chiffonkleid, von dem sich ihr Haar wie schimmerndes Ebenholz abhob. Mel begrüßte sie mit einem Kuss auf die Wange und geleitete sie die Stufen hinunter, um sie sofort dem in der Nähe stehenden Zack vorzustellen. Die beiden wechselten ein paar Worte über Griechenland und die bevorstehenden Dreharbeiten, dann führte Mel sie hinaus, um sie mit Bill bekannt zu machen, der noch immer dastand und auf die Stadt hinunterblickte. Als er sich umdrehte, fiel Mel sofort der Ausdruck tiefen Schmerzes in seinen Augen auf. Gabrielle sah ganz so aus, wie Sandy hätte aussehen können und früher ausgesehen hatte, als sie noch nicht süchtig war. Nur war Gabrielle viel schöner und sehr viel raffinierter und eleganter. Für Bill aber war sie wie eine plötzlich auftauchende Fata Morgana, deren Anblick allein ihm schon Schmerz bereitete.

»Hallo, Bill.« In Gabrielles Lächeln lag Herzlichkeit, ihr Gesicht war gemmenhaft fein geschnitten, mit einer kleinen zierlichen Nase, großen grünen Augen und einem bezaubernd geschwungenen Mund. Alles an ihr war zart und schön, und dazu kam die Haltung, die sie ihrer Herkunft und Erziehung verdankte.

»Soviel ich weiß, sind wir in der Serie Geschwister.«

Bill zeigte sich sehr wortkarg und gab nur einsilbige Antworten, ehe er hineinging und sich noch einen Scotch holte – eine Brüskierung, die Gabrielle gar nicht zu bemerken schien. Sie ging ebenfalls ins Haus und plauderte ein wenig mit Zack. Sie sprachen gerade über ein Hotel in den Dolomiten, das sie beide kannten, als schließlich Jane eintraf. Einen Augenblick verharrte sie am oberen Ende der Treppe, während Mel mit Bill sprach und Gabrielle mit Zack. Jane wirkte wie ein seltener Vogel, der zum Flug ansetzt. Ihr wundervolles rotes Haar bildete einen aufregenden Kontrast zu dem weißen, perlenbestickten Kleid, das ihre Figur atemberaubend zur Geltung brachte. Der Ausdruck in ihren Augen bewirkte, dass alle sie anstarrten. Mel verspürte wieder den unerklärlichen Wunsch, die Arme um sie zu legen und ihr zu sagen, dass alles in bester Ordnung sei. Jane sah scheu, sinnlich und schön zugleich aus. Sie anzusehen war wie ein erotisches Erlebnis, obwohl sich Mel schlecht fühlte, weil er sie so ansah. Langsam, zögernd beinahe, kam sie die Stufen herunter und suchte mit ihrem Blick Mel. Als er an ihre Seite eilte, atmete sie sichtlich auf. Jacks Misshandlung hatte keine sichtbaren Spuren hinterlassen, von einem hässlichen Abdruck an der linken Brust abgesehen, den sie mit Eis behandelt hatte. Ihr Traumkleid, bei dessen Kauf sie gezögert hatte, bedeckte die verräterische Stelle.

In ihrem Blick lag Herzlichkeit, als sie mit Gabrielle sprach, fast so, als spräche sie mit einer Tochter, und Mel beglückwünschte sich insgeheim zu seiner Wahl. Als Jane sich Zack zuwandte, schien dieser so überwältigt, dass es ihm zunächst die Rede verschlug und er verlegen auflachte.

»Was für ein Kleid«, bemerkte er dann voller Anerkennung.

»Danke …« Jane errötete. »Ich befürchtete schon … ich dachte … war nicht sicher …«

Mel legte sanft den Arm um sie. »Sie sehen fabelhaft aus, Jane. Natürlich fehlt mir Ihre schwarze Perücke ein wenig.« Sie lachten, und Janes Befangenheit löste sich, als er sie Bill vorstellte, den ihr natürliches, freundliches Wesen ein wenig aus seinem Schneckenhaus lockte. Gut gelaunt und in gelockerter Stimmung ließen sich alle mit Champagnergläsern in der Hand auf den großen, ausladenden weißen Couches nieder. Da ging die Tür wieder auf, und es war klar, wer der Star des Abends war. Sabina kam in einem grauen Satinkleid die Stufen herabgeschritten. Ihre blonde Haarflut bildete einen idealen Rahmen für das Gesicht, ihre Augen waren die einer sprungbereiten Tigerkatze. An ihrem Arm funkelte Mels Armband.

»Guten Abend«, grüßte sie mit tiefer Stimme, wobei sie ihren Blick betont langsam von einem zum anderen wandern ließ. Mel lächelte befriedigt. Sabina hatte sich die Rolle bereits mit Haut und Haaren angeeignet – das beste Zeichen dafür, dass sie wie für sie geschaffen war. Sie sah Zack an und reichte ihm die Hand.

»Miss Quarles …« Er wusste genau, wie man sie zu nehmen hatte. Sie kannten sich bereits.

»Hallo, Zack.« Dann wandte sie sich an Bill. »Ich glaube, wir kennen uns noch nicht. Ich bin Sabina Quarles.« Sie brauchte Mel nicht, um sich mit Bill bekannt zu machen. Sie hatte die Szene im Griff wie immer. Ihr Auftritt war genau berechnet, ihr Kleid mit Bedacht gewählt, genau zu Augen, Haar und Typ passend. Neben ihr kam Jane sich richtig hausbacken vor. Auch Gabrielle zeigte sich fasziniert. Sabina tat sie mit einem flüchtigen Blick ab, ehe sie sich an Jane wandte. »Sie sind also die Schwester, die ich liebend gern hassen werde.« Alle fünf lachten.

Janes Antwort verriet ihre Nervosität. »Ich bewundere Ihre Arbeit sehr.«

»Leider kann ich das Kompliment nicht erwidern, da ich nicht weiß, was Sie bisher gemacht haben.« Damit war auch Jane erledigt, und Sabina wandte sich an Mel, um sich von ihm ein Glas Champagner geben zu lassen. Beide waren darauf bedacht, sich nicht anmerken zu lassen, wie nahe sie sich standen. Sabina war nicht so unklug, ihre Beziehung zu Mel durch törichtes Verhalten aufs Spiel zu setzen. Zudem galt der Auftritt, den sie so wirkungsvoll inszeniert hatte, allen Anwesenden.

Um Punkt neun Uhr ging man zu Tisch. Mel hatte die Sitzordnung wie alles andere sorgfältig geplant. Sabina saß zu seiner Rechten, Jane zu seiner Linken neben Bill, neben diesem Gabby, Zack rechts von Sabina. Und Zack erfüllte seine Aufgabe hervorragend. So charmant er zu seiner Tischnachbarin auch war, Mel entging nicht, dass er Jane den ganzen Abend nicht aus den Augen ließ. Er schien fasziniert von ihr zu sein, und sie erwiderte seine Blicke mit Wärme. Jane war auch die Einzige, die es schaffte, Bill aus seiner Reserve zu locken. Er schenkte Gabrielle kaum Beachtung – wie alle anderen auch. Nur Zack wechselte aus Höflichkeit ein paar Worte mit ihr, wenn Sabina sich kurz Mel zuwandte. Es war eine sehr interessante Runde, und Mel konnte es kaum erwarten, Sabinas Urteil über ihre Kollegen zu hören. Alles in allem nahm der Abend einen höchst angenehmen Verlauf, von einigen Augenblicken nervöser Spannung abgesehen. Nach dem Essen gingen sie mit ihren Champagnergläsern zum Pool. Sabina plauderte angeregt mit Zack, hinter sich die Stadt wie eine flimmernde Kulisse. Immer wieder warf sie Bill einen Blick zu. Gabrielle hingegen wurde von Sabina kaum beachtet und nur selten angesprochen. Sabinas Ton grenzte fast an Unhöflichkeit. Mel sah auch, dass Gabrielle mehrfach vergeblich den Versuch unternahm, mit Bill ins Gespräch zu kommen. Einzig Jane unterhielt sich mit allen. Trotz ihrer Befangenheit vermochte sie dank ihrer mütterlichen Art jeden für sich zu gewinnen – mit Ausnahme von Sabina, die eine bissige Bemerkung über Janes Kleid machte. Sofort entschuldigte sich Jane wieder für ihre Wahl. Diesmal aber kam ihr Zack schlagfertig und routiniert zu Hilfe, indem er Sabina ein Kompliment über ihr prachtvolles Armband machte. Sie schien erfreut, dass es ihm überhaupt aufgefallen war, was Mel sehr amüsierte. Er genoss es, dass er beobachten konnte, wie die Fäden zwischen seinen Gästen gesponnen wurden. Die Sache schien sich gut anzulassen. Zu denken gab ihm allein der Umstand, dass es Gabrielle nicht leicht haben würde. Sie war die Naive, das unerfahrenste Mitglied der Gruppe – vielleicht könnte sie sich wie ein boshaftes Kind benehmen, wenn sie nicht anerkannt wurde. Die Spannung zwischen Sabina und Jane machte ihm keine Sorgen, denn Jane würde mit wachsendem Selbstvertrauen damit fertig werden, und der Serie würde es gut tun, wenn die Story im wirklichen Leben eine Fortsetzung fände. Zack war gottlob Gentleman genug, um mit beiden Frauen zurechtzukommen. Was Bill betraf, war Mel seiner Sache nicht so sicher – aber der Junge war ein guter Schauspieler, und das war nicht hoch genug einzuschätzen. Was immer der Grund für Bills gedrückte Stimmung sein mochte, es würde sich irgendwie ein Ventil ergeben. Sabina schien der Junge zu gefallen, und Jane kam ohnehin mit allen gut aus.

Es war nach Mitternacht, als sie gingen, Sabina als Erste. Nach dem Dessert hatte sie Mels Botschaft erhalten. Er wollte zu ihr in die Wohnung kommen, sobald sich alle verabschiedet hatten. Sie ließ sich nichts anmerken, als sie sich von ihm mit einem Kuss auf die Wange verabschiedete, Zack lachend etwas zuflüsterte, Bill ein faszinierendes Lächeln zuwarf, Jane zunickte und Gabby völlig übersah. Und dann verschwand sie mit einem Silberfuchs über dem Silberkleid in Mels Wagen, in dem sie wie alle anderen, außer Zack, abgeholt worden war. Der Star. Ein Auftritt, der nicht wirkungsvoller hätte sein können. Immer ist es die Königin, die als Erste geht. Und als Letzte kommt. Beides hatte sie perfekt inszeniert.

»Also wirklich, sie ist einmalig«, flüsterte Jane Mel zu, nachdem Sabina gegangen war. »Richtig königlich.« Er lachte. Ja, Sabina verstand es, ihre Rolle vollendet zu spielen. Jane würde sich noch eine Portion Selbstbewusstsein zulegen müssen, um neben ihr zu bestehen.

»So soll es auch sein. Keine Angst, Jane. Das Publikum wird von Ihnen ebenso hingerissen sein. Diese Serie bietet für alle etwas.« Sein Lächeln galt allen, auch Gabrielle, die wie ein dunkelhaariger Engel am Rande des Pools stand. Mel fand es sonderbar, dass Bill sich von dem Mädchen nicht stärker angezogen fühlte. Wäre er selbst in Bills Alter gewesen … nun, jedem das Seine, dachte er bei sich.

Als Nächster ging Zack, der beiden, Jane und Gabrielle, anbot, sie mitzunehmen, doch hatte Mel für jede eigens einen Wagen bestellt. Danach gingen Jane und Gabrielle, und Bill folgte ihnen, nachdem er Mel die Hand geschüttelt und sich für die große Chance bedankt hatte.

»Bill, werfen Sie sämtliche Sorgen über Bord. Es ist doch alles in Ordnung?« Mel war richtig besorgt um ihn, aber Bill versicherte ihm, dass alles bestens sei. Er atmete auf. Für ihn hatte sich der Abend unendlich in die Länge gezogen. Seine Gedanken hatten ständig um Sandy und ihren Zustand gekreist. Und dieses Mädchen, das als seine Partnerin vorgesehen war … sie sah Sandy so ähnlich … Sandy hätte an seiner Seite in New York spielen können, wenn sie nicht süchtig gewesen wäre. Allein der Gedanke, wie weit es mit ihr gekommen war, bedrückte ihn zutiefst. Sie beide hätten alles haben können, buchstäblich alles.

Jane lehnte den Kopf an die Rücklehne und ließ im Geiste alles Revue passieren … Sabina … Zack … Gabby … Bill … es waren durchweg ausgeprägte, interessante Persönlichkeiten, so eindrucksvoll, dass sie sich fragte, wie sie sich in die Gruppe einfügen würde. Noch immer hatte sie Schmerzen an der Brust, die Jack ihr zugefügt hatte. Wenn sie an Mel und seine freundliche Art dachte … er sah aus, als hätte er im Leben viel mitgemacht, und sie hatte das Gefühl, sie könnten Freunde werden. Gabby gefiel ihr sehr gut, ebenso Bill … und Zack war fabelhaft, aber vermutlich würde er für Sabina schwärmen, für Sabina, die unglaublich toll aussah. Diese Figur, dieses Gesicht …

mit geschlossenen Augen gab Jane sich den Erinnerungen an den Abend hin, und als sie in Pasadena ankam und der Fahrer die Tür öffnete, saß sie schlafend auf dem Rücksitz.

14

»Na, was hältst du von der Runde?« Mel lehnte sich sichtlich gut gelaunt zurück. Es war ein Uhr, er hatte die Lieferanten bezahlt, das Haus abgeschlossen und war zu Sabinas Wohnung am Linden Drive gefahren.

»Ja, tolle Typen, einer wie der andere.« Sabina räkelte sich in dem grauen Satinkleid auf der Couch, noch immer so verführerisch wie vorhin in Gesellschaft, nur eine Spur lässiger. In ihren Augen tanzten Pünktchen, als sie die einzelnen Personen in der Erinnerung an sich vorüberziehen ließ. Mel entlockte ihr Urteil ein befreites Lachen.

»Die arme Jane ist ein Mäuschen, das auf der Hut sein sollte, damit ich es nicht bei lebendigem Leib verspeise, hmmm.« Sie strich über Mels Nacken.

»Sei nett zu ihr, Sabina. Du hast sie schon genug eingeschüchtert.« Er drohte ihr väterlich mit dem Finger, was Sabina zu einem boshaften Lachen veranlasste.

»Ich weiß. Aber eine Figur hat sie ... sagenhaft. Wie alt soll sie sein?«

»Neunundddreißig.«

»Möchte wissen, wie viel sie ihre Formen gekostet haben. Das alles kann doch nicht echt sein. Was hat sie übrigens bis jetzt gemacht?«

»Seifenopern fürs Tagesprogramm. Zehn Jahre lang war sie in ›Unsere geheimen Sorgen‹ dabei.«

»Ach du lieber Gott ... doch nicht bei diesem Kitsch!« Sie tat die Sache mit einer Handbewegung ab. »Bill Warwick ist viel interessanter. Dass er an irgendwas leidet, vermutlich an gebrochenem Herzen, ist klar. Er ist ein nachdenklicher Typ, sehr leidenschaftlich und im Bett vermutlich Klasse!« Mel schien diese Einschätzung weniger zu behagen. Sabina kniff ihm liebevoll in die Wange. »Keine Angst, kleine Jungen sind nicht mein Stil. Er ist viel zu jung für mich, aber diese kleine Naive macht ganz den Eindruck, als ob sie es auf ihn abgesehen hätte. Außerdem hat sie etwas zu verbergen.« Sabina sagte es mit instinktiver Sicherheit. Mel schüttelte den Kopf, er war überzeugt, dass sie sich irrte.

»Das bezweifele ich.«

»Verlass dich darauf, sie hat etwas zu verbergen. Vielleicht hat sie mit dem falschen Mann geschlafen und bereut es jetzt.« Sie blickte mit gerunzelter Stirn zu Mel auf.

»Hoffentlich nicht mit dir.«

Diesmal war es an ihm, zu lachen. »Meine Liebe, glaubst du wirklich, ich treibe es mit Schulmädchen?«

»Nein. Und Zack Taylor ist schwul.«

Mel war wie vom Donner gerührt.

»Zack soll homosexuell sein?«

»Ja.« Sabina war mit sich sehr zufrieden.

»Rede keinen Unsinn. Vermutlich hast du es auf ihn abgesehen.«

»Wo denkst du hin!«

»Er ist der umschwärmteste männliche Star von Hollywood, und ich habe über ihn auch nicht gerüchteweise eine Andeutung in diese Richtung gehört.«

Das schien Sabina nicht zu beeindrucken. »Dann geht Zack eben sehr diskret vor. Glaub mir, ich kann das beurteilen. Von ihm geht nichts aus, nicht die Spur einer Ausstrahlung. Nichts. Er hat tadellose Manieren, ist charmant und schwul.«

»Sabina, das ist doch nur Geschwätz.«

Lachend zog sie die Schultern hoch. »Ja, mag sein, aber ich

gehe jede Wette ein, dass ich Recht habe. Zack verbirgt seine Neigung sehr geschickt.«

»In dieser Stadt halte ich das für unmöglich. Wenn er homosexuell wäre, hätte es sich längst herumgesprochen.«

»Na ja, vielleicht irre ich mich, aber es würde mich sehr wundern.« Nicht dass sie sich ernsthaft darüber Gedanken machte. Sie war mit Mel sehr glücklich, glücklicher als seit Jahren.

»Hoffentlich hast du mit deinem Urteil über Bill Recht. Heute hat er mir richtig Sorgen gemacht. Er sah aus wie ein Vulkan kurz vor dem Ausbruch. Ich kann bei den Dreharbeiten keine Probleme brauchen.«

»Gabrielle wird ihn schon zurechtstutzen – oder aber sie wird ihn verrückt machen. Wer ist die Kleine übrigens? Trotz ihrer Jugend scheint sie erstaunlich viel herumgekommen zu sein.« Sie hatte gehört, wie Gabrielle Europareisen erwähnte, wie sie von Archäologie sprach, von Palm Beach …

»Mag sein, dass sie nur angeben möchte. Ebenso gut ist möglich, dass du Recht hast und sie mit jemandem auf Reisen gewesen ist.« Sabinas Analyse amüsierte ihn.

»Kann sie spielen?«

»Hätte ich sie engagiert, wenn sie es nicht könnte?«

»Nein, mein Liebling.« Sie küsste ihn. »Und was ist mit mir?«, fragte sie. »Wie füge ich mich in das Team ein?«

»Du bist der Star. Alle waren geblendet von dir.« Das hörte Sabina gern, und Mel sagte es ihr gern. Er wusste, dass Stars ständig Bestätigung suchten. Sabina brauchte zwar weniger als die meisten, aber dennoch … »Ich dachte schon, sie würden bei deinem Auftritt auf den Bauch fallen.«

Sabina lachte schallend.

»Und ich dachte, das arme Frauchen würde sich ins Hemd machen.« Sie meinte Jane, und Mel verstand sie.

»Sabina«, ermahnte er sie sanft, »sei nett zu ihr … sie wird dir nichts tun. Du kannst dir Großmut leisten.«

»Ach was, für Menschen dieser Art fehlt mir die Geduld.«

»Sie könnte irgendjemand von uns sein. Sie ist unsicher, schüchtern und bemüht sich verzweifelt zu gefallen.«

Sabina schüttelte die blonde Haarflut. »Darin kann ich mich nicht annähernd wiedererkennen. Ich sagte schon, dass sie eine Maus ist, und ich fresse Mäuse.« Wieder küsste sie ihn.

»Du bist ein schlimmes Mädchen.« Doch Mel liebte sie, wie sie war, wie sie ihn mit ihren Lippen lockte, mit ihrem Körper, ihren Augen.

Sabina stellte ihr Glas ab und fing an, sein Smokinghemd aufzuknöpfen. »Du hast mir heute Abend gefehlt.«

»Wie ist das gemeint?«

»Ich kam mir albern vor, so zu tun, als würde ich dich nur flüchtig kennen …« Beide wussten, dass es so am besten war. Ihre Zunge glitt über seine nackte Brust, und er schloss die Augen vor Begehren. Rasch streifte er ihr graues Satinkleid an den Schultern herunter, sodass es ihr bis zu den Hüften glitt. Dann sah er sie an.

»Mein Gott, wie schön du bist …« Er sagte es ganz leise und voller Staunen, als würde er sich an ihr nie satt sehen können. Als sie aufstand und das Kleid zu Boden glitt, sah er, dass sie darunter nackt war. Allein der Gedanke, dass sie so den ganzen Abend neben ihm gesessen hatte, machte ihn ganz schwach … dieser köstliche nackte Körper in seiner unmittelbaren Nähe … und als Sabina nun die Beine spreizte, um ihn zu reizen, beugte er sich vor und erregte sie mit seiner Zunge. Sie drückte seinen Kopf zwischen ihre Beine und bewegte sich unter Stöhnen im Rhythmus. Er streichelte ihre Hinterbacken, während er sie immer heftiger erregte, sodass sie ihn nach mehr anflehte. Als sie einen leisen Schrei ausstieß, zog er sich rasch aus und legte sich neben sie auf den dicken Wohnzimmerteppich. Dort lagen sie Seite an Seite, und er reizte sie wieder mit Fingern und Zunge, um sodann in sie einzudringen und zu neuen Höhepunkten zu treiben, die sie gemeinsam erreichten, bis sie schließlich erschöpft in seinen Armen lag. Er blickte auf sie nieder und strich über ihr langes blondes Haar.

Sabinas Stimme war noch tiefer als sonst, als sie mit einem vorwurfsvollen Lächeln sagte: »Man wird mich hier noch rauswerfen, wenn wir so weitermachen.«

Mel lächelte. »Du kannst jederzeit bei mir einziehen.« Seine Stimme klang heiser vor Befriedigung. Lange blieben sie so auf dem Teppich liegen, ein Paar, das gut zusammenpasste, körperlich und auch in anderer Hinsicht. Er erwartete nichts von ihr und sie von ihm nur sehr wenig. Was sie wollte, hatte sie bereits, nämlich die Hauptrolle in seiner Serie, und die wäre ihr ohnehin sicher gewesen. Doch sie genossen, was sie sich gaben, und keiner wollte mehr. Keine Versprechen, keine Träume, nichts, was Ewigkeiten dauern sollte. Allein das Jetzt zählte.

»Mel, kommst du mit nach Paris?« Sie drehte sich zu ihm um. Wie jung sie aussieht, dachte er.

»Versuchen könnte ich es, ja. Volle drei Wochen kann ich aber keinesfalls bleiben.«

»Gut.« Sie lächelte und schloss die Augen. Im Moment meinte es das Leben sehr gut mit ihr. Seite an Seite blieben sie liegen, bis es dämmerte und Mel zurück nach Bel Air fuhr.

15

Mel hatte für Sabina den Flug nach Paris mit der Concorde gebucht. Sie ging in Washington, D. C., an Bord, publicitywirksam, bestürmt von Fotografen und Journalisten, über dem Arm einen neuen Nerzmantel, ein persönliches Geschenk von Mel. In Paris wurde sie von einem Rolls-Royce abgeholt, der sie ins Plaza Athene in der Avenue Montaigne brachte, wo eine Suite für sie reserviert war. Am nächsten Tag gab es eine internationale Pressekonferenz, anschließend ging es zu den ersten Anproben bei François Brac, einem schnurrbärtigen, grauhaarigen kleinen Herrn, dessen modisches Fingerspitzengefühl als unfehlbar galt. Seit dreißig Jahren entwarf er Roben für Aristokratinnen und Filmstars. Die Garderobe, die er Sabina zugedacht hatte, war einer Königin würdig. Nahezu sämtliche Modelle trafen ihren Geschmack, und was ihr nicht gefiel, ließ sie ändern. In der Woche darauf traf Mel ein, auch mit einer Concorde. Er hatte für sich eine eigene Suite gemietet, verbrachte aber jede Nacht mit ihr. Nur die Zimmermädchen wussten Bescheid, und die hielten den Mund, da Arrangements dieser Art für sie nichts Ungewöhnliches waren.

Zu Mittag aßen Sabina und Mel im Relais-Plaza oder bei Fouquet, abends im Maxim's oder im Tour d'Argent. Zwei Abende hintereinander blieben sie überhaupt im Bett, widmeten sich der Liebe und ließen sich das Essen aufs Zimmer servieren. Es waren die tollsten Wochen in Sabinas Leben, und sie dachte nur ungern an die Rückkehr nach L. A., aber die Anproben waren erledigt, und Mel musste dringend zurück. Vor ihm lag viel Arbeit und vor ihr ebenso. In der folgenden Woche sollten die Proben für die Dreharbeiten beginnen, und im nächsten Monat waren die Außenaufnahmen in New York eingeplant. Das Leben bot viel Interessantes – zumindest für Sabina.

Für Jane hingegen war es fast unerträglich öde und langweilig. Dass sie im Jahr darauf zu einem der größten Fernsehstars aufsteigen sollte, erschien ihr unglaublich. Während sie auf den Beginn der Probearbeiten wartete, gab es für sie so gut wie nichts zu tun. Der Assistent von François Brac war nach L. A. gekommen, um ihre Maße zu nehmen, Skizzen von ihr anzufertigen und Fotos zu machen, mit deren Hilfe dann in Paris ihre Garderobe entworfen werden sollte. Sämtliche Anproben sollten in L. A. stattfinden, sobald die Proben für die Dreharbeiten liefen, und in der Zwischenzeit hatte sie nichts zu tun, als den Haushalt zu erledigen und zu versuchen, mit ihren Töchtern wieder eine einigermaßen freundschaftliche Beziehung aufzubauen. Das aber erwies sich als vergeblich. Die Mädchen zeigten sich stur.

Sie wollten nichts von der Serie hören und drohten ihr ständig, zu Jack zu ziehen, aber davon wollte wiederum Jane nichts hören. Es waren ihre Töchter, und sie gehörten zu ihr. Sie wollte die ganze Problematik ihrer Situation entschärfen und erreichen, dass auch Jack sich beruhigte. Doch dieses Unterfangen war im Moment hoffnungslos. Er war wiedergekommen, diesmal aber hatte er sie nicht unvorbereitet angetroffen. Sie hatte die Pistole entdeckt, die er seinerzeit in seinem Schreibtisch aufbewahrte. Jack hatte immer gern für alle Fälle eine Waffe im Haus gehabt, und er hatte sie bei seinem Auszug vergessen, Jane aber nicht. Und als er wieder zudringlich werden wollte, hatte sie die Waffe auf ihn gerichtet.

»Solltest du mich jemals wieder anfassen, dann bringe ich dich um. Hörst du?« Dabei hatte sie geweint, ganz verhalten. Jack hatte wütend reagiert, war aber seither nicht mehr aufgetaucht. Im Anschluss daran hatte sie die Schlösser auswechseln lassen. Die Scheidung war eingereicht, sie konnte noch drei Monate im Haus bleiben. Seinen Vorschlag, das Haus zu kaufen, hatte sie abgelehnt. Sie wollte nichts von ihm. Sie brauchte ihn nicht mehr und hatte es satt, sich von ihm wie eine billige Schlampe behandeln zu lassen. Sie war keine Schlampe, war es nie gewesen, und dies versuchte sie den Mädchen beharrlich klar zu machen. Jack aber hatte ihre Seelen vergiftet, sodass sie kein Wort von dem glaubten, was Jane vorbrachte, obwohl sie ganz offen mit ihnen sprach. Und ihr Sohn weigerte sich überhaupt, mit ihr zu sprechen. Sie sagte den Mädchen sogar die Wahrheit über die Serie, in der sie fast elf Jahre mitgewirkt hatte. Das war für die beiden ein gewaltiger Schock. Wie war es möglich, dass sie davon nichts gemerkt hatten? Wie hatte sie ihren Mann nur so belügen können? Jane versuchte ihnen zu erklären, dass sie aus Angst so gehandelt hatte und weil Jack nicht begreifen wollte, was ihr die Arbeit bedeutete. Das alles versuchte Jane den Kindern klar zu machen, sie aber wollten ihre Mutter einfach nicht verstehen. Vielmehr waren die Mädchen darauf aus, sie zu quälen. Sie wechselten kaum ein Wort mit ihr und zogen sich nach dem Abendessen immer sofort in ihre Zimmer zurück, sodass Jane sich im eigenen Haus wie eine Ausgestoßene fühlte. Es war für sie eine herrliche Abwechslung, als Zack Taylor sie anrief und zum Lunch ins La Serre im Valley einlud. Es war fast wie eine Straferleichterung, eine Erinnerung an ein besseres Leben in einer anderen Welt. Zack bot ihr an, sie abzuholen, aber sie zog es vor, sich in der Stadt mit ihm zu treffen. Jane war außer sich vor Freude, als sie auflegte. Sie kaufte sich sogar ein neues Kleid in einem schmeichelnden Grünton. Das weiche Material betonte ihre Figur sehr vorteilhaft, stellte sie fest, als sie es zusammen mit neuen hochhackigen Schuhen anprobierte. Erst vor kurzem hatte sie sich eine neue flotte Kurzhaarfrisur zugelegt. Jane fühlte sich wie ein neuer Mensch, als sie das Restaurant betrat, und hätte fast laut aufgelacht, als Zack ihr zur Begrüßung einen Kuss gab und sie plötzlich von allen Leuten neugierig angestarrt wurde. Alle Welt wusste, wer er war, und jetzt wollte man auch wissen, wer sie war. Prompt stellte Zack sie dem Ober als seine neue Partnerin vor. Beide bestellten Weißwein, und sie plauderten über die bevorstehenden Dreharbeiten. Jane brachte Zack zum Lachen, indem sie Bracs Assistenten mit all seinen schrulligen Klagen über Amerika plastisch schilderte und dessen komischen Akzent vollendet nachahmte.

»Möchte wissen, wie Sabina drüben mit Brac persönlich zurechtkam.« Zack schüttelte den Kopf. »Bei ihr kann man sich vorstellen, dass sie überall mit jedermann zurechtkommt.« So wie er selbst. Er war so ausgeglichen und charmant – Jane fand es immer noch unglaublich, dass er sie zum Lunch eingeladen hatte. Er, ein charmanter, kultivierter Mann, der jedermann zu kennen schien. Sie kam sich vor wie Aschenputtel im Märchen. An einem Tag schrubbte sie den Küchenboden und bügelte die Sachen ihrer Töchter, und am nächsten saß sie mit einem der begehrtesten Hollywoodstars in einem Luxusrestaurant.

»Manchmal kann ich es nicht fassen, dass ich dies alles wirklich erlebe.«

»Sie verdienen es. Wissen Sie, dass ich mir diese alberne Seifenoper immer angesehen habe, in der Sie mitgespielt haben? Ich wusste nur nicht, dass Sie es sind.«

Ihre Augen wurden riesengroß. »Ach, wirklich?«

»Ohne Perücke hätte ich Sie nie erkannt.«

»Ich wollte nicht erkannt werden.« Sie erzählte ihm von Jack und seiner hartnäckigen Weigerung, sie wieder arbeiten zu lassen.

»Wie hat er sich der jetzigen Situation angepasst? Hoffentlich einigermaßen?«

Jane entschloss sich nach kurzem Zögern, ihm alles zu erzählen. »Als ich die Rolle übernahm, hat er mich verlassen.«

»Das darf nicht wahr sein!« Zack war schockiert.

»Doch.« Sie empfand noch immer Enttäuschung und Bedauern darüber, das Schlimmste aber war ausgestanden. Langsam begriff sie, dass sie froh sein konnte, ihn losgeworden zu sein.

»Nach zwanzig Jahren Ehe. Vielleicht hat es auch sein Gutes. Leider hat die Beziehung zu meinen Kindern sehr gelitten. Sie geben mir die Schuld, und ab und zu fühle ich mich wirklich schuldig, aber ich hätte diese Lebenslüge nicht mehr ertragen … außerdem waren da noch andere Dinge …«

»Wie immer.« Zack schien für alles Verständnis zu haben, und sie war gerührt von seiner einfühlsamen Art.

»Sind Sie geschieden, Zack?« In Hollywood waren alle geschieden, einmal mindestens, meist aber öfter.

Er schüttelte den Kopf. »Nein. Ich war nie verheiratet. Ich bin sozusagen eine sechsundvierzigjährige Jungfrau.« Dazu grinste er breit, und sie musste lachen. Denn jungfräulich war er ganz bestimmt nicht. Er war der begehrenswerteste Mann der Stadt. Deshalb vermutlich war es ihm nicht schwer gefallen, den Ehefesseln zu entfliehen. Man konnte es ihm nicht verdenken. Warum auch nicht? »Wie alt sind Ihre Kinder?«

»Jason ist achtzehn, er ist an der Uni in Santa Barbara, die Mädchen sind vierzehn und sechzehn ...« Sie seufzte: »Und neuerdings sehr schwierig. Jack hat sie gegen mich aufgehetzt.«

»Das geht vorüber. Warten Sie nur, bis Sie die heißeste Nummer im Fernsehen sind. Die Freundinnen Ihrer Töchter werden die beiden beneiden, und der Wert ihrer Mutter wird in ihren Augen steigen. Kinder sind sehr beeinflussbar.« Woher er dies alles weiß?, fragte sie sich. Sie hoffte nur, er würde Recht behalten. So wie die Dinge standen, war ein Zusammenleben nahezu unerträglich. Und doch wollte sie ihre Kinder nicht aufgeben.

Er fragte Jane, ob sie seit dem Dinner bei Mel jemanden vom Team getroffen habe, und sie verneinte. Als Zack ihr nun eröffnete, er habe in der Woche zuvor mit Gabby gegessen, war Jane nicht wenig enttäuscht. Natürlich war ihr klar, dass er bemüht war, freundschaftliche Beziehungen mit allen Kollegen zu entwickeln, und dass er keine anderen Absichten hatte. Es war töricht gewesen, sich dies zu erhoffen – bei einem Mann wie Zack. Doch in der Woche darauf lud er sie wieder ein und fragte sie bei dieser Gelegenheit, wo sie in New York wohnen würde. Man hatte ihm die Wahl zwischen dem Carlyle und dem Pierre gelassen, und er neigte eher dazu, ein im Zentrum gelegenes Hotel zu wählen. Darüber wollte er nun ihre Meinung hören.

Jane lachte. »Für mich hört sich das alles fabelhaft an.« Sie sagte ihm, dass sie ihre Töchter über Weihnachten zu sich nach New York einladen wollte. Ihr Sohn hatte ihr eine glatte Abfuhr erteilt. Jason zog es vor, mit seinem Vater zum Skilaufen zu fahren. Nur bei den Mädchen hatte sie sich durchsetzen können.

»Dann steigen Sie lieber im Carlyle ab.«

»Bleiben Sie auch über Weihnachten in New York?« Sie würden insgesamt vier drehfreie Tage haben, und Jane sah keinen Grund, nach L. A. zurückzukommen. Zack wollte sich noch nicht festlegen und ließ offen, ob er bleiben würde. Sie beobachtete ihn beim Essen sehr aufmerksam. Er sah unglaublich gut aus. Jane rätselte herum, warum er sie eingeladen hatte. Wollte er sie nur näher kennen lernen, oder wollte er mehr?

Für einen ganzen Abend lud Zack sie aber nicht ein, und Jane war schon dankbar, dass sie mit ihm zu Mittag essen konnte.

Während sie auf den Beginn der Proben wartete, dauerte ihr ödes Leben an, und dann geschah alles auf einmal.

Sie musste für New York packen. Ihre Sachen aus Paris waren eingetroffen, Mel und Sabina waren zurückgekommen, wenn auch getrennt. Und die Mädchen zogen für die Zeit von Janes Abwesenheit zu Jack.

Und ehe sie wusste, wie ihr geschah, saß sie mit allen anderen in der Maschine nach New York, und die Dreharbeiten standen unmittelbar bevor. Es waren insgesamt sechzig Filmleute, die mit einer Chartermaschine nach New York flogen. Produktionsassistenten, Techniker, Schauspieler, Kameraleute. In New York würde man weitere Mitarbeiter engagieren, denn diese sechzig stellten höchstens die Hälfte des benötigten Stabes dar. Wein floss in Strömen, alles sang und schwatzte und schloss Freundschaft, während Sabina mit Mel und Zack plauderte und alle Übrigen ignorierte. Jane unterhielt sich indessen angeregt mit Bill. Gabby saß ganz allein da, trotz Janes wiederholten Versuchen, sie in das Gespräch einzubeziehen. Aber Bills Benehmen Gabrielle gegenüber war von geradezu abweisender Schroffheit. Auf dem Höhepunkt der Stimmung lieh sich Sabina von jemandem eine Gitarre und sang lockere

Songs, die allgemein belacht und beklatscht wurden. Bei der Landung waren alle mehr oder weniger angeheitert. Zwei Busse erwarteten den technischen Stab, drei Limousinen standen für die Stars bereit. Jane stellte angenehm überrascht fest, dass sie, Zack, Gabby und Bill im Carlyle untergebracht worden waren, während Mel und Sabina sich für das Pierre entschieden hatten.

Zack aß mit Gabby und Jane im Speisesaal des Hotels zu Abend, während Bill sich das Essen aufs Zimmer bringen ließ. Er hatte Müdigkeit vorgeschützt, und niemand hatte versucht ihn umzustimmen. Nach dem Dinner gingen sie noch in Bemelman's Bar und unterhielten sich angeregt bis kurz vor eins. Dann drängte Zack zum Aufbruch, da sie am nächsten Morgen um Viertel nach sechs am Drehort sein mussten.

Gabby behauptete, sie müsse noch Luft schnappen, und bestand darauf, einmal allein um den Block zu laufen. Sie kenne New York, sagte sie, sodass Zack sie schließlich gehen ließ und mit Jane im Lift hinauffuhr.

»Müde?« Er sah sie voller Mitgefühl an, und sie lächelte. Sie mochte ihn sehr – als Freund. Mehr erhoffte sie sich nicht. Ihr war klar, dass es andere Frauen in seinem Leben gab, und ihr genügte eine rein kameradschaftliche Beziehung. Zack war ein Mensch, der sich für ihre Gedanken und Gefühle interessierte. Zum ersten Mal in zwanzig Jahren war sie mit einem Mann zusammen, der ihr Freundschaft entgegenbrachte. Nicht zuletzt ihm hatte sie es zu verdanken, dass sie sich so gut fühlte.

»Ich bin viel zu aufgeregt, um müde zu sein«, gestand sie und sah ihn an. »Ich bin nicht mal sicher, ob ich einschlafen kann.« Für sie war es erst zehn Uhr, aber wenn sie nicht bald zu Bett ging, würde sie es am nächsten Morgen büßen.

Schon an Bord waren die Drehpläne verteilt worden, in denen aufgelistet stand, welche Szenen am nächsten Tag dran waren und welche Schauspieler in welcher Reihenfolge zu tun hatten. Für Jane war das alles ganz neu und sehr aufregend. Sie hatte noch nie außerhalb des Studios gedreht.

»Ich glaube, wir sind in der ersten Szene dran«, rief Zack ihr in Erinnerung. Sie hatten die Szene in L. A. schon mehrfach durchgeprobt und waren textsicher.

»Ja, dann Sie und Bill, Sabina und Gabby …« Sie hatte alles auswendig gelernt, und er berührte lächelnd ihre Wange.

»Immer ruhig Blut … wie ich Mel kenne, weiß er, wie man Knüller produziert.«

»Hoffentlich haben Sie Recht.«

»Ich bin sicher.« Der Lift hielt an, sie stiegen aus, und Zack brachte Jane an ihre Tür. »Jane, für Sie ist das alles erst der Beginn. Der Beginn eines neuen Lebens, das Sie mehr als jeder andere verdienen.« Sie blieb vor ihrer Tür stehen und blickte ernst zu ihm auf.

»Zachary, Sie sind der netteste Mensch, der mir je begegnet ist.«

»Nein, bin ich nicht.« Seine Miene veränderte sich bei diesen Worten, sodass Jane sich insgeheim fragte, was ihn so bedrückt aussehen ließ. So hatte sie ihn noch nie erlebt.

»Doch, Sie sind es. Sie waren für mich da, als ich verzweifelt einen Freund brauchte.«

»Das freut mich.« Er schenkte ihr einen liebevollen Blick, ehe er mit ihrem Schlüssel aufschloss. »Und jetzt schlafen Sie sich aus, schöne Frau, oder die Drachenlady wird Sie morgen verspeisen.« Er sagte es lachend, und Jane stieß ein gespieltes Stöhnen aus. Sabina jagte ihr noch immer tausend Ängste ein.

»Sagen Sie das nicht. Das hört die doch bis ins Pierre.«

»Keine Angst, sie hat größere Fische an der Angel.« Seit langem schon argwöhnte er, dass sie eine Affäre mit Mel hatte, aber er gehörte nicht zu denen, die über das Privatleben anderer auch nur ein Wort verloren. Schließlich hatte er seine eigenen Probleme. Und warum sollte Sabina nicht tun, was ihr Spaß machte?

»Gute Nacht, schöne Jane.« Zack gab ihr einen Kuss auf die Wange und war gleich darauf im Lift verschwunden, in Gedanken bei Menschen aus seiner Vergangenheit, aus einer Zeit, als die Würfel für ihn gefallen waren. Daneben aber ging ihm Jane nicht aus dem Sinn. In seinem Zimmer angekommen, rief er den Zimmerservice an und bestellte sich einen Drink.

16

Am ersten Drehtag herrschte hektische Aktivität, die Nerven aller Beteiligten waren zum Zerreißen gespannt. Horoskope waren befragt worden, abergläubische Bräuche wurden geübt. Sabina hatte sich Mel in der Nacht verweigert, aus Angst, sie könnte abgespannt aussehen. Alle hatten jene verrückten kleinen Dinge getan, die Schauspieler am ersten Drehtag tun. Mit der Zeit würde sich diese Spannung legen, aber das dauerte eine Weile.

Am Vortag waren die Drehpläne verteilt worden. Für den ersten Tag waren nur vier Szenen eingeplant. Es gab Tage, an denen man sechs, sieben oder acht filmen würde. Aber der Anfang war immer ein wenig zäh. Als Drehort war das Gebäude von IBM vorgesehen, die Lobby und die siebenundzwanzigste Etage, von der aus sich ein atemberaubender Ausblick auf New York bot. Die erste Szene sollte mit Zack und Jane unten in der Lobby abgedreht werden. Voller Bangen ging Jane mit ihm noch einmal den Text durch. Sie hatte die Szene schon unzählige Male gesprochen, aber sie litt noch immer unter der Zwangsvorstellung, dass sie wie gelähmt dastehen würde, weil sie alles vergessen hatte.

»Ruhig Blut«, raunte Zack ihr auf dem Weg zu einem der vor dem Gebäude wartenden Trailer zu, in dem er geschminkt werden sollte. Es war kurz nach halb sieben, alle waren pünktlich in drei Limousinen eingetroffen. Auch Sabina war zur Stelle, ganz professionell in einem schwarzen Pulli und Jeans. Die Kleider, die sie für ihre Szenen brauchte, hingen in einem eigenen Trailer. Sabina verfügte auch über einen eigenen Garderobenraum, anders als Jane, deren Kleider auf einer zwischen zwei Fenstern ihres Umkleidewagens befestigten Stange hingen. In ihrer ersten Szene trat Jane in einem weißen Kleid auf. Ihr Haar war bereits zurechtgemacht. Im Augenblick steckte sie unter einem großen Plastikumhang, der das Kleid beim Schminken schützen sollte. Zack hatte kurz vorbeigeschaut und ihr Mut gemacht. Allein sein Anblick genügte, um sie aufzumuntern. Stets war er zur Stelle, wenn sie ihn brauchte. Er schien für alle da zu sein – bei einem Star seiner Klasse eine sehr seltene Eigenschaft. Immer freundlich, immer höflich, beklagte er sich nie und schien doch irgendwie Abstand zu wahren. Obwohl sie einige Male mit ihm aus gewesen war, hatte Jane das Gefühl, ihn kaum zu kennen. Das tat ihrer Sympathie für ihn jedoch keinen Abbruch, da er zu ihr immer besonders nett war.

»Noch Kaffee, Miss Adams?« Eine Produktionsassistentin trat ein, um zu überprüfen, ob alles seinen Gang ging, und Jane glaubte, ein gespanntes Summen in der Luft zu spüren. Sie hatte einen Blick auf Gabby und Bill erhascht. Gabrielle wirkte ernst, und Bill sah wie immer sehr gut aus, wenn auch ziemlich abweisend. Jane fragte sich, mit welchem Problem er sich herumschlug. Langsam kristallisierte er sich als der Einzelgänger ihrer Gruppe heraus.

Die Mitwirkenden waren auf dem Drehplan namentlich angeführt und mit einer Nummer versehen worden, und Jane kontrollierte noch einmal ihre Termine.

Sie war Nummer drei und trat in zwei der vier Szenen auf, einmal mit Zack und einmal mit Sabina und Gabby. Das würde die härteste Szene sein, eine Konfrontation, aus der hervorging, welche Charaktere die drei Frauen hatten. Sämtliche Szenen, die an diesem Tag gedreht werden sollten, waren für den 3-Stunden-Film gedacht, der die Serie eröffnen sollte, mit dem Fortschreiten der Zeit aber würde man Szenen aus verschiedenen Fortsetzungen je nach Drehort in willkürlicher Reihenfolge filmen. Es war alles so anders als die Dreharbeiten von »Sorgen«, einer Serie, die live gesendet wurde. Damals war in der richtigen Reihenfolge gedreht worden, alles ergab einen Sinn, und selbst wenn sie den Text vergaß, hatte Jane dank ihrer langjährigen Erfahrung improvisieren können. Ab und zu hatten ihre Improvisationen den ursprünglichen Text sogar übertroffen. Hier aber musste alles exakt sitzen, und jede Szene wurde so oft gedreht, bis alles perfekt war.

In einem großen Kombi wurde Kaffee gekocht, ein Frühstücksbuffet wartete bereits auf Hungrige. Aber Jane konnte nichts anrühren, sie war viel zu nervös, auch nachdem sie Gabby und Mel mit einigen Leuten des Drehstabs im Trailer hatte verschwinden sehen. Das Essen wurde von einem der besten Partylieferanten New Yorks geliefert. Mel war für seine Mitarbeiter nichts zu teuer. Das hatte sie bereits in der Suite im Carlyle gemerkt und nicht zuletzt an der erlesenen Garderobe, die von François Brac geliefert worden war. Jane schlüpfte in den weißen, zum Kleid passenden Mantel und steckte sich eine Zigarette an, die sie fast augenblicklich wieder ausdrückte.

»Fertig, schöne Frau?« Zack stand in einem dunklen Anzug mit Regenmantel vor ihr, in der Hand einen Aktenkoffer. Sie waren ein schönes Paar, als sie gemeinsam aus dem Trailer stiegen.

Draußen wimmelten mindestens achtzig Personen durcheinander, von Sanitätshelfern angefangen über Beleuchter zu Regieassistenten und Kulissenarbeitern. Regiestühle waren aufgestellt worden, darunter fünf neue, die mit den Namen der Stars versehen waren. Als Jane sie sah, durchlief sie ein Schauer der

Erregung, und sie lächelte Zack spitzbübisch wie ein kleines Mädchen zu. Dies alles war für sie nun Wirklichkeit, und plötzlich wurde sie von einer so heftigen Nervosität erfasst, dass sie kaum stillstehen konnte.

»Ich fühle mich wie ein Kind am ersten Schultag«, gestand sie mit einem zittrigen Kichern. Sie war überzeugt, ihren Text vergessen zu haben, und einer Ohnmacht nahe. Sie durchschritten die Drehtür und betraten die Lobby, wo die Doubles schon ihre Plätze eingenommen hatten, damit die Beleuchter die Szene ausleuchten konnten. Eine Ewigkeit schien zu vergehen, bis die Scheinwerfer richtig eingestellt waren. Um halb acht verkündete der Regisseur, ein Engländer, dass alles bereit sei. Mel hatte schon mehrmals mit ihm gearbeitet. Mit ausgesuchter Höflichkeit nahm er nun Jane und Zack beiseite und gab ihnen leise Anweisungen.

»Sie haben die Szene schon geprobt … kommen Sie mit dem Text zurecht?« Jetzt war noch Zeit für Veränderungen. Jane hatte gehört, dass dieser Regisseur manche Einstellungen zwanzigmal wiederholen ließ. Beide nickten, und Zack lächelte. »Fertig?«

»Ja.« Jane sagte es zögernd, Zack gelassen.

»Gut.« Der Regisseur schien erleichtert. »Dann versuchen wir es einmal. Wir proben erst mal und legen die Standorte fest.« Klebestreifen auf dem Boden zeigten an, wo die Doubles gestanden hatten, aber man musste damit rechnen, dass sich während des Szenenablaufs kleine Abweichungen ergaben. Zack sollte mit Jane vor den Lifts zusammenstoßen, sie aufhalten, nach ihrem Arm fassen und sie fragen, was sie hier zu suchen hatte. »Ich möchte gerne meine Schwester besuchen«, sollte Jane darauf sagen. »Es geht um ihre Tochter.« Zack sollte zu verhindern versuchen, dass sie hinauffuhr, und Jane musste sich seinem Zugriff entziehen und im Lift verschwinden. Mit dem Schließen der Lifttüren war die Szene beendet. Die daran anschließende Szene musste oben gedreht werden, wo Jane mit Bill zusammenstieß, aber diese Szene stand für heute nicht auf dem Drehplan.

Sie probten die Szene, und der Regisseur war zufrieden. Nur zwei Standortstreifen mussten geändert werden, dann hieß es für die anderen »Platz machen« und »absolute Ruhe«. Die Lobby war gedrängt voll. Draußen war es eiskalt, sodass das ganze Team sich hereindrängte. Außerdem waren alle neugierig. Da alle Jeans und Cowboystiefel oder Turnschuhe und dicke Jacken trugen, einige sogar Strickmützen oder Baseballkappen, bildeten Jane und Zack in ihrer eleganten Aufmachung einen auffallenden Gegensatz zur Crew und waren auf den ersten Blick als Stars zu erkennen.

Eine Stimme neben der Kamera rief: »Ruhe, bitte ... keine Bewegung ...« Und dann plötzlich: »Achtung, Aufnahme!« Jane glitt voller Anmut durch die Lobby, blieb vor dem Lift stehen, bemerkte Zack und wandte sich um. Er kam auf sie zu und hielt ihren Arm fest. »Jessica?«, fragte er. »Was machst du denn hier?«

Aus Janes Blick sprach Unsicherheit. Erst schien sie um eine Antwort verlegen, um dann mit einer Andeutung von Trotz zu sagen: »Ich möchte meine Schwester besuchen, Adrian.«

Die Szene nahm ihren Fortgang, die Lifttüren schlossen sich, und die Stimme von vorhin rief: »Schnitt ... gut! Sehr gut!« Der Regisseur schien sehr zufrieden zu sein, die Lifttüren glitten auf, und Jane trat mit nervösem Lächeln heraus. Sie genoss es richtig, wieder arbeiten zu können. Der Regisseur gab ihnen wieder Anweisungen, und die Szene wurde noch einmal gedreht. Nach vier weiteren Versuchen hieß es dann endlich »Kopieren«.

Sie legten eine Pause ein, während ihre Lichtdoubles wieder ihre Plätze für eine andere Szene einnahmen. Mit Erstaunen registrierte Jane, dass sie schon seit über einer Stunde drehten, und die Zeit war wie im Flug vergangen. In der nächsten Szene kam Jane nicht vor, aber sie wollte Bill und Zack zusehen. Sie hatte Bill noch nie bei der Arbeit gesehen und war neugierig auf seinen Stil. Jane suchte sich seitlich einen Platz und unterhielt sich mit Zack, während die Szene ausgeleuchtet wurde. Das dauerte eine halbe Stunde – im Studio konnte es auch doppelt so lange dauern, bei Außenaufnahmen aber ging es mit etwas Glück wesentlich besser und schneller.

»Kaffee, Miss Adams?«, fragte jemand, und sie verneinte. Dann wandte sie sich an Zack.

»Na, was halten Sie davon?«, wollte sie wissen.

»Nicht übel.« Man konnte aber unmöglich jetzt schon etwas Endgültiges sagen. Beide wussten, dass sie in den nächsten Wochen zwischen Hochstimmungen und Niedergeschlagenheit schwanken würden, und auch dann waren noch keine hohen Einschaltziffern gewährleistet. Die einzige Garantie bildeten Mels bisherige Erfolge. Natürlich konnte man auch diesmal mit einem Erfolg rechnen, aber jeder musste das Seine dazu einbringen.

Nun betrat Bill die Lobby. Sein grauer Anzug ließ ihn umwerfend attraktiv aussehen. Sein blondes Haar schimmerte golden im Scheinwerferlicht, als er dastand und sich konzentrierte. Jane war noch gar nicht aufgefallen, wie gut er aussah und wie jung er wirkte. Bill war alles in allem eine fabelhafte Erscheinung.

Sein Blick traf den von Zack, und Jane entfernte sich, als die beiden Männer sich in ein Gespräch vertieften. Es verging eine weitere halbe Stunde, ehe die Beleuchter sich zufrieden gaben. Dann probten Bill und Zack die Szene schnell durch, die Standortklebstreifen wurden korrigiert, es folgte wieder eine Probe, und dann rief eine Stimme: »Ruhe, bitte … absolute Ruhe … die nächste Szene! Ganz ruhig … nicht bewegen … Kamera läuft … Scheinwerfer an … Achtung, Aufnahme!«

Wieder wurde Jane von Erregung erfasst. Erstaunlich, welche Wirkung allein diese Umgebung auf sie ausübte. Sie fühlte sich wie achtzehn und war selig. Nein, der Preis, den sie für dieses Erlebnis bezahlt hatte, war nicht zu hoch gewesen. Wie unglücklich sie jahrelang gewesen war, hatte sie gar nicht richtig registriert. Das Einzige, was sie einigermaßen in Schwung gehalten hatte, war ihre Rolle in der Nachmittagsserie gewesen. Jetzt aber war ihr ganzes Leben wieder in Bewegung geraten. Die Kinder fehlten ihr zwar, Jack aber überhaupt nicht, weil sie gar nicht dazu kam, einen Gedanken an ihn zu verschwenden. Rückblickend sah sie jetzt, wie leer ihre Ehe gewesen war. Bis vor kurzem war sie solchen Überlegungen ausgewichen, und darüber konnte sie sich jetzt nur wundern. Hier fühlte sie sich wieder als Mensch, zudem als jemand, der in »Manhattan« eine wichtige Rolle spielte, und Mels Zutrauen in den Erfolg der Serie hatte auch sie angesteckt. Jetzt waren alle siegessicher. Fast. Sie wollten nur zu gern seinen Versprechungen glauben, dass sie im Begriff standen, die beste Fernsehserie der kommenden Saison zu produzieren.

Die Szene zwischen Bill und Zack war komplizierter als die, in der Jane mitgewirkt hatte. Der Regisseur ließ sie achtmal wiederholen, bis er das Zauberwort »Kopieren« aussprach und alle erleichtert aufatmeten. Bill zuzusehen hatte sich als sehr interessant erwiesen. In seiner Rolle war er so lebendig und intensiv, ganz anders als in Wirklichkeit, wo er reserviert und abweisend wirkte und zu seiner Umgebung auf Distanz ging. Jetzt verstand sie, wieso Mel ihn engagiert hatte und damit rechnete, dass Bill rasch zum Liebling des weiblichen Fernsehpublikums avancieren würde. Er war einfach umwerfend. Ebenso umwerfend war Zack, wenn auch auf stillere und gereiftere Art. Die Serie bot tatsächlich für jeden etwas. Jane ging mit einem Lächeln zurück zu ihrem Trailer, um sich für die nächste Szene umzuziehen. Es sollte ihre Eröffnungsszene mit Sabina sein.

Sie sollte oben gedreht werden, in dem Büro, das sie für eine Tagesmiete von tausend Dollar für die Dreharbeiten gemietet hatten. Der Raum war einmalig; er hing wie eine gläserne Box an der Seitenwand des Gebäudes und bot einen herrlichen Blick über ganz New York. Doch Jane dachte beim Umkleiden nicht an die Aussicht. Sie dachte an Sabina und Gabby und an ihre eigene Rolle, die gewissermaßen einen Kontrapunkt zu den beiden darstellte. Die Vorstellung, mit einem schönen jungen Mädchen und einem großen Star mit viel Sex-Appeal zusammenzuarbeiten, war Furcht einflößend. Im Vergleich zu den beiden fühlte sie sich wie ein Niemand. Als hätte er ihre Gedanken geahnt, tauchte Zack auf, als ihre Garderobiere den Reißverschluss zuzog. Das dezente Marineblau ihres Kleides betonte das leuchtende Rot ihrer Haare. Es zeichnete ihre vollen Brüste nach, ihre schmale Taille und die gerundeten, in sagenhafte Beine übergehenden Hüften. François Brac hatte sich auch bei den Entwürfen für Janes Garderobe als wahrer Meister entpuppt.

»Jane, Sie sehen fantastisch aus.« Zack steckte den Kopf durch den Türspalt und stieß einen anerkennenden Pfiff aus. Jane musste lachen, weil er in seiner eleganten Aufmachung so gar nicht wie ein Mann aussah, der Frauen nachpfiff.

»Ich habe Angst.« Ihr Blick drückte aus, dass ihre Worte ernst gemeint waren.

»Ach was. Sie werden Ihre Sache toll machen. Einfach Spitze.« Siegesgewiss reckte er den Daumen nach oben, und Jane lächelte ihm dankbar zu. Er wusste, wie verzweifelt sie ermutigenden Zuspruch nötig hatte.

»In Augenblicken wie diesen frage ich mich, wieso Mel mir die Rolle überhaupt gegeben hat.«

»Das dürfen Sie nicht. Der Mann weiß genau, was er tut. Die Frauen werden Sie ins Herz schließen, und die Männer werden allein bei Ihrem Anblick weiche Knie bekommen. Sabina ist völlig anders. Sie strahlt Macht und Ansehen aus, aber Sie«, er sah sie bedauernd an und fuhr leise fort: »Sie sind ganz Frau.«

»Danke, Zack. Kommen Sie hinaus und sehen zu?«

»Ich glaube, ich lasse Sie jetzt lieber in Ruhe. Oben wird es genug Zaungäste geben. Außerdem muss ich mich für meine nächste Szene mit Sabina umziehen.« Die Szene sollte an einem anderen Tag spielen, deswegen musste er den Anzug wechseln. Mel hatte für die Garderobe seiner Stars Unsummen ausgegeben, er wusste aber, dass dies eine gute Investition war. Noch nie war eine Serie so aufwendig ausgestattet worden. Dieses qualität- und stilvolle Ambiente sollte »Manhattan« von sämtlichen anderen Serien abheben und für die Schauspieler, die Personen von Macht und Einfluss darstellten, den vollendeten Rahmen bilden. Mel Wechsler und seinen Produktionen haftete nichts Billiges an.

Zack hatte Recht. Als Jane in den gläsernen Raum kam, herrschte ein ungeheures Gedränge. Menschen und Filmausrüstung standen dicht an dicht. Maskenbildnerin und Friseur erwarteten sie bereits und machten sie zurecht, während die Lichtdoubles wieder ihre Plätze einnahmen und die Einstellungen der Kameras mehrfach geändert wurden. Jane bemerkte, dass Gabby still in einem Winkel stand. Sie trug ein graues Kleid, ebenfalls ein Pariser Modell, das sehr jugendlich und zugleich schick und kostspielig wirkte. Sabina war nirgends zu sehen. Es sollte noch fast eine ganze Stunde vergehen, ehe sie aufkreuzte. Per Funkgerät wurde nach unten durchgegeben, und dann erst erschien sie – umwerfend elegant in einem hellroten Wollkleid mit gleichfarbener Jacke. Es stand zweifelsfrei fest, wer hier der Star war, als Sabina in einer Haltung aus dem Lift trat, als stiege sie auf ein Podest. Kaum war sie aufgetaucht, brach sofort hektische Aktivität aus.

»Ruhe! ...«, rief die Stimme diesmal lauter. »Ruhe ... absolute Ruhe! ... Auf die Plätze ...« Jane drängte sich durch die Menge, um ihren Platz einzunehmen. Diesmal gab es keine Probe, denn Sabina war der Meinung, sie komme ohne aus, eine Meinung, die der Regisseur respektierte.

Gabby nahm ihren Platz ein und blieb ruhig und abwartend stehen. Ihre Miene drückte jugendliche Erwartungsfreude aus. Jane lächelte ihr kurz zu. Sie kam sich vor wie ein Rennpferd vor dem Start, voller Spannung, wer gewinnen würde, oder vielmehr, ob alle es schaffen würden. Sabina hatte nie reizvoller ausgesehen. Das reichlich aufgetragene Make-up hatte einige Jahre aus ihrem Gesicht weggezaubert, ihre Frisur war ein wahres Meisterwerk. Sie trug große Goldohrgehänge und eine Perlenkette. An der rechten Hand prangte ein großer Diamantring. Der Schmuck war für die Dauer der Dreharbeiten von Harry Winston ausgeliehen worden, da Mel keinen falschen Schmuck verwenden wollte. »Ruhe bitte. Scheinwerfer ... Aufnahme!« Als wäre es keine Rolle, sondern Wirklichkeit, nahm Sabina ihren Platz hinter dem Schreibtisch ein und erhob sich in königlicher Haltung, den Blick auf Jane gerichtet, hinter der nun Gabby auftauchte.

»Was wollt ihr hier?« Ihre Augen blitzten wie grüne Diamanten, ihre Stimme war schneidend, und Jane, die plötzlich das Gefühl hatte, dass der Text Teil ihres eigenen Wesens war, antwortete mit so großem Nachdruck, wie sie es unzählige Male geprobt hatte. Auch Gabby sprach ihren Text, als wäre sie wirklich Tamara Martin und nicht Gabby Smith. Etwas Unglaubliches war geschehen. Sie alle waren plötzlich durchdrungen von dem Leben der Personen aus »Manhattan«. In Sabinas Auge flammte ein zorniges Feuer auf, als sie ihnen entgegenschleuderte, sie sollten sich gefälligst hinausscheren. Dann kam sie hinter dem Schreibtisch hervor, drückte im Gehen eine Taste – es war eine Taste, mit der sie vorgeblich Zack herbeirief, der dann in der nächsten Szene auftreten sollte. Wie betäubt hörte Jane die Stimme des Regisseurs:

»Großartig! ... Ihr alle wart großartig! ... Noch einmal, bitte!« Die Szene wurde dreimal gefilmt, und beim letzten Mal strahlte er richtig. »Kinder, mein Kompliment. Kopieren!« Allgemeiner Jubel brach aus, wobei nicht auszumachen war, wem er galt. Jane hätte am liebsten einen Luftsprung gemacht und einen Freudenschrei ausgestoßen. Von weitem sah sie Zack und spürte, dass ihr Tränen in den Augen brannten. Sie fragte sich ernsthaft, ob sie sich je an die Aufregungen der Dreharbeiten gewöhnen würde. Sogar Sabina schien guter Dinge zu sein, und Gabby strahlte übers ganze Gesicht. Es war gut. Besser noch, es war großartig. Das spürten alle ganz instinktiv.

Das Ausleuchten der nächsten Szene nahm wieder eine Stunde in Anspruch. Die im angemieteten Büro beschäftigten Leute hatten am Rand der Szene Aufstellung genommen, um die Stars aus der Nähe in Augenschein nehmen zu können und ein wenig von den Filmarbeiten mitzubekommen. Im Moment aber gab es nichts zu sehen, nur die Beleuchter, die verschiedenen Hilfskräfte und Kulissenarbeiter. Um Punkt halb eins wurde die Mittagspause angefangen. Man durfte die Gewerkschaft nicht vergrämen, zudem hatte es keinen Sinn, schon zu Beginn der Dreharbeiten Überstunden anzuhäufen. Alle zogen sich für die einstündige Drehpause in ihre Trailer zurück. Der Nachmittag verging wieder wie im Flug mit der nächsten Szene, und dann bekamen sie den Drehplan für den nächsten Tag ausgehändigt. Mel tauchte im Studio auf, ebenso glücklich wie alle anderen. Er empfahl sich noch vor Ende der letzten Szene, und Sabina fuhr in ihrer Limousine allein ins Pierre zurück. Zack verschwand auch. Er wollte noch einen Freund besuchen, ehe er ins Hotel zurückkehrte. Jane drängte sich mit Bill und Gabby in den dritten Wagen.

»Hu, ich bin fix und fertig.« Jane wunderte sich selbst, wie ausgelaugt sie war, gleichzeitig aber fühlte sie sich großartig. »Na, Kinder, was haltet ihr vom heutigen Tag?«

»Ich glaube, ich muss noch fleißig an mir arbeiten«, meinte Gabrielle bescheiden. Diese Bemerkung quittierte Bill mit einem Blick, in dem erstmals so etwas wie Wärme aufschimmerte.

»Du warst gut, sehr gut. Die Szene mit euch dreien war ein Knüller.« Auch Jane war dieser Meinung.

Sie sah Bill lächelnd an. »Danke. Deine Szene mit Zack war auch große Klasse.« Sie sprachen über die gedrehten Einstellungen und studierten dann den Drehplan für den kommenden Tag. Es waren sechs Szenen geplant, von denen drei ziemlich lang waren, sodass es ihnen geraten schien, ihre Skripts aufs Zimmer mitzunehmen.

»Sollen wir heute noch die Szene durchgehen?« Gabby sah Bill hoffnungsvoll an, der aber schüttelte den Kopf.

»Ich arbeite lieber allein.« Das klang sehr kurz angebunden, und Gabby schien enttäuscht zu sein.

»Wenn du willst, helfe ich dir«, bot Jane an, aber die beiden hatten ohnehin nur eine gemeinsame Szene, noch dazu eine kurze.

»Danke, Unterstützung kann ich immer brauchen.« Gabby war sehr bemüht, ihr Bestes zu geben, und Jane leistete ihr gern dabei Hilfestellung. Gabby kam ihr nur um weniges älter vor als ihr eigenen Töchter, obgleich sie tatsächlich zehn Jahre älter war als Alyssa. In Jeans und Turnschuhen sah sie mit ihrem langen schwarzen Haar, das sie zu zwei Zöpfen geflochten hatte, unglaublich jung und mädchenhaft aus. Auf Bill schien sie indessen keinen besonderen Eindruck zu machen. Auf der Fahrt zum Hotel wich er ihrem Blick beharrlich aus und sprach fast ausschließlich mit Jane. Im Carlyle hatte er es sehr eilig, sie allein zu lassen und auf sein Zimmer zu kommen. Jane lud Gabby für später auf ihr Zimmer ein. Sie wollten sich das Essen bringen lassen und die Szene durchproben.

»Aber erst möchte ich mich in der Badewanne richtig entspannen.«

»Ich auch.« Gabby lächelte wieder. Bill hatte am Empfang einige Nachrichten vorgefunden und verschwand eilig. Die zwei Frauen fuhren gemeinsam im Lift hinauf – wortlos. Erst als sie den Korridor entlanggingen, wandte sich Gabby mit einem mutlosen Seufzer an Jane. »Bill ist so verdammt unfreundlich. Das erschwert mir die Zusammenarbeit sehr.«

»Das kann ich mir denken. Vielleicht ist es bei ihm nur die Nervosität.«

»Wer leidet denn nicht unter Nervosität?«, fragte Gabby und zog die Schultern hoch. »Wir alle sind nervös. Es handelt sich um ein großes Projekt, um einen großen Durchbruch für uns alle, von Zack und Sabina mal abgesehen. Für die beiden ist das alles wahrscheinlich nichts Ungewohntes. Ich finde es unerhört, dass Bill seine Kollegen die ganze Zeit entweder nur ignoriert oder anschnauzt. Er führt sich so auf, als hätte ihm jemand eine heiße Gabel in den Hintern gerammt.« Jane musste lachen.

»Lass ihm etwas Zeit. Wir müssen uns erst aneinander gewöhnen. In ein paar Wochen werden wir zu einer großen Familie zusammenwachsen. Das war bei meiner vorigen Serie auch so.«

Gabrielles Neugierde war erwacht. »Wo hast du mitgespielt?«

»Bei ›Unsere geheimen Sorgen‹.«

Gabrielle staunte nicht schlecht. »Meine Großmutter war versessen darauf«, sagte sie und lachte.

Jane sah sie mit wehmütigem Lächeln an. »Das war ja das Problem. Man wollte der Serie ein neues Image verpassen, um neue, jüngere Zuschauergruppen zu interessieren. Deswegen wurde ich gefeuert.«

»Tut es dir jetzt noch Leid?« Gabrielle fragte es voller Mitgefühl. Sie fand Jane sehr sympathisch.

»Aber nein.« Jane hob die Hände in einer stoischen Geste. »Was habe ich denn schon verloren? Nur eine Rolle in einer Seifenoper und meine Ehe.«

Gabby riss die Augen auf. »Im Ernst? Deswegen?«

»Das ist eine lange Geschichte, die ich dir sicher einmal erzählen werde. Wenn wir zehn Stunden Zeit und eine Flasche Brandy zur Hand haben.« Beide mussten lachen, und Gabrielle sperrte ihr Zimmer auf, nachdem sie Jane versprochen hatte, in einer Stunde zu ihr zu kommen. Es war wie im Internat, wenn man die Nacht über gemeinsam Schulaufgaben machte. Jane und Gabrielle hockten bis Mitternacht beisammen, obwohl sie wussten, dass sie um halb fünf aus den Federn mussten. Nachdem sie eine Weile konzentriert gearbeitet hatten, schwatzten sie miteinander. Während die beiden sich für den nächsten Tag vorbereiteten, geriet Bill, der mit seinem Agenten telefonierte, an den Rand der Verzweiflung. Seit Stunden schon versuchte er ihn zu erreichen. Je besser es mit den Dreharbeiten lief, desto rascher wuchs sein Schuldbewusstsein Sandys wegen. Schließlich schaffte er es, Harry zu erreichen.

»Na, wie läuft es?«, erkundigte sich Harry leutselig.

»Sehr gut.«

»Das ist alles? Sehr gut? Du drehst die größte Serie deines Lebens, machst Außenaufnahmen in New York, hast Sabina Quarles und Zachary Taylor als Partner, arbeitest für Mel Wechsler und sagst nur ›sehr gut‹?«

»Na, dann meinetwegen großartig. Hör mal, Harry, kannst du mir einen Gefallen tun?« Bill hatte sich in seiner Lederjacke aufs Bett geworfen. Er wusste vor Sorge nicht aus noch ein. Allein der Gedanke an Sandy machte ihn wahnsinnig. Was, wenn ihr jetzt etwas passierte und Wechsler erfuhr, dass er mit ihr verheiratet war? Bill war jetzt klarer denn je, dass Sandy eine Entziehungskur machen musste. Er musste sie dazu überreden. Bill hatte sogar ihre Eltern angerufen, die aber wussten nicht, wo sie steckte. Auch ihre Freunde konnten Bill keine Auskunft geben. »Würdest du wohl versuchen, etwas über Sandy herauszubekommen?«, bat er nun Harry.

Langsam gewann Harry den Eindruck, dass Bill geradezu besessen von ihr war, aber er wusste ja nicht, wie viel Angst und Gewissensbisse sein Schützling auszustehen hatte. »Sag mal, warum streichst du sie nicht einfach aus deinem Gedächtnis?«

»Geht nicht. Erst muss sie wieder vollkommen in Ordnung sein.« Er war überzeugt, dass er sie nicht mehr liebte, aber einfach vergessen konnte er sie auch nicht.

»Warum rufst du nicht die Polizei an? Dort weiß man vielleicht mehr.« Harry sagte das mit einem gewissen sarkastischen Unterton, den Bill ihm sehr verübelte. Seine hübschen Züge waren von Besorgnis und Ärger gezeichnet.

»Das ist gar nicht witzig«, gab er zurück.

»War auch nicht so gemeint. Du bist schön dumm, wenn du sie jetzt mit aller Gewalt in dein Leben zurückzwingen willst. Und Mel wird nicht eben wohlwollend reagieren, wenn er entdeckt, dass du eine Fixerin zur Frau hast.« Das war der springende Punkt. Wenn Sandy ihre Sucht loswurde, konnte Bill sich in aller Stille von ihr trennen.

»Ich will ja nicht, dass du meinen Presseagenten anrufst, ich möchte vielmehr, dass du sie findest.«

»Wie denn? Soll ich in den einschlägigen Kreisen die Runde machen und mir irgendwelche Informationen erkaufen?«

»Ach, verdammt!« Bill sprang erregt auf. »Mach mich bloß nicht wütend!«

»Schon gut … schon gut … ich werd's versuchen. Aber beruhige dich, um Himmels willen. Du steckst in einer wichtigen Arbeit. In einer großen Sache. Im Ernst, wie ist es heute gelaufen?«

»Recht gut, aber ehrlich gesagt, Harry …« Er musste sich jemandem anvertrauen, da er den Druck kaum noch aushalten konnte.

»Ich stehe Höllenängste wegen Sandy aus.« Und diese Ängste lenkten ihn ständig von der Arbeit ab. Die Angst vor einem Skandal und die Sorge um die Frau, die er einst geliebt hatte.

»Ich werde tun, was ich kann. Aber tu mir den Gefallen, und konzentriere dich auf die Dreharbeiten.« Harry hatte gehofft, dass Bill sich für die junge Partnerin interessieren würde, die seine Schwester darstellte, aber zu seinem Bedauern waren noch keine Gerüchte darüber in Umlauf.

»Wenn ich etwas erfahren sollte, rufe ich dich an.«

Aber Bill kam die katastrophale Nachricht zuerst zu Ohren. Sandys Mutter rief ihn an, und noch am gleichen Tag wurde in den Nachrichten davon berichtet: Sandy hatte in einer schäbigen Absteige am Sunset eine Überdosis genommen.

17

Die Sanitäter waren gerade noch rechtzeitig eingetroffen. Diesmal war zu befürchten, dass Sandy einen dauernden Gehirnschaden davongetragen hatte. Als Bill im Krankenhaus anrief, erlaubte man ihm nicht, mit Sandy zu sprechen. Zwei Tage später – nach unzähligen Anrufen – erfuhr er, dass man sie entlassen hatte. Seine Schwiegermutter erzählte Bill, dass Sandy wieder verschwunden sei und dass kein Mensch wisse, wo sie sich aufhielt. Man hatte nur erfahren, dass sie mit einem Dealer zusammenlebte, angeblich irgendwo in Inglewood, aber auch das war nicht sicher. Ihre Eltern hatten die Tochter längst aufgegeben. Sandy war wegen der Ende August gegen sie erhobenen Anschuldigungen nicht vor Gericht erschienen und wurde jetzt steckbrieflich gesucht. Es war eine albtraumhafte Situation, aus der Bill keinen Ausweg fand. Von New York aus konnte er auch herzlich wenig unternehmen, zudem musste er sich auf seine Arbeit konzentrieren. An dem Tag, nachdem man sie im letzten Moment gefunden hatte, musste seine einzige Szene achtzehnmal wiederholt werden, und er glaubte sich dem Wahnsinn nahe, so sehr bemühte er sich, Sandy aus seinem Bewusstsein zu verdrängen.

»Kann ich dir irgendwie helfen?« Jane fragte es ganz leise, als sie gemeinsam zum Drehort fuhren. Bill reagierte mit einem Kopfschütteln und wich ihrem Blick beharrlich aus, damit sie nicht sehen konnte, wie ihm zumute war. Aber auch so war klar, dass ihn etwas bedrückte. Als er sich ihr schließlich wieder zuwandte, hatte er die Augen eines kraftlosen Greises.

»Nein, aber trotzdem vielen Dank.« Er fand, dass Jane eine nette Person war, obwohl er mit ihr nicht viel anfangen konnte, da ihre Kinder das einzige Thema waren, das sie zu interessieren schien. Sie war jedenfalls ganz anders als Gabrielle, die ihn richtig wahnsinnig machte. Sie war so verdammt nett und von nicht zu erschütternder Freundlichkeit. Irgendwie benahm sie sich wie ein junger Hund. Jede freie Minute wollte Gabby mit ihm proben, und ihm lag daran, ihr nach Möglichkeit auszuweichen. Sie erinnerte ihn zu sehr an Sandy, und das machte alles umso schwieriger.

Sogar Mel fiel auf, dass Bills Stimmung seit der Ankunft in New York auf den Tiefpunkt gesunken war. Seine schauspielerische Leistung aber war über jeden Zweifel erhaben, wie sich bei der allabendlichen Begutachtung der gedrehten Szenen zeigte.

»Er ist gut«, gab der Regisseur zu. »Und er wird noch besser, wenn er sich erst gefangen hat. Meist ist er so angespannt, dass man befürchtet, er würde jeden Moment in die Luft gehen. Aber der Junge beherrscht sein Handwerk. Er ist ein richtiger Profi.« Und das rettete Bill die Haut und bewirkte, dass sich die anderen mit seinen Launen abfanden. Richtig ekelhaft war er eigentlich nur zu Gabby. Die aber hatte ihre eigenen Probleme, von denen kein Mensch etwas ahnte ... Ihre Mutter rief mindestens fünfmal täglich an und bekniete sie, über die Feiertage nach Hause zu kommen.

»Liebling, nenne mir einen vernünftigen Grund.« Ihr Tonfall, in dem ein Hauch Paris, Palm Beach und Newport mitschwang, wurde mit jedem Tag drängender. Gabrielle musste sich immer sehr beherrschen, um ruhig zu bleiben. Sie hatte es satt, ständig Erklärungen abgeben zu müssen.

»Mutter, ich arbeite achtzehn Stunden am Tag und muss am Morgen um halb fünf auf den Beinen sein.«

»Aber essen musst du auch. Warum isst du nicht bei uns?« In Abendtoilette, im Kreis der engsten Freunde ihrer Eltern. Für Charlotte eine Selbstverständlichkeit, nicht aber für Gabrielle.

»Ich esse auf meinem Zimmer und arbeite dann noch mit den Kollegen.« Bislang hatte sie nur mit Jane geprobt, hoffte aber immer noch, Bill für eine Teamarbeit zu gewinnen. Sie war überzeugt, dass dadurch das Spiel aller Mitwirkenden nur gewinnen konnte.

»Liebling, das ist aber gar nicht gesund. Du musst mal raus.«

»Ich sagte schon, dass ich am Weihnachtsabend komme.«

»Seit drei Wochen bist du nun schon in New York, und wir haben dich kein einziges Mal zu Gesicht bekommen. Ich erwarte dich morgen zur Party. Unsere Gäste sind schließlich auch deine alten Freunde. Sie können es kaum erwarten, dich wieder zu sehen.« Das war natürlich Unsinn, kein Mensch war ernsthaft an einem Wiedersehen mit ihr interessiert, das wusste Gabby genau. Es handelte sich ausschließlich um Freunde und Bekannte ihrer Eltern, Leute, die sie nicht leiden konnte. Die bedeutendsten Namen, die es in New York gab und von denen große Artikel in eleganten Zeitschriften erschienen, waren stets im Haus ihrer Eltern zu Gast. Gabrielle verabscheute dieses Leben seit Kindesbeinen, und daran hatte sich im Laufe der Jahre nichts geändert, im Gegenteil – ihr Widerwille war noch gewachsen. Nein, das war nicht ihr Leben, es war das Leben ihrer Eltern. Und diese Menschen waren nie ihre Freunde gewesen. Für die war sie immer nur »Charlottes und Everetts Tochter« gewesen.

»Mutter, es geht nicht. Ich habe außerdem nichts anzuziehen. Ich habe alles in Kalifornien gelassen.« Das stimmte nicht ganz. Sie hätte sich ohne weiteres eines der Modelle, die sie für ihre Rolle brauchte, ausborgen können. Gabrielle wusste, dass Sabina sich bereits zwei oder drei Abendroben für ihre Verabredungen mit Mel ausgeliehen hatte. Das ging in Ordnung, solange die Kleider nicht litten.

»Dann lasse ich dir von Bendel's etwas schicken«, schlug ihre Mutter vor.

»Ich will nichts von Bendel's«, stieß Gabrielle zähneknirschend hervor. »Ich möchte nicht kommen.«

»Wir erwarten dich um halb acht.« Damit legte ihre Mutter auf. Gabrielle saß da und starrte den Hörer in ihrer Hand an.

»Mist!« Charlotte würde sich nie ändern. Jetzt erwartete sie doch glatt, dass Gabby zu ihrer verdammten Weihnachtsparty kam. Ein Pech, dass die Außenaufnahmen ausgerechnet in New York stattfinden mussten. Gabby fühlte sich in ihre Kindheit zurückversetzt, fühlte sich herumkommandiert wie damals, als sie St. Paul besuchte, sogar noch, als sie an der Yale studierte. Ihre Eltern konnten sich nicht damit abfinden, dass sie erwachsen geworden war. Auch jetzt nicht, obwohl sie an der Westküste lebte und einen Beruf hatte. Für sie war das gar nichts. Sie taten so, als gäbe es dies alles nicht, als wäre ihre Tochter keine Schauspielerin.

Beim Erwachen am nächsten Morgen war Gabrielle miserabler Laune. Ihre Stimmung passte haargenau zu der Szene, die sie mit Bill zu spielen hatte. Das Drehbuch sah einen hitzigen Streit zwischen den beiden vor, eine Auseinandersetzung, die völlig echt wirkte, als sie ihn anschrie und etwas nach ihm warf. Nach wochenlangen Proben hätte sie es auch nicht besser spielen können. Beide verließen hochbefriedigt das Set, obwohl Bill darüber kein Wort verlor. In ihrer Garderobe suchte Gabby widerwillig ein Kleid aus, ein schlicht geschnittenes schwarzes

Abendkleid aus Samt. Nachdem sie eine Quittung unterschrieben hatte, steckte sie das Kleid in einen Plastikbeutel und nahm es mit. Jane, mit der sie zurück ins Hotel fuhr, bemerkte es sofort. »Hast du heute etwas vor?« Sie schien sich für Gabby aufrichtig zu freuen. Mit ihrer netten, unkomplizierten Art hatte sie rasch die Sympathien aller gewonnen. Gabby tat sie ein wenig Leid, weil sie irgendwie einsam wirkte und zudem in Zack verknallt zu sein schien. Dass er sie gern hatte, sah man, doch man spürte ebenso, dass es bei ihm nicht gefunkt hatte.

»Ach, ich gehe mit ein paar Freunden aus. Ich bin New Yorkerin.« Fast hörte es sich wie eine Rechtfertigung an.

Jane war ungewöhnlich aufgeräumt. »Morgen kommen meine Töchter aus L. A. Ich dachte, ich könnte sie zu den Dreharbeiten mitbringen, damit sie sich ein wenig umsehen können.«

»Das wird für sie sicher ein toller Spaß.« Aber sehr enthusiastisch klang das nicht. Als Gabby und Jane an den üppig dekorierten Läden der Madison Avenue vorüberglitten, hatte sie das Gefühl, sich noch nie so wenig auf Weihnachten gefreut zu haben. Sie wusste, dass die Wohnung ihrer Eltern wie immer sehr kostspielig geschmückt sein würde, mit Weihnachtsbäumen, die der Florist geliefert hatte und die tausende von Dollar gekostet hatten. Als Kind hatte sie diese überladenen Bäume gehasst. Alles war so künstlich und so perfekt. Bei ihren Eltern gab es nichts Gemütliches und Anheimelndes, nichts war so, wie sie es sich für Weihnachten vorstellte, mit lustigen, improvisierten Dekorationen und selbst gebasteltem Christbaumschmuck. Es sah alles aus wie in einem eleganten Einrichtungsjournal und war auch oft genug in einschlägigen Presseerzeugnissen abgebildet worden.

Vor ihren Zimmern trennten sie sich, denn Gabrielle hatte es eilig, sich umzuziehen. Dabei quälte sie ständig die Frage, wie es dazu hatte kommen können, dass sie nun doch zu ihren Eltern fuhr. Um Viertel nach sieben sollte der bestellte Wagen vorfahren. Als sie dann mit eleganter Hochfrisur in ihrem raffinierten französischen Modellkleid in die Lobby hinunterfuhr, sah sie aus wie eine zierliche Märchenprinzessin. Fast wäre sie mit Bill zusammengestoßen, der mit einem Stapel Zeitschriften im Arm durch die Lobby lief. Er hielt inne und starrte Gabby fassungslos an. Sein Blick verriet auch Neugierde. Lächelnd erwähnte Gabrielle die Szene, die sie am Nachmittag zusammen vor der Kamera gespielt hatten.

»Ich bin der Meinung, dass sie ganz toll geglückt ist.«

»Dieser Meinung waren die anderen auch«, sagte er beiläufig.

»Du etwa nicht?«, wollte Gabby wissen.

»Nun, eine Steigerung ist immer noch drin.« Immer musste er Kritik an allem und jedem üben. Jane behauptete, dies sei ein Zeichen dafür, dass er unglücklich war. Für Gabby aber war damit seine ständige missliche Laune nicht erklärt. Es war ihr überhaupt unverständlich, wieso er sich so ruppig benahm.

»Du darfst mit dir nicht so hart ins Gericht gehen.«

»Tue ich gar nicht. Ich spüre aber genau, wenn ich etwas besser machen kann. Gehst du heute auf eine Party?« Sie staunte, dass ihn das interessierte, ihn, der kaum einen Gruß für sie übrig hatte und sie nur selten eines Wortes würdigte.

»Ach, ich besuche ein paar Freunde.«

»Hübsches Kleid. Aus der Filmgarderobe geborgt?« So wie er es sagte, klang es abfällig. Gabrielle errötete, worauf sie sich am liebsten geohrfeigt hätte.

»Ja, aber gegen eine Quittung, falls du es genau wissen willst.«

»Aber gar nicht. Wie ich hörte, trägt Sabina ständig ihre Filmgarderobe. In ihrem Vertrag ist sogar festgelegt, dass sie die Sachen behalten darf. Vielleicht könntest du das auch durchsetzen.« Alles, was er sagte, hörte sich irgendwie doppeldeutig an. Am liebsten hätte sie ihm die Augen ausgekratzt.

»Ich werd's mir merken.« Damit drehte sie sich um und

schwang das zum Kleid passende Samtcape über ihre Schultern. Er sah ihr nach und brummte ein »Gute Nacht«, ehe er zum Lift lief.

Bills Sticheleien, die sie mit einem Achselzucken abzutun versuchte, hatten Gabby in die denkbar schlechteste Stimmung für einen Abend versetzt, dem sie ohnehin mit Unbehagen entgegensah. Sie wusste, dass sie Recht behalten würde, als sie im Treppenhaus vom Butler ihrer Eltern empfangen wurde. Er begrüßte die Gäste und nahm ihnen die Mäntel ab. Gabrielle hieß er mit einer herzlichen Umarmung willkommen, als eine Fotografin vom *Women's Wear Daily* eine Aufnahme schoss. Schlagartig begriff Gabrielle, was für eine Katastrophe auf sie zukam. Sie hatte sich der Presse präsentiert und ihre Anonymität als Gabrielle Smith gefährdet. Den ganzen Abend wich sie den Kameras aus – vergebens, denn es waren vier Klatschreporter anwesend, und jeder war von einem Fotografen begleitet, dazu kamen noch die Fotografen von *Women's Wear Daily* und *Town & Country.*

»Liebling … reizend siehst du aus … willkommen daheim!« Ihre Mutter gab ihr einen Kuss, sehr darauf bedacht, nicht ihr Make-up zu zerstören. Die makellose dunkle Schönheit der beiden Frauen wurde für die Nachwelt und für die Leser der Sonntagsblätter festgehalten. Ihre Mutter war schön wie immer in einem dunkelblauen Satinkleid von Galanos, zu dem sie eine passende Stola und ein prachtvolles Saphircollier mit entsprechenden Ohrgehängen trug. »Dein Vater erwartet dich in der Bibliothek.« Sie manövrierte Gabby diskret zum Lieblingsraum des Vaters, während Scharen von Gästen eintrafen. Silbertabletts mit Kaviar und Champagner machten die Runde. Gabby, die etwa die Hälfte des Personals und zwei Drittel der Gäste erkannte, war kaum imstande, in dem Gedränge ihren Vater auszumachen, der seinen unvermeidlichen Wodka mit Eis trank. In seinem Blick leuchtete Freude auf, als er Gabby bemerkte.

»Da ist sie ja … mein kleines Mädchen … und wie hübsch du bist. Deine Mutter wird noch eifersüchtig werden.« Wenn er seine Tochter ansah, tanzten Funken in seinen Augen. Everett Thornton-Smith betete sein einziges Kind an – in den Augen seiner Frau Charlotte viel zu hingebungsvoll. Charlotte brachte Gabrielle maßvollere, mehr vernunftbetonte Gefühle entgegen, obwohl auch sie ihre Tochter über alles liebte. Umso enttäuschter hatte sie reagiert, als Gabby sich auf ihre lächerliche Hollywoodkarriere versteift hatte. Und von den Dreharbeiten wollte sie schon gar nichts wissen. Dafür band Everett es allen auf die Nase, dass Gabby in einer Fernsehserie von Mel Wechsler eine Starrolle spielte. Er rasselte die Namen der anderen Stars herunter und steigerte sich mit jedem Wodka in seiner Begeisterung.

»Sie stellt Sabina Quarles glatt in den Schatten, lasst euch das gesagt sein!« Gabbys Vater, dem sein von einem Londoner Schneider angefertigtes Dinnerjackett perfekt stand, umfasste mit einem wohlwollenden Lächeln ihre Schultern. Die Fotografen bannten seinen Vaterstolz auf den Film, während die Klatschkolumnisten jedes seiner Worte eifrig mitschrieben.

»Wer ist der Produzent, Miss Thornton-Smith … wie hieß doch gleich die Serie? …« In Hollywood wusste das jedermann, aber in den Gesellschaftsspalten der New Yorker Presse spielte Mel Wechsler keine so große Rolle. »Eine Starrolle, sagten Sie …« Gabby behauptete beharrlich, dass sie nur eine kleine Rolle habe. In ihr wuchs der Ärger darüber, dass sie überhaupt gekommen war, obwohl sie gewusst hatte, dass diese Party für sie katastrophal enden würde. Zwei Jahre lang hatte sie es geschafft, in Hollywood ihre Herkunft geheim zu halten, und jetzt wurde alles bekannt.

Es sollte noch schlimmer kommen. Die Fotos erschienen nicht nur in den Hochglanzmagazinen, die erst nächsten Monat herauskommen sollten, sie erschienen gleich am nächsten Tag in den Tageszeitungen. Großformatige Bilder, gestochen scharf, von Gabby, am Arm ihres Vaters, der ihr mit Champagner zuprostete, dazu ein zweites Bild mit dem Butler. »Everett Thornton-Smith, stolzer Vater von Gabrielle, die in einer neuen Serie, die Mel Wechsler produziert, spielt.« Gabby war auf dem Bild deutlich erkennbar, sämtliche Einzelheiten ihrer Lebensgeschichte, die sie immer schon gehasst hatte, wurden wiederholt: wer ihre beiden Großväter waren, väterlicherseits Benton Thornton-Smith, Gründer von sechs Banken, des größten Pharmakonzerns der Ostküste und einiger Eisenbahngesellschaften. Ganz zu schweigen von ihrem Großvater mütterlicherseits, Harrington Hawkes IV., neben dem Thornton-Smith sich geradezu ärmlich ausnahm. An jenem Morgen hasste sie alle, als sie die Zeitung aus der Hand legte, insbesondere aber hasste sie ihre Mutter, weil sie auf ihrem Besuch bestanden hatte. Ihre Familie brachte für sie kein Verständnis auf, am allerwenigsten für ihr Verlangen, einfach Gabby Smith zu sein. Sie begriffen auch nicht, wie wichtig die Anonymität für ihren Beruf war. Schon an der Yale hatte sie das »Thornton« weggelassen, da sie jegliches Aufsehen verabscheute und es dort einen Saal und eine Bibliothek gab, die nach einem ihrer Großväter benannt waren.

Kurz vor sechs wurde an ihre Tür geklopft. Nervös und beklommen öffnete sie. Es war Jane; sie lächelte, als hätte sie ein Geschenk bekommen. Gabby machte sich auf allerhand Bemerkungen gefasst. Sie war diese Angriffe ihrer Herkunft wegen gewöhnt, aber sie konnte auch gern darauf verzichten. Sobald man wusste, wer sie war, wurde sie nicht mehr ernst genommen, da sich niemand vorstellen konnte, dass ein Mensch wie sie gute Arbeit zu leisten imstande war.

»Hallo.« Jane aber trat kommentarlos ein. Sie trug Jeans, dazu Turnschuhe und einen warmen Parka. Am Vortag war es eiskalt gewesen, und für den heutigen Tag waren drei Szenen im Park vorgesehen, dazu vier weitere im IBM-Gebäude. Jane schien in Hochstimmung zu sein. »Was ist los?«, fragte Gabby.

»Ach, ich bin selig, dass ich meine Mädchen wieder bei mir habe. Mir kommt es so vor, als wären Ewigkeiten vergangen, seitdem ich sie gesehen habe.« Am Abend zuvor hatte sie ein Bäumchen besorgt und es festlich geschmückt.

»Ach so.« Gabby war so wortkarg, weil sie tausend Ängste ausstand, dass Jane und die übrige Welt die Zeitungen gelesen hatten.

»Ist bei dir alles in Ordnung?« Jane warf einen Blick über die Schultern, als Gabby ihren dicken Mantel anzog.

»Ja, bestens.« Doch ihre Einsilbigkeit war ungewöhnlich, das wussten beide.

»Hast du dich gestern amüsiert?«

»Nein.« Die Antwort kam so kurz und bündig, dass Jane das Thema nicht weiter verfolgte. Gabby trug das Kleid in einem Plastikbeutel über dem Arm, als sie in den wartenden Wagen stiegen. Zack und Bill fuhren meist mit der anderen zur Verfügung gestellten Limousine, und Sabina wohnte im Pierre, sie mussten also auf niemanden warten.

»Gabby, ist etwas?« Jane machte sich auf der Fahrt zum Park Gedanken, aber Gabby wehrte ab. Es war so kalt, dass ihre Augen von dem heftigen Wind tränten, als sie ausstiegen. Bei diesem Wetter war die Arbeit kein Vergnügen. In den in der Dunkelheit wartenden Trailern wurden von den Assistenten Unmengen an Kaffee, heißer Schokolade und Tee ausgeschenkt, um die Schauspieler einigermaßen in Schwung zu bringen.

Wie immer waren nur Zack und Jane guter Dinge, während alle anderen jammerten und stöhnten. Der Wind war so stark, dass er sogar durch die Trailer pfiff.

Bill war es, der den ersten Stein werfen sollte. Er lächelte Gabby über seine Kaffeetasse hinweg spöttisch an.

»Na, Gabrielle, begibst du dich heute wieder unter den Pöbel?«

Sie begegnete seinem Blick voller Angst und Hass.

»Was soll das heißen?«, fragte sie finster, obschon sie es genau wusste. Sie wusste es leider nur zu gut. Verdammt, Bill musste alles gelesen haben ...

»Heute war die Morgenzeitung besonders informativ. Ich hatte ja keine Ahnung, welche bedeutende Persönlichkeit unter uns weilt.«

»Ach?« Als Zack ahnungslos eine Braue hochzog, wäre Gabrielle am liebsten im Erdboden versunken. Bis zur Mittagspause war bestimmt das gesamte Team informiert, und man würde ihr das Leben zur Hölle machen. Das alles hatte sie immer wieder erlebt, und sie hatte es unendlich satt.

»Jammerschade, dass Sie sich von diesem Mist beeindrucken lassen, Mr. Warwick.« Nachdem sie diese Worte auf Bill abgeschossen hatte, ging sie zu ihrem Trailer und knallte die Tür zu.

»Worum ging es denn? Ein privater Scherz zwischen euch beiden?«, fragte Zack neugierig, und Bill konnte der Versuchung nicht widerstehen, ihn aufzuklären. Dieses Histörchen über Miss Thornton-Smith war auch zu pikant.

»Weißt du, wer sie ist?«

»Nun, ich dachte es zumindest. Ist sie in Wahrheit der Würger von Boston in Frauenkleidern, oder was?«

»Schon mal den Namen Thornton-Smith gehört?«

»Du meinst den Pharmakonzern?«

»Unter anderem.«

»Ich glaube, mir gehören sogar ein paar Aktien.«

»In diesem Fall gehört dir ein winziges Stückchen von Miss Gabby.«

Zack stieß in der bitterkalten Luft einen Pfiff aus.

»Diese Thornton-Smith? Bist du sicher?«

»Wirf einen kurzen Blick auf die letzte Seite deiner Morgenzeitung. Vor den Todesanzeigen.«

»Das will ich doch hoffen.« Zack lieh sich tatsächlich von jemandem eine Zeitung. Er reichte sie an Jane weiter, als diese zur ersten Szene kam. Jane las den Artikel mit großen, erstaunten Augen …

»Nicht zu fassen, sie ist ein so nettes Mädchen, dass man es ihr nie angemerkt hätte …«

»Ja, nicht zu fassen …«, fügte Bill mit einem Auflachen hinzu, »unter unserer netten kleinen Miss Gabby verbirgt sich eine verwöhnte Millionenerbin.«

»Na ja, so würde ich das nicht formulieren«, trat Zack für Gabby ein.

»Was für ein Unsinn!«, rief Jane unverblümt. Sie ärgerte sich über Bills süffisante Äußerung. Jetzt wusste sie, wieso Gabby sich am Morgen so zugeknöpft gegeben hatte. Sie musste die Zeitung gelesen haben. Dass sie ihre Herkunft verschwiegen hatte, sprach nicht gegen sie – ganz im Gegenteil. Jane hatte Achtung vor Gabby, und sie gab dieser Meinung auch später Ausdruck. »Schätzchen, ich finde dich großartig«, sagte sie aufmunternd zu ihr.

Gabbys Lächeln wirkte gezwungen. »Mit dieser Meinung stehst du allein. Das Team wird mich hassen, wenn es davon erfährt. In Hollywood war ich so vorsichtig, und jetzt wissen es auf einmal alle, nur weil dieser dumme Artikel erscheinen musste. Das versuchte ich auch meiner Mutter klar zu machen« – ihr kamen die Tränen, als sie an die fruchtlosen Wortwechsel dachte –, »aber sie kapiert das alles nicht. Sie glaubt, dass man auf unsere Familie stolz sein sollte. Aber ich bin es nicht. Mein Leben lang war es für mich eher eine Belastung, und jetzt wird mir die Familie die Karriere zerstören, nachdem ich zwei Jahre lang dafür gekämpft habe, es auf eigene Faust zu schaffen.«

»Du hast es ja geschafft, wozu also die Aufregung?« Jane, die die Sache viel gelassener sah, legte mütterlich den Arm um sie.

»Hast du gehört, was Bill heute Morgen gesagt hat? Er fragte mich, ob ich mich zur Abwechslung unter den Pöbel mische. Und das ist erst der Anfang.«

»Gabby, er ist ein grüner Junge. Er lässt sich leicht beeindrucken und ist vielleicht sogar neidisch. Er ist unsicher. Und die anderen werden ebenso unsicher sein, falls du ihnen nicht klipp und klar zu verstehen gibst, dass für dich allein die Arbeit zählt und sonst nichts. Trotzdem finde ich, dass deine Herkunft auch angenehme Seiten hat.« Sie dachte an ihre zwanzig Jahre dauernde Abhängigkeit von Jack Adams. Gabby würde niemals in diese Lage geraten. »Sei dankbar dafür, und versteck dich nicht. Du brauchst dich deiner Familie wahrhaftig nicht zu schämen.« Jane lachte. »Im Leben eines jeden Menschen gibt es etwas, das ihm peinlich ist. Bei den meisten ist es der Umstand, dass ihnen die eigene Familie nicht fein genug erscheint. Und du bist der Meinung, dass die deine zu fein ist. Dir kann man wohl nichts recht machen, oder?« Janes Worte entlockten Gabby ein Lächeln, und Jane drückte sie liebevoll an sich. Dies alles konnte die Sticheleien nicht verhindern, denen Gabrielle in der Mittagspause ausgesetzt war. Nach der Pause hatte jeder das Foto von Gabrielle mit ihrem Vater gesehen und die Bildunterschrift gelesen. Es gab ein paar witzige Bemerkungen, die meisten aber waren sehr bissig. Am schlimmsten teilte Sabina aus, während eine Szene in der Lobby vorbereitet wurde.

»Kein Wunder, dass du die Rolle gekriegt hast, Gabby«, flötete Sabina mit einem strahlenden Lächeln, hinter dem Bosheit lauerte. »Wenn wir schon von Besetzungsgepflogenheiten sprechen … kennt Mel deinen Vater?« Dann ging sie, um ihr Make-up auffrischen zu lassen. Gabby drehte sich um, damit niemand ihre Tränen sehen konnte. Am liebsten hätte sie Bill Warwick den Kragen umgedreht, weil er Zack von dem Artikel erzählt hatte, obwohl ihr natürlich klar war, dass eine Sensation wie diese sich nicht geheim halten ließ. Gabby sprach ihr Problem sogar Mel gegenüber an. Sie wirkte so verzweifelt, dass sie ihm

Leid tat und er sie abends in ihrem Hotel anrief, um sie zu trösten. Es dauerte eine Weile, bis sie abhob, und als sie sich meldete, machte sie einen deprimierten Eindruck.

»Ja?«

»Hallo, Gabby, hier spricht Mel. Was da heute passiert ist, tut mir Leid. Eine echte Gemeinheit.«

Sie stieß einen Seufzer aus. »Ja ... nicht so schlimm ...« Sie konnte kaum weitersprechen. Obwohl sie schon oft in einer ähnlichen Situation gewesen war, litt sie noch immer unter den Anfeindungen. Man konnte ihr jede Lebensfreude nehmen, wenn man sie als verwöhnte Millionenerbin abstempelte. »Für mich ist das nichts Neues.«

»Ich weiß, dass es kränkend ist. Für Sabina muss ich mich besonders entschuldigen. Gabby, man muss sich mit dem Neid der Menschen abfinden. Jeder möchte zu gern aus einer angesehenen Familie stammen. Es übersteigt das Vorstellungsvermögen der meisten, die mit ihrer bescheidenen Herkunft nicht fertig werden.«

»Ich weiß. Aber was den Beruf betrifft, so nehme ich ihn ernst wie jeder andere Mensch.« Als sie hörbar schnüffelte, wünschte er, er hätte den Arm um sie legen können. Sie war nur um wenig jünger, als seine Töchter jetzt gewesen wären. Und Gabrielle war ein liebes Mädchen. Es war nicht fair, dass sie so gequält wurde. Als der Tag zu Ende ging, hatten hundertdreißig Menschen sich über Gabrielle den Mund zerrissen, und ein Drittel, wenn nicht gar die Hälfte, hatte sich zu höchst ungehörigen Bemerkungen hinreißen lassen. Es war einem Albtraum nicht unähnlich. Und alles nur, weil sie in ihrem Elternhaus auf einer Party gewesen war und die Presse darüber berichtet hatte.

»Gabby, du arbeitest vermutlich sogar härter als die anderen. Und das irritiert die Umwelt noch viel mehr. Du müsstest es nicht, und doch tust du es. Alle überlegen sich, dass sie an deiner Stelle zu Hause sitzen und es sich gut gehen lassen würden.

Sie lehnen dich ab, weil du es nicht tust. Vielleicht stört es sie, dass du dich nicht wie eine Märchenprinzessin benimmst. Du möchtest schuften wie die anderen, obwohl sie dich auf einen Thron erheben und in einem rosa Tüllkleidchen sehen möchten.« Dieses Bild brachte Gabby zum Lachen, obwohl ihr nicht danach zumute war. Sofort besserte sich ihre Laune. »So oder so«, fuhr Mel fort, »die Leute benehmen sich wie Kinder. In zwei Wochen wird alles vergessen sein, und man wird sich über etwas anderes den Mund zerreißen, über den neuen Vertrag eines Stars oder über seine neue Affäre. Dann wird kein Mensch mehr an deinen Familiennamen denken. Glaube mir, die Menschen verfügen über die Gedächtnisspanne von Kleininsekten, von Küchenschaben etwa.« Wieder lachte Gabby dankbar, weil Mel sie aus ihrer Depression herausriss. Jane war zum Flughafen gefahren, um ihre Töchter abzuholen, sodass niemand da war, der sie hätte aufheitern können. Und dieser Dreckskerl Bill … am liebsten hätte sie ihn erwürgt …

»Ach, übrigens, könnte ich dein Interesse an einem gemeinsamen Dinner wecken? Wir könnten zu Gino gehen und Pasta essen«, fragte Mel.

»Sehr liebenswürdig, aber eigentlich wollte ich früh zu Bett gehen. Der Tag war ziemlich aufregend für mich.«

»Hast du schon gegessen?«

»Nein, ich bin nicht hungrig.«

»Unsinn. Du musst etwas essen, damit du bei diesem Mistwetter nicht krank wirst. Ich hole dich in einer halben Stunde ab.«

»Nein, Mel, wirklich …«

»Hier spricht dein Produzent. Warte in der Halle auf mich. Um Viertel nach acht bin ich da.« Er legte auf und drehte sich um, als Sabina in einem grünen Hauskleid, das genau zu ihren Augen passte, den Raum betrat. Ihre hochhackigen Pantöffelchen waren mit Federn besetzt.

»Wer war das?« Sie warf einen Blick auf die diamantbesetzte Uhr, die er ihr in der Woche zuvor geschenkt hatte. Für den Abend hatten sie noch nichts vor.

»Es war Gabby.« Mit einem matten Aufseufzen lehnte er sich auf der Couch zurück, voller Bewunderung für die rassige Frau, die sich ihm näherte. Tag oder Nacht, es war stets eine Wonne, sie anzusehen. Auch um vier Uhr morgens war sie schön und sexy. »Armes Kind, heute hat man ihr ordentlich den Tag vermiest.« Er beschuldigte Sabina nicht direkt, doch beide wussten, dass sie zu den Gehässigsten gehört hatte.

Sabina reagierte mit einem Achselzucken. »Sie hat es verdient.«

»Wie kannst du so etwas sagen?« Mels Miene verriet, was er über Sabinas Reaktion dachte. »Sie ist ein liebes Mädchen, außerdem verdammt tüchtig in ihrem Beruf. Man kann nur das Beste über sie sagen.«

»Sie nimmt Leuten, die es nötig hätten, Arbeit weg.« Mel staunte, wie verbittert das klang.

»Vielleicht hat sie es auch nötig. Für ihren Seelenzustand, für ihr Selbstwertgefühl. Das ist nicht nur eine Sache des Geldes, wie du eigentlich wissen müsstest. Sie arbeitet gern und macht ihre Sache gut.«

»Dann soll sie sich gefälligst in der Junior League betätigen. In unserer Branche hat sie nichts verloren.«

»Ist das dein Ernst?« Er war fassungslos. Ob andere ähnlich empfanden wie sie? Vermutlich dachten zu viele so.

Sabina nickte ohne eine Spur von Verlegenheit. »Ich meine es im Ernst. Sehr viele von uns haben lange und schwer kämpfen müssen, um dorthin zu kommen, wo sie jetzt sind. Wir haben gedarbt, gehungert und überlebt, wir haben alles getan, buchstäblich alles. Wer es geschafft hat, der hat es verdient. Die Kleine aber spielt zwei Jahre herum, und in weiteren zwei Jahren wird sie einen Playboy ehelichen, eine Wohnung an der Park

Avenue oder in Palm Beach beziehen und Kinder in die Welt setzen. Inzwischen aber hat sie uns etliche Happen weggeschnappt. Ich sehe nicht ein, was sie dazu berechtigt ...« Sabina ging an die Bar und mixte sich einen Martini, um Mel dann über ihr Glas hinweg zu mustern. Er erwiderte ihren Blick enttäuscht und unangenehm berührt.

»Sabina, das ist keine sehr großmütige Einstellung.«

»Ich bin nicht sehr großmütig.« Und sie schämte sich nicht, es einzugestehen. »Und vor allem mag ich keine Blender. Und sie ist eine Blenderin. Sie gibt sich als graue Maus und ist in Wahrheit eine glitzernde Debütantin, die zur Abwechslung in Hollywood ihr Glück versucht. Ich habe dir gleich zu Beginn gesagt, dass sie etwas zu verbergen hat. Die typische Blenderin.«

»So würde ich sie nicht nennen.« Er stand auf, von Sabinas Blicken verfolgt. »Und sie ist eine sehr gute Schauspielerin.«

»Wohin willst du?« Sie fragte sich, ob sie irgendwie seine Gefühle gekränkt habe, wenn ja, dann täte es ihr Leid. Aber sie war nun mal die, die sie war, und versuchte nie, sich für etwas zu entschuldigen.

»Ich führe die glitzernde Debütantin zum Essen aus, weil sie verheult in ihrem Hotelzimmer saß, als ich sie angerufen habe.«

»Dann schick ihr eine Packung Taschentücher. Sie wird sich beruhigen.«

»Jetzt spiel nicht die Herzlose. Sie stellt für dich keine Bedrohung dar. Sie ist ein Kind, du bist ein Star. Ein großer sogar.« Er wusste, wie man beide zu behandeln hatte.

Sabina lächelte. »Danke. Und was soll ich machen, während du für Miss Tausendschön den Samariter spielst?«

»Was du willst, meine Liebe.« Er drückte einen Kuss auf ihren Nacken und blickte in grüne Augen, die ihn bezauberten. »Du wolltest ohnehin nicht ausgehen, weil du zu müde bist. Deswegen habe ich Gabby eingeladen.« Sabina zog die Schultern hoch. Er hatte Recht. Aber allzu begeistert war sie nicht, dass er Gabby ausführte. Immerhin war die Kleine zwanzig Jahre jünger und nicht gerade hässlich. Und nicht nur das, sie verfügte auch über ein ganz ansehnliches Vermögen. Nun, das hatte zwar auch Mel, aber seines war selbst erworben, was nicht ganz dasselbe war.

»Achte auf dein Benehmen«, neckte sie ihn, ohne ernsthaft besorgt zu sein. Zwischen ihnen hatte sich eine geradezu fantastische Beziehung entwickelt.

»Ach, noch etwas.« Er warf ihr über die Schulter einen Blick zu, als er seinen Mantel anzog. »Ich habe vergessen, dir zu sagen, dass ich für die Weihnachtstage auf den Bahamas ein Boot gechartert habe.« Erschrocken registrierte er ihren Blick, der keineswegs Freude signalisierte. »Ist etwas?«, fragte er verblüfft.

Sie zögerte erst, dann stellte sie vorsichtig ihren Martini ab. »Ich muss zurück nach Kalifornien.«

»Für vier Tage?«

»Ja, daran lässt sich nichts mehr ändern.«

»Hm, verstehe.« Er drehte sich ganz zu ihr um, als er im Eingang stand. »Sabina, ich habe eigentlich gedacht, dass die vergangenen vier Wochen vielleicht deine Pläne ändern könnten. Es sieht fast so aus, als hätte ich mich geirrt.«

»Tut mir Leid, Mel.« In ihren Augen lag Traurigkeit. Eine Erklärung blieb sie ihm schuldig.

»Mir auch.« Nachdenklich fuhr er zu Gabbys Hotel.

18

Als am nächsten Morgen Janes Töchter zusammen mit Gabrielle zu früher Stunde zu den Dreharbeiten fuhren, war das Gejammer groß. Die beiden Mädchen litten unter der Zeitverschiebung. Gabby war richtig schockiert von dem Benehmen, das sie ihrer Mutter gegenüber an den Tag legten. Jane hatte sich so auf ihr Kommen gefreut, und jetzt waren die Kinder richtig unausstehlich. Ständig war nur von ihrem Vater die Rede, als wäre er für sie eine Art Halbgott.

Die beiden waren ungehobelt und verzogen und von ihrem Vater eindeutig beeinflusst. Als sie an ihrem Fahrtziel angelangt waren, hatte Gabbys Ärger sich zu Zorn gesteigert. Noch nie hatte sie zwei Mädchen gesehen, die ihre Mutter so kaltschnäuzig behandelten, allerdings hatte sie nur wenig mit halbwüchsigen Mädchen zu tun gehabt. Sie selbst war ein Einzelkind. Ein Junge von drei Jahren war das einzige Kind in ihrem gesamten Bekanntenkreis.

Alexandra und Alyssa waren entsetzlich. Das Einzige, was ihnen für längere Zeit die Rede verschlug, war Zack Taylor, der ihnen ein Autogramm gab. Danach verbrachten sie den ganzen Morgen damit, Bill kichernd und flüsternd anzustarren. Damit stiegen sie in Gabrielles Achtung keineswegs. Sie hielt die beiden für verzogene Gören und war fast versucht, dieser Meinung laut Ausdruck zu verleihen, wollte aber Janes Gefühle nicht verletzen.

Bill gab Gabby vor der Mittagspause noch mehr Grund zum Verdruss. Er fragte sie doch glatt, ob sie im La Grenouille oder Côte Basque oder im Colony Club oder im Quo Vadis zu speisen gedenke. Das war die Höhe, das konnte sie sich nicht bieten lassen. Mit flammendem Blick drehte sie sich um und packte seinen Arm so überraschend und so fest, dass er erstaunt einen Schritt zurückwich.

»Jetzt hör gut zu, du Miesmacher, mich wundert sehr, dass du dein Selbstmitleid für eine Weile vergessen hast und jemand anderen überhaupt bemerkst, ganz zu schweigen davon, dass du dir Gedanken machst, wo ich esse. Sollte ich mal im Hinblick auf meine Arbeit oder meine Freizeitgestaltung deinen

Rat brauchen, lasse ich es dich wissen. Bis dahin aber scher dich zum Teufel, oder du wirst was erleben.« Knappe einssechzig groß, baute sie sich stolz vor ihm auf. Bill war von dieser Zurechtweisung so überrascht, dass er schallend loslachte. Zack und Mel, die in der Nähe standen, stimmten in sein Lachen ein, und Mel freute sich. Offensichtlich hatten seine Aufmunterungsversuche vom Vorabend bei Gabby ihre Wirkung getan. Als sie gleich darauf schnurstracks zu ihrem Trailer marschierte, sah man ihrer Haltung an, dass ihr jetzt wohler zumute war. Mel war bis knapp vor Mitternacht mit ihr zusammen gewesen. Nach dem Essen waren sie noch losgezogen, um Bobby Short zu hören. Sabina schlief bereits, als er in sein Hotelzimmer kam. Am Morgen war dann keine Bemerkung über ihre jeweiligen Pläne für Weihnachten gefallen. Mel war entschlossen, das gecharterte Boot zu behalten, ob Sabina ihn begleitete oder nicht. Wenn sie sich mit jemand anderem treffen wollte – bitte sehr. Versprechungen hatte es zwischen beiden nie gegeben, dennoch hätte er sich eigentlich mehr erwartet. Er hatte das Gefühl, dass sie es darauf anlegte, ihm zu beweisen, dass sie nicht sein Eigentum war. Sosehr er sich wünschte, dass sie ihn begleitete, würde er sie deswegen doch nicht auf Knien anflehen. Und sie selbst hatte keine Änderung ihrer Pläne in Erwägung gezogen.

Der Rest der Dreharbeiten verlief glatt, und zwei Tage später trennte man sich für die Feiertage. Mel flog nach Nassau, um das Boot zu übernehmen. Zack und Sabina fuhren jeder für sich zum Flughafen. Erst vor dem Abflug plauderten sie eine Weile miteinander. An Bord nahmen sie getrennte Sitze in der ersten Klasse ein. Keiner schien sich nach der Gesellschaft des anderen zu verzehren, beide hatten viel Stoff zum Nachdenken. Nach der Landung registrierte Sabina höchst interessiert, dass Zack von einem Mann etwa gleichen Alters abgeholt wurde. Die beiden fuhren in Zacks Rolls-Royce davon, den der andere Mann zum Flughafen gefahren hatte. Sabina blickte ihnen nach und rätselte, welcher Natur ihre Beziehung sein mochte. Ihr Argwohn gegen Zack Taylor war nach wie vor lebendig.

Sie selbst fuhr nach Hause und flog am nächsten Morgen nach San Francisco.

Der Aufnahmestab blieb über Weihnachten in New York. Es wäre zu kostspielig und umständlich gewesen, das ganze Team nach Hause zu verfrachten, zudem hatten alle jede Menge eigene Pläne. Vor seinem Abflug hatte Mel für seine Mitarbeiter eine Party im Maxwell's Plum arrangiert. Dort stieß Gabby mit Bill zusammen, dem sie sonst geflissentlich aus dem Weg gegangen war.

»Na, mischst du dich wieder mal unter den Pöbel?« Bill war leicht angetrunken und sah sehr blass aus. Gabrielle hatte keine Ahnung, was ihn bewog, sie wieder anzugreifen. Sie hatte seine Bosheiten satt und ließ ihrem Ärger freien Lauf.

»Warum kannst du mich nicht in Frieden lassen?«, stieß sie hervor, ehe sie im Gewühl verschwand.

Bill hatte den ganzen Nachmittag vergeblich versucht, Sandy zu erreichen. Niemand wusste, wo sie steckte, deshalb hatte er es schließlich aufgegeben.

»Prinzessin, fröhliche Weihnachten!«, hörte Gabby ihn noch rufen. Langsam wurde für sie die Zusammenarbeit mit Bill eine Belastung. Und falls die Serie Erfolg hatte, würde alles noch schlimmer werden, denn dann würde sie es noch eine Saison mit ihm aushalten müssen. Seit dem Abend mit Mel war ihr klar, dass sie sich von niemandem etwas gefallen lassen musste, auch von Bill nicht. Als sie sich nun an die Bar zu Jane durchdrängte, die ihre Töchter mitgebracht hatte, trug sie eine heitere, unbeschwerte Miene zur Schau. Alexandra zeigte sich von der Umgebung sichtlich beeindruckt, wenn sie es vor Jane auch nie zugegeben hätte, und auch Alyssa taute langsam auf. Gabby fragte sich, wie Jane es mit den beiden aushielt. Ständig redeten sie von ihrem Dad, als wäre der die Vollkommenheit in Person.

Sie berichteten, dass er mit ihrem Bruder in Sun Valley zum Skilaufen sei, und Alex besaß sogar die Unverschämtheit, zu erklären, dass es ihr Leid tue, nicht mitgefahren zu sein.

»Ach, wirklich?«, fragte Gabby mit unschuldigen großen Augen. »Das kann ich nicht verstehen. Sun Valley ist ein ödes Kaff. Und irgendwie billig, ohne Klasse.« Diese Feststellung gab sie mit einem Lächeln von sich. Die beiden sollten sich gefälligst zum Teufel scheren, Jane war viel zu gut für diese Rangen. »Warst du schon oft in New York?« Jetzt drehte sie den Spieß um, und Alex wand sich vor Verlegenheit, als sie zugeben musste, dass es ihr erster Besuch hier sei. »Eure Mutter wird jetzt öfter hier sein, weil sie ein großer Star ist. Und nächstes Jahr drehen wir wahrscheinlich sogar in Europa.« Davon wurde schon eine Weile gemunkelt, aber es war bis jetzt nur ein Gerücht. Gabby aber schaffte es, mit dieser Neuigkeit Alyssa zu beeindrucken.

»Wirklich? Mom, könnten wir mit dir nach Europa fahren?« Sie bettelte wie ein kleines Mädchen, und Jane lächelte glücklich. Es war ihr anzusehen, wie sehr sie an den Kindern hing.

»Abwarten, Schätzchen. Es hängt davon ab, ob du Ferien hast oder nicht.«

Und dann hatte Gabby eine großartige Idee. Sie warf Jane einen fragenden Blick zu. »Jane, hättest du Lust, den Weihnachtsabend zusammen mit meiner Familie zu feiern?« Kurz vorher hatte Gabby sich von ihrer Mutter überreden lassen, den Abend zu Hause zu verbringen. Es hatte jetzt ohnehin keinen Zweck mehr, gegen die Familie anzukämpfen. Sie wusste, dass sie ihrem Vater eine große Freude machte, wenn sie nach Hause kam, und außerdem hatte sie nichts anderes vor. Seit drei Jahren hatte sie das Weihnachtsfest nicht mehr bei ihren Eltern verbracht, deswegen hatte ihre Zusage Charlotte sehr gefreut. Es würden – wie immer – nur ein paar Freunde kommen. Gabby wusste, dass »ein paar« in diesem Fall ungefähr zehn hieß. Drei zusätzliche Gäste stellten kein Problem dar. Wenn ihre Eltern sie unbedingt zu Hause haben wollten, mussten sie auch Gabbys Freunde akzeptieren. Sie hätte auch Bill eingeladen, wenn er sich nicht so unmöglich benommen hätte. Aber unter diesen Umständen ließ sie es lieber sein.

Jane schien gerührt über die Einladung zu sein. »Bist du sicher, dass wir kein Familientreffen stören?«

»Aber gar nicht, und ich kann ein paar Leute auf meiner Seite gut brauchen.« Sie senkte die Stimme. »Ich lasse mich nur ungern zu Hause sehen. Es ist jedes Mal sehr anstrengend.« Jane beneidete Gabby, denn ihre eigenen Eltern waren schon seit Jahren tot, und dieses Jahr hatte sie nicht einmal Jack ... und auch nicht ihren Sohn ... aber wenigstens hatte sie die Mädchen bei sich.

»Wir kommen sehr gern, wenn du meinst, dass es deinen Eltern nichts ausmacht.«

»Sie werden begeistert sein.« Das war zwar nur die halbe Wahrheit, aber Gabby war wesentlich wohler bei der Aussicht, den Besuch im Elternhaus zusammen mit Jane und deren Töchtern zu absolvieren.

Als sie dann vor dem Haus an der Fifth Avenue vorfuhren, hatte leichter Schneefall eingesetzt. Unterwegs hatte Jane »White Christmas« angestimmt. Ihre festliche Stimmung wirkte so ansteckend, dass auch Gabby und die Mädchen mit einfielen.

Eines der Hausmädchen empfing sie an der Wohnungstür und nahm die Mäntel in Empfang. Gabby war es peinlich, als sie sah, dass Jane mit großen Augen die opulente Weihnachtsdekoration bewunderte. Über die Thornton-Smiths zu lesen war das eine, etwas ganz anderes aber war es, bei ihnen als Gast empfangen zu werden. Es gab den unvermeidlichen überladenen Baum, der über zwei Etagen reichte. Er war in Silber und Grün geschmückt und mit alten deutschen Weihnachtsengeln und mit kleinen Früchten behängt. Der geräumige, mit französischem Mobiliar aus dem achtzehnten Jahrhundert eingerichtete Salon wirkte elegant und anheimelnd zugleich. Gabrielles Mutter eilte auf ihre Tochter zu und begrüßte sie mit einem Kuss. Sie reichte Jane die Hand und stellte sie den anderen Gästen als »eine der Schauspielerinnen aus Gabbys Serie« vor. Gabby lief vor Verlegenheit rot an, aber als ihr Vater sich rührend um Jane kümmerte, freute sie sich. Während die Gäste ins Esszimmer gebeten wurden, gab es sogar kleine Geschenke für jeden. Die festliche Tafel war für vierzehn Personen gedeckt. Nur die engsten Freunde waren gekommen, die Armstrongs, die Marshalls, die alte Mrs. Hampton, die Proctors sowie William Squire Hunt. Es waren Menschen, von denen Jane gelegentlich gelesen hatte, und sie kam sich vor wie in einem Traum, als sie jetzt mit ihnen bei Tisch saß. Charlotte trug ein perlenbesticktes rotes Satinkleid, und Gabby war in Dunkelgrün erschienen. Es war eine Robe, die ihre Mutter ihr von Bendel's hatte schicken lassen, und nicht eines der Abendkleider aus der Filmgarderobe. Janes Kleid war eine exquisite Kreation von Brac aus mattfarbigem Chiffon. Sie sah umwerfend darin aus, und die Mädchen wirkten dem Anlass gemäß unschuldig und lieb. Es war ein Abend wie im Märchen mit Weihnachtsliedern vor dem Kamin. Gabby war jetzt richtig froh, dass sie doch noch nach Hause gekommen war. Ihr Vater las wie jedes Jahr eine besinnliche Geschichte vor, dann wurden Brandy, Rum und Eierlikör serviert. Es war ein sehr schöner, festlicher Abend, und Jane bedauerte ehrlich, als er zu Ende war. Sie und Charlotte hatten Gefallen aneinander gefunden. Sie hatten sich über Hollywood unterhalten, und Charlotte hatte sich wie die anderen Gäste fasziniert von diesem Thema gezeigt.

»Sie müssen uns unbedingt bei den Dreharbeiten besuchen«, bat Jane, und diesmal hatte Gabrielle keinen Grund, verlegen zu werden.

»Ja, sehr gern.« Charlotte sagte begeistert zu und versprach, in der nächsten Woche zu kommen. Zum Abschied tauschten die zwei Frauen Küsse, und Gabrielle umarmte ihre Eltern. Erst unten im Wagen gähnte sie müde. Als sie sich Jane gegenüber in den Sitz zurücksinken ließ, sah sie aus wie eine ihrer Töchter.

»Also, das war heute gar nicht mal so übel.« Sie lächelte spitzbübisch, und Jane lachte laut.

»Schande über dich! Deine Eltern sind große Klasse. Du bist glücklich dran.«

Gabby mimte ein Aufstöhnen und sah die Mädchen an, die ebenfalls dieser Meinung waren. Sie waren von ihr und sogar von Jane ungeheuer beeindruckt. Endlich war ihnen aufgegangen, dass ihre Mutter gar nicht so übel war. Wenn sie Leute dieses Formats kannte ... »Warte, bis wir Dad davon erzählen ...«, schwärmte Alyssa, was Jane wieder zum Lachen brachte. Komisch waren die Kinder, aber das war eigentlich normal. Als Jane vor dem Zubettgehen die Mädchen küsste, dachte sie an Zack. Wo und mit wem er wohl feierte? Seit dem Abflug hatte er sich nicht wieder gemeldet. Er drängte sich immer wieder in ihr Bewusstsein, bevor sie einschlief.

19

Nach Mels Rückkehr, zwei Tage nach Wiederaufnahme der Dreharbeiten, herrschte zwischen ihm und Sabina spürbare Kühle. Dies ging so weit, dass er zunächst in seiner eigenen Suite schlief, zum ersten Mal, seit sie in New York waren. Sabina nahm es kommentarlos hin. Eine Erklärung für ihren Flug nach Kalifornien lieferte sie auch jetzt nicht. Schließlich schnitt Mel eines Abends auf der Fahrt ins Hotel das Thema an.

»Es tut mir sehr Leid, dass ich so brüsk war.« Sein Blick war sanft, aber er hatte die Kränkung noch nicht ganz verschmerzt.

»Dazu hattest du auch allen Grund.« Sie sagte es leise. »Aber ich konnte meine Pläne leider nicht ändern. Selbst wenn ich es gewollt hätte.« Er fragte nicht nach dem Grund, fragte auch nicht, wer ihr so viel bedeutete. Er konnte sich gar nicht vorstellen, dass es jemanden neben ihm gab. Sabina war egozentrisch und meist mit sich selbst beschäftigt, ihm gegenüber aber zeigte sie sich sehr liebevoll. Sie kamen wunderbar miteinander aus. Gut möglich, dass es zu viel verlangt war, wenn er mehr erwartete. Vielleicht war es am besten, wenn sie sich mit dem zufrieden gaben, was sie hatten, solange die Beziehung dauerte. Hatte er überhaupt das Recht, mehr zu verlangen?

»Gibt es jemanden in deinem Leben?« Mehr wollte er nicht wissen, denn er wollte sich nicht zum Narren machen lassen, auch nicht von ihr. Dafür war er zu alt.

»Nicht, wie du denkst. Es ist eine Verpflichtung, der ich jedes Jahr nachkommen muss.« Es war klar, dass sie keine weitere Erklärung abgeben wollte. »Eine Familienangelegenheit, könnte man sagen.« Er war zwar nicht ganz überzeugt, dass sie die Wahrheit sagte, aber es war eine bequeme Lüge, für sie beide.

»Ich wusste gar nicht, dass du Familie hast.« Darauf blieb sie die Antwort schuldig. Anschließend lud er sie zum Essen ein, und dabei versöhnten sie sich endgültig. In der Nacht bezog er wieder ihr Zimmer, und als sie in seinen Armen lag und an einem Glas Champagner nippte, nachdem sie sich geliebt hatten, meinte sie scherzend: »Ich hatte schon Angst, dass du kein Wort mehr mit mir reden würdest.« Sie sah ihn mit ihren außergewöhnlichen grünen Augen an, und ihm schmolz das Herz. Mel wunderte sich selbst, dass sie ihm so viel bedeutete. Mehr, als ihm lieb war, aber irgendwie hatte sie einen empfindlichen Nerv getroffen, weil er nicht auf der Hut gewesen war.

»Warum sollte ich so ein Narr sein?«

»Weil ich ab und zu Unabhängigkeit demonstriere.«

Er lachte auf, als sie ihm wieder einen Katzenblick zuwarf. Sie hatte im Grunde Recht. »Du bist unabhängig … hast du dir jemals gewünscht, anders zu sein? An jemanden gebunden zu sein?«

Sie war ganz aufrichtig, als sie den Kopf schüttelte und ihm einen Schluck Champagner anbot. »Nein. Oder vielleicht einmal … als ich ganz jung war … aber das ist schon lange her. Ich kann mir nicht denken, dass ich mich in einer Bindung bewähren würde.« Sie hatte eine Bindung anderer Art, aber keine mit einem Mann. »Vor einigen Jahren war ich wahnsinnig in jemanden verliebt, an eine Ehe dachten wir aber nicht. Er war schon verheiratet. Und das passte mir ganz gut.« In Mels Ohren klang das schrecklich, weil er an seine ideale Ehe mit Liz dachte.

Er betrachtete Sabina nachdenklich. »Mir hat seinerzeit die Ehe sehr zugesagt.«

Sie reagierte mitfühlend. »Ich weiß, es muss schrecklich für dich gewesen sein … ich meine, als …« Sie ließ die Worte unausgesprochen, um ihm den Schmerz zu ersparen.

»Ja, das war es. Damals dachte ich, ich würde es nicht überleben. Und doch habe ich es geschafft. Aber ich will so etwas nie wieder durchmachen … jemanden so zu lieben … und alles zu verlieren …« Allein der Gedanke war unerträglich … seine Kinder … seine Frau … alles … »Mit meinem jetzigen Leben bin ich zufrieden. An das Alleinsein habe ich mich gewöhnt.« Und er war sehr gern mit ihr zusammen. Mel war sogar gewillt, ihr einen sehr großen Stellenwert einzuräumen, und das wusste sie zu schätzen. Sie war auch dankbar, dass er ihr wegen Weihnachten keine weiteren Fragen stellte. Ein anderer Mann hätte die Sache nicht so einfach auf sich beruhen lassen, wie sie sehr wohl wusste.

»Würdest du wieder heiraten?«, fragte sie neugierig. Sabina hielt es nicht für ausgeschlossen, dass er sich wieder zu einer Ehe entschloss.

»Das kann ich nicht sagen. Bis jetzt wollte ich es nicht. Vor allem möchte ich keine Kinder mehr haben. Dafür bin ich zu alt.«

»Unsinn.«

Er lächelte. »Ich meine nicht physisch zu alt, sondern in anderer Hinsicht. Ich möchte das alles nicht wieder erleben. Es erfordert viel Energie und Zeit und Liebe, um Kinder zu erziehen. Diese Eigenschaften investiere ich nun in meine Arbeit.« Er rollte sich auf die andere Seite und küsste Sabinas Arm. Mel war ein starker, lebensbejahender Mann, in vielerlei Hinsicht sehr jung geblieben, und er war mit seinem Leben zufrieden. »Für dich habe ich hoffentlich noch genügend Energie übrig … und genügend Liebe …« Er sagte es ganz zärtlich. »Ich liebe dich wirklich, das musst du wissen.«

»Danke, Mel.« Sie erwiderte seinen Kuss, ohne ihm eine direkte Antwort zu geben. Nach langer Zeit flüsterte sie die Worte, die ihr so große Angst machten. Sie sprach sie nicht aus, wenn es sich vermeiden ließ. Diesmal brach sie mit dieser Regel. »Ich liebe dich auch …« Er küsste sie mit feuchten Augen, nahm sie in die Arme und liebte sie.

20

Zu Silvester gab Mel eine glanzvolle Party für die gesamte Crew. Er mietete die Diskothek im Le Club, und alle amüsierten sich königlich, tranken Champagner, tanzten die Nacht durch und sangen um Mitternacht alte Lieder. Mel hielt Sabina in den Armen und küsste sie, beobachtet von einer kleinen Gruppe, die ihnen applaudierte. Sabina lachte und schlang anschließend die Arme um Zack. Er hatte mit Jane getanzt und sie sanft auf die Wange geküsst, bevor Sabina dazwischentrat.

»Ein glückliches neues Jahr, liebe Freundin … hoffentlich

wird es für dich ein gutes Jahr ... für uns alle ...« Zack sah Jane mit einem bittersüßen Blick an, den sie sich nicht erklären konnte. Jane gab einem der Kameraleute einen Kuss und umarmte sodann Gabrielle. Der Regisseur gesellte sich zu ihnen und legte die Arme um sie. Bill fehlte. Die meisten waren ungebunden und empfanden den Abend nicht als lästige Verpflichtung. Es war ein zwangloses Beisammensein wie in einer großen glücklichen Familie, genau so, wie Mel es erhofft hatte. Gabby war erleichtert, dass ihr diesmal eine Konfrontation mit Bill erspart blieb. Jane hatte ihre Töchter mitgebracht, die von dieser großzügigen Silvesterparty hingerissen waren. Für sie waren die ganzen Weihnachtsferien ein unvergessliches Erlebnis. Schon am nächsten Tag mussten sie zurück nach L. A. Das Filmteam sollte in zwei Wochen auch an die Westküste zurückkehren.

Zack tanzte wieder mit Jane, wobei er sie ganz eng an sich drückte – so eng wie noch nie. Es war ein himmlisches Gefühl. Seit Zacks Rückkehr aus L. A. hatten sie kaum Zeit füreinander gehabt, da Jane mit ihren Töchtern beschäftigt war, und einige Änderungen im Drehbuch hatten die Drehpläne umgestoßen.

Für die meisten endete der Abend erst um vier Uhr morgens. In Bussen, die Mel gemietet hatte, wurden alle zu ihren Hotels befördert. Zack saß neben Jane und hielt ihre Hand. Sabina und Mel hatten nebeneinander in der letzten Reihe Platz gefunden. Die beiden waren schon des Öfteren in der drehfreien Zeit zusammen gesehen worden, aber niemand verlor ein Wort darüber, da die beiden wie füreinander geschaffen waren.

Nachdem Zack sich von Jane und den Mädchen vor deren Zimmer verabschiedet hatte, wandte Alyssa sich an ihre Mutter.

»Mom, bist du verliebt in ihn?«

»In wen?« Alyssa hatte ihre Mutter überrumpelt, und Jane wurde rot.

»In Zack? Wo denkst du hin, wir sind nur gute Freunde.«

Alexandra war nicht ganz davon überzeugt. Ihr war nicht entgangen, wie Zack ihre Mutter ansah, und ihr Argwohn war sofort erwacht. Andererseits aber gefiel er ihr sehr gut. Beiden Mädchen gefiel er, obwohl in ihren Augen Bill der weitaus attraktivste Mann im Team war.

Bill, der eine ganze Flasche Scotch geleert hatte, lag angetrunken in seinem Zimmer. Die Einsamkeit und seine Sorge um Sandy hatten ihn plötzlich in die Knie gezwungen. Janes Töchter hatten seine Abwesenheit auf der Party mit Enttäuschung registriert. Alex hatte sich schon ausgemalt, dass er um Mitternacht vielleicht zufällig in der Nähe stehen und sie küssen würde. Mel hatte ganz Recht, Millionen junger Mädchen würden ihm sehr bald zu Füßen liegen.

Am nächsten Tag brachte Jane ihre Töchter zum Flughafen, voller Bedauern über die bevorstehende Trennung. In zwei Wochen würde es zwar ein Wiedersehen geben, aber bis dahin hatte Jack wieder genug Gelegenheit, sie gegen ihre Mutter aufzuhetzen, obschon Jane hoffte, dass der Aufenthalt in New York einen bleibenden Eindruck auf die beiden hinterlassen hatte. Sie wusste genau, wie beeindruckt sie von Zack und Bill, von Gabbys Familie, von den Dreharbeiten, den Partys zu Weihnachten und Silvester waren. Sie selbst sehnte sich zurück nach dem gemeinsamen Leben mit der Familie, mochte dieses Leben auch voller Lügen gewesen sein. Seinerzeit war ihr alles so normal und gesichert erschienen, zu Unrecht natürlich, aber sie hatte es sich vorgemacht … jahrelang … daran dachte sie jetzt, als Zack sie rief.

»Jane, hättest du Lust auf einen Spaziergang?« Es schneite wieder, und Jane freute sich auf die frische Luft. In ihren dicken Mantel gehüllt, lief sie mit Zack die Madison Avenue entlang, bewunderte die eleganten Läden und sprach von den Mädchen.

»Ich glaube, der Besuch hier hat ihnen gut getan.«

»Es sind nette Kinder.«

»Danke. Hast du keine Kinder, Zack?«

Er schüttelte den Kopf. »Nein.« Das hatte sie ihn noch nie gefragt. Ausgeschlossen war es ja nicht, dass er von irgendjemandem Kinder hatte. »Das habe ich immer ein wenig bedauert, vermutlich habe ich nie die Richtige gefunden.«

»Es ist noch nicht aller Tage Abend.« Jane sagte das lächelnd, und er sah sie nachdenklich an.

»Nun, mag sein.« Eine Weile gingen sie wortlos dahin, jeder in seine Gedanken versunken. Wie immer war der Jahreswechsel eine Zeit des Nachdenkens, eine Zeit, in der man Vergangenes gegen Zukünftiges abwog. Und das kommende Jahr schien sich für beide günstig anzulassen. Die Fernsehserie würde aller Voraussicht nach ein Erfolg werden. Wie so oft sprachen sie davon, als sie auf der Fifty-ninth zur Fifth Avenue schlenderten.

»Möchtest du auf einen Drink ins Plaza?«, fragte Zack unterwegs.

»Gern.«

Er bestellte für beide einen Toddy, den sie rasch austranken, um sofort wieder weiterzugehen. Einer plötzlichen Eingebung folgend, nahm Zack eine Pferdedroschke, die sie durch den Park kutschierte. Ganz eng aneinander geschmiegt saßen sie da. Jane fühlte sich so wohl und behütet wie schon lange nicht mehr. Plötzlich bemerkte sie, dass er sie ansah, und glaubte Tränen in seinen Augen zu sehen. Daran mochte die Kälte schuld sein, aber sicher war Jane nicht.

»Ich wünschte, ich wäre dir vor zwanzig Jahren begegnet ... vor fünfundzwanzig vielleicht sogar ...« Und dann lachte Zack und hielt ihre behandschuhte Hand ganz fest. Direkt vor dem Hotel setzte die Droschke sie ab. Sie aßen in ihrem Zimmer zu Abend und sprachen die Szenen des nächsten Tages durch. Doch Jane dachte ständig an das, was er gesagt hatte. Auch sie wünschte, sie wäre ihm früher begegnet.

»Jane, woran hast du eben gedacht?«, fragte er sie, als sie wie alte Freunde nebeneinander auf der Couch saßen. Er vermittelte ihr das Gefühl jahrelanger Vertrautheit, und genau das mochte sie so sehr an ihm. Sie mochte überhaupt so manches an Zack, sein Aussehen, seine Eleganz, seinen Charme, seine Ernsthaftigkeit, seine Intelligenz, seine Warmherzigkeit …

»Ich dachte eben, wie nett du bist … was für ein guter Schauspieler, was für ein lieber Mensch. Und ich dachte daran, wie sehr ich dich mag.«

Sein Blick hielt ihre Augen fest. »Ich mag dich auch … du bedeutest mir sehr viel.« Jane hatte das Gefühl, dass er noch mehr sagen wollte, aber er schwieg. Nach einer Weile sprachen sie von den anderen, von Gabby, Sabina, Mel und von Bill, der sich noch immer mit irgendwelchen Problemen herumschlug.

»Ich wünschte, er würde mit Gabby unbefangener umgehen können. Er legt ihr gegenüber eine unglaublich starre Haltung an den Tag«, seufzte Jane.

»Manchmal habe ich aber den Eindruck, dass er ein wenig in sie verliebt ist.« Zack verfügte über beachtliche Menschenkenntnis.

»In Gabby? Er benimmt sich doch schrecklich zu ihr.« Jane war verblüfft.

»Er benimmt sich wie ein kleines Kind. Hast du je einen Neunjährigen gesehen, der in ein Mädchen verknallt ist? Der geht hin und versetzt ihr einen Schlag in die Magengrube. Dann macht er befriedigt kehrt, als hätte er ihr etwas ganz Wichtiges gesagt, und das hat er auch getan.«

Der Vergleich brachte Jane zum Lachen. »Ja, das könnte tatsächlich Bill sein. Glaubst du, dass er mal erwachsen wird?«

»Möglich.«

»Gabby ist ein so nettes Mädchen.«

»Du auch.« Damit stand er auf, gähnte verstohlen und verabschiedete sich mit einer herzlichen Umarmung. Wann wird er je einen Anfang machen?, fragte sich Jane mutlos. Alyssa hatte

Recht gehabt. Sie mochte ihn sehr … vielleicht sogar mehr als das … nicht allein sein fabelhaftes Aussehen hatte es ihr angetan … sie schätzte auch seine menschlichen Qualitäten. Ja, er war ein außergewöhnlicher Mensch mit vielen guten Eigenschaften. Ganz unvermittelt wurde Jane klar, dass sie tatsächlich im Begriff war, sich in ihn zu verlieben.

21

Die letzten zwei Wochen in New York schienen wie im Flug zu vergehen. Alle kamen wunderbar zurecht, die Texte klangen völlig natürlich, jede Szene war besser als die vorangegangene, und die Worte »Schnitt« und »Kopieren« folgten immer rascher aufeinander. Am letzten Tag der Aufnahmen in New York herrschte allgemeine Jubelstimmung, und Mel lud seine Hauptdarsteller am Abend zum Feiern ins 21.

Vor ihnen lag eine Woche Pause, ehe es in L. A. mit den Studioaufnahmen weiterging. Jane wollte die freie Zeit nützen und ein neues Haus suchen, da sie ihr Zuhause bald verlassen musste. Sie beabsichtigte, sich in Beverly Hills niederzulassen. Bill überlegte, ob er zum Skilaufen fahren sollte, während Gabby sich nur in L. A. wieder einleben wollte. Sabina hatte vor, wieder für ein paar Tage nach San Francisco zu fliegen.

Es war ein wunderbarer Abend, und am nächsten Tag herrschte auf dem Rückflug allgemeine Stille, da alle an das vor ihnen Liegende dachten. Zack saß in der Maschine neben Jane und Sabina neben Mel. Nur Bill und Gabby suchten sich absichtlich Plätze aus, die weit voneinander entfernt waren. Sie hatten es aufgegeben, miteinander zu sprechen, von den gemeinsamen Szenen abgesehen. Ansonsten aber gingen sie sich konsequent aus dem Weg.

In Los Angeles lief dann alles wie immer. Die endgültige Auswahl unter den gedrehten Szenen musste getroffen werden, und Mel hatte eine Reihe wichtiger Besprechungen vor sich, sodass Sabinas Abwesenheit für ihn nicht so spürbar war. Bill fuhr mit dem Versprechen, nicht zu sonnenverbrannt zurückzukommen, damit die Kontinuität der Aufnahmen gewahrt blieb, zum Wintersport. Und Jane fand in Bel Air ein Haus, das sie begeisterte. Es war nicht sehr groß, aber ausreichend für sie und die Kinder. Ein kleiner Pool gehörte dazu, und eine hohe Mauer gewährleistete ein ungestörtes Privatleben.

Der Auszug aus dem alten Haus verlief schmerz- und komplikationslos. Jack hatte sich nicht mehr gemeldet. Nur Gabby leistete ihr beim Packen Gesellschaft. Dass Jack sie in Ruhe ließ, kam nicht von ungefähr. Die Mädchen hatten ihr anvertraut, dass er neuerdings eine Freundin habe, eine seiner Mitarbeiterinnen, die sie nicht ausstehen konnten. Blutjung sei sie, ein- oder zweiundzwanzig, mit einem Superbusen und kleinem Gehirn. Dass diese Kombination für Jack genau das Richtige war, ließ Jane unausgesprochen. Das junge Ding tat ihr Leid, eine Regung, die rasch wieder verflog.

Kaum war alles vertraglich geregelt, bezog sie das neue Haus. Unterdessen hatten die Dreharbeiten begonnen, und alle waren zufrieden und ausgeruht zur Stelle, sogar Bill, der trotz intensiver Suche nach Sandy noch immer keine Ahnung hatte, wo sie steckte. Dabei hatte er es sehr eilig, sie zu finden, um sie in irgendeinen sicheren Hafen zu geleiten und dann in aller Stille die Scheidung einzureichen. Er hoffte inständig, dass alles ohne Aufsehen über die Bühne gehen würde. Aber Sandy blieb spurlos verschwunden, obwohl er ihr überall Nachrichten hinterlassen hatte. Zuerst in Mike's Bar, der nach seiner Rückkehr einer seiner ersten Besuche galt. Das Wiedersehen mit den alten Bekannten hatte ihn, der es jetzt so gut wie geschafft hatte, besonders gefreut.

Am vierten Februar war die erste Klappe gefallen, und am ersten März trafen Janes Scheidungspapiere ein. Sie befand sich im Studio und las aufmerksam ein paar geänderte Textzeilen durch, als jemand ihr einen Brief in den Schoß legte, der nachmittags für sie gekommen war. Als sie den Umschlag aufriss, hatte sie es schwarz auf weiß. Das war's also. Alles war zu Ende. Sie war geschieden. Zwanzig Jahre waren fast ausgelöscht. Unwillkürlich kamen ihr die Tränen. Die Kollegen sahen es und ließen sie diskret allein. Nur Zack kam zu ihr, um sie zu fragen, was los war. Sie putzte sich die Nase und reichte ihm den Brief.

»Ich weiß ... es ist dumm von mir, zu weinen ... Jack ist so ein gemeiner Kerl ... es ist nur ... ich weiß nicht ... es ist, als bekäme man es schriftlich, dass das halbe Leben vertan war.« Sie war fast vierzig, und plötzlich spürte sie jedes einzelne Jahr.

»Ach, komm.« Er streckte ihr die Hand entgegen. »Hast du heute noch eine Szene?« Jane schüttelte den Kopf und putzte sich von neuem die Nase. »Ich schlage vor, dass wir essen gehen. Ich kenne eine Kneipe, in der es herrliche Hamburger gibt.« Nach kurzem Zögern stand sie auf.

»Ich schminke mich nur ab und bin gleich fertig.« Er erwartete sie in sauberen Jeans mit einem gestärkten weißen Hemd, an den Füßen Turnschuhe ohne Socken, als sie in einem pinkfarbenen Jogginganzug ankam, das Haar mit einem elastischen Band zusammengefasst. Als sie in seinem Wagen davonfuhren, sahen sie aus wie zwei ganz durchschnittliche Allerweltstypen. Ihre Scheidungspapiere hatte Jane in der Garderobe gelassen. Sie waren für sie nur ein hässlicher Anblick, der die Erinnerung an Jack wachrief. Dass sie jetzt mit Zack zusammen sein konnte, war ihr sehr angenehm, weil sie im Moment nicht allein sein wollte. Als sie Mike's Bar sah, musste sie lachen. Es war eine grässliche Kneipe, dunkel, voller Bierdunst, doch die Gäste waren jung, adrett und gut aussehend, meist angehende Schauspieler, wie Jane vermutete. Und Zack hatte ganz Recht, die Hamburger waren ausgezeichnet.

Nach dem Essen, als Zack sein Bier trank, entdeckte er in einer dunklen Ecke Bill Warwick mit einem Mädchen. Bill hatte einen drehfreien Tag und war nicht im Studio erschienen. Plötzlich sah auch Jane in Bills Richtung. Beiden fiel der gequälte Ausdruck in seinen Augen auf. Das Mädchen in seiner Begleitung machte den Eindruck einer Schwerkranken. Sie war strichdünn, ihr dunkles Haar war total verfilzt. Bekleidet war sie mit Sachen, die man getrost als Lumpen hätte bezeichnen können. Bill war den Tränen nahe, schüttelte den Kopf und reichte ihr Geld. Jane wandte sich ab, weil sie das Gefühl hatte, verbotenerweise etwas zu beobachten. Bill, der bekümmert und aufgewühlt wirkte, verließ die Kneipe, kaum dass das Mädchen gegangen war, so eilig, dass er Zack und Jane gar nicht bemerkte.

»Meine Güte, wer mag das wohl gewesen sein?«, fragte Jane voller Mitgefühl. Es war nicht zu übersehen, dass Bill das Mädchen nicht gleichgültig war.

»Ich weiß es nicht, aber jetzt wundert es mich nicht mehr, dass er die meiste Zeit so niedergeschlagen ist.« Sie schwiegen, bis sie bezahlt hatten, und fuhren dann zu Janes neuem Haus in Bel Air. Unterwegs war Jane in Gedanken noch immer bei Bill und dem Mädchen. Die Kleine hatte erbarmungswürdig ausgesehen, und sie hatte eine gewisse Ähnlichkeit mit Gabrielle. Gabrielle jedoch strotzte vor Gesundheit, während dieses Mädchen wie eine Scheintote gewirkt hatte. »Wie eine Drogensüchtige sieht sie aus«, sagte Zack leise, und Jane mutmaßte, dass er Recht hatte. Die beiden taten ihr Leid.

»Möchtest du eine Runde schwimmen?«, fragte sie ihn.

»Ach, ich habe kein Badezeug dabei, und in deinen Sachen würde ich sicher komisch aussehen.« Er grinste sie an.

»Ich schaue nicht hin, falls du ganz ohne schwimmen möchtest.« Sie war mit ihm inzwischen so vertraut, dass es ihr nichts ausgemacht hätte.

»Dasselbe könnte ich nicht versprechen.« Dabei hatte er sich ihr gegenüber stets wie der vollendete Gentleman benommen. Seit kurzem empfand sie deswegen sogar so etwas wie Bedauern.

»Aber ich verspreche, mein Bestes zu tun.« Sie schenkte zwei Gläser Wein ein und borgte Zack ihren weißen Frotteebademantel. Beide gingen sich anziehen, Jane war hochgestimmt und bedrückt zugleich. Bedrückt des Einblickes wegen, den sie in Bills Privatleben getan hatte … sie konnte nur hoffen, dass zwischen ihm und dem Mädchen nichts Ernstes lief … bedrückt auch wegen der Scheidungspapiere, die sie bekommen hatte … und in Hochstimmung, weil sie mit Zack zusammen war. In seiner Gesellschaft war sie immer sehr glücklich, denn ihrer Beziehung haftete etwas ganz Besonderes an.

Nach wenigen Minuten trafen beide am Pool wieder zusammen. Diskret wandte Jane ihm den Rücken zu, als er ins Wasser sprang, und Zack schwamm ans andere Ende, als sie die Stufen herunterstieg. Ihr geradezu atemberaubender Körper schimmerte statuenhaft im Abendlicht. Gleich darauf war sie im Wasser verschwunden und schwamm zu ihm hin. Das Wasser umhüllte sie seidenweich. Bald lachten sie wie die Kinder und vergaßen ihre Nacktheit, bis sie aus dem Wasser stiegen. In diesem Moment ließ Jane alle Zurückhaltung fallen. Unbefangen und lässig griff sie nach dem Bademantel und legte ihn um ihre Schultern. Ihr entging nicht, dass Zack sie ungeniert betrachtete.

»Jane, du bist schön.«

»Danke.« Sie wandte sich ab, und nun stieg er aus dem Wasser und hüllte sich in den zweiten Bademantel. Sie gingen ins Haus und ließen sich in dem noch provisorisch eingerichteten Wohnzimmer mit der schönen Aussicht nieder, um den Wein auszutrinken. Es war ein zauberhafter Abend. Jane trank mehr, als es ihre Gewohnheit war. Sie fühlte sich in Zacks Gesellschaft immer sehr gelöst, zudem lag ein schwerer Tag hinter ihr. So kam es, dass es ihr ganz natürlich erschien, als er sich über sie beugte und sie zärtlich auf die Lippen küsste. Als er sie noch einmal küsste, spürte sie, dass ihr ganzer Körper nach seiner Berührung hungerte. Sie rückte näher und strich sanft über seine Brust, unsicher, wie sie reagieren sollte. Sie war völlig frei und ungebunden, ihre Töchter verbrachten die Woche bei Jack, sodass nicht zu befürchten war, dass sie überraschend aufkreuzen und sie ertappen würden. Seit sieben Monaten hatte sie mit niemandem geschlafen. Ihr Verlangen nach Zack wurde übermächtig.

»Wie schön du bist.« Er schob langsam ihren Bademantel auseinander, als wollte er sie begutachten, und sie schloss sehnsüchtig die Augen, um sie sogleich wieder zu öffnen.

»Ich begehre dich so sehr ...« Diese Worte gingen ihr ganz leicht über die Lippen. Zack aber reagierte überraschend, indem er sich unvermittelt von ihr abwandte. Er stellte sein Glas ab, stand auf und trat ans Fenster, wo er lange stehen blieb. Sie hielt den Blick ratlos auf ihn gerichtet.

Dass etwas falsch gelaufen sein musste, war klar, aber sie hatte keine Ahnung, was. »Was ist los, Zack?« Sie fragte sich verzweifelt, ob sie ihn irgendwie verletzt hatte oder ob sie zu freizügig gewesen war. »Ich wollte nicht ...«

Ihr schmerzlicher Ton bewirkte, dass er sich zu ihr umdrehte. »Es ist nichts, was du getan hast, das darfst du nicht denken – im Gegenteil, du hast es geschafft, mein Leben fast zu verändern ... fast, aber nicht ganz.«

»Warum solltest du eine Veränderung wünschen?« Jane wusste in ihrer Verwirrung nicht aus noch ein.

»Weil ich seit mehr als zwanzig Jahren mit keiner Frau mehr geschlafen habe, genauer gesagt seit fünfundzwanzig Jahren ... das ist eine lange Zeit.«

»Ja.« Auf ihren sehnsüchtigen Blick hin kam er wieder zu ihr und setzte sich neben sie. Sein ganzer Körper schien vor Bedauern und Erleichterung zusammenzusacken. Sein Bedürfnis, sich auszusprechen, ließ sich nicht mehr zügeln. »Ich kam sehr früh ins Internat. Mit vierzehn, es war eine der besten Schulen. Und damals galt es mehr oder weniger als Scherz – die meisten Jungs spielten miteinander herum. Alle tun es, hieß es. Ich tat es nie. Es hat mir nie zugesagt, bis ein neuer Englischlehrer kam. Er war stattlich, blond, gut aussehend – so ähnlich wie Bill und etwa in dessen Alter. Er wollte mein ›ganz besonderer Freund‹ sein, ging mit mir angeln, borgte mir Bücher, unternahm mit mir Campingausflüge. Ich bewunderte ihn zu sehr. Auf dem zweiten Campingausflug kroch er zu mir in den Schlafsack und sagte mir, wie sehr er mich mochte, wie viel ich ihm bedeutete, und dann fing er mit Intimitäten an … ich war erst vierzehn und wusste nicht, wie ich mich verhalten sollte und wem ich mich anvertrauen konnte. Zugleich hielt ich es für unwahrscheinlich, dass mir jemand glauben würde. Alle waren verrückt nach diesem Mann. Dass er irgendwie mit dem Schulleiter verwandt war, machte die Sache nicht einfacher. Meinen Eltern, die mich besuchten, erzählte ich kein Sterbenswörtchen. Zwei Jahre lang schwieg ich, bis er die Schule verließ, und ich schwor mir, dass ich so etwas nie wieder tun würde. Ich wusste, dass es nicht richtig war, ungeachtet der Tatsache, dass ich diesen Lehrer bewunderte.« Jane sah ihn mit großen Augen an, in ihrem Blick aber lag kein Vorwurf, sondern nur Verständnis für den Jungen, der er vor dreißig Jahren gewesen war.

»Als ich dann aufs College kam, verliebte ich mich in ein bildhübsches Mädchen. Mit einundzwanzig verlobte ich mich sogar mit ihr. Sie war einfach wunderbar und wollte auch Schauspielerin werden. Wir malten uns ein ideales Leben aus, vier Kinder waren geplant … bis sie einen anderen kennen lernte. Ich war am Boden zerstört. Nun ja, wir waren damals beide viel zu jung. Danach gab es keine Frau mehr – bis zu meinem ersten verdammten Film. Ich wünschte mir die Filmrolle verzweifelt, obwohl der Regisseur ein echter Schweinehund war. Ich war dreiundzwanzig, und er machte mich betrunken, sternhagelvoll. Am nächsten Morgen erwachte ich in seinem Bett. Einer seiner kleinen Gespielen hatte sogar ein paar Fotos gemacht, ich war nahezu bewusstlos und er … alles Übrige kann man sich denken. Er drohte mir mit Erpressung, wenn ich nicht weiter mit ihm schlief. Deswegen ging ich darauf ein … damit waren die Würfel gefallen, schätze ich. Fast ein Jahr trieb er es mit mir, und dann war es zu spät. Von da an wurde ich die Angst vor Entdeckung nie mehr los. Zwei Jahre lang spielte sich dann bei mir gar nichts ab, bis ich einen netten Mann kennen lernte, der doppelt so alt war wie ich. Ich fing mit ihm ein Verhältnis an. Kein Mensch erfuhr etwas davon, da er sehr diskret war. Und nach ihm gab es nur noch einen Mann … die Sache ging vor ein paar Jahren zu Ende, wir sind aber jetzt noch befreundet. Ich litt ständig unter der Angst, dass mich jemand entdecken könnte. Mein Image hätte sich davon nie wieder erholt.« Zack war den Tränen nahe. »Das Verrückte daran ist, dass ich nach Kimberley, meiner großen Liebe, niemals eine Frau haben wollte – bis ich dir begegnet bin. Da dachte ich, dass alles anders werden könnte, aber es geht nicht … es gibt kein Zurück mehr. Andererseits geht mir das Benehmen der Homosexuellen fürchterlich auf die Nerven. Ich möchte dich keinesfalls in all das hineinziehen. Was wäre, wenn ich mich in einen anderen Mann verlieben würde … nächstes Jahr? Oder in zehn Jahren? Was dann? Du wärst wieder am Ende, und du hast schon genug Schweres erlebt.«

Jane konnte ihre Tränen kaum zurückhalten. »Ich liebe dich, Zack.« Jetzt liebte sie ihn auch seines Kummers und seiner Offenheit wegen. »Das alles macht mir gar nichts aus. Es tut mir Leid für dich, es tut mir ja so Leid …« Ihre Stimme brach, und er drückte sie an sich und küsste sie wieder.

»Mir macht es etwas aus. Unseretwegen.«

»Pst.« Sie küsste ihn, und er hielt sie lange umschlungen. Als sie wieder zu ihm aufblickte, war es draußen dunkel geworden. »Bleib über Nacht.« Es war ein Flüstern in der Dunkelheit.

»Ich kann nicht.«

»Warum nicht?«

»Es wäre nicht fair. Ich möchte nicht Liebe mit dir machen.«

»Dann halt mich nur fest, lass mich nicht allein ... ich brauche dich zu sehr.« Merkwürdig war, dass auch er sie brauchte, mehr, als er ausdrücken konnte, mehr, als er sich eingestehen wollte. Seite an Seite lagen sie auf der Couch, bis sie einschlief, erschöpft von den Gefühlsstürmen des Tages. Und er lag in der Dunkelheit und sah sie an, hielt sie fest und spürte tief in seinem Inneren eine Regung, die er über zwanzig Jahre nicht mehr gespürt hatte. Er tat nichts. Er lag nur neben ihr, weinte um die Vergangenheit und um den Jungen, der er gewesen war, und sehnte sich verzweifelt nach Jane.

22

»Absolute Ruhe, bitte. Kamera läuft. Scheinwerfer an! Achtung, Aufnahme! ...« Sabina stand in der Mitte eines erlesen eingerichteten Wohnraumes, unter einem Lüster, den Blick hasserfüllt auf Zack gerichtet. Mit flammenden Augen ohrfeigte sie ihn. Er hielt ihre Hand fest.

»Tu das nie wieder!«

»Lass meine Schwester in Ruhe! Du arbeitest für mich, Adrian!«

»Eloise, ich bin nicht dein Eigentum!«

»Ich besitze euch alle ... alle ... hörst du mich?« In ihren Augen loderte es, und die Kamera ging auf Nahaufnahme. Da hob der Regisseur den Arm.

»Schnitt … bislang die Beste … aber wir wollen es noch einmal versuchen.«

Aufatmen. Sabina lächelte, als der Maskenbildner kam, um Zacks Gesicht zu pudern. Rundum war gedämpftes Gemurmel zu hören, und Sabina wiederholte für sich den Text.

»Fertig zur Wiederholung?« Der Regisseur, der in ihrer Nähe stand, wandte sich dem Kameramann zu. »Diesmal mit dem Zoom ran.« Dann sagte er, wieder zu Zack und Sabina gewandt: »Das war sehr gut. Aber noch ein Versuch kann nicht schaden.« Seinen Assistenten bat er: »Das Klingelzeichen, bitte.« Es erklang gleich darauf, ein Zeichen, dass die Kamera lief. »Fünfundzwanzigste Szene, die Sechste«, hörte man eine Stimme. »Kamera läuft … Achtung, Aufnahme!« Wieder trat Sabina mit flammendem Blick vor und schlug Zack ins Gesicht, worauf er ihre Hand festhielt und seinen Text wiederholte. Dieses Mal fiel die Szene sogar noch besser aus, sodass man im nächsten Moment hörte: »Schnitt … sehr gut … wird kopiert!«

Alles verließ lächelnd die Szene, auch Zack, der insgesamt sechs Ohrfeigen bekommen hatte. Es machte ihm nichts aus. Für den heutigen Tag war Schluss. Er sah auf die Uhr, sagte leise etwas zu Gabrielle und lief in seine Garderobe, während Gabrielle sich auf die Suche nach Jane machte.

Jane war beim Abschminken. Sie hatte fünf Szenen hinter sich, von denen eine sechzehnmal gedreht worden war. Es war für alle ein langer Tag gewesen. Sie drehten in zwei Schichten zu je sechs Stunden, mit einer Stunde Pause. Nach genau zwölf Stunden wurde Schluss gemacht, damit keine Bußgelder für die Überschreitung der Arbeitszeit gezahlt werden mussten. Alles lief nach der Uhr. Und als an jenem Abend die Lichter im Studio erloschen, war es sieben Uhr.

»Hättest du Lust, noch irgendwo auf einen Hamburger einzukehren?« Gabrielle machte ein harmloses Gesicht. Im vergangenen halben Jahr war sie viel reifer geworden. Auch ihr schauspielerisches Können hatte sich sehr verbessert. Sie trainierte zwar noch immer mit ihrem Schauspiellehrer, doch die Erfahrungen, die sie im Studio gemacht hatte, waren unbezahlbar. Zudem ging das gesamte Team inzwischen netter mit ihr um. Nachdem eine Zeit lang hinter ihrem Rücken wild getuschelt worden war, hatte sich Mels Voraussage bewahrheitet, und das allgemeine Interesse war erlahmt. Es gab andere Skandale, über die man klatschen konnte, und dazu jede Menge Studioklatsch. Für Gabrielles Herkunft interessierte sich niemand mehr. Da sie professionelle Leistungen lieferte, wurde sie vom ganzen Stab respektiert. Vor allem Jane hatte sie ins Herz geschlossen.

»Ich wollte heute mit den Mädchen zusammen sein.« Janes Lächeln war von Traurigkeit gefärbt. Niemand ahnte, dass heute ihr vierzigster Geburtstag war und sie sich wie eine Hundertjährige fühlte. Nun, sie hatte wahrhaftig schon glücklichere Geburtstage gefeiert. »Möchtest du mitkommen? Wir wollten irgendwo auswärts eine Kleinigkeit essen.«

»Aber gern. Muss ich mich umziehen?« Ihre Jeans waren ausgefranst und hatten Löcher an den Knien. So sah man Gabby sonst nie. Aber das machte Jane nichts aus. Sie schlüpfte in ihren pinkfarbenen Jogginganzug, zu dem sie Turnschuhe trug. Es gab keinen Grund, sich anders zurechtzumachen, denn sie hatten keine richtige Feier geplant. Überdies war Alex wieder sehr schwierig geworden. Noch immer gab sie ihrer Mutter die Schuld an der Scheidung. Obwohl ihr Janes Rolle in der Serie sehr imponierte. Immerhin war Alyssa zur Vernunft gekommen. Vergangenen Monat waren die Mädchen fünfzehn und siebzehn geworden, und Jack hatte Alex ein eigenes Auto geschenkt, ein Golf-Kabrio. Jetzt machte sich Alex einen Spaß daraus, jedermann überall hinzufahren.

Gabrielle und Jane verließen das Studio, als man die Kulissenwände des Martin-Hauses verschob. Der elegante Wohnsalon war bereits abgebaut worden. »Wie war die letzte Szene?«, fragte Jane. »Hast du zugesehen?«

»Es gab sechs Wiederholungen. Es ist nicht schlecht gelaufen.«

»Hat Zack grüne und blaue Flecken?«

Gabby lachte. Unter vier Augen nannte Jane Sabina immer die Drachenkönigin. »Er wird es überleben. Er ist gleich auf und davon, weil er eine Verabredung hat, aber bleibende Schäden hat er nicht davongetragen.« An jenem Abend hatten es alle sehr eilig gehabt, aus dem Studio zu kommen. Gabby folgte Jane im Wagen zu deren Haus in Bel Air, wo sie schon von den Mädchen erwartet wurde. Inzwischen war es fast acht geworden, und Jane und Gabby gönnten sich ein Glas Wein. Dann bot Alex ihnen an, sie zum Hard Rock Café zu fahren, wo sie etwas essen konnten. Zur Abwechslung hatten sich die Mädchen für diesen Abend nett zurechtgemacht und hatten saubere Jeans und hübsche Shirts an. Jane war ihr Jogginganzug richtig peinlich. Nur Gabby sah noch schäbiger aus. Als Jane Alex ermahnte, nicht zu wild zu fahren, fiel Gabby ein, dass sie etwas vergessen hatte.

»Verdammt … Zack hat mein Skript für morgen, und ich brauche es heute noch«, rief sie ärgerlich aus.

»Ich kann dir meines geben, wenn wir zurück sind. Ich komme nur in den letzten zwei Szenen vor.« Die Arbeit ließ die Schauspieler auch in der freien Zeit nicht los.

Gabby schüttelte verzweifelt den Kopf. »Ich habe mir Notizen in mein Skript gemacht. Macht es dir etwas aus, wenn wir bei Zack vorbeifahren?« Sie wandte sich an Alex und erklärte ihr, wo Zack wohnte. »Ich laufe nur rasch hinein und hole es … Jane, das stört dich doch nicht, oder?« Es störte sie, aber das wollte sie nicht sagen. Sie war so müde und geknickt, dass sie nur rasch ins Bett wollte. Die Mädchen hatten ihren Geburtstag mit keinem Wort erwähnt. Jane war überzeugt, dass sie ihn vergessen hatten.

Sie brauchten eine Viertelstunde bis zu Zacks Haus, und als sie davor anhielten, fragte Gabby Jane, ob sie mit hineinkommen wolle.

»Ich dachte, er hätte eine Verabredung.«

»Soviel ich weiß, erst um neun.«

»Ach … ich warte hier.« Sie blieb bei den Mädchen im Wagen sitzen, und Gabby ging hinein.

Da fragte Alex ganz spontan: »Mom, könnten wir nicht hineingehen und uns sein Haus ansehen?«

»Schätzchen, er ist sehr beschäftigt. Außerdem wäre es unfair, zu viert unangemeldet aufzukreuzen.«

»Ach, komm. Es soll sagenhaft sein.«

»Alex, bitte …« Ihre rasch zu begeisternde Tochter war bereits aus dem Wagen gesprungen, gefolgt von Alyssa. »Alex, Kinder, also wirklich …« Die beiden waren unmöglich. Sie hatten fast die Haustür erreicht, als Jane ausstieg, um sie zurückzuholen. Sie klingelten bereits, als Jane an die erste Eingangsstufe kam. Jane wollte sie zum Wagen zurückmanövrieren, als sich die Tür öffnete. Die beiden Mädchen schubsten sie plötzlich die Stufen hoch und drängten sie ins Haus. Sie hörte lautes Geschrei und sah vor sich einen Raum voller Gesichter und Luftballons.

»Überraschung!«, ertönte es aus zweihundert Kehlen.

»Alles Gute zum Geburtstag, Mom.« Durch einen Tränenschleier konnte Jane ihre Töchter nur vage ausmachen. Neben Zack stand Gabby. Er hatte alles arrangiert und ihre sämtlichen Bekannten eingeladen, das gesamte »Manhattan«-Team, ein paar alte Freundinnen, die die Mädchen angerufen hatten, die gesamte Besetzung von »Sorgen«, die sie seit einem Jahr nicht mehr gesehen hatte, Janes Agenten, alle …!

»Mein Gott!« Sie weinte und lachte gleichzeitig, während sie von Arm zu Arm wanderte, geküsst und umarmt wurde, und plötzlich sah sie zu Zack auf, der sie anstrahlte. »Was hast du nur gemacht … o Gott!« Sie sah an ihrem Jogginganzug herunter und lachte unter Tränen. Nicht einmal ordentlich gekämmt hatte sie sich. »Schrecklich, wie ich aussehe.«

»Du siehst wunderbar aus, keinen Tag älter als vierzehn.«

»Ach, Zack …« Ihre Blicke trafen sich, und sie gab ihm einen Kuss auf die Wange, die am Nachmittag sechs Ohrfeigen abbekommen hatte. Sogar Sabina war da, in einem sagenhaften weißen Hausanzug, um den Hals die Perlen, die sie von Mel bekommen hatte, und schenkte Jane ihr wohlwollendstes Lächeln.

»Alles Gute, meine Liebe.« Sabinas Worte wurden von einem leichten Kuss auf die Wange begleitet. Sie waren keine Busenfreundinnen, aber Rivalinnen waren sie auch nicht.

Alle hatten dichtgehalten. Mel drückte Jane in einer innigen Umarmung an sich. Sogar Bill war gekommen und freute sich, als er Janes Überraschung sah. Niemand hatte diese Freude mehr verdient, denn Jane war zu allen Mitwirkenden sehr nett, sogar zu den unbekannten Schauspielern. Aus diesem Grund hatten alle sie ins Herz geschlossen. Im Esszimmer wartete eine riesige Torte, und im Garten spielte eine Band. Es war die schönste Party ihres Lebens.

»Einen glücklichen Vierzigsten, Jane.« Zack legte den Arm um sie und führte sie in dem großen Wohnzimmer von einem zum anderen, damit jeder ihr gratulieren konnte. Draußen gab es sogar eine Tanzfläche, dazu ein Riesenbuffet, das sich unter einer Auswahl mexikanischer Spezialitäten bog – die Mädchen hatten Janes bevorzugte Geschmacksrichtung verraten.

»Wie habt ihr das alles geschafft? Ich hatte ja keine Ahnung!« Sie war noch immer fassungslos, und wieder kamen ihr die Tränen, als sie zu ihm aufsah, zutiefst bewegt, weil er dies alles für sie arrangiert hatte. So gut war noch niemand zu ihr gewesen. Jane legte die Arme um Zacks Hals, und unter allgemeinem Jubel küsste sie ihn auf die Lippen, während Sabina sich mit finsteren Blicken näherte.

»Adrian, ich sagte dir schon, du solltest die Finger von meiner Schwester lassen!«

Die Gäste brüllten vor Lachen, als er sich Schutz suchend duckte. »Nicht mehr schlagen, bitte ...« Er rieb sich die misshandelte Wange, und alles lachte, als Sabina sich wieder zufrieden lächelnd bei Mel einhakte. Alle amüsierten sich königlich, und niemand sah, wie Bill sich vor dem Anschneiden der Torte unauffällig davonstahl. Um zwölf Uhr schickte Jane die Mädchen nach Hause. Sie mussten noch zu ihrem Vater zurück. Es war eigentlich sein Tag, aber er hatte die Kinder ausnahmsweise gehen lassen, weil Jane Geburtstag hatte. Den nächsten Tag würden sie wieder bei Jane verbringen. Die übrigen Gäste blieben bis kurz vor drei.

Jane war total fertig, als endlich alle gegangen waren. Dennoch blieb sie, um mit Zack zu plaudern und sich noch einmal zu bedanken. Um zwei hatte jemand Gabby nach Hause gebracht, und Zack hatte versprochen, das Geburtstagskind selbst nach Hause zu fahren. Doch als sie dann mit Champagnergläsern in der Hand am Pool saßen, hatten sie es nicht mehr eilig.

»Ich weiß gar nicht, was ich sagen soll.« Sie suchte nach Worten. »Es war einfach herrlich – der schönste Abend meines Lebens.« Sie wusste, dass sie ihr Leben lang daran zurückdenken würde.

»Du bist eine ganz besondere Frau.« Zack umarmte sie innig und sah ihr in die Augen. Seit zwei Monaten hatte er diesen Abend geplant, seit Jane erwähnt hatte, dass sie bald ihren vierzigsten Geburtstag feiern würde. Gabby und die Mädchen hatten mitgeholfen. Das ganze Team hatte sich für Jane zerrissen. Keiner der Schauspieler war so beliebt wie sie, Zack vielleicht ausgenommen. Jane und Zack waren einfach nette Menschen, die ein Herz für ihre Kollegen zeigten. Ihr ungewöhnliches Wesen und ihr Teamgeist hatten ihnen allgemeinen Respekt eingebracht. »Deshalb wollte ich für dich eine besondere Überraschung bereiten.«

»Na, das ist dir gut gelungen.« Sie schlürfte ihren Champagner und sah ihn dabei an. Zacks Geständnis hatte nichts zwischen ihnen geändert, sie waren sich in den letzten Wochen sogar noch näher gekommen. Er hatte sie einige Male zum Essen ausgeführt, und das Thema, das ihnen beiden so am Herzen lag, war nie wieder berührt worden. Zack war sehr erleichtert, als er keine Veränderung an ihr feststellen konnte.

»Du hast für mich auch sehr viel getan, weißt du das?«

»Soll das ein Scherz sein? Ich habe nichts getan.«

»Doch.« Er wusste nicht recht, wie er sich ausdrücken sollte.

»Du hast erreicht, dass ich über sehr vieles nachdenke.«

»Und du hast mir über die schlimmste Zeit meines Lebens hinweggeholfen. Ohne dich wäre die Scheidung für mich viel schlimmer gewesen.«

»Ich weiß zwar nicht, was ich dir Gutes getan haben könnte, aber es soll mich freuen, wenn es stimmt.«

Der hinter ihr liegende Albtraum war dank Zack verblasst, und Jane fühlte sich wie ein völlig neuer Mensch. So hatte jeder einen Gewinn zu verbuchen.

Sie sah ihn mit feuchten Augen an. »So lieb wie du war noch niemand zu mir …«

Da beugte er sich vor und küsste sie. »Dann waren die anderen ganz schön dumm …« Aber auch er war dumm gewesen. Mehr als zwanzig lange Jahre. Er war von Angst und Gewissensbissen beherrscht gewesen. Es war seine eigene Schuld, dass er sich zu einem Leben gezwungen hatte, in das er nie ganz hineingepasst hatte. Aber jetzt kümmerte ihn das alles nicht mehr. Jane nahm die Sache auch nicht schwer, warum also sollte er sich damit unnötig belasten? Ein paar Wochen zuvor hatte er dies alles sogar seinem Freund erklärt, und Bob war nicht weiter verwundert gewesen, denn er hatte immer schon gespürt, dass Zack eines Tages wieder den anderen Weg einschlagen würde.

»Ich kann ihr das nicht antun«, hatte Zack gesagt.

»Was antun? Aufrichtig zu sein? Das warst du schon, und es hat sie nicht erschüttert, oder?« Bob war froh darüber gewesen, da er Zack sehr schätzte. Seit geraumer Zeit schon hatte er einen anderen Geliebten, einen Mann, der ihm alles bedeutete. Dennoch war Zack ihm nicht gleichgültig. Er war ein Mensch, der Glück und Erfüllung verdiente. Und selbst viel zu geben hatte. Bob konnte nur hoffen, dass Jane seiner würdig war.

»Alles Gute zum Geburtstag, Jane«, flüsterte Zack ihr wieder zu, und sie lächelte beglückt. »Wie wär's mit einer Runde im Pool?« Es war eine warme Nacht, und beide waren nicht mehr müde. Ihren Tiefpunkt hatten sie längst hinter sich. Jetzt lagen sie glücklich und entspannt am Pool und tranken unter einem funkelnden Sternenhimmel Champagner.

»Ich habe meinen Badeanzug nicht dabei.«

Er lachte leise. »Das kommt mir bekannt vor. Wenn ich mich recht erinnere, sind wir schon einmal ohne alles ausgekommen …« Bei ihr zu Hause, kurz nachdem sie das neue Haus bezogen hatte. »Wir könnten ja noch einen Versuch wagen.«

Diesmal entkleidete er ganz unbefangen seinen kraftvollen Körper, der energiegeladen wie der eines Jungen wirkte. Jane, die sich rasch aus ihrem Jogginganzug schälte und ihre Unterwäsche sorgsam zusammenlegte, musste sich eingestehen, dass sie seine Gegenwart ein wenig befangen machte. Ihr entging sein bewundernder Blick nicht, während er darauf wartete, dass sie ins Wasser kam. Ruhig schwammen sie Seite an Seite dahin, bis er sie plötzlich im seichten Teil wortlos in die Arme nahm. Sie stand da, von seiner Wärme umgeben, und spürte, wie sein Verlangen sich steigerte, und erwiderte seine Küsse, bis sie atemlos innehalten mussten. Nach einer Weile küsste er sie wieder und berührte sanft ihre Brüste. Mit sanften Händen und zärtlichen Lippen begann er Janes Körper zu erkunden, nicht ohne fast unmerklich auf die Stufen zuzusteuern. Als hätten sie ein ganzes Leben darauf gewartet, liebten sie sich im lauen Wasser. Leise durchdrangen ihre Laute die Nacht, während ihre Leidenschaft sich steigerte und sie auf den Stufen des Pools zueinander fanden.

23

Punkt Viertel nach zehn verließ Bill die Party. Er schätzte Jane und fand es wunderbar, dass Zack für sie eine Party veranstaltete, er selbst aber war nicht in der richtigen Stimmung. Vor ein paar Wochen hatte er Sandy zum ersten Mal seit Monaten in Mike's Bar getroffen. Sie hatte ihn angerufen, weil sie sich mit ihm treffen wollte. Bei dem Wiedersehen hatte sie ihn um fünfhundert Dollar gebeten, flehentlich, weil sie ein Dach über dem Kopf brauchte und keinen Cent mehr besaß. Bill aber hatte befürchtet, dass das Geld über eine Spritze direkt in ihrem Arm landete. Sandy sah elend aus, so elend, dass ihm fast das Herz gebrochen war, gleichzeitig war ihm klar, dass er für sie nichts mehr tun konnte. Ihr Zustand war so erbärmlich, dass er gar nicht gewagt hatte, das Thema Scheidung auch nur anzutippen.

Schließlich hatte er ihr gegeben, was er an Bargeld bei sich hatte, etwas über dreihundert Dollar. Sie hatte das Geld genommen und war fast augenblicklich damit auf und davon. Heute hatte sie ihn in heller Aufregung angerufen und hatte um eine Zusammenkunft abends um elf gebeten. Um sie auf keinen Fall zu verfehlen, hatte er Zacks Party rechtzeitig verlassen. Aber Sandy war nicht gekommen. Um Mitternacht war er auf ein

Bier in Mike's Bar eingekehrt und anschließend in Richtung Malibu gefahren, ziellos, einfach ins Blaue. Er musste Sandy aus seinem Bewusstsein verbannen. Dass es mit ihr jetzt ganz rasch bergab gehen würde, wusste er. Außerdem wusste er, dass sie in allernächster Zeit wieder eine Überdosis erwischen würde – möglicherweise ihre letzte.

Es war zwei Uhr vorüber, als er nach Hause kam. Er sah auf den ersten Blick, dass die Polizei bei ihm war. Vier Einsatzfahrzeuge mit rotierenden Blaulichtern und ein Krankenwagen standen auf der Straße. Von einer schrecklichen Vorahnung drohenden Unheils erfasst, lief Bill den schmalen Pfad zur Tür und öffnete sie. Er wurde bereits erwartet. Die Tür zum Schlafzimmer war geschlossen. Polizisten mit grimmigen Mienen empfingen ihn. Es waren auch Männer in Zivil da, dazu ein Fotograf. Zwei Polizisten zogen bei seinem Eintreten ihre Waffen. Bill spürte, wie ihm alles Blut aus den Wangen wich. Wie angewurzelt blieb er stehen. Den Blick unverwandt auf die Polizisten gerichtet, nahm er langsam die Arme hoch.

»Was ist passiert? Wo ist …« Er wusste, dass Sandy da war. Sie musste da sein.

»Sie ist noch immer nebenan.« Ihm gefiel nicht, wie der Mann »noch immer« sagte.

»Wo waren Sie?«

Bill hielt die Hände noch immer in die Höhe. Dabei schoss ihm die Frage durch den Kopf, ob die Sanitäter sich noch um sie bemühten, ob es ihr halbwegs gut ging, aber er war zu erschrocken, um eine Frage zu stellen. »Ich war in Malibu … bin dort herumgekurvt.«

»Wann haben Sie das Haus verlassen?«

»So um zwölf herum. Ich hatte hier eine Verabredung … aber ich wurde versetzt, deshalb bin ich in eine Bar gegangen.«

»Wen haben Sie erwartet?«

»Meine … eine Freundin.« Fast hätte er gesagt, meine Frau.

Einer der Polizisten ging zur Schlafzimmertür und bedeutete ihm mitzukommen. »Ist das hier Ihre Freundin?« Er gab Bill ein Zeichen, ihm ins Schlafzimmer zu folgen, in dem weitere Beamte sich zu schaffen machten. Den Hund hatte man ins Bad gesperrt. Bill hörte ihn winseln. Nichts hatte ihn auf den Anblick vorbereitet, der ihn erwartete, als er das Schlafzimmer betrat. Sandy lag auf dem Bett, nackt, die Kleider, besser gesagt die Lumpen, hatte man ihr vom Leib gerissen. In Brust und Kopf hatte sie Schusswunden. Ihre Augen waren weit geöffnet, überall war Blut. Sandy war tot. Mit einem entsetzten Aufstöhnen wankte er einen Schritt auf sie zu, um sofort von Schwäche und Übelkeit erfasst wieder zurückzuweichen. Zwei Arme fingen ihn auf, ehe er fallen konnte. Er taumelte zurück ins Wohnzimmer.

»O mein Gott ... mein Gott ...«, wimmerte Bill wie ein Kind. Sie war tot ... tot. Mit glasigem Blick starrte er die Polizisten an. »Wer hat ... was ...« Er suchte nach den richtigen Worten, als er unsanft auf einen Stuhl gestoßen wurde.

»Das sollen Sie uns jetzt sagen. Die Nachbarn hörten die Schüsse. Besitzen Sie eine Waffe?«

»Nein.« Er schüttelte den Kopf.

»Wer ist sie?«

»Sie ist meine Frau. Wir lebten seit einem halben Jahr getrennt.«

»Lass mal deinen Arm sehen, Freundchen.« Sie hatten bei Sandy verräterische Einstiche entdeckt. Bill aber war sauber.

»Haben Sie mit jemandem gesprochen, nachdem Sie das Haus verlassen haben?«

»Mit dem Barkeeper in Mike's Bar.« Bill spürte würgende Übelkeit und schloss die Augen.

»Wie lange waren Sie in der Kneipe?«

»Eine halbe Stunde etwa.«

»Und nach eins?«

»Da bin ich rumgefahren, einfach so.«

»Sie wurde vor einer Stunde getötet. Haben Sie eine Ahnung, wer es getan haben könnte?«

Er schüttelte den Kopf, stumm vor Tränen. Sandy war erschossen worden. Wie ein Tier. Dann sah er die Männer an.

»Sie hat mich heute angerufen. Sie hörte sich an, als hätte sie Angst.«

»Wovor?« Keiner hatte Mitleid mit ihm. Sie kannten das alles zu gut. Und sie hatten schon weitaus plausiblere Geschichten zu hören bekommen.

»Ich weiß nicht. Vor ihrem Kontaktmann vielleicht ... vielleicht auch vor einem Zuhälter ... sie wurde vergangenen Sommer wegen Prostitution festgenommen, sie brauchte Geld für Drogen, aber sie war einmal ein anständiges Mädchen.« Er sah die Beamten an, als legte er Wert darauf, dass sie eine gute Meinung von Sandy hatten.

»Die Drogen haben sie so weit gebracht.«

»Das lässt sich denken.« Der Bulle, der hier das Sagen hatte, winkte einem seiner Leute, der die Sanitäter mit der Bahre und einer Hülle hereinholte.

»Wohin wird sie gebracht?« Bill stand auf, als wollte er den Abtransport der Toten verhindern, aber er wurde sofort wieder auf den Stuhl gedrückt.

»Ins Leichenschauhaus. Und Sie kommen auch mit.«

»Warum?«

»Sie können sich den Grund nicht denken?«

»Ich habe sie nicht ermordet.«

»Das können Sie den Leutnants sagen. Der Fall geht ans Morddezernat. Wir nehmen Sie vorerst unter Mordverdacht fest.«

»Aber das geht doch nicht ... ich ...« Noch ehe er weitersprechen konnte, hatte man ihm Handschellen angelegt, ihn über seine Rechte belehrt, und dann kamen die Männer mit der Tragbahre aus dem Schlafzimmer. Unter der Plane zeichnete sich ein schmaler Körper ab. Mehr war von Sandy nicht übrig geblieben. Er starrte der Toten nach, dachte an das Blut im Nebenzimmer und betete darum, dass sie nicht hatte leiden müssen, dass es schnell gegangen war ... dieser Schweinehund hatte sie im Ehebett abgeknallt, in dem Bett, in dem sie einst glücklich gewesen waren ... Er glaubte zu träumen, als er inmitten der Männer zum Polizeipräsidium stolperte. Im nächsten Moment war er auf dem Weg ins Zentrum. Er saß auf dem Rücksitz des Streifenwagens – mit Handschellen. Das alles konnte nicht ihm passiert sein. Und doch war es so ...

Man eröffnete ihm, dass er achtundvierzig Stunden in Untersuchungshaft bleiben würde. Das Verhör zog sich über zwei Stunden hin, obwohl Bill nichts zu sagen hatte. Er war total am Ende, als man ihm die Handschellen abnahm, ihm befahl, sich auszuziehen, und ihn gründlich durchsuchte. Anschließend bekam er seine Sachen zurück und wurde in eine Zelle gebracht, in der schon drei Männer saßen. Zwei waren stockbesoffen – einer davon schlief –, und der dritte drohte, Bill umzubringen, falls dieser sich ihm nähern sollte. Bill ließ sich auf der schmalen Pritsche, auf der eine nach Urin stinkende Matratze lag, nieder, ahnungslos, was nun als Nächstes auf ihn zukommen würde.

»Darf ich telefonieren?«, fragte er den Bewacher.

»Morgen um neun.«

Aber es wurde Viertel vor elf, bis man ihn erneut zum Verhör brachte und ihn telefonieren ließ. Mittlerweile hatte er vier Stunden von den Dreharbeiten versäumt. Angesichts des Umstandes, dass er heute in jeder Szene spielen sollte, war das besonders peinlich. Da er nicht wusste, wen er anrufen sollte, wählte er die Nummer seines Agenten. Harrys Sekretärin bat ihn, dranzubleiben und einen Augenblick zu warten. Und das alles, während die Beamten ungeduldig warteten, im Verhör fortfahren zu können.

»Sagen Sie ihnen, die sollen sich beeilen.«

»Geht nicht, ich muss warten.« Er hatte Angst, dass man ihm nicht gestatten würde, das Gespräch zu Ende zu führen. Die Lage war sehr ernst, es ging schließlich um seine Zukunft. Endlich meldete Harry sich am anderen Ende.

»Was gibt es? Wie läuft es so, mein Junge?« Harrys Ton verriet Wohlwollen und gute Laune. Beides verflog schlagartig, als Bill ihm erklärte, wo er sich befand und warum. Harry ließ sich wie betäubt hinter seinem Schreibtisch auf den Stuhl sinken.

»Du bist … was? Haben denn die den Verstand verloren? … So ein Mist, verdammt noch mal …«

»Harry, kannst du mir einen Anwalt verschaffen? Und erzähl, um Himmels willen, keiner Menschenseele davon!«

»Du machst mir Spaß! Heute Abend weiß es alle Welt. Der Himmel stehe uns bei!«

»Mensch, Harry!«, dröhnte Bills Stimme durch den kleinen Raum. Er achtete nicht auf das offensichtliche Interesse der Verhörbeamten, die alles hören konnten. »Verschaff mir einen Anwalt, und sieh zu, dass ich hier rauskomme. Ruf im Studio an, und sag, dass ich ein paar Tage ausfalle.« Beide dachten gleichzeitig dasselbe, aber Harry sprach es aus.

»Warte, bis Wechsler von der Sache erfährt.«

»Ich werde mit ihm reden, wenn ich rauskomme. Ich werde ihm alles erklären.«

»Das nenne ich den Witz des Jahres.« Bill hatte einen Kontraktbruch begangen, wie er nicht schlimmer hätte sein können. Sein Fehlen bei den Dreharbeiten war noch das Geringste. Viel schwerer wog, dass er Mel angelogen hatte und damit bei ihm moralisch unten durch war.

»Ich werde meinen Anwalt verständigen. Bis dahin halte den Mund.«

»Großartig.« Bill sah die Männer an, die auf ihn warteten.

»Harry … ich danke dir.«

»Ich werde tun, was ich kann. Noch etwas, mein Junge ... es tut mir Leid ... ich weiß, was sie dir bedeutet hat.«

»Ja.« Wieder brannten ihm die Tränen in den Augen. »Sehr viel.« Bill legte auf. Nun wollten die Beamten ihn weiter verhören, er aber wollte erst in Anwesenheit eines Anwaltes sprechen.

Da Bill hartnäckig schwieg, wurde er zurück in die Zelle geschickt. Die zwei Betrunkenen waren inzwischen entlassen worden. Nur der Mann, der ihn bedroht hatte, saß da und hielt den ganzen Tag seinen Blick starr auf ihn gerichtet. Stunden vergingen, ehe Harrys Anwalt eintraf, und auch dann besserte sich Bills Lage nicht wesentlich. Viel Mut konnte der Mann ihm nicht machen, denn es stand zu befürchten, dass man ihn unter Mordverdacht in Haft behalten würde.

»Aber warum, um Himmels willen?«

»Weil Sandy in Ihrem Haus getötet wurde und weil sie Ihre Frau war, von der Sie getrennt lebten. Dazu kommt Ihr Pech, dass Sie kein Alibi haben. Für die Polizei steht fest, dass Sie wütend waren, dass Sie sie hassten und dass Sie ihre Drogenabhängigkeit satt hatten. Es gibt tausend Gründe, die Sie veranlasst haben könnten, sie umzubringen.« Der Anwalt war von brutaler Offenheit.

»Aber muss man mir das alles nicht beweisen können?«

»Nicht unbedingt. Wenn Sie keine Gegenbeweise bringen können. Falls der Staatsanwalt Anklage erhebt, kann man Sie für eine vorläufige Anhörung festhalten.«

»Glauben Sie, dass er mich anklagen wird?«

»Hat jemand Sie nach zwölf Uhr noch gesehen?«

Bill schüttelte niedergeschlagen den Kopf. »Nicht, nachdem ich Mike's Bar verließ. Ich bin einfach in der Gegend herumgefahren«, gestand er kleinlaut.

»Haben Sie jemals mit jemandem über Ihre Frau gesprochen? Haben Sie sich hasserfüllt über ihre Sucht geäußert?«

Wieder schüttelte er den Kopf und fasste den Mann, den

Harry ihm geschickt hatte, genauer ins Auge. Bill konnte nur hoffen, dass der Mann sein Geschäft verstand. »Niemand wusste, dass wir verheiratet waren.«

»Warum nicht?«

»Sandys Agent war dagegen. Wir haben zu der Zeit geheiratet, als sie eine große Rolle in einer Serie hatte. Er glaubte, es könne ihrem Image schaden.«

»Weiß jemand in Ihrem Team davon?«

Bill verneinte und beichtete die Lüge, die er Mel aufgetischt hatte, als dieser ihm die Rolle anbot. »Jetzt wird er mich vermutlich feuern.«

»Vielleicht auch nicht.« Es war die erste Ermutigung, die ihm der Anwalt zuteil werden ließ. Sein Name war Ed Fried.

Harry hatte geschworen, dass er in seinem Fach erstklassig sei. »Vielleicht hat er Mitleid mit Ihnen. Es ist wirklich schrecklich, was Ihnen da passiert ist. Wer könnte es Ihrer Meinung nach getan haben?«

Bill zuckte nach kurzer Überlegung ratlos mit den Achseln.

»Ich weiß es nicht. Sandys Dealer vielleicht. Jemand muss ihr zum Haus gefolgt sein … vielleicht ein Zuhälter …«

»Ach, da steckte sie auch drin?«, fragte Ed.

»Ja … einmal jedenfalls …« Es war grässlich, wenn ein Menschenleben so zerpflückt wurde. Dann sah er Ed wieder an. »Können Sie mich gegen Kaution freibekommen?«

Der Anwalt schüttelte den Kopf. »Man hält Sie als Tatverdächtigen fest. Über eine Kaution wurde nicht einmal verhandelt.« Dann entschied er sich, Bill reinen Wein einzuschenken. »Und falls die Verdachtsmomente für eine Anklage wegen Mordes reichen, wird man ohnehin keine Kaution festsetzen.« Er hoffte stark, dass man sich mit einer geringfügigeren Anklage zufrieden geben würde. Dann konnte er seinen neuen Mandanten gegen Kaution freibekommen.

»Großartig.« Bill starrte finster vor sich hin. Seine Stimmung sank noch tiefer, als er die Abendausgaben der Zeitungen zu Gesicht bekam. Große Schlagzeilen machte der Fall zwar nicht, aber immerhin stand ein Bericht darüber auf der Titelseite.

»Schauspieler wegen Mordes an seiner Frau angeklagt«. Beide Namen wurden genannt, die alten Verfehlungen Sandys waren aufgelistet, ihre Drogenabhängigkeit, die Tatsache, dass man sie seinerzeit aus dem Job gefeuert hatte. Weiter stand da, dass Bill gegenwärtig in Wechslers neuer Serie beschäftigt sei und als heißeste Entdeckung der kommenden Saison gehandelt wurde. »Von wegen«, knurrte er vor sich hin, als er sich auf der stinkenden Pritsche ausstreckte und die Augen schloss. An jenem Abend führte man ihn nicht mehr zum Verhör. Er lag nur da und dachte an Sandy … wie sie mit einer Kugel in der Brust und mit drei Kugeln im Kopf dagelegen hatte … und an das Leben, das sie einst geteilt hatten und das wie ein ferner Traum verblasst war.

24

»O mein Gott … Allmächtiger …« Jane war die Erste, die es las. Sie saßen da und warteten, bis die nächste Szene fertig ausgeleuchtet war. Einer der Kameraleute hatte die Zeitung in der Mittagspause mitgebracht und auf einer Bank liegen gelassen. Wortlos gab sie das Blatt an Zack weiter.

»Das soll Bill sein?« Er sah sie wie betäubt an.

»Er muss es sein.« Und Bill war heute nicht zur Arbeit erschienen. Um elf hatte sein Agent angerufen. Sie hatten deshalb den ganzen Tag Szenen schießen müssen, in denen er nicht vorkam, was für einige Verwirrung sorgte, da sie diese Szenen noch nicht geprobt hatten. Keine der Szenen war weniger als vierzehnmal gedreht worden. Alle Beteiligten waren gereizt und müde. Zack und Jane, die in der Nacht kein Auge geschlossen hatten, machten trotzdem einen glücklichen Eindruck. Zumindest bis zu dem Augenblick, in dem Zack und Jane den Artikel gelesen hatten.

Nun war klar, wieso Bill die meiste Zeit einen so bedrückten Eindruck gemacht hatte.

»Hier steht, dass er mit ihr verheiratet war. Er hat nie darüber gesprochen … wusstest du davon?« Sie sah Zack erstaunt an, als Gabby zu ihnen trat. Zu allem Überfluss war es ein ungewöhnlich heißer Tag, und alle waren von Janes Party noch verkatert.

»Wenn die nächste Szene wieder sechzehnmal gedreht wird, dann verliere ich den Verstand.« Gabby ließ sich auf der Bank nieder und sah die beiden an. »Was ist denn? Ihr seht so aus, wie ich mich fühle. Zu viel mexikanisches Essen oder zu viel Wein oder beides?« Sie lächelte unbefangen. Es war ein herrlicher Abend gewesen, für Jane eine echte Überraschung, und alle freuten sich darüber. Jane reichte ihr wortlos die Zeitung, und Gabby las den Artikel. »So ein Mist, das kann doch nicht sein …« Sie blickte erschrocken auf. Es war ausgeschlossen, gänzlich unmöglich. Bill konnte unmöglich seine Frau umgebracht haben!

Die Neuigkeit verbreitete sich wie ein Lauffeuer. Man konnte hören, wie zwischen den Aufnahmen aufgeregt geflüstert wurde. Und bald kam die Polizei ins Studio. Alle wurden gebeten, noch zu bleiben, weil man jeden Einzelnen befragen wollte. Es war mittlerweile sieben Uhr geworden, aber niemand murrte. Jemand verteilte frischen Kaffee in Plastiktassen, und dann hieß es warten. Als Erster wurde der Regisseur vernommen, dann wurde Zack in seine Garderobe gebeten. Nach einer halben Stunde kam er wieder. »Sieht so aus, als müssten wir die ganze Nacht hier bleiben«, flüsterte Zack Jane zu.

»Was wollten sie eigentlich von dir?«

»Ach, nicht viel. Sie wollten wissen, ob er je von seiner Frau gesprochen hat … ob wir sie gesehen hätten … ob er sie überhaupt je erwähnt habe … ob er gestern aufgeregt gewesen sei. Ich sagte, dass kein Mensch von seiner Ehe gewusst habe. Und das einzige Mal, dass ich ihn mit einem Mädchen sah, war vor einigen Wochen in Mike's Bar.« Beide hatten das erbärmlich aussehende Mädchen deutlich in Erinnerung, das an Bills Tisch gesessen hatte. Jane fragte sich, ob dies seine Frau gewesen war.

Und dann sagte Zack sichtlich bekümmert: »Man wollte wissen, wann er die Party verlassen hat. Ich sagte, meiner Meinung nach sei es ungefähr zehn gewesen … wahrscheinlich hätte ich das nicht sagen sollen.« Er schien sich deswegen Vorwürfe zu machen. Seit Beginn der Dreharbeiten hatte niemand richtig Zugang zu Bill gefunden, dennoch war er einer der ihren. Er gehörte zur Familie, und Zack wollte ihm nicht zusätzlich Schwierigkeiten bereiten.

Jane sah ihn mitfühlend an. »Gestern war ich so durcheinander, dass ich gar nicht bemerkt habe, wann er gegangen ist.«

»Ich auch nicht«, warf Gabby ein.

Danach wurde Sabina vernommen, dann Jane und anschließend alle anderen im Studio. Es wurde Viertel nach zehn, bis Gabrielle gerufen wurde. Die meisten waren inzwischen schon weg. Jane war geblieben, weil sie auf Gabrielle warten wollte. Zack hatte versprochen, sie beide nach Hause zu fahren, und saß auch noch im Studio. Alle sprachen nun ganz offen über Bill, wie niedergeschlagen er immer gewesen war, wie schroff er sich mitunter benommen hatte. Jane wurde ganz elend zumute, als sie das hörte. Der Junge tat ihr unendlich Leid. Als sie zu Zack etwas sagte, drückte seine Miene Zweifel aus.

»Ich glaube nicht, dass du das solltest.«

»Was glaubst du, wie du dich in seiner Lage fühlen würdest?«

Zack sah auf die Uhr. Er trug noch immer das Kostüm der letzten Szene, sein Make-up begann sich aufzulösen. »Man wird es dir gar nicht erlauben.«

»Ein Versuch kann nicht schaden.«

Mit einem liebevollen Lächeln flüsterte er ihr etwas zu, noch immer von der Glut der Nacht hingerissen. »Ich liebe dich, Jane«, sagte er so leise, dass niemand es hören konnte.

»Ich liebe dich auch.« Der Blick, den sie tauschten, war nur für sie allein bestimmt.

Gabrielles Vernehmung schien eine Ewigkeit zu dauern. Sie befand sich mit dem Polizeibeamten im großen Schminkraum.

»Miss Smith, kannten Sie ihn schon vor Beginn der Dreharbeiten?«

»Nein.«

»Hat er jemals seine Frau erwähnt?«

»Nein.« Wieder schüttelte sie den Kopf. Äußerlich ruhig, beobachtete sie die Beamten genau. Seit sie die schreckliche Nachricht gelesen hatte, waren ihre Gedanken damit beschäftigt. Sie war zu der Überzeugung gelangt, dass Bill seine Frau nicht getötet hatte … daneben stellte sie sich die Frage, ob er sie noch immer geliebt hatte. Sein sonderbar brüskes Verhalten hätte damit eine Erklärung gefunden. Vieles, was ihr unbegreiflich gewesen war, sah sie nun in einem anderen Licht.

»Haben Sie seine Frau jemals im Studio gesehen?« Man zeigte ihr ein Foto von Sandy aus besseren Tagen.

Nach einem Blick auf das Foto schüttelte sie abermals den Kopf. »Nein.«

»Würden Sie sagen, dass Mr. Warwick gestern irgendwie durcheinander war … besonders abends?«

Sie lächelte. »Aber ganz und gar nicht. Wir alle waren auf der Überraschungsparty für Jane … Jane Adams meine ich … und Bill war auch da.«

»Wissen Sie noch, wann er gegangen ist?«

»Kurz nach zehn.« Sie wusste, dass auch Zack diese Zeit angegeben hatte.

»Wissen Sie, wohin er wollte? Hat er etwas gesagt?«

Wieder lächelte sie, diesmal ein wenig verlegen und mit gesenktem Blick. »Wir haben uns später bei mir getroffen.«

Dann sah sie die Polizisten wieder an, noch immer verlegen, scheinbar um Aufrichtigkeit bemüht.

»Haben Sie mit ihm gemeinsam die Party verlassen, Miss Smith?«

Sie schüttelte den Kopf. »Ich bin später aufgebrochen – um zwölf etwa.« Sie war zwar erst um zwei gegangen, aber um diese Zeit waren alle schon ziemlich betrunken gewesen.

»Wo haben Sie sich mit ihm getroffen?«

»Bei mir. Sagte ich das nicht schon?« Sie wirkte jung und unschuldig, dazu erstaunt und etwas befangen. Der Inspektor, der das Verhör leitete, rutschte auf seinem Stuhl hin und her. Sie war ein sehr hübsches Mädchen, und wenn sie sich vorbeugte, öffnete sich ihr Bademantel vorne und gab den Blick auf eine wohlgeformte kleine Brust frei. Sie sah dem Mädchen auf dem Foto sogar ein wenig ähnlich.

»Hatten Sie Streit miteinander?« Gut möglich, dass er dann seine Wut an der anderen ausgelassen hatte, da sie ihr so ähnlich sah. Man musste an alle Möglichkeiten denken.

Sie lachte wie ein Kind und spielte mit einer langen schwarzen Haarsträhne. »Aber gar nicht. Im Gegenteil …« Gabby schaffte es sogar, zu erröten.

»Wann ist er zu Ihnen gekommen?« Der Inspektor kniff die Augen zusammen.

Gabrielle überlegte eine Weile. »Es muss ein paar Minuten nach zwölf gewesen sein.«

Damit sah die Sache natürlich ganz anders aus. Warum hatte Bill Warwick das nicht ausgesagt? Der Inspektor stellte Gabby diese Frage, worauf sie die Schultern hochzog.

»Keine Ahnung. Vielleicht wollte er mir Peinlichkeiten ersparen.« Sie senkte die Stimme, als hätten die Wände Ohren. »Kein Mensch weiß von unserer Beziehung. Ich … es würde alles nur komplizieren, wegen der Moralklausel, müssen Sie wissen …« Hätte man die Moralklausel jedes Mal angewendet, wenn zwei Schauspieler miteinander ins Bett gingen, dann wäre in Hollywood kein einziger Film mehr zu Ende gedreht worden, aber das schien man bei der Polizei nicht zu wissen. Der Inspektor wiegte ernst sein Haupt.

»Verstehe.« Er stand auf. »Wir werden uns möglicherweise noch einmal an Sie wenden, Miss … äh … Smith. Vielen Dank jedenfalls.« Man schickte sie hinaus und ließ auch die anderen nach Hause gehen. Gabrielle verließ in Begleitung von Jane und Zack das Studio. Alle waren ernst und in Gedanken versunken, als Jane plötzlich mit einer Idee herausrückte.

»Ich dachte mir, wir könnten vielleicht Bill besuchen.«

»Glaubst du, dass man uns zu ihm lässt?« Gabby hatte ernste Zweifel. Natürlich hätte sie ihn gern gesehen. Immerhin hatte sie ihren Kopf für ihn hingehalten, in der Überzeugung, das Richtige getan zu haben. Ganz instinktiv wusste sie, dass er das Verbrechen nicht begangen hatte – egal, was die Polizei denken mochte. Bill war nicht der Typ dazu. Hätte er seine Frau töten wollen, dann hätte er es schon vor langer Zeit getan. Als sie ihre Meinung äußerte, gab Zack ihr Recht.

»Als er damals mit ihr Mike's Bar verließ, verriet sein Blick, dass sie ihm noch immer etwas bedeutete …«

Jane sah, dass Gabby zusammenzuckte. Ihr Ton aber war völlig normal, als sie sagte: »Davon kann man ausgehen. Ich glaube, das war der Grund für seinen geheimen Kummer. Die heimliche Ehe muss ihn viel Nerven gekostet haben.«

»Die Polizei behauptet, dass sie schon monatelang getrennt lebten«, meinte Jane, als sie in Zacks Wagen einstiegen. »Aber Zack hat sicher Recht. Als wir ihn damals gesehen haben, hatte ich denselben Eindruck. Ihr Zustand schien ihm sehr nahe zu gehen. Sie sah schrecklich aus, die Ärmste …« Die Erinnerung ließ Jane schaudern.

»Was, glaubt ihr, ist da wirklich passiert?«, fragte Gabby.

»Tja, wahrscheinlich hängt alles mit ihrer Drogensucht zusammen.« Zack warf Gabby einen Blick zu, ehe er Gas gab.

»Bill hat ausgesagt, dass sie ihn im Studio angerufen hat. Ich wusste nichts davon, aber möglich ist es. Sie soll ihn um ein Treffen bei ihm zu Hause gebeten haben. Aber sie erschien nicht, deswegen fuhr er ziellos durch die Gegend, und als er wieder nach Hause kam, war sie tot.« Das hörte sich schrecklich an.

Zack fuhr zu der Polizeistation, auf der Bill festgehalten wurde. Inzwischen war es zehn Uhr vorbei. Es war höchst unwahrscheinlich, dass man sie noch zu ihm lassen würde. Umso überraschter waren sie, dass die Beamten, die eben erst aus den Studios zurück waren, wo sie die Verhöre durchgeführt hatten, eine Ausnahme machen wollten. »Aber nur für Sie.« Ihr Ton erboste Jane, der Bill unendlich Leid tat, aber alle waren erleichtert, dass man ihnen den Besuch erlaubte. Sie wurden in einem Raum mit ihm eingeschlossen. Vor der Tür bezog ein Wachposten Stellung, der durch ein Fenster hereinsehen und alles beobachten konnte. Jane und Gabrielle hatten ihre Handtaschen draußen lassen müssen, Zack war durchsucht worden. Gleich nachdem sie den Raum betreten hatten, wurde die Tür geschlossen. Sie befanden sich in einer Vernehmungszelle. Bill wurde durch eine andere Tür hereingeführt. Seine Handschellen wurden ihm für das Gespräch abgenommen. Da stand er nun und starrte sie mit tränenumflortem Blick an, wortlos, weil er nicht wusste, was er hätte sagen sollen. Da schlang Jane die Arme um ihn und drückte ihn an sich.

»Alles wird wieder gut … das weiß ich.« Mehr brachte sie nicht heraus.

Bill wechselte mit Zack einen Händedruck, dann sah er Gabrielle unbewegt an. Bill wirkte ziemlich mitgenommen. Was er gesehen und durchgemacht hatte, war nicht spurlos an ihm vorübergegangen. Dazu kam, dass er sich seit zwei Tagen nicht rasiert hatte. Er litt unter der Vorstellung, dass sein Leben nie mehr so sein konnte wie früher. In gewisser Weise würde von nun an alles anders sein. Es blieb abzuwarten, ob Mel ihn unter Vertrag behielt, aber viel wichtiger noch war es, ob man Mordanklage gegen ihn erheben würde.

»Bill, wir konnten es nicht glauben. Es ist wie ein schlechtes Drehbuch.« Zack setzte sich, und Bill ließ sich neben ihm nieder. Es war ihm anzusehen, wie sehr er es zu schätzen wusste, dass sie gekommen waren.

»Ich konnte es auch nicht glauben. Es ist alles wie ein Albtraum. Man kann mich noch weitere vierundzwanzig Stunden ohne Beweise festhalten. Und danach kann die Haft noch mal um vierundzwanzig Stunden verlängert werden.« Das bedeutete zwei weitere Tage der Angst in einer Hölle. Gabby starrte ihn ungläubig an.

»Aber warum?« Zack begriff nicht, dass so etwas ohne schlüssige Beweise möglich war.

»Weil ich kein Alibi vorzuweisen habe. Ich bin einfach ziellos durch die Gegend gefahren. Nach zwölf Uhr hat mich niemand mehr gesehen, und der Mord geschah zwischen eins und zwei. Sie wurde in meinem Haus gefunden. Das reicht offenbar. Die Polizei glaubt, dass mich ihr Lebenswandel zur Verzweiflung gebracht hat. Das war tatsächlich der Fall. Sie war auf dem besten Weg, sich selbst ins Grab zu bringen.« Das wussten jetzt alle. »Aber ich hätte nie …« Er konnte nicht weitersprechen.

Gabby berührte sanft seine Hand und wartete, bis er sie ansah. Dann sagte sie ganz ruhig: »Ich habe ausgesagt, dass du in der fraglichen Zeit mit mir zusammen warst.«

Verständnislos starrte er sie an, dann schüttelte er den Kopf, während sie den Blick unverwandt auf ihn gerichtet hielt. Beiden war klar, dass in dem Raum womöglich Abhöreinrichtungen verborgen sein konnten, deswegen wog Gabby jedes ihrer Worte ab.

»Was hast du gesagt?«

»Ich habe ihnen erzählt, dass du bei mir warst, nachdem ich Zacks Haus verließ.«

Er sah sie noch immer unverwandt an. »Warum?« Warum hatte sie das für ihn getan, nachdem er sie monatelang so scheußlich behandelt hatte? Warum log sie für ihn? Er konnte sich das alles nicht erklären.

Sie sah ihm in die Augen. Jane und Zack beobachteten die beiden genau.

»Ich habe ganz einfach die Wahrheit gesagt. Du brauchst nicht mehr zu lügen, um mich zu schützen. Das ist alles.«

Am liebsten hätte er laut gebrüllt: »Ich war nicht bei dir, und ich habe meine Frau auch nicht ermordet«, wagte es aber nicht, aus Angst, dass ihr Gespräch mitgehört wurde. Nun machte sich auch bei Jane und Zack eine große Verwirrung bemerkbar. Sie waren so sicher gewesen, dass zwischen den beiden nichts lief.

Bill sah Gabby eindringlich an – zum ersten Mal. »Ich habe sie nicht getötet, Gab ... ich schwöre es ... sie hat mich angerufen, und ich merkte, dass sie Angst hatte. Sie sagte, jemand habe es auf sie abgesehen, wer, das weiß ich nicht. Drei Wochen zuvor hatte sie mir gestanden, dass sie allen möglichen Leuten Geld schuldete, unter anderem auch ihrem Dealer. Sie war deswegen total am Boden zerstört. Das Schlimmste aber war, dass sie kein Dach über dem Kopf hatte. Ich habe ihr nur dreihundert Dollar gegeben, weil ich befürchtete, sie würde durchdrehen und sich wieder eine Überdosis verpassen ...« Wieder schimmerten Tränen in seinen Augen, und er ließ den Kopf hängen, obwohl er zum ersten Mal seit Tagen so etwas wie Wärme spürte. »Wir waren einmal sehr verliebt ... ich wünschte mir so sehr, dass sie endlich versuchen würde, von den Drogen loszukommen. Es war alles umsonst. Ich glaube, sie war zu weit gegangen und stumpfte total ab.« Sandy war nicht die Erste, die diesen Weg gegangen war.

Bill weckte in seinen drei Besuchern, von denen keiner an seiner Unschuld zweifelte, tiefes Mitleid. Leider teilte die Polizei die Gewissheit seiner Kollegen nicht.

Jane strich ihm über den Kopf, als er seine Tränen nicht mehr zurückhalten konnte und die Hände vors Gesicht schlug.

»Bill, kann dein Anwalt denn gar nichts unternehmen?«, fragte Zack mit ungläubigem Kopfschütteln.

»Er versucht es ja ... aber es sieht schlimm aus. Wenn ich daran denke, wie sie dagelegen hat ...« Er unterdrückte ein Schluchzen. Die Erinnerung an die tote Sandy war zu entsetzlich.

»Ist die Waffe gefunden worden?«

Wieder schüttelte Bill den Kopf. »Nein. Ich habe weder eine besessen noch jemals eine in der Hand gehabt, wenn man von einem Werbefilm für Frühstücksflocken absieht, in dem ich als Cowboy aufgetreten bin. Selbst damals hatte ich keine echte Pistole.« Sie lächelten, obwohl zur Heiterkeit kein Grund vorlag.

Wieder sah Gabby ihn eindringlich an. »Sag ihnen einfach, dass du bei mir warst. Es geht schon in Ordnung ... ich habe angegeben, dass wir bei mir in der Galey Avenue gewesen sind.« Ihr war eingefallen, dass er womöglich gar nicht wusste, wo sie wohnte. Woher auch? Sein Blick drückte seine Fassungslosigkeit aus, als der Bewacher die Tür aufschloss und sie alle hinauswinkte.

»Leute, das war's für heute. Morgen während der Besuchszeit können Sie wiederkommen. Von zwei bis sieben, im sechsten Stock.« Großartig. Vielleicht würde man die Dreharbeiten unterbrechen, damit das ganze Team ihn besuchen konnte. Er sah sie an wie ein Kind, das an einem unheimlichen Ort allein zurückgelassen wird. Jane umarmte ihn noch einmal, und dann nahm Gabby ihn behutsam in die Arme. Er drückte ihr kurz die Hand, als sie ihn losließ, damit sagte er ihr wortlos Dank für alles. Gut möglich, dass sie ihm mit ihrer Aussage das Leben gerettet hatte. Und dann drückte ihn auch Zack kurz an sich, ehe sich wieder die Handschellen um Bills Hände schlossen und ihn die drei zurücklassen mussten.

Auf dem Weg ins Erdgeschoss fiel kein einziges Wort. Sie waren hungrig, müde und ausgelaugt. Erst als sie im Wagen saßen, hatten sie sich einigermaßen beruhigt. Jane drehte sich um und musterte Gabby, die auf dem hinteren Sitz des Rolls saß.

»Ich hatte keine Ahnung, dass ... du und Bill ...« Sie wusste nicht recht, was sie sagen sollte. Gabby, der man ansah, dass sie keine Lust hatte, darüber zu sprechen, reagierte mit einem Achselzucken. Zack durchschaute ganz klar, was sie getan hatte und warum. Vielleicht besser als sie selbst. Sie liebte Bill.

25

Am Abend ließ man Bill in Ruhe, doch gleich am nächsten Morgen wurde er in Gegenwart seines Anwalts mit Gabbys Aussage konfrontiert. Die Polizei hatte zu diesem Punkt noch ein paar Leute des Filmteams vernommen und hatte von ihnen von der zwischen den beiden herrschenden Feindseligkeit erfahren. Man wusste jetzt, dass Gabby gelogen hatte.

»Das war eine ziemlich blöde Geschichte«, äußerte der Inspektor dazu.

»Haben Sie Miss Smith dazu angestiftet?«

Bill schüttelte auf diese Frage jämmerlich den Kopf. Er konnte nur hoffen, dass Gabby keine Schwierigkeiten bekam. Plötzlich hatte sich der Fall zu einem Albtraum für alle entwickelt.

»Sie hat nichts Schlechtes beabsichtigt, sie dachte nur ...«

»Ja, das kann ich mir denken.« Frauen neigten zu falschen Aussagen, meist aber Männern zuliebe, für die sie stärkere Gefühle aufbrachten, als Gabby sie nach allgemeiner Aussage für Bill empfand. Das war kein Verbrechen, aber es war dumm und klappte nur selten.

»Freundchen, Sie haben noch immer kein Alibi.« Eiskalte Augen blickten Bill an.

»Ich habe meine Frau nicht getötet.« Bill wiederholte mit finsterer Miene die Worte, die er schon so oft gesagt hatte.

»Hat Ihre Frau Sie noch geliebt?« Er versuchte andersrum an die Sache heranzukommen.

»Ich weiß es nicht ... wir bedeuteten uns sehr viel ... vor langer Zeit.« Seine leise Antwort wurde ins Protokoll aufgenommen, wie alles, was er sagte. »Sie befand sich schon seit langem in einem Zustand völliger Apathie.«

»Wissen Sie, wer ihre Liebhaber waren?«

»Nein.«

»Waren Sie auf jemanden eifersüchtig?«

Seine Reaktionen wurden genau registriert. »Nein. Ich weiß gar nicht, wer in Sandys Leben eine Rolle spielte.«

»Wir wissen, dass ihre Methoden, an Geld zu kommen, nicht zimperlich waren.« Bill schwieg. »Welche Gefühle weckte das in Ihnen?«

»Sehr traurige.«

»Und wahnsinnige? Bill, hat es Sie richtig rasend gemacht?«

Er beherrschte sich. »Nicht mehr. Es gehörte zu ihrer Krankheit.« Da aus ihm nichts herauszubekommen war, schickte man ihn zurück in die Zelle.

Als Nächstes nahm sich die Polizei Mel vor, der sich wortkarg und verdrossen zeigte und sagte, dass er in Bills Privatsphäre keinen Einblick gehabt habe. Außerdem sagte er aus, dass er sich nicht festlegen könne, ob Bill weiter in der Serie mitwirken konnte. In der laufenden Woche war es noch möglich, ohne ihn auszukommen und sich mit Szenen zu behelfen, in denen er nicht vorkam. Wenn er aber nicht bald auf freien Fuß gesetzt wurde, bedeutete das eine vorläufige Unterbrechung der Dreharbeiten. Bill erfuhr davon, als man ihm eröffnete, dass er noch in Polizeigewahrsam bleiben müsse.

»Na, wie sieht's aus?«, fragte er abends voller Ungeduld seinen Anwalt.

»Nicht gut, wie ich leider sagen muss. An Beweisen ist nichts aufgetaucht. An der Toten sind keine Spuren zu finden, und die Nachbarn haben in jener Nacht niemanden gesehen.«

»Nicht zu fassen! Wie ist das nur möglich? Nur weil es an Beweisen fehlt, stellt man mich unter Anklage? Nur weil man den wirklichen Täter nicht kennt?« Bill fragte sich, ob Gabbys falsche Aussage ihm womöglich geschadet hatte.

Für den Anwalt waren die Tücken des Strafrechts nichts Ungewohntes, er wurde täglich mit ihnen konfrontiert. Dennoch empfand er so etwas wie Mitleid mit Bill. Er spürte, dass er seine Frau nicht getötet hatte, aber er würde sich verdammt schwer tun, es zu beweisen. »Wenn es zum Prozess kommen sollte, stehen Ihre Chancen nicht schlecht.« Es war die einzige Ermunterung, die er ihm bieten konnte. »Eine Verurteilung kann nur erfolgen, wenn alle Zweifel ausgeräumt sind, und dieser Fall strotzt nur so vor zweifelhaften Punkten.«

»Ja, glauben Sie denn, dass es so weit kommt?« Bill war wie vor den Kopf geschlagen. Sein Zellennachbar hatte ihm in der vergangenen Nacht wieder mit dem Tod gedroht. Langsam kamen ihm Zweifel, ob er dies alles überleben konnte. Vielleicht würde es gar nicht zum Prozess kommen, weil er hier im Gefängnis ums Leben kam. Das war auch anderen schon passiert.

»Bill, es könnte so weit kommen«, warnte der Anwalt. »Morgen wissen wir Genaueres.« So war es dann auch. Der Bezirksstaatsanwalt erhob Anklage gegen Bill. Der einzige Kompromiss, zu dem man aus Mangel an Beweisen und wegen eines fehlenden Motivs bereit war, bestand darin, dass die Anklage nur auf Totschlag lautete. Man ging davon aus, dass es nach einem Streit zu Handgreiflichkeiten gekommen war, in deren Verlauf Sandy zu Tode kam. Zwar hätte der Staatsanwalt ihn gern wegen Mordes angeklagt, man befürchtete aber, dass eine solche Anklage nicht aufrechtzuerhalten war. Eine Anklage wegen Totschlags war glaubwürdiger. Die Verteidigung konnte das Gegenteil nur sehr schwer beweisen.

Wie vom Donner gerührt stand Bill da, als man ihm die Anklage vorlas und ihm eröffnete, dass er gegen eine Kaution von fünfzigtausend Dollar auf freien Fuß gesetzt werden könne. Er setzte sich sofort mit Harry in Verbindung, der ihm versprach, ihn herauszuholen. Dazu waren fünftausend in bar erforderlich, für den Rest musste eine Bürgschaft hinterlegt werden. Bill war erleichtert, dass er genügend Geld hatte. Ein vorläufiges Verfahren war in zwei Wochen festgesetzt. Um elf Uhr abends wurde er entlassen. Bill weinte, als er ins Freie trat, und Harry legte ihm tröstend den Arm um die Schulter. Was Bill in den letzten Tagen durchgemacht hatte, war für ihn noch immer unfassbar.

26

Als Bill im Empfangsbereich wartete – eine Ewigkeit, wie es ihm vorkam –, erinnerte er sich an seinen ersten Besuch bei Mel. Diesmal aber empfand er keine hoffnungsvolle Erregung. Vielmehr verspürte er einen bleiernen Druck in der Magengegend. Wechslers Büro hatte Bills Agenten mitgeteilt, dass er freitags nicht im Studio zu erscheinen brauche. Er sollte stattdessen zu Mel ins Büro kommen. Um neun Uhr morgens.

Es war Viertel nach neun, als ihn die Sekretärin schließlich hineinbat. Ihre Miene verriet nichts, obwohl dank der Medien jetzt alle Welt über Bill Bescheid wusste. Sie tat, als hätte sie ihn noch nie zuvor gesehen, und Bill war überzeugt, dass Mel ihm auf der Stelle den Laufpass gab. Er hatte ausreichend Grund dazu, schlimmer noch, er hätte sogar Grund gehabt, gerichtlich gegen ihn vorzugehen. Schließlich hatte Bill ihn vor Unterzeichnung des Vertrages angelogen.

»Hallo, Bill.« In Mels Blick lag Höflichkeit ohne Wärme. Bill argwöhnte, dass es in seinem Inneren kochte.

»Hallo, Mel.« Bill ließ sich beklommen vor Mels Schreibtisch nieder. Er wirkte elend und blass. Hinter ihm lag eine scheußliche Woche, seit Tagen hatte er nicht richtig geschlafen. Noch immer war es für ihn unfassbar, wie sich die Ereignisse überstürzt hatten. Heute Morgen war sein Haus von Pressefotografen förmlich belagert worden.

Mel blickte dem jungen Mann lange in die Augen, ehe er ohne Umschweife zur Sache kam. »Ich möchte wissen, warum du mich angelogen hast – über deine Ehe, meine ich.«

»Glauben Sie mir, das belastet mich sehr. Ich wusste schon damals, dass es falsch war. Vermutlich hatte ich Angst. Sandys Zustand war so erbärmlich. Unsere Ehe wurde von Anfang an geheim gehalten.«

»Warum? War sie schon bei der Heirat drogenabhängig?« Damit verknüpft war die Frage nach Bills eventueller Drogenabhängigkeit. In den vergangenen drei Tagen seit Bills Festnahme waren auf Mel viele Fragen eingestürmt.

»Nein, das war sie sicher nicht. Aber sie hatte eine Rolle in ›Sunday Supper‹.« Mel wusste es aus der Zeitung und glaubte sich an sie zu erinnern. Ein hübsches junges Mädchen, das Gabby ein wenig ähnlich sah. Ob damit Bills Feindseligkeit zu erklären war? Ob er den Zorn, den er gegen Sandy hegte, an Gabby abreagiert hatte? »Sandys Agent befürchtete, eine Ehe könne ihrem Image schaden. In der Serie spielte sie eine Fünfzehnjährige und sah auch so aus. Begeistert war ich zwar nicht, aber ich ließ mich überreden. Sandy wollte es und …« Er zog die Schultern hoch. »Kurze Zeit später fing sie mit den Drogen an und wurde gefeuert. So kam eines zum anderen. Und dann begannen die Schwierigkeiten wegen ihrer Sucht. Sie musste ins Krankenhaus, und kaum war sie draußen, begann sie wieder zu fixen. Es war schrecklich.« Ihm war zum Heulen zumute, aber er beherrschte sich. Von Mel erwartete er kein Mitgefühl.

»Und was ist mit dir? Hast du bei den Drogen mitgehalten?« Mel wollte die Wahrheit wissen, er hatte ein Recht darauf. Seine Enttäuschung und seine Wut über Bills Verhalten machten ihm noch heftig zu schaffen.

»Nein, Sir.« Bill schien völlig aufrichtig zu sein, als er Mels Blick begegnete. »Das schwöre ich. Ich habe versucht, sie zum Entzug zu überreden, aber es war hoffnungslos. Einen Tag, bevor Sie mich vergangenen Sommer anriefen, wurde sie wegen unerlaubten Drogenbesitzes und Prostitution festgenommen. Damals hatte sie meinen letzten Cent für Drogen ausgegeben. Ich war völlig verzweifelt. Und als Sie mich fragten, ob ich verheiratet bin, habe ich Sie belogen, weil ich nicht wollte, dass Sie erfuhren, in welcher Verfassung Sandy sich befand und dass wir getrennt lebten.«

»Kam es zur Scheidung?«

Bill schüttelte den Kopf. »Nein. Aber zu diesem Zeitpunkt fürchtete ich die negativen Auswirkungen, falls eine Scheidung publik würde. Ich wollte nicht, dass Sie von meiner Ehe erfuhren, deswegen reichte ich die Scheidung gar nicht erst ein. Und dann verlor ich Sandy aus den Augen. Sie verschwand einfach, während ich in New York war. Erst vor ein paar Wochen habe ich sie wieder gesehen. Damals wollte ich sie um eine Scheidung bitten, sie war aber in einer so elenden Verfassung, dass ich das Thema gar nicht ansprach. Sie lieh sich Geld von mir, und neulich rief sie mich an … den Rest dürften Sie kennen. Ich kam nach Hause und traf die Polizei bei mir an …« Seine Augen füllten sich mit Tränen. Er konnte nicht weitersprechen.

Mels Stimme durchschnitt die Stille des Raumes. »Bill, meine

Anwälte haben mir geraten, dich zu verklagen.« Nichts in seinem Verhalten deutete darauf hin, dass er davon absehen würde.

Aus Bills Blick sprach Angst. »Ich verstehe.« Auf eine Auseinandersetzung konnte er sich nicht einlassen. Er hatte einen Betrug begangen. Aber er war kein Mörder.

»Aber ich werde es nicht tun. Im Moment nicht.« Ungläubig starrte Bill ihn an. Und Mel verschwieg ihm, dass es Sabina war, die es ihm ausgeredet hatte. Sie hatte sich bei ihm für Bill richtig eingesetzt. »Ich bin der Meinung, dass du schon genug Ärger hast.« Jetzt sprach er mit Sabinas Worten. »Der ganze Fall könnte der Fernsehserie schaden. Sehr empfindlich sogar. Wenn man dich als Mörder verurteilt, wird sich das in unseren Einschaltziffern ungünstig niederschlagen. Es könnte uns vernichten.«

Bill war wie gelähmt vor Schuldbewusstsein. »Mel, ich hab's nicht getan … mein Ehrenwort …« Jetzt konnte er die Tränen nicht mehr zurückhalten. »Ich habe sie nicht getötet.«

»Das will ich hoffen.« Mel war ganz offen. Sein Mitgefühl für den jungen Mann war ungeheuchelt.

»Ich habe der Polizei angeboten, mich mit dem Lügendetektor zu verhören, und ich würde mich auch vor Ihnen einem solchen Test unterziehen.« Die Polizei hatte abgelehnt, aber Bills Anwalt wollte einen machen lassen, um ihn dem Staatsanwalt zu zeigen. Bill hatte nichts zu verbergen.

»Bill, alles hängt von deinen Anwälten ab. Wie ist der Stand des Verfahrens im Moment?« Mel wirkte abgespannt. Auch für ihn stellte die ganze Affäre eine große Belastung dar. Die Sache war für alle ein schwerer Schlag. Natürlich hatte es Bill am schlimmsten getroffen. Man sah ihm an, was er durchgemacht hatte.

»In zwei Wochen gibt es eine Vorverhandlung. Wir hoffen, dass daraufhin die Anklage fallen gelassen wird.«

»Und wenn nicht?« Mel war Realist und produzierte eine Fernsehserie. Eine große und kostspielige.

»Dann findet neunzig Tage später der Prozess statt.«

»Wann ist das?«, fragte Mel stirnrunzelnd und griff nach seinem Kalender. »Irgendwann im Juni?«

»Ich glaube.«

Mel nickte. Er dachte an die Serie und an alle Beteiligten. Daran hatte er die ganze Nacht, die ganze Woche und den ganzen heutigen Morgen gedacht. »Ich glaube, wir machen mit den Dreharbeiten weiter. Natürlich bekommst du am Tag der Verhandlung frei. Und die Drehpause beginnt am ersten Juni.« Er hielt inne und nagte an den Brillenbügeln. »Wir werden zwei Schlussszenen drehen, eine nach dem vorliegenden Drehbuch. Und eine zweite, in der du ums Leben kommst. Wenn nötig, können wir die dann nächstes Jahr bringen und damit dein Verschwinden erklären.« Für Mel und Bill eine armselige Alternative … aber ein Gattenmörder würde kaum zum jugendlichen Helden werden können.

»Wenn es einen Freispruch gibt, könnten wir dich nach der Pause wie geplant wieder einsetzen. Wenn nicht, haben wir die zweite Version zur Verfügung. Ich brauche etwas Zeit, um mir das alles gründlich zu überlegen. Falls die Anklage fallen gelassen wird, müssen wir beide ein Wörtchen miteinander reden. Über Aufrichtigkeit und über deine Ziele. Du kannst nicht erwarten, eine Bombe dieser Größenordnung platzen zu lassen und dann wieder mit offenen Armen empfangen zu werden.« Er selbst hätte ihn nach wie vor am liebsten gefeuert, aber Sabina behauptete, dass es dem Projekt schaden könne. Bill tat ihr Leid. In ihren Augen war er fast noch ein Kind, eines, das sich gründich in die Nesseln gesetzt hatte.

»Das ist mir klar.« Das stimmte. Bill war total am Boden zerstört und überzeugt, dass Mel ihn nach der Pause nicht mehr weiterbeschäftigen würde. Warum auch?

»Es war für alle ein Schlag. Der schwerste aber für dich. Wer ist dein Anwalt?«

»Ed Fried, ein Freund meines Agenten.«

»Ich möchte, dass du mit Harrison und Goode sprichst – gleich morgen. Wir erwarten dich am Montag im Studio zurück.«

»Ich … hm … ich könnte morgen Nachmittag mit den Anwälten sprechen, falls sie mich an einem Samstag empfangen.« Mel zog eine Braue hoch, und Bill kämpfte wieder mit den Tränen. »Am Morgen ist Sandys Beerdigung.«

Mel sah zur Seite. Der Schmerz in Bills Blick war ihm unerträglich. Vielleicht hatte Sabina Recht … der arme Junge … »Bill, mein Beileid.«

Bill nickte und wischte sich über die Augen. In nur wenigen Tagen war aus seinem Leben ein Trümmerhaufen geworden. Es war wie ein schlechter Traum.

»Ich möchte dir auch sagen, dass es keine Entschädigung geben wird, falls wir dich nach der Pause nicht mehr beschäftigen. Du musst jetzt gleich eine Erklärung unterschreiben.«

»Ja, Sir.« Er hätte am liebsten Mel auf Knien um Vergebung angefleht und alles getan, nur um ihn zu versöhnen. Er hätte seinen rechten Arm und das linke Bein dafür gegeben.

»Aber ich möchte auch, dass du mit unseren Anwälten sprichst, vielleicht können sie dir helfen. Das Strafrecht ist zwar nicht ihr Spezialgebiet, aber ich bin sicher, dass sie dich an die richtigen Leute weiterverweisen.« Mel räusperte sich und setzte seine Lesebrille wieder auf. Es waren kleine halbmondförmige Gläser, die ihn älter und irgendwie schulmeisterlich aussehen ließen. Für ein Gespräch dieser Art waren sie nicht gedacht. Mel runzelte stets die Stirn, wenn er sie trug.

»Die Anwaltskosten übernehmen wir.« Auch das hatte Sabina ihm abgerungen.

Bill wusste gar nicht, wie ihm geschah. »Ich kann nicht … Mel …«

»Wir wollen es so. Aus zweierlei Gründen. Für die Serie ist

es ungeheuer wichtig, dass man die Anklage fallen lässt, aber auch« – sein Ton wurde sanfter, als er den niedergeschlagenen jungen Mann sah –, »weil wir dich verdammt gern haben. Uns allen geht die Sache sehr unter die Haut.«

Bill war gerührt, als er Mel die Hand schüttelte. »Ich weiß gar nicht, wie ich Ihnen danken soll.«

»Sei am Montag pünktlich im Studio, und tue alles, damit die Anklage fallen gelassen wird.«

»Ja, Sir.« Er wartete noch einen Augenblick, aber das Gespräch war zu Ende. Wieder schüttelte er Mel die Hand und schloss beim Verlassen des Büros lautlos die Tür hinter sich. Als er die Treppe hinunterlief, hatte er das Gefühl, dass ihm eine Last von den Schultern genommen und dafür eine andere aufgebürdet worden war. Man hatte ihn zwar nicht Knall auf Fall entlassen, aber ihm war klar, dass es nach der Sommerpause aller Wahrscheinlichkeit nach dazu kommen würde. Die geplante zweite Version der Schlussszene, in der er ums Leben kommen würde, stellte für die Firma ein gutes Druckmittel dar, das sie vermutlich auch anwenden würde. Andererseits war er sehr gerührt, dass Mel ihm zu einem Verteidiger verhalf. Er war sicher, dass Mels Anwälte für ihn sehr viel tun konnten.

Vor Mels Büro stieg er in seinen Wagen und fuhr zum Studio. Dem Team gegenüberzutreten war ihm ziemlich unangenehm, aber irgendwann musste es sein, und vor allem musste er mit Gabby reden. Seit dem Abend, als sie ihn mit Zack und Jane im Gefängnis besucht hatte, hatte er sie nicht mehr gesehen. Er wollte sie fragen, warum sie seinetwegen gelogen hatte. Und natürlich wollte er sich für ihren gut gemeinten, wenn auch vergeblichen Versuch, ihm zu einem Alibi zu verhelfen, bedanken.

Im Studio wurde gerade eine Szene mit Sabina und Jane gedreht. Das Klingelzeichen ertönte, als Bill das Set betrat. Sofort blieb er wie angewurzelt stehen – außerhalb von Sabinas Blickfeld. Er wusste, wie sehr sie Ablenkung bei der Arbeit – zumal bei einer großen Szene – hasste. Sie verlangte absolute Ruhe, um sich konzentrieren zu können, und alle bemühten sich, ihrem Wunsch zu entsprechen. Aus diesem Grund waren Besucher bei den Dreharbeiten sehr selten.

Als der Regisseur ausrief: »Schnitt!«, ging Bill weiter, und jetzt erst bemerkten ihn die anderen. Einige grüßten, andere ignorierten ihn. Es herrschte allgemeine Befangenheit, denn niemand wusste so richtig, wie man ihm begegnen sollte. Zum ersten Mal bekam Bill zu spüren, dass ihn einige Menschen für einen Mörder hielten. Ein schrecklicher Gedanke. Am liebsten hätte er ausgerufen: »Ich bin unschuldig!« Stattdessen ging er direkt zu Gabbys Garderobe und hoffte inständig, dass sie da war. Er traf sie Kaffee trinkend und in ein Skript vertieft an. Erstaunt blickte sie auf, als er eintrat. Ihr Lächeln wirkte aufgesetzt. Gabby wusste, dass er wieder auf freiem Fuß war, und doch hatte sie ihn nicht angerufen.

»Komme ich ungelegen?«

Als sie ihn ansah, war ihr Lächeln voller Wärme. »Nein. Wie geht's?«

»Ganz gut. Ich komme gerade von Mel.«

Sie runzelte die Stirn. »Was hat er gesagt?« Diese Frage hatte allen Sorgen bereitet.

»Mel ist ein Ehrenmann. Er lässt mich bis zur Pause weitermachen.«

»Und dann?«

»Na ja, dann wird es wohl aus sein. Man wird eine Schlussszene drehen, in der ich umkomme, sodass man für alle Eventualitäten gerüstet ist. Wie der Prozess im Juni ausgeht, steht in den Sternen.«

»Das nenne ich einen optimistischen Standpunkt«, neckte sie ihn und schenkte ihm eine Tasse Kaffee ein. Er nahm die Tasse mit unsicheren Händen entgegen und setzte sich Gabby gegenüber.

»Im Moment bin ich nicht sehr optimistisch.« Mit gutem Grund, wie er wusste. Sein Blick wurde weich, als er sie ansah.

»Ich bin dir eine Entschuldigung und Dank schuldig. Das ganze Jahr über habe ich mich wie ein richtiges Ekel benommen. Und ich begreife wirklich nicht, warum du so viel für mich getan hast … deinen Versuch, mir ein Alibi zu verschaffen, meine ich – das habe ich doch gar nicht verdient.«

Sie war ganz offen. »Ich glaube einfach nicht, dass du sie umgebracht hast.«

»Aber wissen kannst du es nicht. Das weiß niemand.« Er hatte die Spannung gespürt, als er ins Studio kam. Kein Mensch wusste, was er von Bill halten sollte. In nur wenigen Tagen war er zu einem Fremden geworden. Einige wenige hatten zu ihm gehalten, aber niemand so sehr wie Gabby. »Die Polizei wusste sofort, dass du gelogen hast, aber du warst sehr tapfer. Du hättest dir damit viel Ärger einhandeln können.«

»Ach, ich dachte mir, einen Versuch ist es immerhin wert.« Ihre Blicke begegneten sich.

Bill schloss einen Moment die Augen, um gleich darauf Gabby wieder anzusehen. »Ich weiß gar nicht, warum du noch ein Wort für mich übrig hast, so, wie ich dich behandelt habe.«

»Ja, dumm von mir.« Lächelnd setzte sie die Tasse ab. »Ich leugne nicht, dass du ab und zu richtig nervtötend warst – damals in New York, als du vor allen hinausposaunt hast, wer ich bin, und die Zeitung herumgereicht hast, hätte ich dich am liebsten erwürgt. Aber als der Mord passierte, wusste ich, dass es für dich ein schreckliches Unglück war … auch wenn du eine Nervensäge bist.« Sie zögerte kurz, ehe sie fragte: »Warst du deshalb immer so kratzbürstig?«

»Ja, vermutlich schon … ich habe mir große Sorgen gemacht, besonders in New York. Immer hatte ich Angst, dass Sandy wieder eine Überdosis nehmen könnte. Es kam mir so ungerecht vor, dass mein Leben eine so günstige Wendung genommen hatte, während Sandy praktisch am Boden lag. Und außerdem stand ich tausend Ängste aus, weil ich Mel beim Vorstellungsgespräch angelogen habe. Ich war nicht mal sicher, ob ich eine Scheidung anstreben sollte, weil ich fürchtete, dass er davon erfahren könnte.« Er sah Gabby mit einem sonderbaren Blick an. »Du siehst ihr ein wenig ähnlich. Ich glaube, auch das hat mich irgendwie kopfscheu gemacht. Du warst so frisch und lebendig, normal und gesund. Vielleicht habe ich mich dagegen aufgelehnt.« Gabrielle beobachtete Bills Augen, aus denen Verzweiflung sprach. »Immerzu dachte ich, sie könnte so sein wie du ... wenn sie nur wollte ... als wir heirateten, war sie im Begriff, ganz groß Karriere zu machen.«

»Und warum habt ihr die Ehe geheim gehalten?«

»Das ist eine lange Geschichte. Ihr Agent wollte es, und für mich kam dann dieses Engagement. Und ich habe Mel angelogen ... ach, es ist ein einziges Schlamassel.« Er seufzte abgrundtief. »Aber jetzt ist alles schon wieder viel besser. Der Prozess findet während der Sommerpause statt.« Er sagte ihr auch, dass Mel ihm seine Anwälte zur Verfügung gestellt hatte. Gabby zeigte sich sehr beeindruckt.

»Er ist ein verdammt netter Kerl. In New York ist er mit mir ausgegangen, als ich total am Boden zerstört war.« Deinetwegen, dachte sie, sprach es aber nicht aus.

»Ja, er ist schon eine tolle Nummer.« Bill benutzte einen in L.A. sehr gebräuchlichen Ausdruck. Aber Mel war es wirklich. Ein Mann. Ein Held, eine richtige Vaterfigur.

Plötzlich sah Gabby ihn mit spitzbübischem Lächeln an. »Glaubst du, dass Sabina mit ihm schläft?«

Bill lachte. Es war die erste banale Frage, die ihm seit Tagen gestellt worden war. Jetzt waren sie wie zwei Kinder, die über ihre Eltern klatschten. »Wahrscheinlich schon. Sabina weiß genau, wo es was zu holen gibt. Ihre Juwelen hat sie bestimmt nicht vom Weihnachtsmann.«

»Ich glaube, er ist verliebt in sie.«

»Und ich denke, er ist ein verdammt anständiger Mensch. Auch wenn er mich feuern sollte, was er zweifellos tun wird, hat er sich viele gute Dinge im Leben verdient.« Der Gedanke an die Serie entlockte Bill wieder einen Seufzer. »Habe ich in der letzten Woche viel versäumt?«

»Ach, gar nicht. Wir haben die Szenen gedreht, in denen du nichts zu tun hast. Bist du am Montag wieder da?« Komisch, plötzlich waren sie wie uralte Freunde, obwohl sie sich noch vor kurzem nicht ausstehen konnten. Was Gabby für ihn getan hatte, sicherte ihr seine ewige Freundschaft. Gabby war ein großartiges Mädchen, und er schämte sich entsetzlich, weil er sie so schäbig behandelt hatte.

»Ja.« Und dann setzte er hinzu, als müsste er es ihr sagen: »Morgen findet Sandys Beerdigung statt.«

Sie zuckte zusammen. »Mein Beileid. Kann ich etwas für dich tun?« Er schüttelte den Kopf. Niemand konnte etwas für ihn tun, auch nicht für Sandy … Sein Haus war von einem Reinigungsservice, den Harry angeheuert hatte, in Ordnung gebracht worden. Bill hätte den Anblick der Spuren des Verbrechens nicht ertragen. Den Hund hatte man in einem Tierheim untergebracht, so lange, bis Bill wieder Tritt gefasst hatte. Er war fest entschlossen umzuziehen, und zwar so schnell als möglich. Es bestand immerhin die Gefahr, dass der Mörder zurückkam und ihn bedrohte, obgleich es unwahrscheinlich war. Schließlich hielt er für den Kerl den Kopf hin, und der Mörder wäre wahnsinnig gewesen, Bill zu töten und damit den Beweis zu erbringen, dass er Sandy nicht ermordet hatte.

Bill sah Gabrielle an, als sähe er sie zum ersten Mal. Ein hübsches Mädchen. Sogar noch hübscher als Sandy. »Ich danke dir für alles.« Damit stand er auf. Eine so herzliche Umarmung wie im Gefängnis wäre jetzt unangebracht gewesen, zudem wurde eben an die Tür geklopft.

»Gabby, Sie sind die Nächste.« Es war einer der Regieassistenten.

»Danke, komme gleich«, rief Gabby. Sie sah Bill tief in die Augen. »Bill, es wird alles wieder gut. Du wirst schon sehen. Im Moment ist es sehr hart für dich, aber zu guter Letzt kommt alles ins Lot. Du bist unschuldig. Du wirst es schaffen. Kopf hoch.«

»Danke.« Er entschloss sich doch zu einer kurzen Umarmung und verließ wenig später das Studio.

27

Sandys Beerdigung bescherte ihm die schlimmsten Momente in seinem ganzen Leben. Ihre Eltern waren gekommen und weinten hemmungslos, ihr jüngerer Bruder, die ältere Schwester, die krampfhaft die Hand ihres Mannes umfasst hielt. Der kleine Bruder heulte, und alle bedachten Bill mit tieftraurigen Blicken. Er spürte, dass sie ihn nicht für den Mörder hielten. Einige von Sandys alten Freundinnen aus der Serie waren ebenfalls gekommen. Die Beerdigung wurde zu einem jener fürchterlichen Ereignisse, von denen man erwartet, dass sie sehr schlimm werden, und die sich dann als noch viel schrecklicher entpuppen. Wegen der Schussverletzungen hielt man den Sarg geschlossen, das war für Bill eine große Erleichterung. Er wollte Sandy nicht wieder sehen, nicht nur, weil ihm der Anblick der Schusswunden unerträglich war. Sie war so schmal und zerbrechlich geworden, ihr Körper war von den Exzessen, über die sie schon längst die Kontrolle verloren hatte, verwüstet, und ihr Gesicht war nur mehr ein Schatten dessen, was es einst gewesen war.

»Als kleines Mädchen war sie so süß«, schluchzte ihre Mutter in Bills Armen, während er gegen die Tränen ankämpfte. »Sie hatte so schöne große Augen ... und sie half mir immer so geschickt in der Küche ...« Sie konnte nicht weitersprechen. Sogar ihr Vater umarmte Bill. Der Geistliche schüttelte allen die Hand, und dann fuhren sie in grauen Mietlimousinen zum Friedhof.

Bill saß mit Sandys älterer Schwester und deren Mann in einem Wagen. Die beiden waren still und bedrückt, und Bill glaubte zu spüren, dass sie von seiner Unschuld nicht so überzeugt waren wie die Eltern.

»Sie sagte mir einmal, dass sie vielen Leuten Geld schuldete«, sagte Bills Schwägerin, die es noch immer nicht fassen konnte, dass ihre kleine Schwester tot war. Sie war nur zwei Jahre älter als Sandy und nicht annähernd so hübsch. Sie sah Bill fragend an, als erwartete sie, dass er auf dem Weg zum Friedhof ein Geständnis ablegen würde. Lange vor dem Ziel ging ihnen endgültig der Gesprächsstoff aus. Am offenen Grab standen alle wie betäubt da, die Blicke starr auf den Sarg gerichtet, während Sandys Mutter in hysterisches Schluchzen ausbrach und der Geistliche den dreiundzwanzigsten Psalm betete. Bill hatte das Gefühl, einen qualvollen Traum zu durchleben. Ständig musste er an seinen Hochzeitstag denken. Und jetzt war alles aus. Der Gedanke, dass er jetzt Witwer war, erschien ihm sonderbar.

Nach einer endlos erscheinenden Fahrt in die Stadt irrte er ziellos umher. Er konnte sich nicht erinnern, wo er seinen Wagen gelassen hatte, und als er ihn endlich gefunden hatte, wusste er nicht mehr, wohin er wollte. Dann fiel es ihm wieder ein. Harrison und Goode, Mels Anwälte. Er hatte noch genug Zeit für eine Tasse Kaffee. Er setzte sich in ein Restaurant und starrte ins Leere, während der Kaffee kalt wurde. Bills Gedanken kehrten immer wieder zu Sandy zurück. Und als er bezahlte, bemerkte er, dass die Kellnerin ihn anstarrte. Es war nicht die Art Blicke, die er gewohnt war und die ihn daraufhin prüften, ob er irgendein Star war. Nein, diesmal galt der Blick ihm, weil sie ihn im Fernsehen und sein Foto in den Zeitungen gesehen hatte. Hastig stand er auf und lief zu seinem Wagen, um zu dem am Santa Monica Boulevard gelegenen Anwaltsbüro zu fahren.

Die Kanzlei befand sich im dreiunddreißigsten Stock des ABC Entertainment Center. Stan Harrison hatte sich bereits mit zwei erfahrenen Strafverteidigern in Verbindung gesetzt, die Bill beraten konnten. Es wurde ein langer, anstrengender Nachmittag. Wie Ed Fried, der seine Unterlagen herübergeschickt hatte, waren auch sie der Meinung, dass Bill gute Aussichten hätte, bei einem Prozess freigesprochen zu werden, falls keine weiteren Beweise auftauchten. Sie hielten es jedoch für unwahrscheinlich, dass man das Verfahren ohne Prozess einstellen würde. Sie sollten Recht behalten. Zwei Wochen später musste Bill zu einer vorläufigen Untersuchung, die damit endete, dass man ihn bis zum Prozess auf Bewährung auf freien Fuß setzte. Der Richter war zu der Erkenntnis gelangt, dass die zweifelhaften Punkte dieses Falles für eine Anklage ausreichten. Von dieser Meinung ließ er sich nicht abbringen. Der Prozess wurde für den neunten Juni festgesetzt. Bill fühlte sich wie in einem schlechten Film.

Noch am selben Nachmittag musste er schnell ins Studio, weil er in drei Szenen zu tun hatte. Er arbeitete noch intensiver als zuvor und kniete sich in seine Rolle noch mehr hinein, als wäre er es Mel und allen anderen schuldig. Ehe er seine Rolle aufgeben musste, wollte er ihr noch ein paar Glanzlichter aufsetzen.

Erst um acht Uhr wurde Schluss gemacht. Überstunden waren an sich eine Seltenheit, aber Sabina hatte in einer großen Szene mit Zack Schwierigkeiten gehabt. Immer wieder geriet sie mit ihrem Text ins Schwimmen, bis sie schließlich wutentbrannt das Set verließ. Nach einer Unterbrechung bekamen sie die Szene dann doch noch hin – nach zweiundzwanzig Takes.

Am Ende waren alle fix und fertig, sogar Zack, der kein Wort der Klage laut werden ließ. Bill konnte ihm ansehen, dass er diesmal die Nase voll hatte, als er mit Jane das Studio verließ. In letzter Zeit hatte Bill die beiden so oft zusammen gesehen, dass er sich die Frage stellte, ob an den vagen Gerüchten, die er vernommen hatte, etwas Wahres war oder ob es sich nur um den üblichen Hollywoodtratsch handelte. In Mike's Bar hatte einmal jemand behauptet, er halte Zack für schwul – ein Vorwurf, der früher oder später gegen jeden einmal erhoben wurde. Vielleicht waren Zack und Jane nur gute Freunde. Ob mehr hinter ihrer Beziehung steckte, konnte niemand mit Sicherheit wissen, da die beiden sehr diskret waren, noch diskreter als Mel und Sabina.

»Du siehst ziemlich angeschlagen aus«, sagte Gabby zu Bill, als sie gemeinsam hinausgingen. Es war für alle ein anstrengender Tag gewesen, für ihn aber noch viel anstrengender, da er heute vor Gericht gestanden hatte.

»Danke für das Kompliment.«

»Na, wie ist es gelaufen?« Gabby hatte ihm angeboten, ihn zur Voruntersuchung zu begleiten. Er hatte abgelehnt, weil es keinen Grund dafür gab. Zudem hatte er immer noch ein schlechtes Gewissen, weil er sie den ganzen Winter über so schlecht behandelt hatte.

»Ich habe Aufschub bis zum Prozess bekommen.« Die juristische Ausdrucksweise war ihm mittlerweile ganz vertraut.

»Es kommt also zum Prozess?«

Bill nickte. Er hatte sich damit abgefunden. Ihm blieb nur die Hoffnung, dass seine Anwälte Recht behalten und die Geschworenen ihn freisprechen würden. »Ja, am neunten Juni.« Obwohl bis dahin noch eine Ewigkeit Zeit zu sein schien, wusste er, dass der Termin viel zu rasch näher rücken würde.

»Der Prozess fällt mit dem Beginn der Sommerpause zusammen. Leider wird es für mich eine Dauerpause werden.«

»Davon kann keine Rede sein. In den letzten Szenen warst du einfach großartig. Ich habe dich genau beobachtet.«

»Tja, wenn ich schon gehen muss, dann wenigstens nicht ohne Stil. Damit erreiche ich vielleicht, dass man mich vermisst.« Er sah sie mit bedauerndem Lächeln an, und Gabby schüttelte den Kopf. Ihr dunkles Haar hatte sie zu einem langen Zopf geflochten, der ihr über den Rücken fiel. Sie warf ihn lässig nach hinten.

»Hör auf, so zu reden, die endgültige Entscheidung ist noch nicht gefallen.«

»Was glaubst du denn? Vom Ausgang des Prozesses mal abgesehen, meinst du wirklich, dass man mich weiter beschäftigen kann? Kein Produzent kann sich einen solchen Skandal leisten, schon gar nicht, wenn es um eine neue Serie geht, bei der man nach den Einschaltziffern giert. Man muss mich fallen lassen, um der öffentlichen Meinung entgegenzukommen.«

»Und was würde das schon ausmachen? Auch wenn man dich feuert, wirst du das ganze Jahr über auf dem Fernsehschirm zu sehen sein. Im nächsten Jahr wird der ganze Fall in Vergessenheit geraten. Also wird man dich behalten.«

»Das musst du mal Mel sagen.« Er meinte es scherzhaft, denn er respektierte Mels Entscheidung, wie immer diese auch ausfallen mochte.

»Mach ich vielleicht«, erwiderte sie ebenso scherzhaft. Beide wussten, dass sie es nicht tun würde.

»Hungrig?« Er behandelte sie immer mehr wie eine kleine Schwester.

»Hm, ein bisschen.«

»Wie wär's mit einem Hamburger, irgendwo?«

Sie überlegte. »Ich weiß nicht … heute habe ich schon genug von Lärm und Menschen. Darf ich dich auf eine Pasta bei mir zu Hause einladen?«

»Du kannst kochen?« Bill schien belustigt. Eine Gabrielle Thornton-Smith, die selbst kochte?

»Eigentlich nicht.« Sie lächelte. »Aber ich kann so tun, als ob.«

»Wie kannst du bei einer Pasta so tun, als ob? Das kann gar nicht so einfach sein.«

»Ich tue so, als käme die Soße nicht aus der Dose, und du tust so, als wärst du begeistert.«

»Klingt vernünftig. Muss ich für diese Rolle meinen Agenten anrufen?«

Sie lachte und war erfreut, dass er so fröhlich war. In der ersten Woche nach seiner Untersuchungshaft war er in einem jämmerlichen Zustand gewesen – das konnte sie ihm nachfühlen. Das Filmteam hatte es ihm nicht eben leichter gemacht, und sogar die Schauspielerkollegen waren auf Distanz gegangen. Im Studio hatte man gespürt, dass ihm viele misstrauten, und er hatte ihr deshalb herzlich Leid getan. Gabrielle wusste, was es hieß, von allen gemieden zu werden, und sie hatte das Gefühl, ihn beschützen zu müssen.

»Möchtest du den Wagen hier lassen? Ich könnte dich am Morgen abholen, es ist für mich kein Umweg.«

Verblüfft registrierte Bill, wie einfach ihre Wohnung ausgestattet war. Trotz des Einkommens, über das sie seiner Vermutung nach verfügen konnte, und trotz ihrer Gage, deren Höhe er ungefähr kannte, lebte sie sehr bescheiden in einer kleinen, behaglich eingerichteten Wohnung mit Garten. Es gab keinen spektakulären Ausblick und nur ein kleines, gemütliches Schlafzimmer. An den Wänden hingen Poster von Orten, die sie kannte, sowie von solchen, die sie kennen lernen wollte. In der Küche standen unzählige unbenutzt aussehende Kochtöpfe. Gabbys heutiger Kochversuch stellte sichtlich eine Ausnahme dar. Dass sie den Herd nicht sehr oft benutzte, konnte man sehen, und die Pasta war bei weitem nicht die beste, die er bis jetzt gegessen hatte. Sie plauderten über ihre gemeinsame Arbeit und ließen seine Probleme unerwähnt.

»Gab, wie ist deine Familie?«, fragte er.

»Reich.« Sie lächelte betont breit. »Das wolltest du doch hören, oder?«

Er lachte. »Nein, alles andere. Hast du sie gern?«

»Manchmal schon. Meine Mutter hat meist nur ihre Kleider im Kopf, und mein Vater betet sie an.« Ein simples Resümee, das nicht ganz unzutreffend war.

»Geschwister?«

»Ich bin allein.« Auch Bill war ein Einzelkind und hatte es oft als Last empfunden. Mit Sandy hatte er sich Kinder gewünscht. Später erst schloss der Zustand, in den sie bald nach der Hochzeit geriet, Nachwuchs aus. »Als ich noch klein war, wurde ich sehr verwöhnt. Und sie spielten verrückt, als ich mich entschied, Schauspielerin zu werden.«

»Meine Eltern waren auch nicht entzückt. Mein Vater wollte, dass ich in die Versicherungsbranche einsteige wie er. Sie haben mich nie richtig verstanden, wie man so schön sagt. Sie leben an der Ostküste, ich habe sie seit drei Jahren nicht mehr gesehen. Auf einer Weihnachtskarte machte ich ihnen Mitteilung von meiner Heirat, worauf mir meine Mutter zurückschrieb, wie traurig sie waren, weil ich sie nicht rechtzeitig benachrichtigt und ihnen Sandy vorher nicht vorgestellt hatte. Dann kam eine Salatschüssel als Geschenk, und seither habe ich kaum etwas von ihnen gehört. Und ich selbst bin kein Mensch, der familiäre Kontakte pflegt. Ich habe ihnen nicht viel zu sagen.«

»Mein Vater wollte, dass ich Anwältin werde. Wir beide sind wohl missraten, glaube ich.« Das schien sie nicht weiter aufzuregen, und er lächelte ihr aufmunternd zu.

»Nächstes Jahr sieht die Sache anders aus, da werden sie ihre Meinung ändern müssen. Du wirst dann der heißeste Nachwuchsstar von Hollywood sein.« Beide fragten sich im Stillen, ob er dann noch im Team sein würde, aber keiner sprach es aus.

»Ach, vielleicht auch nicht. Womöglich wird die Serie als Flop abgesetzt.«

Bill lachte. »Das ist nicht sehr wahrscheinlich, zumindest nicht bei einer Serie von Mel Wechsler. Was er anfasst, wird zu Gold – wie bei König Midas.« Er fing an, ihr an beiden Händen Mels Erfolge aufzuzählen. Gabby lächelte.

»Erstaunlich, nicht? Ich weiß noch immer nicht, wieso er ausgerechnet mich engagiert hat.«

»Weil du gut bist.« Bill sagte es mit einem bedeutsamen Lächeln.

»Du aber auch.« Beiden kam das Lob aus ehrlichem Herzen. Sie waren sehr gut, arbeiteten sehr konzentriert und setzten ihre Begabung geschickt ein. Mel hatte seine Besetzung sehr überlegt ausgewählt, das wussten beide. »Sabina schüchtert mich zwar noch immer gelegentlich ein, während Jane einem alles so leicht macht. Aber Sabina scheint ohne eine gewisse Spannung nicht auszukommen.« Gabby sah blutjung aus, als sie dies sagte, das Kinn in die Hand gestützt, am Küchentisch sitzend, auf dem noch immer ihre Teller standen.

»Sie spielt zu gern den Star.«

»Manchmal frage ich mich, was sich in ihrem Kopf abspielt.«

»Ach, nicht viel. Schmuck und Nerze und Mels Bankkonto. Das Übliche.«

Gabby lachte und machte gleich wieder ein ernstes Gesicht.

»Ich glaube, hinter ihr steckt mehr, als wir ahnen. Sie ist sehr zurückhaltend.«

»Wie du?« Bills Neugierde auf Gabrielle war noch lange nicht gestillt. Es war eine Neugierde, die er spürte, seitdem er entdeckt hatte, wer sie war. Zugleich war er aber nicht frei von einem gewissen Neidgefühl, da er es ungerecht fand, dass manche Menschen so viel besaßen und andere gar nichts. Gabby aber war vom Reichtum ihrer Eltern nichts anzumerken. Bill hatte sich vorgestellt, dass sie Butler und Hausmädchen hatte und dazu Perserteppiche, aber davon konnte keine Rede sein. Sie war ganz einfach, aufrichtig und warmherzig ... er bemerkte auf einmal so viel an ihr, das er zuvor nicht beachtet hatte, und wusste nicht recht, wie er sich ihr gegenüber verhalten sollte. Sie war ein ganz besonderes Mädchen, intelligent, stolz, mit einem ausgeprägten Hang zu Loyalität und Freundschaft. Für Jane und Zack wäre sie auf die Barrikaden gegangen, sie verteidigte sogar Sabina. Das Team von »Manhattan« war für sie zur Familie geworden – mehr als die eigene. Und Bill gehörte dazu, mochte er auch noch so abscheulich zu ihr gewesen sein.

»Ich bin genau das, was ich bin. Gabby Smith, Schauspielerin. Ich arbeite hart, ich sehe mittelmäßig aus, und für meinen Großvater kann ich nichts. An Gewissensbissen meiner Herkunft wegen leide ich fast gar nicht mehr.« Die Arbeit im Studio hatte ihr gut getan. Sogar Bills Sticheleien hatten dazu beigetragen, dass sie reifer geworden war, aber leicht war es nicht gewesen. »Irgendwie ist das unwichtig.«

»Vermutlich hast du Recht.«

»Als Kind habe ich meine Familie verabscheut, weil sich immer jemand fand, der mir meine Herkunft vorwarf.«

Sofort meldete sich bei Bill das schlechte Gewissen. »Hör auf, sonst fühle ich mich gleich noch schäbiger.«

»Du warst wirklich grässlich.« Sie schien es ihm aber nicht mehr nachzutragen. »Ich habe es überlebt. Und du wirst überleben, was du jetzt durchmachst, und du wirst dich danach besser fühlen.« Gabby verfügte über eine innere Kraft, die ihm imponierte. Je länger er ihr zuhörte, desto deutlicher merkte er, dass sie mit Sandy keine Ähnlichkeit hatte. Sandy war ein schwacher Mensch. Davon konnte bei Gabby keine Rede sein.

Ein Blick auf die Uhr zeigte ihm, dass Mitternacht vorbei war. »Ich muss gehen.« Beide mussten in aller Herrgottsfrühe aufstehen. »Möchtest du übers Wochenende proben?«

Sie nickte. Sie sah zu ihm auf und lächelte.

»Ja … ich glaube, das könnte gar nicht schaden.«

»Danke fürs Abendessen.«

»Jederzeit wieder. Ich könnte auch eine leckere Corned-Beef-Pfanne auf den Tisch bringen. Und Ravioli!«

»Soll ich beim Aufräumen helfen?«, fragte er lachend, als sie ihn zur Tür brachte.

»Aber nein. Morgen kommt mein Mädchen.«

»Ach, wirklich!« Wenigstens traf eine seiner Fantasievorstellungen zu, aber sie lachte nur übermütig und schob ihn durch die Tür.

»Natürlich nicht, du Dummkopf! Ich bin Köchin und Hausmädchen und Chauffeur in einem.«

Als er bereits im Begriff war einzusteigen, rief sie ihm noch nach: »Vergiss ja nicht, mich morgen abzuholen. Viertel vor sieben?«

»Ich werde da sein. Gute Nacht.«

Gabby winkte ihm nach, ehe sie langsam zurückging und die Tür abschloss.

28

Mit fünfminütiger Verspätung war er am nächsten Morgen tatsächlich zur Stelle. Bill wirkte noch sehr verschlafen, und auch Gabby gähnte, als sie einstieg. Sie war viel zu lange auf den Beinen gewesen, da sie noch aufgeräumt hatte, nachdem er gegangen war. Anschließend hatte sie den Text für den nächsten Tag gelernt. Immer war Gabby sehr gründlich vorbereitet, das bewunderte er sehr. In seinen zehn Jahren als Schauspieler hatte er es sehr oft mit Partnerinnen zu tun gehabt, die ihre Hausaufgaben nicht gemacht hatten. Das sagte er ihr auch auf der Fahrt ins Studio. Gabby erwiderte sein Kompliment mit einem Lächeln.

Unglaublich, welche Veränderung seit seiner Verhaftung mit ihm vorgegangen war … und – traurig genug – seit Sandys Ermordung. So schwer ihn Sandys Tod getroffen hatte und so grauenvoll dieses Erlebnis gewesen sein musste, er wirkte jetzt befreit. Doch das sagte sie ihm natürlich nicht. Im Studio gingen sie getrennte Wege, da sie sich umziehen und schminken lassen mussten. Gabby, die ihr Haar im Film zu einem französischen Nackenknoten zusammengefasst trug, hatte um halb acht einen Termin beim Friseur.

Als sie später auf dem Set zusammentrafen, sah sie wie verwandelt aus in ihrem roten Kostüm mit den hochhackigen Schuhen und modischen Ohrclips.

»Miss Thornton-Smith?« Er vollführte eine schwungvolle Verbeugung, auf die sie mit einer Grimasse reagierte.

»Hör bloß damit auf. Ich bin Tamara Martin.«

»Entschuldigung, aber Sie sehen aus wie …« Es entspann sich ein freundschaftliches Geplänkel, und anschließend sprachen sie zweimal ihren Text durch, während die Lichtdoubles ihre Plätze einnahmen. Eine halbe Stunde dauerte es, bis die Szene ausgeleuchtet war. Der Tag begann erst richtig für sie, als das Klingelzeichen ertönte und der Assistent rief: »Ruhe bitte … Kamera läuft … Licht an … Los!« Das waren für sie mittlerweile sehr vertraute Worte. Die vorgesehenen Szenen wurden gedreht, glatt und ohne Probleme für alle, die an diesem Morgen dran waren.

In der Mittagspause hatte Bill in seiner Garderobe eine Unterredung mit seinen Anwälten, während Gabby mit Jane und Zack zusammen zu Mittag aß. Die beiden gingen so liebevoll und herzlich miteinander um, dass Gabby ein trauriges Lächeln zeigte.

»Ihr beide bringt es glatt fertig, dass ich mich ganz einsam fühle.«

»Na, na.« Zack legte ihr den Arm um die Schulter, während

er sich noch ein Coke nahm. »Bis du in unserem Alter bist, wirst du längst Ehefrau sein und zehn Kinder haben.«

»Nicht sehr wahrscheinlich.«

»Was ist nicht wahrscheinlich? Darf ich mich zu euch setzen?« Es war Bill, der einen bedrückten Eindruck machte. Er hatte Gabby gesucht, bis jemand ihm sagte, dass sie vermutlich in Janes Garderobe saß.

»Wie ist es gelaufen?« Mit ihrem Sandwich in der Hand sah sie besorgt zu ihm auf.

»Gut, denke ich. Die tun so, als wäre ich Jesse James.« Komisch war es aber gar nicht, weder für ihn noch für die anderen. Dazu stand zu viel auf dem Spiel, und dazu war zu viel Tragisches passiert. »Hoffentlich wissen die Anwälte, was sie zu tun haben.«

»Ja, hoffentlich.« Gabby sagte es ganz leise, und Jane sah sie forschend an. Auch ihr war die Veränderung, die mit Bill vorgegangen war, aufgefallen, und sie sprach mit Zack darüber. Er meinte, dass die Angst Bill dazu gebracht habe, bei ihnen allen irgendwie Schutz zu suchen. Auch er konnte nur hoffen, dass sich alles zum Guten wendete und Bill eine weitere Katastrophe erspart blieb.

»Wer ist als Nächster dran?«, fragte Bill.

»Sabina, Zack und sieben Komparsen«, gab Jane zurück. »Ich bin für heute fertig, aber ich wollte eigentlich bleiben und zusehen.« Und auf Zack warten, dachte Gabby. Sie sparte sich aber eine Bemerkung.

»Und wir?«

»Als Nächstes kommst du mit Gabby und Sabinas Anwälten dran.«

»Hm, ein mir mittlerweile sehr vertrauter Umgang.« Alle lachten, und die letzten Minuten der Pause vergingen wie im Fluge. Zack musste sich bei seiner Garderobiere den nächsten Anzug holen, und Gabby blieb noch eine Weile bei Jane sitzen, während Bill ein übrig gebliebenes Sandwich aß. Nach der Anspannung, die die Unterredung mit den Anwälten für ihn bedeutet hatte, war er hungrig wie ein Löwe. Als er Gabby zurück zu ihrer Garderobe begleitete, fragte Jane sich unwillkürlich, ob sich die beiden näher gekommen waren.

»Gab, hättest du heute Lust, mit mir einen Hamburger essen zu gehen?« Er blieb in der Tür stehen und betrachtete sie. Sie lächelte.

»Wird es dir nicht zu viel, mich den ganzen Tag zu sehen und dann noch am Abend?«

»Sei nicht albern. Ich führe dich auch in meine Lieblingskneipe aus.«

»Muss ich mich umziehen?«

Er lachte. »Nein, nicht nötig. Spielst du Billard?«

Sie schnitt ein Gesicht. »Nein, tut mir Leid. Aber sag es nicht weiter.«

»Keine Angst, ich bringe es dir bei.«

Er führte sie nach Drehschluss in Mike's Bar. Sie aßen Hamburger, spielten Billard, und er machte sie mit Adam bekannt.

»Mein Kostar, Gabby Smith.« Keine Rede von »Thornton«, keine einzige Anspielung in diese Richtung. Adams Blick verriet offene Bewunderung, eine Reaktion, die auch einige der männlichen Gäste zeigten. Bill registrierte es mit einem gewissen Stolz. Auf der Heimfahrt sah er sie an und stellte ihr die Frage, die ihn schon den ganzen Tag gequält hatte.

»Nehme ich jemandem die Zeit weg?«

»Hm?« Sie schien verwirrt. »Wie bitte?«

»Ich meine, triffst du dich noch mit einem anderen?«

»Ach so ...« Sie schüttelte den Kopf. »Im Moment nicht.« Tatsächlich hatte sie seit Beginn der Dreharbeiten von »Manhattan« keine Verabredung mehr gehabt. Sie hatte kaum Zeit, und außerdem hatte niemand ihren Weg gekreuzt, an dem sie Gefallen gefunden hätte.

»Das beschäftigt mich schon die ganze Zeit. Was macht ein hübsches Mädchen wie du, wenn es ungebunden ist?« Das hörte sich ziemlich dreist an, aber er war nun mal neugierig.

»Ich weiß nicht … vielleicht nimmt mich die Arbeit zu sehr in Anspruch. Vielleicht habe ich es satt, dass die Leute mich nach meiner Herkunft beurteilen. Viel habe ich mir darüber auch gar nicht den Kopf zerbrochen. Dazu war eigentlich keine Zeit.«

»Das ist eine dürftige Entschuldigung. Wie alt bist du?«

»Fünfundzwanzig.« Ihren Geburtstag hatte sie gefeiert, als sie in New York drehten. Sie hatte ihn in aller Stille mit ihren Eltern verbracht. »Und du?«

»Dreiunddreißig. Ich steuere mit Riesenschritten auf die Neunzig zu.«

»Ich hätte dich für jünger gehalten.«

Er lachte. »Soll ich das als Kompliment oder als Beleidigung auffassen?«

»Vielleicht ist es beides.« Auch sie lachte unbekümmert und fühlte sich gleich lockerer. »Im Film wirkst du jünger.«

»Das wird sich nach dem Prozess sicher ändern.«

»Mach dir bloß deshalb keine Gedanken.«

»Würdest du dir keine Sorgen machen?«

»Doch.« Sie war ganz ehrlich. »Aber ich weiß, dass in deinem Fall alles gut ausgehen wird.«

»Auch wenn das stimmt, werde ich bei ›Manhattan‹ nicht mehr mitmachen.« Der Gedanke stimmte ihn traurig.

»Bill, das weißt du noch nicht sicher.«

»Ich kann mir nicht denken, dass Wechsler mich weiterhin beschäftigt. Die Kopfschmerzen, die ich ihm bereitet habe, reichen ihm fürs ganze Leben. Ich kann ihn gut verstehen.«

»Mel ist ein anständiger Mensch. Er wird dich nicht gehen lassen, wenn es nicht unbedingt sein muss.«

»An seiner Stelle würde ich es tun.«

Sie lächelte verständnisvoll. »Dann ist es ja gut, dass du nicht Wechsler bist.« Er erwiderte ihr Lächeln. Was für ein Dummkopf er gewesen war! Er begriff jetzt wirklich nicht mehr, dass er Gabby so falsch beurteilt hatte – aber damals war er von Sandy besessen gewesen. In ihrer Wohnung versuchte er, ihr bei einem Glas Wein sein Verhalten zu erklären. Gabby hatte ordentlich aufgeräumt, von dem späten Dinner des vorangegangenen Abends war keine Spur zu sehen. Er fragte sich unwillkürlich, ob sie nicht doch eine Haushaltshilfe hatte und es nur nicht zugeben wollte. Gabby wirkte erstaunlich geschickt, als sie Wein nachschenkte, ein paar Snacks auf den Tisch stellte und hinterher alles abräumte. Sie war praktisch veranlagt und verfügte über Ordnungssinn. Zudem hatte sie Verstand.

»Gabrielle, weiß du, dass du ein bemerkenswertes Mädchen bist?« Sogar ihr Name gefiel ihm plötzlich.

»Sei nicht albern. Warum denn?«

»Weil du alles beherrschst, dein Leben, deinen Beruf, sogar deine Wohnung ist ordentlich. Ich schaffe es kaum am Morgen, zwei zusammenpassende Socken zu finden und meinem Hund rechtzeitig sein Futter hinzustellen.«

»Was für einen Hund hast du?« Jetzt war ihre Neugierde erwacht. Sie wollte mehr von ihm wissen.

»Einen Bernhardiner namens Bernie, einen tapsigen Kerl, an dem ich sehr hänge. Es ist ungeheuer schwierig, eine Wohnung zu finden, in der auch ein Hund akzeptiert wird.« Jetzt konnte er es kaum erwarten, umzuziehen.

»Hättest du Lust, am Wochenende mit mir auf Wohnungssuche zu gehen? Anschließend könnten wir proben oder essen gehen oder beides … oder …« Er ließ den Satz unvollendet, und sie lachte. Er war wie ein Kind, das einen neuen Freund gewonnen hat. Gabrielle war gerührt und geschmeichelt zugleich.

»Ja, gern.« Sie hatte nichts anderes vor und war gern mit ihm zusammen. Ehe er an jenem Abend ging, küsste er sie zögernd, als wäre er ihrer Reaktion nicht sicher. Doch sie blieb in der Tür stehen und genoss das Gefühl, das er in ihr wachrief. »Gute Nacht«, flüsterte sie.

»Wir sehen uns morgen. Soll ich dich wieder abholen?« Sanft strich er über ihre Wange.

»Sicher. Aber du wirst mich bald satt haben.«

»Hör auf.« Plötzlich hatte er das Gefühl, dass er ihrer nie überdrüssig sein würde, zumindest sehr lange nicht, vielleicht niemals.

In der Nacht lag sie zusammengekuschelt in ihrem Bett und dachte an ihn, und ihr wurde warm ums Herz bei dem Gedanken an Bill. Er hatte so viele liebenswerte Eigenschaften, und er war so viel herzlicher und aufgeschlossener geworden. Und als er sie am nächsten Morgen mit dem Wagen abholte, lag eine langstielige rosa Rose mit einem weißen Schleifchen auf ihrem Sitz.

»Für Sie, Mademoiselle.« Er überreichte ihr die Rose sehr schwungvoll, und sie freute sich riesig. Es war eine bezaubernde Ouvertüre des Tages.

»Bill, du verwöhnst mich.« Fast hatte sie Angst, es zu glauben. Was, wenn er sich wieder änderte, wenn er sich wieder in die Reserviertheit zurückzog, was, wenn …?

»Du verdienst es. Du verdienst noch viel mehr. Leider haben die Blumenläden noch nicht geöffnet. Die Rose stammt aus Nachbars Garten.«

»Danke.«

Sie tauschten ein liebevolles Lächeln, und er küsste sie, ehe sie ausstiegen.

»Vielen Dank, dass du mich mitgenommen hast«, sagte Gabby.

»Danke, dass du versucht hast, meine Haut zu retten, auch wenn es reiner Wahnsinn war.«

Sie verzog das Gesicht. »Ach, halt die Klappe.«

Er konnte es noch immer nicht fassen, dass sie versucht hatte, ihm zu helfen. Es war eine richtige Mutprobe, denn sie konnte ja nicht wissen, ob er nicht doch Sandys Mörder war.

An diesem Tag herrschte im Studio emsige Aktivität. Besucher waren gekommen, die unter dem Team für Nervosität sorgten. Da es sich um Mels Freunde handelte, musste man sich mit ihnen abfinden. Die Beleuchter arbeiteten besonders langsam, und während einer der großen Szenen überflog ein Flugzeug das Studio, und die Szene musste noch einmal gedreht werden, weil der Ton mit aufgenommen worden war. Nach Drehschluss war Gabby total erschöpft und gähnte in Bills Wagen auf der Heimfahrt ausgiebig.

»Ich würde dich ja zu mir zum Abendessen einladen, bin aber zu müde«, gestand sie.

»Schon gut, ich muss ohnehin nach Bernie sehen. Heute Morgen war kein Hundefutter mehr da. Der Ärmste ist sicher halb verhungert.«

»Du musst uns mal bekannt machen.«

Bill sah ihr lächelnd nach, als sie ausstieg. »Abgemacht. He … du hast etwas vergessen.«

»Was denn?« Sie drehte sich zu ihm um, worauf er ihr Gesicht umfasste und sie küsste.

»Du wirst mir heute fehlen.«

»Du mir auch.« Komisch, nun hatte sie fünfundzwanzig Jahre ohne ihn gelebt, und auf einmal kam ihr ein Abend ohne Bill leer und öde vor. Beide schienen es plötzlich irgendwie eilig zu haben, und nachdem er zu Hause angekommen war und den Hund gefüttert hatte, rief er sie an. Er hatte das kleine Haus hassen gelernt und wurde das Gefühl nicht los, dass ein Fluch darauf lag. Bill hoffte sehr, übers Wochenende etwas anderes zu finden.

»Morgen hole ich dich ab«, versprach er, sie aber reagierte merkwürdig zurückhaltend.

»Glaubst du nicht, dass die Leute zu klatschen anfangen?«

»Meinst du, dass uns jemand Beachtung schenkt? Jeder hat an sein eigenes Leben zu denken.«

»Vermutlich hast du Recht.« Und sie war selbst erstaunt, wie sehnsüchtig sie das Wiedersehen erwartete. Sie kam sich vor wie eine Vierzehnjährige – verknallt bis über beide Ohren ... Bill war mehr als ein Schwarm. Er war interessant und amüsant obendrein, gelegentlich auch sehr ernst. Und sie hatten viele gemeinsame Interessen. Sie liebten die Berge, surften und segelten gern und waren gute Skiläufer. Das ganze letzte Jahr war sie nicht beim Skilaufen gewesen. Die Dreharbeiten hatten sie zu stark in Anspruch genommen, außerdem war vertraglich festgelegt, dass sie keinen gefährlichen Sport treiben durfte.

Vor Beginn der Dreharbeiten probten sie in ihrer Garderobe, und als dann die Szenen aufgenommen wurden, staunten beide nicht schlecht, wie gut alles lief. Es waren nicht mehr als drei Wiederholungen nötig, ein Umstand, der auch den Regisseur sehr befriedigte. Er lobte sie, ehe sie Mittagspause machten, und Sabina musterte sie neugierig mit ihrem Katzenblick.

»Na, Kinder, was habt ihr nach den Dreharbeiten unternommen? Fleißig geprobt?« Gabby lief rot an, während Bill Sabinas Blick standhielt. Manchmal war er wütend auf sie, besonders wenn sie auf Gabby herumhackte – was sie sehr gern tat. Gabby war immerhin die jugendliche Naive, jung genug, um tatsächlich Sabinas Tochter sein zu können, und dieser Umstand ärgerte Sabina, wie Bill argwöhnte.

»Ja, wir haben geprobt.«

»Sieh mal einer an ... tja, manchmal entwickeln sich die schönsten Romanzen aus anfänglicher Abneigung. Und davon habt ihr in diesem Jahr eine gehörige Portion ausgeteilt. Da ist der Nachholbedarf natürlich groß ...«

»Sabina, spar dir deine Kommentare.« Er legte den Arm um Gabby und ging mit ihr zur Garderobe. »Sie kann eine richtige

Nervensäge sein«, knurrte er, als Gabby den Mantel auszog, den sie in der Szene getragen hatte.

»Hin und wieder muss sie ihre Klauen schärfen.«

»Na ja, solange sie sie nicht an dir oder mir schärft …«, brummte Bill noch immer ungehalten und nahm sich eine Flasche Mineralwasser. Dann sah er Gabby an. Wunderschön sah sie aus. Die teuren Pariser Modelle passten ihr perfekt, doch als er es ihr sagte, zog sie nur die Schultern hoch.

»Sie erinnern mich zu stark an meine Mutter.«

»Das ist doch nicht schlimm, wenn sie darin so aussieht wie du, Prinzessin.« Das Wort »Prinzessin« betonte er liebevoll.

Seufzend ließ Gabby sich in einem bequemen Sessel nieder. Sie war sehr müde und heilfroh, dass es schon Freitag war, denn hinter ihr lag eine schwierige Woche.

Am nächsten Morgen war er pünktlich bei ihr, und sie besichtigten vier Wohnungen und ein Stadthaus. Richtig begeistert war er von keinem der Angebote, aber das Haus wurde jeweils von einem Monat zum anderen vermietet, und der Vermieter hatte nichts gegen Hunde, deswegen entschied Bill sich dafür, es für ein paar Monate zu übernehmen.

»Das Haus geht in Ordnung, schätze ich.« Sie waren bei Mike's auf einen Hamburger eingekehrt, ehe sie zu Gabby fuhren, um bei ihr zu proben. »Ich frage mich nur, ob ich in drei Monaten noch auf freiem Fuß sein werde. Im Moment kann ich mir Pläne eigentlich gar nicht leisten.« Er musste sich der Tatsache stellen, dass ihm ein Prozess bevorstand, und immerhin war die Möglichkeit nicht auszuschließen, dass er hinter Gittern landete. Immer, wenn er daran dachte, empfand er höllische Angst. Er zweifelte, ob es sehr klug war, sich unter diesen Umständen an Gabby zu binden. Er hatte kein Recht, ihr ein Leid zuzufügen. Nach dem Essen machte er eine entsprechende Bemerkung.

»Bill, ich bin erwachsen. Ich kann gut auf mich selbst aufpassen, und ich weiß, was dir bevorsteht. Ebenso weiß ich, dass du unschuldig bist. Dieser Meinung war ich schon von dem Augenblick an, als ich von dem Mord erfuhr.« Ein verdammt großer Vertrauensbeweis von einem Mädchen, dem er ein halbes Jahr lang mit ausgesuchter Unfreundlichkeit begegnet war.

»Dein Vertrauen bedeutet mir sehr viel.«

Sie lächelte. »Ich sagte schon … du verdienst es.« Sie plauderten noch eine Weile und fuhren dann zu ihr. Gabby holte sofort das Drehbuch, und sie sprachen den Text für zwei Szenen durch, aber sie war nicht besonders konzentriert bei der Sache und machte ständig Fehler. »Entschuldige, Bill … das macht wohl die Müdigkeit.«

»Komm her.« Er zog sie neben sich auf die Couch. »Du bist ein so tapferes Mädchen …«

»Warum sagst du das?«

»Ach, ich weiß nicht, aber so wie du dich der Welt stellst … Gabrielle, ich bewundere dich sehr.« Das stimmte. Als er sie küsste, war das Drehbuch vergessen. Er küsste sie sehr lange und intensiv, sodass sie ganz atemlos war, als sie sich von ihm löste.

»Kommt das in der nächsten Szene vor?«, fragte sie scherzhaft.

»Wir lassen es hineinschreiben«, flüsterte er. »Ich glaube, es könnte klappen …«

»Ich auch …«

Wieder küsste er sie, und Gabby lag in seinen Armen und ließ ihre Hände unter sein Hemd wandern, während er über ihre hautengen Jeans strich, unter denen er ihren straffen, jungen Körper fühlte. Sein Verlangen nach ihr steigerte sich.

»Ich begehre dich … ich begehre dich so sehr … aber ich möchte dein Leben nicht zerstören.«

»Darüber brauchst du dir keine Gedanken zu machen.« Noch nie war sie einem Mann begegnet, der ihr so gefallen hatte. Dabei war es bedeutungslos, dass sie sich erst seit kurzem näher gekommen waren. Zukunftssorgen wollte sie sich keine machen. Alles würde sich von selbst ergeben. »Ich liebe dich ...« Sie hatte diese Worte nicht aussprechen wollen, sie waren ihr einfach entschlüpft. Erschrocken sah Bill Gabby, die fast unspürbar an ihm lehnte, an.

»Gabrielle, ich liebe dich auch ... es ist Wahnsinn ... ich liebe dich so sehr, dass ich mich aus deinem Leben heraushalten und dir viel Kummer ersparen möchte, aber es sieht aus, als würde ich es nicht fertig bringen.« Diesmal war sie es, die ihn küsste, mit einer Leidenschaft, die ihn seine Gewissensbisse vergessen ließ, sodass er sie ins Schlafzimmer trug, um sie aufs Bett zu legen. Er zog ihr die Jeans aus und knöpfte ihre Bluse auf, so wie man ein Kind auszieht, und sie sah zu, wie er sich dann selbst auszog. Und dann vergaßen sie in der Umarmung alles bis auf die Liebe, die sie verband, eine Liebe, die aus Schmerz, Kränkung und Enttäuschung erwachsen war. Sie hatten sich so viel zu geben. Bill war nie glücklicher gewesen als in dieser Nacht. »Wo hast du nur mein ganzes Leben gesteckt, mein Kleines?«, flüsterte er, als sie sich an ihn schmiegte. Lächelnd sah er sie an, strich ihr über das lange seidige Haar, das ihn vor langer Zeit an jemanden erinnert hatte. Jetzt war es anders. Jetzt war sie die Einzige, die er liebte.

29

»Glaubst du, die beiden haben etwas miteinander?«, fragte Zack eines Morgens Jane beim Frühstück.

»Bill und Gabrielle?« Sie erwiderte seinen fragenden Blick mit einem Lächeln. »Schon möglich. Aber ich bin nicht sicher, ob er sich im Moment mit jemandem näher einlassen möchte.

Das Gerichtsverfahren kostet ihn verständlicherweise viel Nervenkraft. Vielleicht aber werden sich die Gefühle der beiden als stärker erweisen. Weißt du, das Komische an der Sache ist, dass ich auch damals, als er sich so ekelhaft zu Gabby benahm, immer der Meinung war, dass sie füreinander geschaffen sind.«

Zack beugte sich zu ihr und küsste sie. »Genau das liebe ich an dir, dein Einfühlungsvermögen.« Sie saßen nackt an seinem Pool und frühstückten. Da Janes Töchter das Wochenende bei ihrem Vater verbrachten, hatten sie Zeit für sich und beabsichtigten, ein wenig nach alten Sachen für Janes neues Haus zu stöbern, aber Jane musste sich eingestehen, dass ihr das gar nicht mehr so wichtig war. Sie war die meiste Zeit ohnehin bei Zack, vor allem wenn die Mädchen sich bei ihrem Vater aufhielten. Mittlerweile war sie so weit, dass ihr jeder Gedanke an Jack abwegig erschien, so fremd war er ihr geworden. Seit der Scheidung hatte sie ihn nur einmal gesehen, und er hatte einen verbitterten, harten und irgendwie verdrehten Eindruck gemacht.

»Gestern habe ich mir überlegt, was wir während der drehfreien Zeit unternehmen könnten«, unterbrach Zack Janes Gedankengänge.

»Und ich hatte noch keine Zeit, auch nur einen Gedanken daran zu verschwenden. Alyssa fährt ins Ferienlager, Jason und Alex haben Sommerjobs. Jason will auf einer Ranch in Montana arbeiten, und Alex hat eine Stelle in Alyssas Ferienlager.«

»Wie wär's dann, wenn du mit mir Campingurlaub machst?« Er lächelte beglückt. So lebenswert hatte er sein Dasein noch nie empfunden. Seine Vergangenheit erschien ihm wie ein ferner Traum. »Was hältst du von zwei Monaten in Europa?«

Jane reagierte mit großer Begeisterung. Für sie war Europa ganz neu. »Donnerwetter!«

»Südfrankreich … ein paar Wochen Italien und Österreich. Vielleicht sogar die Salzburger Festspiele. Na, was sagst du dazu, mein Schatz?« Er drückte der strahlenden Jane einen

Kuss auf den Hals. Von den Griechenlandreisen in Begleitung seiner homosexuellen Freunde war keine Rede mehr. Die gehörten der fernen Vergangenheit an.

»Hört sich fantastisch an.«

»Na, dann werde ich die nötigen Reservierungen machen. Und was wäre übrigens mit Irland? Wir könnten einen Wagen mieten und selbst herumkutschieren ... und die Schweiz ... Und Spanien!« Jane lachte entzückt. Aufgeregt schwatzend stellten sie eine Liste zusammen. Es würde der schönste Urlaub ihres Lebens werden.

»Weißt du, dass ich mein neues Leben richtig genieße?«, sagte sie nachdenklich und mit einem Lächeln, aus dem Befriedigung sprach. »Es ist herrlich.«

»So soll es auch sein.« Dass er sie so verwöhnen durfte, bereitete ihm große Befriedigung. Bei François Brac hatte er einen Nerzmantel bestellt, den er ihr nach der Rückkehr schenken wollte.

»Sabina war in letzter Zeit sehr schlecht gelaunt.«

»Sie ist überanstrengt. Wir alle haben eine Unterbrechung bitter nötig.«

Es lagen nur mehr sechs Wochen Dreharbeiten vor ihnen, und er hatte Recht. Sabina, die an jenem Morgen an Mels Pool lag, hatte das Gefühl, noch nie im Leben so abgespannt gewesen zu sein. Auch sie kam mit Mel auf die bevorstehende drehfreie Zeit zu sprechen. Sie musste für drei Wochen nach Paris, um ihre Garderobe für die kommende Staffel auszusuchen, anschließend aber war sie frei, und Mel hatte vorgeschlagen, sich mit ihr in Europa zu treffen.

»Kannst du diesmal nicht mit mir nach Paris kommen?« Ihre Miene war die eines enttäuschten Kindes. Mel küsste ihre Fingerspitzen, dann ihre Nasenspitze und ihre Lippen.

»Ich wünschte, ich könnte es, Liebling. Aber du weißt ja, wie es zugeht, ehe eine Serie gesendet wird. Es gibt für mich hier noch jede Menge Arbeit. Sobald ich es schaffe, komme ich rüber. Wie wär's mit zwei Wochen Cannes?« Dort stieg er gern im Carlton ab.

»Und was soll ich mutterseelenallein in Paris tun?«, fragte sie mit Schmollmiene.

»Mich hoffentlich sehr vermissen.« Ihre Beziehung dauerte nun schon seit Beginn der Dreharbeiten an, lange genug, um ihnen vor Augen zu führen, wie gut sie zueinander passten. Sabina war es gewohnt, ihr Leben nach Belieben zu gestalten, und er ließ ihr genügend Freiraum dazu. Einige Wochenenden hatte sie ohne ihn verbracht, und er hatte sie nie gefragt, wo sie gewesen war. Es war ihm beileibe nicht egal, zugleich aber wusste er, dass dies ihre Art war, ihre Unabhängigkeit zu beweisen. Den Versuch, sie zu ändern, unternahm er erst gar nicht. Er hätte nie etwas von ihr erwartet und nahm sie als das, was sie war. Sabina entsprach ihm vollkommen, wenn man von ihren gelegentlich aufkommenden depressiven Phasen absah. Auch jetzt wirkte sie sehr niedergeschlagen. Aber Zack hatte mit seiner Vermutung Recht, sie war nur müde. Das ganze Team war am Ende. Mel bildete da keine Ausnahme. Die Produktion einer Fernsehserie dieses Formats stellte einen gewaltigen Arbeitsaufwand dar. Im Moment musste er den Publicityfeldzug für den Herbst vorbereiten. Er plante einen großen Galaabend für die Premiere, dazu den üblichen Presserummel. Daneben aber machte er sich Sorgen um Bill Warwick und seinen Prozess, der womöglich mit einem Schuldspruch enden konnte.

»Ich glaube, er schläft mit Gabrielle«, hatte Sabina unverblümt gesagt.

»Na, vielleicht tut es ihm gut.« Er lächelte ihr zu. »Könnte ja sein, dass die beiden verliebt sind.«

Sabina lächelte. Sie hatte Mels romantische Ader sehr gern, nicht zuletzt, weil er sie großzügig davon profitieren ließ. Sie war mit ihm sehr glücklich. Er hatte einfach die Gabe, seine Mitmenschen glücklich zu machen.

»Wie wär's mit Cannes? Und eine Woche in Venedig?«

»Himmlisch.« Sie rückte den Hut so tief ins Gesicht, dass nur ein grünes Auge unter der Krempe hervorlugte, und lächelte ihm zu. »Mr. Wechsler, Sie sind sehr gut zu mir.«

»Bin ich das?« Er fasste unvermittelt unter seine Zeitung und holte ein kleines Päckchen hervor. Die Verpackung verriet ihr, dass es von Bulgari stammte.

»Was ist das?« Das grüne Auge zeigte Neugierde.

Mel überreichte ihr das Päckchen.

»Miss Quarles, das muss wohl der Zeitungsjunge gebracht haben. Sehen Sie lieber nach.«

Mit einer schwungvollen Bewegung warf sie den Hut von sich und machte sich daran, das Päckchen auszuwickeln. Mels häufige Geschenke waren für sie noch immer aufregend. Diesmal war es ein prachtvoller Smaragdring. Mit strahlendem Lächeln steckte sie ihn an einen makellos manikürten Finger. Sie war sehr auf ihre äußere Erscheinung bedacht, denn sie war ein Star – das vergaß sie nie und schon gar nicht in diesem Augenblick. Und auch Mel vergaß es nie.

»Mel, der Ring ist einmalig!«

»Er erinnerte mich an deine Augen.«

Sie bedankte sich mit einem langen Kuss. Gleich darauf gingen sie ins Haus, sie in ihrem weißen Bikini, den Smaragdring an der Hand, er in seinem Bademantel. Es dauerte geraume Zeit, bis sie wieder herauskamen. Und als sie wieder an den Pool gingen, lächelten sie versonnen.

30

Am letzten Drehtag waren die Nerven aller Beteiligten bis zum Zerreißen gespannt, als die Klappe für die letzte Szene fiel. Es war eine Szene, die eigentlich niemand wirklich drehen wollte, und doch ließ es sich nicht vermeiden: Es war die zusätzliche Szene, die Mel hatte schreiben lassen und in der Bill ums Leben kam ... Sie mimten eine Auseinandersetzung zwischen ihm und Gabrielle, in deren Verlauf er von ihrem Freund getötet wurde. Und ganz zum Schluss sollte Sabina vom Tod ihres Sohnes erfahren. Es war eine dramatische Szene, die von allen voller Spannung beobachtet wurde. Bills Miene war ziemlich finster, als es hieß: »Kopieren!«, und er sich aus seiner liegenden Position erhob.

Es folgte tiefe Stille, denn die Anwesenden waren sich der Bedeutung dieses Augenblicks nur zu sehr bewusst. Und Bill sah wehmütig um sich, als wollte er allen Lebewohl sagen. Die Tränen auf Gabbys Wangen waren echt, und sogar Sabina zeigte sich zur Abwechslung von ihrer schweigsamen Seite. Als Bill gehen wollte, fasste Zack nach seinem Arm.

»Bill, keine Angst, diese Szene wird bestimmt nicht gesendet.« Dabei betrachtete er ihn teilnahmsvoll. Bill wollte ihm danken, brachte aber kein Wort heraus, weil ihm die Kehle wie zugeschnürt war. Das Team umdrängte ihn, und Gabby schlang ohne Scheu die Arme um seinen Hals und vergoss heiße Tränen. Es war für alle ein schwerer Tag, dieser letzte Drehtag der ersten Staffel, an den sich eine zweimonatige Pause anschließen sollte. Mel hatte ein großes Buffet für alle bestellt, das von Schauspielern und technischem Stab gemeinsam belagert wurde. Die Stimmung entspannte sich spürbar, als plötzlich alle von ihren Plänen für den Sommer sprachen.

Jane legte Gabrielle tröstend den Arm um die Schultern, als

diese sich die Nase putzte. »Jetzt beruhige dich doch, es ist ja alles vorbei.« Die Szene war tatsächlich beendet, nicht aber Bills Probleme. Neun Tage noch, dann musste er vor Gericht erscheinen, ein Termin, dem er und Gabby mit Bangen entgegensahen. Gabby hatte ihre Pläne für den Sommer umgeworfen und sich entschlossen, bei Bill zu bleiben. Morgen wollten sie für zwei Tage an den Lake Tahoe fahren, und anschließend hatte Bill vor, sich mit seinen Anwälten über den bevorstehenden Prozess zu beraten.

Jane und Zack planten für die folgende Woche ihren Abflug nach Rom. Sie wollten nach Venedig und für einen Monat an die französische Riviera. Dann waren ein paar Tage Paris vorgesehen und auf dem Rückflug eine Woche London. Jane konnte es kaum erwarten.

Sabina hatte einen Flug nach Paris gebucht, wo sie Anproben bei François Brac erwarteten. Das Team unterhielt sich angeregt über die diversen Pläne: Europa, der Grand Canyon, die Ostküste. Einige wollten nur nach Hause und beabsichtigten, zu faulenzen und sich zu erholen, ehe die Dreharbeiten im August wieder begannen.

»Wie am letzten Schultag«, sagte Gabby, die Bill lächelnd ansah. Sie war noch so jung und so süß, und sie behandelte ihn so liebevoll. Er war ihr und allen anderen unendlich dankbar. Als er an jenem Tag aus dem Studio ging, hatte jeder ihm ein Wort der Ermutigung gesagt und ihm die Hand gedrückt. Jetzt war das Team wirklich zu einer Familie zusammengewachsen. Auch Mel ließ es sich nicht nehmen, mit Bill zu sprechen.

»Ich stehe dir jederzeit zur Verfügung, falls deine Anwälte mich als Zeugen brauchen.« Das hatte er den Anwälten bereits zugesagt, aber er wollte, dass auch Bill es wusste. »Wir alle halten dir die Daumen.« Bill wusste noch immer nicht, ob er seine Rolle behalten durfte. Alle anderen hatten vor den Ferien neue Verträge unterschrieben – alle, bis auf Bill. Aber daran durfte er in diesem Augenblick wirklich nicht denken. Er hatte andere Sorgen, sein ganzes Leben hing von dem Prozess ab. Unglaublich, dass nun tatsächlich der Augenblick der Entscheidung gekommen war. Ein- oder zweimal hatte er erwogen, seine Eltern anzurufen. Sie mussten erfahren haben, was mit ihm passiert war, aber sie hatten sich nie gemeldet, und er verspürte eigentlich auch kein Verlangen, mit ihnen zu sprechen.

»Na, hast du Reisepläne?«, fragte Zack Gabrielle, während sie sich im Studio Frühlingsrollen und Chow-mein gütlich teilten. Die chinesischen Spezialitäten hatte Chinois geliefert, die Pizzas stammten von Spago.

»Im Moment nicht.« Da er sich den Grund denken konnte, nickte er ernst. Dann warf er Jane einen Blick zu. Beide freuten sich wie kleine Kinder auf die Reise. Für das kommende Wochenende stand noch ein Zusammensein mit Janes Töchtern auf dem Programm. Sobald diese ins Feriencamp fuhren, wollten sie starten.

»Wir hinterlassen unseren Reiseplan, damit ihr uns anrufen könnt, wenn ... wenn alles vorüber ist.«

Bill kam auf sie zu und legte den Arm um Gabbys Schultern, ehe er für beide antwortete: »Natürlich werden wir euch über alles informieren, Zack ...« Und dann: »Ich hoffe sehr, dass wir uns nach den Ferien wieder sehen ... wir alle.« Es war für ihn ein schwerer Tag. Vor dem endgültigen Aufbruch räumte er seine Garderobe aus, und Gabby half ihm, alles zum Wagen zu bringen. Einkaufstüten, einen Koffer und zwei Topfpflanzen, die sie ihm geschenkt hatte – eine ziemlich bedrückende Sache, aber er hatte darauf bestanden, weil er nicht wollte, dass ein anderer später dies alles für ihn erledigen musste.

»Im August wirst du alles wieder herschleppen müssen«, versuchte sie ihn aufzumuntern, und Bill lächelte.

»Das hoffe ich sehr.« Aber sehr überzeugt schien er nicht zu sein. Auf der ganzen Fahrt nach Hause war er schweigsam. Es hatte im Studio einen Abschied mit Umarmungen und Tränen gegeben, sodass es eher wie ein Abschied von zu Hause war als der Beginn der Sommerferien. Die Serie war allen sehr ans Herz gewachsen, und alle warteten gespannt darauf, welchen Fortgang die Handlung nehmen würde. Mel hatte ihnen in einer kleinen Ansprache schöne Ferien gewünscht und angedeutet, dass die neue Staffel große Überraschungen für sie bereithielt.

»Ich kann nur hoffen, dass man nicht wieder meinen Tod plant«, hatte Jane geflüstert. Das hatte sie schon bei ihrer Seifenoper erleben müssen, und sie fürchtete sich davor, dass sie noch einmal ihre Arbeit und die Kollegen, die sie lieb gewonnen hatte, verlieren würde.

»Wo denkst du hin.« Zack war der Meinung, dass sie talentierter war als Sabina.

»Hast du fürs Gebirge alles beisammen?«, fragte Gabby Bill, der sie nach Hause brachte. »Ich habe schon alles gepackt.«

»Ja, fast.« Er lächelte ihr zu. Seine Wehmut über das Ende der Dreharbeiten verflüchtigte sich allmählich. Er freute sich auf die Zeit mit Gabby – allein in den Bergen. Unschlüssig, welches Ziel sie wählen sollten, hatten sie zwischen Yosemite und Lake Tahoe geschwankt. Schließlich hatte er sich entschieden, eine Ferienwohnung am See zu mieten. Bill wollte angeln, sich in der Sonne aalen und mit Gabby zusammen sein. Beide suchten Ruhe, da ihnen eine schwere Zeit bevorstand. Der Ausgang des Prozesses war zu diesem Zeitpunkt völlig ungewiss. Bills Anwälte zeigten sich zwar optimistisch, konnten ihm jedoch keine überzeugenden Versprechungen machen. »Gab, möchtest du heute bei mir bleiben?«

»Sehr gern.« Sie holte das Reisegepäck, das bereits im Flur bereitstand, dazu Angelzeug, Wanderschuhe und einen Schlafsack, für den Fall, dass sie im Freien übernachten würden.

Welten lagen zwischen Gabbys Gepäck und der aus sechs Louis-Vuitton-Koffern bestehenden Garnitur, die Sabina nach

Paris begleitete. Bill lächelte, als er Gabbys Gepäck und Ausrüstung zu seinem Wagen schleppte.

»Miss Smith, Sie sind ja richtig zünftig ausgestattet. Tragen alle Debütantinnen Wanderschuhe?«

»Immer. Besonders beim Cotillon.« Ihre Worte waren von einem spitzbübischen Lächeln begleitet. Gabby hatte immer schon gern Wanderungen unternommen und freute sich, dass Bill ihre Neigung teilte. Als Studentin hatte sie eine dreiwöchige Tour durch Wyoming gemacht – einer der Höhepunkte ihrer Studienzeit, der darin gipfelte, dass ihr Führer einen Bären erlegte. Das alles erzählte sie Bill während der Fahrt zu seinem Haus.

»Das darfst du von mir nicht erwarten, Kleines. Ich würde sofort abhauen, dich unter einem Arm, mich selbst unter dem anderen, nur um mich in Sicherheit zu bringen.«

Sie lachte. »Aber lustig war es schon ...« Zwei Jahre zuvor hatte sie eine Fahrt zu den Stromschnellen des Colorado River gemacht, und für die Zukunft plante sie eine Reise nach Brasilien ins Amazonasgebiet.

»Von einem Mädchen wie dir erwartet man aber keine aufregenderen Wünsche als einen Lunch in der Polo Lounge und ein Konto bei Giorgio«, neckte er sie und war überglücklich, dass sie nicht anders war: Sie stand mit beiden Beinen im Leben und verabscheute alle Frivolitäten ihres Berufes. Auf die Tage am Lake Tahoe freute sie sich mehr als auf eine Einladung zu einer glanzvollen Hollywoodparty.

Später half sie Bill beim Packen, und am nächsten Morgen um fünf brachen sie zu der zwölfstündigen Fahrt nach Norden zum Lake Tahoe auf. Unterwegs machten sie einmal für einen kleinen Imbiss Rast und trafen um halb fünf an ihrem Ziel ein, wo sie reine Bergluft empfing. Gabby breitete in einer begeisterten Geste die Arme aus und lächelte ihm zu. Die sehr behagliche Wohnung war ideal für ungestörte Zweisamkeit. Sogar ein aus einer warmen Quelle gespeistes Becken gab es in dem kleinen dazugehörenden Garten.

Sie schwammen im See und gingen dann in Truckee in ein Steakrestaurant, das Bill von einem früheren Ausflug her kannte. Vor dem Zubettgehen unternahmen sie noch einen ausgedehnten Spaziergang in frischer Bergluft. Es war eine notwendige Erholung in idyllischer Umgebung, nach dem anstrengenden Abschied vom Studio.

»Ich war noch nie so glücklich«, flüsterte Gabby ihm auf dem Heimweg zu. Ihre innere Ruhe war wiedergekehrt. Auch Bill war ruhiger geworden, aber dennoch bereitete ihm der Prozess Sorgen. Er hatte sein Leben nicht mehr im Griff, denn alles, was die Zukunft für ihn bereithielt, war eine Bedrohung. In zwei Wochen konnte er hinter Gittern sein, für Jahre vielleicht … dieser ernüchternde Gedanke beherrschte ihn, während sie Hand in Hand nach Hause gingen. Gabby war verzweifelt bemüht, ihn abzulenken, aber sie war sich bewusst, dass das sehr schwierig war. Vor dem Zubettgehen setzten sie sich in das heiße Becken und liebten sich nachher vor dem lodernden Kaminfeuer, doch Sorge und Furcht wollten nicht aus seinem Blick weichen. Es gab keine Lösung, und auch Gabby wurde von Angst erfasst, als sie Bill nachts im Schlaf beobachtete. Vor Anbruch der Dämmerung stand sie auf, um die Hörnchen, die sie unterwegs gekauft hatten, aufzubacken und Kaffee zu kochen.

»Aufstehen und waschen!« Sie drückte ihm einen Kuss aufs Ohr, und er schob sie mit einer unbewussten Handbewegung fort, als er ein Auge öffnete und sie ansah.

»Was treibst du da in aller Herrgottsfrühe?«, fragte er mit rauer, sinnlicher Stimme. Draußen war es noch finster.

»Ich dachte, wir wollten angeln.« Sie hatten noch am Abend ein Boot gemietet. Die Angelausrüstung wartete neben der Tür.

»Wie spät ist es?«

»Viertel nach fünf.« Sie lächelte. »Ich dachte, du möchtest einen Frühstart.«

Bill setzte sich lachend auf. »Aber sicher ... warum hast du mich nicht gleich um drei geweckt, damit wir die armen Fische in ihren Betten überraschen? Du glaubst doch nicht im Ernst, dass die armen Viecher in der Nacht besser zu fangen sind?«

»Aber sicher. In Wyoming waren wir täglich um vier Uhr auf den Beinen, damit wir Fische fürs Frühstück angeln konnten.« Er verzog das Gesicht, als Gabby ihm ein Hörnchen und eine Tasse Kaffee reichte. Unter ihrem Nachthemd lugten ihre Jeans hervor, die sie gleich nach dem Aufstehen angezogen hatte, weil sie erbärmlich fror.

»Deine Aufmachung finde ich ja toll ... François Brac?«

»Nein, Gabby Smith. Na, wie ist der Kaffee?«

»Großartig. Vielleicht werde ich dich ständig fürs Kaffeekochen engagieren müssen. Zufällig ist die Stelle frei.« Er hatte sie bitten wollen, zu ihm in das neue Haus zu ziehen. Er hatte es nicht getan, denn es wäre unfair gewesen, sie allein zu lassen, wenn er verurteilt wurde und ins Gefängnis musste. Das wäre für sie noch schmerzlicher geworden, als es ohnehin schon war. Jedes Vorhaben wurde von dem Prozess überschattet, mochten sie sich auch noch so bemühen, so zu tun, als würde er nie stattfinden. Auch jetzt unternahmen sie den Versuch, drei Wochen Urlaub auf zwei Tage zusammenzupressen, und Gabby hielt tapfer mit. Bill staunte nicht schlecht, wie ausgeglichen er an diesem Abend schon war. Sie hatten drei Fische gefangen und veranstalteten ein Picknick am Seeufer. Danach hatten sie ausgiebig im See gebadet. Abends bereitete Gabby in der Wohnung das Abendessen zu, damit sie nicht ausgehen mussten. Für das Nachtleben und die Kasinos drüben am Nevadaufer hatten sie nichts übrig. Am nächsten Morgen gingen sie wieder angeln, dann gab es Mittagessen. Ehe sie zur Rückfahrt nach Los Angeles aufbrachen, liebten sie sich lange.

»Am liebsten würde ich für immer hier bleiben.«

Gabby schaute sich wehmütig um, als müsste sie sich an alles ein Leben lang erinnern. »Ich auch. Vielleicht können wir in ein paar Wochen wiederkommen.« Beim Packen hatte sie eine andere Idee. »Möchtest du mit mir an die Ostküste?« Das hatte sie noch nie vorgeschlagen, weil er weiß Gott andere Sorgen hatte, aber jetzt schien der Zeitpunkt günstig. Es war ein Zeichen, dass sie zuversichtlich in die Zukunft blickte, und er hatte etwas, worauf er sich freuen konnte.

»Zu deiner Familie?« Er war gerührt, als sie nickte.

»Ich glaube, wir sollten solche Pläne lieber auf später verschieben.«

»Meine Eltern wollen, dass ich zu ihnen nach Newport komme. Ich habe zumindest versprochen, es mir zu überlegen. Aber ich möchte eigentlich nach Maine. Dort habe ich Bekannte, die mir für ein paar Wochen im Sommer ihr Haus zur Verfügung stellen, wenn ich es möchte. Es ist ganz primitiv, auf einer kleinen Insel gelegen. Ich bin ganz verliebt in das Haus.«

»Mein Naturkind.« Wie naturverbunden sie war, hatte er erst jetzt entdeckt. Sie war so anders als Sandy – so gesund und vital. »Woher kommt diese Naturverbundenheit?«

»Ein Spleen vermutlich. Meine Eltern halten mich für verrückt.«

»Ich nicht.« Er zog sie zu sich aufs Bett, öffnete ihre Jeans und fing noch einmal an, sie zu lieben.

Später brachen sie zu der langen Rückfahrt auf. Gabbys Haar wehte locker im Wind, und Bill wirkte entspannter als seit Monaten. Sie hatte Recht behalten. Der Ausflug an den Lake Tahoe war genau das, was sie nötig gehabt hatten.

Kurz nach Mitternacht trafen sie mit dem Gefühl, wochenlang fort gewesen zu sein, vor seinem Haus ein. Bill brachte das Gepäck hinein, und sie entschloss sich, über Nacht bei ihm zu bleiben.

»Ich kann dich morgen auf der Fahrt zu meinen Anwälten zu Hause absetzen.«

Seine traurige Miene veranlasste sie zu der Frage: »Kann ich nicht mitkommen?«

»Zu den Anwälten?« Er war verwundert.

»Ich möchte es … ich möchte bei dir sein …«

»Ein Vergnügen ist das bestimmt nicht.« Das war die Untertreibung seines Lebens. Gabby trat auf ihn zu und legte ihm die Arme um den Hals.

»Mr. Warwick, zufällig liebe ich Sie … in guten und schlechten Tagen … am Lake Tahoe und bei den Anwälten …«

Darauf sagte er nichts mehr. In seinen Augen standen Tränen, als er sie küsste. Nichts war ihm mehr zuwider, als Gabby in die Sache hineinzuziehen, aber er brauchte sie jetzt … mehr, als sie ahnte … mehr, als er Sandy je gebraucht hatte.

31

Das Büro von Harrison und Goode wirkte durch seine Mischung aus modernem Dekor, englischen Antiquitäten und einigen sehr schönen Gemälden seriös und stilvoll. Die Ehefrauen der Seniorpartner hatten bei der Ausstattung die teuersten Innenarchitekten zurate gezogen, sodass die Räumlichkeiten mehr nach New York als nach Los Angeles aussahen. Dass es sich um die renommiertesten und erfahrensten Anwälte der Stadt handelte, war für Gabby sehr beruhigend. Sie saß mit Bill im Empfangsbereich. In ihrer Wohnung hatte sie sich rasch umgezogen und sich für ein dunkelblaues Leinenkleid entschieden, das ihre Mutter ihr vor Jahren bei Bergdorf gekauft hatte.

»Bist du sicher, dass du mitkommen möchtest?«, hatte er sie noch einmal gefragt, und sie hatte ihm geraten, endlich den

Mund zu halten und Kaffee zu kochen. Das Nötige dazu fand er in ihrer winzigen Küche. Eine halbe Stunde später war sie fertig angezogen gewesen. Mit ihrem schlichten Nackenknoten, zu dem sie ihr langes Haar zusammengefasst hatte, sah sie sehr gediegen aus. Sie trug ein Paar weiße Handschuhe, und sie wäre zum Lunch im Colony Club in New York, in den sie ihre Mutter häufig begleitete, wie Bill wusste, passend gekleidet gewesen.

Als sie darauf warteten, vorgelassen zu werden, dankte Bill ihr überschwänglich, dass sie mitgekommen war. Allein ihre Nähe gab ihm Kraft. Er stellte sie den Anwälten vor, und man sah den Herren an, dass Gabby vor ihren Augen Gnade fand. Ohne zu überlegen, hatte er sie als Gabrielle Thornton-Smith vorgestellt, und sie hatte nicht einmal protestiert. Es war klar, dass dieser Name Eindruck gemacht hatte. Stan Harrison erwähnte beiläufig, dass er ihren Vater kennen gelernt habe. Dann stellte er die Strafverteidiger vor, die von der Firma auf Bills Fall angesetzt worden waren. Es waren nüchterne und gut vorbereitete Experten, die sich drei Stunden Zeit genommen hatten, um Bill auf das Verfahren vorzubereiten. Sie legten ihm die drohenden Gefahren und ihre eigene Verteidigungsstrategie dar. Nach dieser Unterredung war Bill fix und fertig. Am nächsten Tag sollte er wiederkommen.

»O Gott, mir brummt der Kopf nach all dem ganzen Gesetzeskram.« Er wirkte müde und blass trotz der Sonnenbräune, die er sich übers Wochenende erworben hatte. Es war für beide eine gewaltige Anstrengung, Gabby aber bewahrte Ruhe und schlug vor, dass sie sich auf dem Weg nach Hause etwas Essbares kauften.

»Ich mache uns zum Lunch etwas zurecht, und du kannst dich ein wenig hinlegen und ausspannen.«

Er sah voller Zärtlichkeit auf sie nieder. »Womit habe ich ein Mädchen wie dich verdient, Gab?« Und das, nachdem er sie über längere Zeit hinweg ziemlich scheußlich behandelt hatte, aber dies alles war nun vergessen.

»Das ist dein Pech. Man weiß ja, was für Nieten Debütantinnen im Allgemeinen zu sein pflegen.«

»Hm, du pflegst wohl wieder Umgang mit dem Pöbel?« Er kniff liebevoll in ihr Hinterteil, als sie vor dem Supermarkt ausstiegen. Sie lachte nur.

»Vor ein paar Monaten noch hätte ich dir für eine solche Bemerkung am liebsten den Hals umgedreht.«

»In diesem Fall trifft sie den Nagel auf den Kopf.« Aber längst nicht so genau wie in der folgenden Woche, als sie vor dem Gerichtsgebäude aus dem Wagen stiegen. In den Gängen drängten sich verkommene Typen, zwei Häftlinge wurden in Handschellen vorgeführt, Anwälte hasteten geschäftig vorüber. Bill wartete vor dem Gerichtssaal auf seine Verteidiger. Gabby stand ganz dicht bei ihm, nicht aus Angst, sondern weil sie ihm ganz nahe sein wollte, wie um sich zu vergewissern, dass er noch da war.

Der Richter, der den Vorsitz führte, galt nach Aussage der Anwälte als sehr hart, aber das konnte sich unter Umständen auch günstig für Bill auswirken. Vielleicht würden die Schilderungen von Sandys Benehmen und ihrer Sucht ihn abstoßen ... oder aber er würde keinen Funken Verständnis für Bill zeigen. Eine Voraussage war unmöglich. Der Ausgang lag ohnehin in den Händen der Geschworenen.

Gabrielle setzte sich in die zweite Reihe, und Bill durchschritt eine kleine Tür in der Barriere, um mit drei Anwälten am Tisch des Angeklagten Platz zu nehmen.

Nun vergingen zehn Minuten, in denen sich der Gerichtssaal füllte, mit Neugierigen, mit Anwälten, die vom Schriftführer eine Unterschrift brauchten, und mit ein paar Journalisten, die sich unauffällig hereingestohlen hatten, um dem Verlauf des Prozesses zu folgen.

Dann rief der Gerichtsdiener: »Bitte, erheben Sie sich von den Plätzen. Das Verfahren ist eröffnet, den Vorsitz führt Richter MacNamara.« Alle setzten sich wieder, und Gabby starrte Bills Hinterkopf an, während sie darum betete, dass alles gut ausgehen möge.

Die Anwälte näherten sich dem Tisch des Vorsitzenden, Dokumente machten die Runde, und die als Geschworene vorgesehenen Kandidaten betraten den Raum. Bill staunte, dass es so viele waren. An die hundert mindestens. Seine Anwälte schätzten, dass die Auswahl der Geschworenen zwei Tage in Anspruch nehmen würde. In Gruppen von zwölf Personen wurden sie dem Gericht vorgestellt, und jeder Anwalt hatte das Recht, zwanzig von ihnen ohne Angabe von Gründen abzulehnen.

Als Erste wurden zwei Männer gewählt. Der eine war ein älterer Mexikaner, der gut Englisch sprach und versicherte, dass er dem Prozess ohne Schwierigkeiten folgen könne. Aus seiner Familie sei niemand drogenabhängig, er selbst sei nicht vorbestraft. Der Zweite war ein Postbote, ein nervöser und blasser Mann. Die Verteidigung lehnte ihn aus gutem Grund ab. Seine Tochter war drei Jahre zuvor an einer Überdosis Rauschgift gestorben. Der Grund für die Ablehnung war klar.

Dann kamen zwei Frauen. Die eine war auffallend zurechtgemacht, nach eigener Aussage eine ehemalige Schauspielerin, die andere ein großmütterlicher Typ, unverheiratet. Danach kamen ein junges Mädchen, ein Homosexueller und eine Frau, die mit einem Polizisten verheiratet war. So ging es – bis auf eine kurze Mittagspause – den ganzen Tag. Die Leute kamen und gingen und wurden abgelehnt, manchmal aus guten Gründen, dann wieder aus unerfindlichen. Die Polizistenfrau war von der Verteidigung sofort abgelehnt worden. Und der Anklagevertreter lehnte die Schauspielerin und den Homosexuellen ab. Die Prozedur war schier endlos und verlief nach scheinbar sinnlosen

Regeln. Gabby und Bill waren total erledigt, als sie abends nach Hause fuhren. Es war, als hätte man den ganzen Tag wahllose Exemplare der Gattung Mensch vorgeführt bekommen – es war sehr ermüdend gewesen.

»Ich sehe sie mir an und frage mich, ob er oder sie mir glauben wird. Bei keinem bin ich mir sicher, keinen kann ich ausloten, von den eindeutigen Typen mal abgesehen. Die Polizistenfrau hat mir einen Riesenschreck eingejagt.« Gottlob war sie abgelehnt worden.

»Ich weiß. Aber manchmal kann man wirklich nicht verstehen, wieso jemand abgelehnt wird.«

»Mir geht es ähnlich. Ich kann nur hoffen, dass das Gericht weiß, was es tut.«

Abends waren sie zu müde für die Liebe, fast zu müde, um sich zu unterhalten oder zu essen. Ehe sie zu Bett gingen, schwammen sie ein paar Runden im Pool, um sich Ablenkung zu verschaffen. Der Albtraum hatte begonnen und war nicht mehr aufzuhalten – nicht, bis alles vorüber war.

Am nächsten Tag lief es im Gerichtssaal nach demselben Schema weiter. Erst am Nachmittag des dritten Tages war die Wahl der Geschworenen beendet. Sieben Frauen, fünf Männer und ein harmlos aussehender Ersatzmann, alle durchwegs nüchterne, unscheinbare Durchschnittstypen – wie der Mann im Drugstore, der Bursche in der Werkstatt oder die Verkäuferin, die einem im Billigladen ein paar Strümpfe verkauft. Kein Einziger war irgendwie bemerkenswert. Und jetzt lag Bills Leben in ihren Händen. Der Richter schloss die Verhandlung an jenem Nachmittag sehr früh. Bill und Gabby waren sehr erleichtert, dass sie nach Hause konnten. Wortlos sah Gabby Bill bei Tisch an. Keiner rührte den Salat an, den sie gemacht hatte. Die ständige Anspannung zehrte an ihren Nerven.

»Möchtest du heute ins Kino?«, fragte sie behutsam. Bill brauchte dringend eine Ablenkung.

»Ich stehe unter dem Verdacht, meine Frau ermordet zu haben, vor Gericht. Ich brauche nicht die Spannung zu erleben, die ein Film mir bieten könnte.«

»Na ja. Wir könnten uns ja was Komisches ansehen.«

»Ich bin nicht in Stimmung.« Das war nur zu verständlich, aber sie wollte ihm unbedingt helfen.

»Wollen wir in Mike's Bar gehen und Billard spielen?«

»Gab, vielleicht morgen Abend ... im Moment kann ich mich vor Müdigkeit kaum rühren.« Beide staunten, wie erschöpfend es war, unter Hochspannung einfach dazusitzen und nichts unternehmen zu können.

»Soll ich nach Hause fahren, damit du Ruhe hast?«

Er schüttelte ganz jämmerlich den Kopf und fasste nach ihrer Hand. »Nein ... es sei denn, du möchtest etwas Abstand ... ich könnte das verstehen. Ich weiß, ich bin richtig eklig, aber meine Nerven sind angespannt wie Violinsaiten.«

»Schon gut.« Sie beugte sich zu ihm und küsste ihn. »Du bist gar nicht eklig. Ich möchte nur vermeiden, dass ich dich noch nervöser mache.«

»Wo denkst du hin? Du bist das Einzige, was mich noch aufrecht hält.«

Sie blieb bei ihm, obwohl Bills Anwälte ihr geraten hatten, zu Hause zu übernachten. Am nächsten Tag begann die Anklage den Fall aufzurollen. Es wurde geschildert, wie ein schönes junges Mädchen ermordet wurde, dessen Ehemann, ein Schauspieler, sich an sie gekettet fühlte. Sie beschrieben einen jungen Mann, der es nicht länger ertragen konnte, dass sie sein ganzes Geld für Drogen zum Fenster hinauswarf, und alles daransetzte, sie loszuwerden. Er musste rasend vor Zorn gewesen sein und gewillt, alles zu tun, um sich von dieser Last zu befreien. Es fiel schwer, in dem Bild, das hier entworfen wurde, Bill zu erkennen. Vor Entsetzen wie gelähmt, hörte er das alles, überzeugt, die Geschworenen würden jedes Wort glauben. Die Anklage stellte ihn glatt als herzloses Ungeheuer hin. Ihre Schilderung gipfelte in der Behauptung, dass er seine Frau im Affekt getötet habe, weil sie Bill im Wege stand. Der Staatsanwalt machte klar, dass ein Schauspieler alles daransetzen würde, um sich seine Karriere zu sichern. Am zweiten Tag der Anklageverlesung war Bill total am Ende. Die Versicherungen seiner Anwälte, die wiederholt beteuerten, dass noch ausreichend Gelegenheit sein würde, seinen Standpunkt darzulegen, trösteten ihn nicht. Die Anklage bot nur wenig Zeugen auf. Zwei Schauspielerinnen aus Sandys Serie sagten aus, dass Sandy ein reizendes junges Mädchen gewesen sei. Und als ihr Agent in den Zeugenstand gerufen wurde und aussagte, dass er gegen die Ehe mit Bill gewesen sei, war Bill total schockiert. Der Mann behauptete, dass er von allem Anfang an vermutet hatte, dass Sandy der Belastung einer Ehe mit Bill nicht gewachsen war. Erst nach ihrer Hochzeit habe sie ernsthaft mit den Drogen angefangen.

»Dieser Dreckskerl …«, murmelte Bill zähneknirschend, und der Anwalt, der neben ihm saß, berührte unauffällig seinen Arm, um ihn daran zu erinnern, dass die Geschworenen ihn genau im Auge behielten.

Am Freitagnachmittag hatte die Anklagevertretung alles vorgebracht, was sie auf Lager hatte. Eine Hand voll Pressefotografen hatte sich vor dem Gerichtssaal eingefunden. Sie schossen von Bill und Gabrielle ein paar Aufnahmen, riefen Bill Fragen zu, hielten ihm Mikrofone dicht vors Gesicht und bekamen keine Antwort.

Am Samstagmorgen traf sich Bill mit seinen Anwälten zu einer längeren Besprechung, während Gabby die Zeit für ein paar Besorgungen nutzte. Sie war rechtzeitig zurück, um zu kochen, den Hund zu füttern und einen Anruf von Mel Wechsler entgegenzunehmen. Er wollte wissen, wie es lief, und schien nicht weiter erstaunt zu sein, dass sie sich in Bills Wohnung aufhielt.

Er wusste über alles Bescheid, was sich im Team tat, außerdem hatten die beiden vor der Sommerpause kein Geheimnis aus ihrer Romanze gemacht.

»Mel, ich weiß es nicht«, gab Gabby ganz offen zurück. »Alles ist so einseitig und aufgebauscht, einfach schrecklich. Die Anwälte behaupten, dass Bills Chancen erst nächste Woche kommen, wenn er in den Zeugenstand gerufen wird. Das alles ist richtig beängstigend.«

»Kann ich mir denken.« Er machte sich um Bill große Sorgen und bat sie, ihm zu bestellen, dass er gern als Zeuge für ihn aussagen wollte. Das hatte Bill seinen Anwälten bereits mitgeteilt, und sie hatten die Absicht, von dem Angebot Gebrauch zu machen. »Ich bin die ganze Woche zu erreichen. Man soll mich nur anrufen.«

»Ich werd's Bill sagen. Er weiß es sicher zu schätzen.« Mel war immer für alle da, wenn er gebraucht wurde, wie ein Vater.

Und Bill war sehr gerührt, als er total erschöpft nach Hause kam. Im Laufe der Woche hatte er sieben Pfund abgenommen, bei Gabby waren es fünf. Abnehmen war im Hinblick auf die Dreharbeiten zwar eine feine Sache, nicht aber unter Umständen wie diesen.

»Na, was haben deine Anwälte gesagt?«

»Ach, immer dasselbe. Mel soll am Montag in den Zeugenstand.« Nach dem Essen rief er ihn selbst an und sagte ihm, in welchem Raum verhandelt würde. Mel versprach zu kommen.

Der Rest des Wochenendes zog sich einerseits endlos hin, andererseits verging die Zeit viel zu rasch. Bill wünschte, es hätte ewig gedauert. Dann wiederum empfand er das Verlangen, möglichst schnell wieder im Gerichtssaal zu sitzen. Am Montag war Mel wie versprochen zur Stelle und beriet sich leise mit Bills Anwälten. Er wurde als Erster in den Zeugenstand gerufen. Gabby war sehr erleichtert, ihn zu sehen. Er vermittelte ihr das Gefühl, dass er wirklich helfen konnte.

»Würden Sie sagen, dass Mr. Warwick aufgebracht wirkte?«

»Nein, ich würde sagen, dass er ein stiller junger Mann war, der seine Arbeit sehr ernst nahm.«

»Beklagte er sich über seine Frau?«

»Nein.«

»Hat er überhaupt von ihr gesprochen?«

»Nein.«

»Wussten Sie, dass er verheiratet war?«

»Nein, das wusste ich nicht.« Mels Blick blieb fest, als Bill ihn ansah und an die Lüge dachte, die er ihm aufgetischt hatte. Er hatte befürchtet, dass Mel ihn deswegen belasten würde, aber Mel ließ ihn nicht im Stich. Er war gekommen, um ihm zu helfen.

»Finden Sie nicht, dass dies etwas ungewöhnlich war?«

»Nein, das finde ich nicht. Nicht in unserer Branche. Sehr viele Künstler, mit denen wir zu tun haben, halten ihre Ehen geheim, um ihrem Image nicht zu schaden, besonders wenn sie jugendliche Helden darstellen.«

»Würden Sie sagen, dass dies der Fall bei Mr. Warwick war, oder sind Sie eher der Meinung, dass er sich für seine Frau schämte und befürchtete, ihre häufigen Verhaftungen könnten seiner Karriere schaden?«

»Einspruch, Euer Ehren! Die Anklage versucht den Zeugen zu beeinflussen!« Bills Anwalt unterbrach den Staatsanwalt, und seinem Einspruch wurde stattgegeben.

»Dann lassen Sie mich meine Frage anders formulieren. War es für Mr. Warwicks Karriere von Bedeutung, dass er in den Augen der Öffentlichkeit ein Single war?«

»Ja, es ist denkbar, dass es mit der Zeit für ihn sehr wichtig werden könnte.«

»Warum?«

»Weil er nächstes Jahr, wenn die Serie ausgestrahlt wird, ein großer Star sein wird.«

»Würden Sie sagen, dass eine drogensüchtige Frau für ihn ein Hindernis gewesen sein könnte?«

»Einspruch!«

»Einspruch abgelehnt. Mr. Wechsler, beantworten Sie bitte die Frage.«

»Es wäre möglich, aber ich glaube nicht ...«

»Danke.« Man ließ Mel gar nicht aussprechen. Es war hoffnungslos, eine Verurteilung schien so gut wie unabwendbar zu sein. Er wurde hier als Mann hingestellt, der seine Frau mit allen Mitteln loswerden wollte, der sie hasste, der ihre Sucht hasste, der sie um jeden Preis aus dem Weg schaffen wollte, damit sie seiner Karriere nicht schadete. Das alles tendierte mehr zum Mord und nicht zum Totschlag im Affekt, obwohl man noch immer bestrebt war, den Fall als Affekthandlung hinzustellen.

Als Nächster wurde Bills Agent vernommen. Mel setzte sich neben Gabby und drückte beruhigend ihre Hand. Mit einem bekümmerten Blick auf Bill rückte sie näher.

»Würden Sie sagen, dass Mr. Warwick seine Frau liebte?«, fragten die Verteidiger, worauf der Anklagevertreter sofort Einspruch erhob.

»Das ist eine Mutmaßung, Euer Ehren.«

»Stattgegeben. Formulieren Sie Ihre Frage anders.« Richter MacNamara schien verärgert zu sein. Er hatte es mit einer Bande verderbter, haltloser Filmleute zu tun, und seine Geduld war erschöpft. Viel wichtiger jedoch war, was die Geschworenen dachten. Sie stellten undurchdringliche Mienen zur Schau.

»Sprach Mr. Warwick jemals davon, dass er seine Frau liebte?«

»Sehr oft sogar. Er machte kein Geheimnis daraus, dass er sehr an seiner Frau hing.«

Die Anklage war nicht begeistert von dieser Aussage, und Mel beobachtete Gabby. Ihr Blick war fest, als wollte sie Bill etwas von ihrer Kraft geben. Der Gedanke an Sandy weckte in ihr weder Eifersucht noch irgendwelche schlechten Gefühle.

»War er besorgt wegen ihrer Drogenabhängigkeit?«

»Natürlich, er war außer sich und drängte darauf, dass sie eine Entziehungskur mitmachte, aber sie wollte nicht.«

»Würden Sie sagen, dass er wütend auf sie war?«

»Nein, niemals.«

»Würden Sie sagen, dass er Angst hatte, sie könne seiner Karriere schaden?«

»Nein. Ich redete ihm zu, dass er sich von ihr trennen sollte, weil sie ihm nur schaden könne, aber er wollte davon nichts hören. Er war immer für sie da. Und er hoffte ständig, dass sie einen Entzug versuchen würde. Er rief mich sogar des Öfteren von New York aus, wo er zu Außenaufnahmen war, an und bat mich, sie ausfindig zu machen und mich um sie zu kümmern.«

»Und was war in dieser Zeit mit ihr?«

»Das weiß ich nicht. Es ist mir nicht gelungen, jemanden zu finden, der wusste, wo sie steckte. Ehe Mr. Warwick nach New York ging, war sie schon ganz tief in der Drogenszene versackt. Da lebten sie auch schon getrennt.«

»Hat er sich nach seiner Rückkehr mit ihr getroffen?«

»Keine Ahnung. Er hat mir nichts davon erzählt.«

»Würden Sie sagen, dass er sie loswerden wollte?«

»Nein. Nicht in diesem Sinn. Vielleicht hat er an eine Scheidung gedacht, aber so weit ist es nie gekommen. Ich glaube, sie war so sehr am Boden zerstört, dass Mr. Warwick eine Scheidung nie ernsthaft in Betracht gezogen hat.«

»Haben Sie je erlebt, dass Mr. Warwick die Fassung verlor?«

»Nein.«

»Haben Sie je gehört, dass er jemanden bedrohte?«

»Nein.«

»Vielen Dank.«

Nun wurde Harry vom Anklagevertreter befragt, doch auch dieser konnte seine Aussage nicht erschüttern. Harry hielt sich großartig, und Bill lächelte ihm zu, als er den Zeugenstand verließ. Am liebsten wäre er aufgestanden und hätte ihm einen Kuss gegeben.

Drei weitere Tage dauerte es, bis alle Zeugen einvernommen worden waren, darunter waren auch Sandys Eltern, die von der Verteidigung aufgerufen wurden und denen der Schicksalsschlag so zugesetzt hatte, dass sie zu einer vernünftigen Aussage kaum imstande waren. Dennoch war klar ersichtlich, dass sie Sandys Lebenswandel missbilligt und sie längst aufgegeben hatten – lange bevor Bill es getan hatte. Eine schwierige Kindheit kam zur Sprache, die Tatsache, dass Sandy ein problematisches Mädchen gewesen und als Teenager mehrfach von zu Hause ausgerissen war. Schon damals hatte sie hin und wieder zu Drogen gegriffen. In dieser Zeit hatte sie Bill noch nicht kennen gelernt und auch noch nicht mit der Schauspielerei angefangen. Ihre Eltern hatten das sichere Gefühl, dass die Belastungen ihres Berufes den letzten Ausschlag gegeben hatten und dass Sandy von Anfang an ihrem Untergang zugesteuert war.

Bills Eltern meldeten sich in der Halbzeit des Prozesses. Es war ein für sie typisches Gespräch. Sein Vater klang enttäuscht und anklagend, und seine Mutter heulte am Nebenanschluss. Es war keine Rede davon, dass sie zu ihm kommen wollten. Hinterher war Bill nicht mal sicher, ob sie ihn für unschuldig hielten.

Am schlimmsten aber war der Tag, an dem Bill selbst in den Zeugenstand gerufen wurde. Man stellte ihm sämtliche Fragen, die er befürchtet hatte, und versuchte alles, um seine Ehe als hässlich und schmutzig hinzustellen. Man versuchte, ihn in Rage zu bringen, indem Sandy als Flittchen geschildert wurde. Außerdem wurde versucht, ihn selbst so hinzustellen, als hätte er sie benutzt, um an Engagements heranzukommen, nur um sie im Stich zu lassen, als er eine große Rolle bekommen hatte. Das alles hörte sich höchst unerfreulich an, und man setzte Bill ununterbrochen zu, bis er es nicht mehr aushielt, im Zeugenstand zusammenbrach und zu schluchzen anfing. Er schlug die Hände vors Gesicht, in dem vergeblichen Versuch, den Tränen Einhalt zu gebieten, während er an das Mädchen dachte, das er einmal geliebt hatte. Es war alles ganz anders gewesen, als es hier dargestellt wurde. Als er endlich wieder sprechen konnte, heiser vor Trauer, sah er den Staatsanwalt an.

»Begreifen Sie denn nicht? ...« Die Reporter kritzelten eifrig mit. Jetzt trat der Mensch Bill Warwick unverhüllt zutage, die Seele des Mannes, der eine Frau namens Sandy geliebt hatte, lag bloß. »Ich habe sie geliebt.«

»Mr. Warwick. Sie wären nicht der Erste, der den Menschen tötet, den er liebt.« Die Anklage kannte kein Erbarmen, doch an diesem Punkt hatte die Verteidigung Einspruch erhoben und eine Pause beantragt, damit Bill sich fassen konnte. Am Nachmittag erlitt er erneut einen Zusammenbruch. Gabby, die den Blick über die Geschworenen wandern ließ, konnte nur hoffen, dass diese Mitleid mit ihm hatten. Es war fast unmöglich, keines zu empfinden. Ihre Mienen jedoch verrieten nichts.

Am Freitagmorgen belehrte der Richter die Geschworenen über ihre Pflichten. Sie mussten einstimmig zu einem Urteil gelangen. Sie mussten ihrer Entscheidung sicher sein, und diese Gewissheit musste sich auf Zeugenaussagen gründen und nicht auf bloße Gefühle. Sprachen sie den Angeklagten schuldig, würde das Urteil nach dreißig Tagen durch den Richter ergehen. Vom Ausmaß des Urteils durften sie sich nicht beeinflussen lassen. Ihre Aufgabe war es, Unschuld oder Schuld festzustellen, basierend auf dem, was Verteidigung und Anklage an Aussagen aufgeboten hatten. Bills eigene Aussage war überaus bewegend, und während seiner Einvernahme war er mehrfach zusammengebrochen, doch auch dieser Umstand durfte ihr Urteil nicht beeinflussen. Sie durften sich nur an Beweise halten, an die Schusswunden, das Fehlen einer Tatwaffe, an die Ehe, wie sie vor Gericht geschildert worden war. Anhand dieser Beweise mussten sie entscheiden, ob Bill den Mord begangen hatte oder nicht. Danach verfügte er eine Unterbrechung, und die Geschworenen wurden in den Beratungsraum geführt, während Bill mit seinen Anwälten auf dem Gang wartete. Gabby blieb in unmittelbarer Nähe. Sie war ganz allein, und plötzlich fehlten ihr Jane und Zack und Mel. Sie wünschte sich alle ihre Freunde an ihre Seite. Mel wartete den Ausgang des Prozesses in seinem Büro ab. Warten war das Einzige, was ihnen allen übrig blieb. Sie wussten, dass es mehrere Tage dauern konnte, bevor die Entscheidung fiel. Die Anwälte hatten sie darauf vorbereitet. Die Geschworenen mussten so lange beraten, bis sie zu einem einstimmigen Urteil gelangten.

Die Verteidiger standen in Gespräche vertieft auf dem Gang herum. Bills Gedanken waren bei der bevorstehenden Entscheidung.

Er sagte leise etwas zu Gabby, als der Gerichtsdiener herauskam und sie aufforderte, den Gerichtssaal wieder zu betreten. Die Geschworenen waren zu einer Entscheidung gelangt. Die Verteidiger reagierten mit besorgten Gesichtern. Die Beratung hatte nicht einmal eine Stunde gedauert. Das war meist ein schlechtes Zeichen, das gewöhnlich einen Schuldspruch bedeutete, vor allem in Fällen, in denen die Schuld des Angeklagten einwandfrei feststand. Bills Verteidiger hatten gehofft, viel massivere Zweifel bei der Jury geweckt zu haben.

»Die Gerichtsverhandlung wird fortgesetzt. Alle erheben sich.«

Der Richter trat, seinen Talar zuknöpfend, ein und nahm Platz, während Bill die Armlehnen seines Stuhls umklammerte. Dann marschierten die Geschworenen hintereinander auf. Noch immer waren ihre Mienen völlig ausdruckslos – keine Gesichter, sondern Masken. Kein Einziger sah befriedigt oder erfreut drein oder gar traurig, niemand lächelte Bill zu oder schenkte ihm auf irgendeine Weise Ermutigung. Gabby, die sich der Tragweite des Geschehens bewusst war, spürte Tränen in den Augen. Wurde er schuldig gesprochen, dann würde man ihn auf der Stelle abführen. Für Bill Warwick war dann alles aus – zumindest für eine sehr lange Zeit. Und für sie ebenfalls, aber Bills Leben konnte in den nächsten Minuten total zerstört werden. Im schlimmsten Fall standen ihm elf Jahre Zuchthaus bevor.

»Meine Damen und Herren Geschworenen, sind Sie zu einem Urteil gelangt?« In Gabby regte sich Hass gegen diese verstaubte Redeweise, gegen die Worte, die nichts bedeuteten und von denen doch Bills Leben abhing.

»Wir sind zu einem Urteil gelangt, Euer Ehren!«

»Und wie lautet es?«

Sie kniff aus Angst die Augen zusammen, und Bill hielt leichenblass den Blick auf die Jury gerichtet.

»Wir haben den Angeklagten für nicht schuldig befunden, Euer Ehren!«

Die Verteidiger atmeten auf, und Bill starrte noch immer unbewegt vor sich hin, als der Blick des Richters ihn traf.

»Mr. Warwick, Sie wurden freigesprochen.« Hinter ihm ertönte ein lautes Aufschluchzen, als er aufsprang und durch das Türchen in der Barriere stürzte, zu Gabby hin. Sie warf sich ihm in die Arme, und er hielt sie fest. Beide weinten, und die Anwälte lächelten zufrieden, während die Geschworenen hintereinander hinausmarschierten. Der Richter erhob sich – alles war überstanden.

32

Aus dem Erdgeschoss riefen sie Mel an, und Gabby berichtete ihm stockend die große Neuigkeit. Bill war noch zu erschüttert, um auch nur ein Wort herauszubringen. Sie entschuldigte ihn bei Mel, der ihnen beiden seine Glückwünsche aussprach. Als Mel auflegte, hatte auch er feuchte Augen. Er hatte Gabby noch gesagt, dass Bill ihn anrufen sollte, wenn er sich ein wenig gefasst habe.

Der Zeitungsartikel, der seinen Freispruch meldete, war viel kürzer und unauffälliger als der, in dem seine Verhaftung geschildert worden war, aber das störte ihn nicht. Seine Erleichterung war grenzenlos. Abends riefen sie Zack und Jane an, und Jane vergoss Freudentränen. Mel erzählte Sabina davon, als sie aus Paris anrief.

Allmählich verbreitete sich die Nachricht, und Bill bekam langsam das Gefühl, dass er zu den Lebenden zurückgekehrt war. Bis zum Schluss hatte er am Ausgang des Prozesses gezweifelt. Es war die schrecklichste Erfahrung seines bisherigen Lebens. Und plötzlich sah er sich wieder den banalen Freuden des Lebens gegenüber: Joggen mit seinem Hund in Malibu, ein Einkaufsbummel am Safeway, Gartenarbeit verrichten, Gabby zu Mike's auf einen Hamburger ausführen. Jetzt konnte er sogar daran denken, sein Haus einzurichten, da ihm keine Gefängnisstrafe mehr drohte. Daneben aber gab es auch wichtigere Dinge zu bedenken. Seinen Beruf und seine Zukunft gemeinsam mit Gabby.

»Wie wär's, wenn du mit an die Ostküste kämst? Ich glaube, wir hätten beide einen Tapetenwechsel nötig«, schlug sie vor. Sie kamen dann überein, dass sie noch ein, zwei Wochen brauchen würden, um wieder zu Atem zu kommen. Die Belastung war doch sehr groß gewesen. Bill half Gabby, zwei riesige Taschen voller Sachen aus ihrer Wohnung zu ihm zu bringen. Er wollte, dass sie zu ihm zog. Sie hatten so viel gemeinsam durchgestanden, dass er fast das Gefühl hatte, sie wären ein Ehepaar. Aber er wollte sie keinesfalls drängen. Es gab so vieles, das sie jetzt bedenken musste. Sie spielte in einer wichtigen Serie eine Hauptrolle, mit ihrer Karriere ging es deutlich bergauf, und sie hatte mit ihm viel durchgemacht. Es bestand immerhin die Möglichkeit, dass sie ihn nie wieder sehen wollte, nachdem jetzt alles vorüber war. Doch davon war ihr nichts anzumerken. Sie schleppte alle ihre Pflanzen an, striegelte Bernie täglich, half Bill beim Aussuchen der Möbel und war bemüht, alles möglichst gemütlich einzurichten. Sie hatte gerade das gesamte Mobiliar zum zweiten Mal umgestellt, als sie an Bill leise die Frage stellte: »Wann willst du dir das Donnerwetter endlich anhören?« Drängen wollte sie ihn nicht, aber es war vielleicht nicht schlecht, wenn er wusste, wie seine berufliche Zukunft aussah. Seit dem Freispruch war eine Woche vergangen, und Bill hatte bislang alles getan, um sich vor dem Gespräch zu drücken.

»Welches Donnerwetter?«, fragte er mit Unschuldsmiene. »Mir hat es besser gefallen, als die Couch dort drüben stand. Gestern habe ich mir in der Stadt ein paar tolle Lampen angesehen. Ich dachte mir, wir könnten uns morgen welche besorgen.«

»Das ist nicht so wichtig.« Gabby drohte ihm mit dem Finger. »Und du weißt genau, was ich meine. Du musst Mel anrufen. Frag jetzt bloß nicht, wer das ist. Ich meine Mel Wechsler.«

Sein Grinsen fiel etwas dümmlich aus. »Tja, einmal hatte ich Glück, ein zweites Mal kann ich das von meinem Schicksal nicht erwarten.«

»Wäre es nicht besser, du verschaffst dir Gewissheit?«

»Nein, da gehe ich lieber mit dir Lampen kaufen.«

»Sei nicht kindisch.« Sie brachte ihn dann tatsächlich dazu, Mel anzurufen. Die Sekretärin sagte, dass Mel Besprechungen mit den Fernsehgesellschaften habe und erst am Montag wieder im Büro sein würde. Als Bill es Gabrielle meldete, lachte sie. »Jetzt bleibt dir eine Galgenfrist.«

Es wurde ein herrliches Wochenende, das sie faul am Pool verbrachten. Einmal fuhren sie zu Mike's, und am Samstagabend führte er sie ins La Maison aus, um seinen Freispruch zu feiern. Mel meldete sich am Montagmorgen und bat Bill, am Nachmittag in sein Büro zu kommen. Bill bedankte sich noch einmal für Mels Zeugenaussage und sagte zu.

»Was hat er gesagt?«

»Er verdreifacht meine Gage, feuert dich und macht mich zum Star einer Ein-Mann-Show, die noch heuer gesendet wird.«

Gabrielle lachte übermütig. Bill war in letzter Zeit so guter Laune, weil ihm eine gewaltige Bürde von den Schultern genommen worden war und er wieder glücklich sein durfte. Die schlimme Zeit war vorüber. Die arme Sandy hatte ihre letzte Ruhe gefunden, und sein Leben ging weiter.

»Im Ernst, was hat Mel gesagt?«

»Er sagte, dass ich um drei zu ihm kommen soll. Das ist seine bevorzugte Zeit, um Leute zu feuern.«

»Du bist unmöglich. Darf ich mitkommen?«

»Nein. Dabei zu sein, wenn man mich ins Gefängnis schleppt, ist eine Sache ... aber meinen Job verlieren kann ich allein. Außerdem hat er dich nicht eingeladen.«

»Na schön, ich muss ohnehin meine Einkäufe erledigen.«

»Neue Wanderschuhe?«, neckte er sie.

»Nein. Ob du es glaubst oder nicht, ich muss mir ein paar Kleider anschaffen, ehe wir nach Newport fahren. Ich dachte, ich könnte mal bei Giorgio vorbeischauen.«

»Du? Die Königin der Armeerestbestände?«

»Sag es bloß nicht weiter.«

»Dein Geheimnis ist bei mir sicher, Prinzessin.« Er nahm sie mit operettenhaftem Schwung in die Arme und ließ sie dann unsanft auf die Couch fallen. Gabby konnte sich nicht halten vor Lachen. Bills gute Laune verriet, dass er den drohenden Verlust seiner Rolle nicht besonders tragisch nahm. Er war auf freiem Fuß, das war das Wichtigste. Und es war ein gutes Jahr mit der Serie gewesen. Er konnte es Mel nicht verübeln, wenn er ihm kündigte. Der Skandal, den er verursacht hatte, stellte in der Tat einen Bruch sämtlicher Abmachungen dar.

Dennoch war seine Stimmung nicht die beste, als er nachmittags Mels Büro betrat. Ihm war, als käme er nach Hause und besuchte seinen Vater, den er enttäuscht hatte. Aber Mel war so liebenswürdig und freundlich wie immer, als Bill ihm gegenüber Platz nahm.

»Na, du siehst schon wieder viel besser aus.«

»Ja, ich fühle mich auch besser als bei unserer letzten Begegnung.« Er lächelte. Ob mit oder ohne Job, er würde Mel sein Leben lang dankbar sein. Er war ein anständiger Mensch, ein guter Freund und ein großer Produzent. »Ich möchte mich für alles bedanken …«

Trotz größter Beherrschung wurden Bills Augen feucht, da der Moment doch sehr gefühlsbetont war. Er hatte das Gefühl, nach langer Krankheit genesen zu sein. »Sir, Sie haben so viel für mich getan … die Serie war wunderbar …« Er drohte an seinen Worten zu ersticken. »Sie werden mir fehlen.«

»Ja … willst du denn verreisen?« Mel machte ein erstauntes Gesicht. Bill war über Mels Frage verblüfft.

»Zunächst mit Gabby für ein paar Wochen an die Ostküste, aber ich meinte …«

Plötzlich ging Mel ein Licht auf. »Ach, tu bloß nicht so edelmütig. Ich habe dich zu mir gebeten, weil ich dir einen neuen Vertrag für die nächste Saison geben wollte.«

»Was?« Bill machte große Augen.

»Jawohl. Obwohl ich der Meinung bin, dass wir die zweite Fassung der Schlussszene nicht wegwerfen sollten, falls du je wieder in ein so tiefes Schlamassel gerätst.«

»Das werde ich nicht. Ist das Ihr Ernst? Ich soll die nächste Saison weitermachen?« Ungläubig starrte Bill ihn an.

»Ja. Du sollst mal sehen, wie die Serie jetzt aussieht. Einfach großartig, und sie wird die Leute begeistern. Ganz Amerika wird wie festgenagelt vor den TV-Geräten sitzen und gespannt zusehen. Da möchtest du doch dabei sein, oder?«

»Bestimmt.« Bill grinste. Er hatte in der letzten Woche zweimal Glück gehabt. Das war viel mehr, als er erhofft hatte.

Mel reichte ihm einen dicken Umschlag. »Zeig das deinem Agenten und deinen Anwälten, und bring es mir irgendwann nächste Woche zurück. Ehe ich nach Europa fahre, möchte ich den Vertrag unterzeichnet sehen.«

»Ich unterschreibe jetzt auf der Stelle.« Er wollte es tatsächlich tun, aber Mel hob abwehrend die Hand.

»Das hat Zeit. Die Anwälte sollen sich den Vertrag erst ansehen, du weißt ja nicht, ob sie Änderungsvorschläge haben. Die Moralklausel ist unverändert« – er lächelte –, »also sieh zu, dass du nicht wieder im Knast landest.« Der Vertrag enthielt auch keine Klausel, die ihm eine Heirat untersagte. Das kam ihm besonders gelegen, da er daran dachte, Gabby zu bitten, seine Frau zu werden. Er wollte damit bis zum Ende des Sommers warten – bis nach dem Besuch bei ihren Eltern. Sie brauchten ein wenig gemeinsame Zeit ohne größere Dramatik.

»Mel, vielen Dank ... ich weiß gar nicht, wie ich Ihnen danken soll ...« Aber sein Blick sagte alles. Mel legte ihm väterlich den Arm um die Schultern, als er ihn zur Tür begleitete.

»Du brauchst mir nicht dankbar zu sein. Du bist ein verdammt guter Schauspieler. Warte nur ab, was die Zuschauer in zwei Monaten dazu sagen. Es wird ein Aufsehen geben!« Er war sehr erfolgssicher, was die Serie betraf, und Bill glaubte, auf Wolken zu schweben, als er zu seinem Wagen lief und zum Rodeo Drive fuhr.

Er lief in den Laden an der Ecke mit der gelb-weiß gestreiften Markise und sah sich drinnen um. Von Gabby keine Spur. Er fragte bei einer der Verkäuferinnen nach, die sich erkundigen wollte. Als sie wiederkam, meldete sie, dass sich Gabby in einer der Probierkabinen befand. Sie deutete auf die betreffende Kabine. Bill ging auf Zehenspitzen hin und öffnete vorsichtig den Vorhang. Gabby hatte ein rotes Seidenkleid an und versuchte sich zu entscheiden, ob es ihr gefiel.

»Was treibst du denn hier?« Wie immer war sie glücklich, ihn zu sehen.

»Zu deinen Wanderschuhen macht sich das sicher prächtig.« Er ließ anerkennend den Blick über sie gleiten.

Sie wurde sofort ungeduldig. »Was hat er gesagt?«

»Wer?«

»Bill, lass das!«

»Er sagte, er könne mich nicht feuern, weil ich dich das ganze nächste Jahr im Zaum halten müsse.« Seine Worte wurden von einem breiten Lächeln begleitet.

Sie fiel ihm um den Hals. »Ist das dein Ernst?«

»Ja. Der Vertrag liegt draußen im Wagen. Ich bin für die zweite Saison dabei.«

»Fantastisch!« Sie zog das Kleid aus und stand in ihrer Unterwäsche da, als die Verkäuferin hereinplatzte und mit einem Lächeln reagierte. Bei Giorgio waren Szenen dieser Art keine Seltenheit.

»Hat Ihnen das Kleid gefallen?«, fragte die Verkäuferin zuvorkommend.

»Wir waren begeistert.« Bill grinste dazu. Er kaufte ihr das Kleid und fünf andere, und dann fuhren sie nach Hause und liebten sich neben dem Swimmingpool.

»Du musst allmählich anfangen, dich besser zu benehmen, wenn ich dich nach Newport mitnehmen soll.«

»O nein«, stöhnte Bill, der nackt neben ihr lag. »Können wir uns nicht einfach in Maine treffen?«

»Unsinn. Meinst du, ich würde meine Eltern um dieses Vergnügen bringen?« Sie erwiderte sein Lächeln und drehte sich in der heißen Sonne auf den Bauch, als der Hund sich gähnend streckte, ins Wasser sprang und sie beide nass spritzte.

33

Die Tage an der Ostküste verflogen im Nu, und Gabbys Eltern waren von Bill, den sie überaus liebenswert fanden, begeistert. Er wohnte in ihrem Haus nahe Bailey's Beach und entdeckte zu seiner Verwunderung, dass er leicht Zugang zu Mr. Thornton-Smith fand. Sie aßen täglich im Beach Club, auch an dem Tag, als es regnete, und zum Dinner suchten sie den Clambake Club auf. Ein sehr renommierter Club, in dem Jackie Bouviers Gesellschaftsdebüt stattgefunden hatte, wie Gabby ihm erklärte.

»Weißt du, dass mir deine Mutter wirklich gut gefällt?«, hatte er ihr gesagt, als sie eines Nachts Seite an Seite im Gästezimmer lagen. Es lag Gabbys Zimmer gegenüber, und sie tapste allnächtlich durch den Flur, um bei ihm sein zu können. Gegen Morgen schlich sie immer in ihr Zimmer zurück, um das Bett zu zerwühlen. »Sie ist viel klüger, als du denkst.«

»Sie ist schon in Ordnung.« Tatsächlich kam sie mit ihren Eltern in diesem Jahr besser aus als sonst. Es verstand sich, dass ihre Eltern keine Ahnung von all dem Schrecklichen hatten, das sie in Kalifornien durchgemacht hatten. Für sie war Bill einfach ein netter junger Schauspieler in »Gabbys Serie«, wie sie die Filme nannten. Sie versprachen, sich den dreistündigen Eröffnungsfilm anzusehen, und Mrs. Thornton-Smith lud Bill ein, die Familie im Herbst während der bevorstehenden Außenaufnahmen zu besuchen. Diesmal sollte im September in New York gedreht werden. Gabbys Mutter hatte angekündigt, dass sie für die jungen Leute ein kleines Dinner geben wollte.

»Das bedeutet hundert Personen in Abendkleidung. All die Menschen, die ich am meisten auf der Welt hasse, werden kommen. Du wirst begeistert sein.«

»Spiel jetzt nicht den verwöhnten Fratz. Deine Eltern haben dich sehr lieb.«

»Schon gut, schon gut.« Sie sah ihn von oben herab an, und er lachte. Sie war so jung und so wunderschön. Es gab Tage, da fragte er sich, wieso ausgerechnet er so ein Glückspilz war. Vor einem knappen Jahr hatte er Sandys Spritzen vom Badezimmerboden aufgelesen und sie angefleht, sich in ärztliche Behandlung zu begeben. Daran dachte er kaum noch und schon gar nicht, als sie mit der Fähre zu ihrer Freundin nach Maine fuhren, die ein einfaches und anheimelndes Haus bewohnte – Welten entfernt von Bailey's Beach. Gabby kritisierte ihr Elternhaus wieder vehement, nachdem sie losgefahren waren. Das gesellschaftliche Getue hatte sie nur über sich ergehen lassen, um ihren Eltern eine Freude zu bereiten.

Eine Woche vor Beginn der Dreharbeiten flogen sie zurück nach Kalifornien. Nur einen Tag früher waren Jane und Zack aus Europa zurückgekommen. Gabby und Jane, die sich zum Mittag in der Polo Lounge trafen, kicherten wie kleine Mädchen, als sie Warren Beatty und Paul Newman unter den Gästen erkannten. Sie benahmen sich wie Teenager und nicht wie Fernsehstars, Jane vertraute Gabby an, dass sie Sabina im Sommer mit Mel in Saint-Tropez gesehen habe.

»Ich weiß nicht, wie sie das schafft. Die Frau sieht immer fabelhaft aus«, gab sie ihrer Bewunderung Ausdruck.

»Da steckt Schwerarbeit dahinter«, mutmaßte Gabby bei Salat und einem Glas Wein.

»Mach dir nichts vor. Es ist mehr. Sie ist eine Persönlichkeit und hat das richtige Auftreten. Wo sie geht und steht, kann sie sicher sein, dass alle Welt sie beachtet.«

»Warte, bis ›Manhattan‹ gesendet wird. Dann wird sie zur vollen Form auflaufen.«

»Kannst du dir vorstellen, dass sie sich am Strand oben ohne zeigt? Dort laufen alle so herum. Sabina hat Brüste wie eine Achtzehnjährige.« Jane war neidisch. Beim Anblick von Sabinas makellosem Körper war sie sich alt vorgekommen.

»Kein Wunder, dass sie wie achtzehn aussieht.« Gabby lächelte boshaft. »Ich kenne den Arzt, der sie geliftet hat.«

Jane lachte. Es war richtig amüsant, wieder in Hollywood zu sein. Alle freuten sich auf die Arbeit, und am letzten freien Tag spielten sie zu viert Tennis und gingen zum Dinner ins Spago.

Es war wie ein Familientreffen, aber noch gar nichts im Vergleich zu der Szene im Studio am nächsten Tag. Alle spielten verrückt, umarmten sich, lachten und berichteten vom Urlaub. Einer der älteren Tontechniker schlang sogar die Arme um Sabina, die es nicht zu stören schien. Auch sie war glücklich, nach einem herrlichen Sommer das ganze Team wieder zu sehen. Die Anproben bei François Brac waren glatt verlaufen, der Urlaub mit Mel in Südfrankreich war traumhaft gewesen. Alle waren hochgestimmt, als sie über die neuen Skripts debattierten. Es standen ihnen einige große Überraschungen bevor. Jemand sollte tödlich verletzt werden, Jane würde mit Sabina den Kampf um Zack aufnehmen. Und eine der Figuren sollte schwanger werden.

»Hoffentlich nicht ich«, scherzte Bill bei einem Glas Wein. Der erste Tag im Studio diente vor allem dazu, sie wieder an die Routine zu gewöhnen. Alle hatten die Skripts ausgehändigt bekommen, mit der Mitteilung, dass es in zwei Wochen zu Außenaufnahmen gehe. Feiertagsstimmung lag in der Luft, wenngleich man dem Termin der ersten Sendung mit einer gewissen bangen Besorgnis entgegensah. Mel veranstaltete aus diesem Anlass einen Galaabend, zu dem er sämtliche Mitarbeiter eingeladen hatte.

Er hatte Grauman's Chinesisches Theater gemietet und auf der Bühne einen riesigen TV-Schirm installieren lassen. Hunderte von Gästen und Presseleuten waren ebenfalls geladen.

»Ich habe nichts anzuziehen«, stöhnte Jane, als sie aus dem Studio gingen, und Gabby lachte.

»Und was ist mit deinen neuen Sachen von Brac?«

»Die habe ich längst satt. Das ist meine Arbeitskleidung«, gab Jane mit spitzbübischem Grinsen zurück. »Gehst du am Samstag mit mir zu Giorgio?«

»Aber sicher.« Es wurde ein größerer Einkaufsbummel, in dessen Verlauf auch Gabby ein neues Kleid für die Gala erstand – einen schimmernden, rückenfreien Schlauch mit blauen Glitzersteinen. »Warte ab, bis Bill es sieht!«, sagte sie, als sie in der Umkleidekabine eine Pirouette drehte. Sie holte das Kleid bis zum Galaabend nicht aus der Verpackung, und Bill blieb tatsächlich der Mund offen stehen, als er sie darin sah.

»Donnerwetter! Wer ist denn das?« Von Wanderschuhen keine Spur. Sie trug schwarze Satinpumps und die weiße Fuchsjacke, die ihr Vater ihr geschickt hatte. Das Haar hatte sie zu einer Hochfrisur aufgesteckt.

Kurz bevor sie aus dem Haus gingen, rief ihre Mutter in Tränen aufgelöst an, nur um ihr zu sagen, dass sie den Film im Fernsehen gesehen hätten und dass sie beide wunderbar gewesen seien. In New York war der Film bereits gelaufen. Sie vertraute Gabby noch an, sie sei noch nie so stolz auf sie gewesen. Gabby glühte innerlich, als sie an Bills Arm hinaus zur wartenden Limousine ging, die Mel ihnen geschickt hatte. Es war eine Nacht voller Zauber, und sie hatte das Gefühl, dass ihr ganzes Leben eine Wendung nahm. Sie hatte Recht, nur war diese Wende bereits eingetreten – auf jede nur erdenkliche und wichtige Weise.

34

Als Sabina am Hollywood Boulevard vor Grauman's Chinesischem Theater dem Wagen entstieg, sah es aus, als wären ganze Heerscharen von Fotografen angetreten. Die fernöstliche Fassade des Gebäudes war ein vertrauter Anblick, ebenso die Fuß- und Handabdrücke im Zement vor dem Gebäude. Gabby hatte immer schon die Absicht gehabt, sich einmal anzusehen, wer sich hier verewigt hatte, doch an diesem Abend dachte sie nicht daran. Niemand dachte daran.

Sabina schwebte in einem hautengen weißen Satinkleid hinein, in einem Pariser Modell, das sie mit einem bodenlangen Nerzmantel ergänzt hatte, den Mel ihr bei Revillon in Paris gekauft hatte. Es war ein exquisiter Pelzmantel, der zu ihrem langen blonden Haar, den grünen Augen und den fast bis zu den Schultern reichenden Diamantohrgehängen fantastisch passte. Keine Frage, sie war der Star des Abends. Aber auch Jane hatte es verstanden, sich sehr vorteilhaft zu präsentieren. Sie trug ein mitternachtsblaues Seidenkleid im Sari-Stil, dessen großzügiger Ausschnitt ihr prachtvolles Dekolletee freiließ. Ihr rotes Haar leuchtete in der Menschenmenge, als sie sich an Zacks Arm durchdrängte, während ringsum die Blitzlichter aufflammten. Jane hatte zu diesem Anlass Saphirohrringe angelegt, ein Geschenk, das Zack ihr in London gemacht hatte. Er hatte ihr auch einen Ring schenken wollen, doch dazu waren sie beide noch nicht bereit. Sie hatten es nicht eilig. Glücklich und in gelöster Stimmung waren sie zu dem Champagnerempfang aufgebrochen, zu dem Mel geladen hatte. Alles, was in Hollywood Rang und Namen hatte, war da, jede Zeitung und jeder Medienkonzern war vertreten. Auch George Christy war hier, elegant und charmant. Er war als Berichterstatter für den *Hollywood-Reporter* gekommen.

»Ist es zu fassen … diese Menschenmenge …« Jane schaute sich mit einer gewissen Bangigkeit um, während sie mit Gabby plauderte, die lächelnd um sich blickte.

»Das ist es dann wohl, nicht?« Die Konkurrenzsender hatten Filme vom Feinsten als Kontrastprogramm aufgeboten, sodass es Mels neue Serie wirklich schwer haben würde. Darunter befanden sich ein verfilmter Roman von Sidney Sheldon und eine große Sportsendung. Mel aber war noch immer sicher, dass sie nichts zu befürchten hatten. Sie hatten es geschafft. Gabby hoffte, dass er Recht hatte. Wenig später nahmen sie ihre Plätze ein.

Als der Film begann, gab es abwechselnd Stille und Beifall und immer wieder lauten Jubel. Und während der Werbeeinschaltungen gaben alle ihrem Lob laut Ausdruck. Aber Gewissheit würde man erst am nächsten Morgen haben, wenn die Einschaltergebnisse vorlagen.

Jane war erledigt, als sie sich wieder durch die Lobby drängten. Ob sie gut gewesen war oder nicht, wusste sie nicht, sie wusste nur, dass die anderen brillant gewesen waren. Sabina schritt hinaus wie eine Königin, selbstsicher und erfolgsgewiss. Wieder gab es ein Blitzlichtgewitter, das sich den ganzen Abend fortsetzte, als ganze Geschwader von Limousinen sie zu Chasen brachten. Dort hatte Mel den Oak Room für ein Mitternachtssouper und Tanz für dreihundert Gäste gemietet.

Es war für alle ein zauberhafter Abend. Als Gabby nach Hause kam, sprang sie in den Pool und ließ ihr aufreizendes Kleid auf einem Stuhl liegen, während Bill in seinem neuen Dinnerjackett, das er sich bei Bijan gekauft hatte, am Rand saß.

»Na, wie ist deine Meinung?« Sie lächelte zu ihm auf. Es war vier Uhr morgens.

»Ich denke, dass du die schönste Frau bist, die mir je vor die Augen gekommen ist.« Er war schon mehr als nur angeheitert und so glücklich, dass er sich im siebenten Himmel wähnte, als er seine Krawatte lockerte und sich auszog. Im nächsten Augenblick war er im Pool neben ihr.

»Meinst du, dass es ein Erfolg wird?«

»Ich glaube, Mels Prognosen waren richtig.«

Wie alle anderen machte auch Gabby sich Sorgen wegen der Konkurrenz, aber am nächsten Morgen war klar, dass Mel sich nicht geirrt hatte. Die Einschaltziffern hatten Spitzenwerte erreicht. Sie hatten die Mehrheit des Publikums für sich gewinnen können. Das ganze Land war verrückt nach »Manhattan«. Sämtliche Voraussagen von Mel bewahrheiteten sich. Die Agenten aller Mitwirkenden schnappten fast über, weil sie von Ansuchen um Fototermine und von Rollenangeboten überschwemmt wurden, und alle Welt wollte plötzlich Poster von Sabina, Jane und Gabby. Sogar Harry war dem Wahnsinn nahe. *Playgirl* wollte ein aufklappbares Riesenfoto von Bill, und *Cosmopolitan* bot ihnen für dasselbe ein noch höheres Honorar. Die fünf Hauptdarsteller waren plötzlich die Topstars im Lande. Mel hatte es vorausgesagt, aber es war ihnen so unwahrscheinlich erschienen, dass niemand ihm wirklich geglaubt hatte.

Sabina konnte nirgends mehr hingehen, ohne von Fans beiderlei Geschlechts umringt und um Autogramme bestürmt zu werden. Vor dem Beverly Wilshire packte ein Unbekannter sie und küsste sie, um sodann die Flucht zu ergreifen und laut zu rufen: »Geschafft! … Ich hab's geschafft!«

»Na, hatte ich Recht?« Mel warf ihr beim Frühstück einen triumphierenden Blick zu. Es war an dem Tag, ehe sie nach New York flogen. Als die Einschaltziffern bekannt geworden waren, hatte er ihr einen achtzehnkarätigen Diamantring mit lanzettförmiger Fassung geschenkt. Ihm lag eine Frage auf der Seele, die er ihr unbedingt stellen wollte. Doch dazu brauchte es Zeit. Die Aufregung um »Manhattan« musste erst abflauen.

»Ja, du hattest Recht.« Sabina räkelte sich wie eine Katze auf der Couch in seinem Wohnzimmer. Sie mochte es, in seiner Gesellschaft zu frühstücken. Im Moment studierte sie die Zeitungsausschnitte, die ihr Presseagent ihr zugeschickt hatte. Das alles war für sie ein Riesenvergnügen. Sie liebte das ganze Drumherum, die Aufregung, ihre Popularität und das Geld. Jetzt brauchte sie sich keine Sorgen mehr zu machen. Sollte ihr etwas zustoßen, war alles geregelt. Sie hätte sich zur Ruhe setzen, den Rest ihres Lebens gut leben und noch so viel hinterlassen können, dass sie beruhigt sterben konnte. Als sie zu Mel aufblickte, tat sie es mit einem warmen Lächeln und einem gelösten Ausdruck. Mel war so gut zu ihr. Nie hatte sie geträumt, so viel Schmuck zu besitzen wie jetzt ... oder Pelze ... er wollte ihr für New York einen Zobelmantel kaufen. »Dabei wird es noch gar nicht kalt sein, wenn wir dort sind.« Sie lachte.

»Aber wenn wir abfliegen. Jedes Mädchen braucht einen Zobel.« Es war wie ein Traum, ein Traum, den sie immer geträumt hatte. Jetzt war er endlich Wirklichkeit geworden. Und das alles war erst der Anfang.

Er hatte für das gesamte Team eine Maschine für den Flug nach New York gechartert, und Sabina musste am Nachmittag noch packen. Alle hatten noch tausend Dinge in letzter Minute zu erledigen. Jane verbrachte den Tag mit ihren Töchtern, denen die Karriere ihrer Mutter mächtig imponierte. Am Tag nach dem Anlaufen der Serie waren sie in der Schule förmlich von ihren Mitschülerinnen überfallen worden, und sogar Jason hatte vom College aus angerufen. Es sah so aus, als würde sich mit ihm wieder eine Beziehung anbahnen. Ihm war langsam aufgegangen, dass sein Vater sich ihr gegenüber sehr unfair benommen hatte. Ihre Kinder sahen allmählich ein, dass ihr Beruf für sie sehr wichtig war. Als sie Jason ins Studio einlud, war er tatsächlich erschienen und hatte sich enorm beeindruckt gezeigt. Sie hatte ihn auch mit Zack bekannt gemacht, und Jason war verblüfft gewesen, wie angenehm und natürlich er war. Gar nicht wie ein großer Star, sondern wie ein ganz normaler Mensch. Zu dritt hatten sie dann in einem kleinen Restaurant, das Zack kannte, gegessen. Sie brachten Jason am Abend nach Santa Barbara, und Jane hatte auf der Rückfahrt geweint. Auf einmal hatte sie wieder das Gefühl, einen Sohn zu haben, ein Gefühl, das sie dank ihres Exgatten ein Jahr lang vermisst hatte.

»Du kannst dich glücklich schätzen, dass du so wunderbare Kinder hast«, hatte Zack leise zu ihr gesagt, als sie zurück nach

L. A. fuhren. Darum beneidete er sie. Es war der Preis, den er für die Verirrungen seiner Jugend jetzt zahlen musste. Zuweilen bereute er sein Leben zutiefst.

Die letzte Nacht vor dem Abflug verbrachte Jane bei Zack, und Gabby werkelte in Bills Haus herum. Sie hatte den Hund zum Tierarzt gebracht und musste ihre ganze Wohnung übers Wochenende räumen, da sie zu Bill ziehen wollte. Es war sinnlos, zwei Monate lang Miete für eine leere Wohnung zu bezahlen, da sie nach ihrer Rückkehr mit ihm zusammenleben wollte. Er hatte sie nach ihrer Rückkehr aus Maine gefragt, und sie war einverstanden gewesen.

»Hast du meine Socken nicht vergessen?« Sie grinste. Es war, als hätten sie immer schon so gelebt. Lachend entgegnete sie, nein, sie habe seine Socken nicht vergessen. Sie hatte bereits für beide alles gepackt.

Mel hatte an diesem Abend noch spät zu arbeiten, und Sabinas neues Hausmädchen hatte schon sämtliche Vuitton-Koffer in die Diele gestellt. Als das Telefon läutete, dachte Sabina, dass Mel ihr Gute Nacht sagen wollte, aber sie hatte sich getäuscht. Es kam vielmehr jener Anruf, den sie seit Jahren fürchtete. Wie erstarrt blieb sie neben dem Telefon sitzen. Sie musste noch am Abend nach San Francisco und konnte nicht mit dem »Manhattan«-Team nach New York fliegen.

Sie versuchte Mel zu Hause zu erreichen, aber er war noch nicht da, und als sie im Büro anrief, war das Telefon abgeschaltet. Rasch packte sie eine Tasche zusammen und ließ sich einen Platz in der letzten Maschine nach San Francisco reservieren. Schon fertig angezogen, versuchte sie Mel ein letztes Mal zu erreichen. Als er sich meldete, atmete sie auf.

Sabina klang so nervös und steif, dass ihm sofort Böses schwante. »Ich kann nicht mit nach New York.«

»Mein Gott … warum nicht?« Er war wie vor den Kopf geschlagen. Was hatte sie eben gesagt? »Bist du krank?«

»Nein. Ich komme, sobald es geht. Ihr müsst ohne mich drehen.«

»Das geht doch nicht. Du kommst fast in jeder Szene vor. Sabina, was ist los ...?« So kannte er sie gar nicht, und es schlug eine ferne Saite in ihm an, doch er konnte sich nicht erinnern, was es war. »Was ist mit dir?«

»Mel, ich kann es dir nicht sagen.« Seit ihrer Weigerung, mit ihm auf den Bahamas Ferien zu machen, war es das erste Mal, dass sie ihn so behandelte. »Es tut mir Leid ... ich kann nicht.«

»Und was, zum Teufel, soll ich dem Team erzählen?« Er war müde, und er war wütend, weil sie ihm den Grund für ihre Verhinderung nicht sagen wollte. »Dass wir nach New York fliegen, um dort Urlaub zu machen?«

»Ich kann es wirklich nicht ändern.« Sie sah auf die Uhr. »Ich muss weg. Ich rufe dich in New York an.« Damit legte sie auf, griff nach ihrem Übernachtungskoffer und lief hinaus, während Mel den Hörer in seiner Hand ratlos anstarrte.

35

Mel unternahm nun etwas, das er noch nie getan hatte. Er heuerte einen Detektiv an, der herausfinden sollte, wo Sabina sich aufhielt. Aber der Mann konnte nur feststellen, dass sie am Abend zuvor die Stadt verlassen hatte. Ihr Portier hatte ihm gesagt, dass sie zum Flughafen gefahren sei. Schließlich stieß der Detektiv auf eine Stewardess, die sich erinnern konnte, Sabina an Bord einer Maschine gesehen zu haben.

»Wohin wollte sie?«

»Nach San Francisco.« Sie hatte schon einmal davon gesprochen, dass sie dort in gewissen Abständen Bekannte besuchte. »Aber wir können sie in keinem Hotel finden.«

»Verdammt!« Es war so gar nicht Mels Art, zu fluchen oder jemanden beobachten zu lassen, aber Sabina war der Star seiner größten Serie, und er wollte wissen, wo sie steckte. Mehr als das. Er wollte sie heiraten und wissen, wie weit sie es trieb, wenn es darum ging, ihn zum Narren zu halten, und vor allem, mit wem.

In New York mussten sie Szenen drehen, in denen sie nicht vorkam, und das verzögerte die Arbeit sehr. Zudem ließ sie nichts von sich hören. Dafür meldete sich nach zwei weiteren Tagen der Detektiv wieder. »Sie ist in Palo Alto und wohnt möglicherweise bei Freunden, in einem einfachen Haus in Universitätsnähe.«

Er wollte fragen, ob sie mit einem Mann zusammen war, doch das war ihm dann doch zu peinlich. Der Detektiv erleichterte ihm die Sache. »Die Einzigen, die dort ein und aus gehen, sind drei Frauen. Es sieht so aus, als kämen und gingen sie in Schichten. Sie tragen Mäntel, wenn sie kommen und gehen, sehen aber aus wie Krankenschwestern. Offensichtlich ist Miss Quarles bei jemandem, der pflegebedürftig ist. Sie hat das Haus nur zweimal verlassen, um allein einen Spaziergang zu unternehmen, und sie sieht sehr verzweifelt aus. Wir haben Fotos, die wir Ihnen per Eilpost zusenden können, Mr. Wechsler. Sie trägt dunkle Brillen und einen Hut, sie ist aber nicht zu verkennen, trotz dieser Aufmachung.« Also ein kranker Liebhaber – vielleicht jemand, mit dem sie seit Jahren beisammen war? Aber warum hatte sie nichts gesagt? So viel wäre sie ihm schuldig gewesen. »Wir bleiben dran.«

»Danke.« Seit vier Tagen kein Wort von ihr, und Mel war noch immer wütend. Am nächsten Tag erst meldete sie sich. Sie hörte sich todmüde an, sodass er zunächst ihre Stimme gar nicht erkannte.

»Mel, in ein paar Tagen komme ich nach New York. Anfang nächster Woche kann ich drehen.«

»Vielen Dank. Wo steckst du?« Sein Missmut war unüberhörbar, sie aber war viel zu müde, um darauf einzugehen. In New York würde sie ihm schon eine Geschichte erzählen. Mehr konnte sie nicht tun. Es war ein Teil ihres Lebens, der ihr allein gehörte.

»Ich war bei einem kranken Freund.« Es war genau das, was der Detektiv ihm berichtet hatte.

»Warum konntest du mir das nicht sagen, ehe du verschwunden bist?«

»Ich hatte für Erklärungen keine Zeit, ich musste die letzte Maschine erwischen.«

»Wohin?« Er wollte, dass sie es ihm selbst sagte. Das war sie ihm schuldig.

»Das ist unwichtig. Ich habe dir bereits alles gesagt, was du wissen musst.« Diese Worte klangen kalt und hart. »In zwei Tagen bin ich da.« Und dann fügte sie noch hinzu: »Mel, dring nicht in mich. Das hat mit dir nichts zu tun.«

»Offenbar.« Er war sehr gekränkt. »Ich hätte gedacht, dass wir uns näher stünden, aber das war vielleicht ein Irrtum meinerseits.«

Sie hatte nicht mehr die Energie, sich um seine Ängste und Eifersucht zu kümmern. Sie hatte auch nicht die Absicht, ihm in New York die Wahrheit zu sagen.

»Bitte, fasse das nicht persönlich auf.«

»Sabina, wie soll ich es denn auffassen? Du verschwindest mitten in der Nacht, kein Mensch weiß, wohin und mit wem du zusammen bist. Was soll ich mir denken?« Sie konnte sich gut vorstellen, was er sich dachte, nämlich, dass sie mit einem anderen durchgebrannt war, aber die Sache war sehr viel ernster. Einen Augenblick tat er ihr sehr Leid.

»Mel, es tut mir Leid. Vielleicht werden wir einmal darüber sprechen.«

»Da kannst du ganz sicher sein.« Doch seine Beharrlichkeit

stieß sie nur ab. Sie legte auf, ohne ihm mehr preiszugeben. Sabina saß in dem kleinen, verdunkelten Zimmer des hässlichen Häuschens in Palo Alto. Seit Jahren kam sie Monat für Monat hierher, auch öfter, wenn es ihre Arbeit zuließ. Manchmal blieb sie eine Woche, doch diese Aufenthalte bedrückten sie immer sehr. Und jetzt wäre er beinahe gestorben.

»Miss Quarles, kann ich etwas für Sie tun?« Die Schwester, die Nachtdienst hatte, betrat mit einem gütigen Lächeln den Raum. Es war für sie sonderbar, diese Seite an Sabina Quarles kennen zu lernen, die im Fernsehen so schön und verführerisch war. Hier wirkte sie müde, fast alt. Seit ihrer Ankunft hatte sie kein Make-up aufgelegt, und ihr Haar sah aus, als hätte sie sich tagelang nicht mehr frisiert.

»Nein danke, ich brauche nichts. Wie geht es Anthony?«

»Er schläft, der arme Kleine. Er ist so erschöpft, aber es wird ihm bald besser gehen.«

Sabina ging zu ihm hinein und setzte sich an sein Bett, das sie seit ihrer Ankunft praktisch nicht verlassen hatte. Sie hatte in einem Sessel in seinem Zimmer geschlafen, Nacht für Nacht, und seine Hand gehalten. Es war eine Qual, ihn zu beobachten, und doch hätte sie nirgendwo sonst sein wollen.

Wieder nahm sie ihren Platz an seiner Seite ein und betrachtete das fein gezeichnete Gesicht, auf das sanft das Licht fiel. Manchmal sah er so jung aus, dann wieder uralt. Sein ganzes Leben war eine einzige Agonie, ein Überlebenskampf. Es gab so wenig, was sie für ihn tun konnte, und es grenzte an ein Wunder, dass er überhaupt so lange überlebt hatte. Anthony war mit schweren Missbildungen geboren worden, von der Hüfte abwärts gelähmt, seine Lungen waren schwach, dazu litt er an einem schweren Herzfehler. Die Operationstechniken waren bei seiner Geburt noch nicht so perfektioniert gewesen, um sie bei einem Säugling anzuwenden. Noch vor Vollendung des ersten Lebensjahres war er sechsmal operiert worden, dann hatte man ihn aufgegeben. Als er zwei Jahre alt war, hatte man es wieder versucht, doch unterdessen hatten sich andere Probleme dazugesellt, und die Ärzte beharrten darauf, dass Transplantationen an so kleinen Kindern nicht vorgenommen würden. Jetzt war er zwar alt genug, aber niemand war bereit, das Risiko einzugehen, da er zu schwach war, um einen komplizierten Eingriff zu überstehen. Deswegen lebte er ein Leben, das nicht einmal ein halbes war. Er wohnte in dem Haus, das Sabina vor Jahren für ihn gekauft hatte – in unmittelbarer Nähe des Stanford-Hospitals. Er wurde rund um die Uhr von Pflegerinnen betreut, unausgesetzt beobachtet, und dennoch würde eines Tages das Ende kommen, das man hinausgeschoben hatte, das aber unvermeidlich war. Er bewegte sich, während sie ängstlich auf den Monitoren, die sie vor Jahren dank einer wohltätigen Aktion bekommen hatte, seine Atemtätigkeit beobachtete. Sie war das Ticken mittlerweile gewohnt, da sie es jahrelang gehört hatte. Ein Teil ihrer Filmgagen wurde ständig auf ein für ihn errichtetes Konto überwiesen. Gottlob brauchte sie sich in diesem Punkt keine Sorgen mehr zu machen – ein wahrer Segen. Es war auch der Grund, warum sie die Rolle in »Manhattan« angenommen hatte. Sie wusste, wie wichtig es für Anthony war. Immer schon hatte sie unter der Angst gelitten, es könne ihr etwas zustoßen und er würde allein zurückbleiben, ohne einen Menschen, der für ihn sorgte. Sein Vater war nach Anthonys Geburt starr vor Entsetzen gewesen. Er war verheiratet mit einer anderen und liebte Sabina leidenschaftlich, doch nicht so leidenschaftlich, dass er sich Anthonys mit all seinen Problemen angenommen hätte. Nicht einmal seinen Namen hatte er ihm gegeben. Sie hatte von ihm einen Scheck über zehntausend Dollar bekommen, mit dem kaum die Kosten der ersten Operation gedeckt werden konnten ... und jetzt hatte sie für Anthony alles angeschafft, was er brauchte, alles ... bis auf das, was sie ihm nicht kaufen konnte und das er nie besessen hatte. Sie war einunddreißig gewesen, als er zur Welt gekommen war, und der Grund für seine Missbildungen war unbekannt. Sie hatte keine Drogen genommen und nicht getrunken. Es handelte sich um ein »Missgeschick der Natur«, wie man es nannte ... einen Unfall, ein Kind, das mit schwachen, kaum vorhandenen Lungen geboren wurde, das einen Herzfehler und ein verkümmertes Rückgrat hatte ... und doch liebte sie ihr Kind innig, mehr vielleicht, als sie ein gesundes geliebt hätte. Tagelang hatte sie geweint, als sie ihn in der Intensiv-Säuglingsabteilung an sich gedrückt hielt und er an zahllose Monitore angeschlossen war. Und dann die chirurgischen Eingriffe ... ein Jahr lang hatte sie nicht gearbeitet, aber schließlich war sie wieder ins Studio zurückgekehrt, weil sich die unbezahlten Rechnungen häuften. Fünfzehn Jahre lang hatte sie einen ununterbrochenen Kampf geführt, bis sich die Chance in »Manhattan« bot. So viel sie Mel auch verdankte, sie konnte ihm davon nicht erzählen. Keine Menschenseele wusste davon, weil sie noch niemandem genug vertraut hatte. Sie wollte nicht, dass Anthonys Leben, oder vielmehr das wenige, was davon übrig war, zu einem Zerrbild wurde, wenn Reporter sich ins Haus einschlichen – jetzt, da sich alle Welt für Sabina interessierte. Sie konnte sich gut vorstellen, was man mit dieser Story anfangen würde. Immer hatte sie unter der Angst gelitten, eine der Pflegerinnen könnte alles ausplaudern, aber die Schwestern arbeiteten jetzt schon jahrelang verlässlich für sie.

Wieder bewegte sich Anthony. Sie merkte, dass es ihm besser ging. Der Arzt hatte gesagt, dass er das Ärgste hinter sich hatte – für diesmal jedenfalls. Man hatte ihn nicht mal ins Krankenhaus geschafft, weil Dr. Waterford es für sinnlos gehalten hatte. Es würde eines schönen Tages ohnehin passieren ... bitte, lieber Gott, lass es friedlich geschehen ... lass mich bei ihm sein ... das hatte Sabina so oft gebetet, wenn sie nicht bei ihm war. Deswegen war sie auch zu ihm gekommen, als sie in New York arbeitete, anstatt mit Mel auf die Bahamas zu fliegen. Sie war es Anthony schuldig. Sie war es, die ihm sein zerbrochenes Leben geschenkt hatte, sie war ihm einiges schuldig. Ständig hatte sie sich deswegen Vorwürfe gemacht. Er war fünfzehn und sah aus wie ein Fünfjähriger, in dem großen Krankenhausbett, das in dem Zimmer stand, das sein Kerker war.

»Mom?« Seine Augen, die grün waren wie die ihren, standen weit offen. Er lächelte ihr zu. Wieder musste sie gegen ihre Tränen ankämpfen.

»Hallo, Schätzchen. Möchtest du etwas trinken?« Neben dem Bett stand ein Krug mit Eiswasser. Außerdem liebte er Apfelsaft und Kaugummi. Er sah im Fernsehen gern Eishockey. Sein ganzes Leben hatte er in diesem Raum verbracht. Fünfzehn Jahre. Ohne zu klagen. »Geht es dir einigermaßen?«

»Mir geht's gut.« Er lächelte und sah sie mit Augen an, die den ihren ähnelten. »Erzähl mir von der Serie.« Er sagte es im Flüsterton, da das Sprechen ihn sehr anstrengte. Er hörte aber gerne zu, wenn sie ihm etwas erzählte. Sie schrieb ihm sehr oft und rief ihn täglich an, egal, wo sie sich aufhielt, und sie schickte ihm lustige Dinge, Poster und Mobiles und Bücher, aus denen man ihm vorlesen konnte. Um die Bücher selbst zu halten, war er zu schwach, doch sie hatten ihn Lesen gelehrt, als er drei war. Er war ein so außergewöhnlicher kleiner Junge … Anthony … sie erzählte ihm von Mel und Gabrielle und Bill und von Jane und deren zwei Töchtern … sie waren in seinem Alter, und der Gedanke daran schmerzte. Es hatte wehgetan, die beiden zu sehen – ebenso sehr schmerzte es sie, wenn sie normale Kinder im Park herumtollen oder an der Hand ihrer Mutter gehen sah … sie hatte Anthonys Vater so sehr geliebt, und sie beide standen nun ganz tief in der Schuld des armen Jungen.

»Ich habe dich lieb, mein Schatz«, flüsterte sie, als er wieder einschlief. Der Gedanke, ihn in zwei Tagen wieder verlassen zu müssen, war ihr widerwärtig, aber er war außer Gefahr, und sie musste wieder arbeiten. So war ihr Leben. Die Pflegerinnen trösteten sie auch immer damit, dass er es gewohnt sei. Ein anderes Leben kannte er nicht. Seine Qual und ihre Arbeit.

Als sie aufstand und sich streckte, war es vier Uhr. Sie verspürte ein großes Verlangen, Mel in New York anzurufen. Dort war es jetzt sieben Uhr morgens, und sie wusste, dass er schon wach sein würde, aber er war noch immer zornig. Gewisse Fragen wollte sie nicht beantworten, niemals, wie sie genau wusste. Sie ging ins Wohnzimmer und legte sich kurz auf die Couch. Es war auch ein Schlafzimmer für sie vorhanden, aber sie wollte nicht schlafen. Sie hatte so wenig Zeit … so wenig Zeit … und nie wusste sie, ob es nicht das letzte Mal sein würde.

Leise ging sie auf Zehenspitzen in Anthonys Zimmer und nahm seine schmale, schwache Hand in die ihre, um seine Fingerspitzen zu küssen. Unter Tränen lächelte sie ihm zu.

»Ich habe dich so lieb.« Fast unhörbar flüsterte sie die Worte.

Er machte ein Auge auf. Sie hatte geglaubt, dass er schlief. »Mom, ich habe dich auch lieb.« Er lächelte beglückt und schloss die Augen. Wenn sie da war, dann ging es ihm besser.

36

Der Abschied war immer eine Qual, und diesmal war es nicht anders. Sabina spürte, wie eine Faust ihr Herz eisern umklammerte. Die Worte blieben ihr in der Kehle stecken, und doch musste sie Anthony zuliebe gute Miene machen. Sie versprach ihm, in ein paar Wochen wiederzukommen, und sagte ihm, dass sie nach New York gehe. Und er versicherte, dass er sich die Fortsetzungen im Fernsehen anschauen würde. Und dann kam der schlimmste Augenblick, als sie ihn an sich drückte, seine

Wärme fühlte, das bisschen Leben, das in ihm war, und sie fragte sich, ob sie ihn jemals wieder sehen würde. Manchmal hasste sie sich, weil sie nicht alles aufgab und bei ihm blieb, aber dann hätte sie ihn nicht erhalten können. Wie oft hatte sie erwogen, ihn nach L. A. zu bringen, doch er musste in der Umgebung des Stanford-Hospitals bleiben. Sie hatten keine andere Wahl, zudem war es jetzt ohnehin zu spät. Sie mussten das Beste aus der Situation machen.

»Ich habe dich lieb, mein Schatz ... sooo sehr!« Sie lächelte unter Tränen, und er bat sie, nicht zu weinen. Er war der tapferste Junge der Welt, und als sie aus dem Zimmer ging, musste sie sich förmlich losreißen. Sie verspürte sogar körperlichen Schmerz – auch noch, als sie ins Taxi stieg, den schwarzen Strohhut tief in die Stirn zog, ihre Sonnenbrille zurechtrückte und sich die Nase putzte. Mittlerweile hätte ihr der Abschiedsschmerz längst vertraut sein müssen, doch sie wusste, dass sie sich nie damit abfinden konnte. Und eines Tages, wenn er einmal nicht mehr war, würde sie ihn und die Liebe, die sie verbunden hatte und von der niemand wusste, immer noch in Erinnerung haben. Es war fast unerträglich. Wie konnte sie das alles nur je Mel erklären? Vor allem wollte sie nicht, dass er sie bemitleidete, denn das hätte an der Sache nichts geändert. Nichts konnte etwas daran ändern. Nicht für Anthony. Und auch nicht für sie. Es war eine unvorstellbare Tragödie, und doch hätte sie um nichts in der Welt auf die Liebe zu ihrem Kind verzichtet.

Der Flug nach L. A. verlief ereignislos und ermüdend. Sabinas Aufenthalt in ihrer Wohnung beschränkte sich aufs Umziehen und das Abholen ihres Gepäcks. Noch am selben Abend flog sie nach New York weiter. Sie war total erschöpft und wusste, dass auch ein noch so gekonntes Make-up die Anspannung der letzten Woche nicht verbergen konnte. Wenn sie nicht aufpasste und sich nicht wieder intensiv pflegte, würde sie noch vor Ablauf der zweiten Saison eine neuerliche Gesichtsstraffung brauchen.

Da sie erster Klasse flog, wetteiferten die Stewardessen darum, ihr jeden Wunsch zu erfüllen. Vom Flughafen zum Pierre nahm sie ein Taxi, ohne dass jemand sie erkannt hätte. Sie trug wieder einen großen Hut und ihre dunkle Brille. Sie hatte eine bestimmte Art, den Kopf zu wenden und jeglichem Blickkontakt auszuweichen, was ihrer Überzeugung nach bewirkte, dass sie unerkannt blieb. Sie ging direkt an den Empfang, trug sich ein und ließ sich zu ihrer Suite geleiten. Dort setzte sie sich, atmete erst mal tief durch und bestellte einen Drink beim Zimmerservice. In New York war es drei Uhr morgens, in Kalifornien erst Mitternacht.

Sabina schlief zwei Stunden und rief nach dem Aufstehen Mel an, um ihm zu sagen, dass sie angekommen war.

Noch immer klang seine Stimme kühl, als er sagte: »Wann bist du gekommen?«

»Um drei war ich im Hotel.«

»Dann musst du ja todmüde sein.«

»Mehr oder weniger. Aber ich werde es überleben. Ich brauche nur ein paar Nächte guten Schlaf und bin wieder ganz auf dem Damm.« Das deutete er dahingehend, dass sie ihn nach der Arbeit nicht zu sehen wünschte.

Seine Stimme war spröde wie Eis, als er zurückgab: »Sehr gut, ich habe verstanden.«

Da entschloss sie sich, die Sache ein für alle Mal zu bereinigen, damit sich diese Missstimmung nicht wochenlang hinzog. »Nein, nichts verstehst du. Aber das tut nichts zur Sache. Ich bin nur müde. Das ist alles. Hinter mir liegt eine sehr schwere Woche. Trotzdem kann ich es kaum erwarten, dich zu sehen.«

»Wie geht es deinem Freund?« Das kam ein wenig zögernd, so als wäre er jetzt ihrer ganzen Beziehung nicht mehr sicher.

»Gut.« Er wollte natürlich wissen, um wen es sich bei diesem

Freund handelte, aber er hielt den Zeitpunkt, danach zu fragen, für ungeeignet. Der Detektiv war nicht imstande gewesen, ihm die Information zu verschaffen.

»Hättest du Lust, mit mir zu frühstücken?«

»Ja, sehr gern. Ich komme gleich zu dir.« Sie kam in Jeans, französischen Stiefeln und einer weißen Seidenbluse, die gerade so viel ahnen ließ, um ihm in Erinnerung zu rufen, wie schön sie ausgezogen war. Es fiel ihm schwer, ihr weiter zu grollen. Ihre Augen wirkten müde, und sie hatte insgesamt plötzlich etwas unendlich Trauriges an sich, das er noch nie zuvor an ihr gesehen hatte. Sabina war immer stark gewesen, stark und beherrscht, immer der Star und so überzeugend, dass man sie sich anders gar nicht vorstellen konnte. Er konnte der Regung nicht widerstehen, nach ihrer Hand zu fassen, nachdem der Kellner hinausgegangen war.

»Sabina … was ist nur passiert? Geht es dir gut? Dir, meine ich, nicht deinem Freund.«

»Ja, mir geht es gut.« Mit mattem Lächeln sah sie ihm in die Augen. Am liebsten hätte sie ihm alles gesagt, aber das wäre nicht gut gewesen. Warum auch? Damit er sie bemitleidete? Welchen Sinn hätte das gehabt? Sie selbst sah sich nicht als bemitleidenswert an, das hatte sie nie getan. Sie hatte ihr Leben und das von Anthony im Griff. Mel war für die guten Stunden da, nicht aber, um ihre Tragödie und ihren sterbenden Sohn zu beweinen, den sie in Kalifornien allein gelassen hatte.

Sie sah aus, als hätte sie in der vergangenen Woche viel erlebt, zu viel, wie er ahnte. Am liebsten hätte er sie an sich gezogen und festgehalten.

»Wer war krank?« Es war ihm wichtig, dass sie es ihm sagte.

»Niemand, den du kennst.« Mit gesenktem Blick strich sie Butter auf ein Brötchen.

»Das dachte ich mir.« Er lächelte. »Ein Mann, den du liebst.« Da spürte sie seinen Schmerz, seine Zweifel, seine Ängste, und sie empfand Mitleid mit ihm und mit sich selbst ... und mit Anthony.

»Ja, aber nicht so, wie du denkst.« Sie hatte ihr Geheimnis keiner Menschenseele anvertraut. Sie war vor Anthonys Geburt von der Bildfläche verschwunden und war nachher allein wieder aufgetaucht. Niemand wusste von ihm – bis zu diesem Augenblick.

»Mel, es ist mein Sohn. Ich habe einen fünfzehnjährigen Sohn.« Sie sah ihm in die Augen, nicht sicher, warum sie ihm so plötzlich vertraute.

»Du lieber Gott ...« Er schien wie vor den Kopf geschlagen. »Irgendwie habe ich nie an diese Möglichkeit gedacht.«

Lächelnd lehnte sie sich zurück. »Kein Mensch hat das vermutet.«

»Und er war krank?« Allmählich fing er an zu begreifen, aber es gab noch so vieles, was er nicht wusste.

»Er ist seit seiner Geburt krank.« Leise erzählte sie ihm von Anthonys Behinderung und spürte gar nicht, wie ihr die Tränen über die Wangen liefen. »Ich wusste nie, wann und ob ich ihn wieder sehen werde. Und als damals spätabends der Anruf kam, musste ich sofort zu ihm ...« Ihre Stimme war heiser, und er wischte ihr liebevoll die Tränen ab. Dabei spürte er seinen eigenen Schmerz und erlebte wieder, wie er auf den Tod seiner Kinder vor fünfzehn Jahren reagiert hatte – vermutlich um die Zeit von Anthonys Geburt. Ihre persönlichen Tragödien überschnitten sich zeitlich auf sonderbare Weise.

»Warum hast du mir nie etwas davon gesagt?«

»Warum? Ach, ich habe niemandem davon erzählt. Ich trage meine Bürde allein.« Fast schien sie stolz darauf, und er respektierte es. Nie hatte er sie mehr geliebt als in diesem Augenblick. Er konnte sich zu gut in ihre Lage versetzen.

»Sabina, das brauchst du nicht mehr. Jetzt bin ich für dich da.«

»Ich weiß. Aber Anthony gehört mir, ich liebe ihn von ganzem Herzen, und ich möchte nicht, dass ihn jemand meines Berufes, meines Lebens wegen quält ... Anthony gehört mir allein.«

»Und was ist mit seinem Vater? Hat er denn nie etwas unternommen und dir geholfen?«

Sie schüttelte den Kopf. »Ich glaube nicht einmal, dass er im Normalfall etwas für mich getan hätte. Aber mit Anthonys Zustand konnte er sich schon gar nicht abfinden. Seit Anthonys Geburt habe ich ihn nicht mehr zu Gesicht bekommen.«

»Dieser gemeine Kerl.« Aus Mels Blick sprach aufrichtige Empörung. Sie seufzte lächelnd. Nach fünfzehn Jahren hatte sie es gelernt, die Sache philosophisch zu sehen.

»Mein Lieber, manche Menschen sind eben so. Du nicht, du warst immer gut zu mir.«

Da entschied er, dass der Augenblick gekommen war, der Augenblick, auf den er gewartet hatte. »Ich möchte dich heiraten.«

Seine Worte raubten ihr den Atem. Als sie sich gefasst hatte, schüttelte sie den Kopf. »Mel, das kann ich nicht – ich kann es einfach nicht. Es ist nicht in mir.«

»Warum nicht?« Solange es keinen anderen gab, solange sie ihn so liebte, wie sie behauptete. Seit Liz' Tod hatte er niemanden heiraten wollen, aber jetzt ... er liebte Sabina, so wie sie war, und respektierte sie.

»Ich bin nicht sicher, ob ich dazu imstande wäre, Mel. Ich trage für mich selbst die Verantwortung, führe mein eigenes Leben ... und dann gibt es ja auch Anthony. Damit kann ich dich nicht belasten. Was ist, wenn mir etwas zustößt? Du würdest dich verantwortlich fühlen.«

»Ist das so schrecklich? Ist es nicht das, was eigentlich Liebe ausmacht?« Liebe war das, was sie für ihr Kind empfand, aber wo blieben die anderen? ... Seit Jahren hatte sie nicht mehr den

Wunsch verspürt, verheiratet zu sein, und doch war sie so gern mit Mel beisammen und fühlte sich so geborgen. Sie war dankbar für alles, was er tat, aber genügte das? War damit eine Ehe gerechtfertigt?

»Könntest du dich nicht mit dem jetzigen Stand der Dinge zufrieden geben?« Sie wollte es genau wissen. Was wollte er von ihr? Einen Vertrag? Eine Garantie? Für Kinder waren sie zu alt, sie zumindest war es.

Er nickte. »Wenn es sein muss, ja … ich könnte mich damit begnügen. Aber es gibt noch mehr, nämlich ein Gefühl der Sicherheit, weil man für immer zueinander gehört, falls es so etwas gibt.« Beide wussten es besser.

»Das könnte ich dir auch hier und jetzt versprechen, ohne Trauung in der Kirche oder vor einem Friedensrichter. Mel, ich weiß nicht …« Sie stand auf und lief im Zimmer auf und ab. Dabei ging ihr durch den Kopf, was er gesagt hatte. »Eines Tages – vielleicht. Reicht dir das?« Er wollte ein Versprechen von ihr, eine Bestätigung ihrer Liebe, und es war ihm ernst. Auch Sabina verlangte es nach einem Gefühl der Sicherheit in ihrer Beziehung, eine Ehe aber hielt sie für überflüssig. Im Moment jedenfalls.

»Sabina, wirst du dir die Sache genau überlegen?« Aus seinem Blick sprach Hoffnung. Sie beugte sich über ihn und küsste ihn sanft auf die Lippen, verwundert, wie sehr sie ihn nach nur einwöchiger Trennung begehrte.

»Das werde ich.« Und dann lachte sie übermütig. »Warum möchtest du eine alte Schachtel wie mich heiraten?«

»Weil du ein großer Fernsehstar bist. Ich sagte dir ja, dass sich dein Leben ändern würde.« Er zog sie auf seinen Schoß. »Du willst mir einreden, dass du ein Leben in Sünde vorziehst, ist es nicht so?«

»Eine Weile jedenfalls. Kannst du damit leben?«

»Ich denke schon. Warte mit deiner Entscheidung aber nicht

so lange, bis ich zu alt bin, um dich über die Schwelle zu tragen.«

»Gehört das zu unserer Abmachung?« Sie lächelte glücklich, weil sie wieder mit ihm zusammen war. Mel war ein Ausgleich für den Schmerz, der Anthony für sie bedeutete.

»Ja, eigentlich schon.«

»Hmmm«, machte sie nachdenklich. »Ich war noch nie verheiratet.« Und sie war noch immer nicht sicher, ob es für sie nicht zu spät war, aber im Moment war das nicht so wichtig. Sie hatte für ihren Sohn alles Menschenmögliche getan. Und sie war mit dem Mann, den sie liebte, zusammen. Mit ihrer Karriere ging es gut voran, die Serie war ein Erfolg ... Sie blickte lächelnd zu Mel auf, voller Verwunderung darüber, dass sie ihr Geheimnis mit ihm geteilt hatte.

37

»Ruhe ... absolute Ruhe ... Scheinwerfer an ... Kamera läuft ... Action!« Es tat gut, die vertrauten Worte wieder zu hören. Sabina fand es tröstlich wie eine Heimkehr, als sie ihre erste Szene mit Jane drehte. Sie war müde und hatte nicht genügend geprobt, aber es lief trotzdem gut, sodass sie es mit nur sechs Takes schafften. Nachher lachten die beiden Frauen befreit auf.

»Du willst nächstes Jahr schwanger vor der Kamera stehen, Jess?«, neckte Sabina sie. »François wird glatt der Schlag treffen. Hat ihm jemand das Skript gezeigt?« Sie lachte, und Jane lächelte versonnen. Es war für alle eine Neuigkeit, eine der vielen Überraschungen, die man ihnen für die kommende Saison versprochen hatte.

Jane wandte sich an Mel. »Werde ich das Baby behalten?«

»Da musst du Zack fragen. Er wird zwischen euch beiden hin

und her gerissen. Wofür er sich entscheidet, für das Firmenimperium oder für die Frau seiner Liebe und ihr Kind … seht euch nächste Woche die Fortsetzung an, Leute.« Alles lachte, und Jane ging in ihre Garderobe, in der Zack, der seinen Text für die nächste Szene studierte, sie erwartete.

»Na, wie ist es gelaufen?«

»Ganz gut. Wusstest du, dass ich in diesem Jahr schwanger werde?«

»Wie interessant.« Er sah auf. »Wie geht es Sabina?«

»Müde sieht sie aus. Ganz so, als hätte sie einiges durchgemacht.«

»Hat sie etwas darüber erzählt?«

Jane schüttelte den Kopf. »Und ich glaube auch nicht, dass sie damit herausrücken wird. Sie hütet ihr Privatleben eifersüchtig.«

»Da sind wir anders.« Er grinste. Seit dem Herbst wussten alle von ihrer Beziehung, ebenso über die von Gabby und Bill.

Jane goss sich ein Coke ein und setzte sich aufatmend. Auch sie schien müde zu sein. Nach den langen Ferien gewöhnte man sich nur langsam wieder an die Arbeitsroutine, dazu kam, dass es in New York noch immer heiß war, heißer als in L. A.

»Was hältst du von den neuen Entwicklungen?«

»Interessant. Sie werden die Einschaltziffern hoch halten.« Gabby würde auf Bill schießen, ihn aber nicht tödlich treffen. Jane machte sich ständig Sorgen, dass jemand von ihnen ausschied, weil die Handlung es verlangte, doch im Moment schien die Gefahr nicht groß zu sein.

»Ich persönlich bin mit der Entwicklung der Handlung sehr einverstanden.«

»Hm.« Er trank einen Schluck aus ihrem Glas. Er fühlte sich wunderbar entspannt, sie hatten sich in der Nacht zuvor stundenlang geliebt, und er freute sich seines Lebens.

»Damit wird für mich alles viel einfacher.«

»Was denn?«

»Die Schwangerschaft.«

»Wessen Schwangerschaft?« Er war ganz konfus, und in Janes Augen trat ein sonderbarer Ausdruck.

»Jessicas ... und meine eigene ...« Das sagte sie so leise, dass er sie zunächst nur anstarrte. Dann aber packte er ihren Arm, ganz fest.

»Was meinst du damit?«

Plötzlich spielten ihre Nerven nicht mehr mit. Sie hatte sich heimlich am Tag zuvor in der Drogerie zwei Testpackungen besorgt, aber sie hätte es auch so gewusst.

»Ich weiß nicht, was ich sagen soll ... ich glaube, in London ...«

Er starrte sie an. »Jane Adams, willst du damit sagen, heißt das ... Herrje ...« Er sprang auf, blickte wie betäubt um sich und sah dann auf sie nieder. »Du bist schwanger?«

Sie nickte. Plötzlich hatte sie Angst. Vielleicht wollte er, dass sie das Baby loswurde ... und dann musste man auch an die Serie denken. Mel konnte sie wegen ihrer außerehelichen Schwangerschaft kündigen.

»Seit wann weißt du es?« Zack sah Jane fragend an.

»Seit gestern.« Ihre Lippen bebten. Sie hatte Angst vor seiner Reaktion.

Plötzlich strahlte er und zog sie in seine Arme. »Ist das dein Ernst?«

»Ja.« In ihren Augen standen Tränen.

»Mein Gott ...« Sein Traum war wahr geworden. Es war noch nicht zu spät. Er sah sie an, als hätte sie ein Wunder getan.

»Mein Gott ... wann?... Wann wird es so weit sein?«

»Ende Mai, denke ich, oder vielleicht Anfang Juni.« Sie war erst eine Woche überfällig, aber sie hatte es sofort geahnt. In ihrem ganzen Leben hatte ihre Periode nur dreimal ausgesetzt.

»Das würde gut mit unserem Drehplan zusammengehen, falls Mel mich nicht rauswirft ... und falls ... das heißt ... das hängt von dir ab, Zack.« Ihre Stimme klang weich in der kleinen Garderobe.

Plötzlich wurde an die Tür geklopft, und jemand rief: »Jane, du bist als Nächste dran.«

»Ich komme gleich.« Aber erst musste sie noch etwas mit Zack besprechen. »Was willst du nun tun?«

»Soll das ein Scherz sein? Heiraten natürlich und noch zehn weitere Kinder in die Welt setzen.«

»Und wenn man mich rauswirft?« Ihre Augen waren feucht. Zack hatte genau das gesagt, was sie hören wollte.

»Das wird man nicht tun. Und auch wenn … was soll's? Ist dir das hier nicht wichtiger?«, fragte er und strich über ihren Bauch. Er schien besorgt zu sein, dass sie vielleicht anders dachte, doch für sie waren er und das Kleine ihr ganzes Leben. Die Filmerei war eine vorübergehende Sache, das hatte sie schon einmal erfahren müssen, doch die Gemeinsamkeit konnte ein Leben lang dauern, und ihr Kind …

»Zack, ich möchte es behalten …« Jetzt weinte sie, und er hielt sie ganz fest.

»Das ist selbstverständlich. Wir werden sofort heiraten und ein Wörtchen mit Mel reden. Weißt du, was? Vielleicht ist er sogar der Meinung, dass es gut für die Serie sein könnte.«

Sie lachte unter Tränen. »Bist du sicher? Ich will dich nicht in eine Ehe hineindrängen.«

»Sei nicht albern.« Er stand auf und fühlte sich plötzlich größer und männlicher als je zuvor. Dann sah er sie liebevoll an.

»Jane, ich liebe dich. Bist du sicher, dass du mich haben möchtest … trotz allem?«

»Ich bin die glücklichste Frau der Welt.«

»Jane!« Wieder wurde an die Tür gehämmert.

»Komme schon!« Sie küsste ihn, und er presste sie an sich. Dann zog sie sich in rasender Eile um, während er sie beobachtete und sich vorzustellen versuchte, wie sie in einem halben

Jahr aussehen mochte. Er hielt ihr die Tür auf und sah ihr bei der nächsten Szene zu. Als sie nach vier Takes fertig war, lächelte er ihr zu. Es war ein Blick, der allein ihr galt – miteinander flüsternd gingen sie in ihre Garderobe zurück.

38

An jenem Abend sprachen sie im Pierre mit Mel. Er war wie vom Donner gerührt, aber Jane ebenso, als er ihnen herzlich gratulierte.

»War das eure Idee?«

»Natürlich.« Zack lachte, und Jane schien etwas verlegen zu sein, als sie erklärte, dass das Kind am Ende der Dreharbeiten dieser Staffel zur Welt kommen würde.

»Ich brauche also keine Pläne durcheinander zu bringen.«

»Sehr überlegt von dir«, zog Mel sie auf, aber er schien wirklich nicht verärgert zu sein, sondern nur etwas erstaunt. »Bist du sicher, dass du bis zum Schluss arbeiten möchtest?«

»Ich wüsste nicht, warum nicht.« Und dann stellte sie ihm die Frage rundheraus. Den ganzen Tag hatte sie sich deswegen Sorgen gemacht, trotz allem, was Zack gesagt hatte. »Mel, soll das heißen, dass ich nicht gefeuert werde?«

»Ich würde sagen, nein. Und außerdem, um es ganz krass auszudrücken, wird das für die Publicity-Abteilung ein gefundenes Fressen sein. Das Publikum wird dich noch mehr ins Herz schließen. Jeder Kerl im ganzen Land wird sich wünschen, er hätte dir selbst ein Kind gemacht, und die Frauen werden glatt dahinschmelzen. Für die Serie kommt es wie gerufen, aber viel wichtiger ist« – er sah beide an –, »dass ihr euch darauf freut.« Er sah sie liebevoll an, während er sie wie zwei Kinder an den Händen hielt. »Irgendwie beneide ich euch.«

Jane war sichtlich erleichtert, und Mel bestellte Champagner. Zack bat ihn, als Trauzeuge zu fungieren. Jane wollte ihre Kinder anrufen und ihnen mitteilen, dass sie heiraten würde. Im Laufe der nächsten vierzehn Tage sollte die Hochzeit sein. Auf diese Weise würde man nicht mit Sicherheit sagen können, dass sie vor der Ehe schwanger geworden war. Mel erzählte am späten Abend Sabina von der Sache. Sie war sehr amüsiert.

»Wie kann sie in ihrem Alter noch schwanger werden, es sei denn, sie legt es darauf an?«

»Na, vielleicht hat sie es darauf angelegt.« Mel war noch immer gerührt von der Liebe, die er in den Augen der beiden gelesen hatte.

»Weißt du ... aus Zack kann ich einfach nicht klug werden ...« Sabina lag auf der Couch, beglückt, dass sie wieder bei Mel sein und arbeiten konnte. Anthony, den sie angerufen hatte, ging es gut ... Und jetzt hatte sie jemanden, mit dem sie darüber sprechen konnte. »Ich hätte schwören können, dass er schwul ist.«

»Du hast dich geirrt.« Mel grinste. »Gewaltig auch noch.«

Sie zog die Schultern hoch. »Mag sein. Bist du schon hungrig?«

Er sah sie eindringlich an. »Ja, aber den Zimmerservice rufe ich nicht ... ich hatte zuerst etwas anderes vor.« Und sie lachte. Als er näher kam, warf sie den Kopf mit der goldenen Haarflut zurück und streckte ihm die Arme entgegen.

»Ausgezeichnete Idee«, schnurrte sie.

»Ja, nicht wahr ...« Er hob sie mit Leichtigkeit hoch und trug sie ins Schlafzimmer seiner Suite. Es dauerte eine ganze Weile, ehe er den Zimmerservice anrief, um Champagner, Kaviar und zwei Omelettes zu bestellen.

39

Am nächsten Morgen lief Sabina im Studio zur Höchstform auf, und Jane sah aus wie eine selbstzufriedene Katze. Ständig lachte und tuschelte sie mit Zack, sodass der Regisseur sie einige Male zur Ruhe mahnen musste. Mel stand in den Kulissen und beobachtete alle. Die Einschaltziffern waren ungewöhnlich hoch und die Serie viel erfolgreicher, als er es sich erträumt hatte.

Er beobachtete Sabina, die ihren Text mit zwei ihrer »juristischen Handlanger« probte, als Bill mit ernster Miene auf ihn zutrat.

»Ist etwas?« So hatte Mel ihn seit Monaten nicht mehr gesehen.

Bill sah ihn eindringlich an. »Kann ich Sie sprechen?«

»Aber sicher.« Das hörte sich an, als stünde Ärger auf dem Set bevor. Er sah auch, dass Gabby zu ihnen herübersah.

»Bill, was gibt es? Sollen wir es hier besprechen?« Bill nickte und hielt den Atem an, als er Gabby näher kommen sah. Er hatte sie gebeten, sich herauszuhalten. Er wollte selbst mit Mel reden.

Vermutlich hätten sie es ihm längst schon erzählen sollen. Bill sah Mel in die Augen und entschloss sich, den Stier bei den Hörnern zu packen.

»Ich weiß nicht, wie Sie darüber denken ...«

»Gibt es Probleme mit dem Drehbuch?« Mel war ratlos, und Bills Miene wurde noch schuldbewusster.

»Nein.« Er schüttelte den Kopf. »Gabby und ich haben gestern geheiratet.«

Mel sah ihn einen Augenblick an und fing dann zu lachen an. Er lachte und hörte nicht auf, bis ihm die Tränen kamen. Sie waren allesamt wie Kinder, einer wie der andere.

»Ich ... Mel ... wir hatten Angst, Sie würden wütend sein ...«

»Wie kommt ihr denn darauf?«

»Weil Sie mich gefragt haben, ob ich ledig bin, als Sie mich engagierten ... und ich habe Sie angelogen.«

»Aber jetzt lügst du nicht mehr, oder?«

Bill war verwirrt. »Nein, natürlich nicht. Wir dachten nur ... wir befürchteten ... nun ja, Gabby wollte auf jeden Fall eine große Hochzeit vermeiden, auf der ihre Eltern sicher bestanden hätten ...«

»Na, bist du auch glücklich, so wie es sich gehört?« Mel fragte es mit einem wohlwollenden Lächeln, als Gabby zu ihnen trat. Sie war erleichtert, da sie spürte, dass Mel die Überraschung gut aufgenommen hatte.

»Ja, das bin ich.« Bill legte liebevoll den Arm um seine Frau.

»Und du, Gabrielle? Bist du glücklich?« Mel sah sie fragend an.

»Und wie!« Ihr strahlendes Gesicht verriet, dass sie noch nie glücklicher gewesen war.

»Dann habt ihr beide meinen Segen ... ihr alle übrigens ...« Er hatte sich umgedreht und gesehen, dass Zack, Jane und Sabina kamen. »Noch nie hatte ich ein Team beisammen, das so viele Geheimnisse vor mir hatte ... macht nichts, viel Glück euch allen!« Er drückte Gabrielle einen Kuss auf die Wange, beobachtet von Sabina, die in gespielter Empörung die Arme in die Hüften stützte.

»Hände weg von dem Mädchen!«, stieß sie hervor, um gleich darauf Mel zuzulächeln, der ihr einen Klaps auf die Kehrseite versetzte. Dann gingen sie und ließen die Jungvermählten allein, wobei Mel insgeheim hoffte, sie würden auf Sabina Vorbildwirkung ausüben. Aber wenn er es recht bedachte, war ihm das nicht mehr so wichtig. Er war auch so mit Sabina glücklich ... Als er ihr von Gabbys und Bills Hochzeit berichtete, lachte sie. Sie warf dem jungen Paar über die Schulter einen

Blick zu und zwinkerte Gabby zu. Gabby winkte übermütig zurück, während der Produktionsassistent mit lauter Stimme rief:

»Die Doubles bitte … die Doubles auf ihre gekennzeichneten Positionen!«

Doch die Liebe bleibt

Aus dem Amerikanischen
von Willy Thaler

Heimwärts geh' ich den Pfad, der mich emporgeleitet.
Die Eichen sind schon groß, denn ich war lange fort,
Erinnerung an dich, der fern, hat mich begleitet;
Jetzt steige ich hinab an einen stillen Ort.

Edna St. Vincent Millay

1

Es war ein strahlend sonniger Tag, und der Anruf der Werbeagentur Carson kam um neun Uhr fünfzehn. Die Dekorateurin war erkrankt, und sie brauchten jemanden für Dreharbeiten an der Küste. Ob ich frei war? Ob ich es machen wollte? Für wie viel? Ich war frei, ich wollte es machen, und der Preis ging in Ordnung. Hundertzwanzig Dollar pro Tag plus Spesen. Nachdem ich als Dekorateurin in New York gearbeitet hatte, hatte ich in Kalifornien Glück gehabt. Sie waren von mir beeindruckt und zahlten gut. Überdies war es eine leichte Arbeit. Ich brauchte nur ein- oder zweimal die Woche einen Job, und mit diesem Zuschuss zu meinen Alimenten konnten Samantha und ich gut leben. Manchmal gab es einige Wochen lang keine Arbeit, aber wir kamen auch so über die Runden und waren glücklich.

Wir hatten New York an einem grauen, verregneten Tag wie Pioniere auf dem Treck in den Westen verlassen. Ich war achtundzwanzig, Samantha war beinahe fünf, und wir hatten beide Angst. Tapfere, neue Welt. Und los ging's. Nach San Francisco, wo wir keinen Menschen kannten, aber es war hübsch dort und es war einen Versuch wert. Also versuchten wir es.

Wir waren nicht ganz drei Monate dort, als Carson mich für den Job an der Küste engagierte. Wir lebten in einer kleinen Wohnung in der Marina, mit Blick auf die friedliche Bucht und auf Sausalito in der Ferne. Wenn wir aus dem Fenster blickten, sahen wir die Maste der Segelboote vor uns, die am Anlegeplatz des Jachtclubs festgetäut waren. An sonnigen Nachmittagen, wenn ich nicht beschäftigt war, konnte ich mit Sam an den kleinen Strand gehen. Dort lag ich, während sie auf dem Sand herumtollte und dann die Stufen zur Wiese hinaufgaloppierte. In New York schneite es noch, während wir am Strand lagen. Wir hatten uns richtig entschieden und waren an einem reizenden Ort gelandet. Dort waren wir glücklich. Wir waren allein und noch sehr unerfahren als Pioniere, aber alles war okay. Ich sah, wie braun gebrannt und gesund meine Tochter war, ich sah mich selbst jeden Morgen im Spiegel und wusste, dass ich Recht gehabt hatte. Ich sah um zehn Jahre jünger aus, und endlich fühlte ich, dass ich lebte. Gillian Forrester war mit achtundzwanzig Jahren wiedergeboren worden, in einer Stadt, die sich über eine Reihe schöner Hügel erstreckte, nahe der Berge und in unmittelbarer Nähe des Meeres. San Francisco.

Ich blickte an diesem Morgen aus dem Fenster auf den Mount Tamalpais in der Ferne und dann auf meine Uhr. Es war halb zehn, und der Wagen von Carson sollte mich um zehn Uhr abholen. Das Team fuhr gemeinsam hinaus, mit Ausnahme der Leute von der Filmgesellschaft, die den Werbespot drehten. Sie hatten ihren eigenen Wagen. Und wahrscheinlich auch ihre eigenen Vorstellungen. Ich fragte mich kurz, was sie wohl davon hielten, dass ich ihnen »helfen« sollte. Wahrscheinlich nicht viel. Die Werbeagenturen hatten immer gern eine zusätzliche Kraft, aber Kameraleute und dergleichen waren nie sehr davon angetan. Bisher war es etwa so gewesen: »Wer ist sie? … Was? … Eine Dekorateurin? … Mann, du nimmst mich wohl auf den Arm … Aus New York? … Du meine Güte …« Ja, aber zum Teufel noch mal! Ich wurde für den Job bezahlt, und nirgends stand geschrieben, dass sie mich mögen mussten. Solang die Agenturen mit meiner Arbeit zufrieden waren und mich immer wieder anriefen.

Der Schulbus hatte Sam schon abgeholt, und mir blieb gerade genug Zeit, um zu duschen und eine alte Jeans, ein Baumwollhemd und meine Safarijacke überzuziehen. Mit dem Wetter war man nie sicher. Es war Anfang April, und es konnte kalt werden, wenn die Dreharbeiten länger dauerten. Und früher oder später würde auch Nebel einfallen. Ich schlüpfte in ein altes Paar Reitstiefel, steckte mein Haar zu einem Knoten zusammen, und damit war ich fertig. Ein kurzer Anruf bei der Nachbarin, die Sam vom Schulbus abholen und sie bei sich behalten würde, bis ich nach Hause kam, und dann war ich für die Werbeagentur Carson bereit.

Wir würden auf Felsen unmittelbar am Meer, nördlich von Bolinas, einen Werbespot für eine Zigarettenmarke drehen. Sie verwendeten vier Modelle, einige Pferde und eine entsprechende Menge von Requisiten. Es sollte eine von diesen gesund wirkenden Werbungen mit dem trügerischen Anschein von Unbekümmertheit und frischer Luft sein. Frische Luft würde es geben, aber verhältnismäßig wenig Unbekümmertheit. Dafür brauchten sie mich. Ich musste mich vergewissern, dass die Modelle gut aussahen, das Picknick vorbereiten, dafür sorgen, dass die beiden weiblichen Modelle nicht verkehrt rum auf den Pferden saßen und dass niemand von den Felsen abstürzte. Ziemlich leichte Arbeit für hundertzwanzig Dollar, und vielleicht würde sie mir auch Spaß machen.

Draußen ertönte Punkt zehn Uhr eine Hupe, und ich rannte mit meiner »Zaubertasche« am Arm hinaus. Heftpflaster, Aspirin, Tranquilizer, Haarspray, verschiedene Make-ups, ein Notizbuch, ein Arsenal von Kugelschreibern und Bleistiften, Sicherheitsnadeln, Wäscheklammern und ein Buch. Das Buch war eine Anthologie von Kurzgeschichten, und es war mir bisher nie gelungen, sie während der Dreharbeiten zu lesen. Aber es gab mir die angenehme Illusion, es »doch eines Tages zu schaffen«.

Als ich die drei Stufen vor unserer Wohnung hinuntersprang,

sah ich einen dunkelgrünen Aufnahmewagen und einen militärisch aussehenden Jeep vor dem Haus stehen. Der Aufnahmewagen war bis unter das Dach mit Geräten und Requisiten beladen; hinten saßen zwei schläfrig wirkende Mädchen in Rollkragenpullis und Kopftüchern. Sie sahen aus wie die Bobbsey-Zwillinge. Unsere weiblichen Modelle. Vorne saßen zwei erschreckend männlich aussehende Kerle, auch in Rollkragenpullovern, mit sorgfältig frisiertem, über die Ohren reichendem Haar und energischem Kinn. Ihre ganze Aufmachung verriet mir, dass sie schwul waren, und ich wusste, dass sie die männliche Hälfte unseres heutigen Modellteams waren. Alles in Ordnung. Jedenfalls waren sie zu den Dreharbeiten erschienen. Aber ich machte mir wegen solcher Probleme keine Sorgen mehr. In San Francisco kreuzen die Leute auf. Es ist nicht wie in New York. Hier gibt es nicht so viel Arbeit, und wenn sie gerufen werden, kommen sie auch. Die männliche Schönheitskönigin, die am Fenster saß, winkte, der Mann am Fahrersitz stieg aus und kam lächelnd auf mich zu. Er war klein und kräftig, hatte kohlschwarzes Haar und buschige Augenbrauen, und ich kannte ihn von anderen Dreharbeiten mit der Agentur Carson. Er war ihr erster Atelierleiter und ein verdammt netter Kerl. Er hieß Joe Tramino.

»*Hi,* Gillian. Wie geht es dir? Ich freue mich, dass du dabei bist.«

»Ich freue mich auch. Scheint ein angenehmer Tag für die Dreharbeiten zu werden. Gehören die Jungs in dem Jeep auch zu euch?« Wir standen auf dem Gehsteig, und er rollte die Augen wie ein Neapolitaner.

»Darauf kannst du wetten. Das sind die Leute, die den Werbeetat über haben. Drei von ihnen. Dieser Spot ist für unseren größten Auftraggeber bestimmt. Ich werde euch miteinander bekannt machen.« Er schlenderte mit seinen kurzen Beinen hinüber, und einer der Männer im Jeep kurbelte ein Fenster nach unten. »Das ist unsere Dekorateurin, Gillian Forrester. Gill … John Ackley, Hank Todd, Mike Willis.« Alle nickten, lächelten und reichten mir die Hand, ohne sonderlich interessiert auszusehen. Sie hatten einen Fünfzigtausend-Dollar-Spot für einen wichtigen Kunden abzuliefern. Das war alles, was sie interessierte. Sie sahen keinerlei Notwendigkeit, einer Dekorateurin gegenüber besonders liebenswürdig zu sein.

»Willst du mit ihnen fahren oder mit uns? In beiden Fällen wird es ziemlich eng sein.« Joe zog die Schultern hoch, blickte mich an und wartete, wofür ich mich entscheiden würde. Ich sah ihm an, dass ich ihm gefiel und dass er mich für eine »gut aussehende Biene« hielt. Ich war etwas größer als er, und mein Teint war ebenso hell wie der seine dunkel. Wahrscheinlich faszinierte ihn das. Ich hatte mein braunes Haar und meine blauen Augen nie für großartig gehalten, aber ihm schien diese Zusammenstellung zu gefallen, und ich merkte, dass ihm auch mein Po gefiel.

»Ich werde mit der Crew fahren, Joe. Kein Problem … Freut mich, Sie kennen zu lernen, meine Herren. Wir sehen Sie also am Drehort.« Ich sah Joe an, während wir zurückgingen, und begann zu lachen. »Erstaunt? Wofür hältst du mich? Für einen Snob?« Ich gab ihm einen freundschaftlichen Stups, dann sprang ich auf den Rücksitz des Aufnahmewagens zu den Mädchen. Eine von ihnen schlief, die andere las ein Magazin; die Jungs vorne waren am Fachsimpeln. Ihrer Ansicht nach ging die Männermode vor die Hunde. Ich sah, wie Joe die Augen verdrehte und mir im Rückspiegel zugrinste, dann fuhren wir los. Er schaltete auf Drive, löste die Bremse und stieg aufs Gaspedal; wir rasten an dem Jeep vorbei in Richtung Lombard Street, die uns zur Golden-Gate-Brücke brachte.

»Du lieber Gott, Joe, du fährst wie ein verdammter Italiener.« Ich hielt mich am Vordersitz fest, um das neben mir sitzende schlafende Mädchen nicht zu zerquetschen.

»Ich bin auch in der Liebe ein Italiener.«

»Das glaube ich gern.«

»Warum nur glauben? Probier es einmal mit mir ... Versuch es ... es wird dir gefallen.«

»Aber natürlich.« Ich erwiderte sein Lächeln, dann versank ich in meine eigenen Gedanken, als wir uns der Golden-Gate-Brücke näherten, die mich jedes Mal aufs Neue beeindruckte. Ein Gefühl von ungeheurer Kraft und Schönheit überkam mich, ich hob den Blick zu schwindelnden Höhen, wie ein Kind, und die Wirkung war überwältigend. Die satt orangefarbenen Pfeiler hoben sich vom blauen Himmel ab, und ihre schwungvollen Linien erinnerten mich an Drachenschnüre.

»Was siehst du, New York?« Joe hatte gesehen, wie sich langsam ein Lächeln auf meinem Gesicht ausbreitete, während ich mich ans Fenster lehnte und nach oben blickte.

»Ich sehe mir deine Brücke an, Joe, wie jemand aus der hintersten Provinz.«

»Komm, ich werde dir eine bessere Aussicht bieten.« Er lehnte sich zurück, drehte eine Kurbel an der Decke des Wagens und schob eine Platte nach hinten. Es war ein Schiebedach, und wenn man es öffnete, wurde die Aussicht noch grandioser. Die Golden-Gate-Brücke erhob sich über unseren Köpfen im Sonnenglanz, und die frische Luft Nordkaliforniens peitschte unsere Gesichter.

»Mensch ... das ist herrlich. Darf ich aufstehen?« Die Öffnung schien für mich gerade groß genug.

»Sicherlich. Steig aber nicht auf die Mädchen. Und gib auf die Bullen Acht. Die verpassen mir sonst einen Strafzettel.« Ich sah, wie er wieder meinen Po bewunderte, während ich vorsichtig meine Füße zwischen die beiden schlafenden Mädchen stellte und mit dem Oberkörper durch das Dach verschwand. Der war vielleicht ein Italiener. Und das war vielleicht eine Brücke! Das Atmen fiel einem schwer, wenn man dem Wind ungeschützt ausgeliefert war, und mein Haar begann um meinen Kopf zu peitschen. Und über uns war ... sie. Meine Brücke. Und meine Berge und mein Meer. Und hinter uns, in der Ferne, die Stadt. Mein Kalifornien. Es war wunderbar.

Joe zupfte an meiner Jacke, als wir das Ende der Brücke erreichten, und ich kletterte nach unten und setzte mich wieder.

»Bist du jetzt glücklich?«

»Ja.«

»Ihr aus dem Osten seid alle verrückt.« Aber er schien sich über meine Begeisterung zu freuen. Es herrschte eine angenehme Atmosphäre im Wagen, jeder kümmerte sich um seine eigenen Angelegenheiten, wir fuhren alle zur Arbeit, und niemand war missgelaunt. Es unterschied sich gewaltig von den Erfahrungen, die ich bei meiner Arbeit in New York gemacht hatte, zuerst bei einer Anzeigenagentur und später bei einem Einrichtungsmagazin. In Kalifornien gingen die Uhren anders.

»Wer dreht den Werbespot? Shazzam oder Barlay?« Ich hatte erfahren, dass die neue Gruppe Shazzam »in« war, die die meisten der wirklich modebewussten Werbefilmspots in der Stadt drehte, und Barlay war das renommierteste Produktionshaus am Platz.

»Keiner von beiden. Deshalb kamen auch die Jungs vom Werbeetat mit. Sie reißen sich die Beine aus. Ich arbeite mit einer neuen Firma. Sie sind jung, aber sie sind gut. Eigentlich sind sie nicht einmal eine Firma, nur ein Team. Ein verrückter junger Kerl und seine Crew. Sie sehen aus wie faule, nichtsnutzige Ausgeflippte, aber sie haben wirklich was los. Und ihr Angebot war toll. Ich glaube, sie werden dir gefallen, es arbeitet sich leicht mit ihnen.« Ich nickte und fragte mich, ob ich ihnen gefallen würde. »Ausgeflippte« haben gewöhnlich für Dekorateurinnen aus New York nicht viel übrig, auch wenn ich nicht mehr so aussah.

Inzwischen waren wir schon über Sausalito und Mill Valley

hinausgekommen und fuhren über eine kurvenreiche Bergstraße zur Stinson Beach. Sie war mit riesigen Bäumen bestanden, und der Eukalyptusgeruch war überall spürbar. Allmählich hatte ich eher den Eindruck, einen Tag auf dem Land zu verbringen, als zu arbeiten.

Alle Modelle waren nun wach und guter Laune. Wir fuhren den Berg auf der anderen Seite hinunter, und die Aussicht war atemberaubend. Es gab immer wieder weite Ausblicke, die Berge fielen unerwartet zu niedrigen Felsen ab, und das Meer brandete mit einem großen Schwall von Gischt gegen sie. Alles war üppig grün, sanft und strahlend blau. Gottes eigenes Land.

Wir rollten singend den Berg hinunter und fuhren dann an Bolinas vorbei, die Küste entlang zu einem Ort, den ich nicht kannte. Es war ein ähnliches Szenarium, wieder Berge, wieder Meer, wieder Felsen und wieder Herrlichkeit. Ich war froh, dass ich mitgekommen war.

»Du siehst aus wie ein Kind bei einer Geburtstagsparty, Gill.«

»Ach, halt doch den Mund, du blasierter Spaghetti. So fühle ich mich eben in dieser Gegend.«

»Es ist ganz bestimmt nicht New York.«

»Gott sei Dank.«

»Wirklich?« Er grinste mir wieder zu und bog mit dem Wagen von der Straße auf einen Naturweg ab, der hoch über der Küstenlinie über einige Hügel führte.

»Wo, zum Teufel, liegt denn dieser Ort?« Die Modelle verrenkten sich die Hälse, aber es war nichts zu sehen. Wir waren meilenweit von jeder Zivilisation entfernt. Es war noch immer keine Spur von einem wartenden Filmteam zu sehen.

»Es dauert nicht mehr lang. Die Motivsucher haben drei Wochen gebraucht, um diesen Ort ausfindig zu machen. Er ist fantastisch. Gehört einer alten Dame, die auf Hawaii lebt und seit Jahren nicht hier war. Sie hat ihn uns für einen Tag vermietet.«

Wir kamen nach einer Kurve in der Straße zu einem Plateau hinunter, das zwischen den Hügeln und den Felsen lag. Das Meer warf sich mit größerer Wucht gegen das Ufer als in Big Sur, und längs der Felsen ragten Bäume wie riesige Fahnen empor. Gewaltige Steinblöcke standen unten im Wasser, und die Gischt wurde an ihnen so hoch geschleudert, dass man den Eindruck hatte, sie bewässerte die Bäume. Vielleicht war es wirklich der Fall.

Dann sah ich den Jeep und fragte mich, wie sie vor uns dort ankommen konnten, besonders angesichts von Joes Fahrstil, aber sie waren dort und parkten neben einem Anhänger für Pferdetransporte und einem verwahrlosten Laster, auf dem ein Haufen Hippies herumkletterte. Wir sprangen aus dem Aufnahmewagen, und die verschiedenen Gruppen verschmolzen zu einer einzigen, während alle sich bereitmachten, an ihre Arbeit zu gehen und die Show ins Rollen zu bringen.

Die Leute vom Werbeetat der Agentur Carson standen ein wenig abseits, sie bildeten eine nervöse kleine Clique und begannen ihre Notizen durchzugehen. Die Modelle sprangen wieder in den Aufnahmewagen und brachten ihr Make-up und ihre Frisuren in Ordnung. Sie ließen mich mit Joe und einem Haufen zerlumpter Burschen zurück, die aussahen, als wären sie am Tag zuvor von zu Hause durchgebrannt.

Ich sah zu, wie sie ihre schweren Geräte ausluden, als ob sie gewichtslos wären, während Joe mit einem hoch gewachsenen blonden Jungen neben der Fahrerkabine des Lastwagens stand. Er hatte einen kräftigen, muskulösen Körper, dichtes struppiges Haar, merkwürdig weit auseinander stehende Augen und ein unglaubliches Lächeln, bei dem sich zwei tiefe Grübchen in den Wangen bildeten. Ich sah, dass er mich beobachtete.

»Gill, komm einen Augenblick hierher«, rief Joe und winkte mir, und ich schlenderte zu ihnen, wobei ich mich fragte, zu welcher Crew dieser Junge gehörte. Er sah jünger aus als die

Übrigen und schien weniger zu tun zu haben. »Gillian Forrester, Chris Matthews. Er schmeißt den Laden.«

»Hi.« Sein Lächeln wurde noch breiter, und ich sah, dass er schöne Zähne hatte. Seine Augen waren sanft und grün. Er gab mir nicht die Hand, schien sich auch nicht sonderlich dafür zu interessieren, wer ich war. Er stand einfach dort, nickte mir zu und schien seine Leute im Auge zu behalten, während er sich weiter mit Joe unterhielt. Ich fühlte mich ein wenig überflüssig.

»Hey ... wohin gehen Sie?«, fragte Chris. Ich hatte beschlossen, zurückzugehen und meine Modelle zu überprüfen.

»Ich dachte, ihr beide habt zu tun. Ich komme wieder.«

»Warten Sie eine Sekunde, ich komme mit Ihnen. Ich möchte sehen, was ich drehe.« Er verließ Joe und ging mit mir den Hang entlang, wobei er mit seinen Stiefeln durch das Unkraut stapfte und zum Himmel blickte. Er hatte ganz das Gehabe eines jungen Burschen.

Die Modelle stellten sich vor, und ich bemerkte zu meiner Freude, dass sie sich richtig zurechtgemacht hatten. Sie waren Profis, und das hatte den Vorteil, dass man mit ihnen nicht von vorne anfangen musste. In der vorhergehenden Woche hatte ich mit einem Haufen von Anfängern gedreht, die sich kaum frisieren konnten.

Chris sonderte sich einen Augenblick von der Gruppe ab und schüttelte den Kopf. »Joe!« Das Gebrüll drang bis zum Fuß des Hügels und weckte sofort Joes Aufmerksamkeit. Der Bursche hatte eine unglaubliche Stimme. Er winkte Joe, und ich erkannte, dass es ein Problem gab, wollte mich aber nicht einmischen. Es war offensichtlich eine Angelegenheit zwischen ihm und Joe.

»Okay. Was ist los?« Der kleine Italiener schnaufte und pustete, als er ankam, und sah nicht sehr glücklich aus. Er spürte, dass es Ärger gab, und genau das hatte ihm noch gefehlt, da ihm die Leute vom Werbeetat sowieso im Nacken saßen.

»Wir haben ein Problem. Es wird unsere Kalkulation über den Haufen werfen. Sie haben fünf Modelle, wir brauchen aber nur vier.« Chris war über die Verschwendung böse, und Joe war verblüfft.

»Wirklich?« Er warf einen Blick in den Wagen und schüttelte den Kopf. »Nein, Sie Knülch. Was ist mit Ihnen los? Können Sie nicht zählen? Eins, zwei, drei, vier.« Er zeigte nacheinander auf sie, und er hatte Recht. Vier.

»Fünf.« Chris schüttelte den Kopf und zählte ebenfalls. Daraufhin fingen Joe und ich zu lachen an. Er zeigte auf mich.

»Vier. Beruhigen Sie sich. Ich bin die Dekorateurin. Ich dachte, Sie wüssten das.« Joe versetzte ihm einen freundschaftlichen Stups. Chris begann ebenfalls zu lachen, und die Grübchen tauchten auf. Dann schüttelte er den Kopf.

»Mein Gott, Sie hätten es mir sagen sollen. Woher, zum Teufel, soll ich das wissen? Ich bin nur für hübsche Aufnahmen zuständig. Ich würde ganz gern auch einmal welche von Ihnen machen.« Er ließ seinen Blick lange und anerkennend auf mir ruhen.

»Schmeicheleien werden Sie nicht weiterbringen, Mr. Matthews.«

»Nein. Aber ich kann damit eine Dekorateurin für mich einnehmen. Setzen Sie Ihren Po in Bewegung, Lady. In fünf Minuten fange ich an zu drehen. Und wenn Ihre Modelle dann nicht so weit sind, wissen Sie, was geschieht?« Er sah mich scharf, ja ausgesprochen feindselig an, und ich fand plötzlich, dass hier eigentlich fast derselbe Ton herrschte wie in New York. Sie sind doch alle gleich. Ich schüttelte den Kopf als Antwort auf seine Frage und wartete auf die Drohung, dass er mich dann feuern würde. »Wenn sie nicht fertig sind, ist es einfach. Wir hören auf und lassen uns voll laufen. Glauben Sie denn, ich will mir ein Bein ausreißen, indem ich den ganzen Tag arbeite? Kommt nicht in die Tüte.« Er schüttelte den Kopf, hob die Hände und sah Joe und mich freundlich an, während wir wieder zu lachen begannen; dann versuchte Joe, ein ernstes Gesicht zu machen. Er sah, dass die Männer im Jeep uns beobachteten.

»Hören Sie, Sie fauler Bastard. Hören Sie auf, meiner Dekorateurin zu drohen. Und setzen Sie Ihren Arsch in Trab.« Er stieß ein militärisch klingendes Gebrüll aus, und Chris lief den Hügel hinunter. Endlich waren wir so weit, dass wir beginnen konnten.

Die Pferde wurden zu uns geführt, die Modelle waren in vollem Wichs und die Kamera einsatzbereit. Einige von Chris' Leuten zündeten ein loderndes Lagerfeuer an, und ich kontrollierte die Speisen, um sicherzugehen, dass sie für das »Picknick« richtig wirkten. Alles war an seinem Platz festgeklebt und dick lackiert, sodass es einen guten Eindruck machte, und ich fand alles bestens. Ich breitete das Essen auf dem Boden aus, lockerte einem Jungen den Schal, kämmte das Haar der weiblichen Modelle glatt, legte dem zweiten Mann noch ein wenig Rouge auf und trat dann zurück. Ich würde später während der Dreharbeiten stärker beschäftigt sein, wenn die Kleidung zerknittert auszusehen begann.

Ich beobachtete Chris amüsiert, während er mit der Arbeit begann. Er scherzte mit allen, filmte aus den verschiedensten seltsamen Blickwinkeln und neckte die Modelle. Nach einer halben Stunde hatte er alle hysterisch gemacht, und die Leute vom Werbeetat sahen abwechselnd wütend und von panischem Schrecken erfüllt aus. Irgendwann verschwand er über die Felsen, und ich bekam ein scheußliches Gefühl in der Magengrube, weil ich annahm, dass wir unseren Fotografen verloren hatten. Joe und ich liefen angsterfüllt zum Rand des Kliffs, um zu sehen, was geschehen war. Wir beugten uns vor, Joe schrie Chris' Namen zum Wasser hinunter, aber es kam keine Antwort und er war auch nicht zu sehen. Er war verschwunden ... Du mein Gott ...

»Chris …« Joe versuchte es noch einmal, und das Echo hallte endlos wider, doch dann erblickte ich ihn.

»Schsch … was wollen Sie denn? Mich zu Tode erschrecken? Ich rauche nur. Kommen Sie runter.« Er saß auf einem tiefer liegenden, schwer einzusehenden Felsvorsprung, keine zwei Meter unterhalb von uns, rittlings auf einem kräftigen Busch und rauchte einen *Joint.*

»Sie verrückter Hund, was, zum Teufel …« Joe war wütend, aber auch sichtlich erleichtert. Ich brach in nervöses Gelächter aus. Der Bursche war offenbar verrückt, gab sich dabei aber so natürlich, dass man ihm die Extratouren, die er sich leistete, gern verzieh.

»Ist das unsere Frühstückspause?« Ich versuchte mich so zu geben, als wäre ich nicht beeindruckt, war es aber. Einen Augenblick lang war ich davon überzeugt gewesen, dass er abgestürzt war.

»Ja. Stimmt. Rauchen Sie?« Ich nickte, dann schüttelte ich den Kopf.

»Ja, aber nicht bei der Arbeit.«

»Sie sollten es auch nicht tun, Sie verrückter Kerl. Kommen Sie, zum Teufel, herauf und zurück an die Arbeit. Wie soll ich das den Leuten vom Werbeetat erklären?« Joe schien wirklich nervös zu sein.

»Sie wollen wirklich wissen, was Sie ihnen erzählen sollen?« Der Gedanke schien Chris zu gefallen. »Sagen Sie ihnen, sie können mich mal …« Joe unterbrach ihn und sah mich entschuldigend an.

»Kommen Sie, Chris … bitte …« Ich saß schon wieder wie auf Nadeln. Die ganze Szene war so absurd, Joe und ich beugten uns über den Rand eines Felsens nach unten und sprachen mit einem unsichtbaren Busch auf dem Hang, und unser Hauptfilmgenie inhalierte in aller Ruhe einen Joint. Wir hatten dem Rest des Teams schon mit Handzeichen klar gemacht, dass alles in Ordnung war, es musste aber trotzdem auf jeden Außenstehenden lächerlich wirken.

»Okay, Little Joe, ich komme schon. Nichts wie rauf und weg.« Und damit segelte der lange, schlanke, muskulöse Körper von Christopher Matthews an uns vorbei und landete wieder auf dem Plateau. Er nahm etwas aus der Tasche, und als Nächstes erscholl ein gellender Pfiff. Er hatte in eine kleine Spielzeugpfeife geblasen, und dann zog er eine Spritzpistole aus der Tasche. »Los, Jungs, lasst uns die Sache in Angriff nehmen.« Dann begann er, alle in Reichweite Befindlichen, einschließlich der Leute vom Werbeetat Carson, anzuspritzen und schien mit sich und der Welt ungeheuer zufrieden zu sein. Er unterhielt sich jedenfalls blendend. »Auf die Plätze … Aufnahme …« Aus einer anderen Tasche fischte er eine Sonnenbrille und spielte eifrig Regisseur, während ich das Picknick wieder aufstellte. Eines der Pferde war über das Arrangement gelaufen. Es kostete mich zehn Minuten, alles wieder in Ordnung zu bringen, dann setzte ich mich wieder auf das Trittbrett von Chris' Laster, sah ihnen bei den Dreharbeiten zu, fühlte mich überflüssig, genoss aber das Ganze. Es war die beste Aufnahmetechnik, die ich seit Jahren erlebt hatte.

»Was meinst du, Gill?« Joe brach neben mir zusammen und zündete eine Zigarre an.

»Schwer zu beurteilen. Entweder ist er hervorragend oder eine Katastrophe. Ich warte mit meinem Urteil, bis ich den Film gesehen habe. Jedenfalls ist es nett, mit ihm zu arbeiten. Wie alt ist er?« Ich nahm an, dass er etwa zweiundzwanzig war und vielleicht frisch aus einer der Filmakademien der Nouvelle Vague kam.

»Ich weiß es nicht genau. Jedenfalls über dreißig, aber das hat ihm noch niemand zugetraut. Er benimmt sich, als ob er zwölf wäre. Ich hoffe nur, dass er heute gute Arbeit für mich leistet, sonst kann ich meinen Job sofort vergessen.« Wir blickten beide zu seinen Kollegen hinüber, und Joe schüttelte den Kopf. Er hatte Recht, bei dem Theater, das Chris aufführte, musste seine Arbeit schon fantastisch sein, um sein Herumblödeln zu rechtfertigen.

Ich sah leicht verwundert zu, wie alle auf Trab gebracht wurden, wobei es jedoch keine Schwierigkeiten zu geben schien. Seine Leute taten genau das, was er verlangte, die Modelle waren wunderbar locker und unbefangen, und die Arbeit ging flott voran. Es ließ sich schwer sagen, wie weit er genau war, aber es hatte den Anschein, als wären die Dreharbeiten beinahe zu Ende. Und dann wusste ich plötzlich, dass er den Film im Kasten hatte. Chris hielt für einen kurzen Moment inne, sah zerstreut in die Runde, griff nach seinem Herzen und begann langsam zur Seite zu sinken. Diesmal war ich sicher, dass er nicht schauspielerte, er war krank. Ich fragte mich kurz, ob er vielleicht eine Überdosis von irgendeinem Rauschgift genommen hatte, während er zu Boden sank und bewusstlos liegen blieb.

Joe und ich trafen gleichzeitig bei ihm ein, und Joe drehte ihn vorsichtig um. Er hatte mit dem Gesicht auf dem Boden gelegen. Während wir ihn auf den Rücken wälzten und ich nach seinem Puls griff, verzog sich sein Gesicht zu einem breiten, jungenhaften Grinsen, und er kicherte.

»Hab ich euch reingelegt, was?« Er freute sich wie ein Schneekönig. Aber nicht lange. Joe hielt ihn am Boden fest, zeigte auf etwas hinter ihm und sah mir dabei auffordernd in die Augen. Ich wusste, was er meinte. Den Wassereimer für die Pferde. Ich holte ihn rasch, schüttete ein wenig Wasser aus, um ihn tragen zu können, lief zurück und goss ihn über Chris. Bis zum letzten Tropfen. Aber er lachte nur noch lauter, dann wurde ich auf den Boden gepresst, und er zog an meinem Haar, das sich aufgelöst hatte.

Darauf kamen die Leute von der Agentur zu uns gelaufen, um zu sehen, was los war. Chris' Leute und die Modelle beteiligten sich an der allgemeinen Rauferei. Joes Stimme übertönte den Lärm, er schrie, dass wir mit den Dreharbeiten fertig wären, man solle sich keine Sorgen machen; ich rangelte weiter mit Chris Matthews, bis ich spürte, dass Chris mir etwas merkwürdig Spitzes an die Rippen drückte. Ich versuchte zu sehen, was es war.

»Keine Bewegung, Forrestal. Stehen Sie auf und gehen Sie vorwärts.« Sein Gesicht und seine Worte stammten direkt aus einem zweitklassigen Western.

»Erstens heiße ich Forrester, und zweitens, was glauben Sie eigentlich, wer Sie sind?« Ich bemühte mich, gelassen und zugleich Ehrfurcht gebietend zu klingen, was mir aber nicht glückte.

»Wir werden ein bisschen reiten, kleine Lady. – Also, los ... ganz ruhig ...« Ich wusste, dass der Kerl verrückt war, als mir plötzlich klar wurde, dass er mir einen Revolver an die Rippen hielt. Verdammt, in was hatte mich Joe für ganze hundertzwanzig Dollar verwickelt? Herrgott noch mal, ich arbeitete nicht für ihn, um mich in den Rücken schießen zu lassen ... was würde denn dann aus Samantha? »Nur schön weitergehen, so ist's recht ...« Er ging vorsichtig neben mir, und meine Augen suchten in dem Gewirr von Armen und Beinen und Wasser auf dem Boden wütend nach Joe. Die Keilerei ging weiter. Chris führte mich zu den Pferden, dann band er eines geschickt mit einer Hand von ihrem Anhänger los, während er mir immer noch den Revolver, den ich aber nicht sehen konnte, in den Rücken drückte.

»Jetzt reicht's mir aber, verdammt noch mal. Schluss damit, der Spaß geht zu weit.« Zumindest war das meine Meinung.

»Nee, er beginnt erst.« Er entdeckte ein Megafon, das neben dem Anhänger lag, holte es mit dem Fuß näher an sich heran und warf es dann mit einem Tritt in die Luft, sodass er es auffangen konnte, ohne die Zügel oder den Revolver loszulassen.

Er schien genau zu wissen, was er tat, und begleitete seine Handlungen mit seinem Zahnpastareklamelächeln. Zum Teufel mit seinem Lächeln. Mir reichte es.

»Bruno!« Seine Stimme dröhnte durch das Megafon. »Hol mich um acht bei Watson in Bolinas ab.« Ein Arm winkte aus der Menge, dann spürte ich, wie sich der Revolver tiefer zwischen meine Rippen bohrte. Wer oder was war Watson? Und warum um acht? Es war erst kurz nach eins, und was, zum Teufel, hatte er mit mir vor? »Aufsitzen! Sie können doch reiten, oder?« Für einen Augenblick huschte Besorgnis über sein Gesicht, wie ein kleiner Junge, dem man ein Spielzeuggewehr ohne Zündkapseln geschenkt hat.

»Ja, ich kann reiten. Aber ich finde das alles gar nicht komisch. Ich habe eine kleine Tochter, und wenn Sie mich erschießen, werden Sie zumindest zwei Leben zerstören.« Es klang blödsinnig melodramatisch, aber es war unter den gegebenen Umständen das Einzige, was mir einfiel.

»Ich werde es mir merken.« Meine Worte beeinflussten ihn seltsamerweise sehr wenig, und ich schwang mich in den Sattel; ich war froh, dass ich meine Stiefel angezogen hatte, und fragte mich, was als Nächstes kommen würde. Er saß hinter mir auf, ich spürte den Revolver noch immer an der gleichen Stelle, und eine neue Welle von Besorgnis überkam mich, als er das Pferd zu einem schnellen Trab und dann zu einem langsamen Galopp anspornte. Und wenn die Waffe durch einen Zufall losging? Was würde dann geschehen? Die Berge waren ein raues Terrain, das Pferd konnte straucheln, und dann …

In weniger als einer Minute hatten wir das Plateau, auf dem wir gedreht hatten, aus den Augen verloren, und vor uns lag die herrliche Landschaft, die ich bei der Hinfahrt bewundert hatte. Aber es war etwas ganz anderes, über die Berge zu reiten, und es war mir verdammt gleichgültig, ob sie schön waren, ich hatte keinen Blick dafür. Plötzlich überkam mich heftiger Zorn über diesen irrwitzigen, kindischen Kerl, der mit meinem Leben spielte. Er war ein rotznasiger, aufgeblasener, unbekümmerter, blöder Hippie, der glaubte, er könnte sich alles leisten, was ihm durch den Kopf schoss – high sein während der Arbeit, vortäuschen, dass er tot oder bewusstlos war, mich erschießen … Nun, er sollte nicht Recht behalten. Zumindest konnte er mich nicht ohne weiteres erschießen. Mein Körper versteifte sich wie eine Stahlstange, und ich warf mich herum, um ihn vom Pferd zu stoßen. Aber mein Angriff wurde durch einen kalten Wasserstrahl in mein Gesicht gestoppt … Die Wasserpistole … er hatte sie mir die ganze Zeit in den Rücken gedrückt.

»Sie lausiger, hinterhältiger …« Ich spuckte fünf Zentimeter von seinem Gesicht entfernt, versuchte, mir das Wasser aus den Augen zu wischen, und wollte ihn umbringen. »Sie Scheißkerl … Sie … ich dachte …«

»Mund halten!« Er spritzte mir mit der Pistole diesmal in den Mund, und ich erstickte vor Lachen. Christopher Matthews war schon eine besondere Nummer.

Das Pferd war irgendwann während Chris' Wasserkanonade stehen geblieben, aber ich merkte es erst, als ich mir das Wasser aus den Augen gewischt hatte und sah, dass wir schon wieder in der Nähe des Kliffs standen, vor dem sich der Pazifik so weit erstreckte, wie das Auge reichte.

»Schön, nicht wahr?« Sein Gesicht war friedlich, und er sah aus wie ein untätiger Cowboy. Das mutwillige Kind war für einen Augenblick in den Hintergrund getreten. Ich nickte und blickte aufs Meer hinaus, wieder mit dem großartigen Gefühl, den Weg dorthin gefunden zu haben, wo ich mein Leben lang hatte sein wollen. Verschwunden war das nervenzermürbende Gefühl, mit einer Pistole im Rücken über die Berge zu reiten, und ich beobachtete einen Vogel, der langsam auf das Wasser niederschwebte; ich hätte gern gewusst, wie man sich dabei fühlte, als Chris plötzlich mein Gesicht zu sich herumdrehte und mich küsste. Es war ein langer, zärtlicher, sanfter Kuss. Nicht der Kuss eines unreifen Jungen. Der Kuss eines erwachsenen Mannes.

Als wir uns voneinander lösten und ich die Augen aufschlug, lächelte er mir zu. »Sie gefallen mir, Lady. Wie sagten Sie, war noch Ihr Name?«

»Ach, geh zum Teufel.« Ich nahm ihm die Zügel aus den Händen, sagte ihm, er solle sich festhalten, und trieb das Pferd an. Das war etwas, das ich gut beherrschte. Ich hatte schon auf einem Pferd gesessen, als ich fünf war, und es war ein wundervolles, berauschendes Gefühl, über die Berge dahinzugaloppieren; kein Haus, kein Mensch weit und breit, nur ein prächtiges, langbeiniges Pferd unter uns und ein schöner Mann im Sattel hinter mir, auch wenn er so verrückt wie dieser war.

»Okay, mein Neunmalkluges, du kannst also reiten. Aber weißt du auch, wohin du willst?« Ich musste lachen, als mir klar wurde, dass ich es nicht wusste, und ich schüttelte den Kopf im Wind, mein Haar flog ihm ins Gesicht, aber das störte ihn sicherlich nicht. Immerhin war sein Haar fast genauso lang wie das meine.

»Wohin willst du reiten?« Als ob ich die Gegend wie meine Hosentasche kennen würde. Wir befanden uns in seiner Welt, und ich war hier nur eine Touristin. Aber eine glückliche.

»Nach Bolinas. Reite zu der Straße dort unten, nimm die erste Abzweigung rechts, aber bitte, ohne ins Wasser zu fallen. Ich kann nämlich nicht schwimmen.«

»Unsinn.« Aber ich folgte seinen Anweisungen, lenkte das Pferd im Schritt den Hang hinunter und ritt dann in kurzem Galopp schweigend die Straße entlang, bis ich eine Straße sah, die nach rechts abzweigte.

»So ist's recht.« Er spornte das Pferd an meiner Stelle an, und ich versuchte, ihm spielerisch einen Klaps zu geben, doch plötzlich zielte die Spritzpistole wieder auf mein Ohr.

»Wissen Sie, was Sie sind, Mr. Matthews?«, schrie ich in den Wind. »Eine Nervensäge. Außerdem sind Sie ein Tyrann.«

»Das hat man mir schon oft gesagt. He, nehmen Sie auch die Nächste rechts, und dann die Erste links.« Es fuhren nur ein oder zwei Wagen auf der Straße, ich lenkte das Pferd in die angegebene Richtung und nahm die richtigen Abzweigungen. Es machte Spaß, wieder zu reiten, und allmählich wurde mir der Narr mit dem zerstrubbelten Haar und der Spritzpistole sympathisch. Seine Hände lagen angenehm an meiner Taille, und seine Oberschenkel pressten sich an die meinen.

»Sind wir da?« Wir befanden uns an einem schwer zu beschreibenden Ort unten am Strand, aber es gab nicht viel anderes zu sehen als Bäume.

»Reiten Sie zwischen den Bäumen dort drüben durch … Sie werden schon sehen.« Und das tat ich. Ein langes Stück Sandstrand, das Meer und eine schmale Bucht. Auf der anderen Seite ein noch schönerer Strand, etwa zwei Meilen lang, der dann wieder durch die Berge begrenzt wurde, die bis ans Meer hinunterreichten. Es war ein herrlicher Anblick.

»Toll!«

»Das ist Bolinas und die Stinson Beach. Können Sie schwimmen?« Er freute sich über meinen Gesichtsausdruck, stieg ab und breitete die Hände aus, um mich in Empfang zu nehmen. Ich merkte wieder, wie groß er war, als ich neben ihm zu Boden glitt. Ich bin einsachtundsechzig, und er war mindestens einsneunzig.

»Natürlich kann ich schwimmen, aber Sie nicht. Erinnern Sie sich?«

»Dann werde ich es eben lernen.« Ich sah verwundert, was er tat, und fragte mich, was er vorhatte. Er hatte Jacke und Stiefel abgelegt und begann sein T-Shirt auszuziehen. Was kam als Nächstes dran? Seine Jeans? Ich war nicht ganz sicher, was sich da anbahnte. »Warum sehen Sie mich so an?«

»Lassen Sie mich zuerst fragen. Was tun Sie?« Er hielt inne und sah mich lange an.

»Ich dachte, wir schwimmen mit dem Pferd von hier zum Ende der Landzunge – es ist gar nicht weit – und können dann auf dem Strand reiten. Und schwimmen und Spaß haben. Ziehen Sie Ihre Kleider aus, ich werde sie am Sattel festbinden.« Ja … sicherlich … und schwimmen und Spaß haben, Spaß, wie? … Na gut.

Ich steckte mein Haar wieder auf, dann zog ich Jacke und Stiefel aus … und dann mein T-Shirt, meine Jeans und mein Höschen. Es war niemand sonst am Strand. Es war ein warmer Apriltag, doch auf dieser Seite der Bucht und an diesem Dienstagnachmittag war außer uns niemand am Strand von Bolinas. Christopher Matthews und ich standen einander angesichts der Berge splitternackt und friedlich lächelnd gegenüber, während das Pferd sich zu fragen schien, was nun kommen würde. Genau wie ich. Ich fragte mich, ob Chris sich auf mich stürzen und mich vergewaltigen, mich wieder mit der Wasserpistole bespritzen oder was er sonst anfangen würde. Er war unberechenbar. Aber er wirkte sehr sachlich, während er meine Kleider am Sattel befestigte und das Pferd zum Wasser führte. Wir gingen zu dritt hinein. Chris schrak bei der Berührung mit dem kalten Wasser nicht zusammen, er führte das Pferd nur langsam hinein und sah über die Schulter zurück, um sich zu vergewissern, dass ich okay war. Ich war es, mein Hintern fror allerdings ein, und ich wollte es nicht zugeben. Ich tauchte unter, um zu sehen, ob ich mich so schnell daran gewöhnte, und schwamm an ihm vorbei zum gegenüberliegenden Ufer. Es war ein herrliches Gefühl, und ich lächelte, als ich auftauchte und über die Schulter zu Chris zurückschaute. Ich schwamm in Kalifornien mit einem Pferd und einem Jungfilmer von einem Strand zum anderen. Nicht übel, Mrs. Forrester, gar nicht übel.

Wir stiegen auf der anderen Seite langsam den Strand hinauf, und Chris band das Pferd an ein langes Stück Treibholz. Wieder war außer uns niemand auf dem Strand. Er streckte sich in der Sonne aus und schloss die Augen, ohne sich mir zu nähern. Er tat, was er wollte, und mir stand es frei, das Gleiche zu tun.

»Führen Sie Ihre Dreharbeiten immer nach demselben Konzept durch, Chris?« Ich lag auf dem Sand, mit einem Respektabstand zu Chris, stützte den Kopf auf und blickte aufs Meer hinaus.

»Nicht immer. Nur meistens. Es hat keinen Sinn, zu arbeiten, wenn es zu einer Belastung wird.« Anscheinend war das wirklich seine Ansicht.

»Joe behauptet, dass Sie gut sind.«

»Joe ist ein Dummkopf, aber er ist ein netter Kerl. Er hat mir viel Arbeit vermittelt.«

»Mir auch. Und ich brauche sie. Außerdem ist es angenehm, für ihn zu arbeiten.« Wir sprachen über angenehme Dinge, und ich fand es ein wenig komisch, dass wir über unsere Arbeit plauderten, während wir nackt in der Sonne lagen.

»Woher stammen Sie, Gill? Aus dem Osten?«

»Ja, aus New York, aber ich gebe es ungern zu.«

»Das ist ein schlechter Ort. Schlecht für den Kopf. Ich würde nicht einmal in zwölftausend Meter Höhe darüber hinwegfliegen.«

»Wahrscheinlich haben Sie Recht. Ich bin jetzt drei Monate hier und fange schon selbst an, das so zu empfinden.«

»Sind Sie verheiratet?« Es war ein bisschen spät für diese Frage, aber vielleicht war das so sein Stil.

»Nein. Geschieden. Und Sie?«

»Nein. Frei wie der Vogel dort über dem Wasser.« Er wies auf eine Möwe, die in einem lang gezogenen Bogen träge herniederschwebte. »Es ist eine angenehme Art zu leben.«

»Aber manchmal doch einsam. Für Sie etwa nicht?« Er sah nicht aus, als litte er sehr unter Einsamkeit. Er hatte den harten

Ausdruck um die Augen, den man bekommt, wenn man ums Überleben kämpft.

»Ich nehme an, es ist mitunter etwas einsam … nun, ich arbeite viel. Und ich mache mir wenig Gedanken darüber, ob ich einsam bin.« Ich beneidete ihn darum und fragte mich einen Augenblick lang, ob er mit einem Mädchen zusammenlebte, wollte ihn aber nicht danach fragen. Ich wollte es nicht wissen. Er war seit langer Zeit der erste Mann, der Selbstsicherheit, Schwung und Sinn für Humor besaß. »Sie sehen aus wie eine Denkerin. Sind Sie eine?« Er hatte sich auf den Bauch gedreht und beobachtete mich mit belustigtem Grinsen.

»Eine Denkerin?« Er nickte. Ich zögerte … ja … ich war eine Denkerin … aber was war daran auszusetzen? »Ja, ich bin eine Denkerin.«

»Und Sie lesen viel.« Ich nickte. »Und Sie sind verdammt einsam.« Ich nickte wieder, aber sein Gerede ging mir allmählich auf die Nerven. Es war, als würde er auf dem Gipfel des Olymps leben und auf mich herunterblicken.

»Und Sie reden zu viel.« Ich stand auf und sah ihn einen Augenblick lang an, ehe ich zum Wasser ging und mich in die Wellen gleiten ließ. Er gefiel mir, aber ich wollte für eine Weile mit mir allein sein. Er schien mir sehr nahe gekommen zu sein und scharf zu beobachten. Ich hatte das Gefühl, ich könnte ihn mögen. Sogar sehr, wegen seiner Ansichten und wie er sich gab. Sogar sein Äußeres gefiel mir … Chris Matthews war der Mann, auf den ich gewartet hatte, doch nun, da er aufgetaucht war, bekam ich Angst.

Ein plötzliches Aufklatschen im Wasser überraschte mich, und ich drehte mich rasch um, um zu sehen, ob mich ein dortiges Meeresungeheuer überfallen wollte. Doch es war nur Chris, der vorbeischwamm, dann kehrtmachte und zu mir zurückkam. Er war wirklich nur ein großes Kind. Ich erwartete, dass er sich unter Wasser an mich heranpirschen würde, dann plötzlich auftauchen oder versuchen würde, mich unterzutauchen, aber er tat nichts von allem, er schwamm nur zu mir und küsste mich, während die Wellen an mir vorbeirollten.

»Schwimmen wir zurück.« Er schlug es ruhig vor, und ich war froh darüber. Ich hatte genug von den Spielchen.

Wir schwammen nebeneinander an den Strand, und ich wollte zu der Stelle zurückgehen, wo wir vorhin gelegen hatten, aber er ergriff meine Hand und sah mich an.

»Dort drüben ist ein ruhiger Fleck. Ich zeige ihn dir.« Er führte mich langsam, ohne meine Hand loszulassen, zu einer kleinen, in dem hohen Dünengras versteckten Grube. Plötzlich fühlte ich mich besser in Form und begehrenswerter als seit Jahren. Ich begehrte ihn, das wusste er, und ich wusste, dass er mich begehrte ... Aber es war zu früh, ich kannte ihn kaum ... es war nicht vernünftig ... es ... ich hatte einfach Angst.

»Chris ... ich ...«

»Schsch ... du wirst es nicht bereuen.« Er schlang die Arme um mich, während wir im hohen Gras standen und unsere Füße sich in den Sand gruben, dann spürte ich, wie mein Körper zugleich mit dem seinen zu schwanken begann, bis wir im Sand lagen und ich mich ihm hingab.

2

»Treibst du das oft, Chris?« Die Sonne strahlte vom Himmel, und wir lagen immer noch in seinem geheimen Liebesnest.

»Was? Bumsen? ... Ja ... ich tue es oft.«

»Nein, du gerissener Gauner. Ich meine, auf diese Weise. In deiner Privatgrube. Mit einer Frau, die du nicht einmal kennst.« Ich meinte es ernst. Das Ganze wirkte ein wenig inszeniert, dass er von der versteckten Grube wusste und alles drum herum.

»Was meinst du? Zum Teufel, ich kenne dich doch. Du heißt … äh … warte mal eine Sekunde, gleich fällt es mir ein … du heißt …« Er kratzte sich mit ratloser Miene am Kopf, am liebsten hätte ich ihn verprügelt, aber ich lachte.

»Na schön, ich habe verstanden. Ich soll mich um meine eigenen Angelegenheiten kümmern, stimmt's?«

»So ähnlich. Ich werd es dir sagen, wenn du mir auf die Nerven gehst. Die New Yorker stellen gern so viele Fragen.«

»Ach … tatsächlich?« Ich tat ein bisschen patzig, wusste aber, dass er Recht hatte. Aus irgendeinem Grund sind New Yorker neugieriger als Kalifornier, wahrscheinlich weil sie gewöhnt sind, in engerem Kontakt mit viel mehr Menschen in einer beängstigend beziehungslosen Welt zu leben; wenn sie beginnen, jemandem Fragen zu stellen, so fragen sie ihm ein Loch in den Bauch.

»Möchtest du reiten, Gill?«

»Auf dem Strand?« Er nickte und scharrte auf der Suche nach Muscheln im Sand. »Mit Vergnügen. Aber diesmal sitze ich hinter dir.«

»Ohne Sattel, einverstanden?«

»Wunderbar.«

»Das bist du auch, du New Yorkerin.« Diese Worte hatte er nur geflüstert, er beugte sich vor und küsste mich, während er mich langsam hochzog. Alles, was er tat, war von so sinnlichem Reiz, als ob er gewöhnt wäre, das Leben in vollen Zügen zu genießen, doch als ob der Liebesakt für ihn das Wichtigste wäre. »Da … ich habe ein Geschenk für dich gefunden.« Er drückte mir etwas in die Hand, während wir zu dem Pferd gingen, und ich warf einen Blick darauf, um zu sehen, was es war. Bei seinem Sinn für Humor konnte ich von Glück reden, wenn es keine Qualle war, die er eben am Strand gefunden hatte. Doch das war es nicht. Es war ein so genannter Sanddollar. Eine merkwürdige, fossilähnliche Muschel mit Abdrücken von einer Blume auf beiden Seiten. Sie war so zart, dass man fast hindurchsehen konnte, und sie war reizend.

»Höre mal ... sie ist schön, Chris, danke.« Ich umarmte ihn, küsste ihn auf den Hals und fühlte, wie in mir die Erregung aufstieg. Ich hatte, seit ich nach Kalifornien gekommen war und sogar schon eine Weile vorher, mit keinem Mann geschlafen, und Chris war ein richtiger Mann.

»Hör auf, mich zu küssen oder ich bumse dich hier ohne Deckung auf dem offenen Strand.«

»Mach keine leeren Versprechungen, du denkst doch nicht daran, sie einzuhalten.« Ich neckte ihn, und er wusste es, doch er ergriff meinen Arm, drehte mich herum und gleich darauf lagen wir auf dem Strand und trieben es wieder. Als wir genug hatten, begannen wir beide wie Kinder zu lachen.

»Du bist verrückt, weißt du das, Mr. Matthews?«

»Du hast mich dazu gezwungen, also schieb es mir nicht in die Schuhe.«

»Quatsch. Falls du versuchst, mir ein Schuldgefühl anzuzüchten, kannst du es vergessen. Ich fühle mich so.«

»Ich auch. Also ... wie gesagt, reiten wir.« Er nahm den Sattel ab und legte ihn auf den Sand, streichelte mit kundiger Hand Kopf und Flanken des Pferdes, dann sprang er elegant auf den Rücken der Stute und streckte die Hand nach mir aus.

»Wartest du auf eine Einladungskarte, Gill? Angst?«

»Nein, etwas anderes. Ich bin glücklich. Du siehst gut aus.« Das war die Wahrheit, er saß groß und stolz auf der sandfarbenen Stute, seine sonnengebräunte Haut hob sich von ihrem hellen Fell ab, und die Grazie der beiden Körper ließ mich an Gedichte denken, die ich als Mädchen gelesen hatte. Chris sah prächtig aus.

»Auch du bist ein hübscher Anblick, jetzt spring aber auf.« Er reichte mir die Hand, ich glitt hinter ihm hinauf, legte meine Arme um seine Taille und schmiegte mich an ihn, während wir uns in den Wind drehten. Es war das herrlichste Gefühl, das ich jemals empfunden hatte. Ich jagte auf einer blassgoldenen Stute den Strand entlang mit einem Mann, den ich liebte ... liebte? ... Chris ... ich kannte ihn kaum. Aber das spielte keine Rolle, ich liebte ihn schon. Von diesem ersten Tag an.

Wir galoppierten bis zum Sonnenuntergang am Strand auf und ab und schwammen dann noch einmal, bevor wir schweren Herzens Abschied nahmen.

»Willst du mit der Stute auf die andere Seite zurückschwimmen?«, fragte ich. Ich war ein bisschen besorgt, die Flut hatte eingesetzt, aber er hatte es ebenfalls bemerkt.

»Nein, diesmal nehmen wir lieber die Straße. Es ist zwar weniger unterhaltsam, dafür umso sicherer.«

»Wirklich? Allmählich frage ich mich, ob du nur herübergeschwommen bist, um mich dazu zu bringen, dass ich meine Kleider ausziehe.« Damals hatte ich gar nicht daran gedacht.

»Du kannst das im Ernst glauben?« Er schien beleidigt zu sein, und ich bedauerte meine Frage schon. »Also, zufällig hast du Recht.« Er lachte vergnügt, und ich betrachtete ihn wieder. Der große Junge, der mein Herz mit seiner Wasserpistole erobert hatte. Kein übler Trick.

»Was steht als Nächstes auf deiner Tagesordnung, du *Conceito Bandito*? Willst du mich bis morgen früh nackt an einen Telegrafenmast gefesselt zurücklassen?« Er wäre dazu imstande gewesen.

»Nein. Ich werde dich ernähren. Wie klingt das?«

»Intravenös oder normal?«

»Du bist abscheulich, Gillian. Normal natürlich. Das Watson House, das Beste, was Bolinas zu bieten hat. Warst du jemals dort?«

»Nein.«

»Wart's mal ab.« Wir stiegen wieder auf das Pferd und trabten langsam über den Strand zu dem Teil, der in Staatsbesitz war, dann in langsamem Schritt an dem leeren Parkplatz vorbei zur Straße. Es war ein viertelstündiger Ritt nach Bolinas, wo wir eintrafen, als die Sonne unterging; es sah aus, als würde die ganze Welt in Rot und Gold leuchten.

Wir hielten vor einem kleinen, baufälligen viktorianischen Haus und banden das Pferd an, während ich mich umsah. Eine Anzahl von Hippies ging in dem Haus aus und ein, und auf einer unauffälligen Tafel stand »The Watson House«; es gab jedoch keine weiteren Informationen darüber, worum es sich handelte.

»Was ist dieses Lokal?«

»Ein Restaurant, Dummerchen. Was hast du denn gedacht?«

»Wie soll ich das wissen? Übrigens, ich muss meine Nachbarin anrufen und ihr sagen, dass ich später nach Hause komme. Sie kümmert sich um meine kleine Tochter.«

»In Ordnung. Es gibt hier ein Telefon.« Langsam stieg er die Stufen zu dem Haus hoch und öffnete die Fliegentür, ohne anzuklopfen. Es sah aus wie ein Privathaus, das einer großen Familie gehörte, es gab keinen Hinweis darauf, dass es sich um ein Restaurant handelte. Auf einer Wäscheleine hing eine Menge Wäsche, und vor dem Haus stand eine merkwürdige Ansammlung von Fahr- und Motorrädern, während zwei Katzen und ein Hund im Gras spielten. Es wirkte freundlich und einfach, was mir gut gefiel und zu Chris Matthews passte.

»Tag, Leute, was gibt es?« Chris ging geradewegs in die Küche und schaute in einen Topf, der auf einem glänzend sauberen Museumsstück von einem Herd stand. In der Küche waren drei Mädchen und ein Mann beschäftigt. Der Mann trug sein Haar taillenlang und hatte es im Nacken mit einem Lederriemen zusammengebunden. Über seinen Jeans trug er eine Art Pyjamaoberteil, so sah es zumindest aus; was mir aber am meisten auffiel, waren die freundlichen Augen, die oberhalb seines Bartes leuchteten. Ohne dass sich ein Muskel in seinem Gesicht bewegte, schienen seine Augen zu lächeln und ein Dutzend Begrüßungsworte auszudrücken. Die Mädchen waren durch die Bank hübsch, jung und einfach gekleidet.

»Gillian, das ist Bruce … Anna, Penny und Beth. Sie wohnen hier.« Bruce und die Mädchen sagten *hi*, und Chris führte mich in einen kleinen, viktorianisch eingerichteten Raum mit Tiffany-Lampen.

»Was ist das für ein Lokal, Chris? Es ist reizend.«

»Nicht wahr? In Wirklichkeit ist es eine Hippiekommune, aber um ihren Lebensunterhalt zu bestreiten, führen sie ein Restaurant, und hier gibt es das beste Essen diesseits der Bucht. Du solltest ihre Schnecken versuchen, sie sind erstklassig.«

»Das werde ich tun.« Ich bestellte Schnecken, und sie waren köstlich. Ebenso wie das *Coq au vin*, das hausgebackene Brot, der Salat, die *mousse au chocolat* und die Erdbeertorte. Es war ein wunderbares Festmahl. Chris hatte Recht gehabt, das Essen war hervorragend. Aber es war auch die Atmosphäre. Die Gemütlichkeit des Lokals sorgte für Wohlbehagen. Ich hatte Recht gehabt – es wirkte wie ein Haus mit vielen Kindern. Zurzeit wohnten dort siebenundzwanzig Menschen, die alle im Restaurant mithalfen. Sie gingen aus und ein, während wir bei Kerzenlicht an einem der acht kleinen Tische saßen. Alle schienen Chris zu kennen, einige blieben stehen und setzten sich für einige Minuten an unseren Tisch, bevor sie in die Küche oder wieder nach oben gingen.

»Kommst du oft hierher?«

»Ja. Besonders im Sommer. Ich miete eine kleine Hütte in Bolinas, und manchmal komme ich nur vorbei, um mit der Bande zu plaudern. Mitunter komme ich auch zum Essen hierher. Aber nur bei besonderen Anlässen.« Er neckte mich ein wenig, machte es jedoch auf nette Art. Dabei erhellte ein Lächeln sein Gesicht, und seine Augen versicherten mir, dass es nur Spaß war. Er war ein freundlicher Mann.

»Wie alt ist deine kleine Tochter?« Er schien sich nur anstandshalber dafür zu interessieren, aber es war nett von ihm, dass er sich nach ihr erkundigte.

»Nächsten Monat wird sie fünf. Sie ist ein kleiner Quälgeist. Ihr größter Ehrgeiz ist es, Cowboy zu werden. Wenn sie wüsste, dass wir den Tag mit einem Pferd verbracht haben und sie nicht dabei war, würde sie eine Woche lang nicht mit mir reden. Ich glaube, sie hatte den Eindruck, dass wir hierher gekommen sind, um Cowboys zu werden.«

»Vielleicht könntest du sie einmal zum Reiten mitnehmen. Ist sie ein mutiges Kind?«

»Sehr mutig. Sie wäre begeistert. Ich war in ihrem Alter, als ich zu reiten begann.«

»Das dachte ich mir, aber auf einem Westernsattel bist du eine blutige Anfängerin.« Ich wurde rot und strengte mich mächtig an, um eine saftige Beleidigung zu finden, dann begann ich jedoch zu lachen und hob kapitulierend die Hände.

»Du hast Recht.«

Wir plauderten noch eine gute Stunde über dies und das, zumeist über Kalifornien, unsere Arbeit und weshalb das einfache Leben für uns beide besser war, dann kam eine Gruppe herein, die mir irgendwie bekannt vorkam.

»Wohin schaust du?« Chris hatte bemerkt, dass ich sie ansah.

»Unwichtig. Ich dachte, ich kenne diese Leute, aber ich habe mich anscheinend geirrt.« Es waren drei Hippies, die Chris und den im Haus Wohnenden ähnlich waren, und sie waren mir nur aufgefallen, weil sie denselben Typ verkörperten.

»Du kennst sie?« Er sah überrascht drein.

»Nein. Ich habe es nur geglaubt.«

»Na, wir wollen es mal rausfinden. Das ist doch wirklich zu komisch.« Er winkte ihnen, sie sollten an unseren Tisch kommen, und ich wäre am liebsten gestorben.

»Chris … nein … wirklich … schau, ich …« Dann wusste

ich, wo ich sie schon gesehen hatte. Sie waren Chris' Crew. Er merkte, dass ich sie erkannte, und er und seine Burschen begannen zu lachen. Sie hatten unsere letzten Worte gehört und wussten, dass Chris wieder einen seiner Späße gemacht hatte.

»Ach, du großer, ach, du lausiger Schweinehund Chris Matthews ... Abend, Jungs. Nett, euch wieder zu sehen. Wie ist die Keilerei ausgegangen? Hat jemand die Werbeetatleute von Carson ertränkt?«

»Nein, sie fuhren sofort, nachdem ihr beiden abgerauscht seid, mit dem Jeep zurück. Wir haben den ganzen Nachmittag mit Joe und den Modellen Wein getrunken. Sie wurden für den ganzen Tag bezahlt, da dachten wir alle, wir nützen es aus. Wie ist es dir gegangen?« Sie wandten sich mehr an Chris als an mich, und ich überließ ihm die Gesprächsführung. Er wollte auch wissen, was sie über die Dreharbeit dachten und was sie im Kasten hatten. Alle hatten das Gefühl, der Film wäre gelungen, und ich war Joe Traminos wegen erleichtert. Es wäre mir unangenehm gewesen, wenn er für unseren Übermut hätte büßen müssen. Unseren? ... Nun, ich war mit Chris davongeritten, und das war schon schlimm genug. Das hatten sie von ihrer »Dekorateurin« aus New York nicht erwartet, ich übrigens auch nicht.

Wir bezahlten dann die Rechnung im Watson House und gingen alle fünf zu Chris' Laster, dem Wagen, dem Pferdeanhänger und der Stute hinaus. Es war nett, sie wieder zu sehen. Sie erinnerte mich an die Szenen, die sich auf dem Strand abgespielt hatten.

»Ich nehme den Wagen. Danke dafür, dass ihr ihn mitgebracht habt.« Sie verabschiedeten sich und verluden das Pferd, während wir in Chris' einigermaßen zweifelhaftes Vehikel kletterten. Ich war nicht sicher, ob mir die Fahrt dahin über die kurvenreiche Bergstraße Vergnügen bereiten würde, aber vielleicht war es mit Chris zusammen etwas anderes.

Es war eine angenehme Fahrt. In dieser Nacht gab es keinen Nebel, und der Mond beleuchtete die Straße mit silbernem Licht.

Ich sang alte Balladen, die ich aus meiner Kindheit kannte, und dann und wann stimmte Chris ein. Wir sahen einander im Mondlicht an, küssten uns manchmal und sprachen sehr wenig. Das brauchten wir nicht. Es war einfach nett, beisammen zu sein.

Ich sah die Auffahrt zur Autobahn mit Bedauern und wünschte mir, der Weg nach Hause wäre länger. Ich sah die vielen Leute und Wagen mit gemischten Gefühlen. Unsere einsame Bergstraße hatte mir besser gefallen … und unser verlassener Strand.

»Wo wohnst du, Gill?« Wir fuhren schon über die Brücke, und die Lichter von Sausalito, Tiburon und Belvedere auf einer Seite waren ein hübscher Ausblick. Für gewöhnlich setzte der Nebel bei Sonnenuntergang ein, es war also ein seltenes Bild.

»Ich wohne in der Marina. An der Bucht.«

»Sehr gut.« Er nahm die erste Abzweigung, ich nannte ihm meine Adresse, und wir waren in wenigen Minuten daheim.

»Das reicht, Chris. Ich muss Sam im Nachbarhaus abholen.«

»Sam?« Er zog überrascht eine Braue in die Höhe.

»Meine kleine Tochter.« Er nickte, und ich freute mich bei dem Gedanken, er könnte vielleicht eifersüchtig sein.

»Soll ich warten, oder stört es dich?«

»Nein, das wäre angenehm. Ich komme gleich wieder.« Ich läutete bei meiner Nachbarin und ging zu ihr hinein, um mein auf der Couch schon halb schlafendes Kind abzuholen. Sie war benommen, aber noch nicht im Tiefschlaf. Ich stellte überrascht fest, dass es erst neun Uhr war. Ich bedankte mich bei der Nachbarin und ging hinaus; Chris saß auf unserer Veranda. Ich legte den Finger an die Lippen und gab ihm den Schlüssel, um Sam nicht zu wecken. Sie war in meinen Armen wieder eingeschlafen.

Er sah sie einen Augenblick lang an, dann nickte er beifällig, wandte sich um und öffnete die Tür. In diesem Augenblick fragte Sams krächzende, für eine Viereinhalbjährige typische Stimme laut:

»Wer ist das, Mami?« Ich grinste, und Chris lachte. Er hatte die Tür geöffnet, und ich stellte Sam drinnen auf den Boden.

»Das ist Chris Matthews, Sam. Und das ist Samantha … jetzt ist es Zeit, ins Bett zu gehen, junge Dame. Ich werde deinen Pyjama holen, und wenn du willst, kannst du noch ein Glas Milch trinken.«

»Gut.« Sie setzte sich in einen Stuhl und betrachtete Chris schläfrig, während er sich auf der Couch lümmelte und die langen Beine von sich streckte, sein Haar sah nach unserem Tag am Strand strubbeliger aus denn je. Ich brachte Sams Pyjama und ging in die Küche, als ich hörte, wie sie Chris flüsternd fragte: »Bist du ein wirklicher Cowboy?« Ihre Stimme klang hoffnungsvoll, und ich war neugierig, was er sagen würde.

»Ja, das bin ich. Stört dich das sehr?«

»Stören? Nein … nein … Ich möchte auch ein Cowboy werden!« Im Tonfall von Verschwörern.

»Wirklich? Das ist großartig. Vielleicht können wir einmal zusammen ausreiten. Aber weißt du, was du zuerst tun musst?« Ich konnte ihr Gesicht nicht sehen, konnte mir aber ihre weit aufgerissenen Augen vorstellen, während sie darauf wartete, was er sagen würde. »Du musst viel Milch trinken und schlafen gehen, wenn deine Mami es dir sagt. Dann wirst du groß und stark werden, ein wirklich ganz berühmter Cowboy sein.«

»Ich muss dieses ganze lächerliche Theater mitmachen?« Es klang angeekelt.

»Natürlich nicht. Nur wenn du ein Cowboy werden willst, Dummerchen.«

»Ach … also … okay …« Ich kam mit dem Glas Milch ins Zimmer und war für Chris' Unterstützung dankbar. Zum ersten Mal trank sie es in einem Zug aus und verschwand blitzartig in ihrem Bett, nachdem sie Chris ein letztes Mal zugewinkt und gemurmelt hatte: »Gute Nacht, Mister … Mister Crits … ich treffe Sie einmal bei einem Rodeo.« Ich deckte sie zu, gab ihr den Gutenachtkuss und ging zurück; Chris sah mit sich und der Welt zufrieden aus.

»Danke. Du hast mir damit vieles erleichtert.«

»Sie ist süß. Ich mag sie. Sie scheint ein liebes Kind zu sein.«

»Warte, du hast sie noch nicht in voller Aktion gesehen. Sie hat halb geschlafen. Das nächste Mal probiert sie vielleicht einen neuen Lassotrick an dir aus und verpasst dir eine Brandwunde mit dem Seil. Sie ist eine Nummer.« Ich freute mich natürlich, dass sie ihm gefiel.

»Du bist auch eine Nummer. Und ich bin nicht sicher, ob ich dir bei einem neuen Lassotrick trauen würde. Du könntest versuchen, mich zu strangulieren. Ich glaube wirklich, du wolltest mich heute vom Pferd stoßen, als du dachtest, ich bedrohe dich mit einem echten Revolver. Aber ich war darauf gefasst.« Er grinste belustigt, als er sich daran erinnerte.

»Dein Glück. Ich hatte die Absicht, dich durch Sonne und Mond zu schießen.«

»Willst du's noch mal probieren?« Er streckte mir die Arme entgegen, während ich auf der anderen Seite des Zimmers stand, und ich hatte das Gefühl, ich wäre neugeboren. Es war lange her, dass jemand etwas für mich übrig gehabt oder mich als Frau begehrt hatte. Und nun hatte ich jemanden, der mich als Frau begehrte. Ob er etwas für mich übrig hatte, würde ich mit der Zeit herausfinden.

3

Mittwochmorgen läutete das Telefon wieder um neun Uhr fünfzehn, und ich schwankte zwischen der Hoffnung, es möge Chris sein, und dem Wunsch, dass mir wieder ein Job angeboten wurde. Ich brauchte das Geld.

»Hallo?«

»Gillian? Hier Joe.«

»Oh, guten Morgen. Das war vielleicht ein Drehtag gestern.«

»Ja. Ich dachte mir, ich müsste anrufen und mich erkundigen, ob du schlecht auf mich zu sprechen bist, weil ich dich mit diesem Irren zusammengespannt habe. Außerdem wollte ich sicher sein, dass er dich nicht von einem Felsen hinuntergeworfen hat oder etwas Ähnliches.« Schlecht zu sprechen? Keine Spur!

»Nichts dergleichen. Ich habe mich prima unterhalten. Das waren die am leichtesten verdienten hundertzwanzig Eier meines Lebens. Er hat mir mit seiner Wasserpistole aber doch Angst eingejagt.«

»Wirklich? Ich dachte, du wüsstest Bescheid.«

»Nein. Infolgedessen hätte ich ihn beinahe vom Pferd gestoßen, aber so ging noch alles gut aus.« Ja … wirklich …

»Da bin ich froh. Hör mal, ich möchte dich etwas fragen. Bist du Freitagabend frei?« Wie? Freitagabend? Scheiße, kein Job. Eine Verabredung. Ich wollte doch mit Chris ausgehen, nicht mit Joe. »Der alljährliche ›Ball der Künstlerischen Leiter‹ findet statt, das ist eine allgemein zugängliche Veranstaltung, und vielleicht macht es dir Spaß.« Verdammt, warum nicht.

»Sicherlich, Joe, ich komme gern.« Und wenn Chris anrief?

»Ausgezeichnet. Du kannst anziehen, was du willst. Möglichst etwas Ausgefallenes, kein Abendkleid. Wir halten ihn in einem Lagerhaus im Geschäftsviertel ab. Klingt ein bisschen verrückt, wird aber bestimmt lustig.«

»Es klingt großartig, Joe. Danke für die Einladung.«

»Prego, prego, Signorina. Ich freue mich, dass du kommen kannst. Ich hole dich um acht ab. Bis dann. Ciao, Gill.«

»Wiedersehen.« Wir legten auf, und ich fragte mich, ob ich richtig gehandelt hatte. Joe hatte mich noch nie eingeladen, und ich wollte mit jemandem, der mir Arbeit verschaffen konnte, kein Verhältnis haben. Das war eine schlechte Taktik. Joe war eigentlich nicht mein Typ … und wenn Chris anrief, was dann … ach, verdammt. Er würde es schon verstehen, jedenfalls hatte ich mich schon entschieden, warum sich also noch Gedanken machen. Ich konnte mit Chris darüber reden … ich hätte es tun können, wenn er angerufen hätte.

Es stellte sich heraus, dass Chris die ganze Woche nicht anrief. Sam und ich gingen an den Strand, ich strich den Küchenboden mit roten, weißen und blauen Streifen und malte Sterne auf die Zimmerdecke; ich bekam einen Job von der Agentur Freeman & Barton, der mich am Freitagnachmittag ganze zwei Stunden beschäftigte, und noch immer gab Chris kein Lebenszeichen von sich. Ich hätte ihn anrufen können, wollte aber nicht. Er hatte mich Mittwochmorgen bei Sonnenaufgang verlassen und hatte versprochen anzurufen. Er hatte aber nicht gesagt, wann … vielleicht nächstes Jahr? Vielleicht machte er auf cool, aber das war eigentlich nicht seine Art. Vielleicht war er nur beschäftigt … drehte Filme … aber nur Arbeit ohne Vergnügen passte auch nicht zu Chris. Freitagabend, als ich Sams Abendessen zubereitete, war ich schon sehr niedergeschlagen.

»Warum gehst du heute Abend aus, Mami?«

»Weil es lustig sein könnte, und du wirst ohnehin schlafen, also werde ich dir nicht fehlen.« Ich versuchte um Sams willen heiter zu klingen, aber ich fühlte mich lausig.

»Ja, ich werde schlafen. Bekomme ich einen Babysitter?« Ich nickte und zeigte auf ihr Abendessen, das sie noch nicht angerührt hatte. »Vielleicht binde ich den Sitter an einen Stuhl und zünde den Strick an. Das machen die Indianer. Es heißt Indianergeschenk.«

»Nein, ein Indianergeschenk ist, wenn man jemandem etwas gibt und es dann wieder zurücknimmt.« Ich dachte an Chris, und es gab mir einen Stich. »Du wirst den Babysitter nirgends anbinden, sonst verpasse ich dir, wenn ich heimkomme, die kräftigste Tracht Prügel deines Lebens. Ist das klar?«

»Okay, Mami.« Sie starrte mit einem gelangweilten, verzweifelten Blick in ihre Milch, und ich ging in mein Zimmer, um etwas zum Anziehen für den Ball der Künstlerischen Leiter herauszusuchen. Er hatte gesagt, etwas Ausgefallenes, also suchte ich und fand schließlich einen geblümten Zigeunerrock, den ich schon ganz vergessen hatte, und ein orangefarbenes Trägeroberteil. Ich besaß neue Schuhe aus orangefarbenem Wildleder und große Goldohrringe, das würde gut zusammenpassen … und vielleicht würde ich mich nach einem Bad besser fühlen.

Sam rumorte in ihrem Zimmer, und um zehn vor acht ging ich zu ihr, um sie ins Bett zu schicken.

»Okay, Sam, räum deine Sachen weg und zieh deinen Pyjama an. Der Babysitter wird jeden Augenblick kommen.«

»Du siehst hübsch aus, Mami. Gehst du mit Mister Crits aus?« Mein Herz tat einen Sprung, fiel aber sofort in den normalen Takt zurück, und ich schüttelte den Kopf. Nein, ich ging nicht mit »Mister Crits« aus, wünschte es mir aber sehr; plötzlich fragte ich mich, ob Chris vielleicht auch zu der Party kommen würde.

Es läutete um acht, und Joe Tramino und mein Babysitter kamen zugleich herein.

»*Hi,* Sam ist in ihrem Zimmer. Es ist Zeit fürs Bett, und ich bin fertig. *Hi,* Joe. Gute Nacht, Barbara. Wiedersehen, Sam.« Ich schickte ihr eine Kusshand ins Zimmer und trat mit Joe ins Freie. Ich wollte keinen von Sams Leitartikeln hören, sondern, zum Teufel, nur raus. Ich war nervös.

»Mein Gott, Gill, du siehst fantastisch aus!« Ich sah in seinen Augen, dass er es ehrlich meinte, und war einen Moment schuldbewusst, weil ich für den Abend so wenig Begeisterung aufbrachte. Verdammt, vielleicht würde es ganz unterhaltsam werden.

»Du siehst selber sehr gut aus, Mr. Tramino. Sehr schick.« Er trug tabakbraune Wildlederhosen, einen dunkelroten Rollkragenpulli, und wir ergaben nebeneinander einen heftigen Kontrast. Aber vielleicht entsprang dieser Eindruck nur meiner Stimmung. Wir gingen zu seinem am Gehsteig geparkten Wagen, und er half mir beim Einsteigen. Es kam mir ein bisschen komisch vor, die Begleiterin eines Mannes zu sein, bei dem man »eine vom Team« gespielt hatte, aber das ist nun mal so, wenn man mit jemandem ausgeht, mit dem man zusammenarbeitet.

»Vielleicht könnten wir unterwegs irgendwo Abendbrot essen. Kennst du Nicole?«

»Nein, ich bin neu in der Stadt, hast du das vergessen?«

»Es wird dir gefallen. Französische Küche. Fantastisch.« Er bemühte sich so sehr um mich, dass es peinlich war. Armer Joe. Er galt in der Agentur als erstklassige Partie. Er war nicht schön, aber erst sechsunddreißig, hatte einen guten Job mit einem ordentlichen Gehalt, eine angenehme Art und viel Sinn für Humor. Mich reizte er nicht. Das war schon früher so gewesen, aber jetzt war es noch ausgeprägter. Er war nicht Chris.

Wir scherzten miteinander während des Essens, und ich versuchte ein Gespräch auf kameradschaftlicher Basis zu führen. Joe versuchte jedoch, den Spieß umzudrehen. Er nötigte mich zu einem schweren Rotwein, und wir hatten einen der besten Tische im Lokal. Er hatte ein wirklich stimmungsvolles kleines Restaurant gewählt. Es war wie ein großes Sommerzelt bei einem Gartenfest eingerichtet, die Tische waren mit rot-weiß karierten Tischtüchern gedeckt, und im ganzen Raum brannten Kerzen.

»Wer wird zu dieser Party kommen, Joe? Jemand, den ich kenne?« Ich bemühte mich, es wie eine beiläufige Floskel klingen zu lassen, aber ich war auf die Antwort gespannt.

»Gott, die üblichen Leute. Die Künstlerischen Leiter der meisten hiesigen Werbeagenturen, eine Menge Modelle, ein paar Filmleute, nichts Besonderes.« Aber er hatte mich durchschaut. Er wusste, dass ich Chris gemeint hatte, und wartete darauf, wie ich nun reagieren würde.

»Dürfte eine nette Gesellschaft werden. In New York steigt jedes Jahr so etwas, aber es ist so groß aufgezogen, dass man nie mit jemandem zusammentrifft, den man kennt. Nur ein großer, lärmender Haufen, wie das ganze New York.«

»Hier ist es anders. Alles ist kleiner. San Francisco ist eine relativ kleine Stadt. In der Branche kennt einer den anderen.« Was meinte er damit? »Ich weiß auch, dass du draufzahlen kannst, wenn du auf manche Leute reinfällst. Damit meine ich Chris, Gill.« So, da war es heraus.

»Ach?«

»Sieh mal, ich habe neulich nicht den Kuppler gespielt. Ich habe nur die Arbeit verteilt … Ich hatte sogar eine andere Dekorateurin vorgesehen, aber sie wurde krank. Chris ist ein prima Bursche, und ich habe ihn sehr gern, aber er kennt keine Moral, er wechselt die Frauen wie die Hemden und interessiert sich nur für sich selbst. Er ist sehr amüsant. Aber du darfst dich nicht in ihn verlieben. Vielleicht bin ich völlig daneben, aber ich wollte dich warnen. Und damit du dir keine unnötigen Hoffnungen machst, er wird heute Abend nicht hinkommen. Er hasst diese Art von Parties. Der Junge ist ein Hippie. Du bist ein nettes Mädchen aus New York, wahrscheinlich aus einer guten Familie. Du hast Probleme gehabt, du bist geschieden … gib dich nicht mit ihm ab.« Du meine Güte … das war vielleicht eine lange Rede!

»Da gibt es nicht viel zu sagen, Joe. Natürlich bin ich nicht in ihn verliebt. Ich habe ihn nur letzten Dienstag kennen gelernt und ihn seither nicht mehr gesehen« – verdammt noch mal –, »und ich bin auch deiner Ansicht, dass es Spaß macht, mit ihm zu arbeiten, dass es aber wahrscheinlich nicht ratsam ist, sich mit ihm einzulassen. Ich bin jedenfalls erwachsen und kann auf mich Acht geben. Ich bin an ihm nicht interessiert ... okay?« ... Wer sagt das?

»Ich glaube dir. Es würde mir Leid tun, wenn ich erfahre, dass zwischen euch etwas Ernstes los ist. Ich würde mich verdammt schuldbewusst fühlen ... und wahrscheinlich in einem Eifersuchtsanfall die Wände meines Büros hochgehen! Auf dein Wohl.« Er prostete mir mit dem Rest des Weins zu, und während ich mein Glas leerte, wünschte ich mir im Stillen, er möge möglichst bald diesen Eifersuchtsanfall bekommen.

Dann verließen wir Nicole, fuhren über den Broadway zum Geschäftsviertel, vorbei an dem hysterischen Gezwinker der Neonleuchten der Oben-ohne-Tanzlokale, und bogen dann in die Battery Street, unweit der Auffahrt zur Bay-Brücke, ein. Es war einmal das Hafenviertel gewesen, und die Schifffahrtslinien unterhielten noch immer ein oder zwei Blocks weiter ihre Büros. Um 1900 hatte man einige sumpfige Stellen trockengelegt und mit Erdreich aufgefüllt, und das Gebiet war erst in letzter Zeit eines der interessanteren Viertel der Stadt geworden. Eine Menge Werbeagenturen zogen dorthin, und die Innenausstattungsbranche hatte sich vor Jahren dort niedergelassen. Das Ergebnis war eine Reihe von düsteren Lagerhäusern, zwischen denen elegante neue Gebäude mit Backsteinmauern und Glasfronten standen.

Joe parkte vor einem der Lagerhäuser, und wir gingen hinein. Es war eine tolle Szenerie. Viele Kilometer von glänzendem, spiegelartigem Mylar hingen von der Decke bis zum Boden, im Licht der strahlenden Leucht- und Neonröhren sah der Raum aus, als würde er jeden Augenblick in die Luft gehen. Der Boden war mit Zellophankonfetti bedeckt, und eine harte Rockband in Silberlamé-Jeans und -Hemden peitschte ihre Rhythmen in ohrenbetäubenden, hektischen Synkopen durch das ganze Gebäude. In einer Ecke befand sich eine genial entworfene Bar. Sie sah aus wie ein Eisberg, und das Oben-ohne-Mädchen, das die Drinks einschenkte, trug einen Rock aus Plastik-Eiszapfen. In der Mitte des Raumes und an den Wänden hielten sich die Gäste auf. Sie waren alle genauso gekleidet, wie Joe angeregt hatte … wirklich außergewöhnliche Aufmachungen. Fuchsienroter Satin und grünes Wildleder, Kleider ohne Vorderteil oder ohne Rückenteil oder scheinbar ohne beides, Haar in allen Formen, Farben und Spielarten. Lastwagenweise Stiefel und tonnenweise Jeans. Es war ein verrückter Anblick, den nur die Künstlergilde einer Stadt hervorrufen konnte. Niemand sonst würde es wagen. Ich fühlte mich in meiner Zigeuneraufmachung fast wie das kleine Aschenbrödel, war aber froh, dass ich mich dafür entschieden hatte. Sie gab mir die Möglichkeit, alle anderen in anonymer Unauffälligkeit anzustarren und dabei doch halbwegs »in« zu wirken.

Auf einer Seite des Raumes starrte eine Gruppe zur Decke hinauf, und Joe zupfte mich am Arm.

»Schau dir das an.« Als ich in die angegebene Richtung blickte, musste ich lachen. Vier Meter oberhalb des Bodens hing von der Decke eine vollkommen normale Eisbahn herab, auf der ein Mädchen im Kostüm einer Eisrevue ruhig ihre Nummer abzog. Sie bewegte sich nach ihrem eigenen langsamen Takt, anmutig, vollkommen unabhängig von dem verrückten Sound der wild gewordenen Rockband. Sie war wunderbar.

»Wo, zum Teufel, haben sie die her?«

»Weiß ich nicht, aber du hast noch lange nicht alles gesehen. Schau mal dort hinüber!« Er zeigte diesmal auf eine Ballerina, die in der Ecke ruhig ihre Pirouetten drehte und alle paar Minuten bewusstlos zu Boden sank. Dann erwachte sie wieder, erhob sich und drehte sich wieder eine Weile, ehe sie neuerlich auf den Boden sinkend zu sterben schien. Sie war noch interessanter als die Eisläuferin. Ich begann mich in dem Raum nach anderen Attraktionen umzusehen. Es gab aber nur noch eine, einen Herrn, der wie ein elegant gekleideter, wohlgenährter Bankpräsident aussah, gesetzt im Raum herumging, mit niemandem sprach und mit einer Masse von Bubble Gum in Faustgröße riesige Blasen hervorbrachte. Sie waren gigantisch. Meine Erkundigungen ergaben, dass die Vorführungen und die kunstvolle Dekoration des Saales von einer unternehmungslustigen Kundendienstorganisation stammten, die »Miete-einen-Verrückten« hieß und von einem jungen Künstler aus San Francisco geleitet wurde, der damit eine Marktlücke schließen wollte. Er hatte Recht, und er verhalf damit der Party zum Erfolg.

Joe und ich verloren und fanden einander mehrere Dutzend Mal im Lauf des Abends. Ich traf einige Leute, die ich von anderen Agenturen her kannte, und tanzte mit einer anscheinend endlosen Reihe auswechselbarer Partner. Sie sahen alle gleich aus, keiner von ihnen hatte eine Ähnlichkeit mit Chris, keiner von ihnen war Chris. Chris war nicht anwesend. Aber ich war es, und schließlich amüsierte ich mich doch noch.

Wir verließen die Party kurz nach drei Uhr morgens. Sie war noch in vollem Schwung, aber wir hatten genug. Joe fuhr mich zum Buena Vista auf einen Irish Coffee mit hübscher Aussicht auf die Bucht und Sausalito, das auf der anderen Seite glitzerte, dann war Schluss.

Er hielt vor meinem Haus, und ich stellte entsetzt fest, dass kein Licht brannte. Das bedeutete, dass der Babysitter sich hingelegt hatte. Verrückt.

»Danke, Joe, es war wirklich ein herrlicher Abend. Ich habe so eine schöne Party seit Jahren nicht mehr erlebt.«

»Und du bist eine meiner angenehmsten Begleiterinnen seit Jahren. Was hältst du von einem da capo?«

»Sicherlich, Joe. Und vielen Dank.« Ich gab ihm einen leichten Kuss auf die Wange, steckte meinen Schlüssel ins Schloss, drehte mich kurz um und sah erleichtert, dass er schon auf dem Rückweg zu seinem Wagen war. Kein Ärger. Kein Disput vor der Haustür. Friede.

Ich weckte die Babysitterin und bot ihr an, ein Taxi kommen zu lassen, doch sie sagte, sie wäre mit ihrem eigenen Wagen hier, somit verschwand sie kurz nach Joe, und Sam und ich waren in dem stillen Haus wieder allein.

Allzu still. Die Babysitterin hatte erwähnt, dass das Telefon den ganzen Abend nicht geläutet hatte. Keine Botschaften. Verdammt.

4

Am Sonnabendmorgen war die Sonne vor uns aufgestanden, und Sam und ich gingen zur Marina-Bucht beim Jachtclub, um vor dem Lunch noch ein wenig in der Sonne zu bräunen. Auf dem Sand liegend unterhielten wir uns längere Zeit über die Vorzüge des Cowboylebens, und ich beschrieb ihr die Party. Sie war beeindruckt: eine Ballerina, eine Eiskunstläuferin und ein Mann, der Bubble Gum kaute? Großartig! Das musste vielleicht eine Party gewesen sein! Ich bemerkte belustigt, dass die Zeitung die Veranstaltung mit ungefähr den gleichen Worten schilderte wie Sam.

Zu Mittag aßen wir auf den Steinstufen beim Bootssteg Hot Dogs und Kartoffelchips und warfen den Möwen, die darauf warteten, gefüttert zu werden, einige Brocken zu.

»Was machen wir heute, Mami?«

»Nichts Besonderes. Warum?« Ich hatte keine Pläne gemacht und war zudem ein wenig müde, da ich nur zu drei Stunden Schlaf gekommen war, bevor Sam anmarschierte und ihre Cornflakes verlangte. Ich genoss nicht das Vorrecht, Dornröschen zu spielen.

»Sehen wir uns doch Pferde an …« Mein Gott … warum nicht gleich ein Fußballspiel? … Du bist doch ein Mädchen, Sam …

»Vielleicht können wir zu den Pferden im Golden-Gate-Park gehen.« Aber ich war nicht gerade begeistert.

»Das hört sich gut an.« Die Stimme hinter mir stammte nicht von Sam. Es war eine Männerstimme. Ich drehte mich um, wusste es aber schon. Es war Chris.

»*Hi,* Gill, *hi,* Partner. Seid ihr Mädchen denn nie zu Hause? Ich kam diese Woche schon zweimal vorbei. Nie war jemand daheim.« Ich löste mich auf.

»Wirklich? Warum hast du keine Nachricht hinterlassen?«

»Daran hab ich nicht gedacht. Jedenfalls nahm ich an, ich würde dich schon früher oder später einmal erwischen.« Ha, aber so wurde es später als früher, verdammt noch mal. Doch was machte es aus? Er war wieder da.

»Nett, dich zu sehen. Wie ist unser Film geworden?«

»Ausgezeichnet. Tramino kann uns dankbar sein.« Uns? Das war ein netter Zug. Er freute sich wirklich über den Film. »Aber lass uns nicht über die Arbeit reden. Ich nehme an, ihr wollt euch die Pferde im Park ansehen. Kann ich mich anschließen?« Willst du mich auf den Arm nehmen? Natürlich kannst du mitkommen! Nachdem ich ihn drei Tage nicht gesehen hatte, hätte er mich, wenn er gewollt hätte, auch zum Zahnarzt begleiten können. Die drei Tage waren mir wie Jahre vorgekommen.

»Kommen Sie mit uns, Mister Crits, bitte?« Sie dehnte das »bitte« und machte mein Herz weit, und ich nickte selig.

»Warum nicht, Chris?«

»Danke, meine Damen. Ich würde mich sehr freuen. Aber nenne mich bitte nicht Mister Chris, junge Dame. Sonst nenne ich dich Samantha. Wie würde dir das gefallen?«

»Bääähhh.« Sie machte ein Gesicht, das die Antwort veranschaulichte, und Chris und ich lachten.

»Das dachte ich mir. Also nenn mich Chris. Okay?« Sie wollte schon ihrer Begeisterung Luft machen, aber ich schüttelte den Kopf, und Chris zog eine Augenbraue hoch. »Nichts zu machen, Gill? Sei doch nicht so kleinlich. Okay, wie wäre es mit Onkel Chris?« Die Idee schien ihn zu belustigen, und ich fühlte mich besser. Manchmal machte sich die strenge Erziehung, die ich als Kind genossen hatte, im ungeeignetsten Zeitpunkt bemerkbar.

»Das klingt schon besser.« Ich gab meine Zustimmung, und alles war wieder im Lot.

»Okay, Sam, du nennst mich Onkel Chris. In Ordnung?«

»Das gefällt mir besser. Onkel Crits. So ist es richtig.« Sie nickte nachdenklich, dann lächelte sie und bot ihm ihren letzten Kartoffelchip an.

»Danke, Sam. Wie wär's, wenn ich dich Huckepack zu meinem Laster trage?«

»Ja! Ja!« Sie sprang ihm auf den Rücken, fasste ihn um den Hals, und ab ging die Post. Ich trug die Badetücher, war glücklich, und uns stand ein fröhlicher Tag bevor.

Wir schauten kurz zu Hause vorbei, wo Chris ein Tunfischsandwich bekam, Samantha das Klo aufsuchte, ich mich frisierte und ein paar Kleinigkeiten einpackte, wie Sams Teddybär und eine Flasche Wein, die wir im Park trinken wollten. Dann verfrachteten wir uns ins Führerhaus von Chris' Laster, und ab ging's zum Park. Dort fanden wir die Pferdekoppel und ritten auf zwei apathischen Braunen. Sam saß bei Chris auf, der ihr eine teilweise »gereinigte« Fassung von unserem Ritt am Strand und unserer Schwimmtour von einem Strand zum anderen erzählte. Sam fand es wunderbar. Und auch mir machte das Zuhören Spaß.

Dann gingen wir zum japanischen Teepavillon, wo wir merkwürdige kleine Plätzchen aßen und dazu Tee tranken. Danach lagen wir bis fünf Uhr auf dem Rasen im botanischen Garten. Sam spielte mit ihrem Teddybär, Chris und ich tranken den Wein, wir spielten Fangen und Verstecken, und es war ein ganz wunderbarer Tag. Wir hatten eigentlich keine Lust, nach Hause zurückzufahren, aber es wurde schon kühl.

»Was hältst du von einem am heimischen Herd gekochten Abendessen, Mr. Matthews? Was wir so zu Hause haben.«

»Kannst du kochen?« Er schien die Einladung zu überdenken, und mir fiel Joes Warnung ein. Vielleicht hatte er etwas anderes vor.

»Ich kann es so einigermaßen. Aber wenn du heikel bist, kannst du gleich zum Teufel gehen.«

»Besten Dank. Da gehe ich lieber das Risiko ein, bei dir zu essen.« Er nickte feierlich, und Sam stieß einen begeisterten Jubelschrei aus, der durchaus meinen Gefühlen entsprach.

Wir kauften einige Lebensmittel im Supermarkt, und als wir nach Hause kamen, badete Chris Sam, während ich Spaghetti mit Fleischsoße und eine Riesenschüssel Salat zubereitete.

Chris und Sam kamen einträchtig Hand in Hand aus dem Badezimmer. Sie schien sich über etwas schrecklich zu freuen, und in mir keimte der Verdacht, sie hätten das Bad vielleicht nur vorgetäuscht. Was, zum Teufel, machte das schon aus? Es ist noch keiner an ein bisschen Schmutz gestorben.

»Hör mal, Gill … es gibt ein Problem mit dem Abendessen.« Er flüsterte, und ich fragte mich, was wohl los war.

»Was gibt es?«

»In der Fleischsoße sind Würmer … aber sag Sam nichts davon.«

»Würmer? Wo?« Ich schrie förmlich. Würmer? Mir war es

gleichgültig, ob ich Sam damit erschreckte, allein der Gedanke machte mich schon krank.

Er nickte wieder, langte mit einer Gabel in die Schüssel und zog ein langes, glitschiges Stück Spaghetti heraus. »Schau dir das einmal an. Das ist der größte Wurm, den ich je gesehen habe.«

»Ach, du Esel. Ein Spaghetti!« Als ob er das nicht wüsste.

»Wirklich? Im Ernst?« Das jungenhafte Lächeln breitete sich über sein Gesicht aus, und ich hätte ihn am liebsten mit der Bratpfanne verprügelt.

»Würmer, Quatsch! Jetzt gehen wir alle zu Tisch.«

»Gillian!« Sein Gesicht verzog sich zu einer Miene, die mich sehr an meinen Vater erinnerte und weich werden ließ. Wir setzten uns zu dritt an den Tisch. Während der ganzen Mahlzeit herrschte das Chaos, bis Sam zu Bett ging und das Geschirr gespült war.

Es war ganz anders als an dem Abend, den ich auf dem verrückten Ball der Künstlerischen Leiter mit Joe verlebt hatte. Es war eine glückliche Zeit für uns drei. Ich schlug Joe Traminos Warnung in den Wind. Chris Matthews war ein patenter Kerl. Er hatte seinen eigenen Lebensstil, machte gerne Scherze und spielte anderen gern einen Streich, er besaß eine bezaubernde Art, mit Kindern umzugehen, sodass es aussah, als wäre er mehr Sams Freund als der meine, aber er war ein guter Kerl, und ich durfte auf glückliche Zeiten hoffen.

»Kann ich euch beide morgen an den Strand mitnehmen?« Er lag auf der Couch, trank Wein und wartete darauf, dass ich in der Küche fertig wurde.

»Sicherlich. Klingt großartig. Stinson?« Unsere Blicke trafen einander einen Augenblick lang, während wir beide an die glücklichen Stunden dachten, die wir dort erlebt hatten.

»Ja, Stinson … und vielleicht gibt es eine Tatsache, die du erfahren solltest, Gill. Ich lebe mit einem Mädchen zusammen … stört es dich?«

5

Die Enthüllung, dass Chris mit jemandem zusammenlebte, war ein ziemlicher Schock für mich. Schon am ersten Tag hatte ich diese Möglichkeit in Betracht gezogen, aber ich hatte dann den Gedanken beiseite geschoben. Ich wollte es nicht wissen. Ich wollte es nicht wissen. Ich wollte nicht, dass er noch jemand liebte. Er behauptete, sie wäre für ihn nicht so schrecklich wichtig. Ich solle mir deswegen keine Sorgen machen, er würde schon alles deichseln. Er hatte so ungezwungen darüber gesprochen, dass ich wusste, dass er die Wahrheit sagte. Ich vertraute ihm.

Er verbrachte die Nacht bei mir und nahm es mir nicht übel, als ich ihn ersuchte, aus meinem Bett auf die Couch zu übersiedeln, bevor Sam aufwachte. Ich war der Ansicht, dass sie es nicht erfahren sollte. Noch nicht. Es war zu früh dafür.

Um zehn fuhren wir, nach einem kräftigen Frühstück mit französischem Toast und Eiern mit Schinken, zur Stinson Beach. Wir nahmen einen Picknickkorb für den Strand mit. Es war wieder ein strahlend schöner Tag, und als wir diesmal an den Strand kamen, bedauerte ich ein wenig, dass noch andere Leute anwesend waren. Er gehörte nicht uns allein. Sam rannte weg, um mit anderen Kindern unten am Wasser zu spielen, und Chris und ich blieben allein zurück.

»Ändert sich dadurch etwas für dich, Gill?« Ich wusste sofort, worauf er anspielte.

»Wegen deiner Freundin?« Er nickte. »Ja und nein. Es ist schon irgendwie schmerzlich, und ich bin eifersüchtig. Aber ich überlasse es dir. Wenn sie dir nicht so wichtig ist, wird es mich nicht allzu sehr stören. Was wirst du wegen ihr unternehmen?« Das war der springende Punkt.

»Ach, sie wird eines Tages wieder verschwinden. Sie ist nur ein Hippiemädchen, das ich vorigen Winter bei mir aufnahm.

Sie hatte kein Geld, und sie ist sehr jung; ich dachte, ich könnte ihr etwas unter die Arme greifen.«

»Mehr als das, vermute ich.« Allmählich begann sie mich zu stören. Sie nahm immer mehr Gestalt an, wurde zu einem ernst zu nehmenden Mädchen. Sie lebte mit Chris zusammen.

»Hör mal ... du bist wirklich eifersüchtig. Alles mit der Ruhe, Baby. Sie wird eines Tages gehen. Ich liebe sie übrigens nicht, falls du es unbedingt wissen willst.«

»Hat sie eine hübsche Figur?« ... Ach verdammt ...

»Ja, aber die hast du auch, also lass es gut sein. Es gibt nur ein Mädchen, das mir wirklich etwas bedeutet hat, und die gibt es nicht mehr in meinem Leben, also hast du freie Bahn.«

»Wer ist es?« Jetzt wollte ich alles wissen.

»Eine Eurasierin, mit der ich vor langer Zeit zusammengelebt habe. Marilyn Lee. Aber sie lebt jetzt in Honolulu. Weit, sehr weit von hier.«

»Glaubst du, dass sie einmal zurückkommen wird?« Ich hatte schon Wahnvorstellungen.

»Willst du endlich aufhören? Außerdem bin ich in deine Tochter verliebt. Also lass mich zufrieden. Als Schwiegermutter bist du fantastisch. Wie geschaffen für diese Rolle.« Ich pfefferte ihm eine Hand voll Sand an die Brust, und er nagelte mich auf dem Boden fest und küsste mich.

»Was tust du, Mami? Spielt Onkel Crits ein Spiel mit dir? Ich möchte mitspielen.« Sie legte sich auf den Sand und drängte ihren Kopf zwischen uns.

»Das heißt künstliche Atmung, und nur Erwachsene können das spielen. Bau mir ein Pferd aus Sand.« Sam hielt das für eine blendende Idee, und da ihr unser Spiel nicht besonders lustig vorkam, ging sie wieder hinunter zum Strand zu ihren Freunden, während wir ihr lachend nachschauten.

»Du kannst so gut mit Kindern umgehen, Chris. Ich frage mich natürlich, ob du eigene hast.«

»Das ist eine verdammt ungeschickte Frage, Gill. Nein, ich habe keine. Eigene Sprösslinge würden mich auf die Palme treiben.«

»Warum?« Es schien nicht wahrscheinlich. Er war so nett zu Sam.

»Die Verantwortung. Dagegen bin ich allergisch. Komm, wir laufen um die Wette zum Wasser.« Gesagt, getan, und ich schlug ihn um einen halben Zoll, womit ich mir einbrockte, dass er mich in die kalte Brandung tauchte ... allergisch gegen Verantwortung, wie? Okay. Geschieht mir recht, dass ich neugierig war.

»Hat jemand Lust auf ein chinesisches Abendessen?« Wir rollten über die haarsträubenden Kurven der Straße von der Stinson Beach nach Hause, und alle waren gut gelaunt. Sam hatte den ganzen Nachmittag gespielt, und Chris und ich hatten über die Filmerei gesprochen. Er war von seiner Arbeit besessen, seine Augen leuchteten vor Begeisterung, wenn er darüber sprach. Ich beneidete ihn darum. Der Beruf einer Dekorateurin bietet keinen solchen Anreiz. Man besorgt den Aufputz zu der Arbeit der anderen. Zum Beispiel zu seiner Arbeit. Das Schöpferische blieb ihm vorbehalten.

Die Einladung zu dem chinesischen Abendessen wurde beifällig aufgenommen, und Sam war entzückt von dem bunten Treiben in Chinatown. Viele Häuser sahen aus wie Pagoden, und auf den Straßen reihten sich Läden aneinander, die mit faszinierendem Kram angefüllt waren. Die Luft war vom Duft der Räucherstäbchen erfüllt, und über jeder Eingangstür hingen kleine klingelnde Glöckchen.

»Magst du chinesische Speisen, Gill?«

»Sehr.« Es kam mir komisch vor, dass er es nicht wusste. Ich erwartete von ihm, dass er alles wusste. Als ob wir seit Jahren beisammen wären.

Wir kämpften uns zu dritt durch Huhn Fu-jong, süßsaures Schweinefleisch, in dünnem Eierteig gebackene Garnelen, sautierte Haifischflossen, gebratenen Reis, Glücksplätzchen und Tee. Am Ende der Mahlzeit hatte ich das Gefühl, ich müsse platzen. Chris sah aus, als ging es ihm ebenso, und Sam schlief sogar am Tisch ein.

»Wir sind vielleicht ein Verein«, stöhnte er. Ich kicherte, als er sich umsah und die Hände hob. »Eigentlich hätte mir das letzte Glücksplätzchen vorher sagen müssen, dass ich am nächsten Morgen als Frühlingsrolle aufwachen würde. So fühle ich mich jedenfalls.«

»Ich auch. Fahren wir heim.« Er zog ein komisches Gesicht, als ich das vorschlug, aber er schwieg, und ich sagte auch nichts. Dann meinte er:

»Ich will dir etwas Hübsches zeigen, bevor wir nach Hause fahren. Sam kann ja im Auto schlafen. Ich werde sie hintragen.«

Wir gingen langsam zum Parkplatz, auf dem Chris den Wagen abgestellt hatte, und es tat mir Leid, dass Sam keinen letzten Blick auf die Wunder von Chinatown werfen konnte, aber wir würden ja bestimmt einmal wiederkommen.

»Wohin fahren wir?« Er fuhr über den Broadway nach Westen, wir hatten soeben die Van Ness Avenue überquert und kamen in einen der vornehmeren Wohnbezirke.

»Du wirst schon sehen.«

Wir fuhren den Broadway weiter bis zur Kreuzung mit der Divisadero, dann bog er nach rechts ab und hielt an. Wir standen auf dem Kamm des Hügels mit dem Blick auf die Bucht und die Berge gegenüber, es war herrlich. Ringsum tiefe Stille und der aufregend schöne Ausblick. Die Herrlichkeit San Franciscos gehörte uns.

Dann schaltete er in den ersten Gang, und wir rollten langsam den Hügel hinab zur Bucht, vorbei an Reihen vornehm aussehender, gepflegter Häuser in Pacific Heights, bis wir die elegante, überladene Lombard Street erreichten, und es tat mir Leid, dass es vorbei war.

Wir kamen in den Marina-Bezirk, und ich wusste, dass es zu uns nach Hause ging.

»Mach kein so trauriges Gesicht. Es ist noch nicht vorbei.«

»Wirklich nicht?« Ich freute mich.

Er fuhr an den Docks entlang und parkte dann in der Nähe des Jachtclubs.

»Wir wollen hier aussteigen. Sam schläft tief. Wir können uns für eine Weile dorthin setzen.« Wir gingen in die kühle Nachtluft hinaus und blickten über die Bucht. Das Wasser plätscherte an den schmalen Strand, es war ein angenehm beruhigendes Geräusch. Es war der friedlichste Augenblick des Tages, und er war bezaubernd schön. Wir setzten uns auf die niedrige Kaimauer, ließen die Füße baumeln und blickten aufs Meer, Worte waren überflüssig. Alles löste sich in Wohlgefallen auf.

»Gill ...« Er zögerte, während er auf die Bucht blickte.

»Ja?«

»Ich glaube, ich liebe dich. Es klingt verdammt komisch, wenn man es ausspricht, aber ich glaube, es ist wirklich so.«

»Ich glaube, ich liebe dich auch. Und mach dir nichts daraus, wenn es dir komisch vorkommt, für mich hört es sich wunderschön an.«

»Vielleicht wirst du es einmal bedauern, dass du mich liebst.« Dabei sah er mich ernsthaft an.

»Das bezweifle ich. Ich weiß, was ich tue. Ich weiß auch, wie du bist. Ich liebe dich, Chris.« Er beugte sich zärtlich zu mir, nahm mich in die Arme und küsste mich, dann lächelten wir uns im Dunkel zu. Die Welt war in Ordnung.

Wir fuhren schweigend die wenigen Blocks bis zu meinem Haus, er hob Sam vorsichtig aus dem Wagen, trug sie ins Haus und legte sie auf ihr Bett. Dann schaute er mich lange an und verließ das Zimmer.

»Was hast du denn, Chris?« Wir standen im Wohnzimmer, und er hatte etwas auf dem Herzen.

»Ich fahre heute Abend zu mir nach Hause. Versuche nie, mir deshalb Schuldgefühle anzuzüchten. Verstehst du? Nie, Gill, niemals ... außerdem würde es dir sowieso nicht gelingen.« Ich wollte ihm antworten, doch er war schon weg. In seinen Augen hatte ein seltsames Feuer geglimmt, als er das sagte ... und dann war er fort.

6

Montag war ich schrecklich unter Druck. Ich bekam einen Superjob von einer Werbeagentur, die mich bisher noch nie beschäftigt hatte, und ich verbrachte den ganzen Tag damit, Accessoires für die Dreharbeiten zu einer Textilwerbung am nächsten Tag zu besorgen. Es war eine interessante Arbeit, ich sauste von einer Boutique in die nächste, von einem Warenhaus ins nächste und suchte Schmuck, Schuhe in den richtigen Größen, Handtaschen, Hüte und alles mögliche Zeug. Was eine Dekorateurin wirklich braucht, ist Geschmack, Fantasie und kräftige Beine. Man muss sehr viel herumlaufen.

Der Künstlerische Leiter der Agentur lud mich zum Lunch bei Ernie ein, und es machte Spaß, die eleganten Leute aus und ein gehen zu sehen. Er war etwa fünfundvierzig, vor kurzem geschieden, und ich erlebte bei ihm den schlimmsten Fall von Geilheit, den ich je gesehen hatte. Er versuchte dauernd, mich nach dem Lunch zu Kaffee und Cognac in seine Wohnung auf dem Telegraph Hill einzuladen, von der man eine fantastische Aussicht hatte ... Hör mal, mein Lieber, du machst wohl Spaß? Ich hatte schließlich zu arbeiten. Und außerdem hatte ich Chris.

Mein letzter Einkauf an diesem Tag führte mich in I. Magnins

Pelzgeschäft, und es machte mir Spaß, Zobelcapes, Hermelinstolen, Nerz-dies und Leoparden-das auszuwählen. Sie würden gut zu den Textilien passen, und es war ein herrliches, luxuriöses Gefühl, Pelze praktisch en gros auszusuchen.

Sam war für den Nachmittag wieder bei den Nachbarn untergebracht worden und sichtlich über mich verärgert, als ich gut gelaunt in einem neuen schwarzen Wollkleid hereinrauschte, das ich bei Magnin erstanden hatte, kurz bevor ich das Geschäft verließ. Ich fühlte mich elegant und erfolgreich wie die Leute, die ich bei Ernie gesehen hatte.

»Ist das ein neues Kleid, Mami?«

»Ja, gefällt es dir?«

»Nein. Es ist schwarz.« Schade, Sam, mir gefällt es. Natürlich wusste ich, dass sie beleidigt war, weil ich den ganzen Tag gearbeitet und sie nicht zum Strand mitgenommen hatte. Aber es war ein großer Auftrag. Vierhundert Dollar für zwei Tage.

»Also komm, Sam. Ich koche das Abendessen, und du kannst mir erzählen, wie du den Tag verbracht hast.«

»Der war miberatzel.«

»Miserabel? So schlimm?« Doch plötzlich rannte sie wie aus der Pistole geschossen zu unserem Haus. Dann sah ich, warum. Chris stand davor, fein ausstaffiert, das struppige blonde Haar tadellos frisiert, in einem frischen Paar Jeans, den Arm voller Blumen.

»Nicht zu glauben! Wie hübsch.«

»Bist du auch, Gill. Hör zu ... Gestern Abend war ich eklig zu dir, das tut mir Leid. Wirklich, wirklich Leid. Heute machen wir uns einen netten Abend, und ...«

»Nur die Ruhe. Ich hatte gestern einen netten Abend und am Vortag auch. Es ist alles in Ordnung, Chris. Ich verstehe. Es ist okay.«

»Wovon sprichst du? Ich verstehe nicht.« Ich hatte vergessen, dass Sam bei uns stand, und sie sah verwirrt aus.

»Nichts, Sam. Wasch dir die Hände. Ich koche inzwischen das Abendessen.«

»Nein, Gill, das wirst du nicht. Ich führe dich aus. Besorge dir einen Babysitter.«

»Jetzt gleich?«

»Ja. Ich werde inzwischen mit Sam die Friedenspfeife rauchen.« Er zeigte auf das Telefon, dann verließ er das Zimmer, um mit Sam zu sprechen.

Er hatte sein Ziel erreicht … Blumen und alles. Und er hatte Recht, er war eklig gewesen. Aber nicht sehr. Er hatte mir nur erzählt, dass er mit jemandem zusammenlebte, was an sich anständig war, und er war zum Schlafen nach Hause gefahren, was mich ein wenig schmerzte, aber irgendwann musste er ja nach Hause fahren. Das Komische war, dass ich wirklich Verständnis dafür hatte und wusste, dass er mich nicht verletzen wollte.

Ich rief den Babysitter an, und sie war einverstanden, in einer halben Stunde zu kommen. Aber ich musste noch mit Sam einig werden. Es war nicht so sicher, dass Chris sie rumkriegen konnte. Mich vielleicht, aber nicht sie. Ich stellte seine Blumen in eine Vase und wartete darauf, dass sie erschienen. Es dauerte nicht lang.

»Onkel Crits sagt, ihr geht aus. Ich finde, es ist in Ordnung. Er hat mir erzählt, dass du den ganzen Tag gearbeitet hast und so weiter. Du darfst also ausgehen, Mami.«

»Danke, Sam.« Ich war gar nicht so sicher, dass ich mich freute, von einem neunzig Zentimeter großen Kind die Erlaubnis zum Ausgehen zu erhalten, aber es war besser, dass sie nichts dagegen hatte, was immer er ihr eingeredet haben mochte. Dann übernahm Chris die Leitung, und ich merkte wieder, wie angenehm es war, einen Mann im Haus zu haben.

»Du ziehst dich jetzt an. Such etwas Schönes aus, das sexy ist, denn ich will mit dir angeben. Und trag dein Haar offen. Übrigens, Mrs. Forrester«, er senkte die Stimme und flüsterte mir ins Ohr, als ich vorbeiging, »ich bin so verdammt verliebt in dich, dass ich kaum klar denken kann. Du treibst mich noch in den Wahnsinn.«

»Das freut mich.« Ich drückte ihm einen Kuss auf den Mund und entschwebte förmlich in mein Zimmer, wo ich mich zu der Tonkulisse von Chris' Gewieher und Sams Darstellung eines aufregenden Cowboys anzog. Es war nett, die beiden zu hören, und ich fühlte mich fabelhaft.

»Wohin gehen wir?«

»Zum Dinner in die Clay Street. Die Konkurrenz gibt eine Party. Aber vorher möchte ich dir etwas sagen.« Was jetzt? Er bremste und fuhr an den Randstein, dann wandte er sich mir mit einem merkwürdigen Blick zu, nahm mich in die Arme und küsste mich so heftig, dass es wehtat. »Du siehst fantastisch aus. Ich sagte, zieh dich sexy an, aber ich sagte doch um Himmels willen nichts davon, dass mir das Wasser im Mund zusammenlaufen soll.«

»Du Schmeichler.« Aber ich freute mich. Ich trug ein indisches Hemd in Grün und Gold à la Hippie, eine enge schwarze Samthose und dazu schwarze Wildlederschuhe. Mein Haar hing auf meine Schultern herab, seinem Wunsch gemäß, und ich trug unter dem Hemd nichts. Anscheinend wirkte es. Chris sah eindeutig lüstern aus, als wir weiterfuhren.

Die Party wurde von einem Filmemacher aus San Francisco gegeben, der vor kurzem mit einem Film über Drogen großen Erfolg erzielt hatte und der diesen Erfolg in seinem nagelneuen Haus feiern wollte. Als wir eintrafen, wanderten mindestens zweihundert Leute in dem leeren Haus zum Gesang einer melancholischen Bluessängerin umher, der anscheinend aus allen Zimmern des Hauses ertönte. Das schien das erste und einzige Einrichtungsstück zu sein, das die neuen Mieter bisher investiert hatten: das Stereo. Es gab keine Möbel, keine Bilder an den Wänden. Die einzige Ausstattung waren die Leute, und die waren außerordentlich dekorativ, alle jung, gut aussehend, ganz in der Art von Chris. Es gab Mädchen in Hippiehemden und hautengen Jeans mit elektrisiert aussehendem Haar und Bambi-Augen und langhaarige Burschen in der gleichen Aufmachung. Fast alle waren high, und der Geruch von Marihuana schwebte in der Luft.

Das Haus selbst war ein großer, umgebauter viktorianischer Bau mit einer riesigen, geschwungenen Treppe, die zu einem kilometerweit entfernten Oberlicht emporzuschweben schien. Überall am Treppengeländer waren Gäste in ernste Gespräche vertieft oder knutschten wie wild. Es sah genauso aus wie die Partys, die angeblich für San Francisco typisch waren, die ich aber nie erlebt hatte.

»Ist es dir zu freizügig, Gill?« Ich fühlte mich in dieser Atmosphäre ein bisschen fehl am Platz, und ich fragte mich, ob ich auch so wirkte.

»Nein, ich finde es nett. Es gefällt mir.«

»Und du gefällst mir. Komm, ich führe dich herum, damit du ein paar Leute kennen lernst.« Er nahm mich bei der Hand, und wir schlenderten durch die Menschenmenge, gelegentlich zogen wir an einer Hasch- oder an einer Marihuanazigarette, blieben einen Augenblick stehen, um unsere Gläser an einem der Rotweinkrüge nachzufüllen, die auf dem Boden herumstanden. Ich zählte mindestens fünfzig davon an den Schlüsselstellungen.

Es schien eine besonders leise Party zu sein. Viel ruhiger als der Empfang der Künstlerischen Leiter am Freitag. Ich erwartete, dass jeden Augenblick irgendwelche aufregenden Dinge passieren würden; die Leute sahen aus, als ob sie sich demnächst ausziehen und in orgiastischer Fröhlichkeit auf dem Boden winden würden. Die Menge schien im Gegenteil immer dünner zu werden. Wir hatten dem Treiben fast zwei Stunden zugesehen, und ich blickte Chris fragend an.

»Es sieht so aus, als müsste noch ein Höhepunkt kommen. Oder irre ich mich?« Er sah bei meiner Frage amüsiert drein und schien zu zögern.

»Was zum Beispiel?«

»Ich habe keine Ahnung.« Ich fühlte mich provinzlerisch, weil ich gefragt hatte. Vielleicht war das alles.

»Du hast gar nicht so Unrecht, meine kleine Gillian, aber ich dachte, wir bleiben bei der Gesellschaft hier unten.« Wir befanden uns noch immer im Erdgeschoss. Wenn man das in San Francisco so nennen kann. In diesem Fall war das Erdgeschoss über zwei Schwindel erregende Treppen einen Hügel hinauf zu erreichen, und wir hatten uns dem Haus von der Straße aus genähert.

»Spielt sich denn im Oberstock etwas anderes ab?« Ich war neugierig.

»Möglich.« Chris sah mich merkwürdig an. Vielleicht wich er mir aus, oder es konnte auch die Folge des Marihuanas und des Haschisch sein.

»Ich will es sehen, Chris, zeige es mir.«

»Wir werden sehen.« Er stellte mich noch einigen Leuten vor, knutschte eine Zeit lang mit mir in einer Ecke herum, dann setzten wir uns auf den Boden und plauderten. Aber ich bemerkte nach einer Weile, dass die Leute vom Erdgeschoss ins obere Stockwerk wanderten und scheinbar nie mehr zurückkamen. Die Party zog um, und wir blieben zurück wie Kiesel am Strand, wenn die Flut zurückgeht. Kaum noch ein Dutzend Menschen saß auf dem Boden.

»Ist die Party vorbei, oder hat sich der Schwerpunkt der Veranstaltung anderswohin verlegt?«

»Du bist ausgesprochen lästig, Gillian Forrester, aber du hast gefragt, also … dann eben los … steh auf. Wir gehen nach oben.« Es klang wie eine wichtige Entscheidung. »Ich bin nicht sicher, ob es dir dort gefallen wird.«

»Vor welchen drohenden Gefahren willst du mich bewahren, Mr. Matthews? Oder sollte ich abwarten und Tee trinken?« Wir bahnten uns einen Weg durch die noch vorhandenen Körper auf der Treppe; sie waren entweder high oder betrunken, schienen jedoch kaum mehr als einen Funken Leben in sich zu haben. Die Bluesmusik aus dem Stereo war von hartem Rock abgelöst worden, und die Klänge verursachten ein seltsames Rucken und Zucken in den Gliedern, und das im ganzen Haus.

Oben im ersten Stockwerk drehte sich Chris um und blickte mich lange an, bevor er mir die Hand um die Brust legte und mich heiß küsste. Das Hemd, das ich trug, war so dünn, dass ich mich bei seiner Berührung nackt fühlte und plötzlich den Wunsch verspürte, nach Hause zu laufen und mit ihm zu schlafen.

»Es gibt hier zwei Möglichkeiten, Gill ... da drinnen befindet sich eine Gruppe von Leuten, die LSD fixen. Da gibt es nicht viel zu sehen, und ich empfehle es dir nicht; im oberen Geschoss machen sie etwas anderes.«

»Was denn? Heroin?« Ich riss die Augen weit auf und fühlte mich nicht mehr glücklich. Mir gefiel diese Vorstellung ganz und gar nicht.

»Nein, mein dummes Kleines. Nicht Heroin. Etwas anderes. Komm, ich weiß wenigstens, dass du damit fertig werden kannst.« Er grinste hinterhältig, während er meine Hand unter seinen Arm schob und mit mir im Schlepptau nach oben lief. Dann standen wir unmittelbar unter dem Oberlicht, das zusammen mit zwei riesigen Kerzen für die einzige Beleuchtung im Raum sorgte. Ich brauchte eine Weile, bis meine Augen sich angepasst hatten. Ich wusste, dass sich dort eine Menge Menschen befanden, konnte aber nicht sagen, wie viele es waren, was sie taten oder in was für einem Raum wir uns befanden. Es fiel mir nur auf, dass es verhältnismäßig wenig Geräusche gab. Dann sah ich, was los war.

Der Raum nahm die gesamte Breite und Länge des Hauses ein, es war eine Art Dachboden mit wenigen Fenstern, der wie der Rest des Hauses unmöbliert war. Aber es gab darin mehr Betrieb. Wesentlich mehr. Rings um uns lagen die meisten der zweihundert Körper, die wir unten gesehen hatten, ohne Jeans und Hemden, die Körper in seltsamen Stellungen verrenkt, in Gruppen zu viert und fünft und sechst ineinander verschlungen, und alle trieben es miteinander. Es war eine Orgie.

»Gill ... ist alles okay?« Er beobachtete mich im Kerzenlicht.

»Ich ... äh ... ja ... sicherlich, Chris ... aber ...«

»Aber was, Liebste? Wir müssen uns ja nicht daran beteiligen.« Eine Szene hinter ihm war mir eben aufgefallen. Zwei Mädchen trieben es miteinander, während zwei Männer hingebungsvoll ihre Körper liebkosten und ein weiteres Mädchen seine Zunge zwischen den Schenkeln eines der Voyeure betätigte.

»Ich ... äh ... Chris ... ich glaube, das will ich nicht.« Ich wusste genau, dass ich das nicht wollte, war aber noch immer zu verblüfft, um zusammenhängend sprechen zu können. Ich war achtundzwanzig und hatte seit Jahren von solchen Spielchen gehört. Aber es war etwas anderes, wenn ich sie sah ... und ich wollte nicht mitmachen.

Chris nahm mich bei der Hand und führte mich langsam die Treppe nach unten, lächelte mir über die Schulter zu und blieb unterwegs stehen, um mich zu küssen. Der Kuss war sanft und sein Lächeln liebevoll. Es schien ihm nicht Leid zu tun, dass wir gegangen waren.

»Ich werde dich nach Hause bringen.« ... Und allein hierher zurückkommen? ... Mein Herzschlag setzte aus, und er musste es von meinem Gesicht abgelesen haben. »Nicht so, mein dummes Kind. Keine Sorge. Ich kann ohne dieses Zeug auskommen. Gruppensex ist langweilig.« Ich hätte gern gewusst, wie oft er es versucht hatte, bis es ihm langweilig geworden war, aber ich sagte nichts. Ich war dankbar für seine Reaktion. Und ich war froh, dass wir nach Hause gingen. Ich hatte genug gesehen. Meine Erziehung war abgeschlossen, auch wenn ich nicht mit einem ganzen Verein intim geworden war. Ich hatte es gesehen. *Basta cosi.*

»Danke, Chris. Bin ich entsetzlich rückständig?«

»Nein. Eigentlich sehr normal.« Er grinste fröhlich mein durchsichtiges Hemd an, beugte sich vor, küsste eine Brust und führte mich ins Freie. Die Party war aus.

Die Rückfahrt zu meinem Haus war kurz und schweigsam, und ich fühlte mich ihm noch näher als zuvor. Er stellte den Laster vor dem Haus ab und half mir beim Aussteigen, ich fragte mich, ob er bleiben würde.

Ich bezahlte die Babysitterin, und sie verabschiedete sich. Vorher sagte sie mir noch, dass niemand angerufen hatte, worüber ich lächeln musste. Ich war mit dem einzigen Mann zusammen, dessen Anruf mich interessiert hätte.

»Ein Glas Wein, Chris?« Er schüttelte den Kopf und blickte mich lange an.

»Bist du böse, dass wir fortgegangen sind?«

»Nein. Deine Einstellung gefällt mir. Komm, Gill, es ist spät. Gehen wir schlafen. Ich habe morgen viel zu tun.«

»Ich auch.« Es war ein angenehm gemütliches Gefühl, als wir die Lampen im Wohnzimmer ausknipsten und leise an Sams Zimmer vorbei zu dem meinen schlichen. Ich freute mich, dass er blieb, und fand es komisch, dass wir so leicht in diese Art von Beziehung geraten waren – »Gehen wir schlafen, es ist spät, ich habe morgen viel zu tun.« Ich erwartete, dass er seine Jeans ausziehen, sich träge auf den Bettrand setzen, dabei den Wecker stellen und mir dann einen Gutenachtkuss geben würde, bevor er einschlief. Es machte mir nicht einmal etwas aus, dass wir keine Nummer abzogen, es war auch so schön.

Ich lächelte, während ich mein Haar bürstete, und Chris sah überrascht aus.

»Was machst du, Gill?«

»Was glaubst du denn? Ich bürste mein Haar, Dummkopf.«

»Zum Teufel damit. Ich schere mich keinen Pfifferling um Gruppensex, aber ich habe mir meine Orgie mitgebracht ... Komm her, lass mich das besorgen.« Er stand auf und kam mir auf halbem Weg mit ausgestreckten Händen entgegen, um mich auszuziehen. Ich knöpfte sein Hemd auf, während er mit dem meinen das Gleiche tat, wir standen Brust an Brust, seine und meine glatte Haut berührten einander und verschmolzen, während meine Hose zugleich mit der seinen zu Boden sank und sein ganzer Körper in mich einzudringen schien.

7

»Hallo ... Chris ... draußen wird es hell. Du hast überhaupt nicht geschlafen.« Ich fühlte mich ein wenig schuldbewusst, aber nicht allzu sehr.

»Ich beklage mich ja nicht. Du etwa? Ich muss bald an die Arbeit gehen. Wir fangen um sechs Uhr an.« Es war schon fünf. »Ziehen wir uns an und gehen wir hinaus. Ich will die Sonne aufgehen sehen.«

»Ich auch.« Doch in meinem Herzen war sie bereits aufgegangen. Wir schlüpften wieder in unsere Kleider, die noch kunterbunt auf dem Boden lagen, und setzten uns draußen auf den kleinen Rasenfleck vor dem Haus. Es war kühl, und das Gras war feucht, aber es war angenehm, dort zu sitzen und zuzusehen, wie die Sonne über der East Bay aufging.

»Heute gibt es keinen Nebel. Gut für die Dreharbeiten. Willst du mitkommen und zuschauen?«

»Gerne, aber es geht nicht. Ich muss Sam zur Schule bringen und habe um zehn Aufnahmen. Textilwerbung. Zuerst nehmen sie nur die Materialien irgendwo draußen auf, und dann kommen um zehn die Modelle dran. In der Oper. Kann interessant werden.«

»Natürlich … wer, meinst du, ist an der Kamera?« Er fasste belustigt nach meinem Haar und zog es nach hinten, um mich zu küssen.

»Hör mal … du bist auch dabei?«

»Wer, meinst du, hat dich empfohlen?« Er bemühte sich, wichtigtuerisch zu wirken.

»Quatsch, du nicht. Sie sagten mir, dass Joe Tramino ihnen meinen Namen genannt hat, du Angeber.«

»Also gut … aber ich sagte ihnen, dass du eine erstklassige Dekorateurin bist.«

»Nachdem ich den Job hatte.«

»Nachdem du den Job hattest. Mann, sind manche Frauen von sich eingenommen.«

»Ganz zu schweigen von manchen Männern … Ich freue mich, dass wir zusammenarbeiten. Meinst du, wir können auf einem Pferd durch den Orchestergraben und die Van Ness hinunterreiten?«

»Wir können es ja versuchen … Baby, wir können es immer versuchen.« Er wälzte seinen Körper näher zu meinem, und wir lagen eine Weile lächelnd in der frühen Morgensonne. »Jetzt muss ich aber gehen, Gill. Wir sehen einander bei den Aufnahmen.«

»Das ist der ungewöhnlichste Abschied am Morgen, den die Nachbarn je erlebt haben, Chris Matthews. Aber mir gefällt er.«

»Gut, weil es nicht der letzte ist. Und die Leute hier in der Gegend können nichts dagegen unternehmen, auch wenn er ihnen nicht passt.«

»Sie könnten mich vertreiben.« Ich war ausgelassen und begleitete ihn zum Lastwagen.

»Darüber werden wir uns später einmal unterhalten … aber nicht gerade jetzt.« Er schlug die Wagentür zu, legte den Gang ein, ich hätte gern gewusst, was er mit seinen letzten Worten gemeint hatte. Was immer es war, es würde Spaß machen, mit ihm zu arbeiten, und es war nett, zu wissen, dass der Leiter der Filmcrew das gleiche Handicap zu tragen hatte wie ich. Ich wusste genau, was er in der letzten Nacht getrieben hatte. Keiner von uns hatte eine Minute geschlafen. Zum Teufel mit der Orgie in der Clay Street. Chris und ich hatten unsere eigene gehabt.

Ich kam Punkt zehn zur Oper und trat zurück, um einen Augenblick die Pracht zu betrachten, bevor ich eintrat, dann lächelte ich. Sie passte bestimmt nicht zu Chris.

Ich ging zum Bühneneingang, dort teilte man mir mit, wohin ich mich wenden sollte, und ich landete irgendwo hinter der Bühne, wo ich die Kleider und Requisiten inspizierte, die ich am Vortag ausgesucht hatte, und mit den Leuten von der Agentur konferierte, die mit meinen Fundstücken offensichtlich zufrieden waren. Es würden angenehme Dreharbeiten werden.

Sie hatten für den Tag sieben Spitzenmodelle aus San Francisco engagiert und drei aus Los Angeles importiert. Es waren durchweg schöne Mädchen, und die Kleider, die sie in dem Werbefilm tragen sollten, waren großartig. Von den Abendkleidern bis zur Strandausrüstung war alles aus einer neuen Kunstfaser, für die wir Reklame machen sollten.

Ich teilte jedem Mädchen die passenden Kleider und Accessoires zu, dann machte ich mich auf die Suche nach Chris. Es dauerte nicht lange. Er und seine Leute lagerten in dem Sektor der Streicher im Orchestergraben, kauten Tacos und Salamisandwiches und tranken Kirschsoda dazu.

»Frühstück oder Lunch? Hallo, Jungs.«

»Keines von beiden. Irgendetwas dazwischen. Komm herunter und iss auch einen Happen.« Chris sah einen Augenblick verrucht drein. Ich fragte mich, wie wenig oder wie viel seine Crew von uns wusste. Wahrscheinlich eher weniger als mehr. Und ich war froh … ich wollte nicht, dass mir Joe Tramino sein Beileid aussprach. Nicht, bevor wir einander sicher waren.

Ich sprang in den Graben und landete neben Chris, dann setzte ich mich, aß eine Kleinigkeit und trank einen Schluck.

»Wisst ihr was, Jungs? Das Zeug schmeckt schauderhaft. Brrrr.«

»Wisst ihr was? Sie hat Recht.« Alle stimmten erfreut zu, und wir aßen fröhlich weiter, bis man uns ausrichtete, dass die Modelle und die Dekoration fertig waren. Wir hatten die Erlaubnis, einige Versatzstücke der Opernbühne zu verwenden, und es machte Spaß, sie einmal von der anderen Seite zu sehen. Während ich in den Kulissen stand, jedes Mädchen inspizierte, bevor es hinausging, und darauf achtete, dass alles stimmte, wenn die Mädchen ein zweites oder drittes Mal in demselben Kleid drankamen, blickte ich zu den Logen und zur ersten Parkettreihe und fragte mich, wie es wäre, vor diesem Publikum zu singen … oder wieder an den versnobten, hochfeudalen Abenden im Publikum zu sitzen, wenn alles in Frack und Abendroben glänzte. Diese Zeiten lagen so weit hinter mir, dass es mir komisch vorkam, wenn ich daran dachte.

»Worüber grübelst du, Gill?«

»Nichts Besonderes. Was machst du hier hinten?«

»Wir sind fertig.«

»Schon? Es ist doch erst …« Ich sah auf die Uhr und schnappte nach Luft. Es war ein Viertel nach vier.

»Richtig. Wir haben sechs Stunden durchgearbeitet. Holen wir Sam ab und fahren wir ein bisschen an den Strand in Marina.«

»Ja, Boss.« Ich grüßte militärisch, und wir marschierten Hand in Hand ab.

Der Arbeitstag war wie im Flug vergangen. Diesmal hatte es

keine verrückten Streiche gegeben, nur harte Arbeit. Und verstohlene Küsse im Orchestergraben.

Wir holten Sam ab und spazierten hinüber zum Strand, wo sie den Seemöven nachjagte und wir uns mit Wortspielen im Sand unterhielten, bis die Sonne unterging.

»Sam, es ist Zeit heimzugehen!« Sie trieb sich weit unten am Strand herum und dachte nicht daran, zu folgen. Aber Chris schaltete sich schnell ein. »Komm, Partner, ich lasse dich reiten.«

»Okay, Onkel Crits.« Sie galoppierte über den Strand zu uns, hüpfte auf Chris' Rücken, und ich sah zu, wie sie nach Hause hoppelten. Mein Kind und der Mann, die ich liebte ... Samantha Forrester und ihr »Pferd«. Mein Mann.

»Was machst du heute, Gill? Wieder einen Job bekommen?« Er war seit einer Woche jede Nacht bei uns geblieben, und das Frühstück zu dritt war zu einer Institution geworden. Es sah aus wie normale Eheroutine, aber für mich war es jeden Tag wie Weihnachten ...

»Nein. Was wäre, wenn wir nach Stinson fahren, Chris? Wir könnten Sam nach der Schule abholen.«

»Ich kann nicht. Ich habe heute um drei einen Job. Wieder eine Zigarettenreklame.«

»Das ist fein, ich werde hier arbeiten. Kommst du zum Abendessen nach Hause?« Es war das erste Mal, dass ich ihn das fragte, und ich hielt vor Spannung den Atem an.

»Es ist möglich, dass es nicht geht. Aber wir werden sehen.«

Er ließ sich zwei Tage nicht blicken, und als er am Donnerstag wieder auftauchte, war er so, als wäre er nie weg gewesen. Er sah genauso aus, sprach genauso, hatte aber einen kleinen Stachel in meinem Herzen hinterlassen. Ganz zu schweigen von Sam. Ich hatte mir schließlich vorgenommen, wenn er bis zum Wochenende nicht erscheinen sollte, würde ich ihren Lieblingstrick anwenden, sie an einen Stuhl fesseln und knebeln. Ich konnte nämlich ihre Fragerei nicht länger ertragen.

Ich wollte ihn schon fragen, wo er gewesen war, wagte es aber nicht. Ich machte Hamburger mit *pommes frites,* und nach dem Essen gingen wir alle zu Swensen auf der Hyde Street. Dort gab es die beste Eiscreme in der Stadt.

»Möchtest du mit der Drahtseil-Straßenbahn fahren, Sam?« Sie aß Erdbeereis, und wir tranken Gin on the rocks. Wir hatten die richtige Wahl getroffen.

»Eine Fahrt mit der Drahtseil-Straßenbahn? Prima!« Und das war es auch. Wir stiegen ein, als sie vorbeikam, und fuhren hinunter zum Fisherman's Wharf, wo ihr Chris eine bemalte Schildkröte kaufte. Wie kann man einem solchen Mann lange böse sein? Er tanzte um uns herum wie ein verspielter Hund, küsste mich, bis ich mich fast wieder geborgen fühlte, und bezauberte Sam noch mehr. Als wir nach Hause kamen, waren wir wieder ein fest gefügtes Trio, und alles war in Ordnung. Beinahe.

»Wie wär's, wenn wir morgen nach Bolinas fahren, Gill?« Wir lagen im Bett, und das Licht war ausgemacht.

»Warten wir ab, wie das Wetter wird.« Ich war mir nicht sicher.

»Sei doch keine Spielverderberin, Miss Gillian. Ich meinte, über das Wochenende. Ich habe jemanden dazu überredet, mir bis Montag seinen Schuppen zu leihen.«

»Wirklich?« Ich freute mich. »Das wäre fein.«

»Das dachte ich mir auch. Und jetzt hör auf zu schmollen, ich bin wieder hier, und ich liebe dich.« Er küsste mich auf den Hals, legte die Hand sanft auf meine Lippen, damit ich nichts erwidern konnte, und wir verzichteten wieder eine Nacht lang auf den Schlaf. Aber wir gewannen dafür einander zurück.

Das Wochenende in Bolinas war zauberhaft. Der Schuppen, den ihm jemand geliehen hatte, war etwas wesentlich Besseres. Es war ein Häuschen, das tief im Wald lag, und es hatte zwei Schlafzimmer. Wir gingen jeden Tag an den Strand, aßen an einem Abend im Watson House und verbrachten die übrigen Abende gemütlich zu Hause. In den wenigen Tagen, die wir dort verbrachten, herrschte eine wundervolle Atmosphäre des Friedens. Nach New York wirkte San Francisco ruhig, aber der Aufenthalt in Bolinas ließ sogar San Francisco allzu laut und betriebsam erscheinen. Diese Tage hatten eine goldene Stille in sich. Am Montag tat es mir Leid, wegzufahren.

In der Woche nach dem Wochenende in Bolinas gab es viel zu tun. Ich bekam wieder einen Job von Carson, aber diesmal war Chris nicht mit von der Partie; er hatte anderes zu tun. Er kam jedoch zum Abendessen zu uns und blieb meist über Nacht. Am Wochenende verschwand er wieder, erschien jedoch am Sonntagabend und verließ uns dann die ganze Woche nicht. Die Art, wie er kam und ging, war zwar ein wenig eigenartig, aber ich gewöhnte mich daran.

Wir waren unglaublich glücklich miteinander, und ich kam so weit, dass mir nicht einmal sein Verschwinden etwas ausmachte – es ließ mir Zeit für mich selbst.

Die Wochen verflogen, und Ende Mai wurde mir klar, dass wir zwei Monate miteinander verbracht hatten, obwohl es mir eher wie zwei Jahre vorkam. Ich war für Chris Matthews zu einer Kombination aus Ehefrau, Mutter, Freundin und Kumpel geworden und konnte mir nicht mehr vorstellen, dass es eine Zeit ohne ihn gegeben hatte. Er war mein bester Freund und der Mann, den ich liebte. Es machte immer Spaß, mit ihm zusammen zu sein. Er hatte auch einen gewissen Egoismus an sich – er tat nie etwas, das er nicht tun wollte, er ließ sich zu nichts zwingen – aber ich versuchte es auch gar nicht. Ich verstand seine Art und akzeptierte sie. Ich fühlte mich in vieler Hinsicht älter als er, aber ich hatte ein anderes Leben geführt. Außerdem hatte ich Sam, die dazu beitrug, dass ich mich erwachsen fühlte. Er hatte nie so eine Bindung gehabt. Er musste nur an Chris Matthews denken, und wenn er dazu Lust hatte, auch an mich.

An einem Donnerstagmorgen lagen wir unter einem Baum im Park und hatten nichts vor, als die Welt zu genießen und einander zu lieben. Mir fiel ein, dass an diesem Wochenende, dem 30. Mai, der Heldengedenktag gefeiert wurde. Es änderte zwar für uns nichts – fast jedes Wochenende war für uns lang, außer einer von uns hatte am Montag einen Job, was sich immer kurzfristig ergeben konnte.

»Was machst du an diesem Wochenende, Chris? Es ist ein Feiertag.«

»Ja, das stimmt. Ich verlasse die Stadt.«

»Sehr komisch. Aber ich habe verstanden. Es war nur eine Frage.« Ich riss einen Grashalm aus und kitzelte damit seine Wange; ich hätte gern gewusst, wann er das Mädchen loswerden würde, mit dem er zusammenlebte. Es war noch nicht so weit.

»Das war kein Scherz, Gill. Ich übersiedle. Hinaus nach Bolinas über den Sommer. Willst du mitkommen?«

»Machst du Spaß, oder ist das ernst gemeint?« Ich hörte zum ersten Mal davon, abgesehen von einer vagen Bemerkung vor zwei Monaten, dass er für gewöhnlich den Sommer in Bolinas verbrachte. Aber bei Chris war sehr wenig »gewöhnlich«, und er schien niemals etwas zu planen.

»Es ist mein voller Ernst. Ich hatte vor, morgen oder Sonnabend zu übersiedeln. Ich wollte es dir schon früher sagen. Warum kommst du nicht mit Sam hinaus, und ihr bleibt dort?«

»Und danach? Sie hängt schon an dir, Chris, und wenn sie sich daran gewöhnt, dass du die ganze Zeit da bist, wird es ihr wirklich wehtun, wenn wir wieder hierher zurückkommen. Sie hat das schon einmal mit ihrem Vater erlebt ... ich weiß nicht ...«

»Sei doch nicht so muffig. Sie wird bei uns glücklich sein, und du hast doch erwähnt, dass du sie sowieso nach dem Osten zu ihrem Vater auf Besuch schicken wirst, dadurch wird sie sich daran gewöhnen, dass ich nicht ständig da bin.« … Und was ist mit mir? … »Wann wird sie zu ihm fahren?«

»Von Mitte Juli bis Ende August. Ungefähr auf sechs Wochen.«

»Okay. Also wo liegt die Schwierigkeit? Sie wird sechs Wochen bei uns und sechs Wochen bei ihm verbringen. Und wir können eine Zeit lang allein sein. Gill, bitte … mir liegt wirklich daran, dass du mitkommst.« Er wandte sich mir mit dem Gesichtsausdruck eines verstoßenen, einsamen Kindes zu, und mein Herz schmolz. Ich wusste nicht, ob ich lachen oder die Gelegenheit beim Schopf packen sollte. Es würde schön sein, mit Chris zusammenzuleben … aber was dann?

»Wir werden sehen … aber was soll ich wegen meiner Arbeit tun?« Das war nur eine lahme Ausrede, das wussten wir beide.

»Mach doch nicht so viele Schwierigkeiten. Ich fahre von Bolinas zu meiner Arbeit, und das kannst auch du tun. Es gibt dort ein Telefon. Du wirst deine Anrufe bekommen … verdammt noch mal, wenn du nicht willst, dann lass es eben!« Plötzlich war ich der Spielverderber, und er war beleidigt. Dabei hatte er mir nicht einmal gesagt, dass er umziehen würde. Das war typisch Chris.

»Ich will ja, ich will, um Himmels willen … also gut, ich komme mit. Ich fürchte nur, ich werde mich zu sehr an dich gewöhnen. Kannst du das nicht verstehen? Ich liebe dich, Chris, und ich will mit dir zusammenleben, aber wenn wir Ende des Sommers nach San Francisco zurückkehren, gehe ich in meine Wohnung und du wieder zu deiner Freundin.« Ich hatte sie seit langem nicht erwähnt.

»Du hast Unrecht, Gill. Sie zieht nächste Woche oder so ungefähr aus. Ich habe ihr gekündigt.«

»Wirklich? Sie wird … He … Das ist ja eine Wucht!«

»Stimmt, kleine Dame. Eine Wucht. Und wenn es diesen

Sommer klappt, könntest du mit Sam im September zu mir ziehen. Das Haus ist groß genug für uns alle.« … Wie steht es aber mit deinem Herzen, Chris? … Dieser Gedanke war dumm. Ich wusste, dass er uns liebte. Und ich war außer mir vor Freude, weil dieses Mädchen wegzog … endlich.

»Weißt du was, Chris Matthews? … Ich liebe dich. Bolinas wird super. Bring mich nach Hause. Ich will packen.«

»Aye, aye, Ma'am. Zu Ihren Diensten.«

Während wir nach Marina fuhren, dämmerte mir, dass ich sein Haus in der Stadt nie gesehen hatte. Ich wusste, dass es an der Sacramento Street lag, aber das war auch schon alles. – Ich hatte große Lust, es zu besichtigen, einen langen, glücklichen Blick auf das Haus zu werfen, in dem ich vom Herbst an wohnen würde, aber das konnte warten. Er hatte gesagt, »wenn es diesen Sommer klappt«. Warum sollte es nicht klappen? Ich sah keinen Grund, der dagegen sprach. Überhaupt keinen.

8

»Chris! … Sam! … Der Lunch ist fertig!« Auf einer großen Emailplatte lag ein Dutzend mit Erdnussbutter und Sülze belegter Brote, und daneben stand ein Krug Milch. Wir hatten vor, unter dem großen Baum hinter dem Häuschen zu essen, das Chris jeden Sommer mietete und das zu unserem Sommerdomizil geworden war. Es war ein Juwel. Chris hatte es im vergangenen Jahr frisch gestrichen, alles war leuchtend sonnengelb, und überall waren Farbflecke verteilt. Es war ländlich und einfach, aber gemütlich, und es lag in der Nähe des Strandes, das war alles, was wir brauchten.

»Ich komme, Mami. Onkel Crits nimmt mich am Nachmittag zum Reiten mit.« Samantha stolperte unter dem Gewicht des Cowboyhalfters, den Chris ihr geschenkt hatte, zum Tisch und stopfte mit zufriedener Miene ein Sandwich in den Mund.

»Willst du nicht auch mitkommen, Gill?«

»Sicherlich.« Ich blickte über Sams Kopf auf Chris, und wir lächelten beide still vor uns hin. Unser Leben gestaltete sich wunderbar. Wir hielten uns seit einem Monat in Bolinas auf, und wir lebten wie im Märchen. Wir ritten und schwammen, aßen abends im Freien und waren so ineinander verliebt, dass wir kaum klar zu denken vermochten.

Sam sollte in zwei Wochen wegfahren und den Rest der Ferien bei Richard verbringen, und diesmal tat es mir weniger Leid, dass Samantha wegfuhr. Ich freute mich darauf, mit Chris allein zu sein, obwohl ich mir nicht vorstellen konnte, dass mein Leben schöner sein könnte als jetzt.

»Hallo, Gill ... was ist los?« Plötzlich wurde mir übel, und man musste es mir ansehen. Mein Mageninhalt bewegte sich zu meiner Kehle und dann wieder nach unten, wie bei einer Berg-und-Tal-Bahn im Zeitlupentempo.

»Ich weiß nicht ... ich muss etwas nicht vertragen haben.«

»Erdnussbutter? Kann es nicht sein. Vielleicht zu viel Sonne. Leg dich doch nieder. Ich werde auf Sam Acht geben.« Ich folgte seinem Rat, und eine halbe Stunde später ging es mir schon wieder besser.

»Willst du noch immer mit uns reiten gehen, Liebste?«

»Vielleicht lasse ich es sein. Ich komme dann eben morgen mit.«

»Ach, verdammt ... ich vergaß es dir zu sagen. Heute Abend fahre ich in die Stadt. Ich habe morgen zu arbeiten.«

»Du Glücklicher.« Ich hatte seit fast drei Wochen keinen Job mehr bekommen. Im Sommer gab es immer eine Flaute. Aber es machte nicht allzu viel aus. In Bolinas lebten wir billig. »Wann wirst du wieder zurück sein?« Es spielte keine Rolle, wir machten niemals Pläne und führten ein Faulenzerleben.

»Morgen Abend oder übermorgen. Hängt davon ab, wie lange wir drehen müssen. Es ist ein Dokumentarfilm für die Regierung.« Er lächelte mir zu. »Keine Sorge, ich komme wieder.«

»Freut mich, das zu hören.«

Er kam aber weder am nächsten noch am übernächsten Abend. Er kam erst nach drei Tagen, und ich hatte mir Sorgen gemacht. Ich hatte in seiner Wohnung in der Sacramento Street angerufen, doch es hatte sich niemand gemeldet.

»Wo, zum Teufel, warst du, Chris?«

»Ich hatte zu tun, verdammt noch mal. Weswegen hast du dir Sorgen gemacht? Du wusstest doch, dass ich wiederkomme. Also warum die Aufregung?«

»Weil dir etwas zugestoßen sein konnte, sonst nichts.«

»Du kümmre dich um dich, und ich kümmre mich um mich.« Das war's. Ende der Diskussion.

»Schön. Morgen muss ich in die Stadt ... Joe Tramino hat mich wegen eines Jobs bei Carson angerufen.«

»Ausgezeichnet.« Ja ... ausgezeichnet ... aber du warst drei Tage weg, und was, zum Teufel, hast du getrieben? Nicht einmal angerufen hast du ... Aber ich wollte nicht fragen.

Am Abend tat er so, als wäre nichts geschehen, am nächsten Morgen übernahm er Sam, und ich fuhr in seinem Wagen über die Berge. Ich musste um neun in der Stadt sein. Joe hatte mich zum Lunch eingeladen, falls die Dreharbeiten rechtzeitig zu Ende waren. Das war auch der Fall. Er führte mich zu einem späten Lunch zu Enrico auf dem unteren Broadway, mit Blick über die Montgomery Street zu dem neu erbauten Geschäftsviertel. Wir saßen im Freien, es war warm und sonnig, und die Blätter an den Bäumen raschelten im angenehm kühlen Wind.

»Du warst heute in Form, Gill. Wie behandelt dich das Leben?«, fragte er besorgt. Er war gut unterrichtet.

»Sehr gut. Alles läuft glatt.«

»Du siehst aus, als hättest du abgenommen.«

»Und du redest wie meine Mutter.« Aber er hatte Recht, ich hatte mich seit dem Tag, an dem das Erdnussbutterbrot beim Lunch mir nicht gut getan hatte, nicht mehr wirklich wohl gefühlt. Das lag schon fast eine Woche zurück, aber wahrscheinlich war auch meine Sorge wegen Chris' Abwesenheit daran schuld.

»Also gut. Ich lasse dich in Ruhe. Aber ich hatte Recht. Ich mache mir noch immer Vorwürfe, weil ich dir diesen Kerl vorgestellt habe ... und ich klettere vor Eifersucht und Zorn in meinem Büro die Wände hoch. Hast du nicht davon gehört?« Wir begannen beide zu lachen, und ich schüttelte den Kopf.

»Du hast nur lauter Unsinn im Kopf, Joe. Aber du stärkst mein Selbstbewusstsein. Und unter uns, Chris und ich sind wirklich glücklich. Du hast uns beiden einen großen Gefallen erwiesen. Alles in Ordnung.« Ich fand es komisch, dass ich ihn beruhigen musste, aber er war anscheinend echt besorgt, und ich meinte alles ernst. Er hatte uns allen, Sam eingeschlossen, etwas Gutes getan.

Der Lunch verlief angenehm, wir sprachen über die Dreharbeiten und über verschiedene andere Dinge, und als wir aufbrachen, bedauerte ich es. Er war ein angenehmer Gesellschafter, und es war nett, nur so dort zu sitzen, das Kommen und Gehen der Leute zu beobachten und eine anspruchslose Unterhaltung zu führen.

Auf dem Rückweg machte ich bei meiner Wohnung halt, holte meine Post und einige Kleinigkeiten, auch einen neuen Drachen für Sam, und fuhr dann zurück. Ich kam ein wenig früher heim als vorgesehen, aber ich freute mich schon darauf, wieder bequeme Kleidung zu tragen und schwimmen zu gehen. Es war an dem Tag recht heiß gewesen.

»Hallo, Leute, ich bin wieder da.« Anscheinend war aber sonst niemand da. Es war fünf vorbei, vielleicht waren sie nach Stinson gefahren, aber sie waren wahrscheinlich am Strand. »Hallo, ist jemand da?« Sichtlich nicht, sonst wäre Sam jubelnd auf mich zugelaufen.

Ich zog im Wohnzimmer die Schuhe aus, ging in die Küche, um etwas Kaltes zu trinken, und bemerkte dabei, dass die Schlafzimmertür geschlossen war. Geschlossene Türen waren in unserem Haus in Bolinas ungewöhnlich, und ich fragte mich, ob alles in Ordnung war. Mein Mutterinstinkt meldete sich … Sam? …

Ich war mit drei entschlossenen Schritten bei der Schlafzimmertür, blieb stehen, holte tief Atem und drehte am Türgriff. Doch ich fand nicht Sam. Sondern Chris. Er bumste jemanden in unserem Bett.

»Ohhh … ich …« Ich blieb wie angewurzelt stehen, mein Mund war zu einem »O« erstarrt, und meine Augen füllten sich mit Tränen. Chris drehte den Kopf und sah mich an, mir fiel nur auf, dass sein Gesicht ebenso ausdruckslos war wie seine nackten Hinterbacken. Er zeigte weder Bestürzung noch Entsetzen. Nichts. Das Mädchen unter ihm fuhr in die Höhe, als ich eintrat, schnappte entsetzt nach Luft und sah sich verzweifelt um, als wolle sie aus dem Fenster springen. Vielleicht hätten wir beide durch das Fenster verschwinden und Chris allein lassen sollen. Aber wir taten es nicht. Chris hielt sie mit eisernem Griff an den Armen fest, und ich schlug die Tür von draußen zu. Was sollte ich dazu sagen? Doch dann fiel mir ein, dass ich doch etwas zu sagen hatte, und in mir stieg Zorn auf, wie ich ihn noch nie erlebt hatte. Ich machte auf dem Absatz kehrt, riss die Tür wieder auf und schrie Chris an:

»Es ist mir scheißegal, was du treibst oder wer sie ist, aber wo ist meine Tochter?« Auf dem Bett schnappte wieder jemand nach Luft, und Chris sah mich mit einem Zorn an, der sich bei weitem nicht mit dem meinen messen konnte.

»Was, zum Teufel, glaubst du denn, Gill? Dass ich Sam gefesselt oder unter das Bett gelegt habe? Die Gillmours haben sie vor Stunden zu einem Picknick abgeholt. Ich soll sie um sechs abholen.«

»Spar dir die Mühe.« Das Mädchen wand sich unter Chris' brutalem Griff, und die Schamlosigkeit der ganzen Szene traf mich wie ein weiterer Schlag. »In einer Stunde komme ich zurück und hole meine Sachen.« Ich schlug die Tür wieder zu, schnappte im Wohnzimmer meine Schuhe, packte meine Handtasche und lief barfuß zum Wagen. Zum Teufel mit Christopher Matthews. Wenn es so werden sollte, konnte er bei seinem Lotterleben bleiben und es treiben, mit wem es ihm gefiel, verdammt noch mal. Ich wollte nichts mehr von ihm wissen … nein danke … dieser dreckige … lausige … treulose … elende … Tränen strömten über meine Wangen, und ich bekam vor Schluchzen kaum noch Luft, während ich zum Haus der Gillmours fuhr. Ich wollte nur Sam holen und dann aus Chris' verdammter Absteige verschwinden. Ich war plötzlich froh darüber, dass ich meine Wohnung in der Stadt nicht aufgegeben hatte. Sam und ich konnten noch heute Abend zurückfahren und so tun, als wäre nie etwas vorgefallen. In meinem Leben hatte es nie einen Chris gegeben … Chris war fort …

Mit quietschenden Reifen bog ich in die Einfahrt der Gillmours ein. Ich hielt hinter ihrem Kombi, zog die Handbremse an, schaltete die Zündung aus und wischte mir das Gesicht ab. Die Welt war soeben für mich untergegangen, und wie sollte ich Sam gegenübertreten?

Als ich ausstieg, kam Elinor Gillmour barfuß heraus, blieb in der Tür stehen und winkte mir.

»Hallo, Gillian. Hast du einen schönen Tag gehabt?« … Ob ich einen schönen Tag gehabt hatte? Was für ein Witz.

»Sehr schön. Danke, dass du Sam zum Picknick mitgenommen hast. Es hat ihr sicherlich gut gefallen.« Die Gillmours hatten fünf Kinder, von denen zwei altersmäßig so gut zu Sam passten, dass ein Ausflug mit ihnen wirklich Spaß machen musste. – Ein Besuch bei ihnen war wie der Aufenthalt in einem Kindergarten.

»*Hi,* Mami, darf ich noch zum Abendessen bleiben?« Sam war herausgestürmt, als sie meine Stimme hörte.

»Nein, Liebling, wir müssen nach Hause fahren.« Ja, wirklich … nach Hause … nach San Francisco, in unsere Wohnung an der Marina.

»Ohhh … Mami.« Es folgte ein langer Heulton, aber ich schüttelte den Kopf.

»Heute meine ich es ernst, Sam. Wir fahren nach Hause. Danke, Elinor. Komm, wir gehen.« Ich nahm sie fest an der Hand und führte sie zum Wagen, während wir ein letztes Mal der nach und nach aus dem Haus tröpfelnden Gillmoursippe zuwinkten. »Hast du dich gut unterhalten?«

»Ja. Können wir zum Abendessen etwas Besonderes machen? Zum Beispiel ein Picknick mit Onkel Crits?«

»Nein, du hattest doch gerade erst ein Picknick, und ich habe eine Überraschung für dich. Wir müssen für ein paar Tage in die Stadt zurück, damit Mami einiges erledigen kann.« Ein paar Tage erschienen mir als ausreichende Erklärung. Sie würde sowieso in einer Woche zu ihrem Vater fahren.

»Warum? Ich will nicht in die Stadt zurück. Kommt Onkel Crits auch mit?« Bei diesem Gedanken lebte sie auf.

»Nein, Liebling. Er muss hier bleiben.« Ganz richtig, das muss er. Als wir zu Chris' Haus zurückkamen, war ich fuchsteufelswild. Ich war nicht einmal mehr verletzt. Ich wollte ihn nur umbringen. Aber Sam sollte nicht mitbekommen, dass wir verkracht waren.

»Gill …« Er erwartete uns vor dem Haus.

»*Hi,* Onkel Crits, es war ein feines Picknick.«

»*Hi,* Sam. Könntest du mir einen großen Gefallen tun und wieder meine Pflanzen gießen? Sie sehen so durstig aus wie ein Cowboy in der Wüste. Danke.«

»Sicherlich, Onkel Crits.« Sie freute sich über die Aufgabe und lief hinter das Haus, um sie zu erledigen.

»Gill …« Er folgte mir ins Haus, während ich ins Schlafzimmer ging.

»Vergiss es, Chris. Spar dir die Mühe, es zu erklären. Es interessiert mich nicht. Was ich gesehen habe, war eindeutig, und diese Szene ekelt mich an. Ich fahre noch heute Abend mit Sam in die Stadt zurück. Ich werde dafür sorgen, dass du den Wagen morgen irgendwie zurückbekommst.«

»Zum Teufel mit dem Wagen!«

»Aber, aber …« Ich riss in unserem Zimmer eine Schublade nach der anderen auf, und ein Großteil meiner Habseligkeiten häufte sich schon in meinem Koffer auf dem ungemachten Bett. Dem Bett. Auf dem er das Mädchen gebumst hatte. Dieser Scheißkerl. »Du hättest wenigstens das verdammte Bett machen können.«

»Hör zu, Gill, bitte …«

»Nein, kein ›Bitte‹ mehr. Verdammt noch mal, ich haue von hier ab. Jetzt gleich.«

»Hör zu, das war doch keine Sache von Bedeutung. Sie ist mir vollkommen egal. Es ändert nichts zwischen uns. Sie ist nur ein Mädchen, das ich in der Stadt aufgegabelt habe.« Es klang verzweifelt.

»Ach, wirklich? Da bin ich aber entzückt. Entzückt, weil sie dir nichts bedeutet. Aber mir scheint, ich bedeute dir auch nichts. Du hast, seit ich dich kenne, mit einem Mädchen zusammengelebt. Du kommst, du gehst, du kommst zum Abendessen, bleibst über Nacht, und dann verschwindest du für drei Tage. Und jetzt bumst du ein Mädchen, nur zum Spaß. Noch dazu in unserem Bett, und zum Teufel … es ist dein Scheißbett, aber mich schert das einen Dreck. Wir leben angeblich zusammen. Ich tue so etwas nämlich nicht. Wahrscheinlich ist das mein großer Fehler.«

»Nein, Gill, es ist nicht dein Fehler. Ich liebe dich so, wie du bist. Aber ich bin ein Mann, verdammt noch mal, und ich brauche ein wenig Spaß.«

»Was bin ich dann?«

Das schrie ich schon.

»Mit dir ist es nicht bloß Spaß, Gill. Bei dir ist es ernst. Ich liebe dich.« Seine Stimme war beinahe zu einem Flüstern herabgesunken, und er blickte mich ernst an. »Bitte, Gill, geh nicht fort. Ich brauche dich. Es tut mir Leid, dass das passiert ist.«

»Mir auch. Ich gehe dennoch.« Aber mein Entschluss war erschüttert … Bei mir war es ernst? Was bedeutete das? »Chris, es wird immer wieder passieren, und das ertrage ich einfach nicht. Tut mir Leid« … Leid? … Warum, zum Teufel, sollte es mir Leid tun? … Aber so war es eben.

»Warum musst du es zu einer Haupt- und Staatsaktion machen? Das ist es bestimmt nicht. Wirklich nicht.«

»Vielleicht nicht für dich. Aber für mich. Hast du eine Ahnung, was ich empfand, als ich ins Zimmer trat und sah, wie du deinen Schwanz in sie bohrtest, während dein blanker Hintern mir entgegenstarrte und sie die Beine kilometerweit spreizte.« Beim Gedanken an diesen Anblick wurde mir übel.

»Wenn du es schilderst, klingt es fürchterlich.« Er hatte sich beruhigt und wollte sich nicht mehr in die Enge treiben lassen.

»Vielleicht war es fürchterlich. Was weiß ich denn? Von dort, wo ich stand, sah es jedenfalls so aus. Weißt du, wie ich mich fühle? Dumm und unerfahren, als würde ich dir nicht genügen. Wenn du mit uns nicht glücklich bist, dann sag es mir. Ich weiß nur, dass wir wie verrückt ficken, und kaum drehe ich mich um, rennst du los und bumst eine andere. Joe Tramino hatte Recht.« Ich bedauerte diese Worte, sobald ich sie ausgesprochen hatte. Ich hätte Joe aus dem Spiel lassen sollen.

»Was hat denn der kleine Spaghettifresser über mich zu sagen?«

Chris war plötzlich wütend.

»Nichts. Vergiss es. Er sagte nur, du würdest mich unglücklich machen, und es sieht so aus, als hätte er Recht.«

»Quatsch. Wir waren vollkommen glücklich. Und wenn du dann nach Hause gekommen wärst, wann du es vorgesehen hattest, hätten Sam und ich in der Küche beim Abendessen gesessen, und es hätte sich nichts geändert. Du hättest es nicht gewusst. Wenn dir wirklich etwas an mir gelegen wäre, würdest du mich verstehen, und es würde alles bleiben, wie es war ... Ha?«

»Willst du mich auf den Arm nehmen?«

»Nein, gar nicht. Es könnte dir auch passieren, Gill. Ich würde dich deshalb nie verlassen. Du hast Recht, wir leben zusammen. Ich liebe dich und habe Verständnis für andere Menschen, was bei dir nicht der Fall ist.« Ich fragte mich allmählich, ob er nicht vielleicht doch Recht hatte, und wurde schwankend. Seine Stimme klang so kühl, so erfahren. Vielleicht passierten diese Dinge immerfort. Aber warum geschah es ausgerechnet mir? Und warum musste ich es sehen? »Gill, willst du die Nacht hier verbringen und abwarten, wie du dich morgen fühlst? Wegzugehen ist unvernünftig, du wirst Sam ganz durcheinander bringen, wenn du jetzt mit ihr in die Stadt fährst. Ich habe morgen in der Stadt zu tun; wenn du dann immer noch wegwillst, fahre ich euch hin.« Ich wollte es nicht überschlafen, aber er hatte Recht, was Sam betraf. Ich schwankte, und das merkte er.

»Also in Ordnung. Sam zuliebe. Aber bleib mir vom Leib. Ich werde auf der Couch schlafen. Du kannst dein Schlafzimmer ab sofort für dich allein haben.« Ich stellte meinen schlampig gepackten Koffer auf den Boden und verließ das Zimmer.

»Ich werde das Abendessen kochen, Gill. Ruh dich aus. Du siehst schlecht aus.«

»Ich fühle mich auch schlecht, danke. Aber ich werde für Sam kochen. Ich habe keinen Hunger, und du kannst selbst für dich sorgen.« Ich ging hinaus, um nach Sam zu sehen, bevor ich das Abendessen zubereitete. Sie goss noch immer hingebungsvoll Chris' Pflanzen, und es hatte den Anschein, dass sie von dem Krach nichts gehört hatte. Ich befürchtete aber das Gegenteil.

»Sam, was möchtest du essen, mein kleiner Liebling? Wie wäre es mit kaltem Huhn?«

»Fein, Mami.« Also hatte sie es gehört, zumindest teilweise, denn sie war so ungewöhnlich brav. Ich war ihr dafür dankbar.

»Du bist ein braves Mädchen.«

»Danke, Mami. Wird Onkel Crits mit uns essen?«

»Nein.« Ich verzog dabei unbeherrscht den Mund.

»Okay.«

Sie aß das Huhn fast wortlos, dann zog sie selbst ihren Pyjama an und meldete, sie sei bereit, zu Bett zu gehen. Als ich sie zudeckte, tat sie mir Leid. Ich hasste mich dafür, dass sie wieder den Eindruck haben musste, dass Männer nur in unser Leben traten, um es ehebaldigst wieder zu verlassen. Oder dass ich sie verließ. Ich hasste Chris, weil er daran schuld war, dass es wieder geschah, und mich selbst, weil ich es so weit hatte kommen lassen. Ich hätte nie mit ihm nach Bolinas ziehen dürfen, und ich bedauerte alles zutiefst, als ich Sam den Gutenachtkuss gab und das Licht ausmachte.

»Bis morgen früh, Liebling. Träume süß.« Eine Träne lief mir über die Wange, als ich in die Küche zurückging, um eine Tasse Kaffee zu trinken, und ich fühlte mich erledigt. Es war ein so grässlicher Nachmittag gewesen. Ich konnte mir nicht vorstellen, dass es morgen viel besser sein würde.

»Wie geht es dir, Gill?« Ich hatte nicht gehört, dass er in die Küche gekommen war.

»Danke, gut. Würdest du bitte Acht geben, ob Sam etwas braucht? Ich möchte spazieren gehen.«

»Ja, natürlich. In Ordnung.« Sein Blick lag auf mir, als ich ruhig die Tür öffnete und über die Straße zum Strand ging. Die

Nacht war still und die Luft noch warm. Der Nebel war nicht eingefallen, aber ich war zuvor zu beschäftigt gewesen, um es zu bemerken. Ich blickte zum Himmel empor und sah die hell leuchtenden Sterne, aber auch dadurch wurde meine Stimmung nicht besser.

Die Meereswellen schlugen leise an den Strand, und ich legte mich auf den kühlen Sand, um nachzudenken. Oder auch nicht zu denken. Im Augenblick war es mir vollkommen gleichgültig, was geschah. Ich wollte nur allein sein, weg von Chris. So weit wie möglich von seinem Haus entfernt.

Ein streunender Hund kam vorbei und schnüffelte am Wasser, dann zog ich mich, ohne zu überlegen, aus. Ich glitt nackt ins Wasser und schwamm langsam zu der Landspitze am Ende der Stinson Beach; ich dachte an den Tag, an dem Chris und ich mit dem Pferd diese Strecke geschwommen waren. An dem Tag, an dem wir einander kennen gelernt hatten. Der erste Tag ... das war drei Monate her, und der heutige Tag war so völlig anders gewesen.

Drüben angelangt, legte ich mich im hellen Mondschein auf den Sand und fragte mich, was mir die Zukunft bringen und ob ich jemals noch einem Menschen trauen würde. Es kam mir wie Stunden vor, dass ich dort lag, dann hörte ich Schritte im Sand hinter mir und wandte mich erschrocken um.

»Gill?« Es war Chris.

»Was tust du hier? Du hast gesagt, du bleibst bei Sam.« Das hätte er doch wenigstens tun können.

»Es geht ihr gut. Sie schläft tief, und ich wollte mit dir reden.«

»Es gibt nichts mehr zu besprechen. Woher wusstest du, dass ich hier bin?«

»Ich wusste es eben. Auch ich wäre hierher gekommen.«

»Ich nahm nicht an, dass es dir so viel ausmacht.« Wieder begleiteten Tränen meine Worte.

»Wenn du wüsstest, wie viel mir daran liegt, Gill.« Er setzte sich neben mir auf den Sand, und seine nasse Haut glänzte in der Dunkelheit.

»Ich schwimme zu Sam zurück.« Ich wollte nicht warten, bis er versuchte, mich herumzukriegen.

»Bleib nur eine Minute bei mir sitzen … bitte.« Etwas in seiner Stimme rührte mir ans Herz, beinahe genauso wie Sams Bravheit, als sie zu Bett gegangen war.

»Warum, Chris? Was für einen Sinn soll das haben? Wir haben doch schon alles besprochen.«

»Nein, das haben wir nicht. Aber wenn du dieser Meinung bist, dann lass mich noch ein paar Minuten bei dir sitzen. Ich kann den Gedanken nicht ertragen, dass du mich verlässt.« Ich schloss die Augen und unterdrückte einen Seufzer. »Willst du spazieren gehen?« Ich nickte stumm, und wir gingen den Strand entlang, nebeneinander, aber doch in weitem Abstand voneinander. Ich fühlte mich noch immer schrecklich verlassen.

»Wir sollten lieber zurückgehen, Chris. Sams wegen.« Wir waren beinahe am anderen Ende, mussten zur Bucht zurück, zum Bolinasstrand schwimmen und von dort zum Haus gehen. Es würde eine gute halbe Stunde dauern, und ich machte mir allmählich Sorgen, weil Sam allein im Haus war. Sie würde Angst bekommen, wenn sie aufwachte und niemand dort war. Es bestand zwar keine Gefahr, aber ich hatte kein gutes Gefühl.

»Also gut, Gill, ich wollte bis zu unserer Mulde gehen.« Seine Stimme klang wie die eines kleinen Jungen, der eine große Enttäuschung erlebt hat, aber seine Worte wirkten wie ein Schlag ins Gesicht.

»Chris, wie konntest du nur? Du begreifst wirklich überhaupt nichts.« Der Friede des stillen Spaziergangs im Mondlicht war zerstört, und ich lief zur Bucht. Dort stürzte ich mich ins Wasser und schwamm, so rasch ich konnte, auf die andere Seite. Aber er erreichte den Strand vor mir, und als ich aus dem Wasser stieg, zog er mich in die Arme und drückte mich an sich.

»Jetzt hältst du den Mund, verdammt noch mal, Gillian Forrester. Ich habe heute etwas Gemeines getan. Aber ich liebe dich, und wenn du das noch immer nicht begriffen hast, bist du dieser Liebe nicht wert.« Er drückte seinen Mund auf den meinen, und sein Kuss ließ mich im Innersten erschauern.

»Chris ...«

»Sei still. Wir müssen jetzt zu Sam zurück.« Er nahm meine Hand fest in die seine, führte mich zu meinen Kleidern und sah mir beim Anziehen zu, während er in seine Jeans schlüpfte. Sonst hatte er nichts auf dem Leib gehabt.

Als ich angekleidet war, nahm er mich wieder bei der Hand, und wir gingen ohne ein weiteres Wort zum Haus zurück. Ich sah nach Sam und war erleichtert, als ich sie schlafend vorfand. Dann sah ich unser Zimmer. Chris hatte Ordnung gemacht, das Bett war frisch überzogen, und in einer Vase standen Blumen aus dem Garten.

»Kommst du ins Bett?« Er saß auf dem Bettrand und lächelte leicht.

»Das hast du hübsch gemacht.« Nichts mehr, das mich daran erinnerte, was am Nachmittag vorgefallen war, außer dem bohrenden Schmerz in meinem Kopf.

»Du hast meine Frage nicht beantwortet. Kommst du ins Bett?« Er knipste das Licht aus, und ich wusste im Dunkel nicht, was ich tun sollte. Ich wollte nicht ins Bett gehen, wollte ihn aber auch nicht verlassen. Ich fragte mich, ob er damit Recht hatte, dass ich nie davon erfahren hätte, wenn ich zur ausgemachten Zeit nach Hause gekommen wäre, und sich in unseren Beziehungen nichts geändert hätte. Nur war ich nicht zur vorgesehenen Zeit nach Hause gekommen.

Er drehte sich in der Dunkelheit auf die andere Seite, ich ging langsam ins Zimmer und begann mich auszuziehen. Ich würde neben ihm schlafen, aber nicht mit ihm. Vielleicht war es ihm ohnehin recht. Er hatte sein Quantum Liebe für diesen Tag bereits gehabt. Bei der Erinnerung zuckte ich wieder zusammen, während ich mich hinlegte, dann wandte ich ihm den Rücken zu und schlief erschöpft ein.

Am nächsten Morgen erwachte ich durch den Geruch von gebratenem Speck und blickte auf die Uhr. Es war fünf Uhr morgens, draußen lag alles im Nebel.

»Guten Morgen, Dornröschen. Das Frühstück steht auf dem Tisch.« Ich fühlte mich eher wie die böse Fee, und von dem Speckgeruch wurde mir übel. Meine Nerven waren offensichtlich durcheinander.

»*Hi,* Mami. Wir haben Waffern gebacken.«

»Waffeln. Du bist ja schon angezogen. Ihr beide scheint die ganze Nacht auf gewesen zu sein.« Ich fühlte mich, als hätte ich wach gelegen, aber ich musste, zumindest für Sam, gute Miene zum bösen Spiel machen.

Ich stand auf, putzte mir die Zähne, fühlte mich danach schon etwas besser, die frischen Waffeln mundeten herrlich. Ich aß zwei, und Sam war begeistert.

»Sind sie nicht köstlich, Mami?«

»Fabelhaft, Sam.« Ich warf Chris rasch einen Blick zu, aber er machte gerade die Küche sauber. »Warum sind alle schon so früh auf?«

»Ich muss um sechs bei Außenaufnahmen sein, und wenn du noch immer in die Stadt fahren willst, müssen wir uns auf den Weg machen. Ich bin schon spät dran.« Er sah mich anzüglich an.

»Ausgezeichnet. Danke. Ich packe Sams Sachen und bin in zehn Minuten angezogen.« Blue Jeans und ein Hemd. Ich hatte sowieso nichts in der Stadt zu tun. Außer Joe Tramino zu seiner Menschenkenntnis zu beglückwünschen.

Sam sah niedergeschlagen drein, als wir wegfuhren, und ich versuchte sie aufzumuntern, während wir über die kurvenreiche Bergstraße fuhren. Ich war für den Nebel dankbar; ich hatte so nicht den weiten Ausblick auf Stinson und Bolinas vor Augen. Wir konnten nur ein kurzes Stück der Straße vor uns und die von Nebel verhüllten Hügel über uns sehen.

Die Straßen waren zu dieser Stunde kaum befahren, und wir waren in dreißig Minuten in der Stadt. Chris hielt vor meiner Wohnung und trug Sam huckepack zur Eingangstür.

»Auf Wiedersehen, Partner.« Sie sah aus, als würde sie gleich weinen, dann beugte er sich nieder und flüsterte ihr etwas ins Ohr, das ein Lächeln auf ihr Gesicht zauberte, als würde plötzlich die Sonne hervorbrechen.

»Okay, Onkel Crits. Auf Wiedersehen.« Sie lief ins Haus und schlug die Gittertür zu, während ich mich an Chris wandte.

»Was hast du ihr gesagt?« Ich wollte nicht, dass er ihr irgendwelche Lügen über seine Rückkehr erzählte. »Ich will es wissen.«

»Das geht dich nichts an. Es ist etwas zwischen Sam und mir. Und dir habe ich auch etwas zu sagen. Dass es damit nicht zu Ende ist. Vergeude keine Zeit mit dem Gedanken an Trennung, denn dazu kommt es nicht. Ich werde es nicht zulassen. Hast du mich verstanden?« Er starrte mir lange in die Augen, dann küsste er mich auf die Stirn, wandte sich um, ging weg und fuhr davon.

Er irrte sich gründlich. Für mich war es ein für alle Mal vorbei.

Ich brachte Sam um neun in die Schule und freute mich, weil es ihr anscheinend nichts ausmachte, wieder daheim zu sein. Dann fuhr ich nach Hause, um auszupacken.

Ich musste auch alle Werbeagenturen anrufen, für die ich freiberuflich tätig war, und ihnen sagen, dass ich in die Stadt zurückgekehrt war. Und was dann? Sollte ich vielleicht weinen? Warum eigentlich nicht?

Aber dann saß ich zu Hause herum und trank Kaffee, bis ich

Sam von der Schule abholte und wir in den Zoo gingen. Ich konnte mich weder entschließen auszupacken, noch die Agenturen anzurufen, es war zu deprimierend. Wir aßen auf dem Heimweg bei Hippe zu Abend, und Sam und ich hatten eine kleine Auseinandersetzung wegen der Speisekarte.

»Ich mag keine Gorillas, Mami. Sie sind grauslich.«

»Es ist nur ein Hamburger, Sam. Sie nennen es nur Gorillaburger. Sie haben mit den Affen nichts zu tun.«

Sie glaubte mir nicht recht, doch schließlich beschloss sie, einen Versuch zu machen, drohte mir aber, sie würde sofort weglaufen, wenn es grauslich wäre. Offenbar war es aber nicht der Fall, und der Hamburger mit den *pommes frites* verschwand in wenigen Minuten, während ich mich sehr bemühte, ein Lächeln zu unterdrücken.

Wir fuhren im schwindenden Licht des Sommertages, der doch noch sehr angenehm verlaufen war, nach Hause, ich badete sie und brachte sie zu Bett. Ich wusste aber, dass es mir früher oder später bewusst werden würde, dass Chris fort war.

»Darf ich eintreten?« Mein Herz machte einen Sprung, als die strubbelige blonde Mähne bei der Tür hereinsah. »Du solltest deine Tür abschließen.«

»Und du solltest zuhören, wenn man dir etwas sagt. Und ich habe dir gesagt, dass du wegbleiben sollst.« Ich war trotzdem so froh, ihn wieder zu sehen, dass ich ihn am liebsten umarmt hätte. Das Zerwürfnis mit ihm hatte den ganzen Tag auf mir gelastet wie ein hundert Pfund schwerer Rucksack.

»Du redest nichts als Unsinn, Gill. Ich musste auf jeden Fall herkommen. Ich hatte es Sam versprochen.« Er lag schon auf der Couch und sah zufrieden aus.

»Du hättest nicht kommen sollen.«

»Morgen bringe ich euch beide nach Bolinas zurück. Ich habe angenommen, dass euch ein Tag in der Stadt gut tun würde.«

»Er hat mir gut getan. Und wir bleiben hier.«

»Dann bleibe auch ich. Aber es ist idiotisch, das Haus in Bolinas leer stehen zu lassen.«

»Dann tu etwas dagegen. Fahr zurück. Mir ist es egal, wo du bleibst.«

»Ach, wirklich?« Er war aufgestanden und kam langsam zu dem Stuhl, auf dem ich saß, eine Zigarette rauchte und innerlich bebte. »Zufällig macht es mir eine ganze Menge aus, wo du dich aufhältst, Mrs. Gillian Forrester. Und ich will dich bei mir haben. Hast du das noch nicht begriffen?« Er beugte sich über meinen Stuhl und ergriff mit beiden Händen die Armlehnen. Sein Gesicht senkte sich langsam zu dem meinen, und ich wusste, dass er mich küssen würde.

»Chris, nicht!« Ich stemmte die Hände gegen seine Brust, aber er kam mir immer näher, und dann küsste er mich. »Hör auf!«

»Jetzt hör du doch endlich auf. Du hast es weit genug getrieben. Ich werde die ganze nächste Woche zu Kreuze kriechen. Aber ich lasse nicht zu, dass du diese Sache übermäßig aufbauschst. Lass dir das gesagt sein.« Damit hob er mich aus dem Stuhl hoch, trug mich ins Schlafzimmer und warf mich aufs Bett.

»Chris Matthews, verlass dieses Haus!« Ich stand auf dem Bett und schrie ihn an, doch er schwang sanft den Arm und warf mich um. Dann schob er seinen Körper mit einer raschen Bewegung auf den meinen, und das Ende unserer Beziehung war vorüber. Wir hatten wieder begonnen.

»Fahren wir heute nach Bolinas zurück oder nicht? Das Wetter sieht nicht gerade einladend aus.« Wir lagen im Bett und konnten durch das Fenster sehen, dass der Nebel wieder eingefallen war.

»Es hat nicht viel Sinn, rauszufahren, Chris. Ich habe nächste Woche drei Jobs, und Richard holt Sam am Freitag ab. Bleiben wir doch hier.«

»Okay.« Er war sehr gefügig.

»Aber ich will hier bleiben, nicht in der Sacramento Street.« Chris' Wohnung.

»Warum?«

»Aus mehreren Gründen. Erstens hat es keinen Sinn, dass Sam allerlei aufschnappt und es brühheiß ihrem Vater erzählt. Es ist mir lieber, wenn sie ihm nicht erzählen kann, dass wir aus unserer Wohnung in deine übersiedelt sind. In Bolinas war es etwas anderes. Und ... der Rest ist nicht wichtig.« Das war allerdings eine Lüge. Ich wollte einfach nicht in einer Wohnung leben, in der er schon mit hundert verschiedenen Mädchen geschlafen hatte. Mit einigen davon in den letzten drei Monaten. Sogar Bolinas war mir verbittert. Ich wollte in meiner Wohnung in der Stadt leben.

»Ich finde, du bist unvernünftig, aber ich bin trotzdem einverstanden. Ich habe ohnedies eine Menge Arbeit.«

Wir verbrachten also die nächste Woche in der Stadt, in meiner Wohnung, und kitteten unsere Beziehung wieder zusammen. Ich war überrascht, wie leicht das ging, aber daran war Chris schuld. Man konnte ihm nicht lange böse sein, er besaß den unwiderstehlichen Charme eines Sechsjährigen, und außerdem liebte ich ihn.

Ende der folgenden Woche packte ich Sams Koffer wieder, beförderte Chris aus dem Haus, und wir warteten auf Richard, Sams Vater. Er hatte mich angerufen und mir mitgeteilt, dass er geschäftlich nach Los Angeles müsse und am 15. Juli nach San Francisco fliegen würde, um Sam zu Mittag abzuholen. Das bedeutete, dass er an diesem Tag gegen zwei zu uns kommen würde. Und wenn Richard etwas versprach, hielt er es ein. Er war immer aufreizend pünktlich.

Prompt trudelte er am 15. Juli um zwei Uhr zehn ein und sah in seinem dunkelgrauen Anzug mit blau-weiß gestreiftem Schlips, weißem Hemd und blank polierten schwarzen Schuhen wie aus dem Ei gepellt aus. Es war ein merkwürdiges Gefühl, als er hereinkam und mir bewusst wurde, dass er der Mann war, mit dem ich verheiratet gewesen war und mit dem ich jeden Tag und auch die Nächte verbracht hatte. Er wirkte wie ein Wesen aus einer anderen Welt. Ihm erging es wahrscheinlich genauso. Ich war nicht mehr die Gillian, die er gekannt hatte.

»Sie ist fertig.« Ich versuchte, ruhig zu bleiben und Sam zuliebe ein fröhliches Gesicht zu machen. Aber es ging mir gegen den Strich, dass sie für sechs Wochen wegfuhr. Die Tage würden ohne sie so still und leer sein.

»Du siehst gut aus, Gillian. Wart ihr in der Sonne?«

»Ja. Drüben an der Bucht.« Ich ging absichtlich auf keine Details ein, und wieder fiel mir auf, wie inhaltsleer unsere Gespräche seit der Scheidung waren. Worüber hatten wir eigentlich früher gesprochen? Ich konnte mich wirklich nicht daran erinnern.

»Ich habe hier eine Liste der Orte, an denen Samantha und ich uns in den nächsten sechs Wochen aufhalten werden. Falls du wegfährst, so übermittle bitte meiner Sekretärin deinen Reiseplan, damit wir dich in dringenden Fällen erreichen können.« Sein Gesicht sah knochentrocken aus.

»Mach dir deshalb keine Sorgen. Du wirst von mir hören. Ich werde Sam anrufen.« Er sah nicht sonderlich erfreut aus; ich bückte mich, umarmte Sam herzlich und gab ihr einen richtigen Schmatz.

»Leb wohl, Mami. Schick mir ein paar hübsche Ansichtskarten … und grüße Onkel Crits!« … Hoppla … Richard registrierte den Namen und sah mich durchdringend an.

»War nett, dich wieder einmal zu sehen, Richard. Gute Reise. Leb wohl, mein Liebling. Gib Acht auf dich.«

Ich winkte, als die Limousine abfuhr, während Sams Gesichtchen im Rückfenster immer kleiner wurde und sie immer noch winkte. Ohne sie würde ich einsam sein.

Als ich wieder ins Haus trat, klingelte das Telefon; ich hob ab, dankbar dafür, dass ich mit jemandem reden konnte.

»Kann ich schon nach Hause kommen? Ist der große, böse Wolf fort?«

»Ja, und Sam auch. Ich fühle mich scheußlich.«

»Hab ich mir genauso vorgestellt. In zehn Minuten bin ich bei dir, und wir können nach Bolinas fahren, sobald es dir recht ist.« Plötzlich störte mich die Erinnerung an das Mädchen, mit dem Chris geschlafen hatte, nicht mehr so sehr, und ich bekam Lust, wieder hinzufahren. Die Bitterkeit war in der letzten Woche in der Stadt vergangen, und ich wollte raus aus meiner Wohnung. Sie würde verdammt düster wirken, wenn Sam nicht herumtrampelte.

Chris hielt Wort und stand zehn Minuten später mit einer großen Flasche Wein in jeder Hand im Wohnzimmer.

»Ich war nicht sicher, ob du roten oder weißen lieber trinkst. Also brachte ich beide Sorten mit. Möchtest du ein Glas?«

»Und ob. Mehrere. Und dann fahren wir los.« Wir tranken beide zwei Glas Rotwein und fuhren dann ab. Zurück nach Bolinas. Diesmal allein und in bemerkenswert guter Laune.

9

Der folgende Monat war wieder traumhaft schön. Keiner von uns bekam viele Anrufe, die ihn in die Stadt zu einem Job riefen, und wir verbrachten die meiste Zeit am Strand oder in einer Hängematte unter dem großen Baum neben dem Haus. Oder wir liebten einander.

Ich arbeitete während des ganzen Monats ein einziges Mal in der Stadt, und Chris zweimal. Dadurch war es um unsere Finanzen nicht allzu gut bestellt, aber wir waren glücklich. Ich steuerte meine Alimente bei, und es schien Chris nichts auszumachen, dass ich Geld zum Haushalt beitrug.

Es war eine herrliche Zeit. Ich begann zu malen, Chris schoss unzählige Filme mit Nacktaufnahmen von mir, und die Tage flogen dahin. In kurzen, geschäftsmäßigen Briefen berichtete Richard, dass es Sam gut ging, und sie wirkte glücklich, wenn ich mit ihr telefonierte.

Die Episode mit dem Mädchen in Chris' Bett wiederholte sich nicht, und er war liebevoller, als ich es mir je erträumt hatte. Joe Tramino hatte Unrecht gehabt. Chris und ich hatten keinerlei Sorgen. Außer vielleicht einer kleinen. – Ich hatte zweimal eine Art Sonnenstich und viermal eine leichte Lebensmittelvergiftung. Dazwischen fühlte ich mich wiederholt schwindlig. Es schien aber nichts Ernstes zu sein, denn in der übrigen Zeit fühlte ich mich ausgezeichnet. Chris wollte, dass ich einen Arzt konsultierte.

»Es könnte ein Magengeschwür sein, Gill. Warum kommst du nicht mit, wenn ich das nächste Mal in die Stadt fahre? Also in zwei Tagen; du könntest dich jetzt schon anmelden.«

»Ich glaube, es sind nur die Nerven. Aber wenn es dich beruhigt ... okay, ich gehe hin.«

Ich ließ mir am Tag, bevor wir in die Stadt fuhren, einen Termin geben, und versuchte, nicht daran zu denken. Ich wollte nicht, dass etwas nicht in Ordnung war. Das Leben war gerade so schön.

»Erhebe dich und strahle!«

»Wie spät ist es?« Ich fühlte mich wieder elend, wollte es aber Chris gegenüber nicht zugeben.

»Halb acht. Spät. Steh auf. Ich habe dir Kaffee gekocht.« Er war morgens streng sachlich, und ich bemühte mich, nicht zu zeigen, wie schlecht ich mich fühlte, während ich die Augen schloss und versuchte, bei dem Kaffeegeruch nicht zu erbrechen.

Um neun verließen wir das Haus. Er war spät dran, da er noch Unterlagen für die Dreharbeiten gesucht hatte, und ich war froh darüber. Als wir abfuhren, fühlte ich mich besser, aber ich wusste, dass ich die Fahrt über die Haarnadelkurven nicht gut vertragen würde. So kam es auch.

»Du siehst elend aus, Gill. Fühlst du dich nicht wohl?«

»Doch. Mir geht es gut.« Ich musste aber im Gesicht grün sein, das spürte ich.

»Ich bin froh, dass du zum Arzt gehst. Meine Schwester hatte etwas Ähnliches und kümmerte sich ein Jahr lang nicht darum. Dann lag sie mit einem Magendurchbruch im Krankenhaus. Damit darf man nicht scherzen.«

»Das glaube ich gern. Ist sie jetzt gesund?«

»Natürlich. Es geht ihr fabelhaft. Also mach dir keine Sorgen. Du wirst jedenfalls Bescheid wissen.« ... Ja ... ich werde Bescheid wissen. »Ich möchte dir irgendwann das Haus zeigen, bevor wir an den Strand zurückkehren. Du kannst sagen, ob ich etwas ändern soll, bevor zu einziehst. Ich habe auch Sams Zimmer renovieren lassen. Ich hoffe, dass es dir gefällt.« Er warf mir einen unsicheren, nervösen Blick zu, über den ich heimlich lächeln musste. Ich hatte das Gefühl, dass wir vor der Hochzeit standen. Er sprach von dem Haus in der Art, wie es jungverheiratete Paare tun.

»Ich habe meinem Hausherrn gesagt, dass ich meine Wohnung zum ersten September aufgebe. Er meint, dass es nicht schwer ist, möblierte Wohnungen zu vermieten, er wird also sofort einen neuen Mieter finden. Das freut mich. Ich fühlte mich mies, weil ich ihm so plötzlich kündigte.« Wir hatten dieses Gespräch bis zur letzten Minute aufgeschoben, aber alles hatte »geklappt«, wie Chris einmal gesagt hatte. »Ich kann nicht warten.«

Chris beugte sich zu mir und küsste mich, wir fuhren plaudernd und schlechte Witze reißend in die Stadt. Ich fühlte mich wieder ganz in Ordnung, und wir unterhielten uns blendend.

Er setzte mich vor dem Fitzhugh-Gebäude auf dem Union Square eine halbe Stunde zu früh ab, und ich beschloss, zu I. Magnin auf der anderen Seite des Platzes zu gehen, um die Zeit zu verbringen.

Ich bemerkte an der Ecke einen Imitator und musste laut lachen, als er meinen Gang nachahmte, dann verschwand ich im Märchenland des eleganten Geschäftes. Rechts vom Eingang lockte die Herrenabteilung, ich entschied mich aber anders. Chris würde jedenfalls nichts von dem tragen, was ich dort für ihn aussuchen würde. Irgendwie sah das Geschäft nicht so aus, als würden sie Baumwollhemden führen. Ich lächelte vor mich hin und ging weiter, bis eine Reihe von Damenpullis mir ins Auge stach und ich sie durchzusehen begann.

Zwanzig Minuten später verließ ich nach einem neuen Parfüm duftend das Geschäft in einem aus dünner Seide gewirkten roten Rollkragenpullover. Ich brauchte etwas, das mir mehr Selbstvertrauen gab. Ich hatte das Gefühl, dass die Diagnose des Arztes nicht leicht zu verdauen sein würde.

Ich blätterte im Adressenverzeichnis im Erdgeschoss des Fitzhugh und fand den Arzt, den ich suchte. Howard Haas, Dr. med., Zimmer 312. Im Fitzhugh waren nur Arztordinationen untergebracht, und während ich im Fahrstuhl nach oben fuhr, hatte ich das komische Gefühl, ich könnte in diesem Haus durch jede beliebige Tür treten, es wäre immer das Gleiche. Aber ich war bei Dr. Haas angemeldet. Mein Arzt in New York hatte ihn mir empfohlen, als wir hierher übersiedelten.

Ich nannte der Empfangsdame meinen Namen und nahm dann zwischen sechs oder sieben anderen Patienten Platz. Die Magazine waren langweilig, die Luft war stickig. Ich wurde allmählich nervös, und von dem neuen Parfüm wurde mir übel.

»Mrs. Forrester, bitte.« Es hatte nicht lange gedauert.

Ich folgte der Schwester zu einer schweren Eichentür im Hintergrund des Büros, die in die Ordination führte. Die ganze Einrichtung wirkte irgendwie altmodisch, und ich konnte mir Dr. Haas nur mit Hornbrille und einer Glatze vorstellen. Es war aber keine Rede davon, sondern er sah aus wie fünfundvierzig und spielte offensichtlich viel Tennis. Sein Haar war nur leicht ergraut, und seine Augen waren blau; er schüttelte mir lächelnd die Hand.

»Wollen Sie sich nicht setzen, Mrs. Forrester.« Trotz des gewinnenden Lächelns lag mir ein Nein auf der Zunge, aber es blieb mir wohl keine andere Wahl.

»Danke.« Ich fühlte mich wie ein Kind, das in einer neuen Schule zum Direktor gerufen wird, und wusste nicht, wie ich beginnen sollte.

»Ich möchte zuerst einige Angaben über bisherige Erkrankungen, und dann können wir auf Ihr spezielles Problem eingehen. Wenn es überhaupt eines gibt.« Er lächelte mir wieder zu, und ich leierte meine wichtigsten Daten herunter, die mir kaum wert erschienen, notiert zu werden. Eine Mandeloperation, als ich sieben war, häufige Ohrenschmerzen als Kind, und dann die Geburt von Sam. Das war's so ungefähr. »Hört sich nach einem gesunden Organismus an. Warum kommen Sie zu mir?«

Ich erzählte ihm von dem Schwindelgefühl, der Übelkeit und dem Brechreiz, er nickte, ohne sich Notizen zu machen. Er schien nicht sonderlich beeindruckt.

»Und wann hatten Sie Ihre letzte Menstruation?«

»Meine Periode?« Ich hatte darüber nachgedacht, es aber wieder verdrängt. »Vor ein paar Wochen, das glaube ich jedenfalls.« Ich fühlte mich matt.

»Sie glauben? Sie sind nicht sicher?« Er sah mich an, als ob ich ein kleines Dummerchen wäre.

»Nein, ich bin sicher, wann es war, aber sie dauerte nur wenige Stunden.«

»Ist das für Sie eher ungewöhnlich?«

»Ja.« Ich hätte mich gerne über seinen Ton amüsiert, brachte es aber nicht zuwege. Er sprach zu mir, als wäre ich ein kleines, ein wenig zurückgebliebenes Kind, und seine Worte kamen langsam und überdeutlich wie Tennisbälle im Zeitlupentempo über den Schreibtisch.

»Wie war Ihre vorletzte Periode?«

»Ebenso. Aber ich dachte, das sei eine Folge des Klimawechsels. Oder vielleicht der Sorgen oder so ähnlich.« Es war eine sehr lahme Ausrede.

»Die Periode ist aber nie ausgeblieben?«

»Nein.« Ich wollte schon »Sir« hinzufügen, beherrschte mich aber. Ich war jedenfalls eingeschüchtert. Und verängstigt.

»Keine Veränderungen an Ihren Brüsten? Sind sie voller geworden?« Ich hatte nichts bemerkt. »Also sehen wir einmal nach.« Wieder sein gewinnendes Lächeln, und nun begann ich zu beten, aber dafür war es eigentlich etwas zu spät. Dass ich ihn aufgesucht hatte, war so ähnlich, als hätte ich auf einer Liste nachgesehen, ob ich eine Prüfung bestanden hatte oder durchgefallen war, wobei ich genau wusste, dass ich sowieso nicht gelernt hatte. Aber man hofft immer. Ich zumindest tue es.

Also untersuchte mich Dr. Haas. Und stellte fest: Ich war seit zwei Monaten schwanger. Vielleicht auch seit zweieinhalb. Schweinehund.

»Meinen Glückwunsch, Mrs. Forrester. Das Baby wird voraussichtlich im März zur Welt kommen.« Glückwunsch? »Wir werden der Form halber noch den Schwangerschaftstest durchführen, aber es besteht nicht der geringste Zweifel. Sie sind schwanger.« Er lächelte.

»Aber ich bin nicht … das heißt … äh … danke, Doktor.« Ich hatte ihm zwar von meiner Mandeloperation erzählt, aber vergessen zu erwähnen, dass ich nicht mehr verheiratet war. Glückwunsch, verdammter Mist.

Ich sollte in einem Monat wieder zur Untersuchung kommen, und dann fuhr ich im Fahrstuhl nach unten, wie ein Stein, der in einen Schacht fällt. So fühlte ich mich zumindest. Wie sollte ich es Chris beibringen? Er sollte mich abholen, und nach meiner Uhr musste er schon seit zehn Minuten warten. Vielleicht würde er gar nicht da sein. Bei dem Gedanken hob sich meine Stimmung etwas ... vielleicht hatte er es vergessen ... vielleicht ... ich beschloss, zu warten und es ihm erst mitzuteilen, sobald wir wieder in Bolinas waren und friedlich unter dem Baum neben dem Haus saßen.

Als ich aus dem Fahrstuhl trat, wartete er schon, und mir wurde wieder schwer ums Herz. Am liebsten hätte ich geheult.

Ich öffnete den Wagenschlag, setzte mich neben ihn und versuchte zu lächeln. *»Hi.«*

»Was hat der Arzt gesagt?«

»Ich bin schwanger.«

»Was bist du?« Das ganze Gespräch, während wir durch den hektischen Verkehr in der Innenstadt fuhren, konnte ungekürzt aus einem Laurel-und-Hardy-Film stammen. Es verlief ganz anders, als ich es mir vorgestellt hatte, aber es war mir herausgerutscht. Wahrscheinlich absichtlich. »Einen Augenblick, Gill. Was meinst du damit, du bist schwanger? Du verwendest doch etwas.«

»Schön, ich verwende etwas. Trotzdem bin ich schwanger. Herzlichen Glückwunsch.«

»Bist du verrückt?«

»Nein. Der Arzt hat es festgestellt.«

»Hast du ihm gesagt, dass du nicht verheiratet bist?« Chris war blass geworden.

»Nein, das habe ich vergessen.«

»Ach, um Himmels willen.« Ich lachte nervös und sah ihn an, dann bedauerte ich meinen Heiterkeitsanfall. Er sah aus, als würde er jeden Augenblick explodieren. »Wie lang bist du schon schwanger?«

»Zwei oder zweieinhalb Monate. Hör zu, Chris ... es tut mir Leid ... ich bin nicht schuld daran, und es ist nun einmal so, verdammt noch mal.«

»Okay, ich verstehe. Aber es ist ein ziemlicher Schock für mich. Hast du denn nicht gemerkt, dass deine Periode ausblieb? Und warum, zum Teufel, hast du es mir nicht gesagt?«

»Ich bekam meine Periode ... aber nur schwach ...«

»Schwach? Ich kann es nicht glauben.«

»Wohin, zum Teufel, fährst du überhaupt?« Wir waren seit einer Viertelstunde ziellos auf der Market Street unterwegs.

»Was weiß ich?« Er sah in den Rückspiegel, dann wieder zu mir. Dann hellte sich sein Gesicht auf. »Jetzt weiß ich's. Wir fahren nach San José.«

»San José? Wozu denn?« Vielleicht wollte er mich ermorden und meine Leiche irgendwo auf der Halbinsel verscharren.

»Weil es in San José eine prima Familienplanung gibt, die Abtreibungen organisiert. Dort sitzt ein Freund von mir.«

»Bravo!« Auf der Fahrt nach San José sprachen wir kein einziges Wort. Gelegentlich warfen wir einander Blicke zu, aber keiner redete. Wahrscheinlich hatte er keine Lust, und ich hatte Angst. Ich hatte das Gefühl, das schrecklichste Verbrechen aller Zeiten begangen zu haben.

In San José zeigte sich Chris' Freund sehr nett, notierte alle Daten, die er brauchte, und versprach uns anzurufen; als ich zum Wagen zurückging, fühlte ich mich einsam und schuldbewusst. Die Fahrt hinaus hatte eineinhalb Stunden gedauert, während der Verkehrsspitze würde die Rückfahrt noch länger werden, und dann hatten wir noch die Fahrt nach Bolinas vor uns. Beim Gedanken daran fühlte ich mich vollkommen ausgepumpt; an die Abtreibung wollte ich schon gar nicht denken. Alles, nur das nicht.

Auf der Rückfahrt nach San Francisco bemühte sich Chris, leichte Konversation zu machen, die ich unerträglich fand. Er fühlte sich sichtlich wohler. Die Tatsache, dass er etwas unternommen hatte, um es loszuwerden, verschaffte ihm ein Gefühl der Erleichterung. Und mir ein Gefühl von Verzweiflung.

»Chris, bleib bitte stehen.« Wir waren kurz vor San Francisco, aber mir war alles egal, ich konnte nicht länger warten.

»Hier? Ist dir nicht gut?«

»Ja. Ich meine, nein, nicht so. Bleib bitte stehen.« Er hielt den Wagen an, und ich wandte mich ihm zu. »Chris, ich bekomme das Baby.«

»Jetzt?« Es klang wie ein Aufschrei, und er sah aus, als ob seine bereits angegriffenen Nerven versagen würden.

»Nein, nicht jetzt. Im März. Ich will keine Abtreibung.«

»Was sagst du da?«

»Du hast mich richtig verstanden. Ich werde das Baby bekommen. Ich erwarte nicht, dass du mich heiratest, aber verlange nicht von mir, dass ich es abtreiben soll. Das werde ich nicht tun.«

»Warum denn? Um Himmels willen, Gill, warum? Es wird unsere Beziehung zerstören, ganz zu schweigen davon, dass es dein Leben total verändern wird. Du hast schon ein Kind, wozu willst du ein zweites haben?«

»Weil ich dich liebe und unser Kind haben will. Zutiefst in meinem Herzen bin ich gegen eine Abtreibung, wenn sie nicht sein muss. Wenn zwei Menschen so zueinander stehen wie wir beide, ist es ein Verbrechen, das Kind nicht zu bekommen, das dieser Verbindung entstammt. Ich kann nicht anders, Chris, ich muss es einfach bekommen.« Meine Augen schwammen in Tränen.

»Ist das dein Ernst?«

»Ja.«

»Du mein Gott. Na schön, du musst tun, was du für dich für das Beste hältst. Wir werden noch darüber sprechen. Aber du nimmst verdammt viel auf dich, Gill.«

»Das weiß ich. Es würde aber mein Gewissen noch mehr belasten, wenn ich mich seiner entledige. Ich werde es bekommen, ob du zu mir stehst oder nicht.« Die letzten Worte waren nur gespielte Tapferkeit, aber er reagierte nicht darauf.

»Okay, Kleine. Die Entscheidung liegt bei dir.« Er schaltete wieder auf »Drive« und fuhr stumm in die Stadt.

10

An diesem Abend fuhren wir nach Bolinas zurück, ohne sein Haus auf der Sacramento Street zu besichtigen, ohne Abendessen und ohne viele Worte. Aber ich war zu müde, um mir etwas daraus zu machen. Es war ein schwerer Tag gewesen, ich fiel ins Bett und schlief sofort ein.

Am nächsten Morgen drehte ich mich im Bett um und sah, dass Chris mit einem unglücklichen Gesichtsausdruck, der gut zu dem meinen passte, zur Decke starrte.

»Chris ... es tut mir wirklich Leid.« ... Eigentlich stimmte das gar nicht. Nur war ich zu feig, es zu gestehen.

»Dazu hast du keinen Grund. Vielleicht ist es für dich das Richtige. Das Baby zu bekommen, meine ich.«

»Wie stehst du dazu?« Ich musste es wissen. Er wälzte sich auf die Seite, stützte sich auf den Ellbogen und sah mich lange an, bevor er antwortete.

»Für mich ist es nicht das Richtige. Aber du hast gestern erklärt, das würde dir nichts ausmachen. Bist du noch immer dieser Ansicht?«

»Ja.« Meine Stimme war zu einem schwachen Flüstern herabgesunken. Er würde mich also verlassen. »Wir trennen uns?«

»Nein. Du kehrst nach New York zurück.« Was das Gleiche bedeutete. Mein Herz wurde schwer, ich wollte schreien, weinen oder sofort sterben. Ich wollte auf keinen Fall zurück nach New York.

»Ich fahre nicht zurück, Chris. Du kannst mich verlassen, aber ich bleibe hier.«

»Du musst fort von hier, Gill. Wenn du nur das Geringste für mich übrig hast. Du tust etwas, das du tun willst. Also bist du es mir schuldig, auch etwas zu tun, das ich will.« Es klang sehr vernünftig, war es aber keinesfalls. Zumindest nicht für mich.

»Was hat meine Rückkehr nach New York mit der Schwangerschaft zu tun? Und wie soll es weitergehen? Ich werde dich nie wieder sehen?« ... Heiliger Jesus ...

»Nein. Ich werde dich besuchen. Ich liebe dich noch immer, Gill. Aber ich würde der Belastung durch deine Anwesenheit einfach nicht gewachsen sein. Dass du schwanger bist und dass alle davon wissen. Verdammt, Gill, wir arbeiten in der gleichen Branche, und du weißt genau, dass die Geschichte sofort überall die Runde macht. Joe Tramino wird schon dafür sorgen. Und nicht nur er.« Er klang verbittert und deprimiert.

»Wen kümmert das schon? Okay, wir bekommen also ein Kind. Wie viele andere Leute. Wir lieben einander. Was soll das Theater also? Gehörst du plötzlich so sehr zum Establishment, dass du findest, wir müssen heiraten? Das ist reiner, totaler, hundertprozentiger Unsinn. Das weißt du genau.«

»Ich werde Schuldgefühle haben. Du weißt doch, wie ich bin, ich komme, ich gehe, ich verschwinde manchmal für einige Zeit. Das wird nicht immer so bleiben, aber gerade jetzt brauche ich es. Oder zumindest muss ich das Gefühl haben, dass ich es tun kann. Und wenn du mit einem langen Gesicht und einem dicken Bauch herumsitzt, werde ich wahnsinnig.«

»Dann werde ich eben kein langes Gesicht machen.«

»Doch, das wirst du unweigerlich. Ich könnte es dir nicht einmal verdenken. Meiner Meinung nach bist du verrückt. Ich an deiner Stelle würde es loswerden. Heute noch.«

»Wir sind verschieden, das ist alles.«

»Du sagst es. Hör zu, ich habe dir von allem Anfang an gesagt, dass mich Verantwortung um den Verstand bringt. Wofür hältst du ein Kind? Es ist eine irre Verpflichtung.«

»Was, zum Teufel, soll ich darauf antworten, Chris?«

»Ich will nicht, dass du antwortest. Ich will nur eines: dass du nach New York fährst. Darauf bestehe ich, und wenn ich dich hintragen muss. Deine Wohnung hast du schon gekündigt, du bist also frank und frei. Du musst nur deine Sachen packen und dich in ein Flugzeug setzen. Und genau das wirst du auch tun, selbst wenn ich dich dazu knebeln und fesseln muss. Falls du anfangen willst, mit mir zu diskutieren, spar dir die Mühe. Du hast keine Chance. Du hast zwei Wochen Zeit. Du kannst die Frist um zwei Tage überziehen und so lange in meiner Wohnung bleiben, aber das ist auch schon alles. Flieg nach New York, dann haben wir eine Chance, aber wenn du in San Francisco bleibst, ist es aus mit uns. Ich würde es dir nie verzeihen. Ich würde immer denken, dass du geblieben bist, um mich an die Kette zu legen. Also tu mir den Gefallen … verschwinde.«

Er verließ das Zimmer, während ich schluchzend ins Kissen zurücksank, und kurz darauf hörte ich ihn wegfahren.

Am Abend kam er zurück, war aber fest entschlossen. Ich musste weg. Ende der Woche wusste auch ich, dass ich fahren würde. Es gab keine andere Möglichkeit. Er hatte es mir schließlich klar gemacht. Seine erzwungene Fröhlichkeit in den Tagen vor meiner Abreise war grausamer als alles, was er mir sonst antun konnte. Er gab sich freundlicher und liebevoller als je zuvor. Und ich liebte ihn mehr als je zuvor. In diesen letzten Wochen litt ich unter seinem Verhalten, aber ich liebte ihn dennoch. Er war eben Chris. Und es war seine Art, man konnte ihm keinen Vorwurf machen. Schließlich hatte ich sogar das Gefühl, dass ich ihm mit meiner Entscheidung ein Unrecht zugefügt hatte, sogar schon dadurch, dass ich schwanger geworden war. Aber ich hatte keine Wahl. Mein Gewissen zwang mich dazu, das Kind zu bekommen.

Als Sams Vater sie zurückbrachte, fand ich einen plausiblen Grund, warum wir fortgingen, und dann half Chris mir beim Packen. Er wollte kein Risiko eingehen. Vielleicht liebte mich Chris Matthews damals, aber sein Verhalten zeigte mir etwas anderes sehr deutlich. Er wollte mich aus dem Weg haben. Und ich ging.

Es schien tausend Tage zu dauern, bis für mich die schwerste Prüfung, der letzte Tag, kam. Alles zum letzten Mal, vom Frühstück bis zum Abendessen. Ich konnte es nicht mehr ertragen, und die letzte Nacht war das Schlimmste von allem.

»Gute Nacht, Chris.«

»... Nacht.« Und dann: »Gill, begreifst du überhaupt? Ich ... ich hasse es, dass ich dir das antue, aber ich kann nicht ... ich kann einfach nicht anders. Vielleicht will im Grunde auch ich, dass du das Kind bekommst, aber ich weiß es nicht. Vielleicht werde ich mir über mich selber klar werden. Ich meine, bald ... ich fühle mich wie ein Schweinehund.«

»Das bist du nicht. Ich weiß, alles kam so plötzlich.«

»Ja, so ist es. Und es tut mir wirklich Leid, dass du schwanger wurdest. Gott, ich wünschte ...«

»Nicht, Chris. Mir tut es jedenfalls nicht Leid. Ich freue mich irgendwie, sogar wenn ...«

»Warum willst du es bekommen, Gill?«

»Ich habe es dir ja schon erklärt. Ich will dich immer bei mir haben. Es klingt irgendwie kitschig, aber ich ... ich will es einfach haben. Das ist alles. Ich muss.« Wir lagen Hände haltend in der Dunkelheit, und ich dachte dauernd: »Es ist das letzte Mal. Die letzte Nacht. Ich liege das letzte Mal in seinem Bett. Nie wieder ...« Ich wusste, dass er nie nach New York kommen würde, er hasste die Stadt und war nicht wirklich an seinem Kind interessiert.

»Gill? Weinst du?«

»N-nein.« Aber ich erstickte fast daran.

»Weine nicht, o bitte, weine nicht. Gill, ich liebe dich. Bitte.« Wir umarmten einander weinend. Das letzte Mal ... »Gill, es tut mir Leid.«

»Es ist schon okay, Chris. Alles wird gut werden.« Nach einer Weile schlief er in meinen Armen ein, der große Junge, den ich liebte, der Mann, der mich liebte, der traurig war, der mir wehtat, mich im Stich ließ und mir bei anderen Gelegenheiten eine Freude schenkte, die ich nie vorher erlebt hatte. Christopher. Das große Kind. Der schöne Mann mit dem Gemüt eines Knaben. Der Mann, der mit mir an dem Tag, an dem wir einander kennen lernten, ohne Sattel über den Strand geritten war. Wie konnte ich ihn mit dem Gewicht meiner Probleme belasten? Ich weiß, dass ich darauf hätte bestehen sollen, wagte es aber nicht so recht.

Ich lag wach, bis es im Zimmer hell wurde, dann schmiegte ich mich an seinen Rücken und schlief ein, zu müde, um weiter zu weinen. Die letzte Nacht war vorüber. Das Ende hatte begonnen.

11

»Schau mich nicht so an, verdammt noch mal! Es wird dir gut tun, wieder einige Zeit in New York zu leben. Du hast dort viele Freunde, und ich werde in ein paar Monaten in den Osten kommen. Du wirst ... ach verdammt, Gill, ich werde es dir nicht noch einmal vorkauen, aber ich halte es nicht aus, wenn du deine Leidensmiene aufsetzt.« Wir standen im Flughafengebäude, und er sah selbst nicht sehr fröhlich aus, sein schlechtes Gewissen machte ihm zu schaffen. War es wieder meine Schuld?

»Okay, okay, es tut mir Leid, ich kann nichts dafür, es ...«

Ach, verdammter Mist. Was für einen Sinn hat es? »Habe ich dir den Schlüssel für das Haus in Bolinas zurückgegeben?«

»Ja. Hast du deine Skischuhe? Ich sah sie gestern draußen im Garten herumstehen, und sie sahen ziemlich ramponiert aus. Du solltest sie nicht im Freien stehen lassen.« Braver Junge, Chris, lenke mich nur mit praktischen Dingen ab.

»Ich habe nicht … Sam … ja, ich habe sie.« Ich sah ihn an, und er schenkte mir sein aufmunterndes Lächeln – »So ist es schon besser, jetzt schaffst du es.« Wir spielten das Spiel: Der liebe Onkel Chris begleitet die liebe Tante Gillian zum Flugplatz, und Tante Gillian wird nicht hysterisch. Das hätten wir. Ein Lächeln für die Kamera. Ich hätte gern gewusst, für wen wir Theater spielten, für die Leute auf dem Flughafen, füreinander, für uns selbst. Wir spielten alle Schlussszenen ohne Happy End, die ich je gelesen hatte; der Abstand zwischen uns wurde immer größer, wir hatten keine Beziehung mehr zueinander, zählten nur mehr die Minuten, bis Sam und ich ins Flugzeug klettern würden. Füllten sie mit Dingen aus, an die wir uns ungern erinnern würden.

Chris' übertrieben freundliche Art, seine banalen Redensarten schienen zu fordern: »Wecke keine Schuldgefühle in mir«, und mein gequältes Gesicht war wie ein Schrei: »Ich hasse dich!«

»Ich habe deinen Regenmantel hinten in den Wagen gelegt.«

»Gut.«

»Wo ist Sam?« Die Aufbruchstimmung seit dem Morgen versetzte mich in Panik.

»Reg dich nicht auf. Sie spielt dort drüben mit einem Kind. Sei nicht so nervös, Gill. Du wirst sehen, es wird alles gut werden.«

»Sicherlich.« Ich nickte, sah auf meine Füße und versuchte, nichts Bösartiges zu sagen. »Ich werde dich heute Abend anrufen.«

»Warum wartest du nicht bis Sonntag; da kostet es weniger, und wir können es nicht zu einer Gewohnheit machen, täglich anzurufen.« Er blickte dabei über meine Schulter auf etwas hinter mir.

»Nicht täglich. Ich dachte nur, du möchtest wissen, dass wir gut angekommen sind.« In meiner Stimme klang ein Unterton von Ärger mit.

»Wenn das Flugzeug abstürzt, werde ich davon hören. Warte, bis du dich eingelebt hast, und rufe mich dann an.« Ich nickte wieder. Mir fiel nichts mehr ein, das ich sagen konnte. »Möchtest du einen Kaugummi?« Ich schüttelte den Kopf, drehte mich um und weinte, obwohl ich einer Dame gegenüberstand, der ich reichlich merkwürdig vorkommen musste, aber ich konnte Chris nicht mehr ins Gesicht sehen. Ich ertrug es nicht mehr.

»Alle Passagiere mit grünen Bordkarten für Flug Vierundvierzig der American Airlines nach New York werden ersucht, durch Schalter D beim Gate Zwölf an Bord zu gehen. Alle Passagiere ...«

»Das ist dein Flug.« Ich nickte, schluckte, sah mich wieder nach Sam um.

»Ich weiß. Wir können warten. Zu viele Menschen ... hat jetzt keinen Sinn ...«

»Es hat keinen Sinn, hier zu warten, Gill. Wenn es Zeit ist zu gehen, dann soll man es rasch hinter sich bringen.« Danke, Mr. Matthews, du Hurensohn ... aber ich nickte immerzu und versuchte, nicht zu weinen.

»Ich ... äh ... o Gott, Chris!« ... Ich hielt mich an seiner Jacke fest, berührte zum letzten Mal mit der Hand seine Wange, dann wandte ich mich tränenblind ab. Ich wollte schreien, auf dem Boden des Flughafengebäudes hinknien, mich an eines der chromverkleideten Pulte der Fluglinien klammern, alles rückgängig machen, was gegen meinen Willen geschah. Ich wollte bleiben, o Gott, wie sehr wünschte ich mir zu bleiben. Ich wollte, dass Chris mich umarmte, doch er tat es nicht. Er wusste, dass ich in Tränen zerfließen würde, wenn er es tat.

»Sam, du trägst in einer Hand deinen Teddy, und mit der zweiten nimmst du die Hand deiner Mutter.« Unsere Mäntel wurden mir von Chris in die Arme gedrückt. Sam nahm meine Hand, und die Menge schob uns zum Flugzeug. Ich spürte, dass Chris neben mir wütend war, weil ich unangenehm aufgefallen war, aber das war mir verdammt egal. Ich hatte mich noch nie in meinem Leben so einsam und unglücklich gefühlt. Ich war im Begriff, alles zu verlieren, was ich liebte und am meisten begehrte, ich bezweifelte sogar, dass ich ihn jemals wieder sehen würde. Ich war wirklich versessen auf ihn, noch bevor wir abreisten. Ich liebte und hasste ihn zugleich.

»Chris …«

»Leb wohl, Gill, ich wünsche euch einen guten Flug. Wir sprechen Sonntag miteinander.« Ich wandte mich ab, hielt Sams Hand fest und schob mich mit den übrigen Passagieren durch das Gate. Ein halbes Dutzend Leute stand schon zwischen Chris und mir, und ich blickte stur nach vorne, ich wollte nicht wieder daran erinnert werden, was ich in diesem Augenblick aufgab.

»Gill! … Gill!« Ich blieb mitten im Menschenstrom stehen und drehte mich zu ihm um, während Sam und ich von den Leuten gestoßen wurden, die sich an uns vorbeidrängten, aber ich musste ihn noch einmal sehen. Ich musste einfach. »Gill … ich liebe dich!« Er hatte es ausgesprochen. Diese Dinge waren es, deretwegen ich ihn liebte, die Widersprüche im letzten Augenblick, die mir ans Herz griffen, knapp bevor es auf der Betonstartbahn des Flughafens zerbrach.

»Leb wohl, Onkel Crits! … Leb wohl! … Mami, kann ich mir im Flugzeug den Film anschauen?«

»Wir werden sehen.« Ich blickte zu Chris zurück, unsere Augen sprachen aus, wofür wir am Morgen keine Worte gefunden hatten. So ging es leichter.

»Mami …«

»Später, Sam. Bitte.« Bitte, bitte, später, was auch immer auf mich zukam, bitte später. Wir wurden ins Flugzeug getrieben, und dann wurde San Francisco unter uns immer kleiner. Bis es verschwand. Wie Chris.

12

Während des Flugs war Samantha brav wie ein Engel, die Maschine war überfüllt, das Essen miserabel, und ich war taub vor Schmerz. Kriegsneurose. Ich lehnte mich zurück, nickte der Stewardess zu oder schüttelte den Kopf, je nachdem, und bemühte mich, Sam zuzulächeln, um ihr die Illusion zu geben, dass ich ihrem munteren Geplauder zuhörte. Was ich nicht tat. Meinen Verstand hatte ich auf dem Flughafen von San Francisco zurückgelassen, und das Herz in meiner Brust fühlte sich eher an wie eine Wassermelone aus Marmor, und ich fragte mich, was geschehen würde, wenn ich aufstand. Würde ich es womöglich verlieren?

Wir hatten fast acht Monate in San Francisco verbracht, und nun ging es zurück nach New York. Warum? Ich sah keinen Sinn darin. Ich wusste, warum, nur wusste ich es nicht wirklich. Ich fuhr zurück nach New York, weil ich schwanger war und Chris mich nicht um sich haben wollte. Warum wollte er es nicht? Damit wollte ich mich nicht näher befassen. Ich konnte es einfach nicht. Ich wollte mich der Frage nicht stellen. Auch nicht dem Gedanken, was Chris nun tun würde, da ich fort war. Eine andere kennen lernen? Sich wieder verlieben? Ein anderes Mädchen in die Wohnung nehmen? … Ficken, bis er nicht mehr konnte …

Er wollte uns in New York besuchen, aber würde er es tun? Ich glaubte es nicht. Eigentlich wusste ich, dass er nicht kommen würde. Was blieb mir übrig? Nichts. Ich war allein und schwanger. Und wieder in New York.

Die ersten drei Stunden des fünfstündigen Fluges nach New York verbrachte ich mit trüben Gedanken, die vierte Stunde verschlief ich, und in der fünften geriet ich langsam in Rage. Zum Teufel mit ihm. Zum Teufel mit allem.

Ich kehrte nach New York zurück, und ich würde es schaffen. Ich würde jede sich bietende Chance ergreifen, bis ich mein Ziel erreichte. Chris Matthews war nicht alles in der Welt, und als dann die Maschine über den Lichtern von Long Island kreiste, packte mich die Erregung der Heimkehr. San Francisco ist vielleicht schön, ein Ort voller Frieden und Sonnenschein, aber New York hatte mehr zu bieten. Spannung. Es war lebendig, es atmete und bewegte sich, reizte mich dazu, etwas zu unternehmen, es hatte beinahe einen eigenen, aufpeitschenden Rhythmus, vibrierend, hypnotisch, unwiderstehlich, und ich spürte schon seine Verlockung, als das Fahrgestell auf der Landebahn aufsetzte.

»Sind wir da, Mami?« Ich lächelte bei der Frage und nickte, ergriff Sams kleine warme Hand und sah aus dem Fenster in das von der blauen Landebefeuerung erhellte Dunkel, doch ich wusste, was dahinter lag, jenseits des Flusses. Nun waren wir wieder in New York, und wir würden diesen Umstand gut nutzen. Halleluja. Amen.

Wir verließen das Flugzeug und marschierten zur Gepäckrutsche. Plötzlich wollte ich nur rasch unser Gepäck nehmen und die Skyline der Stadt sehen, wenn wir über die Brücke fuhren. Ich wollte die Stadt sehen und hören und riechen. Ich wollte fühlen, dass New York dort stand wie ein nackter Zigeuner und auf mich wartete.

»Wo werden wir heute Nacht schlafen, Mami?« Sie sah ein wenig besorgt aus, während sie ihren Teddybär an sich drückte, und da kam mir plötzlich eine Idee.

»Du wirst schon sehen. Wir werden in einem ganz besonderen Haus schlafen.« Auf dem Weg zur Gepäckrutsche blieb ich bei einer Telefonzelle stehen, suchte im Telefonbuch eine Nummer heraus und rief an. Samantha und Gilian Forrester hatten soeben ihre Pläne geändert.

Die Wohnung, in der wir gewohnt hatten, war möbliert untervermietet worden, und ich hatte meinen Mietern vor zwei Wochen gekündigt. Wir mussten daher zwei Wochen in einem Hotel wohnen, und ich hatte zuerst eine ruhige, billige Pension ausgesucht, nicht weit von unserer früheren Wohnung. Aber jetzt kam mir das unsinnig vor. Wir waren in New York. Zum Teufel mit »ruhiger Pension«. Für zwei Wochen konnte ich es mir leisten.

»Wen hast du angerufen, Mami?«

»Das Hotel, in dem wir wohnen werden. Es wird dir gefallen. In zwei Wochen sind wir wieder in unserer eigenen Wohnung.« Ich hatte begriffen, dass sie das brauchte. Vielleicht brauchte ich eine großartige Umgebung, um mich aus meiner Depression zu befreien, aber sie brauchte Geborgenheit. In Ordnung. Wir würden beides haben. Zuerst zwei Wochen für mich. Und dann würde Sam sich daheim, geborgen und sicher fühlen.

Unsere Koffer rotierten ziellos auf der Drehscheibe, und ich trieb einen Träger auf, der sie zum Taxi brachte.

»Wohin, Lady?« Der Taxifahrer hatte das typische Äußere eines New Yorker Taxifahrers, eine erloschene Zigarre steckte in seinem Mundwinkel, und sein Gesicht war mit zwei Tage alten Bartstoppeln bedeckt.

»Zum Hotel Regency, bitte. Ecke Einundsechzigste Straße und Park Avenue.« Ich lehnte mich mit glänzenden Augen zurück, nahm Sam auf den Schoß, und wir fuhren in die Stadt. Sams und meine Stadt, sie gehörte uns. Wir würden sie erobern, sie würde uns ganz und gar gehören.

13

Im typischen Stil der New Yorker Taxifahrer rasten wir ins Zentrum, wechselten von einer Fahrspur auf die andere und gefährdeten das Leben der anderen Verkehrsteilnehmer. Es schien Sam nicht sehr zu beeindrucken, doch bei mir rief es das berauschende, hysterisch aufputschende Gefühl hervor, das man auf einer Berg-und-Tal-Bahn bekommt, wenn sich alles zu schnell bewegt und man nur verschwommene Lichter und undeutliche Formen sieht. Ich registrierte nur die Bewegung und die Geschwindigkeit, die Gefahren wurden mir nicht bewusst. In New York lernt man nicht, mit der Gefahr zu leben, man genießt sie, erwartet sie, braucht sie schließlich. Sie gehört dazu.

Wir rasten über die Queensborough-Brücke, die Sechzigste Straße hinunter und stoppten bei der Verkehrsampel an der Ecke Sechzigste und Dritte. Da ging es erst los. Horden von zottigen jungen *groovies* saßen im Yellowfingers Restaurant, musterten einander und die Passanten mit kritischem Blick, die Pullover der Mädchen waren eng und durchsichtig, die Hosen der Männer waren beinahe obszön, und alles sah nach sorgfältig berechnetem *laisser aller* aus. Ich konnte ihnen nur einen kurzen Blick zuwerfen, bemerkte aber doch die Aufmachung, die Afro-Perücken, die geschminkten Gesichter, all die kleinen Details, die man in Kalifornien nie sieht, weil sich dort keiner traut, nicht wie hier in New York. Auf der gegenüberliegenden Straßenseite das Bloomingdale-Warenhaus, und in dem Cañon zwischen dem riesigen Warenhaus und dem Restaurant eine ungebändigte Blechlawine, quiekende Hupen, eingebeulte Kotflügel, wobei Con Edison zur Unterhaltung von Fahrern und Fußgängern zu einem Hindernisrennen Anlass gab. Die ganze Gegend brodelte im Licht der Restaurants, Geschäfte, Straßenecken und Kinoeingänge, es war eine Atmosphäre, die mich gefangen nahm. Wir bogen nach rechts in die Dritte Avenue ein und fuhren mehrere Blocks weit, zwischen den anderen Wagen eingekeilt, die uns von beiden Seiten bedrängten und sich bemühten, noch bei Grün über die Kreuzung zu kommen. Dann ging's nach links zur Park Avenue, wo wir den grünen Mittelstreifen umrundeten und in der Gegenrichtung mit quietschenden Bremsen vor unserem Hotel Halt machten. Ich war plötzlich froh, dass ich vom Flughafen aus angerufen hatte. Die »ruhige« Pension wäre mein Tod gewesen. Was ich jetzt brauchte, war das Regency.

Ein livrierter Portier half uns aus dem Wagen und lächelte Sam zu, und zwei Hotelpagen holten das Gepäck. Ich bezahlte den Taxifahrer und verteilte Trinkgelder wie Zuckerwerk zu Halloween, aber es machte mir nichts aus. Das war es wert.

Wir wirbelten durch die Drehtür, Sams Hand klammerte sich an die meine, dann gingen wir zur Rezeption. Es war ein riesiges, barockes Ungetüm aus Marmor und Gold, hinter dem eine Schar von Männern Haltung angenommen hatte.

»Guten Abend, Madame. Kann ich Ihnen behilflich sein?« Er trug einen Smoking mit schwarzer Fliege und sprach mit französischem Akzent. Tadellos …

»Guten Abend. Ich bin Mrs. Forrester. Ich habe vor einer Stunde angerufen und ein Zimmer reservieren lassen. Ein Doppelzimmer mit Doppelbett.« Sam steckte ihre Nase über das Pult, und er lächelte uns zu.

»Allerdings. Aber es tut mir Leid, Madame. Es gibt ein Problem. Ein kleines Missverständnis …« Ach, verdammt. Kein Zimmer. Plötzlich fühlte ich mich wie Aschenbrödel, das von Satinrüschen im Handumdrehen zum Aschenherd zurückversetzt wurde.

»Was für ein Missverständnis? Am Telefon wurde mir ein Zimmer zugesagt.« Ich bemühte mich, selbstbewusst auszusehen, nicht so enttäuscht, wie ich in Wirklichkeit war.

»Dass wir heute Abend kein Doppelzimmer mehr freihaben, Madame. Ich dachte, Sie würden sich vielleicht für diese Nacht mit zwei nebeneinander liegenden Zimmern einverstanden erklären, aber ich sehe, dass das wegen der kleinen Mademoiselle nicht geht.« Er sah zu Sam hinüber und lächelte. »Du möchtest sicher lieber bei deiner Mama schlafen.« Ich wollte schon die angebotenen Einzelzimmer nehmen, doch er sprach weiter. »Ich habe aber eine viel bessere Idee. Wir haben noch eine Suite frei. Sie ist ein wenig größer als das gewünschte Zimmer«, und auch beträchtlich kostspieliger. So viel konnte ich mir entschieden nicht leisten, um mich zu verwöhnen. Eine Suite? Ausgeschlossen. »Aber ich werde Ihnen einen angemessenen Preis in Rechnung stellen lassen, wenn Sie gestatten. Da Ihnen telefonisch ein Doppelzimmer versprochen wurde, werden wir den Preis für ein Doppelzimmer berechnen. Ich hoffe, die Suite wird Madame gefallen. Sie ist besonders hübsch.«

»Das ist sehr entgegenkommend von Ihnen. Danke.« Ich lächelte ihm freundlich zu und bemerkte zu meiner Freude, dass er überwältigt war. Zumindest hatte ich meinen Charme nicht ganz verloren. Außerdem war ich sehr froh, dass ich das schöne schwarze Kleid trug, das ich diesen Sommer bei Magnin gekauft hatte. So war ich wenigstens für meine Rolle passend gekleidet. Ich fühlte mich richtig zum Jetset gehörig, während der Fahrstuhl lautlos zur siebenundzwanzigsten Etage emporschwebte.

»Auf diese Seite, bitte.« Wir folgten dem Pagen und unserem Gepäck, bogen zweimal nach links ab, und ich fühlte mich ebenso verloren wie Sam. Wir gingen durch endlose in Hellbeige gehaltene Korridore mit dicken roten Teppichen, in denen Louis-XV.-Tischchen mit Marmorplatten in entsprechendem Abstand voneinander standen. Die Türen waren mit kleinen goldenen Nummern bezeichnet und besaßen große Messingklinken.

Der Page schloss eine Tür am Ende des Korridors auf und

öffnete sie weit. 2709. Da wären wir. Fantastisch! Es war ein Eckzimmer mit einer imponierenden Aussicht auf New York. Wolkenkratzer blinzelten uns beeindruckend zu, das Empire State Building befand sich in einiger Entfernung, und in der Nähe lagen das Pan Am Building und General Motors. Tief unter uns konnten wir die elegante Park Avenue wie ein grau-grünes Band sehen, da und dort von Verkehrsampeln unterbrochen. Und im rechten Winkel zu dem Panoramablick über die Wolkenkratzer floss der East River mit all den reizenden kleinen Villen der East Sixties zwischen dem Flussufer und uns. Mehr hätte ich mir nicht wünschen können.

Der Page zog sich diskret zurück, nachdem ich ihm gedankt und auch ein Trinkgeld gegeben hatte, und ich sah mich im Zimmer um. Es war in Gelb und gebrochenem Weiß gehalten, mit dicken Teppichen und dicken Polsterungen; die Vorhänge waren aus schwerem cremefarbenem Seidendamast, alles wirkte ausgesprochen luxuriös. Neben der Tür, durch die wir eingetreten waren, befanden sich eine Bar und eine Kochnische, eine kleine Frühstücksecke und gegenüber ein großer Schreibtisch mit Marmorplatte. Ich hatte das Gefühl, dass man von mir eine großartige Geste erwartete, zum Beispiel, dass ich einen Scheck auf 400 000 Dollar ausstellte.

Das Schlafzimmer dahinter war hell und freundlich. Die Möbel sahen nach französischer Provinz aus, die Tapeten und Bettüberwürfe wiesen das gleiche klein geblümte Muster auf, in einer Vase stand ein großer Strauß frischer Blumen. Welcher Luxus! Und erst das Badezimmer! ... Das Badezimmer! ... Es war ein Traum. Alles in Pariser Porzellan, Marmor und Bronze. Die Handtücher schienen zehn Zentimeter dick zu sein, und die Badewanne einen Meter tief. Es gab auch ein Ankleidezimmer, das aussah wie ein Boudoir am französischen Hof.

»Wie gefällt es dir hier, Sam?« Ich grinste selbstzufrieden und glücklich vor mich hin.

»Mir gefällt es nicht. Ich will zurück nach San Francisco.«

Zwei große Tränen liefen über ihre Wangen, und die Zeit blieb stehen. Arme Sam.

»Ach, Liebling ... ich verstehe dich, mir geht es auch so. Aber wir sind jetzt für eine Weile hier. Wir werden einmal zurückfahren. Hier wird es sehr schön werden. Du kannst hier zur Schule gehen und ...« Ich glaubte selbst nicht an meine Argumente, und ich fühlte mich plötzlich schuldbewusst, weil ich mich so freute, wieder in New York zu sein. Sam sah aus, als wäre sie verraten und verkauft.

»Kann ich heute Nacht in deinem Bett schlafen?«

»Sicherlich, Liebling, sicherlich. Komm, ich lege dich jetzt nieder. Hast du Hunger?« Sie schüttelte den Kopf und setzte sich auf den Bettrand; sie hielt noch immer ihren Teddybär im Arm. Sie war ein Bild des Jammers. »Möchtest du ein wenig Milch und Keks?« Vielleicht würde das helfen.

Ich nahm den beigen, stromlinienförmigen Hörer ab, drückte auf die richtigen Knöpfe für den Zimmerservice und bestellte Milch und Keks für sie und eine halbe Flasche Champagner für mich. Die Satinrüschen wirkten noch immer nach. Aschenbrödel tanzte auf dem Ball.

Sam saß auf meinem Schoß, als das große, mit rosa Leinen gedeckte Tablett gebracht wurde, und sie trank Milch und kaute Kekse, während ich Champagner trank. Es war ein Anblick für Götter.

»Zeit fürs Bett, mein Schatz.« Sie nickte schläfrig, ließ sich von mir auskleiden und kletterte ins Bett.

»Fahren wir bald zurück?«

»Wir werden sehen, Liebling ... wir werden sehen.« Ihre Lider fielen schon zu, und sie blinzelte nur noch einmal, um mir einen durchdringenden Blick zuzuwerfen.

»Morgen werde ich Onkel Crits einen Brief schreiben ... gleich am Morgen.«

»Das ist eine gute Idee, Sam. Jetzt schlaf schön und träume süß.« Ihre Augen schlossen sich endgültig, und ich lächelte, weil das Bett ihre kleine Gestalt winzig wirken ließ. Morgen würde sie Chris »schreiben«, das hieß ein großes Blatt Papier mit einem unbestimmbaren, aber reizenden Gekritzel … nur für ihn.

Ich löschte die Lichter im Schlafzimmer und ging wieder ins Wohnzimmer zurück; das Champagnerglas hielt ich in der Hand, das Bild der schlafenden Samantha hatte ich noch vor Augen … und auch Chris' Bild …

Die Szene auf dem Flughafen von San Francisco schien tausend Jahre zurückzuliegen, und die Tage in Kalifornien waren wie ein ferner Traum. Als ich die Weltstadt betrachtete, die mir zu Füßen lag, fragte ich mich, ob wir jemals wieder zurückfahren würden. Oder ob ich es überhaupt wollte. Binnen einer kurzen Stunde hatte mich New York schon verzaubert. Ich hatte andere Welten erobert, doch nun galt es, die eigene zu erobern. Ich wollte New York in die Schranken fordern und siegreich hervorgehen, ganz gleichgültig, welchen Preis ich dafür zu zahlen hatte.

14

»Guten Morgen, Mademoiselle. Wie hast du geschlafen?« Diesmal war ich vor Sam munter.

»Okay.« Sam blinzelte mich schläfrig an; sie war ein bisschen verwirrt.

»Wir sind in einem Hotel. Hast du das vergessen?«

»Ich weiß. Und ich werde Onkel Crits gleich einen Brief schreiben.« Auch daran erinnerte sie sich.

»Sehr gut. Aber wir haben heute eine Menge zu tun. Also steh auf. Und dann gehen wir bald aus.«

Zuerst hatte ich einige Anrufe zu erledigen. Ich sprach mit den Mietern meiner Wohnung, um sicher zu sein, dass sie zeitgerecht ausziehen würden, und rief einige Schulen wegen Sam an. Wir waren gerade zurecht zum Schulanfang gekommen, aber nach New Yorker Maßstäben kamen wir mit unseren Anmeldungen um ein Jahr zu spät. Zu dumm. Ich wusste aber, dass ich nur genügend Schulen anrufen musste, dann würde eine Sam schon aufnehmen, und ich hatte Recht. Die Schule lag nicht weit vom Hotel in der gleichen Straße, und ich traf eine Verabredung für den Nachmittag, um sie mit Sam zu besichtigen.

Ich trieb auch einen Babysitter auf, der mich bei Sam vertreten sollte. Sie würde die ersten beiden Wochen auswärts wohnen, während wir im Hotel logierten, und dann mit uns in die Wohnung ziehen.

Noch etwas musste geregelt werden. Ich brauchte einen Job. Ich war gar nicht so sicher, dass es leicht sein würde, einen zu finden. Die Wirtschaft hatte während des Jahres, in dem ich weg gewesen war, Einbußen erlitten, und Jobs waren rar. Meine Berufserfahrung beschränkte sich auf Werbung und Magazine, aber nach allem, was ich gehört hatte, war es zurzeit gerade in diesen Sparten besonders schwer, etwas Passendes zu finden, besonders da ich eine Zeit lang auswärts gearbeitet hatte. Meinen letzten Job hatte ich bei einem Innenausstattungsmagazin gehabt, das *Decor* hieß, aber ich hatte wenig Hoffnung, dort wieder unterzukommen. Freiberufliche Arbeit als Dekorateurin, wie in Kalifornien, war auch eine Möglichkeit, aber ich wusste, dass ich davon in New York niemals leben konnte. Die Lebenshaltungskosten waren zu hoch. Also war das *Decor* meine einzige Hoffnung. Zumindest war es ein Ansatzpunkt, und vielleicht konnte Angus Aldridge, der Herausgeber, mir Tipps geben, oder vielleicht wusste er von einer freien Stelle bei einem anderen Magazin. Es konnte jedenfalls nicht schaden, es zu versuchen.

»Angus Aldridge, bitte. Hier spricht Mrs. Forrester. Gillian

Forrester … Nein … F-O-R-R-E-S-T-E-R … so ist es richtig … Nein, ich warte.«

Er war charmant, elegant gekleidet und ein verdammt tüchtiger Herausgeber. Seine Anzüge waren von einem Schneider der Haute Couture, er besaß ein gewinnendes Lächeln und allwissende Augen, die allen Damen in Wichita zeigten, »wie man auszusehen hatte«. Er war neununddreißig Jahre alt, lief in seinem Urlaub Ski, vorzugsweise in Europa; er stammte aus Philadelphia, verbrachte den Sommer mit seiner Familie in Maine oder allein auf den griechischen Inseln und hatte die Schule für Journalisten in Yale besucht. Unser Herausgeber. Unser Gott. Unser Mr. Aldridge.

Trotz seines warmen Lächelns konnte er genauso kalt und herzlos sein wie alle Herausgeber, dennoch mochte ich ihn; er gab sich, wie er war, er verkörperte Philadelphia und Yale und Vierundsechzigste Straße Ost, und so fühlte er sich wohl. Er glaubte an diese Dinge. Er scherte sich keinen Deut um Wichita oder Bertrand oder die anderen Nester, in die er einmal im Monat sein Magazin versandte. Aber er machte eine gute Figur, und wenn man sich an die Spielregeln hielt, konnte man gut mit ihm auskommen.

»Ja, ich warte noch.«

»Gillian? So eine Überraschung. Wie geht es dir, meine Liebe?«

»Gut, Angus. Ausgezeichnet. Ich freue mich, mit dir zu sprechen, mir scheint, dass wir uns Jahre nicht mehr gesehen haben. Was machst du? Und natürlich, wie läuft das Magazin?«

»Wunderbar, meine Liebe. Bist du für ständig zurück? Oder kommst du nur in die Oase, um dich nach San Francisco wieder zum Leben zu erwecken?«

»Vielleicht sogar für immer. Wir werden sehen.« Aber während ich das sagte, bekam ich plötzlich wieder Sehnsucht nach San Francisco.

»Meine liebe Gillian, ich bin schon spät dran, ich muss zu einer Besprechung. Warum schaust du nicht einmal vorbei? Wie wäre es mit dem Lunch mor... nein, das geht nicht ... Donnerstag? Also Donnerstag zum Lunch. Dann sprechen wir miteinander.«

»Donnerstag geht in Ordnung. Das ist wunderbar. Ich freue mich, mit dir gesprochen zu haben, Angus. Bis dann. Und arbeite dich bis Donnerstag nicht zu Tode. Ich sterbe vor Neugierde, was es Neues gibt.« Das war zwar eine Lüge, aber es ist eine ständige Redensart.

»Sehr gut, meine Liebe. Donnerstag. Um eins. Bei Henri? ... In Ordnung, bis dann. Fein, dass du wieder hier bist.« Quatsch, gehört aber auch zum Blablabla.

Bei Henri. Genau wie früher, wenn es etwas zu »besprechen« gab ... Guten Tag, Mr. Aldridge ... Hier drüben, Mr. Aldridge ... Einen trockenen Martini, Mr. Aldridge? ... Das Spesenkonto, Mr. Aldridge! ... Quatsch, Mr. Aldridge.

Aber ich brauchte einen Job, und ich hatte Angus immer so gemocht, wie er war. Aber warum klang ich plötzlich nach New York? Wo war Chris? San Francisco? Mein neues Ich? Oder sogar mein altes Ich ... wo, zum Teufel, gehörte ich hin? Es hatte mich ganz durcheinander gebracht, wieder in New York zu sein, sodass ich mich fast schizophren fühlte, als ob ich in eine fremde Haut geschlüpft wäre, als ich aus dem Flugzeug die Gangway hinunterging.

Ich hatte mir vorgenommen, Angus am Donnerstag um eine Anstellung zu bitten, und das ließ sich beim Lunch vielleicht zwangloser bewerkstelligen. Oder vielleicht würde es auch schwieriger. Das würde sich herausstellen. Auf jeden Fall konnte es nicht schaden, auf den Busch zu klopfen. Schlimmstenfalls würde er eben Nein sagen. Aber ein Anfang war dann gemacht.

Und was jetzt? Sollte ich noch jemanden anrufen? Sollte ich warten, bis ich mit Angus gesprochen hatte, oder gleich eine

Menge Leute kontaktieren? Vielleicht nur noch einen. John Templeton, den Herausgeber des weniger exklusiven, weniger geistreichen, handfesten *Woman's Life.* Das Magazin war härter, praxisbezogener und abwechslungsreicher. Es gab an, was man seinem Kind nach einer Mandeloperation zu essen geben soll, wie man selbstklebende Tapeten auf die Badezimmerwände klebt, welche Diät man einhalten soll, wenn der Ehemann fremdgeht, und wie man aus Resten von Vorhangstoff »Hauskleider« näht. John Templeton war genau wie sein Magazin der geschäftstüchtige Amerikaner, der keine Zeit vertrödelt, auf dem Standpunkt steht, zieh deine Beute an Land oder lass gleich deine Finger davon, halte mit oder du bist aus dem Rennen, ein etwas bedenklicher Zeitgenosse. Doch er und ich hatten einander die wenigen Male, die wir einander begegneten, gut verstanden, und vielleicht erinnerte er sich an mich. Ich war als freie Mitarbeiterin für ihn tätig gewesen, bevor ich zu *Decor* gewechselt hatte. Also rief ich ihn an.

Wieder das surrende Signal eines Klappenschranks, das Staccato-Klicken und ein kaum verständliches »Wmms … Lff.«

»Mr. Templeton, bitte.«

Dann gurrte eine nicht einschüchternde, sehr gelassene junge Stimme »Mr. Templetons Büro«. Die Direktionssekretärin. Die glaubte, das heißt, wusste, dass sie vielleicht nicht tüchtiger oder klüger, aber auf ihre Art fast ebenso mächtig war wie Mr. Templeton. Sekretärinnen schüchtern mich jedes Mal ein; sie wollen, dass »man das Anliegen ihnen mitteilt«, weil sie natürlich imstande sind, jedes Problem ebenso gut zu lösen – nur dass man, wenn man die Absicht gehabt hätte, mit ihnen zu sprechen, von Anfang an sie verlangt hätte.

»Mr. Templeton bitte. Hier spricht Gillian Forrester.«

»Tut mir Leid, Miss Forrester. Mr. Templeton ist bei einer Besprechung … Nein, er hat leider heute Nachmittag keine Zeit, und morgen fährt er auf einen Tag nach Chicago. Kann ich Ihnen irgendwie behilflich sein?« Das war es. Ich hatte es ja geahnt!

»Nein, ich wollte mit Mr. Templeton persönlich sprechen ... das heißt ... ich bin eben aus Kalifornien gekommen, und ich war früher freiberuflich für *Woman's Life* tätig und ...« Ach, verdammt, was haben die Sekretärinnen nur gegen mich?

»Vielleicht möchten Sie mit unserem Personalbüro sprechen?« Tiefgekühlter Charme und selbstbewusste Herablassung, die ausdrücken: »Ich habe einen Job. Sie nicht?«

»Nein, ich wollte eigentlich eine Verabredung mit Mr. Templeton treffen.« Gib Acht, jetzt wird sie mir gleich sagen, sie kann nichts festsetzen, denn diese Woche ist sein Terminkalender randvoll, und nächste Woche ist Redaktionsschluss für die Zeitschrift, die gleich darauf in Druck geht, und die Woche danach ist er in Detroit ... warte nur!

»Sehr gut. Wie wäre es Freitag um neun Uhr fünfzehn? Leider ist sonst kein Termin frei ... Miss Forrester? ... Miss Forrester?«

»Verzeihen Sie, ich ... äh ... neun Uhr fünfzehn? Ich ... äh ... ja, ja, neun Uhr fünfzehn geht in Ordnung, ich meine ... diesen Freitag?... Nein ... nein ... in Ordnung ... die Nummer, unter der Sie mich erreichen können? Ja, natürlich. Hotel Regency, Zimmer 1709 ... Ich meine sechs ... nein. Tut mir Leid. Zimmer 2709 ... So ist es ... In Ordnung. Also bis Freitag.« Hol dich der Teufel.

So sah also der Anfang aus. Und wenn ich weder bei *Decor* noch bei *Woman's Life* etwas erreichte, konnte ich es ja woanders versuchen. Ich hatte zumindest einen Fühler ausgestreckt. »Sam? Wie wäre es mit einem Besuch im Zoo?«

Sam und ich wanderten zur Park Avenue und dann nach Westen zum Central Park. Sie ritt zweimal auf einem Pony, während ich die Skyline bewunderte, die ein imponierender Anblick war. Die Fifth Avenue erstreckte sich in beide Richtungen, so weit ich sehen konnte, und ich stellte mir vor, wie die Leute in den Penthouses auf den Hochhäusern zu meiner Linken in großem Stil lebten und in den Büros rechts von mir die Industriemagnaten Entscheidungen über Millionen Dollar trafen. Das Gebäude von General Motors war in die Höhe geschossen, und die Bauten der Umgebung wirkten dagegen winzig klein. Alles erschien mir wieder neu und gewaltig.

»Was würdest du zu einem guten Lunch sagen, Sam?«

»Ich bin noch nicht hungrig.«

»Komm, Liebling, sei nicht langweilig. Willst du noch ein Stück vom Zoo sehen?«

Sie schüttelte nur den Kopf, und ich bückte mich rasch, um sie zu küssen. Sie klammerte sich noch immer verzweifelt an die Welt, die wir verlassen hatten, an die Welt, die ich aus meinen Gedanken verbannte, so gut ich konnte. Chris. »Gehen wir, Sam.«

»Wohin gehen wir?«, erkundigte sie sich neugierig.

»Nur über die Straße. Du wirst schon sehen. Dort hinüber!« Ich zeigte hin. »Das ist das Plaza.« Wir blieben stehen, betrachteten die Pferde und die zweirädrigen Droschken, dann stiegen wir die Stufen zu dem magischen Märchenland des Plaza-Hotels empor. Drinnen sah es wie eine eigene Stadt aus, es besaß die gleiche selbstverständliche Eleganz wie ein Ozeandampfer, war vollkommen autark und durch und durch luxuriös. Die Teppiche unter unseren Füßen fühlten sich wie Matratzen an, über uns schwebten die Kronen zahlreicher Palmen, und eine Menge energisch wirkender Leute kamen und gingen, manche wohnten im Hotel, andere kamen nur zum Lunch hierher. Es hatte eine internationale Atmosphäre an sich, die mich faszinierte. Es war New York.

»Wer ist das?« Sam war vor dem riesigen Porträt eines pausbäckigen kleinen Mädchens mit einem Mops stehen geblieben; es trug hinuntergerutschte Kniestrümpfe und einen schweren

Faltenrock. Ihr Gesichtsausdruck war empörend arrogant, und man erkannte sofort, dass ihre Eltern geschieden waren und dass sie ein Kindermädchen hatte. Miss Park Avenue persönlich. Das Bild war leicht karikiert, und ich wusste, wen sie darstellen sollte.

»Das ist Eloise, Liebling. Sie ist ein kleines Mädchen aus einer Geschichte und soll hier mit ihrem Kindermädchen, ihrem Hund und ihrer Schildkröte gewohnt haben.«

»Wo war ihre Mami?«

»Ich glaube, sie war auf einer Reise.«

»Hat sie wirklich gelebt?« Sams Augen wurden immer größer. Das Aussehen des Mädchens auf dem Bild über ihr gefiel ihr.

»Nein, sie war nur eine Fantasiefigur.« Während ich das sagte, bemerkte ich ein kleines Schild auf dem Tisch unter dem Bild. »Besuchen Sie Eloises Zimmer. Wenden Sie sich an den Fahrstuhlwärter.«

»Möchtest du etwas sehen?«

»Was?«

»Eine Überraschung. Komm mit.« Wir fanden die Fahrstühle, ich erklärte dem Wärter in Andeutungen, wohin wir wollten, und wir fuhren langsam nach oben zu dem gewissen Stockwerk. Der Fahrstuhl war voll aufgedonnerter Damen und gut genährter Männer, und ich hörte hinter mir Spanisch, Französisch und vermutlich Schwedisch.

»Hier sind wir, junge Dame. Die zweite Tür rechts.« Ich dankte ihm, und er zwinkerte mir zu. Ich öffnete vorsichtig die Tür. Eloises Zimmer war der Wirklichkeit gewordene Traum eines kleinen Mädchens, und ich lächelte, als Sam nach Luft schnappte.

»Das ist Eloises Zimmer, Sam.«

»Toll! ... du meine Güte!« Es war ein wahres Schmuckkästchen aus rosa Chintz und Gingham, angefüllt mit allem erdenklichen Spielzeug und von einer Unordnung, wie sie sich die meisten Kinder für ihr Zimmer erträumen, es aber nie durchsetzen. Eine hoch gewachsene, magere Frau mit englischem Akzent spielte die »Nanny« und zeigte Sam tiefernst die interessantesten Schaustücke in dem Heiligtum. Der Besuch war ein ungeheurer Erfolg.

»Können wir in einiger Zeit wieder herkommen und es ansehen?« Sam hatte sich nur schweren Herzens davon trennen können.

»Sicherlich. Wir werden wiederkommen. Wollen wir jetzt zum Lunch gehen?« Sie nickte, noch immer benommen von der aufregenden Besichtigung, und schwebte neben mir in den Palmenhof, wo Klavier und Geigen ihre Klänge unter den Bäumen verwoben, während unzählige Damen an kleinen, mit rosa Leinentischtüchern gedeckten Tischen saßen. Das Plaza besaß immer noch die gleiche viktorianische Eleganz wie in meiner Kindheit, als ich gelegentlich von meiner Großmutter dorthin zum Tee eingeladen wurde.

Sam aß einen Hamburger und trank dazu ein großes Glas Himbeersoda, während ich mir einen Spinatsalat zu sechs Dollar zu Gemüte führte, und dann machten wir uns, zufrieden mit unserem Vormittag, auf den Heimweg.

Unterwegs schauten wir in die Schule für Sam hinein, und da sie mir gefiel, schrieb ich sie vom nächsten Tag an ein. Als wir in unser Hotel zurückkamen, staunte ich darüber, was wir alles geleistet hatten. In New York ereignet sich ununterbrochen so viel, dass man in einem halben Tag das Pensum einer ganzen Woche schafft. Ich hatte zwei Verabredungen getroffen, um Arbeit zu finden, hatte Sam in der Schule angemeldet, im Plaza geluncht und auch für Sams Unterhaltung gesorgt. Gar nicht übel.

Und nun hatte ich einige Stunden für mich. Der Babysitter war gekommen, und ich übergab ihm Sam. Ich wollte Peg Richards anrufen. Ich hatte es mir schon den ganzen Vormittag vorgenommen, und ich konnte es kaum erwarten.

Peg Richards und ich sind gemeinsam aufgewachsen und zur Schule gegangen; sie steht mir so nahe wie eine Schwester. Wir sind vollkommen verschieden, verstehen einander aber glänzend. Und jede nimmt an der anderen Anteil. Immer.

Peg Richards ist rau, aber herzlich, gebraucht unglaubliche Ausdrücke, lässt sich nichts gefallen, ist kräftig und direkt, hat Sommersprossen und ungeheuer lebhafte braune Augen. Immer die Rädelsführerin in der Schule, wenn es um einen Streich ging, die aber auch anders sein konnte, die dem Mädchen, das ihr übel mitgespielt hatte, Bescheid stieß und sich um das Mädchen kümmerte, das niemand mochte oder beachtete. Sie trug einen Jungenhaarschnitt, lief in flachen Schuhen herum und zeigte völliges Desinteresse an Kleidern, Make-up und allem, was uns faszinierte. Sie machte sich lange nichts aus Jungen, und sie spielten erst später eine Rolle in ihrem Leben. Sie war eben Peg. Peg Tomboy. Kapitän unseres Landhockeyteams, die sich während meines zweijährigen Aufenthalts in Europa, als ich angeblich Kunst studierte, vollkommen veränderte. Als ich zurückkam, war Peg im Briareliff und nahm das Leben ernst. Ihre Ausdrucksweise war noch etwas rüder, aber ich glaubte, eine Spur Tusche auf ihren Wimpern zu entdecken. Drei Jahre später war sie Einkäuferin von Kinderkleidern in einem piekfeinen Warenhaus, ihre Ausdrücke waren unglaublich, und sie trug endgültig Wimperntusche und falsche Wimpern. Sie lebte mit einem Journalisten zusammen, spielte viel Tennis und verwendete viel Zeit darauf, das Establishment herunterzumachen. Damals war sie dreiundzwanzig. Fünf Jahre später, als ich von Kalifornien zurückkam, war sie noch immer ledig, lebte im Augenblick mit niemandem zusammen und hatte noch immer denselben Job.

Peg hatte sich immer meiner angenommen, mich in der Schule bemuttert, mir Gesellschaft geleistet, nachdem Samantha zur Welt gekommen war und ich mich zu Hause hilflos fühlte; sie war während meiner Scheidung immer um mich gewesen und hatte mich getröstet, und sie hatte mir im Lauf der Jahre aus allen möglichen Schlamasseln geholfen. Peg ist meine zuverlässigste Freundin, treueste Verbündete und meine schärfste Kritikerin. Zwischen zwei Menschen, die einander so gut kennen, gibt es keine Scham und keine Unehrlichkeit.

Die Vermittlung in dem Warenhaus, in dem sie arbeitete, meldete sich, ich verlangte ihr Büro, und sie meldete sich eine halbe Minute später.

»Peg? Ich bin es.« Genau wie die geborene Erz-New-Yorkerin zum Vorschein gekommen war, als ich mit Angus sprach, wurde ich im Gespräch mit Peg wieder zum Schulmädchen.

»Verdammte Scheiße! Gillian! Was, zum Teufel, machst du hier? Wie lange bleibst du?«

»Für einige Zeit. Ich bin gestern Abend angekommen.«

»Wo wohnst du?«

»Ob du's glaubst oder nicht, im Regency.« Sie kicherte, und ich lachte auch.

»Du Angeberin. Was ist los? Bist du im Westen reich geworden? Ich dachte, dass der Goldrausch vorbei ist.« Peg ist nicht auf den Mund gefallen.

»Stimmt. In mehr als einer Hinsicht.« Sie hatte mich an Chris erinnert, das ernüchterte mich schnell.

»Oh? Ist alles in Ordnung, Gill?«

»Ja, gewiss, mir geht es gut. Und dir?«

»Man schlägt sich durch. Wann bekomme ich dich und meine Freundin Sam zu Gesicht? Ist sie mitgekommen?«

»Natürlich. Wir können einander treffen, wann immer du willst. Ich fühle mich wie eine Fremde in dieser verdammten Stadt und weiß nicht, was ich zuerst tun soll. Ich lasse es mir jedenfalls gut gehen.«

»Wie denn auch nicht im Regency? Ich möchte nur eines wissen: Übersiedelst du hierher oder bist du auf Besuch hier?«

»Seelisch das Letztere, aber praktisch ... wir sind wieder hier.«

»Deine Romanze ist geplatzt?«

»Ich weiß es nicht, Peg. Ich glaube, ja, weiß es aber nicht bestimmt. Es ist eine lange Geschichte, und ich musste zurückkommen.«

»Du bringst mich verdammt durcheinander. Es hätte mich nicht gewundert, wenn die Love-Story zu Ende wäre. Was du mir von dem Mädchen in seinem Bett in dem Strandhaus erzählt hast, hat mir gar nicht gefallen.« Ich hatte vergessen, dass ich es ihr in meiner Verzweiflung geschrieben hatte.

»Darüber sind wir hinweggekommen.«

»Ist noch etwas anderes passiert? Mein Gott! Das hätte mir schon gereicht. Meine gute alte Gill, du lernst wohl nie, oder? Jedenfalls kannst du mir alles erzählen, was du willst, sobald wir zusammenkommen. Wie wäre es mit heute Abend?«

»Heute Abend? Sicherlich ... warum nicht?«

»Klingt nicht gerade begeistert. Zum Teufel mit dir. Ich komme nach der Arbeit auf einen Drink ins Hotel. Ich will dein Wunderkind von Tochter sehen. Ich bin so froh, dass du wieder hier bist, Gill!«

»Danke, Peg. Bis später.«

»Ja, übrigens, sei schon ausgehfertig, wenn ich komme, ich lade dich zum Abendessen ins *Twenty-One* ein.«

»Was tust du?«

»Du hast richtig verstanden. Wir feiern deine Rückkehr.«

»Warum feiern wir nicht mit Zimmerservice?«

»Rutsch mir den Buckel runter.« Damit legte sie auf, und ich grinste. Es war ein feines Gefühl, daheim zu sein. Die Zeit mit Chris schien so fern, als hätte es sie nie gegeben. Ich war in New York, wo ich begonnen hatte, hoffentlich würde ich bald Arbeit finden, und an diesem Abend speiste ich im *Twenty-One.* Es war so, als würde sich New York von seiner schönsten Seite zeigen und alles nach meinem Wunsch laufen.

15

Peg hatte in dem berühmten *Twenty-One Club* im Erdgeschoss in der Nähe der Bar einen Tisch reservieren lassen, und wir wurden vom *Maître d'hôtel,* der Peg gut zu kennen schien, zu unseren Plätzen geführt.

»Gut, gut, du hast dich wenigstens während meiner Abwesenheit in den richtigen Lokalen herumgetrieben. Nicht übel.«

»Geht alles auf Spesen.« Sie grinste wie ein Kobold und bestellte einen doppelten Martini pur. Das war auch eine neue Erfahrung.

Das Wiedersehen zwischen Peg und Samantha im Hotel war stürmisch und fröhlich verlaufen, und unsere Begrüßung kaum weniger. Sie sah besser aus denn je, und ihre Zunge war noch spitzer als früher. Sie umarmte Sam herzlich, dann beschimpfte sie mich, während wir einander herumschubsten und kicherten. Es war schön, wieder mit ihr beisammen zu sein.

Ich sah mich im Restaurant um, während sie an ihrem Drink nippte, und staunte über die Besucher. Die Crème de la Crème. Die obersten Zehntausend von New York waren zum Dinner erschienen. So wie ich auch.

In Bezug auf Kleidung pendelt San Francisco zwischen extremen Hippies und 1950er Börsenmaklern, wobei es fast keine Zwischenstufe gibt. Die Frauen sind konservativ und tragen noch immer pastellfarbige Wollsachen, ärmellos und knielang, Hüte, Handschuhe, das ganze Zubehör. New York hingegen bietet eine breite Palette von Formen und Farben, die das Auge überwältigen. Vollkommen verrückte, ruhig elegante, exotisch schicke, unzählige Modelle, Farben und Stile. Was ich ja auch bemerkt hatte, als das Taxi bei der Fahrt vom Flughafen bei Yellowfinger gehalten hatte; die Menschen in New York haben Mut.

An dem Tisch neben uns saßen juwelenbehängte Frauen erfolgreicher Geschäftsleute, trugen Pariser Modelle aus kostbarer Seide und weichem Satin, kamen direkt vom Friseur, und wenn ich ihre Maniküre sah, hätte ich am liebsten meine Hände versteckt. An der Bar drängte sich eine Schar von Fünfzigjährigen in auffallenden Modellanzügen, statuenhaft wirkende Frauen mit kunstvollem Augen-Make-up und kurz geschnittenem Haar. Zu meiner Verwunderung merkte ich, dass kurzes Haar wieder »in« war. In Kalifornien trug man es noch lang und glatt, aber in New York war natürliches Aussehen passé, es hatte zu wenig Charme und war ein Zeichen dafür, dass man auf sein Äußeres keinen Wert legte.

Der Raum selbst war dunkel, und die Tischtücher waren so steif gestärkt, dass sie aussahen, als könnten sie stehen. Von der Decke hing eine Unzahl von Spielzeugautos und Flugzeugen. Man musste nur nach oben blicken und wusste, dass man sich im *Twenty-One* befand. Das diskrete Klirren von schönem Silberbesteck, zartem Porzellan und hauchdünnem Kristall mischte sich mit dem leisen Stimmengewirr, und der ganze Raum schien zum Leben zu erwachen.

»Da staunst du, was, du Provinzlerin?« Peg sah belustigt drein.

»So ist es. Ich hatte beinahe vergessen, wie New York aussieht. Es ist ulkig, wieder zurück zu sein. Ich fühle mich, als müsste ich die Sprache wieder von Grund auf lernen und immer auf Draht sein.«

»Ich habe den Eindruck, dass du es schaffst. Du hast den Kontakt noch nicht verloren.« Ich trug ein weißes Wollkleid, die Perlen, die mir meine Exschwiegermutter geschenkt hatte, und hatte mein Haar nach hinten gekämmt und im Nacken straff verknotet. »Der Kerl rechts von dir sieht aus, als wäre er ganz wild auf dich. Du siehst prima aus.«

»Danke, aber ich scheiß drauf.«

»Mrs. Forrester! Solche Ausdrücke im *Twenty-One.* O Gott! Ich kann dich nirgends mehr mitnehmen.«

»Ach, halt den Mund!« Ich kicherte über meinem Dubonnet.

»Erst wenn ich weiß, was dich nach New York zurückgeführt hat. Ich rieche Verrat.«

»Lass gut sein, Peg.« Ich sah mich im Saal um. Über Chris wollte ich nicht sprechen. Ich wollte nur den Abend genießen.

»Das bestätigt meinen Verdacht. Okay, du Schweigsame, willst du es mir jetzt erzählen oder später?«

»Es gibt nichts zu erzählen.«

»Ach wirklich? Hat dir deine Mutter jemals die Geschichte von Pinocchio erzählt, Gill? Du solltest deine Nase sehen ... sie wird immer länger und länger ...«

»Peg Richards, du fällst mir auf den Wecker. Ich bin einfach zurückgekommen, das ist alles.«

»Ich bin beleidigt. Ich habe geglaubt, wir wären Freundinnen.«

»Sind wir auch.« Meine Stimme wurde leise, und ich nahm meinen zweiten Dubonnet.

»Okay, ich lasse es sein. Was willst du essen?«

»Etwas Leichtes.«

»Bist du krank?« Peg sah mich besorgt an, und ich suchte rasch in meinem Gehirn nach möglichen Ausreden, fand aber keine.

»Nein, schwanger.«

»Was? Du heilige Scheiße! Du bist also wegen einer Abtreibung hergekommen?«

»Nein. Ich bin hierher übersiedelt.«

»Was ist mit Chris? Weiß er es?«

»Ja.«

»Und?«

»Ich bin übersiedelt.«

»Hat er dich im Stich gelassen, Gill?« In Pegs Augen loderte Feuer; sie war wirklich die treueste Freundin, die ich hatte.

»Nein, wir haben nur gefunden, dass es so am besten ist.«

»Wir? Oder er? Es ist gar nicht deine Art.«

»Das ist nicht wichtig, Peg. Er will sich noch nicht binden, und ich kann ihn verstehen. Er ist noch nicht so weit. Es ist wirklich besser so.« Aber ich konnte Peg nicht überzeugen. Was Wunder, wenn ich selbst nicht daran glaubte.

»Du bist übergeschnappt. Du willst das Baby zur Welt bringen, Gill?«

»Ja.«

»Warum?«

»Weil ich ihn liebe. Und ich will das Kind haben.«

»Das ist ein verdammt folgenschwerer Entschluss. Hoffentlich weißt du, was du tust.«

Peg sah aus, als hätte man ihr soeben einen Eimer Eiswasser über den Kopf gegossen.

»Ich glaube schon.«

»Wie wäre es mit noch einem Drink? Ich kann ihn gebrauchen. Und du?« Sie blickte mich mit einem kläglichen Lächeln an, und ich schüttelte den Kopf.

»Hör zu, das soll unseren Abend nicht verderben. Alles ist okay, mir geht es prima, und ich weiß, was ich tue. Ehrlich, Peg. Also beruhige dich.«

»Du sagst das so leichthin. Ich mache mir gern Sorgen. Außerdem bist du nur die Mutter. Ich beabsichtige, die Patin zu sein, und das ist eine große Verantwortung.« Ich lachte, sie hob ihr Glas und trank mir zu. »Auf dein Wohl, du gottverdammte Gans. Dieser Mistkerl. Das habe ich nie erwartet. Wo, um Himmels willen, ist deine Erziehung geblieben?« Darauf lachten wir beide, und dann bestellten wir das Dinner. Das Thema kam nicht wieder aufs Tapet, doch ich wusste, dass Peg es im Geist weiter herumwälzte und dass sie später darauf zurückkommen würde. Sie hatte zu rasch aufgegeben, und sie würde so lange keine Ruhe geben, bis sie mir gegenüber ihre Pflicht getan hatte und mir tüchtig einheizte. Vielleicht nahm sie an, ich könnte es im Augenblick nicht verkraften. – Vielleicht hatte sie damit auch Recht.

Wir blieben bis nach elf im *Twenty-One* und wollten gerade die Rechnung verlangen, als ein hoch gewachsener, gut aussehender Mann an unserem Tisch stehen blieb.

»Hallo, Peg, kann ich Sie beide zu einem Drink einladen?« Er sprach zu Peg, lächelte mir aber direkt ins Gesicht.

»Abend, Matt. Was suchst du hier?«

»Ich könnte dich das Gleiche fragen, verzichte aber darauf.«

»Oh, entschuldige. Das ist Gillian Forrester, Matthew Hinton.«

»Guten Abend.« Wir schüttelten einander über den Tisch hinweg die Hand, und Peg schien sich über etwas zu freuen.

»Wie steht es mit dem Drink, meine Damen?« Ich wollte schon ablehnen, doch Peg warf mir einen anzüglichen Blick zu und nahm die Einladung an.

Wir saßen noch eine halbe Stunde mit ihm zusammen und plauderten. Er war Rechtsanwalt, arbeitete in der Wall Street und war im selben Tennisclub wie Peg. Er sah aus, als wäre er Anfang dreißig, gab sich lässig, versprühte aber etwas zu viel männlichen Charme für meinen Geschmack. Er musterte mich wie einen großen Happen Fleisch, den er vielleicht kaufen würde oder auch nicht, und das ärgerte mich.

»Wie wäre es, wenn ich Sie beide auf einen Drink und ein paar Tanzschritte zu Raffles einlade?« Doch diesmal war ich schneller als Peg.

»Nein, das geht wirklich nicht. Ich bin erst gestern Abend aus Kalifornien zurückgekommen und habe den versäumten Schlaf noch nicht nachgeholt, aber jedenfalls besten Dank.«

»Sie ist meine beste Freundin, Matt, und trotzdem kenne ich niemanden, der mich so in Rage bringt. Immer als Erste weg von der Party.«

»Warum gehst du nicht mit, Peg? Ich nehme ein Taxi.«

»Nein, ich passe auch. Tut mir Leid, Matt.« Er zog ein scheinbar enttäuschtes Gesicht, hob die Hände, und wir bezahlten unsere diversen Rechnungen, oder vielmehr er und Peg taten es. Ich wagte nicht daran zu denken, was das Dinner gekostet hatte, aber es war ein reizender Abend gewesen.

Matt bot uns an, uns nach Hause zu bringen, was Peg annahm. Wenige Minuten später waren wir beim Regency. Matt vermerkte es anerkennend. Ich küsste Peg auf die Wange, dankte ihr für die Einladung und versuchte sie am Reden zu hindern. Was immer sie sagen würde, es wäre sicherlich taktlos. Matt wartete geduldig auf dem Gehsteig, während der Portier zusah.

»Gefällt er dir?«, flüsterte sie mir ins Ohr, als ich mich aus ihrer Umarmung löste.

»Nein, verdammt! Und wage nicht, mich zu verkuppeln! Aber danke für das Dinner.« Ich hatte ebenso heiser geflüstert wie sie und unterstrich meine Worte durch einen strengen Blick. Sie antwortete nicht, und das ist bei Peg ein schlechtes Zeichen. Ich stellte mir vor, wie sie für Matt ein ganzes Drehbuch erfand, während er sie nach Hause brachte.

»Gute Nacht, Matt. Danke, dass Sie mich nach Hause gebracht haben.« Ich schüttelte ihm kühl die Hand, ging zu der Drehtür und winkte Peg ein letztes Mal zu.

»Gillian!« Es war Matt.

»Ja?« Er war mit zwei großen Schritten bei mir.

»Ich werde Sie morgen anrufen.«

»Oh.« Aber er war schon weg, die Tür des Taxis knallte zu, der Wagen fuhr ab und war sofort in dem ewig strömenden Verkehr der Stadt untergetaucht.

16

Das Telefon klingelte, als ich am nächsten Morgen bei der zweiten Tasse Kaffee angelangt war, und ich griff geistesabwesend nach dem Hörer, während ich die Zeitung in der anderen Hand hielt.

»Hallo?«

»Wie hat er dir gefallen?«

»Peg! Du gehst mir verdammt auf die Nerven. Reg dich bitte ab. Ich habe dir doch gestern Abend erklärt, was ich davon halte. Und das war mein voller Ernst.«

»Was, zum Teufel, ist mit dir los?« Das klang ungeheuer gereizt.

»Erstens einmal liebe ich noch immer Chris.«

»Das bringt dich nicht weiter. Er hat dich sitzen lassen, hast du das vergessen?«

»Okay, Peg, das genügt. Lassen wir das Thema. Gestern Abend war es wirklich nett.«

»Das fand ich auch. Und … ach verdammt. Okay, Gill. Ich lasse dich in Ruhe. Tut mir Leid. Ich möchte nur, dass du einmal mit ihm ausgehst. Es würde dir zu einem guten Start verhelfen. Er ist gesellschaftlich sehr angesehen.«

»Sicherlich, aber das reizt mich nicht mehr.«

»Okay, dann werde ich dir einen Hippie suchen, du dumme Ziege.« Sie lachte kurz, und ich fühlte mich wieder besser. »Ich wollte ja nur ein gutes Wort für Matt einlegen. Muss jetzt zu einer Besprechung. Ich rufe dich später wieder an.«

»Okay, Peg. Bis bald.«

Kaum hatte ich aufgelegt, da klingelte das Telefon wieder, und diesmal ahnte ich, wer es sein würde. Ich behielt Recht.

»Gillian?«

»Ja.«

»Guten Morgen. Hier spricht Matthew Hinton.« Sieh mal an.

»Guten Morgen.« Also was? Ich war wirklich nicht in Stimmung.

»Ich wollte Sie eigentlich zum Dinner einladen, Gillian, aber es hat sich etwas anderes ergeben.« Es war eine merkwürdige Einladung, aber ich wartete darauf, was nachkam. »Einer der Seniorpartner der Firma hat mir soeben zwei Karten für die heutige Eröffnung der Opernspielzeit angeboten. Was halten Sie davon?« Ich schämte mich, dass ich plötzlich Lust darauf bekam, aber es klang zu verlockend, um darauf zu verzichten.

»Wirklich? Das wäre herrlich, Matthew. Sie verwöhnen mich aber sehr.«

»Lächerlich. Die Oper beginnt um acht, und wir können nachher noch dinieren. Ich hole Sie um halb acht ab. Passt Ihnen das?«

»Ausgezeichnet. Bis dann also. Und besten Dank.«

Ich betrachtete mich im Spiegel und fühlte mich etwas schuldbewusst, da ich seine Einladung nur wegen der Oper angenommen hatte, aber, hol's der Teufel, es würde wirklich ein Kunstgenuss werden.

Matthew erschien pünktlich um halb acht und stieß einen langen Pfiff aus, der mir beinahe zu Kopf stieg. Ich trug ein cremefarbenes Satinkleid, das den Rest meiner kalifornischen Sonnenbräune betonte, und ich war mit mir zufrieden gewesen, als ich mich vor dem Weggehen im Spiegel betrachtet hatte.

Er sah im Smoking etwas steif, aber sehr stattlich aus, trug kleine Saphirmanschettenknöpfe und erinnerte mich einen Augenblick lang an meinen Exehemann. Ich kehrte in die solide Welt des Establishments zurück, wenn auch nur für einen Abend. Sie war eine Million Lichtjahre von der Welt entfernt, in der ich mit Chris gelebt hatte.

Das Taxi hielt vor dem Lincoln Center, und der Springbrunnen auf der Plaza sandte seine Strahlen graziös, immer die Höhe wechselnd, gegen den Nachthimmel. Kleine Gruppen elegant gekleideter Opernbesucher bewegten sich in die gleiche Richtung wie wir, und ich kümmerte mich kaum um Matt, weil die herrlichen Toiletten und schönen Menschen meine Aufmerksamkeit zu sehr beanspruchten. Offensichtlich handelte es sich um ein gesellschaftliches Ereignis.

Fotografen sprangen aus jedem kleinen Winkel und jeder versteckten Ecke und schossen ihre Blitzlichter in die Dunkelheit, während die Opernbesucher eintraten. Man konnte sich ausrechnen, wer in den Logen sitzen würde – sie waren noch eleganter gekleidet als das übrige Publikum, und ihr Schmuck gleißte.

»Mr. Hinton, nur einen Augenblick.« Matthew wandte den Kopf nach links, um zu sehen, wer ihn ansprach, ich folgte seinem Blick, und in diesem Augenblick flammte ein Blitzlicht auf, ein Fotograf war zu einem Schnappschuss gekommen.

»Darf ich fragen, wer die Dame ist?«, erkundigte sich ein geschmeidiges schwarzhaariges Mädchen neben dem Fotografen. Sie trug ein glänzendes rotes Kleid und hatte glattes Haar. Sie notierte meinen Namen lächelnd, während ich ungläubig zusah. Es war ein toller Anblick. Überall herrschte ein Höllenlärm, und die Leute versuchten, sich durch die Schar von Reportern und Fotografen zu drängen.

Matthew führte mich über die Treppe zu unserer Loge, und ein älterer Platzanweiser lächelte ihm zu. »Guten Abend, Mr. Hinton.« Du meine Güte!

»Gehen Sie oft in die Oper, Matt?«

»Dann und wann.« Aber etwas kam mir allmählich verdächtig vor.

Man spielte *Lucia, di Lammermoor* mit Joan Sutherland, und die Vorstellung war atemberaubend. Während der Pause floss der Champagner in Strömen, und die Fotografen nützten die Galapremiere.

»Ich habe das Dinner bei Raffles bestellt, da Sie mir gestern Abend nicht die Ehre geben wollten. Sind Sie damit einverstanden?«

»Wunderbar.«

Bei Raffles wurden wir von jedem Kellner, der in Sichtweite kam, mit »Guten Abend, Mr. Hinton« begrüßt. Peg hatte Recht, er war sehr bekannt.

Aber der Abend verlief angenehm, das Gespräch plätscherte dahin, und er besaß Sinn für Humor. Er hatte Räucherlachs, gebratene Ente und ein Soufflé au Grand Marnier bestellt. Wir tranken wieder Champagner und tanzten eine Weile in der gedämpften Fröhlichkeit des Clubs. Die Einrichtung stammte von Cecil Beaton, und es mangelte ihr zwar etwas an Wärme, aber die Gäste rekrutierten sich offensichtlich aus der ersten Gesellschaft New Yorks.

Wir kamen um eins ins Regency zurück, und ich schüttelte ihm in der Halle die Hand, womit der Abend zu Ende war. Er war genauso verlaufen, wie ich es mir vorgestellt hatte. Die Eröffnung der Opernsaison. Mehr bedeutete es mir nicht. Bis ich am nächsten Tag die Zeitungen sah.

Am nächsten Morgen klingelte das Telefon, aber diesmal schlief ich noch.

»Du hast doch gesagt, du willst nicht mit ihm ausgehen.«

»Ha?«

»Du hast richtig gehört.« Es war Peg. »Wie war die Oper?«

»Sehr schön, danke.« Ich bemühte mich, munter zu werden, dann fiel mir eine Frage ein. »Wieso weißt du, dass ich in der Oper war? Hat Matt dich angerufen?« Die Möglichkeit ärgerte mich.

»Nein. Ich hab's aus der Zeitung.«

»Blödsinn. Er hat dich angerufen.« Ich hatte mich inzwischen aufgesetzt.

»Hat er nicht. Ich habe das heutige *Women's Wear Daily* vor mir und zitiere: ›Wer ist Playboy Matthew Hintons neueste Liebe? Mrs. Gilian Forrester natürlich. Sie wohnten gestern Abend der Operneröffnung bei, das war ...‹ und so weiter. ›Sie saßen in der Loge seines Vaters, Q, und wurden später in Raffles' privater Diskothek gesehen, wo die Große Welt zusammenkommt. Sie tranken Champagner und tanzten bis zum Morgengrauen.‹«

»Verdammt noch mal. Ich war um eins zu Hause.« Ich war einigermaßen konsterniert. »Playboy Matthew Hintons neueste Liebe?« Du heiliger Bimbam.

»Halt den Mund, ich bin noch nicht fertig. ›Mrs. Forrester trug ein cremefarbenes, schulterfreies Satinkleid, das aussah wie ein Dior-Modell vom Vorjahr. Aber sie ist eine äußerst attraktive junge Dame. Nur so weiter, Matt.‹«

»Danke vielmals. Das Kleid ist sechs Jahre alt und stammt von einem unbekannten Modekünstler. Um Gottes willen, Peg, das ist das Schlimmste, das mir je passieren konnte. Ich bin entsetzt.«

»Tröste dich. Die *Times* brachte nur ein Foto. Du sahst recht gut darauf aus. Also ... gefällt er dir?«

»Natürlich nicht. Ach, verdammt, was weiß ich? Ich war begeistert, weil ich zur Operneröffnung konnte, und er ist ungefähr so unterhaltend wie ein Telefonbuch. Er redet in Phrasen und ist schrecklich steif. Offen gestanden, mir gefällt es gar nicht, in allen Zeitungen als ›neueste Liebe‹ eines Playboys abgestempelt zu werden. Gütiger Gott!«

»Sei doch nicht so spießig. Genieß es.«

»Quatsch.«

»Geh zumindest eine Zeit lang mit ihm aus.«

»Was? Damit alle Zeitungen analysieren, was wir zum Dinner bestellt haben? Das lohnt sich nicht, Peg. Danke jedenfalls, dass du ihn mir vorgestellt hast.«

»Du bist eklig. Aber vielleicht hast du nicht ganz Unrecht. Er ist ein bisschen langweilig. Ich werde mir die Zeitungsausschnitte jedenfalls aufheben. Meine Freundin Gillian Forrester – neueste Liebe eines Playboys.«

»Du Knülch.« Diesmal lachte ich laut, während ich auflegte. Es war wirklich ziemlich komisch. Ich kam fast in Versuchung, die Zeitungsausschnitte an Chris zu schicken.

Als ich das Frühstück bestellte, kam ein riesiges Rosenbukett mit. Auf der Karte stand: »Das mit den Zeitungsmeldungen tut mir so Leid. Hoffe, Sie können den Sturm durchstehen. Das nächste Mal essen wir bei Nedick.« Unterschrieben mit »Matt«. Den Sturm durchstehen, stimmte. Das war jedoch eine Publicity, die ich mir nicht gewünscht hatte. Ich legte die Blumen auf einen Tisch und hob den Hörer ab. Wahrscheinlich wieder Peg.

»Gillian? Haben Sie mir verziehen?« Es war Matt.

»Es gibt nichts zu verzeihen. Für meinen zweiten Tag in New York ist es ein viel versprechender Anfang. Jedenfalls scheinen Sie ziemlich bekannt zu sein, Mr. Hinton.«

»Bei weitem nicht so sehr, wie *Women's Wear* annimmt. Was sagen Sie zu einem Dinner heute Abend?«

»Um dem Gerücht weitere Nahrung zu geben?«

»Warum nicht?«

»Tut mir Leid, doch heute kann ich nicht, Matt. Aber gestern war es ein ganz bezaubernder Abend.«

»Ich bin nicht sicher, ob Sie nicht schwindeln, aber ich freue mich, wenn es zutrifft. Ich werde Sie Ende der Woche anrufen und bis dahin nachdenken, was wir noch alles unternehmen können, um die Presse auf die Folter zu spannen. Haben Sie etwas für Pferde übrig?«

»In welcher Beziehung? Als Nahrungsmittel oder zum Transport?«

»Als Unterhaltung. In Form eines Reit- und Springturniers. Reizt Sie das?«

»Eigentlich schon, aber ich muss erst sehen, ob es geht, Matt. Ich habe noch eine Menge zu erledigen.« Ich hatte keineswegs die Absicht, mich auf eine von der Presse angeregte Liebesgeschichte einzulassen.

»Also gut, viel beschäftigte Dame. Ich werde Sie anrufen und wünsche Ihnen einen schönen Tag.«

»Danke, gleichfalls. Und vielen Dank für die Rosen.«

Puh! Drei Tage in New York, und ich hatte Rosen auf meinem Tisch, zwei Fotos von mir in den Gesellschaftsspalten und Dinners im *Twenty-One* und bei Raffles, dazu noch die Operneröffnung. Nicht übel, Mrs. Forrester. Gar nicht übel.

17

Der Donnerstag kam, und mit ihm mein Lunch mit Angus. Ich hätte gern von ihm einen Job bekommen, war aber eigentlich nicht nervös. Es war ein herrlicher, sonniger Herbsttag. Ich fühlte mich wohl und war guter Laune.

Ich kam drei Minuten nach eins zu Chez Henri, Angus wartete schon an der Bar, er sah mehr denn je aus wie Bill Blass und war wie aus dem Ei gepellt. Sein Haar war am Scheitel etwas dünner, dieser kleine Schönheitsfehler war aber von einem geschickten Friseur liebevoll kaschiert worden. Als ich eintrat, bannte mich sofort sein Lächeln.

»Gillian! Du siehst fabelhaft aus! Einfach umwerfend. Außerdem bist du so braun gebrannt. Du trägst auch das Haar jetzt anders, nicht wahr?«

Nach, wenn ich mich nicht verzählt hatte, weiteren 147 »liebste Gillian« brachte ich den Mut auf, ihn zu fragen, ob es eine Chance gab, in den geheiligten Räumen von *Decor* einen Job zu finden, und wurde höflich, elegant, charmant abgewiesen, wobei das Lächeln noch ein wenig breiter wurde, um mir zu zeigen, dass er wirklich sehr an mir »interessiert« war und er es »liebend gern täte, aber« ... Er leierte die in diesem Fall üblichen Phrasen herunter, dass es »ihm schrecklich unangenehm wäre ... die Geschäfte so schlecht gingen ... aber du würdest doch bei *Decor* nicht mehr glücklich sein, Liebste, nicht wahr?« Halb und halb hatte er Recht, aber ich brauchte einen Job und hatte zuerst an ihn gedacht. Eigentlich hätte ich gern wieder dort gearbeitet, aber wenn man *Decor* einmal verlässt, dann ist es für immer. Wie ein Kloster oder ein Mutterleib. Auf Nimmerwiedersehen.

Dennoch wurde es ein netter Lunch, und ich konnte mich noch auf das Treffen mit John Templeton am nächsten Tag freuen. Doch im Gegensatz zu Donnerstag regnete es Freitag in Strömen, und meine steigende Nervosität verriet mir, wie dringend ich den Job bei *Woman's Life* brauchte.

Ich rumpelte im Bus zum Magazin und bedauerte, dass ich keine zweite Tasse Kaffee getrunken hatte, um das hellwache, gespannte Aussehen der Leute zu bekommen, die durch ihre Arbeit angeregt werden. Ich befand mich auf dem kürzeren Ast und wollte es vertuschen. Man muss Oberwasser haben, nichts brauchen, mit Volldampf rangehen, dann fallen einem die Jobs in den Schoß wie reife Äpfel. Braucht man einen Job aus finanziellen oder gefühlsmäßigen Gründen, sieht man es. Man bekommt einen verzweifelten Zug um den Mund, das gewisse rührende, bedürftige Aussehen, und der Baum behält seine Äpfel für sich. Bedürftigkeit schreckt die Leute ab. Niemand hat etwas für den armen, hungrigen kleinen Kerl übrig, der in der Ecke bei Riker sitzt. Man fühlt mit ihm, aber man will sich nicht näher mit ihm befassen oder ihm etwas schenken, denn vielleicht ist seine »Krankheit« ansteckend. Vielleicht ist auch seine Traurigkeit ansteckend, und dieses Risiko will niemand eingehen.

Um neun Uhr zehn traf ich beim schwarzen Marmoreingang von *Woman's Life* ein; die Bronzeziffern neben der Tür besagten: 353 Lexington. Die etwas protzigen Lüster wurden eben abgestaubt, und als ich zu der zweiten der vier Fahrstuhlgruppen ging, stieg allmählich meine Aufregung. Während wir langsam nach oben fuhren, wuchs meine Hoffnung, glaubte ich wirklich daran, dass ich in einer Stunde mit einem Job weggehen würde.

Neun Uhr zwölf. Dritter Stock … eine Empfangsdame … »Mrs. Forrester, wollen Sie bitte Platz nehmen. Mr. Templetons Sekretärin wird gleich da sein.« Sieben Exemplare von *Life*, zwei von *Holiday* und die letzten Nummern von *Woman's Life* lagen auf dem niedrigen Tisch vor der Naugahyde-Couch, die einem Entwurf von Mies van der Rohe nachempfunden, ihm aber bei weitem nicht ebenbürtig war. Die siebente Zigarette seit heute Morgen, die zweite Welle von Übelkeit, eine kurze Erinnerung an das keimende Leben in meinem Körper, die kurze Feststellung, dass meine Handflächen feucht waren, und dann erschien ein lächelndes Mädchen in meinem Alter, das aussah, als käme sie aus Cleveland, um mich zu »Mr.« Templeton zu bringen. Ich fühlte mich plötzlich jünger, unerfahrener, weniger tüchtig und unendlich weniger brauchbar als sie. Schließlich hatte sie einen Job, oder? … Los, Gillian, reiß dich zusammen … drei Korridore entlang, deren einzig ersichtlicher Zweck darin bestand, Besucher zu beeindrucken und ihren Orientierungssinn völlig durcheinander zu bringen, was ihnen bei mir schon beim zweiten Korridor gelang. Dann kam ein ganz in Beige gehaltenes Vorzimmer mit einem orange Aschenbecher auf Miss Clevelands Tisch, einem weiteren Stuhl im Stil von Mies van der Rohe und einer Tür. Die Tür: John stand im Türrahmen, lächelte mir zu, er sah drahtig und nervös, voller Energie und herzlich aus. Er führte mich rasch hinein, schloss die Tür, bot mir Kaffee an, setzte seine Pfeife in Brand, lächelte viel, plauderte unentwegt, lobte alle Vorzüge San Franciscos und war ganz John Templeton: ein Freund von Gillian Forrester, die aus der Verbannung zurückgekehrte Freischaffende. Damit konnte ich fertig werden, das war kein Problem, ich kannte Gillian Forrester in- und auswendig. Ich wusste, wie man es anlegt. Und wenn er die Rolle des Freundes spielen wollte, dann war alles okay. Ich entspannte mich, betrachtete die Aussicht, erkundigte mich nach seinen Kindern, sagte die üblichen Dinge über New York und fragte, wie *Woman's Life* mit der Krise im Verlagswesen fertig wurde. Ich benahm mich nicht wie jemand, der vorspricht, sondern wie jemand, der in der Branche gearbeitet hat. Den Job hatte ich vergessen.

Es folgten ein Kurzbericht über die Geschäftslage sowie Berichte darüber, welche von den Konkurrenzillustrierten von einem Konkurs bedroht waren und welche nicht bedroht waren, sondern sich in ernsten Schwierigkeiten befanden, »wie wir alle wissen«.

Scheinbar mitten in einem Satz, während meiner zweiten Tasse Kaffee, blickte John auf, betrachtete mich einen Augenblick und platzte mit der Frage heraus: »Gillian, warum sind Sie zurückgekommen?« Paukenschlag. John Templeton war kein so vertrauter Freund, dass ich ihm Geständnisse machen konnte. Zumindest hatte ich nicht dieses Gefühl. Also? »Ich musste«, »Ich wollte«, »Mir hat New York gefehlt«, »Ich wollte zu *Woman's Life*, um dort mitzuarbeiten« – das Einzige, das vielleicht plausibel geklungen hätte, wäre die Wahrheit gewesen, aber die klang so ausgefallen, dass ich sie nicht als Erklärung anbieten konnte. Es vergingen wahrscheinlich nur drei Sekunden, die mir wie eine Ewigkeit vorkamen, in denen ich in meinen Kaffee starrte, es in meinen Ohren summte und ich mein Herz laut klopfen hörte; dann sah ich ihn an und sagte das Einleuchtendste, das ich vorbringen konnte: »Ich wollte San Francisco für einige Zeit verlassen und wieder hierher zurückkommen«, was einigermaßen vernünftig klang und doch nicht viel aussagte, außer dass ich vielleicht in Kalifornien wegen unsittlichen Lebenswandels oder dergleichen gesucht wurde. Aber er akzeptierte es und fragte mich nur, ob ich für immer zurückgekommen sei. Was ich nicht wusste. Das sagte ich ihm auch. Ich erklärte, ich sei für mindestens sechs Monate, vielleicht auch für ein Jahr, unter Umständen für immer zurückgekommen, das hinge davon ab, wie ich in New York zurechtkommen und wie sich meine Lebensumstände im nächsten Jahr gestalten würden.

»Haben Sie sich schon nach einem Job umgesehen?«, fragte John.

»Ja … und nein. Das heißt, ich rief Sie an, nun, weil mir *Woman's Life* gefällt. Ich will nicht in die Werbebranche zurück, und Sie sagten, das Verlagsgeschäft ist ziemlich zurückgegangen. Ich fand, es ist den Versuch wert, Sie anzurufen.«

»Was ist mit Ihrem ehemaligen Job bei *Decor*? Haben Sie mit Angus Aldridge gesprochen?«

»Ja. Nichts zu machen.« Er nickte, und ich war froh, weil ich aufrichtig gewesen war. Ich hatte immer den Verdacht gehabt, dass zwischen ihnen eine gewisse Rivalität bestand, aber auf jeden Fall hatte ich mit offenen Karten gespielt.

»… Julie Weintraub …« Was, Julie Weintraub? Was hatte sie damit zu tun? Weshalb, zum Teufel, fängt er jetzt mit Julie Weintraub an?

»Julie Weintraub?« Es war das Einzige, das ich herausbrachte, um das Gespräch in Gang zu halten. Vielleicht würde er wiederholen, was mir entgangen war.

»Sie erinnern sich sicherlich an sie. Sie haben gemeinsam an ein paar Projekten gearbeitet. Weihnachten und ...« Natürlich erinnerte ich mich an sie, wusste aber noch immer nicht, warum John ihren Namen ins Gespräch gebracht hatte.

»Sie hat sich, wie ich sagte, vorige Woche einen Beckenbruch zugezogen und muss für einige Zeit, mindestens acht, vielleicht zehn oder zwölf Wochen, das Bett hüten. Jean Edwards und zwei weitere Mädchen versuchen, den Großteil ihrer Arbeit zu übernehmen, aber es ergeben sich einige Probleme. Ich habe mir alles so weit überlegt, dass ich jemanden kurzfristig, vielleicht sogar nicht vollzeitlich, einstellen möchte, für drei oder vier Tage pro Woche, und sehen, ob wir so zurechtkommen. Vielleicht wäre das für Sie interessant. Ich muss Sie allerdings warnen, Gillian, es gibt nur einen Schinderlohn und keine Nebeneinkünfte, aber es wäre auch keine volle Arbeitswoche und würde Ihnen mehr Zeit für Ihre Tochter lassen. Was meinen Sie?« ... Was ich meine? Ich meine, dass mich irgendjemand, irgendwo liebt, das meine ich! Halleluja! Warte, bis ich es Chris erzähle! »Gillian, hören Sie auf, mich anzugrinsen, und sagen Sie etwas.« John erwiderte mein Lächeln. Er las mir die Antwort vom Gesicht ab.

»Ich meine, Mr. Templeton, dass mir der Baum schließlich doch einen Apfel in den Schoß fallen ließ. Ich nehme an. Ich meine, ich will den Job. Ich meine ... es klingt herrlich! Wie ein richtiger Traum!«

»Können Sie Montag beginnen?« Ich nickte, denn ich war immer noch sprachlos. »Ausgezeichnet. Und Sie können damit rechnen, dass Sie den Job für mindestens acht Wochen haben. Ich möchte, dass Sie mit Julie darüber sprechen, was sie getan hat. Wir machen jetzt die Märznummer. Ich nehme an, das ist vorläufig alles, was Sie wissen müssen. Am Montag geht es dann mit Volldampf los.«

Ich grinste nur immerzu und segnete insgeheim Julie Weintraubs Becken.

»Ausgezeichnet, John. Klingt großartig.« Ich grinste immer noch blöd vor mich hin.

John erhob sich, wir schüttelten einander die Hände, ich nahm meinen Mantel und schien auf Wolken zu schweben. Die Sekretärin in dem beigen Vorzimmer hatte mir nichts mehr voraus, die Fahrstühle sangen mein Lieblingslied, und »353« aus Bronze auf der Vorderfront wurde zu meiner Glücksnummer. Von Montag an hatte ich einen Job.

Als ich ins Hotel zurückkehrte, war mein erster Gedanke, Chris anzurufen. Ich zögerte aber, weil ich befürchtete, er würde meine Begeisterung dämpfen, sich gleichgültig oder uninteressiert zeigen, und ich wollte, dass er sich mit mir freute. Die halbe Freude über ein neues Kleid besteht darin, dass man darauf wartet, was der Herzensfreund dazu sagt. Man kann es kaum erwarten, bis er nach Luft schnappt und einem versichert, dass man noch nie schöner ausgesehen hat. Wenn er dann feststellt, es wäre zwar ein herrliches Kleid, aber du müsstest noch zehn Pfund abnehmen, oder es wäre eine wahre Pracht an einem Mädchen mit größerem Busen, oder es ist schade, dass deine Beine für diese Mode zu kurz sind … da stirbst du ein wenig, und dein Stern verliert seinen Glanz. Mir ging es mit meinem Job so. Ich wollte nicht, dass er mir die Freude verdarb, wollte es ihm andererseits erzählen. Also wartete ich … Um vier Uhr hielt ich es nicht mehr aus, rief ihn an und wartete mit angehaltenem Atem eine Minute lang, während das Telefon bei Chris läutete und läutete; meine Enttäuschung wurde immer größer und größer, als mir klar wurde, dass er vielleicht gar nicht zu Hause war.

»… Ja? …« Ach, er ist doch da … und ich fühlte mich am anderen Ende des Drahtes ungefähr vierzehn Jahre alt.

»Chris? Ich bin es. Ich habe einen Job bei *Woman's Life.* Ich beginne Montag für acht oder zehn Wochen, ich springe für eine der Redakteurinnen ein, die im Krankenhaus liegt. Ich habe den Job soeben bekommen. Ist das nicht wundervoll?« Das alles sprudelte ich in einem Atemzug hervor. Warum konnte ich es nicht erwachsener oder professioneller oder sonst wie distanzierter klingen lassen? Meine Aufregung und eine gewisse Hemmung, mit Chris zu sprechen, ließen alles so kindisch und albern klingen. Oder vielleicht hatte nur ich das Gefühl, klein zu sein und albern zu klingen.

»Das freut mich aber für dich, Gill. So bist du wenigstens für eine Zeit beschäftigt. Warum hast du nicht versucht, etwas für länger zu bekommen? So wirst du dir in zwei Monaten wieder einen Posten suchen müssen.« Darauf musste er also gleich herumhacken … das heißt »Schade, dass das Kleid so kurz ist, bei deinen Beinen« … also gut, es war ein Versuch gewesen.

»Hör mal, Gill, du solltest hier nicht mehr anrufen. Reg dich nicht auf und werde nicht gleich wütend, es ist ohne Bedeutung. Nur vorübergehend. Ich habe eine Zimmergenossin. Sie wird die Hälfte der Miete bezahlen, das ist wirklich eine Hilfe.«

»Eine Zimmergenossin? Seit wann? Und wer, zum Teufel, ist sie, dass ich dich plötzlich nicht mehr anrufen darf? Was, zum Teufel, steckt da dahinter?« O Gott, warum tue ich das, es geht mich ja eigentlich nichts an. Warum möchte ich aber plötzlich sterben und zittere am ganzen Körper? Die dritte Zigarette … wen kümmert John Templetons Job überhaupt? Es ist aus, zwischen mir und Chris ist alles zu Ende, die Königin ist tot, lange lebe die Königin …

»Schau, es ist wirklich ganz unwesentlich, Gill, du kennst sie nicht einmal, und es ist auch nur vorübergehend.« Du gemeiner Bastard, du Hurensohn …

»Ich kenne sie, das höre ich aus deiner Stimme heraus. Wer ist sie? Es ist keine große Leidenschaft, das hast du selbst gesagt, also sag es mir, nur um meine Neugier zu befriedigen. Wer ist sie?« In meiner Stimme schwang ein leicht hysterischer Ton mit.

»Marilyn Lee.« Du Schweinehund, ich wusste es. Das war die Frau, von der er mir einmal am Strand erzählt hatte. Das einzige Mädchen, das ihm jemals wirklich etwas bedeutet hatte. Aber angeblich war das längst vorbei gewesen. Und nun war es gar nicht vorbei. Sie war wieder bei ihm. »Komm schon, Gill, beruhige dich. Es ist nur für kurze Zeit. Sie rief gestern an, sie ist nur für ein paar Wochen in der Stadt, da wohnt sie eben hier, vielleicht einen Monat lang, keine Angelegenheit von Bedeutung.«

»Willst du bitte aufhören, mir vorzumachen, es wäre keine große Sache!« Wieder verfiel ich in diesen hysterischen Ton. »Und wenn es nichts Besonderes ist, warum kann ich dich dann nicht anrufen? Hast du Angst, es könnte sie verärgern, Chris? Würde es sie stören, wenn sie weiß, dass ich anrufe? Ist sie vielleicht ein ganz klein wenig eifersüchtig? Dazu hat sie keinen Grund, mein Schatz, sie hat sich ja seit Jahren gut mit dir verstanden, sie braucht sich keine Sorgen zu machen.«

»Beruhige dich doch, es ist nicht gut für das Kind, wenn du dich aufregst.« Das Kind? Unser Kind? Seit wann interessiert er sich plötzlich für das Kind?

»Hör zu, Chris, vergiss es. Es ist schließlich dein Leben. Ich wollte dir nur von meinem Job erzählen. Ich muss jetzt sowieso Schluss machen. Mich beruhigen. Ach, und Chris ... ich werde nicht mehr anrufen. Ich wünsche dir ein angenehmes Leben.« Idiotisch; wie ein Schulmädchen. Warum kannst du nicht gelassen und cool bleiben? Er hört doch, dass du weinst, du dumme Gans.

»Gillian ... ich liebe dich, Baby, das weißt du doch.«

»Erklär das Marilyn, Chris ...« Und da schluchzte ich richtig. Ich vergaß meinen Stolz, flehte um seine Liebe. Warum musste ich mich so aufführen? Warum? Ich hasste mich dafür, aber ich konnte nicht anders.

»Ich rufe dich nächste Woche an, Gill.«

»Spar dir die Mühe. Spar sie dir. Es könnte Marilyn missfallen. Einmal im Leben, Chris, dieses eine Mal sei konsequent, lass die halben Gefühle. Wenn du mit ihr zusammenbleiben willst, entscheide dich für sie. Wenn du mit mir zusammenbleiben willst, dann komm nach New York. Aber verpfusch nicht ihr Leben oder meines und damit dein eigenes, indem du jede betrügst, mit der du auch nur eine Stunde verbringst. Versuche zur Abwechslung einmal, dir gegenüber ehrlich zu sein.«

»Wenn du dich wegen dieser Lappalie so anstellst, werde ich dich nicht anrufen.«

»Ausgezeichnet. Erzähl nur alles Marilyn.«

»Du solltest mich doch verstehen, Gill. Du bist die Einzige, der ich je meine Gefühle gezeigt habe. Was soll ich denn tun? Soll ich dir vorgaukeln, ich sei anders? Das liegt mir nicht. So bin ich eben.« Mein Gott, jetzt tut er mir auch noch Leid. Der kleine Junge, der mit seinen Füßen in den Dreck geraten ist und nun von der Welt missverstanden wird. Der kleine liebe Chris, und die große schlimme Marilyn, und ich böse alte Hexe. Scheiße. »Wir wollen ein andermal darüber sprechen. Ich liebe dich, Gill.«

Chris lebte also mit einer anderen zusammen. Die Erregung vom Vormittag war mit einem Schlag dahin. Die Stunde, die ich in John Templetons Büro verbracht hatte, schien einen Monat zurückzuliegen. Zum Teufel mit dem verdammten *Woman's Life!*

18

Der Montag war eine reine Freude. Ich hatte eine Beschäftigung. Ich hatte einen Job. Und ich ging den ganzen Tag darin auf.

Zwanzig Minuten vor neun schoss ich aus dem Hotel und hastete mit der Menschenmenge in die Innenstadt. Es war ein berauschendes Gefühl. Ich fuhr mit dem Bus zur Arbeit, und als die Bronzelettern in Sicht kamen, fühlte ich mich, als ob mir der ganze Verlag gehörte. Ich wechselte mit den Reinigungskräften, die wieder die Bronzelettern polierten und den Lüster abstaubten, ein Lächeln und ein Guten Morgen und fühlte mich dazugehörig. In diesem Moment war ich ein Teil von New York und war unter dem Zeichen dieser Bronzelettern geboren. Die Konservenmusik schmetterte im Fahrstuhl, der Kaffeewagen klingelte und fand reißenden Absatz, als ich in der dritten Etage ausstieg. Willkommen zu Hause.

Ich suchte John Templetons Büro und fand es, nachdem ich mehrmals um die falsche Ecke gebogen war; seine Sekretärin saß noch am gleichen Platz und war ganz in Beige gekleidet, um zum Vorzimmer zu passen.

»Mr. Templeton ist bei einer Besprechung, Mrs. Forrester. Sie sollen schon hineingehen und mit Jean, Mrs. Edwards, sprechen, er wird dann Sie und die ganze Dekorationsabteilung um elf empfangen.« Wieder gegenseitiges Lächeln und ... »Ach, Mrs. Forrester, Mrs. Edwards wird Ihnen das Büro zeigen, in dem Sie arbeiten werden. Und bitte, sehen Sie bei Mr. Porcelli wegen Ihrer Sozialversicherungsnummer vorbei. Die Lohnverrechnung ist im vierten Stockwerk.« Magische Worte. Der Job war Wirklichkeit.

Weiter hinten im Labyrinth lag Jean Edwards Büro zwischen zwei größeren. Ihres war klein, unordentlich, überall lagen Stoffmuster herum, Petit-Point-Kram, grelle Poster, ungewaschene Kaffeetassen und Papierfetzen, auf die acht oder neun Notizen kreuz und quer gekritzelt waren. Ihr Büro war hell und freundlich, und es gab viele Topfpflanzen. Ein Pfeil, auf dem in roten Buchstaben »Hinauf« stand, zeigte nach unten, und ein riesiges Poster mit der Aufschrift »Lächle« trug das Foto eines weinenden kleinen Mädchens, das auf seine Eistüte blickte, die auf dem Pflaster zu seinen Füßen lag.

Ich wartete auf Jean, während Leute kamen und gingen, hereinschauten, vorbeirannten und aussahen wie schwer beschäftigte Menschen. Ich fühlte mich wie ein Gast.

Ich blieb allein, war nervös, und es juckte mich, an die Arbeit zu gehen. Wo blieb Jean? Wo waren eigentlich alle? Es schien, als wäre ich die einzige Unbeschäftigte; es war wie ein riesiges Spiel, und ich wollte mitspielen. Immer wieder erschienen Gesichter im Türrahmen und verschwanden wieder, und die Minuten tickten dahin, während ich die drei letzten Nummern des Magazins durchblätterte.

»Warten Sie auf Jean?« Ich blickte auf, und ein hoch gewachsener Mann Mitte vierzig erwiderte meinen Blick. Er hatte schwarzes Haar, hellblaue Augen und trug einen sorgfältig gestutzten Bart.

»Ja.«

»Freund oder Feind?« Seine Augen glitzerten verschmitzt.

»Ich bin nicht sicher, aber ich glaube, ich arbeite hier.«

»Ach, die neue Sekretärin. Richtig.« Damit verlor er das Interesse an mir und lief den Korridor hinunter, bevor ich reagieren konnte, während Ärger in mir hochstieg. Sekretärin, ach wirklich!

Ich wartete weiter, bis kurz nach zehn Uhr Jean mit einem Arm voll Faltprospekten, Stoffmustern und Probeabzügen hereinstürzte. Ihr Lächeln machte an diesem Vormittag alles wieder gut, und das lange Warten in ihrem Büro hatte scheinbar nur einen Moment gedauert.

»*Hi.* Wie ich höre, erwartet mich eine neue Sekretärin in meinem Büro.« Ihre dunklen Augen blitzten belustigt, während sie mich musterte, dann musste ich lachen. »Lassen Sie sich von ihm nicht auf den Arm nehmen, das ist so seine Art. Er ist etwas brüsk. Als ich behauptete, Sie seien die neue Frau des französischen Botschafters und seien hierher gekommen, um mit uns darüber zu sprechen, dass wir Ihr Haus fotografieren, hat ihn beinahe der Schlag getroffen.«

»Sehr gut. Wer ist er? Jemand Wichtiger?« Mir schwante so etwas. Er hatte eine Aura von beamteter Würde ausgestrahlt, als er das Zimmer betrat.

»Mehr oder weniger. Er heißt Gordon Harte und ist Erster Künstlerischer Leiter und stellvertretender Chefredakteur.«

»Das klingt eher nach ›mehr‹ als nach ›weniger‹. Schwer zu behandeln?«

»Manchmal, aber zumeist ist er nur reserviert. Wir werden alle gereizt, wenn der Redaktionsschluss für eine Nummer herankommt. Sie werden es ja miterleben.«

»Daran kann ich mich noch erinnern.«

»Gut. Hören Sie, ich habe jetzt keine Zeit, Sie zu instruieren. Wir haben in fünf Minuten eine Besprechung in der Dekorationsabteilung in Templetons Büro, und ich muss diesen Mist von meinem Schreibtisch wegbringen. Auf Julies Schreibtisch liegt eine Liste der Arbeit, die Sie in der nächsten Woche erledigen sollen. Sie müssen ein sehr ausgefallenes Speisezimmer für Dreharbeiten auftreiben, und wir machen Kinderschlafzimmer, und was, zum Teufel, war noch geplant? ... O Gott ... Ja richtig! Sie sollen morgen früh mit dem Redakteur für Nahrungsmittel über etwas sprechen, und John hat nächste Woche ein Interview für Sie. In ein oder zwei Wochen wird es ein bisschen weniger hektisch sein, aber bis dahin werden Sie hauptsächlich damit beschäftigt sein, sich durch das Gröbste durchzukämpfen. Okay? Bereit? Auf zu unserer Besprechung. Ich muss mir unterwegs noch die Dias von den Dreharbeiten vom letzten Freitag ansehen. Wir sprechen später miteinander, und Julies Büro, jetzt das Ihre, ist von hier aus die zweite Tür links.« Sie hatte die ganze Zeit, während sie zu mir sprach, Papiere auf ihrem Schreibtisch geordnet, Dinge in Ordner gesteckt, Fotos aufeinander geschichtet und Notizen gemacht, aber der Redefluss wurde keine Sekunde unterbrochen. Sie war eine von den drahtigen, dynamischen Frauen Ende dreißig, die für ihre Karriere leben. Sie war ausdauernd, tüchtig und nett, was eine seltene Kombination war. Ich erriet auch, während ich sie beobachtete, dass sie geschieden war.

Die Besprechung in John Templetons Büro war kurz und sachlich. Vervielfältigte Blätter mit den für das Magazin vorgesehenen Features wurden verteilt, und ich hörte aufmerksam zu, als ob ich die zwei ersten Wochen in der Schule versäumt hätte und jetzt nachholen müsse.

Um zwölf folgte ich Jean durch den Korridor. Sie verschwand in ihrem Büro, und ich begab mich zwei Türen weiter zu meinem.

Ich öffnete vorsichtig die Tür und fragte mich, was ich vorfinden würde, dann blieb ich stehen und sah mich einen Moment um; was ich sah, gefiel mir. Zwei Wände waren blau, eine orange und die vierte war aus Backsteinen, auf dem Boden befand sich ein dicker brauner Spannteppich, und die Wände waren mit Fotos, Postern und komischen kleinen Plaketten bedeckt. »Zu viel von etwas Gutem ist wundervoll« wurde Mae West zugeschrieben, zwei andere lauteten »Mierda« und »Nur Mut«, und hinter dem Tisch hing eine, auf der stand: »Heute nicht, Johnny Boy«. Auf dem Tisch standen zwei Topfpflanzen und in der Ecke ein riesiges Arrangement von vielfarbigen Papierblumen. Es war ein kleiner Raum, aber er sah so aus, als könnte man in ihm angenehm arbeiten; ich ließ mich in den Stuhl fallen, auf dem »Madame Direktor« stand, und kam mir für einen Augenblick wie die Gewinnerin von »Königin des Tages« vor. Die Rolle lag mir, und ich fühlte mich nicht mehr wie eine neue Schülerin am ersten Schultag.

»Ich habe erfahren, dass ich mich bei Ihnen entschuldigen muss. Wie geht es übrigens dem Botschafter?« Gordon Harte stand mit feierlichem Gesichtsausdruck im Türrahmen und sah mir zu, wie ich mein Büro abschätzte.

»Ich nehme an, gut, Mr. Harte. Und Ihnen?«

»Beschäftigt, danke. Warum sind Sie es eigentlich nicht?« Einen Augenblick fragte ich mich, ob er es ernst meinte, und suchte nach einer eisigen Erwiderung, doch dann sah ich, wie sein Gesicht zugänglicher wurde.

»Ich habe das Gefühl, als hätte ich plötzlich einen Job in einer Fabrik angenommen.«

»Machen Sie sich nichts vor, das haben Sie getan. Und lassen Sie sich nie von Eloise dabei ertappen, dass Sie mit leeren Händen herumsitzen. Ein Löffel genügt. Sie können ihr einreden, dass er ein Requisit für eine Fotografie ist.«

»Klingt schlimm, wie? Ich höre, dass der Künstlerische Leiter auch recht angenehm sein kann.« Ich zog eine Braue hoch und bemühte mich, nicht zu lächeln, während ich es ihm ein wenig heimzahlte. Aber ich wusste, dass er Recht hatte, was Eloise betraf. Eloise Franck, Chefredakteurin und hauseigenes Schreckgespenst. Ich kannte sie noch aus den Zeiten, als ich freiberuflich für *Woman's Life* gearbeitet hatte. Sie war eine ehemalige Journalistin, mindestens sechzig, sah aus wie vierzig und hatte ein Herz aus Edelstahl. Aber sie war von Kopf bis Fuß ein Vollprofi. Ihre Untergebenen hassten sie, ihre Kollegen fürchteten sie, und nur John Templeton, der ihren Wert kannte, schätzte sie. Sie wusste, wie man ein Magazin leitet, verlor nie die Übersicht und hatte ein untrügliches Gefühl dafür, was in *Woman's Life* passte.

»Übrigens, Mrs. Forrester, morgen früh Punkt neun findet eine allgemeine Mitarbeiterbesprechung statt. Sie sollen daran teilnehmen.« Ich hatte Gordons Anwesenheit fast vergessen, während ich mit Schrecken an Eloise Franck dachte.

»Sehr gut. Ich werde zur Stelle sein, Mr. Harte.«

»Das sollten Sie auch. Jetzt machen Sie sich besser an die Arbeit.« Damit verschwand er, ein ungelöstes Rätsel. Es ließ sich schwer herausfinden, wann er etwas ernst meinte und wann er scherzte oder ob er überhaupt scherzte. Bei allem, was er sagte, war ein sarkastischer Unterton herauszuhören. Seine Augen sahen dich an, saugten sich in die deinen … musterten dich ringsherum … hypnotisierten dich einen Moment und ließen dich dann los, wenn du es am wenigsten erwartetest. Als ob das ganze Leben ein Spiel wäre. Seine Größe und schlanke Gestalt betonten die Hagerkeit seines Gesichts, das mich irgendwie an ein Porträt von El Greco erinnerte … welches war es noch, fragte ich mich. Vielleicht weil trotz des Anflugs von Humor in seinen Augen etwas wie eine erlittene Kränkung lag, die den Eindruck der Unnahbarkeit hervorrief.

»Schön, Mr. Harte, Sie tun Ihre Arbeit und ich die meine, und hoffentlich gehen wir einander nicht auf die Nerven.« Ich murmelte in mich hinein, während ich begann, den Haufen von Zetteln auf meinem Schreibtisch durchzuackern. Es sah aus, als hätte ich eine Menge zu tun. Und eine Menge aufzuarbeiten.

Ich war so vollkommen davon in Anspruch genommen, den Papierkram auszusortieren, der sich vor mir türmte, dass ich bis knapp vor fünf Uhr nicht den Kopf hob, denn ich hatte alles außer meiner Arbeit, einschließlich Gordon Harte, vergessen.

Ich holte mir von der Maschine am anderen Ende des Korridors eine Tasse Kaffee und kehrte zu meinem Schreibtisch zurück, als das Telefon zu läuten begann.

»Wie geht es?« Es war Jean Edwards.

»Okay. Ich kämpfe mich durch. Ich habe den ganzen Tag damit verbracht, das Zeug auf Julies Schreibtisch durchzugehen, und glaube, dass ich es beinahe geschafft habe.«

»In einem Tag? Nicht übel. Wurden Sie über die morgige Mitarbeiterbesprechung informiert?«

»Ja, danke, Gordon Harte hat es mir ausgerichtet.«

»Das ist wirklich eine Ehre. Im Allgemeinen spricht er nur mit John Templeton und mit Gott. Wobei ich gar nicht so sicher bin, dass er Gott als Gesprächspartner akzeptiert.«

»Das überrascht mich nicht. Er sieht aus, als wäre er ein wirklicher …«

»Sprechen Sie es nicht aus, Gillian. Aber Sie haben Recht. Treten Sie ihm nur nicht auf die Zehen, dann kommen Sie mit ihm aus. Er ist ein Perfektionist, aber man kann ihm nichts vorwerfen: Er treibt sich selbst stärker an als uns. Er ist seit Jahren sozusagen geladen.«

»Klingt, als sollte man ihm besser nicht in den Weg kommen.«

»Das, meine Liebe, ist Ihre Angelegenheit. Jetzt muss ich aber laufen. Ich habe heute Abend Gäste.«

»Okay, Jean. Bis morgen und danke für die Hilfe.« Ich legte langsam auf und dachte über Jeans letzte Bemerkung über Gordon nach. Eines war sicher, geladen oder nicht, er war ein sehr attraktiver Mann.

Dann sah ich auf die Uhr und stellte fest, dass es Zeit war, zusammenzupacken und nach Hause zu gehen. Ich hatte Sam eine Pizza versprochen, und ich freute mich darauf, ein paar Stunden mit ihr zu verbringen, bevor sie zu Bett ging.

Als ich mein Büro verließ, warf ich einen letzten Blick zurück und lächelte. Es war ein herrlicher Tag gewesen, ich fühlte mich wieder zu etwas nütze, ausgelastet und zufrieden mit dem Job, den ich gefunden hatte.

Langsam ging ich durch den Korridor und bog rechts ins Labyrinth ein. Noch einmal rechts und dann links, und ich stand vor den Fahrstühlen. Ebenso Gordon Harte, der gedankenverloren vor sich hin sah, einen großen braunen Briefumschlag in einer Hand und eine große Aktentasche in der anderen trug.

»Heimarbeit?«, fragte ich ihn.

»In der linken Hand ja, in der rechten nein. Ich unterrichte montagabends im Zeichnen nach der Natur. Die Aktentasche enthält einige von meinen alten Aktzeichnungen, die ich der Klasse zeigen will.«

Der Fahrstuhl hielt bei uns, und wir traten in die vom Mief der Leute aus den anderen Stockwerken erfüllte Kabine. Gordon erspähte jemanden, den er kannte, und zog ihn in ein Gespräch, also verschwand ich unauffällig, ohne mich bemerkbar zu machen. Als ich bei der Drehtür anlangte, war er unmittelbar hinter mir, und wir wurden hintereinander auf die Lexington Avenue geschleudert, wie Kaugummikugeln aus einem Automaten.

»In welche Richtung gehen Sie, Mrs. Forrester? Ich gehe ins Zentrum, um mein Fahrrad zu holen. Wollen Sie mitkommen?« Ich wusste nicht recht, was ich tun sollte, willigte aber dann ein, und wir gingen langsam durch die dichte Menschenmenge auf der Lexington.

»Fahren Sie mit dem Rad ins Büro?«

»Manchmal. Sie meinen wahrscheinlich ein Fahrrad. Es ist aber ein Motorrad. Ich habe es letzten Sommer aus Spanien mitgebracht.«

»Ist das nicht schrecklich gefährlich bei diesem Verkehr?«

»Eigentlich nicht. Mich kann kaum etwas erschrecken. Ich denke einfach nicht darüber nach.« ... Vielleicht ist es Ihnen egal? ...

»Haben Sie Kinder?« Das war ein unverfängliches Gesprächsthema.

»Einen Sohn. Er studiert in Yale Architektur. Und Sie?«

»Eine Tochter, sie ist fünf und noch in dem Stadium, in dem es ihr mehr Spaß macht, Wohnungseinrichtungen auseinander zu nehmen, als sie zusammenzustellen.« Er lachte. Er hatte ein nettes Lächeln und sah menschlicher aus, wenn er vergaß, grimmig dreinzusehen. In seinen Augen hatte übrigens ein merkwürdiger Ausdruck gelegen, als ich ihn nach seinem Sohn fragte.

Unterwegs sprachen wir über New York, und ich erwähnte, wie merkwürdig ich es fand, wieder hier zu sein, und wie verschieden es von Kalifornien war. New York gefiel mir, aber ich fühlte mich nicht mehr daheim. Es war, als beobachte man Tiere im Zoo.

»Seit wann sind Sie wieder hier?«

»Seit etwa einer Woche.«

»Sie werden sich wieder daran gewöhnen und wahrscheinlich nie wieder wegwollen. Sie werden nur weiterhin darüber reden, wie sonderbar Sie alles finden. Das tun wir alle.«

»Vielleicht werde ich nächstens einmal nach Kalifornien zurückkehren.« Es tat gut, so etwas auszusprechen.

»Genau dasselbe sagte ich über Spanien. Aber dazu kommt es nie. Man kehrt niemals zurück.«

»Warum nicht?« Diese Frage kam mir reichlich naiv vor, aber sie rutschte mir heraus, als ich ihn ansah.

»Weil man weggeht, wenn man muss oder wenn es einem bestimmt ist. Und ein Teil von uns stirbt, wenn man fortgeht. Man lässt ihn zurück. Was von einem übrig bleibt, übersiedelt anderswohin.« Es klang sehr ernst, doch ich wusste, dass es wirklich so war. Ein Teil von mir war gestorben, als ich San Francisco verlassen hatte, und ein Teil von mir war bei Chris geblieben.

»Ich gebe es nicht gern zu, Mr. Harte, aber Ihre Analyse ist richtig. Was hat Sie in erster Linie veranlasst, nach Spanien zu gehen?«

»Angeblich infolge eines Anfalls von Wahnsinn. Meine Ehe war schon in die Brüche gegangen, ich fand meinen Job langweilig und unbefriedigend, und ich war gerade zweiunddreißig Jahre alt. Ich wusste, wenn ich nicht auf der Stelle wegging, würde ich es nie tun, und ich hatte damit Recht. Ich habe es nie bedauert. Ich verbrachte zehn Jahre in einer kleinen Stadt in der Nähe von Malaga, und das waren, wenn ich so zurückdenke, die besten Jahre meines Lebens. Die Leute in unserer Branche bezeichnen sie als ›verlorene Jahre‹, aber ich bin anderer Ansicht. Für mich sind sie wertvoll.«

»Haben Sie je daran gedacht, nach Spanien zurückzufahren?«

»Ja, aber es ist ein Unterschied, ob man zweiunddreißig oder neunundvierzig ist. Ich bin jetzt zu alt für solche Veränderungen. Diese Zeit liegt hinter mir. Das hier ist« – seine rechte Hand deutete auf die Skyline von New York – »›für gute und schlechte Zeiten, bis dass der Tod uns scheidet‹.« Er war ein wenig morbid.

»Das ist doch absurd. Sie könnten jederzeit zurückkehren, wenn Sie wollen.« Irgendwie ärgerte es mich, dass er sich entschieden weigerte, seinen Traum zu verwirklichen. Es war, als ob ihm nicht mehr daran läge.

»Danke für Ihr Interesse, meine Liebe, aber ich bin wirklich viel zu alt, um in Spanien von Brotkrusten zu leben oder mich als Künstler auszugeben.« Er schloss mit einem leisen, trockenen Lachen, und da bemerkte ich, dass wir an der Ecke der Sechzigsten Straße standen. Ich war beinahe zu Hause. Er schüttelte mir die Hand, und der spöttische Funke war nicht aus seinen Augen verschwunden. Aus irgendeinem Grund hatte er unser Gespräch anregend gefunden, und ich musste zugeben, dass er, trotz seiner Neigung zum Sarkasmus, außerhalb des Büros ein beinahe umgänglicher Mann war.

Ich bog rechts in die Park Avenue ein, und als ich das Regency erreichte, dachte ich nur noch an Sam. Gordon Harte war schon aus meinen Gedanken gelöscht.

»*Hi,* Liebling. Was hast du heute gemacht?«

»Nichts. Ich mag Jane nicht. Ich will zurück zu Onkel Crits. Hier gefällt es mir nicht.« Sam sah unglücklich, verweint und zerzaust aus. Jane war die Babysitterin, und keine war von der anderen allzu begeistert. Sam konnte ein harter Brocken sein, wenn sie es darauf angelegt hatte.

»Hör mal einen Augenblick zu. Hier sind wir zu Hause, weißt du. Wir kehren bald in unsere eigene Wohnung zurück. Dort wird es sehr nett sein, Onkel Chris wird uns bald besuchen, du wirst neue Freundinnen in der Schule finden, und …«

»Ich will nicht. Und im Park war ein großer, böser Hund.« Mein Gott, sah sie süß aus, die großen Augen klagten mich an. »Wo warst du den ganzen Tag? Ich habe dich gebraucht.« Da hast du's. Der Albtraum jeder arbeitenden Mutter begann mit diesem »Wo warst du den ganzen Tag?«, und das Ende war immer: »Ich habe dich gebraucht.« … O weh! … Aber Sam, mein Liebling, ich muss arbeiten … wir brauchen das Geld und … ich muss, Sam, ich muss einfach, das ist alles …

»Ich habe dich auch gebraucht. Aber ich habe gearbeitet. Ich habe doch mit dir darüber gesprochen und geglaubt, wir hätten uns geeinigt. Wie wäre es jetzt mit unserer Pizza? Pilze oder Wurst?«

»Hmmmm … Pilze und Wurst?« Bei der Erwähnung der Pizza hatte sie aufgestrahlt.

»Komm schon, such dir eine aus.« Ich lächelte ihr zu, ich freute mich so, zu ihr nach Hause zu kommen.

»Okay, Pilze.« Dann blickte sie mich an, und ich wusste, dass sie noch etwas auf dem Herzen hatte. »Mami …«

»Was, Liebling?«

»Wann wird Onkel Crits kommen?«

»Das weiß ich nicht. Wir werden ja sehen.« Bitte … sprechen wir nicht darüber … verdammt noch mal …

Nach einer halben Stunde kam die Pizza, und Sam und ich stürzten uns darauf, scheinbar waren alle unsere Probleme vergessen. Ich wusste nicht, wann oder ob Chris überhaupt kommen würde, und vielleicht machte es mir auch nichts mehr aus. Es durfte mir nichts mehr ausmachen. Sam und ich hatten alles, was wir brauchten. Wir hatten einander und eine großmächtige, saftige Pilz-und-Käse-Pizza, die uns auf dem besten Louis-XV.-Porzellan des Regency serviert wurde. Was kann man vom Leben noch mehr verlangen? An manchen Tagen nicht viel mehr. Ich sah Sam an und bekam Lust zu lachen. Ich fühlte mich so wohl, es war ein so schöner Tag gewesen; sie sah mich an und erwiderte mein Lächeln. Auch sie spürte die positive Ausstrahlung.

»Mami?«

»Mhm?« Ich hatte gerade einen Bissen im Mund.

»Kann ich dich um etwas bitten?«

»Sicherlich. Was ... aber keine zweite Pizza.« Ich würde im nächsten Augenblick platzen.

»Nein, keine Pizza, Mami.« Sie sah mich enttäuscht ob meiner Einfalt an.

»Was denn?«

»Könnte ich nicht eine kleine Schwester bekommen?«

19

Der zweite Arbeitstag war noch schöner als der erste. Ich gehörte dazu. Die Mitarbeiterbesprechung unterschied sich nicht von ähnlichen Zusammenkünften, gab mir jedoch Gelegenheit, mir die übrigen Mitarbeiter anzusehen, mit denen ich in Kontakt kommen würde, und zu hören, was in der Firma los war.

John Templeton leitete die Besprechung im Stil eines Aufsichtsratsvorsitzenden in einem Film aus den frühen Fünfzigerjahren, und Gordon Harte stand im Hintergrund, während ich neben Jean saß. Ich erwartete eigentlich, dass Gordon mich ansprechen würde, als wir an ihm vorbei hinausgingen, aber er tat es nicht. Er war damit beschäftigt, einem der jüngeren Redakteure ein Projekt auseinander zu setzen, über das John gesprochen hatte. Er versuchte nicht einmal, Blickkontakt mit mir aufzunehmen.

Das Einzige, was mich während der zweistündigen Besprechung direkt betraf, war der Umstand, dass der schwarze Sänger Milt Howley *Woman's Life* ein Interview gewähren wollte und John Templeton mir diese Aufgabe zugewiesen hatte. Es war die sprichwörtliche Rosine aus dem Kuchen.

Als ich wieder in meinem Büro war, rief Matthew Hinton an, und ich erlag der Verlockung der Eröffnung des Reit- und Springturniers am folgenden Abend. Ich konnte wieder einmal nicht Nein sagen.

Vor dem Lunch rief ich Hilary Price an. Ich hatte es vor einigen Tagen schon versucht, doch ihre Sekretärin hatte mir gesagt, dass sie zu den Modeschauen nach Paris geflogen war.

Ich hatte Hilary Price in meinen ersten Berufsjahren kennen gelernt. Wir arbeiteten kurze Zeit beim selben Magazin, und sie war inzwischen bei einem der bedeutenderen Modejournale zu einer leitenden Position aufgestiegen. Das war etwas ganz anderes als *Woman's Life*, eine jener Modezeitschriften der Sonderklasse, die die Gesichter der Frauen grün schminken und dann Pfauenfedern darauf kleben.

Wir mochten einander vom ersten Augenblick an. Es ist keine fröhlich unbeschwerte, kumpelhafte, dicke Freundschaft wie die mit Peg, sondern sie ist gedämpfter, distanzierter, voll gegenseitigem Respekt. Ich habe immer das Gefühl, ich müsse irgendwie auf Hilarys Niveau gelangen, was in gewisser Weise gut für mich wäre. Ich strenge mich jedoch nie übermäßig an. Ich kann mich bei ihr immer noch ganz zwanglos benehmen. Irgendwie erweitert Hilary meinen Gesichtskreis. Sie bleibt immer ruhig, immer gelassen, ist diskret, elegant, witzig. Offensichtlich eine starke Persönlichkeit, aber im Grunde freundlich. Sehr chic, sehr »New York«, eine intelligente Frau, deren Lebensauffassung mir ungeheuer zusagt. Sie sieht erstaunlich auffallend aus, weil sie sehr viel Stil besitzt und beinahe blasiert wirkt. Sie ist aber trotz ihres Aussehens in Wirklichkeit eher reserviert. Sie ist fünfunddreißig und umgibt ihr Alter ständig mit der Aura eines Geheimnisses … Sie nennt es … oder verrät sich nie. Gleichfalls geschieden, hat sie in Mailand, Paris und Tokio gelebt. Ihr erster Mann war ein alternder italienischer Graf, von dem sie zuweilen als »Cecco« spricht, eine Abkürzung für Francesco. Er hatte, als sie heirateten, dicht vor dem Tod gestanden, oder zumindest hatte sie es geglaubt, er erwachte jedoch wieder so weit zum Leben, dass er drei Wochen nach ihrer Scheidung ein siebzehnjähriges Mädchen heiratete.

Das Telefon klingelte in Hilarys Büro, und beim zweiten Mal hob sie selbst ab.

»Hallo?«

»Hilary? Hier spricht Gillian.«

»Willkommen in New York, meine Liebe. Felicia hat mir deine Botschaft übermittelt. Was bringt das Friedensvögelchen zurück nach Mekka?« Sie lachte auf ihre komische Art.

»Wer weiß? Gott, ist es schön, deine Stimme wieder zu hören. Wie war Paris?«

»Wunderbar. Und verregnet. Die Kollektionen waren scheußlich. Rom war viel besser. Ich traf übrigens meinen Exgatten Cecco. Er hat eine neue Geliebte. Ein bezauberndes Mädchen, sie sieht eher aus wie ein Palomino-Füllen.«

»Wie war er?«

»Am Leben, was an sich schon ein Wunder ist. Ich schaudere bei dem Gedanken, wie alt er schon sein muss … Es muss ihn ein Vermögen kosten, immer wieder das Geburtsdatum in seinem Pass ändern zu lassen … schon vor Jahren war das Papier nur noch hauchdünn …« Wir kicherten beide, sie konnte manchmal so boshaft sein. Ich hatte Cecco nie kennen gelernt, hatte aber eine schreckliche Vorstellung von ihm. »Und du, Gillian … wie geht es dir, Schatz? Du hast meinen letzten Brief nicht beantwortet. Ich war ein wenig besorgt.«

Ihre Stimme klang kehlig, und sie war sarkastisch wie immer. Unter dem Sarkasmus spürte man aber eine Wärme und einen Unterton, der darauf schließen ließ, dass sie den Menschen mochte, mit dem sie sprach. Es war eine Technik, die sie beherrschte, die sie sich vielleicht angeeignet hatte, die ich jedoch für aufrichtig hielt. Es war fabelhaft, Hilary zuzuhören; sie bat mich um eine kurze Zusammenfassung von »allen Neuigkeiten – mit anderen Worten, Gillian, nur das Wesentliche: Wann bist du zurückgekommen? Wie lange bleibst du hier? Und was treibst du?« Ich beantwortete die beiden ersten Fragen kurz und erzählte ihr dann von dem Job bei *Woman's Life*, von John Templeton, vom Wunder eines Jobs für acht Wochen, der für mich maßgeschneidert war, von Julie Weintraubs gebrochenem Becken und sogar von meiner Suche nach einem ausgefallenen Speisezimmer. Vielleicht hatte sie eine Idee.

Sie lachte wieder. »Was erzählst du von Julie Weintraub und einem Speisezimmer? Wenn ich dich recht verstehe, suchst du ein gebrochenes Becken und hast soeben Julie Weintraubs Speisezimmer verkauft, oder hast du Julies Becken gekauft und dein Speisezimmer zerbrochen … und was soll ich haben? Ein Becken oder ein Speisezimmer? Ich habe beides, meine Liebe, aber du kannst keines davon haben, und es ist ganz klar, dass New York für dich zu viel ist.«

Ich lachte inzwischen schon lauter als Hilary und versuchte das Ganze zu entwirren, obwohl sie natürlich vollkommen im Bilde war.

»Ich habe Julie Weintraub nie kennen gelernt, freue mich aber sehr, dass du den Job bekommen hast; scheint für dich ja genau das Richtige zu sein. Übrigens habe ich einen sehr alten Freund bei dem Magazin, er heißt Gordon Harte. Bist du ihm schon über den Weg gelaufen? Obwohl ich annehme, dass das nach zwei Tagen nicht gut möglich ist.«

»Doch, wir haben einander schon kennen gelernt. Er scheint recht nett zu sein, wenn er auch ein ziemlich sarkastischer Bastard ist. Ich wusste nicht, dass du mit ihm befreundet bist; du hast ihn mir gegenüber nie erwähnt.«

»Ach, er ist nicht das, was man so Freund nennt. Ich kannte vor Jahren seine Frau, als sie ein Modell und ich eben in New York gelandet war. Sie ließen sich gerade scheiden, und er war im Begriff, nach Spanien zu fahren, um eine Art Ernest Hemingway der Kunstwelt oder etwas Ähnliches zu werden. Dann traf ich ihn Jahre später in Spanien, und nachher begegneten wir einander immer wieder bei offiziellen Anlässen für die Leute von Magazinen. Er ist einer der wenigen, die diese Gelegenheiten erträglich machen. Ein sehr tüchtiger Mann. Und dabei nett; der Sarkasmus ist ... nun, etwas, das er bewusst einsetzt, um sich die Menschen vom Leib zu halten ... Er baut eine Mauer um sich auf, die eine Meile hoch ist ... Jedenfalls, liebe Gillian, wie geht es deinem Christopher, der großen Liebe?« Ich hatte ihr, ebenso wie Peg, aus Kalifornien geschrieben.

Ich schwieg und konnte kurze Zeit nicht reden, oder spielte mir mein Herz einen Streich? »Hilary, ich weiß vorläufig nicht, wie es weitergeht. Ich kann darüber nicht sprechen.«

»Das genügt schon. Je weniger du sagst, desto besser. Aber wenn du mich brauchst, weißt du, wo du mich finden kannst. Warum kommst du nicht Donnerstagabend nach Büroschluss auf einen Drink zu mir, dann können wir uns lange über alles unterhalten, und ich werde sehen, wen ich zum Abendessen einladen kann. Vielleicht Gordon und vier oder fünf andere Gäste. Es ist zwar schrecklich wenig Zeit bis dahin. Kennst du noch jemanden, den ich einladen soll?«

»Nein, das überlasse ich ganz dir. Es klingt wunderbar. Aber bitte denke auch an das Speisezimmer für mich, du Genie. Hilary, du bist wirklich super. Danke. Um wie viel Uhr am Donnerstag?«

»Um sechs?«

»Passt ausgezeichnet. Ich werde pünktlich kommen.«

Das war wirklich eine Einladung, die es wert war, angenommen zu werden. Hilary gab die niveauvollsten Dinnerpartys in

New York. Sie war auch eine wunderbare Helferin. Am Nachmittag rief sie mich an und sagte, dass ihr »genau das richtige Speisezimmer« eingefallen war. Es gehörte einem Ehepaar, beide waren Schauspieler, und anlässlich eines Kursus für Bühnenbildnerei hatte sich die Frau mit Pinsel und Farbe auf ihr Speisezimmer gestürzt. Sie bezeichnete es als Umwelt; Hilarys Beschreibung war deutlicher: »... sieht aus, als würde dir der verdammte Dschungel über die Schulter schauen, während du isst.« Aber sie überzeugte mich davon, dass es einen Versuch wert war. Ich rief also an und traf eine Verabredung, um mir das Zimmer auf dem Heimweg anzusehen.

Es war einfach toll. Es sah aus wie eine Filmkulisse für einen Dschungelfilm: Bäume, Früchte und Blumen waren überall hingemalt, oben hingen Wolken, der Boden war ein See, und hinter gemalten Gebüschen lugten Tiere hervor. Die Einrichtungsstücke waren von der Art, die man auf einer Safari verwendet, mit Ausnahme eines schönen Glastisches und einer Unmenge von Kerzen. Es war wirklich etwas Ausgefallenes.

Darauf machte ich Schluss mit der Arbeit. Ich hatte wenigstens einen Auftrag für das Magazin ausgeführt. Ich ging ins Regency, um ein Glas kühlen Wein zu trinken und mich ein wenig hinzulegen, bevor Sam aus dem Park nach Hause kam.

Als ich die Tür zu unserem Appartement aufschloss, klingelte das Telefon, und diesmal dachte ich gar nicht daran, dass es Chris sein könnte. Umso besser, denn er war es nicht, es war Gordon Harte.

»Hallo, ich habe von Hilary gehört, dass wir morgen Abend beim Dinner Tischnachbarn sind. Kann ich Sie abholen?« Seine Stimme klang freundlicher als im Büro und eher wie bei unserem Spaziergang am Vortag.

»Das wäre sehr nett, aber ich komme etwas früher auf einen Drink. Ich habe Hilary seit meiner Abreise aus New York nicht mehr gesehen.«

»Dann will ich Sie nicht stören. Wie gefällt Ihnen die Arbeit?«

»Sie ist sehr interessant, nur ein bisschen hektisch. Ich bin etwas außer Übung.«

»Ich bin sicher, Sie kommen gut zurecht. Ich wollte Sie heute zum Lunch einladen, aber Sie waren verschwunden. Wir werden es ein andermal nachholen.«

»Ich würde mich freuen.«

»Dann betrachten Sie es als fix. Ich wünsche Ihnen noch einen netten Abend, Gillian. Auf Wiedersehen morgen.«

»Wiedersehen.« Ein merkwürdiger Anruf und ein merkwürdiger Mann, es war, als bestünde eine riesige Kluft zwischen ihm und der übrigen Welt. Er wirkte kühl, auch dann, wenn seine Worte freundlich waren, und das war ein wenig verwirrend. Jedenfalls war an ihm mehr dran als an Matthew Hinton – Gordon Harte besaß Geist, Gediegenheit und Seele. Man merkte, dass er irgendwie, irgendwo, irgendwann im Leben enttäuscht worden war. Wodurch? Oder durch wen? Während ich darüber nachdachte, schlief ich ein.

Ich erwachte, als das Telefon wieder zu klingeln begann, streckte verschlafen die Hand aus, ohne mir bewusst zu werden, was ich tat, und war vom wachen Zustand meilenweit entfernt. Diesmal war es Chris. Ich konnte an nichts anderes denken als an schöne und glückliche Tage und wie sehr ich ihn liebte. Ich lächelte verschlafen, sandte ihm tausend Küsse, lauschte dem Klang seiner Stimme. Dann wälzte ich mich herum und blickte auf die Uhr … es war vier Uhr fünfzehn … das ist ein Uhr fünfzehn in San Francisco … und dann fiel mir Marilyn ein; bevor ich mich zurückhalten konnte, fragte ich in gehässigem Ton: »Wo ist denn deine Marilyn? Kommt sie zum Lunch nicht nach Hause?« … Autsch. Jetzt hatte ich damit alles verdorben. Ich spürte, wie Chris zurückfuhr, als ob ich ihn geohrfeigt hätte. Danach sprachen wir über meine Arbeit, das Wetter, Chris' Pläne, seine Filme und vermieden strikt das Thema Marilyn und alles, was sonst von Bedeutung war. Es war ein unangenehmes Gespräch. Wir trieben unsere Spielchen, und Marilyn war so gegenwärtig, als hörte sie am Nebenanschluss mit. Wir waren befangen, ich war verärgert und verletzt, und Christopher fühlte sich unbehaglich. Das war in Ordnung. Er hätte sich noch viel schlechter fühlen sollen. Aber er sah keinen Grund dafür.

20

Die Eröffnung des Reit- und Springturniers am Mittwoch war wie die Operneröffnung ein gesellschaftliches Ereignis. Man sah und wurde gesehen. Matt zeigte sich ebenso charmant wie immer, aber die Politur war allmählich an einigen Stellen abgekratzt. Dieser Prominentenauftrieb langweilte mich bereits. Nachher dinierten wir bei La Caravelle, wo wieder alle vor »Monsieur Inton« katzbuckelten. Diesmal behandelten uns die Zeitungen zurückhaltender als beim ersten Mal, wenn sie uns auch nicht völlig ignorierten. Sie konstatierten unsere Anwesenheit nur, indem sie ein Foto von uns am Rennplatz veröffentlichten. Doch diesmal rief mich Peg nicht an.

Donnerstag erschien ich zum Interview mit Milt Howley im United Nations Plaza, in dem er ein Penthouse bewohnte. Während ich mich konzentrierte, blieb ich einen kurzen Moment auf dem Gehsteig stehen und starrte nach oben, wie immer beeindruckt von den turmhoch aufragenden Wolkenkratzern New Yorks. Alle Gebäude ragten steil empor, alles war gigantisch. Es hatte etwas Atemloses, Überwältigendes, Aufreizendes an sich, und man wusste jede Minute jeden Tages, dass man »hier« war. Es war das Mekka. Es war Sodom, es war die Hölle und der Garten Eden, und wie jeder Mensch, der das Leben liebt, war ich verzaubert. Selbst wenn ich die Stadt am nächsten Tag verließe und nie zurückkäme, hatte ich einen Augenblick lang ein fünfzig Stockwerke hohes Gebäude gesehen, und New York und ich hatten uns geeinigt. Es war genau so, wie ich es mir bei der Landung unseres Flugzeugs in New York vorgenommen hatte. Ich hatte die Stadt an ihrer empfindlichsten Stelle gepackt. Aber sie hatte mich verschlungen.

Ein kleines blondes Mädchen ließ mich in Milt Howleys Appartement ein; sie war seine derzeitige »alte Dame«, wie er es nannte, seine Geliebte. Damit begann für mich ein bewegter Tag. Er raste vom Rockefeller Center zu Doubleday, um Platten zu signieren, dann zum Büro seines Agenten, um Verträge zu unterschreiben, zu einem Drei-Uhr-Lunch bei Mama Leone, wo es mir gelang, ihm ein paar Informationen zwischen dem Salat und den Spumoni zu entlocken. Er war ein interessanter Mann. Er hatte vor zehn Jahren als Bluessänger im Chattanooga angefangen und in Hollywood einen unbedeutenden Erfolg erzielt, bevor er in die Protestszene abdriftete, die ihn siebenunddreißigmal ins Gefängnis brachte und ihn so gefangen nahm, dass er die große Karriere verpasste. Doch jetzt war er ganz oben. Mr. Superstar, drei Alben in einem Jahr, wobei von jedem über eine Million Exemplare verkauft worden waren, zwei Filmverträge und Auftritte in Las Vegas, Hollywood und New York. Der perfekte Topstar.

Nach dem Lunch fuhr ich mit ihm in einer Mietlimousine zum Flughafen. Er flog ins Weiße Haus zum Dinner. Es war anstrengend und anregend, und er gefiel mir. Er war der totale Mann und ein Fressen für jeden Interviewer. Er wirkte direkt und menschlich und besaß einen derben Sinn für Humor, der den Druck seines 24-Stunden-Tages etwas erträglicher machte.

Sein Diener hatte am Nachmittag seinen Koffer im Wagen verstaut, und während wir zum Flughafen fuhren, beantwortete er ruhig meine Fragen, während er den Kofferinhalt kontrollierte und einen doppelten Bourbon trank; ihm machte es nichts aus, dass er sich in einem dahinrasenden Fahrzeug befand, einen Drink zu sich nahm, interviewt wurde und unterwegs zu einem Dinner mit dem Präsidenten der Vereinigten Staaten war. Er hatte beachtlich viel Stil.

Zum Abschied, bevor er durch das Gate zu seinem Flugzeug ging, beugte er sich zu mir, küsste mich auf die Wange und flüsterte mir ins Ohr: »Sie sind eine prima Frau, Gillian ... und eine dufte Biene.«

Ich lachte und winkte, während er das Flugzeug bestieg. Mir blieben genau einundsiebzig Minuten, um zu Hilary zu kommen.

Als Hilary die Tür öffnete, sah sie wunderbar aus. Eine Mischung aus Henri Bendel und Paris und Hilary. Großartig zusammengestellt, ganz die Art Frau, die andere Frauen beneiden, die aber bei Männern ein unsicheres Gefühl hervorruft – sie würden nie Lust verspüren, ihr Haar durcheinander zu bringen. Sie ist der Typ Frau, die viel Zeit mit Homosexuellen, anderen Frauen und alten Freunden verbringt. Alle ihre Liebhaber sind vorübergehende Episoden, manche davon ungebührlich jung, aber immer sehr attraktiv, und die meisten werden schließlich zu guten Freunden. Es musste nicht leicht sein, Hilary zu lieben. Ich hätte sie bedauert, wenn ich es gewagt hätte. Mitleid war etwas, woran man bei Hilary Price nicht zu denken wagte. Da schon eher an Respekt. Eigentlich das gleiche Gefühl, das ich einst für meine Großmutter empfunden hatte. Zähe, zielbewusste Frauen, bei denen man sich zusammenreißt, sie nötigen Achtung ab. Das sind die Frauen, die ihre Freundinnen in den Himmel heben, die für diese Freundinnen einerseits alles tun und zugleich andererseits ihre Männer und Söhne entmannen würden.

Hilary verfügt über ein unglaublich sicheres Stilgefühl. Alles, was sie in die Hand nimmt, wird vollkommen: ihre Maniküre, ihre Wohnung, die Dinners, die sie gibt, ihre Arbeit und ihre Freundschaften. Es gibt aber auch eine andere Hilary, die kalt und sehr grausam sein kann, aber das ist sie nur Leuten gegenüber, die ihre Pläne durchkreuzen. Ich hatte nie Gelegenheit, mir ihren Zorn zuzuziehen, und dafür bin ich dem Schicksal dankbar. Ich habe gesehen, wie sie Menschen nur mit Worten fertig machte, und das ist schrecklich und Furcht erregend zugleich. Vielleicht spüren das Männer instinktiv, und das bringt sie dazu, auf Distanz zu bleiben oder ihr aus dem Weg zu gehen.

Ich konnte mit Hilary nie so zwanglos gelöst sein wie mit Peg oder anderen meiner Freundinnen. Ich würde in ihrer Gegenwart weder in den Zähnen herumstochern noch Kraftausdrücke benützen wie sonst oder in Blue Jeans und einem ungebügelten Sweatshirt bei ihr aufkreuzen. Aber ich teile etwas mit Hilary, das ich mit den anderen nicht gemeinsam habe. Meine anderen Freundinnen haben mich als Kind gekannt, und wenn wir zusammenkommen, werden wir wieder zu Schulmädchen – wir sehen unsere Beziehungen aus demselben Blickwinkel wie damals, als sie begannen. Als jedoch Hilary und ich Freundinnen wurden, waren wir beide erwachsene Menschen, deshalb erwarten wir auch vielleicht mehr voneinander. Außerdem kann man sich Hilary kaum als Schulmädchen vorstellen, außer sie käme in einem Kleid von Chanel und mit tadellos frisiertem Haar zur Schule. Ich kann mir auch nicht vorstellen, dass Hilary Hockey spielt. Im Salon von Madame de Sevigné sicherlich, aber nicht auf dem Hockeyfeld, so, wie wir damals aussahen.

Bevor die ersten Gäste eintrafen, hatten wir eineinhalb Stunden Zeit, und wir erzählten einander beinahe alles, was wir auf dem Herzen hatten. Hilary erwähnte kurz und ohne größere Bewegung, dass sie einen neuen Freund hatte. Einen jungen Deutschen namens Rolf. Er war ein Dichter, jünger als sie und, laut Hilary, »ein schöner Junge«. Er wurde zum Dinner erwartet. Sie lebte weiterhin allein, weil ihr das besser behagte. Darum beneidete ich sie. So etwas würde mir nie besser behagen. Hilarys Traumprinzen waren alle tot und verschwunden, falls sie überhaupt existiert hatten. Meiner wartete noch in den Kulissen meiner Träume auf seinen Auftritt. Denn wie sehr ich Chris auch geliebt haben mochte, er war sogar für mich nie ein Traumprinz gewesen.

Ich hatte nicht über Chris sprechen wollen, aber Hilary brachte das Gespräch auf ihn, während sie sich ihren zweiten Drink mixte. »Gillian, wenn es klappt, in Ordnung. Und noch besser, wenn es zu deinen Bedingungen klappt. Wenn nicht, so fern dir der Gedanke auch sein mag, versuche dich dazu durchzuringen, dass du an ihm nicht viel verloren hast. Ich bin sicher, dass Chris ein charmanter Junge ist, aber ich glaube nicht, dass er für dich der Richtige ist. Offen gesagt, du verdienst etwas Besseres. Und du brauchst mehr, als Chris bereit ist, dir zu geben. Er ist mir zu ähnlich, er glaubt nicht an die Dinge, an die du glaubst, und ich bin auch nicht der Meinung, dass du bereit bist, auf sie zu verzichten. Aber wie immer du dich entscheidest, du weißt, ich bin da, um dir zu helfen oder zuzuhören. Viel mehr kann ich dir nicht anbieten.«

Hilarys Worte rührten mich, es störte mich nur, dass sie fand, Chris sei für mich nicht gut genug. Er war es, er war es … Ich wollte, dass er es war, gleichgültig mit wie viel ich mich abfinden oder wie viele Hindernisse ich überwinden musste. Ich wollte noch immer, dass es klappte.

Hilary verschwand in ihrer Bibliothek, suchte einige Minuten lang nach etwas, während ich meine Gedanken sammelte, und kam mit einem Buch in der Hand zurück. Es war in Leder gebunden und sehr alt, sah aus wie etwas, das zu Hilary oder zu meiner Großmutter passte. »Hier, das klingt für dich vielleicht altmodisch, aber es liegt viel Weisheit darin.« Sie schlug das Deckblatt auf, auf das eine schwere Hand mit brauner Tinte geschrieben hatte:

Wer mit Gewalt das Glück erzwingt,
Der zerbricht des Lebens leichte Flügel.
Doch wer das Glück am Wegrand pflückt,
Lebt ewig auf dem Sonnenhügel.

Darunter standen der Buchstabe L. und ein Datum.

»Das war der erste Mann, mit dem ich geschlafen habe, Gillian. Er war um dreißig Jahre älter als ich, ich war damals siebzehn. Er war der größte Violinvirtuose Europas, und ich liebte ihn so, dass ich dachte, ich müsse sterben, als er mir sagte, ich sei »jetzt ein großes Mädchen« und brauche ihn nicht mehr. Ich wollte sterben, aber das sagt sich so leicht. Man tut es doch nie, und ich habe verstanden, dass in diesen Worten eine große Weisheit liegt. Ich versuche nach ihr zu leben.«

Ich war gerührt und hielt das Buch noch in der Hand, als die Türglocke läutete. Hilary öffnete, und herein trat ein hoch gewachsener, gut aussehender Junge, etwa drei Jahre jünger als ich, mit blondem Haar und grünen Augen. Er verfügte über die spröde Grazie eines Jünglings, ohne dessen Schlaksigkeit. Es war ein geradezu sinnliches Vergnügen, seine Bewegungen zu beobachten, und ein wenig peinlich, seine bedingungslose Bewunderung für Hilary zu erleben. Das war Rolf. Er küsste mir die Hand, nannte mich »Madame« und gab mir das Gefühl, tausend Jahre alt zu sein. Nur war genau das die Einstellung, die Hilary von ihm erwartete, was ihr an ihm gefiel. Es überforderte sie nicht. Mir wurde klar, dass sie nun die Rolle des Violinvirtuosen angenommen hatte, des Mannes, der sie vor zwanzig

Jahren erweckt hatte. Sie entließ alle diese kleinen Jungen, wenn sie das Gefühl hatte, dass sie sie nicht mehr brauchten, wie eine Tanzlehrerin in einem Mädchenpensionat. Es war eine merkwürdige Erkenntnis, und ich hätte gern gewusst, ob sie jedem eine Bronzeplakette mit den Zeilen des Gedichts, das ich eben gelesen hatte, als Promotionsgeschenk überreichte. Es war ein komischer Gedanke, und ich lachte leise, was Hilarys Aufmerksamkeit auf mich lenkte und Rolf aus der Fassung brachte, als ob er etwas Ungehöriges gesagt hätte. Armer Rolf.

Kurz darauf trafen die übrigen Gäste ein. Ein weiterer Redakteur aus Hilarys Büro, ein überaus elegantes italienisches Mädchen, Paola di San Fraschino, die Tochter eines Adeligen. Sie sprach ein entzückendes Englisch und war offensichtlich sehr gut erzogen. Nach ihr trat ein lebhaftes Mädchen ein, das ziemlich ungraziös aussah, ziemlich merkwürdig lachte, aber ein offenes Gesicht hatte. Sie hatte soeben ihr zweites Buch veröffentlicht, sah aber gar nicht wie eine Schriftstellerin aus. Sie hatte einen sehr sicheren Sinn für Humor und belebte die Gesellschaft beträchtlich. Ihr Mann war Musikkritiker für eine englische Zeitung, und sie wirkten wie Landjunker. Sie trug eine Art Kaftan mit marokkanischem Schmuck, hatte nichts von Paolas oder Hilarys sicherem Geschmack, bewies aber dennoch einen gewissen Stil. Ihr Mann besaß keine von den ätherischen Eigenschaften Rolfs, was eine erfrischende Abwechslung war. Ich fand es ein wenig mühsam, mit dem goldenen Dichter zu sprechen. Danach klingelte die Türglocke noch zweimal, das erste Mal war es ein schrecklich von sich eingenommener, aber fabelhaft aussehender Franzose, Besitzer einer Kunstgalerie auf der Madison Avenue, das zweite Mal war es Gordon Harte, der Paola und Rolf anscheinend kannte. Er und Hilary umarmten einander, dann steuerte er auf die Bar zu, um sich seinen Drink selbst zu mixen, er fühlte sich offenbar hier zu Hause. Mehr als Rolf, der sich benahm, als dürfe er ohne Hilarys Erlaubnis keinen Gegenstand anrühren. Bevor Rolf etwas tat oder den Mund öffnete, blickte er zu Hilary, um ihr Einverständnis einzuholen, und das machte mich langsam nervös. Es erinnerte mich an die ersten Jahre meiner Ehe, und es war mir peinlich, sehen zu müssen, wie sich jemand anderer genauso aufführte.

Der Abend verlief wunderbar. Es war, als würde man auf einem Trapez vor und zurück schweben, als gehöre man zu einer akrobatischen Nummer. Wir wechselten von japanischer Literatur zu französischen Wandteppichen, zur neuesten Pariser Mode, zu Russell Bakers letzten Artikeln, zu der politischen Bedeutung der amerikanischen bzw. russischen Literatur um die Jahrhundertwende, zur Homosexualität in Italien, zu Spekulationen über das Abtreten der Kirche und der Religionsgemeinschaften in unserer Gesellschaft ... weiter zu orientalischen Kulten, Yoga-Philosophie und I Ging. Es war anstrengend und erheiternd, ein Abend, wie man ihn nur einmal in einem halben Jahr ertragen kann. So lange braucht man, um das Gehörte zu verarbeiten. Es war ein für Hilary typischer Abend mit Leuten aus dem Kunstbetrieb und dem Verlagswesen, Literaten mit ihrem Halbwissen.

Die Schriftstellerin und Gordon beeindruckten mich am meisten. Sie schienen allseits gebildet und informiert zu sein, aber zugleich waren sie nüchterner als ihre Gesprächspartner. Unendlich »wirklichkeits«-bezogener, eine Eigenschaft, die für mich seit meiner Zeit mit Chris wichtig geworden war. Die Zeit, in der ich gerne theoretisierte, war vorbei. Ich hatte einen gesunden Sinn für die Realität entwickelt.

Gordon brachte mich ins Hotel zurück, und wir sprachen über nichts Besonderes, der überspitzte Intellektualismus des Abends hatte sich zerstreut, als die Partygäste heimgefahren waren. Als wir beim Hotel ankamen, erwartete ich, dass er mich zu einem Drink einlud. Er tat es nicht, sondern blickte mich an und fragte: »Wie wäre es mit einem Dinner morgen?« Er sah plötzlich verletzlich und freundlich aus. Ich freute mich, mit ihm zu dinieren.

»Mit Vergnügen.«

»Gut. Ich werde Sie am Vormittag anrufen und Ihnen mitteilen, um welche Zeit ich Sie abhole. Ich habe um fünf eine Besprechung mit John, also wird es vermutlich gegen acht werden.«

»Passt mir. Danke, Gordon. Und danke auch, dass Sie mich nach Hause gebracht haben. Gute Nacht.«

Ich konnte das Dinner am nächsten Abend kaum erwarten, und während ich im Fahrstuhl nach oben fuhr, nahm ich mir vor, mir ein neues Kleid zu kaufen.

21

»Wohin gehst du, Mami?«

»Ich gehe zum Dinner aus, mein Liebling.«

»Schon wieder?« Autsch, Sam ...

»Ja, aber ich verspreche dir, dass ich an diesem Wochenende zu Hause bleibe.« Ein magerer Kompromiss.

»Ist das ein neues Kleid?«

»Was ist das? Die Inquisition?«

»Was heißt das?«

»Es heißt, dass du mich mit Fragen löcherst, Sam.«

»Also ist es ein neues Kleid?«

»Ja.«

»Es gefällt mir.«

»Da bin ich wirklich erleichtert. Danke.« Sie lag auf der Couch und betrachtete mich mit kritischen Blicken.

»Weißt du, Mami, du wirst in der Mitte dicker. Du siehst nicht mehr so mager aus wie früher.«

»Was meinst du mit dicker?« Mein Herz wurde schwer. Ich hatte nicht gedacht, dass man es schon sehen könnte.

»Nur ein bisschen. Keine Sorge.« Das Telefon läutete, und ich küsste Sam auf die Stirn.

»Ich nehm's gelassen. Nimm jetzt dein Bad, und ich gehe zum Telefon. Vorwärts.«

Sie verschwand, und einen Augenblick lang dachte ich wehmütig, es wäre Gordon, der seine Pläne ändern musste. Er war im Büro festgehalten oder hatte sich beim Lunch vergiftet oder einen Knöchel gebrochen, irgendetwas ... etwa kalte Füße oder eine andere Verabredung ... Okay, Gordon ... ich verstehe ... aber was ist mit meinem neuen Kleid?

»Hallo? ... Ja, ich bin am Apparat ... Hallo, Chris ... ja ... was ist los? ... Nein, ich bin nicht nervös ... nein ... nein ... ich bin allein ... okay, okay ... ich habe mich gerade fertig gemacht, um zum Abendessen auszugehen ... Was, zum Teufel, meinst du mit ›ich hätte mich bald getröstet‹? ... Nur ein Dinner mit einem Freund von Hilary (warum musste ich es so darstellen?) ... nein, er ist kein schmieriger italienischer Graf, er arbeitet bei uns im Magazin. *Woman's Life* ... weißt du, du könntest dir diese Bemerkungen sparen. Für jemanden, der mit einem Mädchen zusammenlebt, bist du schon reichlich empfindlich, mein Lieber ... Ach, wirklich? ... Und warum ist das etwas anderes? ... Möchtest du, dass ich dir erkläre, warum? ... Kaum. Ich bin noch immer schwanger, oder hast du diese Bagatelle vergessen? ... Es ist nicht zu spät wofür? ... Vergiss es, das kommt nicht infrage ... Wie geht es Marilyn? Okay, ich will nichts davon hören ... Keine Erklärungen, Christopher. Es ist ganz klar, ich brauche keinen zusätzlichen Kommentar ... Du fährst weg? ... Wann? ... Ich werde es glauben, wenn ich es sehe ... Hör zu, Chris, könntest du bitte aufhören, auf dem Thema ›Ausgehen zum Dinner‹ herumzureiten ... ich bin hier, weil du es so wolltest, es war nicht meine Idee ... Gut, wir wollen von etwas anderem sprechen … wir wollen doch Onkel Chris nicht vergrämen, oder? … Es geht ihr gut … ja, sie fragt noch nach dir … Du bist aber heute besorgt um unsere kleine Familie, nicht wahr? … Warum … macht dir Marilyn etwa die Hölle heiß??? … Hör zu, Chris, ich glaube, es wäre besser, du würdest eine Zeit lang nicht anrufen. Ich kann es nicht ertragen. Es verschlimmert meine Lage nur. Du hast Marilyn, du brauchst mich nicht, und ich kann mich nicht damit abfinden. Ich werde dich anrufen … Ah, ich verstehe, sehr gut … Hör zu, geh zum Teufel, du hast sie, also lass mich in Ruhe … dann schreib mir … Nein, ich gehe nächste Woche zum Arzt. Ich nehme an, dass alles in Ordnung ist, ich weiß nicht … Ein wenig müde, aber okay … Chris, wie geht es dir wirklich? … Du fehlst mir so verdammt sehr, dass ich es kaum ertragen kann … Nein, ich gehe nicht deshalb mit Hilarys Freund aus …« Die Türglocke läutete. Ich geriet in Panik. »Hör zu, Chris, ich muss auflegen. Ich werde dich anrufen … okay, okay, in Ordnung … Nein, ruf nicht an … also gut, dann ruf an … Erst Montag? … Ach richtig, das Wochenende … ich hatte ganz vergessen … Hör zu, ich muss weg von dem verdammten Telefon. Ich liebe dich … Chris? … Ja, ja, ich weiß …« Das war vielleicht ein Telefongespräch, während Gordon vor der Tür wartete.

Gordon und ich verbrachten einen wunderschönen Abend. Er führte mich in ein kleines italienisches Restaurant irgendwo in den Zwanzigern Ost, und dann fuhren wir ins Zentrum zu einem Penthouse-Restaurant am Central Park South auf einen Drink. Das Restaurant lag auf einem unscheinbaren kleinen Bürohaus, doch kaum verließen wir den Fahrstuhl, war es, als kämen wir in eine andere Welt. Die Innenausstattung war ostindisch. Ein Mädchen in einem Gold-Sari begrüßte uns und schlug reich bestickte Vorhänge zur Seite, um uns in die dahinter liegenden Räume zu geleiten. In der Luft schwebten die schweren Duftwolken von Räucherstäbchen, die Tische waren lang und niedrig, und der Raum schien von einer Musik zu pulsieren, die sich fremdartig anhörte, auf die ich aber unwillkürlich reagierte. Ich wollte mich im Rhythmus der sinnlichen Klänge aus dem Osten wiegen und dabei die Augen schließen. Auf jedem Tisch stand eine einzige Rose, die Kellner waren hoch gewachsen und dunkelhäutig, viele von ihnen trugen Bärte und manche einen Turban.

Wir tranken exotische Getränke, und ich betrachtete schweigend die Aussicht. Es schien, als präsentierte sich New York, wohin man auch ging, in immer neuen Perspektiven. Diese bot einen anderen Blickwinkel nach Norden, unten lag der Central Park wie ein Kinderspielzeug unter der Weihnachtsbeleuchtung und war an drei Seiten von Gebäuden umrahmt. Ich war eine Million Meilen von allen Orten entfernt, an denen ich je gewesen war, als wäre die Szenerie jenseits der Fenster nur eine naturgetreu ausgeführte Dekoration, die einen an New York erinnern sollte, sonst nichts.

Gordon bestellte einen mundigen Weißwein und Rosengebäck; nachdem uns der Kellner bedient hatte und sich zurückzog, sah mir Gordon scheinbar unendlich lang in die Augen, als wolle er Fragen stellen, ohne Worte zu gebrauchen, und vielleicht die Antworten in meinen Augen lesen.

»Warum sind Sie nicht im Westen geblieben, Gillian?« Er machte den Eindruck, als wüsste er die Antwort, aber er starrte mich weiterhin an, während er auf meine Antwort wartete.

»Ich wollte hierher zurückkommen.«

»Das ist nicht die Wahrheit. Also schön, sind Sie davongelaufen? Dazu wären Sie fähig.«

»Ich bin nicht sicher, ob ich Sie richtig verstehe. Nein, ich bin nicht davongelaufen. Ich bin einfach zurückgekommen.«

»War es wegen eines Mannes?« Ich zögerte längere Zeit, dann nickte ich.

»Und Sie? Warum haben Sie Spanien verlassen?« Wie du mir, so ich dir.

»Ich war hungrig.«

»Jetzt sagen Sie zur Abwechslung nicht die Wahrheit.« Ich lächelte ihm zu und nahm die Rose aus der Vase, um mit den Blumenblättern zu spielen.

»Also sagen wir, meine Zeit war dort abgelaufen.«

»Sind Sie davongelaufen? Oder tat sie es?« Diese Frage passte meiner Meinung nach zu der seinen.

»Keines von beiden und beides. Sie beging Selbstmord, und danach lief ich davon.« In seinem Gesicht lag stille Traurigkeit, doch nichts von dem Schock, den ich empfand. Er war der offenherzigste Mann, dem ich je begegnet war.

»Es tut mir Leid, Gordon.« Ich blickte zur Seite, ich bedauerte, dass wir mit den Fragen begonnen hatten. Es war ein gefährliches Spiel. Jeder von uns hatte seine schmerzhaften Erfahrungen.

Sein Gesicht war ernst und traurig, und er wandte sich ab. Ich konnte ihm nicht in die Augen sehen. »Schon gut, es ist lange her. Sie hieß Juanita und war das schönste Mädchen, das ich je gekannt habe. Gut und unschuldig wie ein Kind. Ich fand heraus, dass sie in Malaga Prostituierte gewesen war. Deshalb beging sie Selbstmord. Das Komische daran ist, dass es mir gleichgültig gewesen wäre. Es machte mir nichts aus, es änderte nichts, und ich hatte es ohnehin geahnt. Aber das wusste sie nicht. Der Mann, der es mir erzählte, sagte es auch ihr, und sie war bereits tot, als ich nach Hause kam. Danach reiste ich ab. Ich konnte es dort nicht mehr aushalten. Ich war in Spanien niemals wirklich heimisch geworden, aber ich liebte dieses Land.« Ich nickte wieder, ich hatte das Gefühl, dass damit alles gesagt war und dass man nichts mehr hinzuzufügen brauchte. »Und wie war Ihr Mann, Gillian?«

»Wie alle Männer.« Ich wollte nicht über Chris sprechen,

denn ich konnte Gordon gegenüber nicht so aufrichtig sein wie er mit mir. Chris lag für mich nicht so weit zurück wie Juanita für ihn, ich war damit noch nicht fertig, und während seine Geschichte ein Bericht war, würde meine eher wie ein wahres Geständnis wirken.

»Ist die Beziehung noch aufrecht?«

»Nein … also, nicht wirklich. Wir sprechen noch miteinander. Aber ich glaube, es ist vorbei.« Tief in meinem Herzen wusste ich, dass ich log, weil ich nicht glaubte, dass es vorbei war. Ich hielt es für möglich, hoffte aber das Gegenteil.

»Wie war er?«

»Wie mein Vater.«

»Und wie war Ihr Vater?«

»Mit einem Wort … ein Macho.« Ich grinste ihn an. Es war angenehm erleichternd, das auszusprechen.

»Was verstehen Sie darunter, Gillian?«

»Schlimme Dinge. Aber ich hatte bis vor kurzem die Ähnlichkeit zwischen den beiden nicht erkannt.«

»Waren Sie mit diesem Mann glücklich?«

»Eine Zeit lang. Ja, sehr glücklich. Er hat schließlich auch einige Vorzüge, sonst wäre ich nicht so lang bei ihm geblieben. Ich glaube aber, er ist im Grunde ein Macho wie mein Vater. Kein netter Mann. Ich glaube es zumindest nicht. Er kann mir vieles nicht geben, das ich brauche. Das wusste ich, aber ich wollte es nicht wahrhaben.« Es war so merkwürdig, über Chris zu sprechen, als ob er schon zur Vergangenheit gehörte.

»Warum sind Sie dann bei ihm geblieben, wenn Sie mir nicht erklären können, warum Sie fortgingen, denn die Tatsache, dass er ein ›Macho‹ war, erklärt an und für sich gar nichts. Er gefiel Ihnen offensichtlich so.« Treffer. Gordon hatte Recht, das war der springende Punkt.

»Also gut. Ich ging weg, weil er mich dazu zwang. Ich blieb, weil … weil ich ihn liebte, ihn brauchte, ich wollte unsere Liebe erhalten. Solange ich mich an seine Bedingungen hielt, war alles eitel Wonne. Ach, und ich blieb, weil es noch andere Gründe gab. Es ist eine ziemlich komplexe Beziehung.«

»Und sie besteht gefühlsmäßig noch, nicht wahr, Gillian?«

»Ja und nein. Ach, verflixt, Gordon, es hängt eine Menge dran.« Ich begegnete seinem Blick. »Es ist vorbei, weil ich nicht glaube, dass er mich liebt, und es ist nicht vorbei, weil ich ein Kind von ihm bekomme. In diesem Sinn wird es also nie vorbei sein.« Und dann war ich fassungslos darüber, was ich eben gesagt hatte.

»Weiß jemand davon?« Er sah vollkommen gelassen aus.

»Nur eine Freundin. Und er weiß es natürlich auch. Aber es scheint keinen großen Eindruck auf ihn zu machen.«

»Haben Sie an eine Abtreibung gedacht? Ich nehme es an.«

»Ja, ich habe daran gedacht. Aber ich will das Kind bekommen. Ich werde mir damit eine ziemliche Bürde aufhalsen, aber für mich kommt nichts anderes infrage.«

»Dann tun Sie das Richtige. Ich würde es niemandem erzählen, Gillian. Sosehr ich Ihren Entschluss bewundere, es ist schließlich für jemanden wie Sie nicht der übliche Lebensstil.«

»Das weiß ich. Ich hatte auch vor, es für mich zu behalten. Ich weiß nicht, was heute mit mir los ist. Es ist mir einfach herausgerutscht.« Ich versuchte zu lächeln, ohne ihn anzusehen, da ergriff er meine Hand.

»Machen Sie kein so betrübtes Gesicht, Gillian. Sie werden es durchstehen.«

»Danke für das Vertrauensvotum … zuweilen brauche ich es.« Wieder lächelte ich ihm zu. Es war merkwürdig, beinahe war es so, als wäre für uns die Stunde der Wahrheit gekommen. In weniger als einer Stunde hatten wir jeder seinen Finger auf die Wunden und Narben des anderen gelegt. Als wollten wir erfahren, was jedem vorher widerfahren war. Dann, fast unabsichtlich, warf ich ihm den Ball wieder zu.

»Was war mit Ihrer Ehe?«

»In gewissem Sinn hat sie nie bestanden, Gillian.«

»Aber Sie sagten doch ...« Ich war verblüfft. Er wirkte zu ehrlich, als dass er in diesem Punkt die Unwahrheit sagen würde.

»Um Himmels willen, sehen Sie mich nicht so entgeistert an, Kind! Ich war verheiratet. Ich meinte nur, die Ehe hätte ebenso gut nicht existieren können. Sie war kurz, schmerzvoll und jeden Gefühls bar.«

»Wie, zum Teufel, kam es dann dazu, dass Sie geheiratet haben?« Es sah ihm so gar nicht ähnlich.

»Nur schön langsam. Ich musste heiraten. Ich war zumindest dieser Ansicht. Es war vor fünfundzwanzig Jahren, ich hatte vor kurzem eine junge Dame kennen gelernt und ...«

»Sie wurde schwanger.«

»Richtig. Sie war gegen eine Abtreibung, also beschloss ich, mich korrekt zu verhalten, und heiratete sie. Aber es war ein unhaltbarer Zustand. Sobald Greg geboren war, ließen wir uns scheiden, und damit war es vorbei.«

»Sie verdanken der Ehe wenigstens Greg. Stehen Sie einander nahe?« Sein Blick verschleierte sich bei meiner Frage, und um seinen Mund lag ein bitterer Zug. »Wir haben kaum Kontakt, meine Liebe. Greg ist ein charmanter junger Mann. Intelligent, geistreich, selbstständig und ein Fremder. Als ich wegging, löschte ich ihn aus meinen Gedanken und versuchte zu vergessen, dass er existierte. Als er ein kleines Kind war, habe ich ihn nie gesehen, vergessen Sie nicht, ich war zehn Jahre lang in Spanien. Als ich zurückkam, war er bereits fünfzehn. Es ist schwierig, der Vater eines fünfzehnjährigen Jungen zu werden, den man nicht einmal kennt.«

»Vielleicht wird es sich einmal ändern.«

»Vielleicht, aber es ist äußerst unwahrscheinlich. Er hält mich für einen krassen Materialisten. Er hat damit vollkommen

Recht, ich bin einer. Um seine Achtung zu erringen, müsste ich etwas Weltbewegendes tun. Zum Beispiel als Künstler für die Freiheit von Afghanistan werben oder etwas dergleichen. Das entspricht nicht meinen Plänen. Und nun, junge Dame, haben wir lang genug über unsere trübe Vergangenheit gesprochen. Ich möchte Sie jetzt nach Hause bringen, es wird langsam spät.« Er winkte dem beturbanten Kellner, und es war klar, dass die vertraulichen Mitteilungen zu Ende waren. Gordon Harte hatte den Abend gut unter Kontrolle. Dann blickte er mich an, und die Gespanntheit wich aus seinem Gesicht.

»Sie müssen eine merkwürdige Macht über mich besitzen, meine Liebe. Ich habe seit Jahren nicht mehr so gesprochen.« Es war ein seltenes Kompliment, und er ergriff meine Hand, als wir von den Kissen aufstanden, auf denen wir gesessen hatten. Sein Griff war sanft, aber bestimmt, und er ließ meine Hand nicht los, während wir im Fahrstuhl ins Erdgeschoss fuhren und ins Freie traten. Es war eine schöne Nacht, die Luft war warm, es wehte eine leichte Brise, und die vor die Kutschen gespannten Pferde auf der gegenüberliegenden Straßenseite wieherten leise.

»Diese Stadt kommt mir vor wie eine Filmdekoration. So unwirklich.« Ich sah mich wieder um und merkte, dass Gordon mich beobachtete.

»Kommen Sie, Gillian. Gehen wir zu Fuß zum Hotel.« Zum Regency waren es nur drei Blocks, und sein Arm um meine Schultern gab mir das richtige Gefühl von Sicherheit. Wir sprachen nicht auf dem kurzen Weg, und beim Hotel blieb er vor der Drehtür stehen und blickte mit einem kaum merklichen Lächeln auf mich nieder.

»Was halten Sie morgen von einem Lunch in ländlicher Umgebung? Ich besuche Freunde in Bedford. Die Landluft würde Ihnen gut tun.« Nicht »ich wäre gern mit Ihnen beisammen«, sondern »die Landluft würde Ihnen gut tun«. Ich hätte gern die Worte von ihm gehört, merkte aber, dass sie so gemeint waren.

»Gerne, Gordon.«

»Wollen Sie nicht Ihre Tochter mitbringen?«

»Sie hat andere Pläne, aber besten Dank. Sie verbringt den Tag bei einer Schulfreundin.«

»Sehr gut, dann werde ich Sie also um elf Uhr abholen. Bedauern Sie den heutigen Abend nicht, Kleine. Sie mussten sich einmal aussprechen … und ich auch.« Er traf keine Anstalten, mich zu küssen, sondern berührte nur sanft meine Schulter, bevor er fortging.

Wir winkten einander noch einmal, als ich ins Foyer trat, und ich schwebte am Portier vorbei, neugierig, was mir das Schicksal noch bescheren würde, und fürchtete, dass der Zauber am nächsten Tag verflogen sein würde.

»Würden Sie mir bitte die Landkarte aus dem Handschuhfach geben, Gillian?« Wir fuhren über den East River Drive, das Dach seines Wagens war geöffnet, und er war kühl gewesen, als er mich abgeholt hatte. Er machte nicht die leiseste Anspielung auf unsere gegenseitigen Geständnisse am gestrigen Abend und gab sich sehr zurückhaltend.

»Sicherlich.« Ich öffnete das Türchen am Armaturenbrett, nahm die Landkarte heraus und gab sie ihm.

»Schlagen Sie sie bitte auf.« Sein Ton befremdete mich ein wenig, aber ich entfaltete sie gehorsam, dann musste ich lachen. In ihr befand sich eine Karikatur von mir und Mr. Gordon Harte; wir aßen Hot Dogs unter einer Straßenlaterne vor dem Gebäude, in dem *Woman's Life* untergebracht ist, während ein Chihuahua und ein Bernhardiner pflichtgemäß an dem Laternenpfahl das Hinterbein hoben und so ziemlich der gesamte Mitarbeiterstab des Magazins sich aus den Fenstern des Verlags beugte. Die Bildunterschrift lautete: »Machen wir uns von alldem los«, und als ich Gordon ansah, freute er sich über mein Entzücken.

»Das heißt, dass Sie mir diese Woche einen Lunch schulden.«

»Einverstanden. Das ist super, Gordon.«

»Sie auch.«

Der Lunch in Bedford war köstlich, seine Freunde gefielen mir, und der Nachmittag verging im Flug.

Um fünf Uhr war ich wieder im Hotel, gerade rechtzeitig, um Samantha in Empfang zu nehmen.

Am Sonntag übersiedelten Sam und ich mit Pegs Hilfe in unsere alte Wohnung, und ich vermisste die Annehmlichkeiten des Regency schmerzlich, zum Unterschied von Sam. Sie war begeistert, wieder zu Hause zu sein. Ich weniger. Der Sonntagabend verging mit Fußbodenschrubben und dem Säubern von Schränken, und ich hatte kaum Zeit, zu Bett zu gehen, bevor eine neue Arbeitswoche begann.

»Samantha! ... Frühstück ... Beeile dich, du wirst zu spät in die Schule kommen!« Und ich zur Arbeit. Es war eine organisatorische Höchstleistung, das knarrende Räderwerk unseres Haushalts in Gang zu bringen, Sam für die Schule und mich zur Arbeit fertig zu machen. Meine Routine hatte Speck angesetzt, und alles Punkt acht Uhr morgens fertig zu kriegen war, als wollte man mit Rollschuhen auf einen Eisberg klettern. Mir war es in San Francisco leichter gefallen, aufzustehen und um sechs Uhr fertig zu sein.

»Sam! Los! ... Wo bist du?«

»Ich komme schon, Mami!« Und sie sauste in einem Cowboykostüm herein, das ihr Chris geschenkt hatte. »Da bin ich!«

»Okay, Liebling, iss deine Cornflakes. Wir sind ziemlich spät dran.«

»Cowboys essen keine Cornflakes.« Sie sah mich entrüstet an.

»O doch, deswegen sind sie so stark. Beeil dich, Sam. Iss!« Ich jonglierte mit Zeitung und Kaffee herum, während ich mich fragte, ob meine Schuhe geputzt werden mussten.

Im Büro hatte ich die obligaten tausend Anrufe zu erledigen, die Dreharbeiten für die Kinderzimmer vorzubereiten, die Sache mit dem Speisezimmer unter Dach zu bringen, und John Templeton hatte eine Menge unbedeutendere Dinge, um die ich mich kümmern sollte.

Gordon und ich trafen einander, wie ausgemacht, am Dienstag zum Lunch, und er lud mich für Mittwochabend zu einer Presseparty in Abendkleidung in das *Museum of Modern Art* ein.

Mittwochnachmittag hastete ich vom Büro nach Hause, zog ein schwarzes Samtkleid und einen Abendmantel aus himbeerfarbenem Satin an und wartete darauf, dass er mich um sieben abholte. Während ich wartete, mischte sich in meine gehobene Stimmung ein bedrückendes Gefühl. Chris hatte sich die ganze Woche nicht gemeldet. Das schmerzte wie üblich. Ich sehnte mich nach Chris Matthews, nach seinen Armen, die mich an sich drückten, nach seiner ruhigen Stimme, sogar nach seiner Gleichgültigkeit, nach allem.

»Mami! Es klingelt!« Sams Stimme hallte durch die Wohnung.

»Ja, ich gehe schon.« Ich hatte es nicht einmal gehört. Es war Gordon.

»Schon fertig? Meine Güte, sehen Sie blendend aus! Hinreißend, Gillian.« Er musterte mich anerkennend und küsste mich flüchtig auf die Stirn.

»Danke, Sir. Wie war Ihr Tag?«

»Wie immer. Ist etwas nicht in Ordnung, Gillian?«

»Nein. Warum?«

»Sie sehen aus, als hätten Sie einen schweren Tag hinter sich, als würde Sie etwas bedrücken.« Sehr gut beobachtet, Mr. Harte.

»Nein. Wirklich nicht. Vielleicht bin ich ein bisschen müde, aber das ist alles. Möchten Sie einen Drink, bevor wir gehen?«

»Nein, ich glaube, wir sollten uns auf den Weg machen.«

»Wer bist du?« Samantha stand plötzlich im Türrahmen und betrachtete die Szene.

»Gordon, das ist Samantha. Das ist Mr. Harte, Sam.«

»Wer ist das?«

»Jemand, mit dem ich arbeite, und ein Freund von Tante Hilary.« Ich beobachtete die beiden gespannt, ich befürchtete, sie könnte ihm die Laune verderben, indem sie etwas Taktloses sagte. Ich wusste, dass er nicht an Kinder gewöhnt war.

»Darf ich deinen Bart angreifen? Ist er echt?« Samantha näherte sich ihm vorsichtig, und Gordon bückte sich, um mit ihr zu sprechen.

»Ja, und er ist echt. Hallo, Samantha.« Ich befürchtete schon, dass sie daran reißen würde, aber sie streichelte den Bart nur, und ich atmete erleichtert auf.

»Fühlt sich an wie bei einem Pferd. Weißt du?«

»Das ist als Kompliment gedacht«, interpretierte ich.

»Hast du Pferde gern, Samantha?«

»Ja! Sehr!« Es folgte ein längeres Fachgespräch, und ich stellte überrascht fest, wie viel Gordon über Pferde wusste; noch mehr überraschte es mich, dass er einen Schreibblock von meinem Schreibtisch nahm und einige rasche Skizzen für Sam machte, die sie entzückten. Gordon und Samantha machten sich miteinander bekannt.

»Wir sollten jetzt doch gehen, Gillian. Ich hoffe, wir sehen uns mal wieder, Samantha.«

»Sicherlich. Komm wieder zu Besuch, Mr. Gordon.«

»Mr. Harte, Sam. Gute Nacht, Liebling! Sei lieb zu Jane.« Wir umarmten einander heftig und wechselten eine Reihe nasser Küsse, dann drückte Gordon auf den Knopf, um den Fahrstuhl zu holen.

»Das war nett von Ihnen, Gordon, vielen Dank.« Wir warteten unten auf ein Taxi, und meine Laune war wieder gestiegen. Ich war froh, dass er Samantha gefiel.

»Ich mag sie. Sie ist aufgeweckt und hat eine direkte Art.«

»Das stimmt!« Ich lachte und schüttelte den Kopf, während ein Taxi hielt, mit dem wir rasch zum Museum fuhren.

Der Abend war wunderbar, es war ein herrliches Gefühl, in seinem Kielwasser zu segeln, allen vorgestellt zu werden und zu erleben, wie sehr man sich um uns bemühte. Gordon war Aufsichtsratsmitglied, was er nicht erwähnt hatte. Hilary war anwesend, ohne Rolf, sie sah in einem schwarzen, langen, eng anliegenden Strickkleid und einem ebenso langen, eng anliegenden weißen Mantel hinreißend aus. Gordon forderte sie auf, nachher mit uns zu essen, was ich als sehr aufmerksam empfand, aber sie lehnte ab.

Diesmal führte mich Gordon ins »Lutece« zum Dinner, wo er empfangen wurde, als ob ihm das Lokal gehörte oder als ob er zumindest für die Miete aufkam.

Im Museum hatten wir Matthew Hinton getroffen, der sich in Begleitung einer auffallenden rothaarigen Schönheit befand, die sich gleichsam verzweifelt dankbar an seinen Arm klammerte. Wir begrüßten einander eher etwas kühl, und es war nicht zu übersehen, dass er für die Dame, die *Woman's Wear* vor einer Woche als »seine neueste Liebe« bezeichnet hatte, ebenso wenig Interesse empfand wie ich für ihn. Er war nett, aber es war nicht viel an ihm dran.

Wahrscheinlich würden Gordon Harte und ich in den Gesellschaftsspalten nicht erwähnt werden, aber ich verbrachte einen wunderschönen Abend.

22

Freitag war die Hölle los. Die Schauspieler, denen das exzentrische Speisezimmer gehörte, standen inmitten einer Schar von Technikern, die mit den Aufnahmen beginnen wollten. Vier Stunden später waren wir noch immer nicht über den Anfang hinausgekommen. Sie brachten es fertig, sich während der Aufnahmen zu betrinken, die Einrichtung war ständig zerwühlt und unordentlich, und sie trieben den Fotografen zum Wahnsinn. Um Mitternacht war der Hexenkessel vorbei, und ich fragte mich, ob wir eine einzige brauchbare Aufnahme im Kasten hatten. Dabei waren wir noch nicht einmal fertig; wir hatten allen als Entschädigung für ihre »Geduld« ein Dinner versprochen. Um zwei Uhr morgens kroch ich endlich erschöpft nach Hause, ich fühlte mich hundeelend.

Eine Stunde nachdem ich zu Bett gegangen war, stand ich auf, musste erbrechen, bekam Schüttelfrost, Krämpfe, glaubte, ich würde das Kind verlieren. Ich hätte Peg oder den Arzt anrufen sollen, oder sogar Gordon. Aber ich konnte nicht klar denken. Ich hatte das animalische Gefühl, das einen überkommt, wenn man von plötzlicher heftiger Übelkeit überfallen wird. Also handelte ich instinktiv, emotional, und rief Chris an.

»Hallo?«

»Chris … Ich glaube, ich verliere das Baby. Ich fühle mich so entsetzlich. Wir haben bis ein Uhr gearbeitet … Nein, um Gottes willen, ich meine es ernst. Nein, ich bin nicht betrunken … ich bin krank … was soll ich tun?«

»Um Himmels willen, Gillian, hör auf zu weinen. Warum rufst du mich an? Ich kann von hier aus doch nichts tun, und du weißt, was ich dir gesagt habe. Ruf einen Arzt an … Hör zu, ich kann jetzt nicht mit dir sprechen. Ich werde dich Montag anrufen.«

Montag? Montag? Was, zum Teufel, meint er mit »Montag«? Der gemeine Kerl ... Ich zog mir etwas über und fuhr zur Erste-Hilfe-Station im Lenox Hill Hospital, wo ich die Nacht verbrachte und wegen Erschöpfung und Hysterie behandelt wurde.

Zu Mittag schickte man mich nach Hause, ich kam mir dumm vor und war noch immer wie zerschlagen. Gordon rief mich, unmittelbar nachdem ich nach Hause kam, an.

»Wo waren Sie heute schon früh am Morgen? Ich rief so gegen neun an. Wie ich höre, ging es bei den Aufnahmen gestern Nacht zu wie in einem Irrenhaus.«

»Ja, genauso war es.« Dann erzählte ich ihm von der Nacht im Krankenhaus, verschwieg jedoch meinen Anruf bei Chris.

Gordon zeigte Verständnis und sagte, er würde sich am Sonntag wieder nach mir erkundigen, und warum ich mir nicht den Montag freinehmen wollte?

Ich schlief den ganzen Tag, und als ich aufwachte, waren Blumen von ihm gekommen, ein Körbchen, das aussah wie ein Nest, gefüllt mit kleinen blauen und orangen Blumen. Auf der Karte stand »Arbeit ist Opium für das Volk, aber Sie scheinen einen schlechten Trip gehabt zu haben. Ruhen Sie sich ordentlich aus. Es entschuldigt sich Ihr Künstlerischer Leiter, Gordon Harte.« Lustig, aufmerksam und nett, denn der Kartengruß war nicht großartig mit »G.« oder etwas ähnlich Provozierendem unterzeichnet.

Sonntag rief er wieder an, und ich fühlte mich besser, aber noch immer ziemlich erledigt, also verzichtete er darauf, vorbeizukommen, und lud mich stattdessen für Donnerstag zum Dinner ein.

Während ich Sonntagnachmittag im Bett lag, zufrieden mit der zu nichts verpflichtenden Beziehung zu Gordon, und mich vielleicht ein wenig überlegen fühlte, als ob ich diesmal die Entwicklung »im Griff« hätte, läutete es an der Tür. Wer, zum Teufel, konnte das sein? Ich stand auf, um nachzusehen. Es war Gordon.

»Ich habe es mir überlegt. Außerdem meint Hilary, Sie hätten es gern, wenn Sie sonntags unverhofft Besuch bekommen. Ich komme vom Lunch mit ihr, und sie lässt Sie herzlich grüßen. Darf ich hinaufkommen?«

»Natürlich«, aber ich ärgerte mich, war richtig wütend. Ich sah schrecklich aus, außerdem hatte er versprochen, nicht vorbeizukommen, ich fühlte mich nicht gut, und unangesagte Besuche von ihm empfand ich als »Druck ausüben«.

»Sie scheinen nicht allzu erfreut zu sein, mich zu sehen, Mrs. Forrester.«

»Nur überrascht. Möchten Sie eine Tasse Tee?«

»Ja, aber ich werde ihn zubereiten, Sie marschieren wieder ins Bett.«

»Nein, mir geht es schon besser, ich bleibe auf. Es geht mir wirklich gut ...« Ich wollte auf jeden Fall verhindern, dass er sich bei mir auf den Bettrand setzte und den guten Onkel Doktor spielte.

»Ich finde, Sie sehen gut aus, allerdings sind meine medizinischen Kenntnisse eher bescheiden. Ich werde den Tee zubereiten ...«

Nach vielem Herumrumoren kam er aus der Küche, setzte sich hin, übersah meinen desolaten Zustand, machte gepflegte Konversation und sah sich nachsichtig um. Samantha war nicht zu Hause, und die Wohnung wirkte entsetzlich still.

Ich machte großspurige Bemerkungen über nichts und guckte in meine Teetasse, um die Tatsache zu überspielen, dass ich mich unbehaglich fühlte, als Gordon aufstand, um den Kaffeetisch herumging, sich setzte und mich küsste. Sein Bart kratzte, sein Mund fühlte sich weich an, und ich war so verlegen, dass ich seine Küsse erwiderte. Er küsste mich, dann lehnte er sich ein wenig zurück, blickte mich an und umarmte mich.

Eine zärtliche Umarmung. Von der Art, nach der ich mich sehnte, als ich acht Jahre alt war, und nach der ich mich in den folgenden zwanzig Jahren weiterhin sehnte. Nun kam Gordon Harte und umarmte mich, während ich plötzlich zu weinen begann.

Dann versuchte ich, es zu bagatellisieren, aus Angst, er könnte sich nicht damit begnügen und mehr verlangen, und ich wollte auf keinen Fall in eine solche Situation geraten.

»Du willst umworben werden, nicht wahr?«

»Was?« Das klang so lächerlich, dass ich lachen musste.

»Mrs. Forrester, wir könnten in der nächsten Zeit zweimal pro Woche gemeinsam zum Essen ausgehen und uns mit Händchenhalten begnügen. Ich könnte dich ›umwerben‹, wir könnten einander liebenswürdige Schmeicheleien sagen, und in drei Wochen würdest du vermutlich so weit sein, mit mir ins Bett zu gehen; oder wir könnten auch jetzt gleich ins Bett gehen und schon diese drei Wochen genießen. Was meinst du dazu?«

»Ich kann nicht. Es tut mir Leid, aber ich kann nicht. Es würde mich ganz durcheinander bringen, und ich könnte nicht damit fertig werden. Ich kenne mich.« Ich flüsterte fast und blickte auf meine im Schoß zusammengepressten Hände.

»Also gut ...« Ich war ein klein wenig enttäuscht, dass er meine Ablehnung so widerspruchslos hinnahm, aber vor allem fühlte ich mich erleichtert.

Wir sprachen leise miteinander, hörten auf das monotone Geräusch des Regens, küssten einander eine Weile auf der Couch in meinem Wohnzimmer, und jedes Mal, wenn wir einander küssten, begehrte ich ihn mehr, und wir umarmten einander länger, bis er meine Brust küsste und mein ganzer Körper sich ihm entgegendrängte; plötzlich gingen wir Hand in Hand in mein Schlafzimmer, küssten und streichelten einander unterwegs, beinahe hätten wir eine Lampe umgeworfen, da wir uns so beeilten, ins Bett zu kommen. Er zog sich aus, und ich bemerkte erschrocken, dass er keine Unterwäsche trug … »Gordon Harte, du siehst die ganze Zeit so überaus seriös aus, und dabei gehst du ohne Unterhosen in der Redaktion herum! Was geschieht, wenn dein Zippverschluss einmal klemmt?« Ich lachte, es kam mir wirklich komisch vor.

»Ist noch nie vorgekommen.«

»Und wenn du einen Unfall hast? Meine Großmutter sagte immer …«

Er brüllte vor Lachen, kam zu mir und half mir, meine restlichen Kleidungsstücke auszuziehen … »Gillian, du bist schön.« Es klang, als meinte er es ernst, dann rollten unsere Körper zusammen, verschmolzen ineinander, berührten einander und trennten sich und vereinigten sich wieder. Wir liebten uns, lagen beieinander, fühlten uns ganz nahe und vertraut, gaben uns ungezwungen. Wir waren Freunde geworden. Wir hatten uns aufeinander eingestimmt. Das erste Mal in meinem Leben hatte ich nicht das Gefühl, ich müsse »Ich liebe dich« sagen, um etwas zu rechtfertigen, von dem es mein Leben lang geheißen hatte, man dürfe es nicht tun. Wir liebkosten einander ohne Reue und lachten, und ich war mit mir und der Welt zufrieden.

Ich genoss es mit Gordon mehr als mit Chris, was mir seltsam vorkam, weil ich Gordon nicht liebte. An diesem Nachmittag hörte ich auf, auf Chris böse zu sein. Ich schlief nicht mit Gordon, um mich an Chris zu rächen. Ich schlief mit Gordon, weil ich es tun wollte und ihn mochte. Aus keinem anderen Grund.

Ich lag lächelnd in Gordons Armen, während er mit dem Finger Achterschleifen um meine Brüste zeichnete, und dachte an das Gedicht auf dem Deckblatt von Hilarys Buch … »Doch wer das Glück am Wegrand pflückt, wird ewig vom Sonnenschein beglückt …«

23

Der Oktober war in jeder Hinsicht ein guter Monat, ein warmer Monat voll Begegnungen mit Menschen und Unternehmungen. Samantha fühlte sich in der Schule wohl, und wenn ich mich auch nicht in New York verliebt hatte, so hatte ich doch zumindest alle Vorurteile abgebaut. New York hatte mir Glück gebracht, es zeigte sich von seiner besten Seite und führte sich gut auf. Es gibt in New York eine Zeit im Herbst, die plötzlich kommt und nicht lang anhält, aber das genügt, damit man sie dankbar in Erinnerung behält. Wenn man danach weggeht, wird man immer an ein New York in goldenen Farbtönen denken, bleibt man aber dort, dann erlebt man den Schmutz, den Ruß, den Schneematsch und später den Gestank und die sengende Hitze des New Yorker Sommers. Aber im Herbst wird es bunt, rot, golden und braun, die Luft ist klar, bewegt und frisch, die Straßen sehen sauberer aus, die Leute marschieren nach den unhörbaren Klängen einer Marschmusik, überall duftet es nach heißen Kastanien, an den Wochenenden sieht man viel Jugend in der Stadt, man merkt, dass auch nette junge Menschen dort leben, denn die Sommerwochenenden auf dem Land sind vorbei, und zum Skilaufen ist es noch zu früh. Es ist die Zeit des Jahres, die ich am meisten liebe, und wenn es in meinem Herzen einen stillen Winkel für New York gibt, dann lebt dort das Bild dieser Stadt zu genau dieser Jahreszeit. Und ein Widerschein des Zaubers, den sie zwei, drei oder auch vier Wochen lang im Spätherbst ausstrahlt.

Als ob die Stadt selbst mein letztes Jahr in New York verschönern wollte, erlebte ich diese zauberhaften Wochen noch einmal, und sie waren frischer und lebendiger und herrlicher als je zuvor. Für mich ist die Stadt New York ein Miststück, man kommt mit ihr nicht so leicht zurecht, ich bewundere ihren Lebensrhythmus nicht, muss ihr aber gegen meinen Willen Bewunderung zollen für ihre Bedeutung, ihre Ziele und wenn sie Stil zeigt. Und das ist im Oktober der Fall.

Gordon und ich kamen zwei- bis dreimal wöchentlich zusammen, gingen etwa einmal davon in ein wirklich »nettes« Lokal, trafen einander manchmal nach der Arbeit irgendwo, oder einer von uns kochte bei mir oder bei ihm zu Hause das Abendessen. Mitte des Monats legten wir unser Geld zusammen, gingen unsere Adressbücher durch und gaben eine Party. Es ging verrückt und lustig zu, alle Räume waren überfüllt, und man hörte überall die gleichen Witze wie auf den meisten Partys in New York.

Gordon hatte einen vollen Terminkalender, und ich war auch mit Arbeit eingedeckt, sodass unsere Beziehung nie im Alltäglichen versandete.

Keiner von uns beiden stellte Vermutungen darüber an, wie der andere seine freie Zeit verbrachte, alles ergab sich von selbst, wie das Wetter. Das Leben ging weiter.

Halloween kam und ging vorbei. Samantha fühlte sich reich und glücklich mit den Schätzen, die sie in unserem Haus und bei Gordon gesammelt hatte. Er hatte sie zu sich mitgenommen, um seine Nachbarn auf die Probe zu stellen, und sie waren darüber entzückt. Inzwischen waren sie und Gordon unzertrennliche Freunde geworden.

Wir beschlossen, das Erntedankfest gemeinsam, ohne den üblichen Wirbel, in meiner Wohnung zu feiern, und ich wollte eben das Büro verlassen, um unseren Puter zu holen, als das Telefon läutete. Es war Julie Weintraub.

»*Hi.* Ich habe soeben mit meinem Arzt gesprochen, und es sieht so aus, als würden Sie den Job noch einen Monat haben. Was meinen Sie dazu? Ich genieße nämlich die Ruhe, und es gibt hier ein paar nette Assistenzärzte, deretwegen es sich lohnt, hier zu bleiben. Wer braucht schon unter solchen Umständen John Templeton?« Ihre Worte klangen lustig, aber ihre Stimme klang enttäuscht. Mit Nieten im Körper und einem Streckverband auf dem Rücken zu liegen ist kein Spaß, ganz gleich, wie die Assistenten sind. Wenn ich die Wahl hätte, wäre mir sogar Eloise Franck lieber. Arme Julie.

»Haben Sie es John schon mitgeteilt, Julie?«

»Ja, ich habe ihn schon angerufen. Er muss jeden Augenblick mit der guten Nachricht für Sie durch den Korridor gesaust kommen.«

»Aber, aber, Sie wissen doch, dass alle hier Sie möglichst bald wiederhaben wollen. Ich höre immer nur die Frage: ›Wann kommt Julie zurück?‹« Was nicht ganz der Wahrheit entsprach, aber ihr vielleicht helfen würde.

»Unsinn. Es war jedenfalls eine nette Geste. Ich habe übrigens Fotos von Ihrer letzten Nummer gesehen. Gefällt mir, vielleicht bin ich meinen Job ohnehin los, wenn ich hier rauskomme ...« Ich wusste, dass sie sich deswegen Sorgen machte.

»Jetzt reden Sie Unsinn. Ich bin hier eine Art Aushilfskraft. Nur vorübergehend. Ich werde, wenn Ihnen das lieber ist, weiße Handschuhe bei der Arbeit tragen.« Darauf brach sie in ein Lachen aus, das besser zu ihr passte ... »Hören Sie, im Ernst, was hat der Arzt gesagt? Wie verläuft der Heilungsprozess?«

»Ich weiß nicht recht, keiner sagt mir etwas. Ich habe nur verstanden, dass sie etwas verschieben wollen, das bedeutet, dass mich noch ein orthopädischer Chirurg unters Messer bekommt und ich wieder in den Operationssaal muss, der nicht gerade mein Lieblingsaufenthaltsort ist. Es bedeutet auch weitere vier Wochen Krankenhausaufenthalt. Das ist schon einigermaßen deprimierend«, und so klang ihre Stimme auch.

»Halten Sie die Ohren steif, Julie. Besser, man bringt jetzt alles in Ordnung und Sie müssen nicht in einem halben Jahr wieder ins Krankenhaus. Damit darf man nicht spaßen. Sie glauben außerdem doch nicht, ich werde mich alle sechs Monate hier für

Sie zu Tode schinden, oder?« Julie kicherte wieder. »Ich werde Sie dieses Wochenende besuchen und Ihnen alle Neuigkeiten erzählen ... da fällt mir ein, Sie erinnern sich doch an das kleine, zweisitzige Sofa in Johns Büro?«

»Ja.«

»Man erzählt sich, dass Lucius Barclay gestern Nachmittag dort Eloise aufs Kreuz gelegt hat«, wobei Lucius der schwule Kosmetikredakteur war. Nicht einmal Emanzen konnten sich darüber aufregen, dass wir einen männlichen Kosmetikredakteur hatten. Denn Lucius hatte absolut nichts Männliches an sich. Aber schon gar nicht.

Der Scherz hatte seinen Zweck erreicht, und Julie am anderen Ende konnte sich vor Lachen kaum fassen.

»Bitte, tun Sie mir das nicht an ... es tut mir weh«, und dann kicherte sie wieder fröhlich ... »Sie haben es sowieso falsch mitbekommen. Ich hörte die Geschichte heute Morgen anders: Eloise hat Lucius aufs Kreuz gelegt«, und jetzt lachten wir alle beide.

»Ich muss jetzt Schluss machen, Julie, aber ich komme am Wochenende vorbei. Kann ich Ihnen etwas mitbringen?«

»Ja, Sex.«

»Was, bei so vielen Assistenzärzten? Hören Sie, heben Sie einen für mich auf. Halten Sie durch, Julie, Sie fehlen uns. Ich kann es nicht erwarten, Ihnen Ihren Job zurückzugeben. Ich möchte zu Hause bleiben und Arbeitslosenunterstützung kriegen.«

»Blödsinn, Sie haben keinen Anspruch darauf. Sie müssen sechs Monate gearbeitet haben und dann gefeuert worden sein. Falls Sie annehmen, ich halte es noch sechs Monate hier aus, müssen Sie verrückt sein. Also achten Sie schön auf meinen Job ... Bis bald. Und, Gillian ... besten Dank.«

»Reden Sie keine Dummheiten. Der Dank gebührt Ihnen, jetzt machen wir aber Schluss, bevor wir sentimental werden oder ich gefeuert werde. Wiedersehen ... und alles Gute.«

Die arme Julie, ihr Krankheitsbericht hörte sich nicht gut an, und ich fragte mich, wie es wirklich um sie stand, als das Telefon klingelte. »Mr. Templeton möchte Sie in fünf Minuten sprechen, Mrs. Forrester.«

Als ich eine halbe Stunde später aus Johns Büro kam, war mir die Lust am Lachen vergangen.

John hatte mit Julie gesprochen, aber auch mit ihrem Arzt. Julies Genesung machte keinerlei Fortschritte, und ihr Hämoglobinspiegel war niedrig. Man vermutete etwas Schlimmes. Sie waren nicht sicher, aber sie hatten den Verdacht und wollten operieren, um sich Gewissheit zu verschaffen. Sie befürchteten, es könnte sich um Knochenkrebs handeln. Julie wusste nichts davon.

Als John zu Ende gesprochen hatte, fühlte ich mich schwach, klapprig und elend. Er trug mir vollkommenes Stillschweigen gegenüber jedermann auf. Er hatte, Gott sei Dank, so viel Taktgefühl, in diesem Zusammenhang nicht von einer eventuellen Verlängerung meines Jobs auf unbegrenzte Zeit zu sprechen. Ich hätte sonst erbrechen müssen oder wäre in Tränen ausgebrochen.

So schlich ich also zurück in mein Büro, schloss die Tür und lehnte mich dagegen, während mir die Tränen über das Gesicht liefen und ich mich fragte, wie ich Julie zu Thanksgiving gegenübertreten sollte. Es war eine jener schrecklichen melodramatischen Ironien des Schicksals, die immer wieder passieren, manchmal sogar Leuten, die man kennt.

Am nächsten Tag waren Sam, Gordon und ich beim Thanksgiving-Dinner vereint. Es war stimmungsvoll und gemütlich, und ich versuchte, nicht an Julie zu denken.

Zu der Zeit war ich im fünften Monat schwanger und hatte Christopher seit über zehn Wochen nicht zu Gesicht bekommen. Er fehlte mir noch immer, aber ich hatte mich damit abgefunden. Mein Job machte mir weiterhin Freude, Gordon sorgte für die nötige Wärme in meinem Leben, ich fühlte mich zufrieden. Das Baby gehörte mir mehr als Chris, und ich hatte die Gewohnheit aufgegeben, unter den Männern nach Chris zu suchen. Ich entdeckte immer mehr Männer, die Gordon glichen oder einfach sie selbst waren.

In der Thanksgiving-Nacht, als Gordon kurz nach Mitternacht meine Wohnung verließ und das Telefon um zwei Uhr klingelte, verlor ich fast das Bewusstsein, als ich Chris' Stimme vernahm.

»Gill, ich befinde mich jetzt auf dem Flughafen. Ich muss nächsten Monat einen Film in New York drehen. Das Flugzeug kommt in sechs Stunden an. American Airlines. Hol mich ab.«

24

Das Flugzeug hielt genau vor meinem Aussichtsfenster, und zerknittert aussehende Passagiere begannen, die Gangway hinunterzusteigen. Es waren meist Männer, die in Plastiksäcken steckende Anzüge auf Kleiderbügeln und Aktentaschen trugen. Auch ein paar Frauen sowie eine Frau mit zwei kleinen Kindern. Menschen. Immer mehr Leute. Und nirgends Chris. Wo blieb er? Hatte er das Flugzeug versäumt? Hatte ich den Namen der Fluglinie falsch verstanden? Würde er mit dem nächsten Flug kommen? … Dann war er plötzlich da, lächelnd, ein bisschen schläfrig und noch besser aussehend, als ich ihn in Erinnerung hatte. Wäre er stehen geblieben, hätte ich mich ihm in die Arme geworfen, aber er kam auf mich zu, und wir gingen weiter, ohne stehen zu bleiben.

»*Hi,* Gillie, wie geht's?« … Wie es geht? … Nach fast drei Monaten … Du Scheißkerl …

»Ausgezeichnet.«

»Bekomme ich keinen Kuss?« Er hielt mir die Wange zum Kuss hin, während wir zur Gepäckrutsche marschierten.

»Warte, bis wir zu Hause sind.«

»Ach, macht die junge Dame jetzt auf cool?« Es schien ihn zu belustigen.

Alles amüsierte ihn, am meisten ich, und ich kam mir mit meinem Pelzhut albern vor, während ich überlegte, was ich sagen könnte, um ein Gespräch in Gang zu bringen.

Er war vollkommen damit in Anspruch genommen, seine Koffer einzusammeln. Das Flugzeug war ziemlich voll gewesen. Ich beobachtete ihn, wobei ich mich fragte, was mich eigentlich an diesen Mann fesselte. Warum fühlte ich mich noch immer zu ihm hingezogen, wieso stand die Welt still, wenn ich ihn sah, wie konnte ich noch immer an einen Traumprinzen denken, wenn ich Chris anblickte? Aber so war es eben.

Ich runzelte die Stirn, während ich zu ihm hinblickte. Er wirkte größer und breiter, als ich ihn in Erinnerung hatte, er war so braun und gesund. So anders als die blassen Menschen mit dem typischen Aussehen eines Städters, die man in New Yorks Straßen trifft.

Er nahm seinen letzten Koffer vom Rundlauf, und wir gingen zum Ausgang, um ein Taxi zu suchen. Die Fahrt in die Stadt war ein wenig ungewohnt, weil es mir merkwürdig vorkam, nicht per Telefon mit ihm zu sprechen. Ich hatte mich daran gewöhnt, es mit einer unkörperlichen Stimme zu tun zu haben und nicht in die Augen dieses großen, sonnengebräunten Mannes zu blicken. Er bemerkte meinen Hut, der ihm gefiel, und machte eine kurze Bemerkung darüber, dass man mir die Schwangerschaft nicht ansah.

»Was hast du angestellt, bist du es losgeworden?«

»Es ist der Mantel, Chris. Meine Kleider verbergen meinen Zustand noch recht gut.«

»Ja, ich könnte wetten, dass du gar nicht schwanger bist.« Ich wusste, dass er es nicht ernst meinte, aber es war eine für ihn typische Bemerkung, die mich in Rage brachte. Irgendwie schaffte ich es, ihn nicht anzufahren.

Zu Hause ließ Chris seine Koffer im Vorzimmer fallen und marschierte in die Küche, wo Samantha die Tugenden ihrer Lehrerin aufzählte.

»ONKEL CRITS!« Lauter Jubel, Indianergeheul, Umarmungen, Herumgehüpfe und wieder Jubelschreie. Es war ein schönes Bild, die beiden zusammen zu beobachten. Die beiden Menschen, die ich am meisten auf der Welt liebte, ließen einander nicht los, umarmten einander und lachten. Auch ich musste lachen, ich fühlte mich wie in den glücklichen Tagen in Kalifornien. Ich dachte an Sonnenschein, Strand und Liebe.

»Onkel Crits, ich werde dir jetzt mein Zimmer zeigen, aber du darfst nicht mitkommen, Mami.«

»In Ordnung. Ich mache inzwischen das Frühstück.« Sie verschwanden Hand in Hand im Korridor, wobei ihm Samantha alle Neuigkeiten aus der Schule erzählte und Chris fragte, ob sie ein braves Mädchen gewesen sei und Honig auf ihre Cornflakes getan hatte, wie er es ihr gezeigt hatte.

Die arme Sam brauchte Chris fast ebenso sehr wie ich. Von allen Männern, die sie je gekannt hatte, kam er ihrem Idealbild von einem Vater am nächsten, und unsere Zeit in Kalifornien entsprach am ehesten einem normalen Familienleben.

»Frühstück! Kommt und holt es euch!«

»Okayyy …«, kam es vom anderen Ende des Korridors gedämpft zurück. Dann erschien Chris mit einem Springseil um die Schultern, Samantha hopste hinterdrein und rief: »Hopp, hopp, Pferdchen.«

»Pferde kriegen an meinem Frühstückstisch nichts zu essen, Mr. Matthews.«

»Seit wann? Das muss sich aber erst in den letzten zwei Monaten geändert haben.« Wir lachten und aßen Eier und Waffeln, Toast und Speck. Wir aßen, plauderten und scherzten miteinander, und ich erkannte erst jetzt, wie schrecklich mir Chris gefehlt hatte. So sehr, wie ich gedacht hatte, und dann noch zwanzigfach mehr.

Meine Haushaltshelferin erschien, als das Frühstück vorbei war, half mir, den Tisch abzuräumen, und wollte mit Samantha in den Park gehen …

»Ich will nicht in den Park, ich will bei Onkel Crits bleiben.« Sie sah aus, als würde sie zu weinen beginnen.

»Los, Partner, deine Mutter und ich haben viel zu besprechen. Du gehst in den Park und siehst nach, ob du Heu für die Pferde findest. Ich werde hier sein, wenn du zurückkommst, also hopp, hopp, los mit dir …«

Sie war unentschlossen, ging dann aber brav und winkte über die Schulter zurück. »Wiedersehen, Onkel Crits, bis später. Wiedersehen, Mami.«

»Du verwöhnst sie immer noch allzu sehr, Gillian. Darin hat sich nichts geändert.«

»Sie braucht eben viel Liebe.«

»Sie bekommt viel Liebe, sie braucht mehr deine Zeit. Die kannst du nicht durch Verwöhnen wettmachen. Wenn du nicht deine verdammten Alimente bekämst, würdest du sie nicht von diesem Mädchen in den Park führen lassen, und das wäre besser für euch beide.«

»Ich muss doch arbeiten, verdammt noch mal.«

»Darum geht es nicht … Ich werde jetzt erst mal ein Bad nehmen. Welches ist unser Zimmer?«

»Ich werde es dir zeigen.« Während ich durch den Korridor ging, ärgerte ich mich über Chris. Was verstand er schon von Kindern?

»Bitte, lass mein Bad ein, Gill! Ich werde inzwischen die Koffer auspacken.«

Ich drehte die Hähne voll auf und wehrte mich innerlich dagegen, dass ich wieder Befehle entgegennahm … Ja, Sir, Mr. Chris. Ihr Bad rinnt schon ein, Euer Ehren, Sir … Lass dir dein verdammtes Bad selbst ein …

Er kam splitternackt ins Badezimmer, und die sonst von der Badehose bedeckten Körperteile waren deutlich heller als die übrige Haut.

»Du guckst.«

»Mach dich nicht lächerlich.«

»Los, zieh dich aus und lass uns zusammen baden.«

»Ich habe gebadet, bevor ich zum Flugplatz fuhr. Ich werde für dich auspacken.«

»Nein. Ich werde selbst auspacken. Zieh dich aus und komm ins Bad. Ich will dein rundes Bäuchlein sehen.«

»Ich will jetzt nicht baden.«

»Du wirst baden! Also, los, Mädchen, setz dich in Bewegung …« Er lag lang ausgestreckt in der Wanne, sah mich eindringlich an … »Du kannst jetzt auch langsam den Hut abnehmen. Ich sagte zwar, dass er mir gefällt, aber jetzt hat er seinen Zweck erfüllt.«

»Danke. Ja, okay.« Ich begann mich auszuziehen, dabei kam ich mir komisch vor, weil Chris zusah.

Dann stand ich nackt neben der Wanne, Chris streckte die Hand aus, um mir ins Bad zu helfen. »Ja, du bist schwanger.«

»Wer hat es dir verraten?«

»Würdest du mir den Rücken waschen, Gill?«

»Sicherlich.« So seifte ich also seinen Rücken mit meiner Gardeniaseife ein und lächelte beim Wiedersehen mit seinen Leberflecken und Sommersprossen. Ich hätte mit verbundenen Augen einen Plan der Flecken auf seinem Körper zeichnen können. Ich kannte ihn, seine Seele und seinen Körper, jeden Zoll von ihm. Alles, was ich tat, machte mich glücklich … Wenn mir jemand diese Woche prophezeit hätte, dass ich am Tag nach

Thanksgiving Chris Matthews den Rücken waschen würde, hätte ich ihn ausgelacht. Aber so war es, und ich grinste von einem Ohr zum anderen.

»Worüber freust du dich, kleines dickes Mädchen?«

»Was meinst du mit ›kleines dickes Mädchen‹?«

»Ich meine, kleines dickes Mädchen, worüber lächelst du?«

»Über nichts. Uns. Dich. Es ist so nett, dich wieder bei mir zu haben, Chris. Es ist nicht das Gleiche, wenn man nur per Telefon in Verbindung steht, das ist kein Ersatz. Da fehlen mir die Worte, ich vergesse, wie du aussiehst, wenn du etwas Bestimmtes sagst. Du hast mir so schrecklich gefehlt.«

»Ja, ich weiß.« Aus irgendeinem Grund kam mir im rechten Augenblick wieder Marilyn in den Sinn. Ich sah ihm an, dass auch er an sie dachte, und sie teilte unser Badewasser mit uns.

»Okay, wasch mir jetzt die Brust.«

»Hör mal, Chris, das kannst du aber selbst besorgen.«

»Nein, ich kann nicht. Ich will, dass du es machst. Wasch mir die Brust. Und willst du mir Montag einen Gefallen erweisen? Besorge dir doch bitte eine anständige Seife. Wirf dieses nach Orchideen stinkende Zeug weg.«

»Es sind keine Orchideen, sondern Gardenien. Von Magnin.«

»Also wirf sie weg, kaufe eine Seife vom Gemischtwarenhändler.«

»Du Plebejer.«

»Vielleicht bin ich ein Plebejer, aber ich bin nicht schwul, und ich will nicht nach so einer verdammten Gardenie stinken. Jetzt wasch mir aber endlich die Brust.«

Also seifte ich seine Brust ein, beugte mich vor und küsste ihn … er lächelte wieder.

»Komm her, kleines dickes Mädchen … komm her, du«; wir schmierten einander mit Seife voll, wie in einem französischen Lustspielfilm, und versuchten zu bumsen, rutschten herum, schwappten den Fußboden voll Wasser und lachten ausgelassen wie Kinder.

»Komm jetzt ...« Chris zog mich aus der Wanne, noch halb mit Seife bedeckt, wir legten uns auf den Fußboden des Badezimmers und fickten.

Dann grinsten wir einander an.

»Chris?«

»Ja, Kleines?«

»Ich liebe dich.«

»Ich weiß. Ich liebe dich auch.« Er drückte mich an sich und stand auf. »Ich muss duschen, damit ich die Seife loswerde. Würdest du mir ein Glas Milch bringen?«

»Natürlich.« Das Leben war wieder normal, Chris sang lauthals unter der Dusche, während ich über und über mit Seife verschmiert war, die auf meinem dicken Bauch trocknete, und nackt in der Küche ein Glas Milch für ihn einschenkte. Dabei dachte ich unwillkürlich an Gordon. Die Liebe mit ihm war etwas ganz anderes als die mit Chris. Er entsprach meiner gesetzten, vernünftigen Hälfte, das hier war meine junge, unvernünftige Hälfte. Diese Hälfte bewahrte noch alle meine Träume in sich, die ich einfach nicht aufgeben konnte.

Ich stellte das Glas Milch auf das Waschbecken neben der Dusche und ging ins Schlafzimmer, während Chris weiterhin das Badezimmer in Dampfwolken hüllte. Plötzlich läutete das Telefon.

»Gillian? Was hältst du von einem gemeinsamen Lunch?« Es war Gordon ... du lieber Gott ... was sollte ich sagen? Chris war wenigstens unter der Dusche und konnte nicht mithören.

»Ich kann nicht. Es ist etwas dazwischengekommen, unser gemeinsames Wochenende fällt sozusagen ins Wasser.«

»Ist etwas passiert?«

»Nein, aber ich kann es dir im Augenblick nicht erklären. Wir sehen uns Montag zum Lunch.«

»Bist du sicher, dass du keine Hilfe brauchst?«

»Ja, wirklich, ich bin ganz sicher. Keine Sorge. Und Gordon … es tut mir wirklich Leid.«

»In Ordnung. Ich habe ohnedies eine Menge Arbeit. Wiedersehen am Montag. Aber ich werde dich später noch einmal anrufen. Auf Wiedersehen.«

»Wer war das?«, ertönte Chris' Stimme, während er seine Milch trank. Ich hatte nicht bemerkt, dass er die Dusche abgedreht hatte.

»Ein Freund aus dem Verlag.«

»Oooooh … hat das dicke kleine Mädchen einen jungen Liebhaber?«

»Nein. Und hör auf, mich dickes kleines Mädchen zu nennen.«

»In Ordnung.« Er warf mir eine Kusshand zu.

Es fiel mir auf, dass er sich bei mir ganz zu Hause fühlte, das war eine seiner typischen Eigenschaften. Ich ging zur Badewanne, um mir die Seife abzuspülen und mich noch einmal zu waschen. Ich dachte an Gordon und was ich ihm und Chris gesagt beziehungsweise verschwiegen hatte. Nein, Gordon war kein »junger Liebhaber«. Außerdem war »nichts passiert«. Außer dass ich beide belogen hatte, und das war eigentlich nicht meine Art. Chris' Anwesenheit bürgte für einen interessanten Monat.

Als ich ins Schlafzimmer zurückging, klatschte mich Chris auf den Po … »Schlüpf in deine Klamotten, Gill. Ich möchte spazieren gehen.«

»Okay, Liebster …« Die Tür wurde zugeschlagen, und sogleich kreischte Samantha »Onkel Crits« durch die Wohnung. »Onkel Crits! Onkel Crits! … *Hi,* Mami. Rate, wen ich auf dem Heimweg getroffen habe. Gorrdon.« Sie rollte das R im Mund wie eine Murmel. »Ich sagte ihm, dass Onkel Crits hier ist, und das fand er sehr nett. Er sagte, ich soll euch grüßen.«

O verdammt. Das wurde aber ein fröhliches Thanksgiving … Ich war ein überwältigender Versager.

25

Ich stand vor der Tür zu Gordons Büro und zögerte einen Augenblick. Was, zum Teufel, sollte ich ihm sagen?

»Kann ich Ihnen helfen, Mrs. Forrester?« Seine Sekretärin sah mich neugierig an, und mir blieb keine Wahl mehr. Ich musste eintreten. Ich drehte vorsichtig den Türknopf mit der rechten Hand, während ich mit der linken anklopfte, dann setzte ich einen Fuß ins Zimmer. Er war mitten in einer Besprechung. Als er mich sah, ließ mich sein Blick bis ins Mark erstarren.

»Ja, Gillian?« Seine Augen wirkten kalt und ausdruckslos, und sein Gesicht war gespannt.

»Verzeih, ich wusste nicht, dass du beschäftigt bist. Ich komme später wieder.«

»Ich werde dich anrufen, sobald die Besprechung vorbei ist.« Seine Augen wandten sich von mir ab, und ich fühlte mich überflüssig. Ich schloss die Tür leise hinter mir und ging langsam zu meinem Büro; ich fragte mich, was mich erwartete.

Geistesabwesend kaufte ich mir eine Tasse Kaffee und ein Blätterteiggebäck beim Kaffeewagen und setzte mich an meinen Schreibtisch. Was immer auf mich zukam, es würde nichts Angenehmes sein, das war mir klar. Ich konnte ihm keinen Vorwurf machen. Ich weiß, wie ich mich an seiner Stelle gefühlt hätte. Scheußlich. Und stocksauer.

Eine Stunde später klingelte das Telefon, während ich zerstreut und erfolglos versuchte, mit meiner Arbeit weiterzukommen.

»Gillian, wir treffen uns in zehn Minuten unten.«

»Gordon, ich …«

»Ich will jetzt nicht mit dir diskutieren, wir werden miteinander sprechen.«

»Ausgezeichnet.« Er hörte das Wort nicht mehr, denn er hatte schon aufgelegt. Ich schloss die Augen und versuchte, wieder vernünftig zu überlegen, dann stand ich auf, um mich auf den Weg zu machen. Es wäre eine Ironie des Schicksals gewesen, wenn wir einander im Fahrstuhl getroffen hätten, aber das blieb mir erspart. Er wartete auf der Straße, und sobald ich bei ihm angelangt war, begann er in einem Tempo durch die Lexington zu rennen, bei dem ich kaum mithalten konnte.

»Warum hast du mir nicht erzählt, dass er kommt? Hast du geglaubt, ich könnte es nicht verkraften?«

»Natürlich nicht. Ich wusste nicht, dass er kommt. Er rief unmittelbar, nachdem du weggegangen warst, an, und ein paar Stunden später war er bereits hier.«

»Mit welchem Recht ist er gekommen?« Das war eine Frage, die sich schwer beantworten ließ. Wir überquerten die Straße bei Rotlicht, ohne uns um den Verkehr zu kümmern, in einem halsbrecherischen Tempo. Gordon war sichtlich wütend.

»Es handelt sich nicht um Rechte, Gordon. Er dreht hier einen Film und weiß nicht, wie die Dinge jetzt stehen.«

»Wie stehen sie eigentlich jetzt? Ich weiß es nämlich auch nicht. Ist er nun dein Geliebter, oder bin ich es?«

»Er ist der Vater meines Kindes. Ich habe mit ihm zusammengelebt. Wir haben uns unter widrigen Umständen getrennt.«

»Mein Gott, welche Tragik. Wenn ich mich recht erinnere, bestanden die widrigen Umstände, die du soeben erwähnt hast, darin, dass er dich hinausgeworfen hat. Hast du das vergessen? Oder spielt es keine Rolle? Er musste nur in ein Flugzeug steigen und ankommen, und alles ist in Ordnung. Ich nehme an, dass er bei dir wohnt?« Das »Ja« blieb mir in der Kehle stecken; Gordon packte mich am Arm und drehte mich zu sich herum. »Oder etwa nicht?«

»Ja! Es stimmt! Was macht das schon aus, um Himmels willen?«

»Eine Menge. Ich will diesen Hurensohn nicht in deiner Nähe wissen, Gillian! Keinen Augenblick!« Die Leute begannen uns anzustarren, und Gordons Griff um meinen Arm presste mir Tränen in die Augen.

»Gordon, ich muss mir über das alles erst klar werden. Bitte.«

»Du musst um Himmels willen erwachsen werden und zu dir selbst ehrlich sein. Es gibt nichts, worüber du dir klar werden müsstest. Der Mann will dich nicht. Verstehst du das nicht?«

»Vielleicht will er mich doch.« Ich erschrak über meine Antwort.

»Das ist es also, nicht wahr? Ich begreife jetzt wenigstens. Ich bin ein guter Pausenfüller, wenn er nicht da ist. Du Miststück!« Er hob den Arm, und einen Augenblick dachte ich, er würde mich schlagen, aber er beherrschte sich. »Ich werde dir jetzt etwas sagen. Willst du wissen, warum die Männer in deinem Leben dich so schlecht behandelt haben? Weil du scharf darauf bist, dass sie es tun. Du wüsstest sonst nicht, was du mit ihnen anfangen sollst. Du sehnst dich danach. Ich bin der erste Mann, der anständig zu dir war, und sieh doch nur, was dabei herauskommt. Schau mich gründlich an, denn es ist das letzte Mal, dass du mich siehst.« Er starrte mich an, seine Augen loderten, und ich wurde von Entsetzen erfasst, als mir klar wurde, was er meinte.

»Es gibt nichts, was ich sagen kann, Gordon. Ich will dir gegenüber nicht unaufrichtig sein. Ich habe diesen Mann geliebt. Aber du bedeutest mir genauso viel. Ich liebe dich, ich brauche dich.«

»Du willst mich nur ausnutzen. Dafür bin ich mir zu schade. Dafür ist es jetzt auch verdammt zu spät. Um die zweite Geige zu spielen, bin ich zu alt. Ich habe nicht die Absicht, mit einem Hippiefilmer und seiner versauten Freundin ein Dreiecksverhältnis einzugehen. Denn genau das bist du. Versaut!« Er hatte mich an beiden Armen gepackt und schüttelte mich, bis meine Zähne aufeinander schlugen. Plötzlich sah ich erschrocken, dass ein Polizist von der anderen Straßenseite auf uns zukam.

»Gordon! Lass uns anderswo weiterreden ... es ...«

»Es gibt nichts mehr zu besprechen.« Er schüttelte mich ein letztes Mal, dann stieß er mich von sich. »Geh!« Er lief weg und um die nächste Ecke, und einen Augenblick später stand der Polizist vor mir.

»Alles in Ordnung, Lady?«

»Ja, Inspektor, es geht mir gut, danke.«

»Hat ausgesehen, als wollte Ihnen der Bursche zu schaffen machen. Ich wollte es mir näher ansehen.«

»Nur ein kleines Missverständnis.« Ich machte mich einigermaßen auf den Rückweg ins Büro. Der Auftritt mit Gordon war furchtbar gewesen. Ich hatte ihn verloren, es war aus. Und wofür? In ein paar Wochen würde Chris wieder abreisen. Vielleicht diesmal für immer. Was, zum Teufel, hatte ich getan?

Der Gedanke, ins Büro zurückzukehren, war trostlos. Ich war nicht in der Verfassung, mich mit meinen geschäftlichen Aufgaben zu befassen. Ich wollte nur nach Hause und mich im hintersten Winkel verkriechen. Aber ich wollte Chris im Augenblick nicht sehen, also war es für mich das Beste, mich in die Arbeit zu stürzen.

Der Tag wollte kein Ende nehmen, und mein Kummer wurde zur Qual. Plötzlich konnte ich es nicht länger ertragen. Ich ließ den Kopf auf die Arme sinken und schluchzte. Das Telefon klingelte, und ich hob nicht ab, es war mir egal, wer es war, er konnte warten, die Tränen hörten nicht auf zu fließen. Der verdammte Chris Matthews brachte nur eines fertig: mir mein Leben zu verpfuschen.

»Gillian?« Ich hörte eine Stimme, doch bevor ich durch die Tränen sehen konnte, wer ins Zimmer gekommen war, hatte er mich in die Arme geschlossen. »Liebling ... verzeih mir.« Er zog mich auf die Beine, und ich weinte in seinen Armen weiter.

»Ach, Gordon ... ich ... ich ...« Ich fand keine Worte.

»Schschhh ...«

»Ich werde ihm sagen, er soll weggehen und nicht mehr wiederkommen. Ich werde ihm sagen, dass ...«

»Sei still. Du wirst ihm gar nichts sagen. Wir werden warten, bis er geht, und sehen, wie du dich dann fühlst.« Ich sah ihn erstaunt an.

»Das kannst du nicht tun!«

»Ich kann alles tun, was ich will. Du hast wahrscheinlich Recht, du musst dich innerlich von ihm lösen. Wenn du dich also mit einem gelegentlichen Anfall von Depression meinerseits abfinden kannst, lassen wir den Dingen ihren Lauf. Was hältst du davon?« Er gab mir einen zärtlichen Kuss auf jedes Auge, und meine Tränen begannen wieder zu fließen. Er war so unwahrscheinlich gut zu mir. Immer.

»Es hört sich herrlich an, wenn du sicher bist, dass du dir damit nicht zu viel zumutest.«

»Ich bin sicher.«

Er drückte mich fest an sich, und eine halbe Stunde später begleitete er mich nach Hause.

Während ich den Schlüssel im Schloss umdrehte, hatte ich Angst davor, Chris gegenüberzutreten.

Als ich hineinkam, machten Chris und Samantha gerade Radau, ihr Spielzeug lag im ganzen Wohnzimmer verstreut.

»*Hi*, Sam. *Hi*, Chris, wie ist es bei dir gegangen?«

»So weit alles in Ordnung. Aber sie sind eine komische Gesellschaft. Sie versuchen noch immer, sich darüber klar zu werden, worüber sie eigentlich einen Film drehen wollen. Ein wildes Durcheinander.«

»Gib nur Acht auf meine silbernen Löffel, wenn die guten Leutchen in der Nähe sind!«

»Ja, Ma'am. Wie hast du den Tag verbracht?«

»Gut. Nichts Besonderes los. Sieht aus, als würde ich in den nächsten Wochen ganz schön unter Druck stehen. Möglich, dass ich auch manchmal bis spätabends arbeiten muss.« Was eine Notlüge war, weil ich diese Zeit mit Gordon verbringen wollte.

»Keine Bange. Wenn die Dreharbeiten beginnen, werde ich wahrscheinlich zumeist nicht vor elf, zwölf Uhr nach Hause kommen.«

»In Ordnung.«

»Du findest es vielleicht in Ordnung. Es entspricht zwar ganz und gar nicht meiner Vorstellung von einem angenehmen Leben, man muss aber sein Brot verdienen, und in diesem Fall ist die Bezahlung wenigstens gut.« Mir fiel auf, dass er mir nicht anbot, sich an der Lebensmittelrechnung zu beteiligen.

»Hör mal, du hast den kleinen Koffer nicht ausgepackt, Chris. Soll ich es für dich tun?« Er stand nämlich mitten im Zimmer.

»Okay, wirf den Inhalt nur in eine Schublade.« Als ob ich ein Dutzend Schubladen leer stehen hätte, die nur auf Chris warteten. Es war wirklich unglaublich, er war erst drei Tage in New York, und ich hatte schon das Gefühl, als wäre er der Herr im Haus und ich bei ihm zu Besuch.

Ich ging mit der Seife, die ich im Drugstore gekauft hatte, in mein Schlafzimmer, packte sie aus und verabschiedete mich im Geist vom Gardenienduft meiner Magnin-Seife. Ich bückte mich, um Chris' Handkoffer zu öffnen, und werkte minutenlang mit dem Schloss herum, ehe ich es aufbrachte. Dann sah ich, dass der Koffer voller Pullover und Unterwäsche war, außerdem seinen Skidress und auch noch gelbe Zettel enthielt –

»ich liebe dich, m.« … »wer küsst dich jetzt? m.« … »mehr als gestern und weniger als morgen, m.« … »komm bald nach Hause, m.« Ich sammelte sie und legte sie fein säuberlich geschichtet auf Chris' Nachttisch. Da meldete sie sich wieder, Marilyn in meinem Schlafzimmer, in meiner Badewanne, in meiner Küche, unaufhörlich kam sie mir in die Quere. Chris schaute herein und fragte: »Was ist das?«

»Sieh es dir an. Botschaften von der Dame deines Herzens.« Ich hatte fast den Eindruck, als hätte Chris den Koffer stehen lassen, damit ich sie fand.

»Du glaubst doch nicht …« Seine Stimme erstarb.

»Nein, das glaube ich nicht … aber jedenfalls freue ich mich auch nicht darüber. Es gibt etwa ein Dutzend davon. Ich habe nur vier oder fünf gelesen. Was mir Leid tut.«

Er antwortete nicht, las sie aber, zerriss sie und spülte sie die Toilette hinunter. Er musste sie aber vorher noch lesen. Jeden einzelnen von diesen verdammten Zetteln.

Diese erste Woche, die ich mit Chris verbrachte, war merkwürdig. Wir kamen abwechselnd ziemlich direkt auf das Thema Marilyn zu sprechen oder versuchten ziemlich taktvoll, es gänzlich zu vermeiden. In beiden Fällen stand sie zumeist im Vordergrund unserer Überlegungen, oder zumindest war es bei mir so. Ich merkte auch, dass ich mich geändert hatte, dass ich ein wenig unabhängiger geworden war. Ich hatte eine bestimmte Vorstellung von Chris gewonnen, die aber nicht mehr mit der Wirklichkeit übereinstimmte. Es war schwieriger, mit einem Menschen aus Fleisch und Blut zu leben als mit einem Erinnerungsbild. Ich sah ihn jetzt in einem anderen Licht, das nicht immer schmeichelhaft war. Mir wurde auch klar, dass Gordon mich in verschiedener Hinsicht verwöhnt hatte. Es war angenehm, mit ihm zusammen zu sein, er war aufmerksam, kümmerte sich um mich, verbrachte viel Zeit damit, Schwierigkeiten aus dem Weg zu räumen, statt welche zu verursachen. Aber trotz allem strahlte, lächelte und himmelte ich Chris noch immer an, fühlte mich albern und bemühte mich, ihm zu gefallen, ganz fasziniert von der Tatsache, dass ich nur die Hand ausstrecken musste, um ihn wieder zu berühren. Trotz meiner Gefühle für Gordon. Chris blieb eben Chris.

Am Donnerstag dieser Woche wurde Julie wieder operiert, vom Krankenhaus war zu erfahren, dass ihr Zustand den Umständen entsprechend war, dass sie in der Intensivstation lag und dass man sie derzeit nicht besuchen könne. Meine Erfahrungen mit der Ausdrucksweise ärztlicher Bulletins waren gering, aber dennoch ausreichend, um mir ungefähr ein Bild machen zu können. Den Umständen entsprechend besagte nicht besonders viel, aber der Aufenthalt in der Intensivstation war schon ein klarer Hinweis. Dorthin kam man nicht mit einer gebrochenen Zehe, sondern man musste mit der Wahrscheinlichkeit rechnen, dass man nicht wieder lebend herauskam, und es war unwahrscheinlich, dass man den Aufenthalt dort als angenehm empfand. Es war ein technisches Wunderwerk von einer Station, spezialisiert auf sehr, sehr kranke Menschen, mit Monitoren, die dem Personal genau anzeigten, was im Körper des Patienten vorging und wie seine Chancen standen, dass sein Körper die Krise überstehen würde. Sie gaben diese Art von Information niemand Außenstehendem weiter, sodass es keine Möglichkeit gab zu erfahren, wie es um Julie wirklich stand, außer »den Umständen entsprechend«.

Am Freitag ließ mich John Templeton zusammen mit Jean, Gordon, Eloise Franck und drei anderen Leuten, die ich nur von Sehen kannte, in sein Büro kommen. Sobald wir Platz genommen hatten und John über Julie zu sprechen begann, war mir klar, dass wir zum engeren Kreis gehörten, der die Wahrheit über Julie erfuhr. Wir sollten nun das neueste Bulletin zu hören bekommen.

»Julie wurde gestern operiert, wie Sie alle wissen. Man hat eine Knochengewebe-Biopsie gemacht. Sie hat … (Pause; man konnte sich bei John darauf verlassen, dass er es spannend machte) … Knochenkrebs. Die Prognose ist ein wenig unbestimmt. Es kann ein Jahr oder auch zwei Jahre dauern, oder auch nur eine Frage von Wochen sein. Sie wissen es einfach nicht. Es hängt viel davon ab, wie sie sich vom Operationsschock erholt. Sie ist sehr schwach, und die Ärzte werden uns über ihren Zustand auf dem Laufenden halten. Man kann sie nicht besuchen, aber sobald wir Weiteres erfahren, werde ich es Ihnen mitteilen. Inzwischen können wir nur für sie beten, und ich bitte Sie nochmals, diese Information nicht an das übrige Personal weiterzugeben. Dafür ist später noch Zeit genug. Wenn sie sich in den nächsten Wochen erholt, wird sie so viele Besuche wie möglich empfangen können. Bis dahin hat es kaum Sinn, darüber zu sprechen. Ich danke Ihnen, und es tut mir sehr Leid. Ich fühle mich ihretwegen ebenso elend wie Sie.«

Es folgten gemurmelte »Danke, John«, Stühlerücken, viele Zigaretten wurden angezündet, und wir verließen das Büro, ohne miteinander zu sprechen, mit düsteren Mienen, und hatten das Gefühl, allein und machtlos zu sein.

Gordon begleitete mich zu meinem Büro, trat mit mir ein und schloss die Tür hinter sich. Er nahm mich in die Arme, und wir schwankten zusammen hin und her. Wir weinten beide. Gordon Harte, der Mann, der so vieles erlebt hatte, der Juanita verloren hatte, weinte um Julie Weintraub; wir hielten uns aneinander fest und weinten auch um uns.

26

Erstaunlicherweise litt die Beziehung zu Gordon nur wenig durch Chris' plötzliches Auftauchen. Dank Gordon. Er bemühte sich ungeheuer, alles beim Alten zu lassen. Sein Stimmungsbarometer stieg weder, noch fiel es; er übte keinen Druck auf mich aus, obwohl wir einander seltener sahen. Und, als unvermeidliche Folge, weniger oft miteinander schliefen.

Im Gegensatz zu dem Verhältnis zu Gordon verlief das Leben mit Chris stürmisch, mit Hochs und Tiefs, stündlichen Veränderungen unterworfen wie immer. Es gab schöne Augenblicke, denen Zornausbrüche, Tränen und Bitterkeit meinerseits folgten, wegen der ständig gegenwärtigen Rivalin Marilyn. Wir verbrachten immer mehr Zeit damit, über unsere Probleme zu reden, und es war klar, dass die Situation nach einer Lösung verlangte, entweder Wiederherstellung des ursprünglichen Zustandes oder Entscheidung für die eine oder andere Alternative. Dieser Zustand war zu lange eingefroren worden, und während Chris es dabei belassen wollte, wollte ich eine endgültige, saubere Lösung.

Julie lag zwei Wochen nach der Operation im Koma und erholte sich dann schneller, als wir alle in unseren Gebeten zu hoffen gewagt hatten. Sie war mager und schwach, war aber wunderbar bei Laune. Ihr Sinn für Humor war der gleiche wie eh und je, sie interessierte sich weiterhin für das Magazin, sie machte einige sehr brauchbare Vorschläge für die nächste Nummer, und ihr Zimmer wurde zu einer Art Freizeitclub samt Erfrischungsbar für alle Mitarbeiter des Magazins. Den ganzen Tag lang gingen Kollegen bei ihr ein und aus, und man konnte jederzeit mindestens fünf oder sechs Redakteure an ihrem Krankenbett antreffen. Und man musste anerkennen, dass Eloise Franck schier Unwahrscheinliches leistete. Sie war jeden Tag anwesend, ohne herumzusitzen wie die morbid Veranlagten, die kommen, um die lysoformgeschwängerte Luft zu atmen und die Sterbenden zu beobachten, sondern sie war ganz sie selbst, zäh, stets gut gelaunt, aktiv und boshaft. Sie organisierte eine Blutspendeaktion im Magazin und bei den anderen Zeitschriften, deren Redakteure sie kannte, um die Kosten der ständigen Transfusionen zu senken, die Julie erhielt. Eloise mochte ein zäher Brocken sein, aber ich hatte Respekt vor ihr, und sie hatte außerdem vor allem ein Herz. Sie und noch andere überraschten mich. Es ist erstaunlich, wer als Erster zu Hilfe kommt, wenn alles in Scherben fällt. Die Leute, von denen man erwartet, dass sie als Erste auftauchen, lassen einen manchmal im Stich, und die Kerle weit draußen am Rand der Szene kommen herein, überraschen einen mit ehrlicher Zuneigung. Es war schön, dies zu beobachten. Eloise wurde viel menschlicher, ebenso wie wir anderen. Wir alle bildeten einen Zauberkreis um Julie, versuchten, ihr Auftrieb zu geben, spendeten Blut und bemühten uns, ihr darüber hinaus noch den magischen Lebenswillen einzuflößen, der den Kranken veranlasst, weitermachen zu wollen.

Ich hatte Chris aufgefordert, mit mir Julie zu besuchen, doch er lehnte ab.

»Was für einen Sinn soll das haben, Gill? Es bringt keinem von uns beiden etwas, sie kennt mich überhaupt nicht. Außerdem sind mir Krankenhäuser und Begräbnisse einfach zuwider. Es wäre Heuchelei, so als würde ich in die Kirche gehen, obwohl ich nicht daran glaube, wie du ja weißt.«

»Es ist ein Gebot der Menschlichkeit, Chris. Oder glaubst du auch daran nicht?« ... Das war ein Anlass, uns gegenseitig in die Haare zu geraten. Nichts ist jedoch vollkommen eindeutig gut oder schlecht, und so war es auch bei Chris. Wäre er ganz schlecht gewesen, wirklich der Bösewicht, aus dem Wilden Westen, so wäre alles einfacher gewesen. Aber das war nicht der

Fall. Er war gut und böse, liebens- und hassenswert, schön und hässlich. Er war eine komplexe, schillernde Persönlichkeit, und sogar an seinen schwarzen Tagen blieb die Tatsache bestehen, dass ich ihn liebte.

Als sich unser gemeinsamer Monat dem Ende zuneigte, war ich noch zu keinem endgültigen Entschluss gelangt, und er wohl auch nicht, aber er war nicht deshalb nach New York gekommen, damit ich einen Entschluss fasste. Es wäre nur schön gewesen, wenn ich es geschafft hätte.

Die letzten gemeinsamen Tage waren von Zärtlichkeit gekennzeichnet, weil wir nicht wussten, wann wir einander wieder sehen würden, und ich bemühte mich, alles besonders intensiv zu erleben, um es im Gedächtnis zu behalten. Es war wie die Dämmerung, wie ein schöner Sommerabend, wenn die Glühwürmchen herauskommen. Ich liebte Chris wieder so leidenschaftlich wie in Kalifornien, und seine Beziehungen zu Marilyn waren im Moment vergessen. Ich hatte mich mit der Tatsache abgefunden, dass er zu ihr zurückkehrte; ich konnte nichts dagegen unternehmen.

Gordon schien zu spüren, wie es um mich stand, und forderte mich in den letzten fünf oder sechs Tagen vor Chris' Abreise nicht auf, mit ihm zusammenzukommen. Er ging mir aus dem Weg, und ich war ihm dankbar dafür. Ich wollte nur mit Chris allein sein. Ich nahm mir einen Tag frei, wir fuhren nach dem ersten Schneefall mit Samantha aufs Land, trugen Schneeballschlachten aus, spazierten durch die Schneelandschaft, küssten einander, lachten und sangen Weihnachtslieder. Am nächsten Mittwoch war Weihnachtsabend, und ich hatte gehofft, dass ich ihn mit Chris verbringen würde, doch er war anscheinend entschlossen zurückzufahren. Seine Dreharbeiten waren beendet, und er hatte keinen Grund, länger zu bleiben, außer meinetwegen. Das hatte jedoch bei Chris nie eine große Rolle gespielt. Wann immer er beschloss zu fahren, tat er es.

Ich erwartete, dass er am Wochenende abreisen würde, obwohl er es nicht ausdrücklich gesagt hatte, und ich bereitete mich darauf vor, von ihm Abschied zu nehmen. Ich hatte noch Weihnachtseinkäufe zu besorgen, schob sie aber bis zum Tag nach seiner Abreise auf. Ich wollte keine Sekunde von unserem Zusammensein verlieren.

Als ich Freitag erwachte, war Chris schon angekleidet. In seinem Gesicht erkannte ich, dass eine seiner »Ich habe dir etwas zu sagen«-Erklärungen kam, und ich machte mich darauf gefasst, dass er am Nachmittag abreisen würde.

»Ich habe meinen Abreisetermin festgelegt.«

»Bitte, sag es rundheraus.«

»Du meine Güte, Gill, mach doch bitte kein solches Leichenbitter-Gesicht. Du willst mir wohl mit Gewalt Schuldgefühle anzüchten. Am liebsten möchte ich dann gleich abreisen, nur um den Abschied hinter mir zu haben.«

»Tut mir Leid. Nur ... du weißt ja, was es für mich bedeutet.«

»Was kann ich dafür? Ich wollte dir also feierlich mitteilen, mein Plagegeist, dass ich am Tag nach Weihnachten, also Donnerstag, den Sechsundzwanzigsten, abreisen werde. In Ordnung? Hoffentlich hast du noch keine anderen Pläne gefasst.«

»Was für Pläne? Christopher Matthews, ich liebe dich!!! Hurra!! Halleluja! Lass uns heute noch Weihnachtseinkäufe machen.«

»Du mein Gott ... ich fahre lieber gleich weg ... in New York? Weißt du, wie es in den Geschäften zugeht? Und du sollst dich in deinem Zustand nicht in solche Menschenmassen wagen.«

»Ach was, sei doch nicht so besorgt, wir müssen ja nicht lange bleiben. Auf jeden Fall will ich Sam den Weihnachtsmann zeigen.«

»Warum muss sie den Weihnachtsmann sehen? Weißt du nicht, dass es ungesund ist, die Gehirne der Kinder mit solchem Unsinn zu vernebeln?«

»Aber, Chris, sei doch kein Spielverderber. Bitte!!!«

»Ja, ja, aber zum Ausgleich geschieht nachher, was ich will.«

»Abgemacht ... Chris ... Was ist eigentlich mit Marilyn?«

»Was soll mit Marilyn sein?«

»Na ja, dass sie zu Weihnachten allein ist.«

»Hör zu, du scheinst zu vergessen, dass ich nicht mit ihr verheiratet bin. Es ist ganz allein mein Problem, Gillian, und ich werde mit dir einfach nicht mehr darüber diskutieren. Das ist mein Ernst. Das Thema ist erledigt.«

»Okay, bring mir bitte eine Tasse Kaffee. Ich bin in einer halben Stunde ausgehbereit.«

Ich kaufte Chris bei Patek-Phillippe eine Uhr, was ein unglaublicher Leichtsinn meinerseits war, aber ich wusste, dass sie ihm gefallen würde. Er liebte schöne Dinge, und die Uhr war ein Schmuckstück. Wie ein Bild von Salvador Dalí, so flach, wie es überhaupt möglich war, mit einem schönen, elegant-einfachen Zifferblatt und einem schwarzen Wildlederuhrband. Für meine Mutter kaufte ich einen Schlafrock, für meinen Vater einen Luftbefeuchter, obwohl er schon ein Dutzend besaß, aber es fiel mir nichts Besseres ein. Für Hilary und Peg kaufte ich kleine, lustige Aufmerksamkeiten. Für Julie das aufregendste Bettjäckchen, das ich auftreiben konnte, und drei Pornobücher. Und für Gordon kaufte ich einen antiken, in Leder gebundenen Don Quichote. Ich hatte vor einigen Tagen für Samantha ein komplett eingerichtetes Puppenhaus bestellt. Chris würde dagegen sein, aber Sam würde begeistert sein. John Templeton ließ ich eine Flasche Scotch schicken, fantasielos, aber sicherlich willkommen, und für Jean Edwards und die Mädchen im Magazin hatte ich vergangene Woche in einem Ramschladen komische Hüte besorgt, die uns Anlass zur Heiterkeit geben würden.

Am Dreiundzwanzigsten besuchten Gordon und ich Julie im Krankenhaus; sie sah gar nicht gut aus. Sie hatte die geweiteten, glänzenden Augen von Fieberkranken. Wir brachten ihr eine

Flasche Champagner und unsere Geschenke, und die Szene erschütterte mich so sehr, dass ich mich ein- oder zweimal abwenden musste, um mich zusammenzureißen.

Danach übergab ich Gordon sein Geschenk, und er schenkte mir eine reizende, handgearbeitete Lederschachtel, »eine Zaubertruhe für deine Schätze, Gillian ... auch für alte Liebesbriefe geeignet«. Darin lag eine Karte mit einem Gedicht, unterschrieben »In Liebe, G.« ... und ich war gerührt. Es war ein seltsames Geschenk, konventionell und doch schrecklich persönlich ... typisch Gordon ... ich hatte mir immer so eine Schatulle gewünscht, in der man Eukalyptusbonbons aufbewahren konnte und getrocknete Blumen, Knöpfe von Hemden und anderen Kleinkram, der für niemanden etwas bedeutet, weil er praktisch wertlos ist, außer für jemanden wie mich, der damit eine liebe Erinnerung verbindet. Gordon wollte Weihnachten in Maryland bei seiner Schwester verbringen, was die Lage für mich vereinfachte.

Am Weihnachtsabend blieben Chris und ich zu Hause, erhitzten Popcorn im Kamin und jagten Samantha alle zehn Minuten zurück ins Bett. Wir schmückten den Weihnachtsbaum und küssten einander, er übernahm den oberen Teil und ich den unteren, da ich nicht auf Leitern steigen durfte.

»Also, kleines dickes Mädchen, bist du jetzt bereit, dein Geschenk entgegenzunehmen?« Seine Augen glänzten.

»Ja. Und wie steht es mit dir?«

»Klar.«

Ich holte die Schachtel von Cartier und begann mir Sorgen zu machen. Vielleicht war es doch nicht das richtige Geschenk für ihn, die Verpackung sah neben der kleinen, in billiges Papier gewickelten Schachtel, die er mir in die Hand drückte, geradezu protzig aus.

»Zuerst du«, bat ich. Chris war einverstanden und begann das Papier herunterzureißen, während er zu erraten versuchte, was sich in der Schachtel befand. Er hielt sie ungeöffnet in der Hand; ich hielt den Atem an und war unglücklich, weil ich ihm etwas für seine Stereoanlage oder einen Skipullover oder neue Skischuhe hätte kaufen sollen …

Er öffnete die Schachtel, grinste breit wie ein kleiner Junge und gluckste vor Fröhlichkeit. Ich fühlte mich wie der Weihnachtsmann persönlich. Sie gefiel ihm! Sie gefiel ihm! Hipp, hipp, hurra! Er legte sie ums Handgelenk, zog sie auf, verglich die Zeit, polierte sie, betrachtete sie, und dann erdrückte er mich fast vor Freude.

»Du bist dran …«

»In Ordnung, also los.« Ich begann ungeduldig, das blaue Stanniolpapier von der kleinen Schachtel zu reißen. Unter dem Papier war eine Kartonschachtel in Silber und Rot, wie man sie in Ramschläden bekommt. Ich hob den Deckel ab, und darunter lag eine mitternachtsblaue Samtschachtel, deren steifes Scharnier aufsprang und die stolzen Buchstaben »Tiffany & Co« enthüllte, sowie einen unglaublich blitzenden, blau-weißen Diamanten, der auf dem Samtpölsterchen lag. Er blitzte mich an und hing an einer dünnen Goldkette. Es war ein Anhänger. Ich konnte kaum atmen, so überrascht war ich, am liebsten hätte ich zu weinen begonnen.

»Du elender Schwindler. Du Hochstapler, du abgefeimter Schurke. Ich liebe dich so sehr, wie konntest du mir so etwas Wertvolles schenken?« Ich umarmte ihn, drückte ihn an mich und schluckte. »Er ist so wunderschön, Liebster … Himmlisch!«

»Ich weiß nicht, vielleicht brauche ich einmal Geld, dann kann ich ihn ja verkaufen.« Eine für Chris typische Bemerkung.

»Das wirst du nicht tun. Häng ihn mir um. Meine Hände zittern zu sehr.« Ich ging zum Spiegel, und er leuchtete mich an wie ein kleiner Scheinwerfer. Ein Prachtstück. – Wir löschten das Licht aus und betrachteten eine Zeit lang den Baum, dann gingen wir zu Bett, liebten uns, blieben Hand in Hand, fast im Halbschlaf, liegen.

»Hör mal, Gill …«

»Ja, Liebster?«

»Wir wollen irgendwann heiraten, bevor das Baby zur Welt kommt.«

»Du meinst, ich soll dich heiraten?«

»Mhmm. Das sagte ich doch klar und deutlich, oder?«

»Ich bin einverstanden.« Ich fragte nicht nach Marilyn, dachte aber an sie. Ich glaubte nicht, dass es ernst gemeint war. Aber ich hoffte mit aller Kraft, dass er es tun möge. Als ich ihn fester an mich drückte, bemerkte ich, dass er die Uhr trug; ich lächelte und berührte den Diamanten an meinem Hals, dann schlief ich endgültig ein.

27

Am nächsten Morgen war Christtag, und Samantha wirbelte herum und quietschte vor Freude. Wie ich vorausgesehen hatte, erntete das Puppenhaus den überschwänglichen Beifall Sams und einen missbilligenden Blick von Chris.

Am Ende des Tages machten wir noch einen langen Spaziergang im Central Park. Es lag ein wenig Schnee, und der Park war menschenleer. Alle feierten mit Familie und geladenen Gästen. Es war schön, den Park für uns allein zu haben.

»Chris?«

»Hmmm …?«

»War das, dein Heiratsantrag gestern Abend, ernst gemeint?«

»Ja. Warum nicht? Man lebt nur einmal, und es wäre doch wirklich nicht richtig, wenn das Kind unehelich zur Welt käme.«

»Heiratest du mich nur deswegen?«

»Nein, mein Dummes. Was glaubst du denn? So bin ich nicht gebaut. Ich finde nur, dass ich dich aus dem Verkehr ziehen sollte, bevor dieser Gordon sich entschließt, mit dir im Rollstuhl zum Traualtar zu fahren.«

»Chris! Er ist nicht so alt, und wie kommst du auf den Gedanken, dass er mich überhaupt heiraten würde?«

»Ich bin vielleicht gutmütig, aber nicht geistig beschränkt. Außerdem kann ich lesen.«

»Ach, das Gedicht.«

»Ja, das. Und einiges mehr. Außerdem habe ich so ein Gefühl ... Was glaubst du, wann könntest du übersiedeln? Du solltest mir ungefähr zwei Wochen Vorbereitungszeit lassen ... ähhh ... um mein Haus in Ordnung zu bringen.«

»Ja. So lange wirst du schon brauchen. Ich kann ohnedies nicht früher von hier weg. Ich kann sie im Magazin nicht von heute auf morgen vor vollendete Tatsachen stellen. Wie wirst du es überhaupt regeln, Chris ... ich meine bei dir zu Hause?« Ich dachte an Marilyn.

»Überlass das nur mir. Bring du erst deine Angelegenheiten in Ordnung und komm zu mir, sobald du damit fertig bist.«

»Es wird mich doch einige Zeit kosten, die Wohnung wieder zu vermieten und hier alles zu regeln. Außerdem wird das Magazin ...«

»Du und dein gottverdammtes Magazin, Gill. Ich brauche dich doch mehr als sie.«

»Seit wann? ... Ist das wahr, Chris?«

»Was meinst du denn?« Wir küssten uns wieder und gingen Hand in Hand nach Hause.

An diesem Abend lag ich im Bett, betrachtete seine in einer Ecke aufgestapelten Gepäckstücke, und da kam mir erst richtig zu Bewusstsein, wie sehr mich seine Abreise bewegte. Ich begann zu weinen, weil ich es bedauerte, dass er wegfuhr, aber es hing noch mehr damit zusammen.

»Es ist nicht so einfach, Chris. Es gibt eine Menge Probleme. Zum Beispiel Marilyn, und ihre Vorgängerinnen; vielleicht wird es auch später eine Marilyn geben. Damit könnte ich nicht fertig werden. Wir sind auch sonst so verschieden, manchmal ärgere ich dich doch so sehr … ach, verdammt, ich weiß nicht. Manchmal mache ich mir wirklich Sorgen wegen uns.«

»Meinst du damit, dass du mich nicht heiraten willst? Gib mir gleich meinen Diamanten zurück.«

»Du bist wohl verrückt. Nein, im Ernst. Ich meine nicht, dass ich dich nicht heiraten will, sondern ich meine, dass ich Angst habe.«

»Vor mir?«

»Nein … oder doch. In gewissem Sinn.«

»Dann heirate mich eben nicht.«

»Aber ich will dich ja heiraten … ach, du verstehst mich nicht …«

»Ich verstehe dich schon. Halt jetzt den Mund und schlafe. Mein Gott, selbst wenn du im Himmel wärst, würdest du etwas finden, um dir Sorgen zu machen. Hör auf, bissig zu sein, und schlaf ein.«

»Ich bin nicht bissig …«

»Doch, das bist du. Schlaf jetzt. Ich muss morgen frühzeitig aufstehen.« … Das war so typisch Chris. Ich wollte mit ihm reden.

»Wie bald willst du heiraten, Liebster?«

»Hörst du noch immer nicht auf? Sobald du so weit bist. Im Kreißsaal, wenn es dich glücklich macht. Okay?«

»Okay. Gute Nacht. Hallo, Chris?«

»Was ist denn schon wieder?«

»Fröhliche Weihnachten.«

»Gute Nacht.« Er sprach schon halb im Schlaf.

Am nächsten Morgen sah ich mit dem sprichwörtlichen schweren Herzen zu, wie er wegfuhr. Trennungen machen mich immer traurig, und ich fühlte mich so schrecklich allein, als er fort war.

Als ich in die Wohnung zurückkam, empfand ich das verzweifelte Bedürfnis, Gordon anzurufen und mich bei ihm auszuweinen, aber ich fand, dass es eine Gemeinheit wäre, und hatte mich auch noch nicht entschieden, was ich ihm sagen sollte. Im Grunde war es ja relativ einfach. »Gordon, ich ziehe weg. Chris und ich heiraten.« Aber wie soll man das jemandem beibringen, der einen liebte? Wie fängt man so etwas nur an?

Am Montag kündigte ich bei John Templeton, und es gelang mir, Gordon während des ganzen Tages auszuweichen, wobei ich mir Vorwürfe machte, hartherzig und feig zu sein. Den Rest der Woche lag ich mit einer schweren Erkältung zu Hause, pendelte zwischen Bett und Wohnzimmer, wo die für unsere Übersiedlung bereitstehenden Kisten sich rasch füllten. Ich wollte sofort nach Neujahr abreisen, was immer auch kommen mochte.

Ich hatte die ganze Woche nichts von Gordon gehört, hatte aber beschlossen, es ihm zu Silvester bei Hilary beizubringen. Vielleicht würde es bei Champagner und in Gesellschaft leichter gehen.

Hilary gab wieder eines ihrer vornehmen, aber intellektuellen Soupers. Sie brachte um Mitternacht einen launigen Trinkspruch aus und erhob ihr Glas auf das Wohl ihrer Gäste. Wir standen auf und prosteten ihr zu, dann setzten sich alle wieder in kleinen Gruppen zusammen. Die Gespräche wurden mit gedämpften Stimmen fortgesetzt, der Raum war von Kerzen erhellt, und die zauberhafte melancholisch-zärtliche Atmosphäre des Silvesterabends hüllte uns alle ein.

Dann hob Gordon den Blick, sah, dass ich ihn beobachtete, lächelte ganz leicht und sagte leise, sodass die anderen es nicht hören konnten:

»Auf dein Wohl, Gillian. Möge dir das neue Jahr Erkenntnis und Frieden bringen. Möge dein Kind dir Freude machen, und möge Chris dich gut behandeln. *Vaya con Dios.«* Tränen füllten meine Augen, während er das Glas erhob und sein Blick dem meinen begegnete. Er wusste es.

Als ich John Templeton das nächste Mal im Korridor über den Weg lief, sah er mich mit einem gequälten, müden Blick an.

»Warum muss ich immer meine besten Mitarbeiter verlieren?«

»Danke für das Kompliment, John, aber Sie werden auch ohne mich sehr gut zurechtkommen. So wie vor meiner Zeit.« Er schüttelte nur den Kopf und ging weiter, dann sah ich ihn erst bei der Abschiedsparty wieder, die sie Freitag für mich gaben. Gordon und ich gingen gemeinsam hin und unterhielten uns nur wenig miteinander. Er hatte sich seit der Party bei Hilary freundlich, aber zurückhaltend gezeigt und schien einiges auf dem Herzen zu haben. Dann erfuhr ich den eigentlichen Grund, als ich von den Mitarbeitern des Magazins Abschied nahm. Auch Gordon verließ New York. Als er mich nach Hause begleitete, fragte ich mich, warum er es mir nicht erzählt hatte. Er musste sich schon einige Zeit mit dem Gedanken getragen haben.

»Wann hast du dich dazu entschlossen?«

»Ach, ich habe mich schon einige Zeit damit beschäftigt.« Doch er wich meinem Blick aus und klang unbestimmt.

»Nimmst du einen anderen Job an?«

»Nein, ich fahre wieder nach Europa.«

»Nach Spanien?«

»Nein, nach Èze. Ein kleiner Ort in Südfrankreich. Vielleicht ist es dort inzwischen vor Pizzalokalen und Touristen schon unerträglich geworden. Aber vor zehn Jahren war es schön und ruhig, ich fahre einfach wieder hin und sehe es mir an. Ich will den Rest meines Lebens damit verbringen, in einem solchen Ort zu malen, und meine Jahre nicht in diesem giftigen Dschungel vergeuden.«

»Ich freue mich, dass du dich dazu entschlossen hast, Gordon. Ich glaube, es ist das Richtige für dich.«

Er nickte lächelnd und küsste mich auf die Stirn, als er sich beim Hotel von mir trennte.

»Auf Wiedersehen morgen.«

»Gut, ich rufe dich an.« Aber er machte nicht den Eindruck, als wäre er mit dem Herzen dabei. Wir hatten beschlossen, meinen letzten Tag in New York, den Sonnabend, gemeinsam zu verbringen. Ich reiste am Sonntagmorgen ab.

An diesem Abend besuchte ich Julie im Krankenhaus, und das war meine schwerste Pflicht vor meiner Abreise. Was sollte ich sagen? »Danke für den Job«? »Viel Glück«? »Auf bald«? Nein, ich würde nur meine ganze Kraft aufbieten, um nicht zu weinen.

Wir plauderten ein wenig, aber Julie war zerstreut, und bevor ich ging, schlief sie ein. Ihr Geist war durch das Demerol oder ähnliche Mittel, die sie ihr verabreichten, sehr angegriffen. Sie war zusammengeschrumpft und geschwächt und sah in dem großen Bett alt und grau, winzig und zerbrechlich aus.

Ich betrachtete die Schlafende, tätschelte ihren Arm, und sie öffnete ein Auge und lächelte. Ich küsste sie auf die Wange und murmelte etwas, ohne nachzudenken, vermutlich war es nur »Danke, Julie«, sie schloss die Augen wieder und schlief ein. Während ich mir ein letztes Mal ihr Bild einprägte, murmelte ich *»Vaya con Dios«*. Die gleichen Worte, die Gordon zu mir gesagt hatte.

28

Sam und ich wohnten während der letzten zwei Tage in New York wieder im Regency. Durch ein Wunder bekamen wir wieder dieselbe Suite. Wir würden also von dem gleichen Hotel abreisen, in dem wir bei unserer Ankunft abgestiegen waren. Stilvoll. Außer, dass sich in den vier Monaten, die wir in New York verbracht hatten, so viel ereignet hatte, dass man das Gefühl hatte, wir hätten uns jahrelang hier aufgehalten.

Als wir das Frühstück beendet hatten, klingelte das Telefon. Es war Gordon.

»Hier spricht Ihr Reiseleiter und Fremdenführer, Mrs. Forrester. Wir haben den ganzen heutigen Tag für Sie vorgeplant«, und ich kicherte und war gespannt, was nun kommen würde. »Zuerst werden Sie vom Reiseleiter abgeholt und zu Punkt eins der heutigen Tour gebracht: Ecke Neunundfünfzigste Straße und Fünfte Avenue, wo Sie von einem alten Gaul um den Central Park gezogen werden. Das Pferd könnte unter Umständen *en route* sterben; in diesem Fall wird Ihr Reiseleiter Sie sich auf die Schultern laden, und Sie können den Rest des Weges reiten. Bitte tragen Sie aber keine Schuhe mit Sporen, denn Ihr Reiseleiter ist sehr kitzlig. Danke im Voraus für Ihre Rücksichtnahme, Mrs. Forrester. Als nächster Programmpunkt folgt ein Lunch im Hotel Plaza, im Edwardian Room, und danach haben Sie die Wahl zwischen a) einem kurzen Besuch in den Parke-Bernet-Auktionsgalerien, b) einem Rundgang im Museum of Modern Art, c) einem Einkaufsbummel, oder d) Sie können Ihrem Reiseleiter sagen, er soll verschwinden, und Sie fahren nach Hause und ruhen sich aus. Danach werden Sie für eineinhalb Drinks zur Sherry-Netherland-Bar gebracht, bitte zeigen Sie dem Barkeeper Ihren Gutschein. Dann übersiedeln Sie zum Dinner ins La Caravelle, geben Ihre Kamera an der Garderobe ab und tragen, wenn möglich, Goldschuhe sowie einen Pullover mit Nerzkragen oder Fuchs, das wäre standesgemäß. Nach dem Dinner im La Caravelle geht es zu Raffles, wo Sie mit Ihrem Reiseleiter tanzen können. Bitte tragen Sie wieder keine Sporen; Ihr Reiseleiter hat auch äußerst empfindliche Füße. Nachher werden Sie – das ist unsere spezielle und daher geheim gehaltene Überraschung – in eines von New Yorks bezauberndsten Verstecken geführt. Das, Mrs. Forrester, wäre der Tagesplan, den wir für Sie ausgearbeitet haben. Willkommen in New York.« Wieder fiel mir auf, was für ein netter Kerl und erstklassiger Kamerad er war.

»Gordon Harte, du bist vielleicht eine Nummer. Um wie viel Uhr geht es los?«

»Wie wäre es um elf?«

»Also ...«

»Sagen wir halb zwölf. Ich treffe dich unten in der Halle.«

»Ach, noch etwas, Gordon!«

»Ja?«

»Ich habe Sam versprochen, ich würde sie ›zum Abschied‹ in den Zoo führen.«

»Kein Problem. Wann soll es sein?«

»Jetzt habe ich einen Babysitter für sie engagiert. Vielleicht nach ihrem Nachmittagsschlaf? Sagen wir gegen vier?«

»Ausgezeichnet. Frag sie, ob ich mitkommen darf.«

»Ich glaube, das lässt sich arrangieren. Bis bald also, und vielen Dank.«

Gordon erschien Punkt halb zwölf in der Halle, er sah schrecklich zufrieden aus.

»Also, Herr Reiseleiter, was kommt als erster Programmpunkt?«

»Die Kutsche, aber zuerst erwartet dich dein Triumphwagen.« Als wir durch die Drehtür gingen, sah ich mich nach seinem Wagen um und fragte mich, wem wohl der feuerwehrrote, auffallende Rolls-Royce gehörte, der direkt vor dem Hotel parkte. Seine Nummernschilder hatten ein »Z« am Ende, was ihn als Mietwagen auswies, vermutlich für einen reichen Texaner oder zumindest für jemanden mit viel Sinn für Humor.

»Madame«, und schon öffnete Gordon den Schlag des roten Rolls mit einer schwungvollen Geste und über das ganze Gesicht grinsend. Daneben stand ein livrierter Chauffeur, der aussah, als nähme er die Szene ernst. Es war umwerfend komisch, und ich brüllte vor Lachen; ich konnte fast nicht mehr aufhören. Ich blickte Gordon an, dann wieder den Wagen, und lachte, dass mir die Tränen über das Gesicht liefen.

»Ach, Gordon, das ist ein grandioser Einfall.«

»Komm schon, steig ein. Dein letzter Tag in New York soll dir ewig im Gedächtnis bleiben.« In dem Rolls gab es eine Bar, einen Fernsehapparat, eine Stereoanlage, ein Telefon und eine Vase mit einer langstieligen roten Rose. Es hatte viel Ähnlichkeit mit einem Film mit Rock Hudson und Doris Day.

Wir absolvierten das ganze Programm, das Gordon geplant hatte, nur dass wir nach dem Lunch anstatt der Auswahlmöglichkeiten a), b), c) oder d) einen Spaziergang einlegten und dann Sam vom Hotel abholten. Sie war begeistert von dem roten Wagen und fragte sofort mit aufgerissenen Augen: »Ist er ein Geschenk? Können wir ihn behalten?« Gordon und ich begannen wieder zu lachen.

»Nein, Liebling, der ist nur für heute, eine Art Scherz. Es ist ein Abschiedsgeschenk von Gordon, nur für den heutigen Tag.«

»Ich glaube nicht, dass es ein Scherz ist. Mir gefällt das Auto.«

»Samantha, du wirst dich daran erinnern, wenn du ein großes Mädchen bist«, sagte Gordon vollkommen ernst, und ich äußerte den Verdacht, dass er damit wahrscheinlich Recht behalten würde.

Als wir zur Ecke Vierundsechzigste Straße und Fifth Avenue

kamen, hielt der Chauffeur an, eilte zu meiner Seite, um uns beim Aussteigen zu helfen, und wir gingen in den Zoo. Gordon hatte auch eine Kamera dabei, die ich vorher nicht bemerkt hatte.

»Ich möchte ein paar Fotos schießen. Einverstanden? Wenn du dagegen bist, lasse ich es sein.«

»Nein, ganz im Gegenteil. Ich möchte selbst ein paar Erinnerungsfotos haben. Aber sieh zu, dass du den Wagen aufs Bild bekommst«, sagte ich lachend und blickte mich nach Sam um.

»Ich habe kein einziges Foto von dir, Gillian, und ich hätte gern welche ... wer weiß, vielleicht sehen wir einander nicht wieder ...«

»Ach, Gordon, sag doch nicht so etwas. Natürlich werden wir uns wieder sehen.« Ich war mir nicht so sicher.

»Èze und San Francisco liegen nicht in unmittelbarer Nähe, meine Liebe. Wenn man jemanden verlässt, weiß man nie, was das Schicksal uns bestimmt. Wenn ich Lebewohl sage, habe ich stets das Gefühl, dass es für immer ist.«

»Das ist bei mir anders, wenn ich Lebewohl sage, denke ich immer, dass wir einander wieder sehen werden.«

»Glaubst du daran?«

»Nein, ich rechne nicht damit. Im Grunde nicht.« Ich war traurig und sah Gordon an, doch er blickte weg.

Also machte Gordon eine Stunde lang Fotos von Samantha mit Ballons, Knallbonbons, beim Ponyreiten, wie sie Seehunde beobachtete, und von mir. Es waren Schnappschüsse. Er erwischte uns immer wieder, wenn wir den Mund voller Knallbonbons oder die Augen geschlossen hatten, wenn wir winkten oder lachten. Er knipste und knipste, lief auf die andere Seite und knipste wieder ... klick, klick, klick, klick ... der letzte Tag im Leben von Gordon und Gillian ... »Sing mir keine Lieder, erzähl mir keine Geschichten, wein keine Tränen« ... aber denke gut von mir.

Das letzte Foto des Films knipste der Chauffeur, ein Gruppenbild von uns dreien, wie wir vor der geöffneten Tür des roten Rolls standen, Samantha hatte einen grellroten Luftballon in der Hand, und als ich in den Wagen stieg, wurde mir bewusst, dass es das einzige Foto sein würde, auf dem auch Gordon zu sehen war. Der Rest des Tages verlief genau nach dem Plan unseres Reiseführers, und um Mitternacht verließen wir Raffles und fuhren zu der großen »geheimen Überraschung«. Wir hatten den Rolls noch immer dabei und fuhren in den oberen Stadtteil nach Osten, wie ich richtig annahm, zu Gordons Wohnung.

Wir hielten vor dem Haus und gingen nach oben. Er schloss die Tür auf, trat vor mir ein, betätigte den Lichtschalter, zündete Kerzen an und kam dann zurück, um mir aus dem Mantel zu helfen. Das Zimmer sah sehr hübsch aus – überall gab es Blumen, auf dem Kaffeetisch vor der Couch stand eine Champagnerflasche in einem Eiskübel. Er zündete das Kaminfeuer an und ließ ein Tonband laufen, alles sah perfekt aus. Ein einigermaßen übertriebener Aufwand für eine Dame, die im Begriff stand, abzureisen und in fünftausend Kilometer Entfernung einen anderen zu heiraten, dessen Kind sie erwartete. Aber es war ein entzückender Einfall. Ich wusste, dass das Leben mit Chris seinen eigenen Reiz haben würde, viele zärtliche Momente und auch viele Probleme. Das Leben mit Chris war von anderem Zuschnitt; Kerzenlicht und Champagner passten nicht recht dazu. Leider heiratet man nur selten das Kerzenlicht und den Champagner. Stattdessen heiratet man die Blue Jeans und die zerknitterten T-Shirts, Coca-Cola und verbrannten Toast, und man bewahrt das Kerzenlicht und den Champagner in der Zauberschachtel auf. Auf lange Sicht lebt man mit Coca-Cola und verbranntem Toast bestimmt problemloser.

Als hätte Gordon meine Gedanken gelesen, überreichte er mir den Champagnerpfropfen und sagte: »Für deine Zauberschachtel.« Ich nahm ihn und erwiderte sein Lächeln, darauf nahm er für einen Moment den Pfropfen zurück und schrieb etwas darauf. Als er ihn mir zurückgab, stand nur das Datum darauf, sonst nichts.

»Ich will deine Kinder in fünfzig Jahren nicht mit einer Menge Initialen verwirren, die ihnen nichts sagen.« Es stimmte mich ein wenig traurig, dass er das sagte, weil ich wusste, dass es ihm ernst war.

»Wann fährst du nach Europa?«

»Ach, in ungefähr einem Monat.«

»Wie denkt eigentlich Greg darüber? Hast du es ihm schon gesagt?«

»Ja, ich rief ihn gestern an. Ich glaube, Gillian, es macht Eindruck auf ihn. Ich habe anscheinend endlich etwas getan, das mein Sohn billigt. Ich ›gebe‹ meine materialistische Haltung ›auf‹, deretwegen er mich verachtet, und unternehme etwas, das er anerkennt. Er will mich nächsten Sommer drüben besuchen. Ich glaube, dass er es ernst meint.«

»Davon bin ich überzeugt. Ich muss ihm Recht geben. Ich würde gern selbst einen Sommer in Südfrankreich verbringen.«

»Was, und dafür das Sonnenland Kalifornien verlassen?«

Ich versuchte zu lachen, dann sah ich ihn einen endlosen Moment lang an. »Wirst du mir schreiben, Gordon?«

»Vielleicht, obwohl das nicht zu meinen guten Eigenschaften gehört. Und ich glaube nicht, dass Chris es für eine so gute Idee halten würde. Doch ich werde dich wissen lassen, wo ich mich aufhalte.« Er hielt schon eine gewisse Distanz ein, das war deutlich zu merken.

»Es wird Chris bestimmt nichts ausmachen … Und ich will mit dir in Verbindung bleiben … Bitte …«

»Sei nicht so sicher. Er ist nicht dumm, und er mag mich nicht. Das weiß ich. Ich nehme es ihm auch nicht übel. An seiner Stelle würde ich es genauso halten. Gib dir keine Blöße, Gillian, einen Anlass, dich zu verletzen.« Ich nickte wortlos, und er schenkte den Inhalt der Flasche in zwei Gläser ein. Louis Roederer 1956, die Lieblingsmarke von Charles de Gaulle. Und von Gordon Harte.

Wir leerten unsere Gläser, dann starrten wir schweigend ins Feuer, jeder mit seinen eigenen Gedanken beschäftigt. Wir hatten uns so zivilisiert, so beherrscht verhalten, hatten so viel mit unseren Blicken nur angedeutet und so wenig mit Worten ausgedrückt. Der Abschied von Gordon würde einer der schwersten Augenblicke in meinem Leben sein ... der letzte Augenblick des Zusammenseins ... der allerletzte Blick. Ich hatte das alles schon einmal durchgemacht, mit Chris, und es würde diesmal um nichts leichter sein.

Ich betrachtete Gordons Profil, der neben mir auf der Couch saß. Der ausdrucksstarke Kopf war ein wenig von mir abgewandt, der Bart sprang vor, er hatte die Augen geschlossen; dann vollführte seine Hand eine abrupte Bewegung, und Glas klirrte, als seine Sektflöte am Kamin zersplitterte. Ich wusste, was er mit der Geste gemeint hatte. Vielleicht brachte das Wegschleudern des Glases und sein Zerbrechen die Endgültigkeit seines Verlustes stärker zum Ausdruck.

Gordon erhob sich wortlos, holte meinen Mantel, und wir gingen langsam zur Tür.

Auf der Rückfahrt zum Hotel saßen wir stumm da, hielten einander bei den Händen und blickten auf die vorbeirollende Stadt hinaus. Reste vom letzten Schnee lagen noch im Rinnstein, gefroren noch einmal, wurden noch um eine Spur grauer.

Der Wagen hielt vor dem Hotel, und Gordon wollte aussteigen, während der Fahrer die Tür auf meiner Seite des Wagens öffnete.

»Nein, steig nicht aus. Bitte.« Meine Stimme klang heiser. Gordon drückte mich fest an sich und küsste mich auf die Stirn. Ich hob mein Gesicht zu dem seinen empor, und wir küssten einander, ich hatte die Augen fest geschlossen, Tränen sickerten langsam aus den Augenwinkeln zu meinem Haaransatz. Dann schlug ich die Augen auf und sah, dass Gordon auch weinte …

»Ich liebe dich, Gordon …«

»Leb wohl, mein Liebling. Vergiss nie, wie viel mir an dir liegt.«

Ich stieg aus dem Wagen, lief zu der Drehtür und blickte nicht zurück … leb wohl … leb wohl … auf Wiedersehen, kein endgültiges Adieu …

Aber es hatte keinen Sinn, sich vorzustellen, wie ich vielleicht mit Gordon zusammengelebt hätte. Ich hatte mich für Chris entschieden. Ich liebte Chris. Ich fuhr im Fahrstuhl nach oben, hatte die Augen fest geschlossen und sagte mir leise vor … ich liebe Chris … ich liebe Chris … ich liebe …

29

Der Flug nach Kalifornien verlief ruhig, aber ein wenig eigenartig. Ich hatte das Gefühl, in einem Kokon zwischen zwei Welten zu hängen, ein geeigneter Ort, um sich zu verstecken und nachzudenken. Ich hatte fünf Stunden Zeit, um Gordons Welt vollkommen zu verlassen und in Chris' Welt einzutauchen, und ich war dankbar für die wenigen Stunden, in denen ich niemandem gehörte als mir selbst. Es war unheimlich, wie meine Metamorphose vor sich ging.

Während ich hoch über den Wolkenkratzern New Yorks dahinschwebte, klopfte mein Herz schmerzhaft, als ich auf die schnell kleiner werdenden Orte hinabblickte, die mir in den vergangenen Monaten so viel bedeutet hatten. Und als ob ich auf der anderen Seite meines Regenbogens hinabglitte, begann ich wachsende Erregung zu fühlen, als wir tief über der Halbinsel kreisten und uns San Francisco näherten. Ich kam zurück zu Chris … zu Chris … zu Chris!

Ich sah Sam an und drückte ihre Hand. Ich hatte das Gefühl, dass wir endlich nach Hause kamen. Halleluja, Baby!

Wir landeten pünktlich, und in der Ankunftshalle erwartete uns Chris. In mir wurde es ganz licht. Er hatte nur für mich sein berühmtes Lächeln aufgesetzt. Wir blickten einander in die Augen, und die Welt war wieder in Ordnung. New York, Gordon, Julie Weintraub waren eine Million Meilen entfernt, auf einem anderen Planeten.

»Du siehst müde aus. War der Flug unangenehm?«

»Nein, der Flug war angenehm. Die letzte Woche in New York war anstrengend. Es gab noch verdammt viel zu erledigen«, nicht bloß die Arbeit in der Firma, aber es ließ sich leichter so allgemein ausdrücken.

Wir holten unser Gepäck und luden es in den VW-Bus, den sich Chris von einem Freund geliehen hatte. Ich wartete darauf, dass Sam ihm von dem Rolls am Tag vorher erzählte, und hielt ein wenig den Atem an. Ich wollte gerade dazu keine Erklärungen abgeben. Aber sie erwähnte den Rolls mit keinem Wort. Ich nahm an, es würde eines Tages herauskommen, wenn man es am wenigsten erwartete, vielleicht Monate später. Dann hatte es seine Bedeutung verloren.

Wir fuhren in die Stadt, und ich sah mich mit dem unbeschreiblichen Gefühl um: »Mein Gott, da ist es … einfach toll!« Diesen überwältigenden Eindruck macht San Francisco auf mich, mir bleibt die Luft weg, es schluckt mich mit Haut und Haaren, ich fühle mich, als würde ich fliegen können. Ich wollte durch die ganze Stadt fahren und alles aufsuchen, was ich liebte, aber das war nicht Chris' Art. Es wäre ihm nie eingefallen, dass ich mir so etwas wünschte. Wir fuhren auf dem kürzesten Weg nach Hause, wo wir die Koffer ins Wohnzimmer stellten, und ich sah gleich nach, was der Kühlschrank enthielt.

Nichts. Ein schönes Willkommen daheim. Zwei halb volle Flaschen Sodawasser, drei Coke, eine verschimmelte Zitrone und ein Tiegel Erdnussbutter, der wahrscheinlich seit Juli drinnen stand.

»Da drinnen gibt es nichts zu essen, Chris.«

»Ich weiß. Es ist ja noch früh genug. Wir können in den Supermarkt gehen. Du nimmst meinen Wagen, während ich den Bus zurückbringe.«

»Was geschieht mit Sam?«

»Wir nehmen sie mit.«

»Okay, aber ich will sie früh zu Bett bringen. Durch die Zeitdifferenz wird es für sie ohnehin spät, und sie ist von der Reise ermüdet.«

»Mir kommt sie gar nicht müde vor.« Sie rannte durch die Wohnung und hatte von »ihrem« Zimmer Besitz ergriffen.

Mir kam deutlich zu Bewusstsein, dass ich zurück war. Der Kühlschrank war leer, und wir gingen in den Supermarkt. Weit und breit weder Rosen noch Champagner. Das gehörte der Vergangenheit an. Aber das hatte ich schließlich gewusst.

Ich hatte verschimmelte Zitronen und abgestandenes Sodawasser statt Rosen und Champagner gewählt. Ich hätte die Rosen und den Champagner haben können, aber ich wollte sie in Wirklichkeit gar nicht. Ich wollte mit Chris im Supermarkt einkaufen und in einem geliehenen VW-Bus herumfahren.

»Woran denkst du, Gill?«

»Dass ich dich liebe.« Ich meinte jedes Wort ehrlich. Ich war daheim, und ich fühlte mich glücklich. Ich zog meine Jacke an, mit einer Sicherheitsnadel an der Stelle, wo der Reißverschluss nicht hielt, und einen Pullover von Chris, dazu meinen Regenmantel, und wir gingen weg, um den Bus zurückzubringen und Lebensmittel einzukaufen. Wir sahen aus wie eine Familie, und Chris sah prachtvoll aus. Ich war so glücklich, ich hatte das Gefühl, ich würde sofort platzen.

Als wir das Haus verließen, fiel mir etwas ein. »Chris? Wo bringen wir das Baby unter?«

»Reg dich nur nicht auf, bitte. Du bist seit einer Stunde hier und kommandierst schon mit mir herum. Wir werden es schon irgendwo unterbringen. Mach dir doch jetzt darüber keine Sorgen.«

»Ich mache mir keine Sorgen. Ich dachte nur daran.«

»Dann hör auf, so viel zu denken. Wir treffen uns in zehn Minuten am Safeway.« Er gab mir einen flüchtigen Kuss auf die Wange und fuhr weg. Dann reversierte er plötzlich, beinahe wäre er mit meinem Wagen zusammengestoßen, als ich den starten wollte ...

»Gib Acht auf den Choker!«

»Okay ... He du! ... Hör auf, mit mir herumzukommandieren!« Ich zahlte ihm mit gleicher Münze heim.

»Du kannst mich mal!« Er fuhr grinsend davon.

»Du mich auch, Kumpel ...« Gott, es war so herzerfrischend, wieder hier zu sein. Es war nicht elegant oder ein Leben wie im Märchen, aber es war mein ganz persönliches Märchenland, und zugleich war es wirklich. Schön und wirklich. Wie Chris.

30

Chris lebte in einem baufälligen viktorianischen Haus auf der Sacramento Street, gerade noch nahe genug beim eleganten Viertel Pacific Heights, um von der angenehmen Umgebung zu profitieren, aber nicht nah genug, um dazuzugehören. Wir befanden uns am westlichen Stadtrand, und in diesem Sektor hielt sich der Nebel fast bis Mittag, während in der Innenstadt die Sonne schien. Um fünf Uhr nachmittags fiel der Nebel wieder ein, und nachts konnte man die Nebelhörner der Schiffe schwach in der Ferne hören.

Für mich war San Francisco immer eine verzauberte Stadt gewesen, eine Art Traumstadt. Es besitzt die architektonische Schönheit, die auf vielen Ansichtskarten abgebildet wurde, und einen angenehmen Lebensstil, der mich an Europa erinnert. Die Menschen sind freundlich, nicht in der gekünstelten Art von Los Angeles, sondern wie in den kleinen Städten des Westens. Es ist teils eine typische Stadt, und teils wieder nicht. Man kann innerhalb von Minuten auf dem Land oder am Strand sein, und die Berge sind nur ein paar Stunden entfernt. Die Luft ist noch frisch, und wir hatten einen kleinen Garten, in dem Samantha nach Würmern grub und Schnecken suchte.

Das Haus wirkte wie ein Luftschutzbunker. Es hätte wirklich sehr reizvoll sein können, wenn Chris sich entschlossen hätte, ein wenig Zeit aufzuwenden, um es in Ordnung zu bringen, aber er schützte immer andere Arbeiten vor, also wurde es von Tag zu Tag schäbiger und verfiel immer mehr. In San Francisco sind viktorianische Häuser ziemlich häufig. Ihr Äußeres ist meist sehr reizvoll, aber im Inneren haben sich die Fußböden gesenkt, die Decken hängen durch, und die Fensterrahmen sind verzogen.

Am Morgen nach unserer Ankunft drehte ich mich im Bett um, blickte zur Decke und aus dem Fenster, auf die Bäume, die im Garten wuchsen. Es war still, und ich fühlte mich wie auf dem Land. Ich warf einen Blick auf den schlafenden Chris und grinste. Auch ohne Christopher würde ich San Francisco mögen. Schließlich hatte ich mich in die Stadt verliebt, bevor ich mich in Chris verliebt hatte. Ich hörte Samantha herumtappen und stand auf, um ihr das Frühstück zuzubereiten. Keine Hilfe mehr für Mutter. Das war ein Punkt der Vereinbarung mit Chris. Sam und ich waren allein herausgekommen.

Chris drehte sich um, als ich aufstand, und öffnete ein Auge. »… viel Uhr ist es? Komm doch zurück ins Bett …«

»Ich muss Sam füttern«, und ich küsste ihn. »Guten Morgen. Es ist so schön, wieder hier zu sein, Chris.«

»Sicherlich, Schatz. Bitte, bring mir doch ein Glas Orangensaft.«

»Ich weiß was Besseres. Du bleibst im Bett, und ich rufe dich, wenn das Frühstück fertig ist.«

»Okay.« Er drehte sich um und schlief wieder ein; dabei sah er aus wie ein kleiner Junge, sein Haar war ganz zerrauft, er hatte die Arme über den Kopf gelegt und die Decke fast ganz über den Kopf gezogen.

Das Frühstück war lang, und es ging lebhaft zu, als wir beschlossen, was wir den Tag über unternehmen würden. Chris hatte einiges zu erledigen, und Sam wollte »Julius besuchen«, d. h. den Julius-Kahn-Spielplatz im Presidio.

»Du kannst Julius auch morgen besuchen, Sam. Wir werden zu Hause bleiben, auspacken und das Haus ein wenig sauber machen. Wie wäre es, wenn du Mami heute ein wenig hilfst?«

»Ich will nicht«, und schon fing das Gejammer an.

»Wie wäre es dann, wenn du Würmer im Garten suchst?« War es eigentlich ich, die so etwas vorschlug?

»Das ist eine gute Idee, Mami. Ich werde versuchen, einige besonders große für dich zu finden.« Wie mich das freut.

Ich hatte vom Auspacken gesprochen, aber in Wirklichkeit wollte ich das Haus in Ordnung bringen. Früher war es Chris' Wohnung gewesen, aber wenn wir heiraten würden, mussten wir im Haus einige Adaptierungen vornehmen. Die technische Seite der Angelegenheit würde Chris besorgen müssen, aber ich würde eine Generalreinigung mit einer Menge Wasser und Seife vornehmen, zumindest neue Vorhänge anbringen und einen Bettüberwurf besorgen ... und dann die Badezimmer! ...

Ich suchte nach Reinigungsgerät, während Chris zur Tür ging und rief: »Bis später, ihr Rasselbande!« Marilyn mochte gute Seiten gehabt haben, aber übertriebene Reinlichkeit im

Haushalt gehörte nicht dazu. Wahrscheinlich machte das einen Teil ihres Charmes aus.

Gegen zwei sah die Wohnung schon beträchtlich besser aus, und ich ging mit Sam fort, um Blumen zu kaufen. »Wie wäre es mit Losen, Mami?«

»Und wie wäre es mit Gänseblümchen, Samantha, und Kornblumen und vielleicht ein paar hübschen roten Blumen?«

»Lote Losen.«

»Nein, etwas anderes Lotes. Rosen sind zu teuer.«

»Sind wir jetzt arm? Werden wir huuungern?« Ihre großen Augen blickten zu mir auf, halb mit Tränen gefüllt und halb voll Erwartung auf diese neue Erfahrung.

»Nein, wir werden ganz bestimmt nicht ›huuungern‹. Wir wollen nur nicht zu viel Geld ausgeben, das ist alles.«

»Oh.« Sie schien beinahe enttäuscht. »Wann kriegen wir das Baby?«

»Es dauert noch einige Zeit. Fast zwei ganze Monate. Du musst noch Geduld haben.«

»Ach ... warum nicht heute?«

»Das Haus ist noch nicht fertig.« Dabei erinnerte ich mich daran, dass ich am Morgen den richtigen Platz für das Kind entdeckt hatte und es Chris sagen wollte. Es war eine Art begehbarer Schrank mit einem Fenster, gerade groß genug für ein Kinderbett, einen Stuhl und eine kleine Kommode. Er lag neben unserem Zimmer. Wir benutzten die Garderobe nicht, und sie konnte, richtig adaptiert, wirklich hübsch sein. Auf diese Weise würde das Baby von uns leicht zu erreichen sein, ohne im gleichen Zimmer zu schlafen. Diese Anordnung würde nicht ewig funktionieren, aber für etwa sechs Monate würde es gerade das Richtige sein. Danach konnten wir das Baby in Sams Zimmer verlegen.

Chris' Haus war recht geräumig, obwohl es klein aussah. Es besaß ein Wohnzimmer, ein kleines Speisezimmer und eine Küche im Erdgeschoss, zwei Schlafzimmer im ersten Stock und darüber ein helles Studio, das Chris als sein Büro eingerichtet hatte. Das war sein geheiligtes Reich, und es kam absolut nicht infrage, das Baby dort oben unterzubringen. Außerdem war es zugig, und die Heizung reichte nicht bis nach oben. Es besaß aber einen großen Kamin, in dem Chris die meiste Zeit ein Feuer unterhielt.

Als Chris nach Hause kam, erzählte ich ihm von meiner Idee zur Unterbringung des Babys, und er versprach, sich Farbe zu besorgen und es zu verschönern.

»Hör mal, Gillian, es riecht hier so merkwürdig. Was ist das?«

»Das, mein Liebling, ist ein ungewohnter, Sauberkeit genannter Geruch. Ich habe den ganzen Morgen die Wohnung geschrubbt.«

»Darfst du das denn tun? Mach doch jetzt keine Dummheiten. Hast du dabei etwas gehoben?«

»Nein, ich habe nichts gehoben.« Ich küsste ihn, während ich über seinen Kopf hinweg lächelte. Es klang allmählich so, als lägen ihm das Baby oder ich am Herzen. Das war neu und verursachte bei mir ein prickelndes Gefühl.

Chris beugte sich vor und flüsterte mir ins Ohr: »Schick Sam weg!«

»Was meinst du?«

»Du sollst Sam loswerden ... ich will mit dir ins Bett gehen ...«

»Ach ... Sam, Liebling, wie war es mit der Ausbeute an Würmern heute Morgen? Hast du welche gefunden?«

»Nicht einen, sie müssen geschlafen haben.«

»Möchtest du nicht noch einmal nachsehen, ehe es draußen zu kalt wird?«

»Mach ich. Willst du auch welche, Onkel Crits? Mami mag Würmer.«

»Sicherlich, bring mir auch ein paar.« Sie lief zur Hintertür hinaus und ging mit zwei alten Löffeln, einem Zahnstocher und einem Pappbecher auf Würmerjagd.

Chris fasste mich an der Hand, und wir begannen die Treppe emporzulaufen. »He, warte doch eine Minute, du stürmischer Liebhaber!«

»Nicht warten. Ich habe schon den ganzen Tag an nichts anderes denken können. Komm, Weib.« Wir rannten lachend und kichernd nach oben, und ich stürzte beinahe über die oberste Stufe, was uns ein wenig ernüchterte, aber nicht für lange.

»Ich habe welche gefunden. Drei Stück.« Sam platzte herein. Die Tür wurde aufgerissen, sie hatte ein Häufchen Erde in der Hand und etwas Rosiges, das sich wand. »Hallo, seid ihr beide krank? Warum schlaft ihr denn?«

»Wir haben nur ein Nickerchen gemacht. Deine Mutter ist müde.«

»Also gut, hier hast du sie.« Sie drückte das ganze eklige Zeug Chris in die Hand, dann marschierte sie singend hinaus.

»Mein Gott, Gillian, ich glaube, ich muss erbrechen.«

»Ich zuerst.« Wir liefen beide lachend ins Badezimmer.

Chris kam als Erster hin, warf die Würmer in die Toilette und zog die Spülung. »Wer hat den Blödsinn aufgebracht, dass Mädchen zart besaitet wie Mimosen sind? Hat Sam das noch niemand erklärt?«

»Komm schon, Chris, sei kein Spielverderber.«

»Kein Spielverderber? Du hast nicht einmal eine Hand nach dieser kleinen Hand voll chinesischer Spezialitäten ausgestreckt.« Wir begannen wieder zu lachen, während ich die Badewanne einlaufen ließ.

»Fahren wir doch vor dem Abendessen noch ein wenig spazieren. Ich habe mir die Umgebung noch gar nicht näher angesehen. Wir haben den ganzen Tag im Haus herumgewerkt.«

»Wie kommst du auf die Idee, Gill?«

»Komm doch, Chris, bitte. Nur mir zuliebe.«

»Schön, schön, aber nur kurz. Im Fernsehen wird ein Spiel übertragen, das ich mir ansehen will.«

»Sehr wohl, Sir.«

»Sag mir übrigens, Mrs. Forrester, wann heiraten wir eigentlich? Oder hast du es dir anders überlegt?« Er sagte es schalkhaft, aber ich wusste, dass er es ernst meinte. Ich hatte es mir nicht anders überlegt, damit war also alles in Ordnung.

»Ja, ich muss noch auf meinem Terminkalender nachsehen. Wie wäre es mit Sonnabend?«

»Warum nicht morgen?«

»Hast du eine Heiratslizenz?«

»Nein.« Er sah niedergeschlagen aus.

»Deshalb geht es morgen nicht. Heute ist Montag, wir können uns morgen eine Lizenz besorgen, dann haben wir Mittwoch, Donnerstag, Freitag zur Verfügung ... wenn du willst, können wir am Freitag heiraten.«

»Nein, Freitag habe ich einen Job. Sonnabend wird es gehen ... Gill? ... Bist du sicher, dass du überhaupt willst? Ich meine, weißt du es wirklich? Ich bringe nicht die besten Voraussetzungen für einen Ehemann mit.«

»Klingt, als würdest du es dir noch anders überlegen, Mr. Matthews.«

»Es ist nicht an mir, es mir anders zu überlegen. Du bist es, die absolut sicher sein muss.«

»Junge, Junge, ist das eine Wandlung! Ich bin sicher, jetzt halte den Mund und ab in die Wanne, sonst komme ich nicht zu meiner Spazierfahrt.«

Chris fuhr mit uns den Broadway entlang, an großen alten Villen vorbei, dann auf dem Divisadero den steilen Hügel nach unten, wo Steve McQueen die Verfolgungsjagd im *Bullitt* gedreht hatte, zu dem Haus, in dem *Pal Joey* gedreht worden war, und als wir am Fuß des Hügels anlangten, lagen die Bucht und Sausalito auf der anderen Seite mit den Bergen dahinter vor uns. In diesem Augenblick empfand ich das Gleiche, was die Pioniere gefühlt haben müssen, als sie die Berge überwunden hatten und den Pazifik erblickten. Die Straßen hatten sich verändert, aber ich hätte wetten können, dass die Gefühle die gleichen geblieben waren. Mir blieb die Luft weg, und ich hatte an dieser Stelle immer wieder dieses Gefühl. Wir fuhren bis hinunter zur Marina, blieben im Wagen am Strand sitzen, blickten über das Wasser und beobachteten, wie der Nebel sich langsam hereinwälzte und durch die Golden-Gate-Brücke drang, als würde er durch die Brückenkonstruktion zusammengehalten. Er bewegte sich langsam auf Alcatraz zu, und die Nebelhörner begannen zu heulen. Nach einer Weile fragte Chris: »Habt ihr genug?«

»Nein, aber du kannst uns jetzt nach Hause bringen.«

»Nein, nein, ich will den Union Square sehen!«, protestierte Sam auf dem Rücksitz. »Und die Hare-Krishna-Leute mit den orangefarbenen Locken und den Glocken.«

»Die sind jetzt wahrscheinlich daheim, Samantha, aber wir können zum Union Square fahren, wenn du willst.«

Chris war wirklich kein Spielverderber.

»Was ist mit deinem Spiel im Fernsehen?« Ich wollte nicht übertreiben …

»Wir haben noch Zeit.« Er lächelte uns zu. Ich glaube, es machte auch ihm Spaß.

Wir fuhren die Lombard hinunter und dann über jenen Abschnitt, wo sie, knapp bevor man zur Leavenworth Street kommt, in engen Kurven verläuft. Sam quiekte während der Fahrt und war restlos begeistert. Unterwegs konnten wir die Bay-Brücke und Oakland sehen. Dann ging es die Powell hinauf, hinter einem Wagen der Drahtseiltram her, wir winkten den Leuten, zumeist Touristen, zu, und sie winkten zurück.

Der Union Square bot das gewohnte Bild; es ist ein Stadtteil, der mich nicht besonders begeistert, aber Sam gefiel er, obwohl auch sie enttäuscht war, weil die Hare Krishnas schon nach Hause gegangen waren. Auf dem Heimweg machte Chris einen Abstecher durch Chinatown, was wieder ein besonderes Erlebnis für Sam war.

»Hört mal, wollt ihr vielleicht ein chinesisches Dinner?«

»Nein, komm nur, du willst doch das Match sehen. Das war jetzt genug. Aber es ist lieb von dir, dass du fragst.«

»Nein, ich habe es ernst gemeint. Wir bleiben stehen und essen zeitig zu Abend.«

»Nein, Chris, komm, lass uns nach Hause fahren.«

»Sei still ... Sam, was meinst du?«

»Ich will hier Dinner essen. Können wir, Onkel Crits, können wir???«

»Ja, Ma'am.« Wir fuhren in die St. Mary's Garage und gingen hinüber in das Menschengewimmel auf der Grand Avenue.

Das Dinner war köstlich, und wie gewöhnlich aß ich zu viel. Chris und Samantha aßen mit Stäbchen, oder zumindest Chris tat es. Sam half kräftig mit den Fingern nach und stocherte nur mit den Stäbchen herum. Ich benutzte eine Gabel, was mir eine Menge verächtlicher Bemerkungen von den beiden eintrug. Aber ich war hungrig und kam mit den Stäbchen nicht zurecht.

Auf der Heimfahrt kamen wir durch den Broadway-Tunnel, und das war für Sam die Krönung eines himmlischen Abends. Ein Tunnel! Es war auch für mich ein himmlischer Abend gewesen. Chris und ich sahen einander über ihren Kopf hinweg an, ich warf ihm eine Kusshand zu und hauchte: »Danke für alles, ich liebe dich.« Er hauchte zurück: »Ich auch«, und wir meinten es bei Gott ehrlich. Was auch immer in den letzten Monaten geschehen war, was immer Chris Unrechtes getan hatte, oder Marilyn oder auch ich oder wer immer, alles wurde durch diesen Blick ausgelöscht. Schlimme Zeiten mochten wiederkommen, aber eine Prophezeiung war in Erfüllung gegangen. »Die guten Zeiten kommen«, heißt es im Lied. Sie waren gekommen. Sie waren endlich wirklich gekommen.

31

Am Dienstagmorgen brachte ich Sam wieder in ihre alte Schule, dann fuhr ich mit Chris in die Stadt, um die Heiratslizenz zu besorgen. Dort wimmelte es von Mexikanern mit kleinen Kindern und merkwürdig aussehenden Leuten, die entweder zu alt aussahen, um noch zu heiraten, oder so, als hätten sie es eigentlich gar nicht vor. Die meisten jungen Leute heiraten heutzutage anscheinend nicht mehr, denn wir waren die Einzigen unserer Altersstufe, die ich sah. Aber wir sahen ja auch gar nicht typisch aus – ich war im siebenten Monat schwanger und war plötzlich ziemlich in die Breite gegangen. Ich trug meine Jeans und einen Pullover von Chris, mein Bauch stand vor, und der Beamte sah mich kopfschüttelnd an. »Ich hoffe, Sie schaffen es bis zum Standesamt, Lady.« Dann warf er Chris einen strafenden Blick zu, worauf dieser verlegen wegschaute und ich hämisch grinste.

»Hast du gesehen, was sich der Kerl herausnimmt, ich meine, hast du ihn dir richtig angesehen?«

»Ja, na und? Was kümmert er dich?« Sieh mal, wie empfindlich er war. Armer Chris.

Wir holten Sam ab, und er setzte uns beim Haus ab. »Ich habe noch etwas zu erledigen, bis später.«

»Was denn?«

»Nur eine Kleinigkeit, also los, steigt jetzt schon aus.« Er war seit dem Vorfall auf dem Standesamt schlechter Laune. Idiotisch, dass er sich darüber ärgerte, aber er war wirklich durcheinander.

»Okay, bis später.« Während ich mit Sam ins Haus ging, fragte ich mich, ob Chris vielleicht mit Marilyn zusammentraf. Es war nur ein plötzlicher Einfall, es gab keinen Grund, warum ich auf die Idee kam, die beiden letzten Tage waren vollkommen gewesen, aber der Gedanke hakte sich in meinem Kopf fest und ließ sich nicht vertreiben. Ich fragte mich, ob ich je aufhören würde, mir deshalb Sorgen zu machen oder ihm zu misstrauen. Er hatte gelernt, dass seine frühere Offenheit ihm Nachteile brachte. Ich bezweifelte, dass er das nächste Mal, wenn er sich eine Extratour leistete, mir gegenüber genauso aufrichtig sein würde. Ich war also den ganzen Nachmittag über unruhig, und als er nach Hause kam, war ich so erleichtert, ihn wieder bei mir zu haben, dass es mir egal war, wo er sich aufgehalten hatte. Ich fragte ihn absichtlich nicht, was er unternommen hatte, weil ich im tiefsten Herzen noch immer überzeugt war, dass er etwas angestellt hatte, von dem ich nichts wissen wollte.

»Fragst du mich denn nicht, wo ich war?«

»Nein. Erwartest du es?«

»Was hast du denn?«

»Nichts. Warum?«

»Du siehst komisch aus. Fühlst du dich wohl?«

»Ja, mir geht es gut«, aber ich dachte dabei wieder an Marilyn.

»Komm her, mein dummes Kleines. Glaubst du …?« Ich druckste herum, weil ich genau wusste, was er meinte, und ich war eigentlich davon überzeugt, schämte mich aber. »Hör mal, Gillian, du lieber Gott … wein doch nicht, du hast keinen Grund zu weinen, alles ist in Ordnung … he … Baby …« Ich dumme Gans lag weinend in seinen Armen und gestand ihm, woran ich den ganzen Nachmittag gedacht hatte.

»Ich habe es dir erklärt. Es ist aus und vorbei. Du brauchst dir darüber keine Gedanken zu machen. Komm jetzt mit mir zum Wagen.« Er nahm mich bei der Hand, führte mich die Stufen hinab, öffnete den Wagenschlag und begann, Zeitungen von einem Gegenstand auf dem Rücksitz herunterzureißen. Es war eine Wiege, eine wunderschöne, antike Wiege aus dunklem, glänzendem Holz mit zarten Schnitzereien.

»Ach, Chris ...«

»Heute wurde in Stockton eine Auktion abgehalten. Ich wollte dich überraschen. Gefällt sie dir?«

»Ach, Chris ...« Ich weinte schon wieder.

»Weshalb weinst du denn jetzt?«

»Ach, Chris ...«

»Das hast du heute schon einmal gesagt, jetzt komm, du dummes Mädchen. Schenk mir ein Lächeln. So ist es schon viel besser.«

»Ich werde dir helfen, sie aus dem Wagen zu heben.«

»Nein, Ma'am, solange du noch in dir trägst, was einmal in der Wiege liegen wird, trage ich die Wiege. Halte mir nur die Türen auf.« Dann trug er die Wiege über die Stufen ins Haus.

»Zerbrich nichts.« Ich öffnete die Türen, so weit es nur ging.

»Du verstellst mit deinem Bäuchlein den Weg.« Er grinste mir über die Schulter zu, während er die Wiege im Vorzimmer absetzte.

»Chris? ... Weißt du was? Du hast dich verändert.«

»Du auch.« Wir sahen einander lange in die Augen und wussten, dass es der Wahrheit entsprach.

32

Die nächsten Tage verliefen ruhig. Sam war vormittags in der Schule, und Chris hielt sich die meiste Zeit in seinem Studio auf, arbeitete dort an verschiedenen Projekten, beschäftigte sich mit Arbeiten, bei denen er nicht gestört werden durfte. Zum Lunch kam er nach unten, und wir verbrachten eine ruhige halbe Stunde miteinander, bevor ich Sam in der Schule abholte. Wir hatten uns aufeinander eingespielt, und ich hatte das Gefühl, ich wäre nie fort gewesen, nur ging jetzt alles besser.

Am Donnerstag kündigte ich Chris beim Lunch an, dass ich in die Stadt fahren wollte, um einzukaufen.

»Was denn?«

»Ein Hochzeitskleid.«

»Du willst mich auf den Arm nehmen. Gillian, das ist doch nicht dein Ernst?«

»Doch. Ich will etwas Neues tragen. Du weißt ja, etwas Altes, etwas Neues ...«

»Du hast ja etwas Neues: das Baby. Führt die Abteilung für Umstandskleider heutzutage auch Hochzeitskleider?«

»Komm, Chris, tu mir doch den Gefallen. Ich will etwas Neues haben.«

»Hast du schon über die Farbe nachgedacht? Vielleicht rot?«

»Chris! Ich hätte mit dir nicht darüber reden sollen.«

»Nein. Du kannst es selbstverständlich haben. Es ist deine Angelegenheit. Schließlich ist es auch deine Hochzeit.«

»Es ist natürlich auch die deine. Aber ich will hübsch aussehen, und ich habe nichts anzuziehen.«

»Wozu willst du hübsch aussehen? Hast du jemanden eingeladen?«

»Nein, aber auch darüber wollte ich mit dir sprechen ...«

»O nein, Gillian, da mach ich nicht mit. Du und ich, wir gehen hinüber zum Friedensrichter und werden getraut. Dabei brauchen wir kein Publikum. Du kannst tragen, was immer du willst, aber du wirst niemanden einladen. Das ist mein voller Ernst.« Er sah sehr entschlossen aus.

»Okay, Liebster. Okay. Reg dich deshalb nicht auf.«

»Ich bin nicht aufgeregt.« Dennoch sah er ärgerlich drein und verschwand wieder in seine Dachkammer, während ich das Lunchgeschirr spülte.

Als Sam sich am Nachmittag zu ihrem Schläfchen niedergelegt hatte, zog ich mich an und marschierte ins Studio, um Chris mitzuteilen, dass ich jetzt wegging.

»Was ist daran nicht in Ordnung?«

»Woran?«

»An dem Kleid, das du jetzt trägst?«

»Ich kann zu unserer Hochzeit nicht gut ein schwarzes Kleid tragen, Chris. Es würde nach einem Begräbnis aussehen. Sei doch vernünftig ...«

»Schon gut, schon gut. Wenn du schon dabei bist, besorge dir auch einen Schleier ... mit Kirschen aus Plastik.« Er hatte zu seiner guten Laune zurückgefunden. Er schien das Ganze sehr komisch zu finden. Als ich die Tür hinter mir schloss, begann er aus vollem Hals zu singen: »Da kommt die Braut!«

»Hör auf, Christopher«, aber er sang nur umso lauter.

Ich beschloss, mich gründlich umzusehen, parkte den Wagen in der Garage auf dem Union Square und ging dann zu I. Magnin. Sie hatten in allen Schaufenstern Kleider für Kreuzfahrten ausgestellt, und als ich eintrat, fühlte ich mich mehr in New York als in San Francisco. Alle hatten sich fein gemacht. Die Sacramento Street schien so weit entfernt zu sein wie der Mond.

Ich fuhr mit dem Fahrstuhl in die Damenabteilung und suchte nach der Aufschrift »Umstandskleider« auf der langen Liste der verschiedenen Abteilungen, die über der Fahrstuhltür hing. Die Fahrstuhlführerin sah mich an und lächelte: »Sechste Etage.« Ich konnte nicht widerstehen, erwiderte ihren Blick und fragte: »Hochzeitskleider?«, worauf ihr Gesicht zu einer Maske erstarrte. Ich lachte und sagte, die sechste sei schon die richtige.

»Ich dachte einen Moment schon, Sie meinen es ernst.«

Ich lachte wieder, während ich ausstieg ... O doch, meine Liebe, ich meine es ernst. Ja, wirklich.

Die Umstandskleider hatten so wenig Chic und waren so hausbacken wie überall, und ich marschierte an den Kleiderständern entlang, ohne etwas zu finden. Die Stoffe hatten keinen Körper, die Farben waren entsetzlich, alle Kleider hatten knapp über dem Bauch eine Schleife oder einen hohen Gürtel oder einen anderen Firlefanz, der mir missfiel.

»Kann ich Ihnen helfen?«

»Ich suche etwas für die Hochzeit meiner Schwester, und da es eine Feier im engsten Kreis sein wird, möchte ich nichts allzu Elegantes.« Das waren die wesentlichen Angaben zu ihrer Information.

Wir suchten und suchten und fanden nichts. Schwarz war unmöglich, Weiß war unmöglich, Rot war unmöglich, und ich war so gut wie geschafft, nachdem wir den Rest nach und nach anprobiert hatten. »Wie wäre es mit einem Kleid und einem Mantel darüber? Wir haben gestern etwas hereinbekommen, das Ihnen recht gut passen könnte. Es ist tadellos gearbeitet und hellgrau.«

Grau? Für eine Hochzeit? Ich brauchte wirklich keinen Mantel.

Aber es erwies sich als ein wunderbar weiches graues Kleid mit langen Ärmeln und ideal geradem Schnitt, mit einer Knopfreihe vorne, einem weichen, spitzen Kragen und breiten Manschetten; kein Gürtel, keine Schleife über dem Bauch, nur zwei sehr große, schräg sitzende Taschen auf beiden Seiten; die Knöpfe waren mit dem gleichen grauen Stoff überzogen. Der Mantel war vollkommen schlicht, die Rückenpartie zeigte die gleiche gerade, einfache Linie und hatte einen Kettengürtel in Gold. Es sah wunderbar aus ... mit den Perlen meiner Großmutter und schwarzen Schuhen ... und ...

»Wie viel?«

»Hundertfünfundvierzig.« Verflixt! Aber es war meine Hochzeit, und ich konnte das Ensemble immer wieder tragen. Ich kam schließlich dadurch auch noch zu einem Mantel.

»Ich nehme es.«

»Es passt Ihnen wirklich ausgezeichnet. Es wird auch Ihrem Mann gefallen.«

»Ja, sicherlich.« Vielleicht. Aber hundertfünfundvierzig? Ich hatte noch immer ziemlich viel Geld auf dem Sparbuch, also versuchte ich mich selbst auf der Heimfahrt davon zu überzeugen, dass ich vernünftig gehandelt hatte.

Als ich nach Hause kam, aßen Chris und Sam in der Küche Eiscreme.

»Was hast du gekauft, Mami?«

»Ein neues Kleid.«

»Zeig es mir.«

»Erst am Samstag. Das ist in zwei Tagen.« Chris begann wieder den Hochzeitsmarsch von Mendelssohn zu summen. Ich ging in unser Zimmer und hängte es hinten in meinen Schrank, dabei war ich äußerst befriedigt. Es war wirklich schön. Das gleiche leuchtende Grau wie der Nebel. Mein Hochzeitskleid.

Freitag frühmorgens sprang Chris aus dem Bett, gab mir einen Schubs und bat mich, ihm ein Glas Orangensaft zu bringen.

»Jetzt?«

»Ja. Jetzt! Ich muss um acht in Oakland sein. Wir drehen einen Film, und ich muss rechtzeitig dort antanzen. Komm, Lady, beweg dich!«

»Bin schon unterwegs.« Ich wälzte mich aus dem Bett, nicht gerade erfreut über die frühe Störung.

Chris hatte die Arme voll mit Schachteln, Notizen und allen möglichen Dingen, die insgesamt nicht besonders aussahen. Er gab mir rasch einen Kuss und sagte, er würde spät nach Hause kommen und ich solle nicht mit dem Dinner auf ihn warten. »Jetzt leg dich wieder hin.«

Ich sah zur Tür hinaus, während er den Motor startete, winkte und rief laut: »Ich liebe dich!«; ich hätte gern gewusst, ob die ganze Nachbarschaft durch mein Geschrei oder durch das Keuchen und Rasseln seines Wagens, als er startete, oder durch sein »Ich liebe dich auch«, als er wegfuhr, geweckt wurde. Dann legte ich mich für eine kurze Weile hin, ehe ich aufstand, um Sam zu füttern und sie in die Schule zu bringen.

Das Haus wirkte ohne Chris still, und Sam war verdrossen. Ich nahm an, dass sie sich vielleicht erkältet hatte, und wollte Chris bitten, das Heizgerät in ihrem Schlafzimmer nachzusehen. Ich fand, dass es nicht richtig funktionierte.

Auf dem Rückweg ging ich in die Eisenhandlung in unserer Straße, um die Farbe für das Kinderzimmer zu kaufen. Ein schönes, sattes Gelb. Wenn ich sie nicht kaufte, würde Chris sich nie zum Ausmalen entschließen. Ich legte sie in den Wagen und fuhr nach Hause.

Als ich aus dem Auto stieg, klingelte das Telefon, hörte aber auf, als ich die Tür aufschloss. Wahrscheinlich eine Fehlverbindung. Die Anrufe für Chris gingen für gewöhnlich an den Kundendienst, und niemand konnte wissen, dass ich schon zurück war.

Das Haus war in Ordnung, also ging ich wieder in unser Zimmer, öffnete den Schrank und bewunderte wieder das Kleid. Es sah großartig aus, deshalb beschloss ich, es noch einmal zu probieren.

Ich drehte mich vor dem Spiegel; ich trug schwarze Schuhe, die Perlen meiner Großmutter und meine Krokotasche. Ich steckte mein Haar auf und fühlte mich ganz als Braut. Es war ein großer Unterschied zu meiner ersten Hochzeit … ein sehr großer Unterschied. Ich lächelte mir im Spiegel zu. »Wie hast du dich nur verändert, Gillian Forrester!«

Das Telefon läutete wieder, während ich mich vor dem Spiegel zurechtmachte, aber diesmal kam ich rechtzeitig zum Apparat.

»Mrs. Matthews?« Ich erkannte die Stimme nicht. Vielleicht jemand von einem Geschäft, der neue Kunden suchte. Ich war schon im Begriff »Tut mir Leid, wir brauchen nichts ... hier spricht die Putzfrau« zu sagen.

»Erst morgen. Ja?« Ich sah keinen Grund, meinen Namen zu nennen. Es konnte niemand sein, den wir kannten.

»Hier spricht Tom Bardi. Ich bin ein Freund von Chris.«

»Ja?« Ich erinnerte mich dunkel an den Namen.

»Mrs. ... äh ... wir haben heute Morgen drüben in Oakland zusammen an einem Film gearbeitet und ...«

»Ja?« Mein Gott, stimmte etwas nicht? »Ist etwas passiert?«

»Chris ist von einem Gerüst gestürzt, als er versuchte, eine Aufnahme zu machen; es tut mir schrecklich Leid, Ihnen das so sagen zu müssen, aber ... er ist tot. Er brach sich das Genick, als er aufschlug. Ich rufe Sie vom St.-Mary's-Krankenhaus in Oakland an ... Sind Sie wohlauf? ... Sind Sie noch am Apparat?«

»Ja ... ich bin noch hier.« Ich war gefühllos. Ich wusste einfach nicht, was ich sagen sollte.

»Wie heißen Sie?«

»Gillian.«

»Sind Sie in Ordnung, Gillian? Sind Sie sicher? Hören Sie, können Sie jetzt hierher kommen?«

»Nein, Chris hat den Wagen.«

»In Ordnung. Bleiben Sie dort. Setzen Sie sich hin und trinken Sie eine Tasse Kaffee. Ich komme sofort hinüber und bringe Sie hierher.«

»Warum?«

»Nun ja, sie wollen wissen, welche Verfügung sie mit ... der Leiche treffen wollen.« Die Leiche? Die Leiche? Chris, nicht »die Leiche«. Chris, Chris, und ich begann zu wimmern.

»Bitte halten Sie durch. Ich komme gleich zu Ihnen.«

Ich saß auf meinem Bett, ohne mich zu regen, nicht einmal imstande, den Kopf zu bewegen oder mich umzudrehen. Ich saß in meinem neuen grauen Kleid da, blickte auf meine Schuhe und wimmerte. Dann hörte ich Schritte die Treppe heraufkommen, kräftige Männerschritte, er nahm zwei Stufen auf einmal … Chris! Es war eine Lüge, es war der Anruf eines Verrückten, Chris würde mich gleich in die Arme schließen und mir sagen, dass es nur ein schlechter Scherz war … Chris … ich blickte auf, ein fremder Mann stand in unserem Zimmer und sah mitfühlend und unsicher auf mich nieder.

»Ich bin Tom.« Ich nickte nur.

»Fühlen Sie sich halbwegs in Ordnung?« Ich nickte wieder, aber ich meinte es nicht wirklich.

»Soll ich Ihnen eine Tasse Kaffee machen?« Ich schüttelte den Kopf. Ich stand auf, ohne zu wissen, was ich tun oder wohin ich gehen sollte, aber ich wusste, dass der Mann aus einem bestimmten Grund gekommen war.

»Mein Gott, Sie sind schwanger … Heiliger Jesus … Oh, das tut mir Leid.«

Das wusste ich, er meinte es wirklich, aber es war mir im Augenblick vollkommen egal. Ich stand auf und erblickte mich im Spiegel, während Tom Bardi hinter mir stand. Ich trug noch immer mein neues Kleid, mit allen Preiszetteln dran.

»Ich muss mich umziehen. Ich bin in einer Minute so weit.« Ich begann wieder zu wimmern. »Es ist mein Hochzeitskleid.« Er sah mich eine Minute lang an, als hielte er mich für hysterisch. Er sah nervös aus, als zweifelte er daran, dass er mit dieser Aufgabe fertig werden könnte.

»Nein, es stimmt schon. Wir wollten morgen heiraten.« Ich musste mich zusammenreißen, um diese Erklärung abzugeben.

»Oh, ich dachte, Sie wären … ich meine, Chris erzählte immer von seiner Frau … und einem kleinen Jungen namens Sam … Er sagte aber keinen Ton von einem Baby.«

»Ein kleines Mädchen, Sam, ich meine Samantha ... O Gott, was soll ich nur tun? Ich muss sie bald von der Schule abholen.«

»Welche Schule?«

»Die Thomas-Ellis-Schule.«

»Ich mach das schon, ziehen Sie sich an, und ich rufe inzwischen die Schule an, sage ihnen, sie sollen sie eine Weile dort behalten. Wir werden nicht lange brauchen ... ich meine ...« Er wandte sich um, um nach unten zu laufen. »Wo steht das Telefon?«, rief er zurück.

»In der Küche, hinter der Tür.«

Ich zog wieder meine Jeans und Chris' Pullover an und nahm meine Handtasche; das Kleid lag auf dem ungemachten Bett, neben dem T-Shirt, in dem Chris geschlafen hatte ... Jesus, o grundgütiger Gott, Herrgott ... was hast Du mir angetan?

Ich klapperte in meinen Holzsandalen die Treppe nach unten und hörte, wie Tom den Hörer auflegte.

»Es ist alles erledigt, sie können sie bis halb fünf dort behalten. Wir werden bestimmt vorher zurück sein.« Er sah mich wieder unsicher an. »Haben Sie schon eine Ahnung, was Sie verfügen wollen? Ich meine, die Leute drüben wollen es wissen. Was werden Sie mit ihm machen?«

Ich hatte nicht daran gedacht. »Ich weiß nicht. Vielleicht sollte ich seine Mutter anrufen ...« Wo, zum Teufel, wohnte sie nur? »Lassen Sie mich einen Augenblick nachdenken ...« Chicago? ... Nein ... Detroit ...? Nein ... Denver. Das war es. Ich hatte sie einmal kennen gelernt, als sie Chris auf der Durchreise besucht hatte. Sie hatten keinen sehr engen Kontakt, und sein Vater war schon gestorben.

Ich wählte das Fernamt. »Denver Auskunft, bitte.«

»Tut mir Leid, das können Sie selbst wählen: drei-null-drei, dann fünf-fünf-fünf ...«

»Hören Sie, ich bin ganz durcheinander, könnten Sie es für mich tun? Mein Mann wurde soeben bei einem Unfall getötet.«

»Oh … ja … oh, es tut mir Leid. Einen Augenblick, bitte.«

»Auskunft, bitte welche Stadt? Kann ich Ihnen helfen?«

»Ja. Denver. Helen Matthews. Ich kenne die Adresse nicht.«

Nach einer Pause meldete sie sich wieder. »Die Nummer ist 663-7015.« Ich wiederholte sie. Warum klang meine Stimme so ruhig, warum klang sie so unverändert? 663-7015 … 663-7015 … Wähle jetzt die Nummer, bring es der netten alten Dame bei, los, sag ihr, Chris ist tot. Richtig, Mrs. Matthews, er ist tot … O mein Gott … ich drückte mehrmals auf den Knopf. »Fräulein? … Fräulein? …«

»Ja, Ma'am. Soll ich Sie jetzt mit der Nummer verbinden?«

»Ja. Bitte.«

»Den Anschluss? Oder persönliche Voranmeldung?«

»Anschluss. Nein, persönlich … ach, wie Sie wollen … es ist mir egal.«

»Tut mir Leid, aber ich muss wissen, wofür Sie sich entscheiden.«

»Ach, ich weiß nicht … also schön, persönliche Voranmeldung für Mrs. Helen Matthews.«

Sie wählte, und das Telefon klingelte zweimal.

»Hallo?«

»Hallo. Wir haben eine Voranmeldung für Mrs. Helen Matthews.«

»Ich bin am Apparat.« Ihre Stimme hatte ein wenig Ähnlichkeit mit der von Chris.

»Sprechen Sie bitte.«

»Hallo … Jane?«

»Nein, Mrs. Matthews. Hier spricht Gillian Forrester. Ich bin eine Freundin von Chris. Ich weiß nicht, ob Sie sich an mich erinnern. Ich habe Sie vorigen Sommer kennen gelernt, als Sie hier waren … ich …«

»Ja, ich erinnere mich. Wie geht es Ihnen?« Es klang ein wenig erstaunt.

»Gut, danke. Wie geht es Ihnen?« O Gott, ich brachte es nicht heraus. Ich blickte Tom Bardi an und wusste jetzt, was er empfunden hatte, als er mich anrief. Ich kniff die Augen zusammen, setzte mich und hielt den Hörer mit beiden Händen fest, um zu verhindern, dass er zitterte.

»Wenn Sie Chris suchen, er ist nicht hier. Er ist in San Francisco. Wo befinden Sie sich im Augenblick? Die Verbindung ist leider sehr schlecht.« Das stimmte, und das würde sich in einigen Minuten nicht ändern.

»Ich bin ebenfalls in San Francisco ... das heißt ... Mrs. Matthews, Chris hatte vor kurzem einen Unfall. Er ist ... tot ... es tut mir Leid. Es tut mir wirklich Leid ...« Du lieber Gott, verliere jetzt nicht die Fassung, tu ihr das nicht an. »Mrs. Matthews, es tut mir Leid, Sie damit zu belasten, aber das Krankenhaus will wissen, was geschehen soll, also ... ich dachte, ich rufe Sie an und frage, was ...« O Gott, sie weinte. Die nette alte Dame, die ich im vergangenen Sommer kennen gelernt hatte, schluchzte. »Mrs. Matthews? Ist alles in Ordnung?« Eine dumme Frage; ich sah wieder zu Tom hin.

Er blickte aus dem Fenster, mit dem Rücken zu mir, er schien in sich zusammenzusinken.

»Ja, ich bin so weit in Ordnung.« Sie riss sich zusammen. »Ich weiß nicht, was ich Ihnen sagen soll. Sein Vater liegt in Neu-Mexiko begraben, wo wir gelebt haben, und sein Bruder ist in Washington beigesetzt. Er ist in Vietnam gefallen.« O Gott, warum musste ihr auch das noch zustoßen? Chris hatte mir von seinem Bruder erzählt.

»Wollen Sie, dass ich ihn nach Denver bringe, Mrs. Matthews?«

»Nein, das hat wohl keinen Sinn. Meine Tochter lebt in Fresno. Ich glaube, Sie lassen ihn am besten in San Francisco bestatten. Ich fliege noch heute hinüber. Ich muss vorher noch seine Schwester verständigen.«

»Sie können hier bei mir wohnen. Im Haus …« Sein Haus … unser Haus … o Gott, was würde sie dazu sagen, dass wir zusammenlebten? Ich kam ein bisschen spät darauf, mir deswegen Sorgen zu machen.

»Nein, ich werde mit meiner Tochter Jane in einem Hotel wohnen.«

»Ich werde Sie vom Flughafen abholen. Rufen Sie mich an und sagen Sie mir, wann Sie hier sind.«

»Das ist nicht notwendig, meine Liebe.«

»Ich will aber … Mrs. Matthews … es tut mir so schrecklich Leid.« Wieder brach meine Stimme.

»Das weiß ich, meine Liebe.« Auch ihre Stimme klang tränenerstickt.

Ich nickte, und wir legten auf.

Tom Bardi beobachtete mich und reichte mir eine Tasse Kaffee. »Wollen Sie etwas Stärkeres?« Ich schüttelte den Kopf und nahm einen Schluck Kaffee. Er war kalt. »Wir sollten uns jetzt auf den Weg machen.« Ich nickte und ging zur Tür. »Oh, ich möchte noch jemanden anrufen. Bitte …« Peg.

Ich musste es Peg erzählen. An wen sonst konnte ich mich wenden? Wer sonst hatte mich im Lauf der Jahre weinen und verzweifeln und sterben sehen? Peg.

Ich wählte ihre Nummer im Büro.

»Miss Richards, bitte.«

»Einen Augenblick, bitte … Miss Richards' Büro.«

»Ich möchte mit ihr persönlich sprechen.«

»Tut mir Leid, Miss Richards ist bei einer Besprechung.«

»Holen Sie sie. Sagen Sie ihr, ich bin Gillian Forrester. Sie wird das Gespräch bestimmt annehmen.«

»Ich muss erst nachsehen. Bleiben Sie bitte am Apparat.« Peggy würde kommen. Und sie kam.

»Gillian? Was ist los? Ich bin in einer Besprechung.«

»Ich weiß. Peg ... er ist tot.« Ich brach wieder zusammen.

»Wann?«

»Heute Morgen ... Unfall ... Genick gebrochen ... ein verdammtes Gerüst ...« Ich konnte die Worte kaum herausbringen.

»Ich nehme heute Abend das Acht-Uhr-Flugzeug. Ich kann zumindest das Wochenende mit dir verbringen. Bist du so weit in Ordnung?«

»Nein.«

»Okay, halt nur durch, bis Tante Peg da ist, dann kannst du dich gehen lassen. Ich bin heute Abend bei dir.« Warte, acht und fünf ist dreizehn, also ein Uhr morgens, minus die drei Stunden Zeitunterschied. Peg würde um zehn da sein. »Und hör zu, hol mich nicht ab. Ich werde ein Taxi nehmen. Dieselbe Adresse?«

»Ja.«

»Brauchst du sonst etwas?«

»Nur dich. O Peg, ich danke dir so sehr; dafür werde ich dir ewig dankbar sein.«

»Ich muss jetzt gehen, nimm es nicht so schwer. Hör mal, hast du Librium oder etwas dergleichen?«

»Ja, aber ich will es nicht nehmen.«

»Nimm es. Hör auf Tante Peg und nimm es.« Ich wusste, dass ich es nicht tun würde.

»Okay, nochmals danke ... leb wohl.«

»Wiedersehen«, und wir legten auf.

Ich sah Tom Bardi an, der noch in der Küche herumstand, aber allmählich nervös wurde. »Also gehen wir.« Er sah irgendwie erleichtert aus. Vielleicht hatte er befürchtet, dass ich alle meine Bekannten der Reihe nach anrufen und ihn zuhören lassen würde.

33

Wir fuhren schweigend nach Oakland. Ich hatte nichts zu sagen und war dankbar, dass Tom nicht versuchte, ein Gespräch zu beginnen. Er chauffierte nur. Er fuhr sehr schnell. Ich blickte aus dem Fenster, keine Träne, der Kopf leer, keinerlei Gefühl. Ich fuhr nur in Chris' Wagen mit einem Mann namens Tom Bardi, den ich vor dem heutigen Tag noch nie zu Gesicht bekommen hatte. Es war merkwürdig, wirklich merkwürdig, also dachte ich nicht darüber nach. Ich rührte mich auch nicht.

Plötzlich bog der Wagen rechts ab, und ich begriff, dass wir uns auf dem Parkplatz des St.-Mary-Krankenhauses in Oakland befanden. Wir stiegen aus, und Tom ging voraus zur Unfallstation.

Drinnen befand sich eine kleine Gruppe von Langhaarigen in Blue Jeans. Sie sahen alle bestürzt aus und drängten sich zusammen, als würden sie frieren. Das Kamerateam.

Tom führte mich zur Anmeldung und sagte etwas zu der Dienst tuenden Schwester. Sie blickte mich an, ihre Miene drückte nur eine Frage aus. »Mrs. Matthews?«

»Ja«, log ich, denn ich glaubte nicht, dass sie mit der Wahrheit zufrieden gewesen wäre, und ich wusste, dass ich jetzt zu keiner Erklärung fähig war. Außerdem spielte es ohnehin keine Rolle.

»Wollen Sie mir bitte folgen?« Sie ging in ein kleines Zimmer voran, über dessen Tür ein rotes Licht brannte, und an der Tür besagte ein Schild »Eintritt verboten«. Chris lag in den Sachen, in denen er am Morgen weggegangen war, auf einer Bahre; er sah sehr friedlich aus, eine Seite seines Gesichts war sandig, kein sichtbarer Körperteil war verletzt. Sie hatten sich geirrt. Er war nicht tot, er schlief nur. Ich wischte ihm den Sand vom Gesicht und glättete sein Haar. Ich beugte mich nieder, um ihn zu küssen, und die Trauer schnürte mir die Kehle so zu, dass ich nur gurgelnde Geräusche von mir geben konnte. Ich legte mein Gesicht an das seine und umarmte ihn. Aber er fühlte sich seltsam an, auch seine Haut war merkwürdig. Die Leiche von Christopher Caldwell Matthews. Nicht mehr Chris selbst.

Die Schwester hatte mich von der Ecke aus beobachtet, aber das war mir vollkommen gleichgültig. Ich vergaß, dass sie dort war. Langsam kam sie auf mich zu, ergriff mich am Ellbogen und führte mich sehr zielstrebig zur Tür. Ich blickte über die Schulter zurück zu Chris, um zu sehen, ob er sich bewegen, aufstehen oder ein Auge öffnen und zwinkern würde. Es war nur einer von seinen wirklich bösen Scherzen, wie auch Tom Bardis Telefonanruf ... Schauen Sie, Schwester, wirklich, ich weiß, dass er Ihnen das nur vorspielt ...

Sie ließ meinen Ellbogen nicht los und führte mich durch den Korridor zurück zur Aufnahme. »Würden Sie das bitte unterschreiben? ... Und das?« Sie reichte mir einen Kugelschreiber. Ich unterschrieb zweimal Gillian Forrester, drehte mich um und wusste nicht, wohin ich mich wenden sollte. Ich sah sie an und fragte, was ich nun unternehmen sollte.

»Haben Sie schon ein Beerdigungsinstitut angerufen?«

»Nein, noch nicht.« Er war noch nicht einmal kalt.

»Auf der gegenüberliegenden Seite der Halle befindet sich eine Telefonzelle. Auf den gelben Seiten des Telefonbuchs werden Sie finden, was Sie suchen.« Das heißt, es auf den gelben Seiten finden, deine Finger blättern lassen ... o Gott.

Hobson ... Hobson ... das ist der Richtige ... George Hobson ... »Überlasst eure Lieben vertrauensvoll unseren Händen« ... ich kannte den Mann, der ihre Werbekampagne entworfen hatte.

Ich suchte die Nummer der Firma im Telefonbuch und rief an.

»Hobson's Heim«, eine sanfte Stimme ... o Gott.

»Hier spricht Mrs. Forrester. Ich möchte mit jemandem über ...«

»Sicherlich, einen Augenblick bitte.«

»Ja?« Eine tiefe, gedämpfte Stimme erklang an meinem Ohr. Er musste ein Schwuler sein. Ich stellte später fest, dass es stimmte, als er in einem engen schwarzen Anzug stereotyp lächelnd durch die Vorhalle bei Hobson tänzelte.

Ich erzählte ihm die ganze Geschichte. Er meinte, er sehe keine Probleme. Einer ihrer Wagen würde Mr. Matthews um drei Uhr abholen. Ob ich einverstanden sei? Ich sagte Ja, es sei mir recht.

»Und würden Sie dann um halb vier zu uns kommen, Mrs. Forrester, um alle Einzelheiten zu besprechen?«

»Ja, ich werde dort sein.«

»Sind Sie die Schwester des Verstorbenen?«

»Nein, ich bin seine Frau.«

»Verzeihung, das tut mir Leid, ich habe ›Forrester‹ verstanden.« Er war ganz salbungsvolle Entschuldigung.

»Es stimmt schon, Forrester. Ich werde dem Krankenhaus mitteilen, dass Sie Mr. Matthews um drei abholen.« Es war mir verdammt egal, was er dachte. Ich war Chris' Frau, ob mit Trauschein oder ohne.

Ich sagte der Schwester in der Aufnahme, dass ein Wagen von der Firma Hobson Chris um drei abholen würde, und teilte es dann Tom mit.

»Wollen Sie jetzt zurück in die Stadt? Ich fahre Sie hin; meinen Wagen kann jemand anderer nehmen.«

»Nein, ich werde warten. Aber Sie können jetzt zurückfahren, wenn Sie wollen. Es hat keinen Sinn, dass Sie mit mir warten.«

»Ich werde bleiben.« Es klang sehr endgültig. Ich war ihm dankbar, also widersprach ich nicht.

»Wollen Sie sich hinlegen oder sonst etwas?«

»Nein, ich brauche nichts.«

»Sind Sie sicher?«

»Sicher. Danke.« Ich versuchte ihm zuzulächeln. Er erwiderte mein Lächeln nicht, sondern ging zu der Gruppe, die zuletzt mit Chris zusammen war, und sprach leise mit den Leuten. Sie standen nacheinander auf, sahen zu mir herüber, dann schnell wieder weg und schüttelten Tom die Hand. Er gab jemandem seine Wagenschlüssel, dann waren sie fort. Die stillen Leidtragenden waren gegangen.

»Ich kann auch in dem Wagen von Hobson zurückfahren, Tom. Das würde ich sogar ganz gern tun.«

»Nein, das können Sie nicht. Was würde denn Chris davon halten?« Es war ein Schlag unter die Gürtellinie, und ich zuckte zusammen.

»Gut.«

»Kommen Sie, auf der anderen Straßenseite gibt es ein Lokal, in dem man essen kann. Ich lade Sie auf einen Hamburger ein.«

»Ich könnte im Augenblick nicht ...« Der Gedanke allein verursachte mir Übelkeit.

»Dann trinken Sie wenigstens eine Tasse Kaffee. Kommen Sie.«

Wir setzten uns, tranken Kaffee und rauchten, die Zeit verging, wir sprachen keine zehn Worte miteinander. Chris' Freund, den ich noch nie gesehen hatte, blieb bei mir sitzen; er war der beste Freund, den ich zu dieser Zeit hatte. Ich brauchte seine Gegenwart, ich klammerte mich an ihn und sprach kaum ein Wort mit ihm.

Endlich traf der Wagen von Hobson ein, ein lang gestreckter brauner Wagen, der von einem Mann gefahren wurde, der wie ein Chauffeur aussah. Es war ein Leichenwagen. Der Leichenwagen für Chris.

Chris wurde auf einer schmalen Metallbahre herausgetragen; er war mit einer grünen Plane zugedeckt und an der Bahre festgeschnallt. Sie schoben ihn hinten in den Leichenwagen, schlugen die Tür zu, und der Fahrer fragte mich: »Wollen Sie mir nachfahren oder mich bei der Firma wieder treffen?«

»Wir werden hinter Ihnen herfahren«, entschied ich, bevor ich Tom ansah. Ich wollte Chris folgen.

Als ich zu Tom aufblickte, bemerkte ich, dass ich während der ganzen Zeit, während Chris in den Wagen gelegt wurde, seine Hand gedrückt hatte. Meine Nägel hatten sich in seine Hand gebohrt, aber er hatte kein Wort verloren. Ich glaube nicht einmal, dass er es bemerkt hatte.

Wir stiegen in Chris' Wagen, und Tom ließ den Motor an … »Geben Sie auf den Choker Acht«, sagte ich automatisch, es waren Chris' ständige Worte … »Gib auf den Choker Acht« … am ersten Tag, an dem wir wieder hier waren … gib auf den Choker Acht; ich legte die Arme um Tom Bardi und weinte, schluchzte und würgte.

»Sind Sie abfahrbereit?«, wollte der Fahrer des Leichenwagens wissen. Tom sah mich an, und ich nickte. Ich lehnte mich zurück und wünschte, ich hätte das Librium genommen, wie Peg mir geraten hatte. Doch nein, ich wollte allein damit »fertig werden«, ohne Librium. Doch ich dankte Gott für Tom Bardi.

34

Bei Hobson wurde ich in ein kleines Büro mit eleganten, imitierten Louis-XV.-Möbeln geführt. Tom blieb draußen. Der Mann, mit dem ich am Telefon gesprochen hatte, kam herein. Ich hatte ihn schon im Vestibül gesehen. »Ich bin Mr. Ferrari. Mrs. Forrester, nicht wahr?«

»Ja.«

»Also … wann soll das Begräbnis stattfinden?«

»Das weiß ich noch nicht.«

»Selbstverständlich. Wir werden Mr. Matthews in unserem Georgia-Schlummer-Raum unterbringen, den ich Ihnen zeigen werde, nachdem Sie diese Papiere durchgesehen haben. Dann werde ich Sie mit unserem Kosmetiker bekannt machen, und wir werden uns einen Sarg aussuchen. Damit hätten Sie alle Formalitäten erledigt. Nun, heute ist Freitag, ich nehme also an, dass das Begräbnis Sonntag stattfinden wird oder vielleicht Montag.« Er lächelte mitfühlend wie ein Alligator und tätschelte meine Hand … gütiger Gott, nimm doch deine verdammten Pfoten von mir. Er redete wie ein geschäftstüchtiger Reiseleiter auf einer Kreuzfahrt durch die Karibik, »und jetzt sehen Sie …« Scheiße.

»Ach ja, Mrs. Forrester, wollen Sie uns irgendwann heute Abend einen kompletten Anzug von Mr. Matthews bringen? Einschließlich der Schuhe.« Einen Anzug? Ich war nicht einmal sicher, ob Chris einen besaß.

»Wozu?« Ich hatte offensichtlich den Mann auf eine Weise schockiert, die er sicher nicht für möglich gehalten hatte.

»Um ihn aufzubahren.« Wieder das Lächeln, gepaart mit einer Miene, die Nachsicht mit meiner Dummheit ausdrückte.

»Ihn aufbahren? Ach, im Sarg … nein, das wird nicht notwendig sein. Ich möchte, dass der Sarg geschlossen bleibt. Er kann das anbehalten, was er am Leib hat.«

»Trägt er einen Anzug?«

»Nein, Mr. Ferrari, er trägt keinen Anzug. Er besitzt gar keinen Anzug, und mir gefällt die Kleidung, die er trägt.« Ich fuhr ihn an und fühlte mich gleich etwas besser. »Ich muss mit seiner Mutter noch einige Einzelheiten besprechen. Sie kommt heute Abend an.«

»Aus dem Osten?«

»Nein, aus Denver.« Aber keine Angst, wir können das Begräbnis bezahlen, Mr. Ferrari. Sie werden Ihr Geld bekommen. Darum ging es in den Papieren.

Er lächelte mir zu, überzeugt davon, dass Mr. Matthews' Mutter bezüglich des Anzugs seiner Ansicht sein würde. Vielleicht hatte er Recht. Sie war schließlich seine Mutter.

»Wollen wir nach unten gehen, die Särge ansehen?«

Wir verließen das kleine, einsame Büro, und Tom saß immer noch dort. Es war beruhigend, ihn noch in der Nähe zu wissen.

»Wir werden nicht lange brauchen«, tröstete ich ihn, und Tom nickte. Mr. Ferrari sah irritiert aus. Er war sichtlich dazu entschlossen, seine ganze Show vor mir abzuziehen.

Mir kam erst im Fahrstuhl zu Bewusstsein, wie ich in meinen Jeans, den Sandalen und Chris' altem Pullover aussehen musste. Der arme Mr. Ferrari. Mit welchen Leuten man sich heutzutage abgeben musste, aber ich fand, dass es keine Rolle mehr spielte. Vielleicht würde die Rechnung dann nicht so hoch sein. Ich wusste nicht, wie vermögend Mrs. Matthews war, und ich hätte es mit meinen Ersparnissen gerade noch bezahlen können, hätte aber dann ohne einen Pfennig dagestanden. Begräbnisse können tausende Dollar kosten.

Mr. Ferrari öffnete die Tür, und wir traten in einen Raum voller Särge, die wie Autos in einem Schauraum ausgestellt waren, auf Plattformen, rund um den ganzen Raum, mit und ohne Kruzifixe, mit allen erdenklichen Verzierungen und Beschlägen, mit Satin, Samt und Moiré-Seide ausgeschlagen. Mr. Ferrari stellte sich schon in Positur, um mir alle Modelle im Detail zu schildern wie ein Autoverkäufer in Hochform.

»Ich nehme diesen.«

»Diesen hier?«

»Ja, diesen.«

»Sehr gut, aber wollen Sie nicht, dass ich Ihnen noch etwas anderes zeige ...«

»Nein. Wie viel kostet er?«

Er studierte eine Liste. »Dreihundertfünfundzwanzig Dollar.«

»Sehr gut.« Ich drehte mich um, verließ den Raum und drückte auf den Fahrstuhlknopf, bevor Mr. Ferrari Atem geschöpft hatte oder mir gefolgt war.

Oben schüttelte ich Mr. Ferrari die Hand und wollte gehen.

»Mr. Matthews wird heute Abend um sieben zurechtgemacht sein. Sie haben den Raum noch nicht gesehen.«

»Er wird sicherlich in Ordnung sein, Mr. Ferrari.« Ich war erschöpft und wollte nur rasch von dort wegkommen.

»Sind Sie bezüglich des Anzugs sicher?«

»Ich bin sicher. Danke.« Mit all der Würde, die ich aufbieten konnte, ging ich zur Tür; Tom folgte mir.

Als wir endlich draußen waren, sah er mich wieder an. »Wie fühlen Sie sich?«

»Viel besser. Wir müssen Sam abholen.« Ich nannte ihm die Adresse der Schule. Es war schon fast halb fünf, und sie würde sich schon fragen, was passiert war.

In der Schule verfertigte Sam im Büro einer der Aufsichtspersonen Zeichnungen und wirkte vollkommen glücklich. »Wo warst du?«

»Ich hatte zu tun. Komm, Liebling, es ist Zeit, dass wir nach Hause fahren.«

Sie nahm ihre Jacke und marschierte zur Tür, ihre Zeichnungen trug sie zusammengerollt in einer Hand. Nachdem sie draußen war, kam die Aufsichtsdame zu mir und schüttelte mir die Hand. »Es tut mir so Leid, Mrs. Forrester.«

»Ich danke Ihnen.« Ich musste mich daran gewöhnen. In den nächsten Tagen würde ich dieses »Es tut mir Leid« noch oftmals hören.

Tom wartete im Wagen, als Sam und ich hinauskamen.

»Wer ist das?«

»Ein Freund von Onkel Chris.«

»Ach so.«

Für sie war es damit in Ordnung.

Tom und sie plauderten auf der Heimfahrt, sodass ich währenddessen meinen Gedanken freien Lauf lassen konnte. Ich war so müde, dass ich wie betäubt war:

»Tom, ich möchte auf dem Heimweg bei einem Blumenladen aussteigen. Es gibt einen in unserer Straße. Haben Sie noch so viel Zeit?«

»Sicherlich.«

»Weshalb brauchst du Blumen, Mami? Wir haben doch genug zu Hause.«

»Ich muss sie jemandem schicken.« O Gott, es dämmerte mir, dass ich es ihr würde mitteilen müssen; über das Wie war ich mir noch nicht im Klaren. Aber etwas würde ich auf jeden Fall sagen müssen.

Beim Blumenhändler bestellte ich um zweihundert Dollar wild wachsende Blumen in verschiedenen Farben, die bis sieben Uhr bei der Firma Hobson abgeliefert werden sollten. Ich konnte den Gedanken an weiße oder lachsfarbene Gladiolen nicht ertragen, nicht im Zusammenhang mit Chris. Draußen vergnügten sich Sam und Tom im Wagen, und ich lächelte müde, als ich sie sah. Ohne Tom wäre es unerträglich gewesen.

Er fuhr uns nach Hause und fragte mich, ob er noch eine Weile bei uns bleiben solle.

»Sie müssen nicht. Es geht mir gut. Aber ich könnte Ihnen etwas zum Essen machen.«

»Nein. Ich gehe nach Hause.«

»Soll ich Sie hinfahren?«

»Nein. Ich wohne nur sechs Blocks von hier. Ich werde zu Fuß gehen. Ich werde noch den Wagen parken.«

Sam und ich blieben vor dem Haus stehen, während er den Wagen abstellte und zu uns zurückkam, er sah so müde aus, wie ich mich fühlte. Er blieb einen Augenblick vor uns stehen, offensichtlich ohne zu wissen, was er sagen sollte.

»Tom … ich weiß nicht, wie ich Ihnen danken soll, aber … Sie haben mir sehr geholfen. Sie waren unglaublich … wunderbar.« Wieder stiegen mir Tränen im Hals hoch.

»Sie auch, Gillian, Sie auch.« Er bückte sich, küsste mich auf die Wange, fuhr Sam durch das Haar und ging mit gesenktem Kopf die Straße hinauf. Ich glaube, er weinte, konnte es aber nicht sehen, denn meine Augen schwammen in Tränen.

»Warum weinst du, Mami? Hast du Schmerzen?«

»Ja, gewissermaßen.«

»Ich werde mich um dich kümmern, und du wirst dich gleich besser fühlen.«

»Danke, Liebling.« Wir stiegen Hand in Hand die Treppe zu dem leeren Haus hinauf, wir beide waren wieder allein.

Mrs. Matthews rief an, während Sam Abendbrot aß. Sie sagte, sie würde um neun ankommen, aber ich müsse nicht zum Flughafen fahren. Ich sagte ihr, ich würde kommen, und dann versuchte ich, einen Babysitter für Sam aufzutreiben.

Ich rief die einzige Nachbarin an, die ich kannte, und sie sagte, sie würde gern kommen. »Ach, Gillian, ich habe es in der Nachrichtensendung gehört, es tut mir so schrecklich Leid«, so Leid, so Leid, da war es wieder.

»Danke, Mrs. Jaeger, danke vielmals.« In den Nachrichten? Du lieber Gott.

Sam war sehr brav, badete, aß ihr Abendbrot und ging ohne Protest zu Bett. Sie fragte einmal nach Chris, und ich antwortete ausweichend. Ich wollte nicht, dass sie sein Verschwinden mit den Tränen und dem Leid in Verbindung brachte, die sie in den nächsten Tagen erwarteten. Es war besser, wenn ich es ihr behutsam beibrachte, sobald ich selbst damit fertig werden konnte. Wann würde das sein? Jedenfalls nicht jetzt.

Mrs. Jaeger kam um acht, und ich fuhr zum Flughafen, um Mrs. Matthews abzuholen. Ich hatte mich umgezogen und trug jetzt etwas Einfaches, Schwarzes. Meine Blue Jeans und Chris' Pullover lagen auf unserem noch immer ungemachten Bett neben dem grauen Hochzeitskleid.

35

Ich stand auf dem Flughafen und wartete auf die Ankunft der Maschine aus Denver. Ich sah mich um und fragte mich, wer von den Wartenden Jane sein könnte. Niemand sah so aus, wie ich es erwartet hätte, also beschäftigte ich mich nicht länger damit, sondern starrte auf die Landebefeuerung auf dem Flugfeld. Ein halbes Dutzend Maschinen warteten auf den Start, andere schwebten herein.

»United Airlines, Flug 402, aus Denver, ist gelandet. Passagiere kommen durch das Gate 3 … Flug 402 …« Sie war unter den Ersten, und ich erkannte sie sofort, eine kleine Dame, die einmal sehr hübsch gewesen sein musste, mit grauem Haar und einem aparten schwarzen Kleid. Sie sah sich um und an mir vorbei. Ich glaube nicht, dass sie mich gleich erkannte.

»Mrs. Matthews?«

»Gillian?«

»Ja.«

»Danke, dass Sie gekommen sind, meine Liebe. Es wäre aber nicht notwendig gewesen.« Sie sah an mir vorbei und über meine Schulter, während ich ihr erklärte, es sei alles in Ordnung, und ähnliche Redensarten von mir gab.

»Ich sehe Jane nicht. Sie versprach, sie würde mich abholen.« Dann winkte sie, sah sich um, und eine hoch gewachsene junge Frau kam auf uns zu … Es war Chris, verwandelt in eine Frau. Es war ein ganz seltsames Gefühl, dieses Mädchen anzuschauen und Chris zu sehen, seinen Gang, seine Gestalt, und als sie näher kam, seine Augen. Fast überlief mich ein Schauer, aber ich war fasziniert, hypnotisiert von der Erscheinung, die auf uns zukam. Ich konnte meinen Blick nicht von ihr abwenden. Sie ging geradewegs auf ihre Mutter zu und schloss sie wortlos in die Arme. Mir tat es Leid, dass ich gekommen war. Mein Platz war nicht bei ihnen. Sie brauchten einander, ich war eine Fremde für sie. Ich wandte mich verlegen ab und überlegte, was ich Jane sagen sollte. »Es tut mir Leid?« Nein, nicht von mir. Nicht ich auch. Als ich sie ansah und wieder von der Ähnlichkeit mit Chris frappiert war, ließ sie ihre Mutter los und machte einen Schritt auf mich zu. Dann umarmte sie mich gleichfalls.

»Ich weiß, Gillian. Ich weiß. Ich werde Ihnen nicht sagen, dass es mir Leid tut. Ich weiß, was Sie empfinden. Chris hat mir letzte Woche geschrieben.«

»Wirklich? Er hat mir kein Wort davon gesagt.« Ich war so überrascht, dass ich nicht wusste, was ich sagen sollte.

»Das war ganz er. Warum holen wir dein Gepäck nicht, Mam?« Wir gingen zu dritt langsam zu der Rolltreppe zur Gepäckausgabe.

Wir sammelten Mrs. Matthews Sachen ein, und ich ging zum Parkplatz, um den Wagen zu holen.

»Er ist leider nicht sehr geräumig. Chris … ich … also uns gefällt er«, worauf verlegenes Schweigen folgte.

Auf der Fahrt in die Stadt wurde nur wenig gesprochen. Es gab sehr wenig zu sagen. Und dann plötzlich, als hätten wir das Gefühl, dass wir sprechen sollten, begannen wir alle zugleich zu reden und lachten dann nervös. Wir sprachen über San Francisco, über das Wetter in Denver, über das Fliegen, über alles Mögliche, außer über Chris und den Unfall.

»Wann erwarten Sie das Kind, Gillian?« Das war vielleicht eine Eröffnung. Sie kam von Jane.

»Erst in zwei Monaten. Sie haben drei, nicht wahr?« Sie nickte, und während ich vermied, Mrs. Matthews anzusehen, hoffte ich, sie hätte es nicht bemerkt. Denn wir vergessen alle bei unseren freidenkenden Freunden, dass sie Eltern haben, und der große, unabhängige Christopher Caldwell Matthews hatte eine Mutter, die vielleicht nicht der Ansicht war, dass uneheliche Kinder etwas Tolles waren. Chris war auch nicht dieser Meinung gewesen, also erwartete ich von seiner Mutter eigentlich nur Entsetzen. Ich spürte, dass sie mich ansah, und riskierte einen kurzen Blick und ein nervöses Lächeln in ihre Richtung. Schließlich war ich ihr nur einmal begegnet.

Sie erwiderte meinen Blick ebenso nervös, mit leisem Lächeln in ihren großen, traurigen Augen. »Ich hoffe, es stört Sie nicht, wenn ich das sage, aber ich bin froh. Mein zweiter Sohn war auch nicht verheiratet, und Chris …« Sie verstummte. Am liebsten hätte ich sie geküsst, konnte aber das Lenkrad nicht loslassen, also sah ich sie noch einmal an, und diesmal lächelte ich wirklich.

»Würden Sie … dort vorbeifahren …?«

»Nein, Mutter, warum wartest du nicht bis morgen? Fahren wir jetzt direkt zum Hotel.«

»Nein, ich will heute Abend hingehen, Jane. Ich will ihn sehen …« Der letzte Teil des Satzes verhallte wieder.

»Hmmm … Mrs. Matthews, ich ließ den … äh … ich ließ ihn schließen … Aber es lässt sich rückgängig machen, wenn Sie es wünschen …« Rückgängig … rückgängig … Chris, der so still dort lag … damit ihn alle sehen könnten, bis wir ihn bestatteten.

»Oh.« Es klang so leise. »Ist er …? War er sehr …?«

Ich unterbrach sie, ich wollte die Worte nicht hören. »Nein, er sieht … gut aus.« Ich wollte sagen »schön«, konnte aber nicht. Er sah schön aus, der schlafende Junge, den ich so oft spätnachts oder frühmorgens betrachtet hatte. Ganz friedlich, die Seele eines Knaben im Körper eines Mannes.

»Gillian hatte Recht, Mam. Lassen wir es so.« Mrs. Matthews nickte nur.

Danach verstummte das Gespräch. Es gab nichts mehr zu sagen, und wir waren alle in unsere eigenen Gedanken versunken, bis wir zu Hobson kamen. Ich fuhr auf den Parkplatz und stellte den Wagen ab. Wir stiegen alle aus, und ich ging voran.

An dem Schreibtisch im Vestibül saß ein blass – geisterhaft? – aussehendes Mädchen, und Mr. Ferrari sprach mit einer kleinen Gruppe von Leuten in einer Ecke. Als wir eintraten, blickte er auf, nickte kurz und machte ein Gesicht, als wäre er damit einverstanden, dass ich mich umgezogen hatte. Der Snob.

Ich ging zu dem Mädchen am Schreibtisch, und meine Stimme klang wieder heiser. »Mr. Matthews, der Georgia-Raum. Welche Richtung?«

Sie: »Dort hinüber, bitte.« Sie ging durch einen langen Korridor voraus, an anderen Räumen vorbei; ich hatte Angst, durch die offenen Türen zu schauen und dort eine Leiche zu sehen, denn das wollte ich nicht. Sie blieb vor der letzten Tür stehen, und wir traten ein. Vor uns befand sich der dunkle Holzsarg, den ich vor einigen Stunden ausgesucht hatte, und die Blumen, die ich auf der Sacramento Street gekauft hatte. Sie waren schön, rot, gelb und blau und dazwischen Schleierkraut. Sie sahen so frisch und hübsch aus, nicht schwer und tot. Sie waren wie Mozart oder Debussy. Genau das, was ich gewollt hatte.

An den Enden des Sarges standen zwei riesige Kerzen in Bronzekandelabern und davor ein kleines Betpult. Zwei Sitzbänke und einige Stühle an der Wand. Die Beleuchtung war gedämpft; es sah so feierlich aus, wie eine Kirche. Es schien nicht der rechte Ort für Chris zu sein. Ich konnte beinahe hören, wie er sagte: »Ach, hör doch auf, Gill, was soll das, zum Teufel?«

Aber es musste so sein, und seine Mutter schien es für richtig zu halten.

»Die Blumen sind reizend, Gillian. Sie sind von Ihnen?« Ich nickte. Dann ging sie zu dem Sarg, und Jane drückte meinen Arm, während Mrs. Matthews an dem Betpult niederkniete; wir traten zurück und betrachteten die Frau, die zwei Söhne und ihren Mann, alle ihre Männer, verloren hatte.

Einen Augenblick später erhob sie sich, und Jane nahm ihren Platz ein, während Mrs. Matthews sich auf eine der Bänke setzte und ihre Füße betrachtete. Ich hatte nicht mehr den Mut, sie anzublicken. Ich konnte einfach nicht.

Jane erhob sich, holte ihre Mutter von der Bank und führte sie zu mir. »Komm, Mam, es war ein langer Tag, und ich habe im Hotel gesagt, dass wir um zehn dort sein werden.«

Während wir durch den Korridor gingen, fragte ich Jane, wo sie wohnten.

»Im Sir Francis Drake.«

»Ich werde Sie dorthin bringen.«

Während der Fahrt führte Jane im Wagen ein normales Gespräch, tätschelte gelegentlich die Schulter ihrer Mutter oder drückte sie sanft an sich.

»Mrs. Matthews, ich spreche ungern jetzt davon, aber wann sollte Ihrer Meinung nach … das Begräbnis stattfinden?« So, nun war es heraus.

»Ist Sonntag zu früh?«

»Nein, das glaube ich nicht. Vielleicht ist es besser so. Wollen Sie es in der Kirche machen? Es tut mir Leid, dass ich davon anfangen muss … so früh … aber sie wollen es wissen … bei Hobson, meine ich …«

»Diese Bastarde.« Es war Jane, es klang so sehr nach Chris.

»Jane! Sie müssen ihre Arbeit tun wie jeder andere.«

Jane und ich fügten nichts hinzu, aber unsere Gefühle waren die gleichen, und Bastarde war ein gutes Wort dafür.

»Ist Chris oft zur Kirche gegangen?« Autsch.

»Nicht allzu oft.« Besser ein wenig lügen als »nie« sagen.

»Ich bin Presbyterianerin, und sein Vater war Methodist. Ich glaube nicht, dass Chris für die eine oder andere Richtung viel übrig hatte. Er hat sich nie für eine bestimmte Seite entschieden.« So konnte man es auch ausdrücken. In gewissem Sinn war es die Wahrheit.

»Es gibt in der Nähe unseres Hauses eine nette kleine presbyterianische Kirche. Ich könnte morgen mit dem Priester sprechen.«

»Darf ich mitkommen?«

»Natürlich, verzeihen Sie. Ich wollte es nicht in die Hand nehmen. Ich dachte nur …«

»Sie waren wunderbar, Gillian. Machen Sie sich deshalb keine Sorgen.«

»Ich werde Sie morgen Vormittag abholen, und wir werden ihn gemeinsam aufsuchen.«

Jane knirschte auf dem Rücksitz mit den Zähnen. Sie war wirklich so wie Chris. Ein kirchliches Begräbnis für Chris. Aber es war nicht für Chris. Es war für seine Mutter und für uns. Dazu sind Begräbnisse da, eine Totenklage für die Lebenden, keine Feier für die Toten.

Vor dem Hotel umarmten wir einander wieder, und sie verschwanden in der Halle, das große blonde Mädchen, das so ging wie Chris, und die kleine Dame in dem schwarzen Kleid. Sie war nur ein wenig kleiner als ich, kam mir jedoch so winzig vor, vielleicht weil sie Chris' Mutter war. Ich sah auf die Uhr und beschloss, zu Hobson zurückzufahren. Nur für eine Minute. Um mit Chris allein zu sein. Es würde Mrs. Jaeger nichts ausmachen, noch ein wenig zu warten. Sie würde es verstehen.

Ich parkte den Wagen wieder, ging hinein und sah zu meiner Erleichterung, dass Mr. Ferrari gegangen war. Das blasse Mädchen saß noch an dem Schreibtisch und trank Kaffee aus einem

Plastikbecher. Es erinnerte mich an den Kaffee im *Woman's Life;* ich ging durch den Korridor und dachte mir, »für sie ist es einfach ein Job«, dabei fragte ich mich, was für ein Mensch einen solchen Job haben wollte. Der Verlag war voller Leben gewesen, voller Menschen, Farben, Geräusche. Hier zu arbeiten war so, als wäre man selbst tot.

Ich erreichte Chris' Raum und trat langsam ein. Ich setzte mich auf einen der Stühle, dachte eine Weile nach, lehnte mich zurück und schloss die Augen, ruhte mich aus und dachte. An Kleinigkeiten, kurze Momente, kurze Wörtchen … Vor fünfzehn Stunden war Chris die Stufen vor dem Haus nach unten geklappert, und nun saß ich in diesem stillen Raum voller bunter Blumen, und Chris lag dort … Vielleicht, vielleicht wenn ich den Atem anhalte und die Augen schließe und bis 712 zähle, wird alles verschwinden, und ich werde aufwachen. Aber ich tat nichts dergleichen. Ich rang nach Luft, schlug die Augen auf, und alles war unverändert, nur ich war außer Atem, und das Baby bewegte sich heftiger, zornig über den kurzen Mangel an Sauerstoff.

Dann ging ich langsam zu dem Betpult, kniete nieder und blickte dorthin, wo Chris' Kopf lag, obwohl ich ihn nicht sehen konnte. Langsam liefen Tränen über mein Gesicht und tropften dumpf auf den Samt des Pultes. Vielleicht betete ich, ich bin aber nicht sicher, dann stand ich auf und ging. Langsam, allein, ich sehnte mich nach dem Gefühl, dass Chris bei mir, mir nahe war. Das soll man ja fühlen, doch ich empfand es nicht. Chris war in dieser Kiste eingesperrt. Er war fort, und ich war allein.

Chris' Wagen stand als einziger auf dem Parkplatz von Hobson, ich startete den Motor und dachte an den Choker. Ich fuhr durch den Nebel nach Hause und kam kurz vor Mitternacht zur Sacramento Street, ein wenig besorgt wegen Mrs. Jaeger. Ich öffnete die Tür mit meinem Schlüssel und trat ein, ließ meinen Mantel auf dem Stuhl im Vorzimmer liegen und ging zur Küche, wo sie vermutlich sein würde. Die einzige Lampe, die brannte, war die in der Küche.

»Mrs. Jaeger? … Mrs. Jaeger?« Vielleicht war Sam aufgewacht, und ich ging nach oben, um nachzusehen. Als ich die Treppe hinter mir hatte, sah ich, dass das Licht in unserem Zimmer brannte, und durch die offene Tür erblickte ich Peg, die das Bett machte.

»O Peg, du bist ein Engel.« Ich lehnte mich an den Türrahmen und sah sie nur an.

»Nicht reden. Du gehst sofort ins Bett. Da, setz dich. Ich helfe dir.«

»Ach, Peg, du musst todmüde sein. Nach deiner Zeit ist es drei Uhr morgens.«

»Nach deiner Zeit ist es schlimmer, also keine Diskussionen. Dazu bin ich ja hergekommen.«

»Mein Gott, Peg, was werde ich nur tun, wenn ich einmal erwachsen werde, und du bist nicht mehr bei mir?«

»Ach, halt den Mund. Schluss damit.«

»Was ist mit Mrs. Jaeger?«

»Knapp bevor du kamst, ist sie gegangen. Sie traute mir nicht recht, aber ich sprach so viel und so schnell und drängte sie gleichzeitig zur Tür, dass sie ging. Wo warst du denn?«

»Ich habe Mrs. Matthews am Flughafen abgeholt, fuhr dann mit ihnen zu Hobson, brachte sie darauf ins Hotel, und dann … fuhr ich zurück zu Hobson.«

»Du fuhrst zurück zu Hobson? Ich nehme an, Hobson ist das hiesige Bestattungsunternehmen. Was hast du eigentlich vor? Willst du dich und das Baby umbringen?«

»Ja, ich meine, nein. Ich meine, ja, Hobson ist das hiesige Bestattungsunternehmen, und nein, ich will weder mich noch das Baby umbringen. Peg, jemand musste sie abholen.«

»Gab es sonst niemanden?«

»Chris' Schwester … Verdammt, ich wollte es.«

»Schon gut. Wie wäre es jetzt mit einer heißen Schokolade oder etwas Ähnlichem? Ich habe dir aus New York Pillen mitgebracht.«

»Was für Pillen?«

»Beruhigungstabletten. Ich habe deinen Gynäkologen angerufen, und er gab mir ein Rezept für dich.«

»Mein Gott, Peg …«

»Hast du heute Librium genommen?«

»Ja, also …« Ich schüttelte den Kopf.

»Das habe ich mir gedacht.«

Ich sah mich im Zimmer um. Alles sah so aus, wie ich es verlassen hatte, nur ordentlicher, und die Kleidungsstücke waren von dem Bett verschwunden. Das neue graue Kleid hing an einem Kleiderbügel an der Schranktür.

»Peg … würdest du das bitte wegräumen? Ich will es nicht sehen.«

»Sicherlich.« Es verschwand in den Schrank.

»Das Begräbnis findet Sonntag statt, du wirst also Montag wieder im Büro sein können.«

»Du willst mich wohl mit Gewalt loswerden? Ich habe ihnen gesagt, dass ich eine Woche wegbleibe.«

Peg … Peg … die unglaubliche Peg, die mir den Kopf gehalten hatte, als ich das erste Mal zu viel getrunken hatte, die immer, immer da gewesen war. Auch jetzt war sie hier, wenige Stunden nachdem ich angerufen hatte, sie war fünftausend Kilometer gereist, um bei mir zu sein, und machte mein Bett, kaum fünf Minuten nachdem sie hereingekommen war. Sie behandelte mich wie eine Patientin, sie war die Nachtschwester, die direkt aus New York eingeflogen war. Nur für mich. Es war die Art Freundschaft, die Chris nicht begreifen konnte, aber ich dankte Gott für Peg. Es gab unter zehn Millionen Menschen nur einen wie sie, und ich hatte das Glück gehabt, mit ihr zur Schule zu gehen.

Sie gab mir die Pille und die heiße Schokolade, und ich dachte an Chris bei Hobson. »Peg …«

»Versuch nicht, zu sprechen. Sag mir nur, wo ich schlafen soll. Kann ich in Sams Zimmer schlafen?«

»Du schläfst hier, Peg. Ich werde in Sams Zimmer schlafen.«

»Kommt gar nicht infrage. Wenn du auch nur den Fuß auf den Boden setzt, verpasse ich dir einen meiner weltberühmten linken Haken!«

»Du meinst den, dessentwegen du beinahe aus der Schule geflogen bist?«

»Genau den.« Wir kicherten.

»Peg?«

»Ja?«

»Weißt du … ich … hmmm …«

»Ich weiß …« Sie machte das Licht aus, und ich begann einzuschlafen, während sie die leere Schokoladetasse wegräumte. Sie schien einfach zu verschwinden, und ich versuchte einen Augenblick lang wach zu bleiben, ich glaubte, Peg Richards zu sehen, die sich über mich beugte. Doch nein, das war unmöglich. Peg war in New York … Es musste Chris sein … ich muss am Morgen daran denken, es ihm zu erzählen. Er wird es komisch finden …

36

Der Sonnenschein strömte in mein Zimmer, und ich hörte unten Stimmen … Mein Gott … wie viel Uhr ist es? Elf Uhr fünfundvierzig. Ich sprang aus dem Bett und ging zum oberen Treppenabsatz.

»Chris? … Sam? … Warum habt ihr mich so lang schlafen lassen? Heute ist …« O nein, o Gott, nein … ich sank auf die oberste Stufe und vergrub das Gesicht in den Händen. Peg lief die Treppe empor, Sam hinter ihr; sie zog mich sanft von der Stufe hoch und führte mich ins Schlafzimmer zurück.

»Was ist mit Mami los, Tante Peg?«

»Sie ist nur sehr müde, Sam. Geh doch wieder nach unten, sei ein großes Mädchen und stell die Teller in die Spüle. Bist ein braves Mädchen.« Sam klapperte wieder nach unten. Peg ließ sich auf den Bettrand sinken. Sie setzte sich neben mich und legte einen Arm um meine Schulter, während ich zu schluchzen und zu zittern begann. »Ohhh, Peg ... ohhh.« Wir blieben so sitzen, bis Sam zurückkam, sie sah ratlos und ein wenig besorgt aus. Ich sah zu ihr hin und versuchte ein wenig zu lächeln, musste aber nur noch mehr weinen.

»Ach, Peg ... ich kann nicht aufhören ... ich kann nicht ...«

»Schon gut, Gill. Es wird schon gut werden. Warum wäschst du dir nicht ein bisschen das Gesicht?«

»Ich sollte Mrs. Matthews anrufen. Wir müssen den Pfarrer aufsuchen.«

»Jane hat angerufen. Sie und ihre Mutter kommen um eins.«

»Ich werde sie abholen.«

»Nein, sie können ein Taxi nehmen. Hör auf, die Heldin zu spielen. Du bist egoistisch, Gill. Denk an das Baby. Du hast ihn geliebt, also sorge gut für sein Kind.« Es klang hart, aber es war wie eine kalte Dusche. Peg hatte Recht.

»Peg ... bitte keine Pillen mehr ... ja?«

»Wir werden sehen. Hör zu, du hast eine Menge Anrufe bekommen. Ein Mann namens Tom Bardi wollte wissen, ob er etwas tun könne. Ich sagte, wir werden ihn benachrichtigen. Und Hilary Price und Gordon Harte ... und ... warte mal, ach, John Templeton ... und ...«

»Woher wissen sie es?« Ich sah Peg an und begriff. »Du hast sie angerufen?«

»Nur Gordon und John Templeton. Vor meinem Abflug.

Deine Mutter hat auch angerufen. Gordon muss sie angerufen haben.«

»Ich will mit keinem von ihnen sprechen … bitte.« Peg beobachtete mich. »Ich muss den Pfarrer anrufen. Wo, zum Teufel, ist das Telefonbuch?« Ich begann unter dem Bett herumzusuchen, als das Telefon läutete. Ich zuckte entsetzt zusammen, als es neben mir klingelte. »Heb du ab.«

Peg nahm den Hörer ab und hörte einen Moment zu. »Ich muss nachsehen, ob sie hier ist, Fräulein.« Sie sah mich an, während ich heftig den Kopf schüttelte und abwinkte … nein … nein … ich kann nicht … Sie legte die Hand über die Muschel und flüsterte: »Es ist Gordon. Willst du mit ihm sprechen?« Ich schüttelte wieder den Kopf, dann blickte ich Peg zwei Sekunden lang an und griff nach dem Hörer. Sie gab ihn mir, schob Sam wieder aus dem Zimmer und schloss die Tür hinter sich.

»Ja … ich bin am Apparat … Gordon? … Hallo … danke für den Anruf … Peg sagte mir, dass … was?«

»Ich sagte, ich würde für ein paar Tage hinüberkommen, wenn ich dir damit helfen kann.«

»Nein … nein … danke, Gordon, aber mir ist lieber, du kommst nicht. Es würde … ich glaube, es ist keine sehr gute Idee.«

»Wie fühlst du dich, Gillian?«

»Ich weiß nicht … ich weiß nicht. Heute sollte unsere …« Ich begann von neuem zu weinen, während Gordon versuchte zu sprechen.

»Ich weiß nicht, was ich sagen soll. Es tut mir so Leid, Gillian.« Da war es wieder, diesmal von Gordon – »Es tut mir so Leid.«

»Das weiß ich.«

»Gillian, ich weiß, es ist zu früh, dass du darüber nachdenkst, aber warum kommst du nicht mit Peg zurück nach New York? Dort drüben ist niemand, der sich um dich kümmert.«

»Nein. Ich bleibe hier.« Es war meine energischste Erklärung seit zwei Tagen, außer meinem kurzen Streit mit Mr. Ferrari, und das hier war mir verdammt wichtiger, als ob Chris einen Anzug trug oder nicht. Niemand würde mich von hier losreißen. Jetzt nicht. Niemals. NEIN!

»Lass es dir noch durch den Kopf gehen. Bist du sicher, dass ich nichts tun kann?«

»Nein … ja … ich werde dich anrufen, wenn sich etwas ergibt. Es gibt nichts mehr zu tun. Es ist …« Ich weinte schon wieder. »Ich kann nicht mehr sprechen … danke für den Anruf … danke für alles.«

»Gillian, wir sind alle bei dir. Das sollst du bitte wissen.« Ich nickte wieder, murmelte noch einmal erstickt »Danke« und legte auf, während er noch in der Leitung war.

Ich rief den Pfarrer an, und als Jane und Mrs. Matthews kamen, gingen wir hinüber und besprachen es mit ihm. Es würde um halb drei stattfinden. Sie konnten es wegen der Sonntagsgottesdienste nicht früher ansetzen. Wahrscheinlich wollte er auch etwas zu Mittag essen. Wir hatten das Mittagessen durch die Besprechung mit ihm versäumt; jetzt standen wir in einer kleinen Gruppe vor der Kirche und fragten, was wir tun sollten.

»Wir wollen zum Haus zurückgehen.«

»Nein, Gillian, ich möchte noch für eine Weile zu Hobson fahren«, sagte Mrs. Matthews. Jane und Peg äußerten sich nicht dazu, und ich bot ihr an, den Wagen zu holen. Wir gingen langsam zum Haus, Jane und Peg blieben zurück und unterhielten sich leise, während Mrs. Matthews und ich über Bibelstellen und das Begräbnis sprachen. Der Kummer verband uns, und auch die Pläne, die wir machen mussten. Danach? Vielleicht das Baby. Es würde ihr Enkelkind sein, und vielleicht würde sie es lieben. Vielleicht würde es aussehen wie Chris.

Als wir das Haus erreichten, sah uns Sam vom Fenster aus,

und sie und Mrs. Jaeger winkten. Sam diskutierte erregt mit Mrs. Jaeger, und ich hatte den Verdacht, dass sie herauskommen wollte.

»Steigen wir alle in den Wagen, sonst gerät Sam aus dem Häuschen und will auch mitkommen.«

Wir winkten alle und stiegen so schnell ein, wie es einer Schwangeren und einer älteren, etwas unbeholfenen Frau möglich ist.

Auf dem Weg zu Hobson sprach niemand, ich parkte wieder an der gleichen Stelle auf ihrem Parkplatz. Wir gingen, noch immer schweigend, hinein und den nun schon vertrauten Weg zu dem Raum, in dem Chris lag. Ich erwartete, dass er leer war und genau so, wie ich ihn vergangene Nacht verlassen hatte, doch als wir eintraten, standen Tom Bardi und das gesamte Kamerateam dort; sie waren im Begriff, sich in das weiße Büchlein mit Golddruck einzutragen, das Hobson auflegte, damit Gäste darin unterschreiben und beweisen konnten, dass sie ihre »Pflicht« getan hatten.

Man stellte einander vor, trat von einem Fuß auf den anderen, keiner wusste, was er sagen sollte. Nach einiger Zeit gingen sie nacheinander hinaus und drehten sich noch einmal um, eines der Mädchen weinte, und ein Junge legte den Arm um sie und führte sie hinaus. Hatte sie Chris gut gekannt?

War auch sie in ihn verliebt gewesen? Hatte sie mit ihm geschlafen? Tat ich ihr Leid? Ich war neugierig und deshalb schuldbewusst.

Tom blieb noch ein paar Minuten, um mit mir zu sprechen.

»Es stand heute Morgen in der Zeitung.«

»Was haben sie geschrieben?« Hoffentlich war es etwas Schönes gewesen.

»Nur eine kurze Nachricht auf Seite elf, kein Nachruf oder dergleichen.«

»Gestern wurde es in den Nachrichten erwähnt.«

»Ja …« Er nickte und ging.

Ich trat zu dem kleinen Gästebuch, um zu sehen, wie sie hießen, und fragte mich, welcher davon zu dem Mädchen gehörte. Nur eine Menge Namen. Es waren so viele, die ich nicht kannte. Schade, dass ich nicht früher hingekommen war. Dann fiel mein Blick auf die Mitte der Liste … Da war er. An der zehnten Stelle. Marilyn Lee in schräger, sorgfältiger Schrift. Marilyn Lee. Sie musste genauso unglücklich sein. Arme Marilyn. Ich hoffte, dass sie einige Minuten allein hier verbracht hatte. Die Rivalität war jetzt vorbei. Die beiden Witwen standen nebeneinander.

»Von wem sind all die Blumen, Gillian?«

»Blumen? Was für Blumen?« Ich sah mich um und bemerkte, dass mehr als nur wilde Blumen im Raum standen, mindestens ein Dutzend Arrangements, von denen manche hübsch, manche feierlich und grotesk waren. Ich war überrascht. Ich sah eine Anzahl von Rechnungsabschnitten und Karten auf dem Tisch, und mir wurde klar, dass das eine von Hobsons Dienstleistungen war. Gelbe Rechnungen, auf denen jedes Arrangement beschrieben und angegeben war, von wem es stammte; die dazugehörige Beileidskarte war auf der Rückseite angeheftet. Weiße Chrysanthemen von einer Filmgesellschaft, deren Namen ich nicht kannte. Weiße und gelbe Rosen: Hilary Price. Verschiedene Blumen auf einem Ständer: John Templeton und der Stab. Eine Menge Maiglöckchen: G. Harte … Gordon … und andere, deren Namen ich nicht kannte. Unsere Freunde, zumeist meine Freunde. Ich ergriff Pegs Arm und begann wieder zu weinen. Für die arme Mrs. Matthews wurde es dadurch nicht leichter.

Wir saßen ein paar Stunden dort, einige Leute kamen herein und gingen wieder, nickten uns zu, einer oder zwei schüttelten Mrs. Matthews die Hand und murmelten das immer gleiche »Es tut mir Leid«. Wie oft hatte sie es schon gehört? Für ihren Mann, für ihren zweiten Sohn, und nun für Chris.

Gegen Ende des Tages trat ein gut aussehender Mann in einem dunklen Anzug ein; ich nahm einen Augenblick lang an, er sei ein Angestellter von Hobson. Er sah so ernst, so ordentlich aus, doch Mrs. Matthews erhob sich und sagte: »Gillian, das ist mein Schwiegersohn Don Lindquist.« Wir schüttelten einander die Hände, er küsste Mrs. Matthews und legte dann Jane den Arm um die Schultern.

Wir wechselten ein paar höfliche Floskeln, ich stellte Peg vor, dann trat er zu Chris' Sarg und beugte den Kopf.

Als er zu unserer kleinen Gruppe zurückkehrte, schlug er uns vor, uns alle nach Hause zu bringen und uns dann zum Dinner abzuholen. Ich lehnte dankend ab, und Peg warf mir einen Blick zu, aber ich konnte die Szene einfach nicht länger ertragen.

»Ich bin mit dem Wagen hergekommen.«

»Ach so.« Ich würde nicht mehr den Chauffeur für Jane und ihre Mutter spielen, was mich ein wenig aus der Fassung brachte. Ich hatte eine meiner Beschäftigungen verloren, eines der Dinge, die mich beschäftigten, die mir halfen, nicht den Verstand zu verlieren ... Oh.

Als sie gegangen waren, sah Peg mich an und stand auf. »Okay, Kleines, du fährst mich nach Hause.«

»Nein, das tue ich nicht«, sagte ich herausfordernd. Ich wollte *nicht* weggehen. »Fahr du nach Hause zu Sam. Es ist spät, und die letzten zwei Tage haben sie verdammt durcheinander gebracht. Sag ihr, ich komme später.«

»Genau darum geht es, Gillian. Wenn ich allein nach Hause komme, gerät Sam nur noch mehr durcheinander. Du kommst mit. Wenn du willst, kannst du später hierher zurückkommen.« Die gute alte Peg war am Werk. Sie hatte Recht. Ich stand auf, zog den Mantel an, folgte ihr und blickte »nur noch einmal« auf Chris' Sarg zurück.

»Wo warst du den ganzen Tag? Niemand spielt mit mir. Nur die dicke alte Mrs. Jaeger. Ich mag Mrs. Jaeger nicht.« Sam war wütend, sie fühlte sich ausgeschlossen. »Wo ist Onkel Crits?« Auf ihn war sie auch wütend. Wir alle hatten sie im Stich gelassen. Sie fing an zu weinen. Ich nahm sie in die Arme, wiegte sie vor und zurück und tröstete mich damit ebenso wie sie.

»Wie wäre es, wenn wir zusammen baden?« Sie war sichtlich getröstet, vergaß Chris vorläufig und lief die Treppe nach oben.

Peg wollte das Abendessen bereiten, also ging ich nach oben und war erleichtert, weil ich nicht mehr über Chris sprechen musste; das warme Bad würde mir auch gut tun. Ich hatte wieder das bleierne Gefühl; den ganzen Tag über hatte ich leichte Krämpfe im Rücken gehabt. Das Baby lag allmählich sehr tief, und meine Beine waren zentnerschwer, als ich die Treppe hochstieg.

Beim Abendessen war Sam ausgelassen, wir lachten alle drei, kicherten und erzählten dumme Witze, um Sam zu unterhalten. Ich lachte zu laut, alles schien mir so komisch. Es war eine Erleichterung, fern von Hobson zu sein, fern von der schwarzen Holzkiste, fern von den gelben Rechnungen mit den Beileidskarten, dem stickigen Blumenduft und von Mrs. Matthews und Jane und … es kam alles zusammen. Der Witz über den 400 Pfund schweren Kanari klang plötzlich wieder toll, sodass Sam, Peg und ich lachten, bis uns die Tränen über die Wangen liefen.

Wir brachten Sam zu Bett und gingen dann ins Vorzimmer. »Peg …«

»Nein.« Wir blickten einander herausfordernd an, ich war nahe daran, sie zu hassen. Sie würde mich nicht daran hindern, dorthin zurückzufahren. »Nein, Gillian, du fährst nicht hin.«

»Doch.« Sie stand zwischen mir und der Treppe, und ich fragte mich, ob mich doch schließlich einer ihrer berühmten linken Haken erwischen würde. Dann kam es mir so lächerlich vor, wie wir dort standen, dass ich wieder zu lachen begann, wir lachten uns buchstäblich beide krumm wie damals, als wir die Klosettbrille in Miss MacFarlans Toilette ausgehängt hatten; sie fiel damals hinein, und als wir sie schreien hörten, liefen wir den Korridor hinunter, blieben dann außer Atem bei der Hintertreppe stehen und lachten uns krumm wie jetzt.

»Was ist denn so komisch?« Sam war wieder da.

»Zurück ins Bett, junge Dame.« Peg bugsierte sie wieder in ihr Zimmer, während ich meinen Mantel nahm und die Treppe hinunterlief. Als Peg herauskam, war ich schon an der Eingangstür, die Wagenschlüssel in der Hand. »Bis später, Peg.«

»Okay, aber wenn du um elf nicht zurück bist, rufe ich die Polizei.«

»Bis dahin bin ich zurück.« Ich warf ihr eine Kusshand zu, während ich die Tür schloss und in den Nebel hinaustrat. Ich hörte die Nebelhörner, setzte mich in den Wagen und lauschte einige Minuten lang.

37

Bei Hobson saß noch immer das gleiche blasse Mädchen in demselben Kleid, trank den gleichen Kaffee und las die Zeitung. Sie konnte wenigstens lesen, und dann fiel mir etwas ein. »Könnte ich die Zeitung einen Augenblick haben?« Sie blickte auf wie ein erstauntes Kaninchen. Niemand fragte sie etwas anderes als: »Wie komme ich zu Mr. Jones?«, oder: »Wo ist der griechische Grottenraum?« Sie reichte mir die Zeitung, und ich schlug die Seite elf auf. Wo, zum Teufel, steht es? Dann sah ich es in einer kleinen Rubrik am Ende der Seite: »In Safford Field in Oakland stürzte gestern der dreiunddreißigjährige Christopher Caldwell Matthews, wohnhaft Sacramento Street 2629, von einem Kran, während er einen Dokumentarfilm drehte. Er wurde sofort ins St.-Mary's-Krankenhaus in Oakland gebracht, hatte sich aber bei dem Aufschlag das Genick gebrochen, sodass jede Hilfe zu spät kam.« Das war alles. Damit hatten sie alles gesagt, nicht wahr? Die Leute würden es lesen und denken: »Ach, zu dumm«, oder: »Diese verrückten Hippies«, oder: »Bei diesen Filmleuten weiß man nie«, oder … ach verdammt. »Danke.« Ich gab ihr die Zeitung zurück, während sie mich noch immer überrascht ansah. Ich lächelte ihr zu, aber das war zu viel für sie. Es stand nicht im Hobson-Leitfaden.

Ich ging wieder zu Chris' Raum, als hätte ich mein Leben lang nichts anderes getan, als würde ich eine uralte Tante im Pflegeheim besuchen. Als wäre Chris immer dort gewesen und als hätte ich ihn immer bei Hobson besucht. Dadurch hatte ich wenigstens ein Ziel. Aber es war der tote Chris. Der lebendige Chris lebte auf meiner Seite unseres zerwühlten Bettes, in den Pantoffeln, die in entgegengesetzten Ecken des Zimmers standen, in der abgenützten Zahnbürste, die noch auf der Waschmuschel lag, in dem Studio, in dem ich seither nicht gewesen war … Es war krankhaft, sich an den toten Chris zu klammern, doch in diesem Augenblick war er für mich lebendiger als der lebende Chris. Der lebende Chris würde mir später in flüchtigen Momenten erscheinen, für Augenblicke, wenn ich das Geschirr spülte oder zu hören glaubte, dass er oben die Tür schloss. Dieser Chris würde immer bei mir sein, doch er wurde vorübergehend durch den Chris verdrängt, der in diesem Sarg lag und von Menschen besucht wurde, die ihre Namen in das Buch eintrugen.

Im Georgia-Schlummer-Raum sah ich im Buch nach, wer inzwischen da gewesen war. Auf der Liste standen zwei neue Namen, und ich fragte mich, ob Marilyn wiedergekommen war. Ich zog den Mantel aus und sammelte die Blumenblätter ein, die in den letzten Stunden abgefallen waren. Ich wollte nicht, dass der Raum unordentlich aussah. Das wollten wir nicht. Plötzlich fuhr ich zusammen, weil ich bemerkte, dass sich noch jemand in dem Raum befand. Ich drehte mich um, als ob ein Geist hinter mir stünde. Es war Tom Bardi, der ruhig in der Ecke saß und eine Zigarette rauchte.

»Hi.«

»Hi.« Wir versanken wieder in unser wohltuendes Schweigen. Ich wollte mit Chris allein sein. Aber es war besser, Tom dabeizuhaben. Jetzt musste ich sitzen bleiben, vor mich hinstarren und durfte nicht dem ständigen Wunsch nachgeben, zu dem Sarg zu gehen, ihn zu betrachten und mich zu fragen, ob Chris wirklich in ihm lag.

Wir saßen herum und rauchten unaufhörlich. Niemand kam, niemand ging vorbei, nichts rührte sich.

»Es ist halb zwölf. Wollen Sie nicht nach Hause fahren, Gill?«

»Nein … ich … werde heute Nacht hier bleiben. Sie finden es wahrscheinlich verrückt, aber es ist eine Tradition … in meiner Familie … ich will es auch tun.«

»Peg nahm an, dass Sie es tun würden.«

»Peg? Wann? Hat sie Sie angerufen?« Ich begann zu begreifen.

Er sagte zu rasch »Nein«, schüttelte zu heftig den Kopf. Ich wusste, dass er log. Peg hatte angerufen, deshalb hatte Tom Bardi hier gesessen, als ich eintraf. Er musste in seinen Wagen gesprungen und geradewegs hergefahren sein, damit er in der Ecke saß, wenn ich hereinkam. Peg hatte es wieder geschafft. Tom ebenfalls. Was, zum Teufel, hätte ich ohne sie getan? Ich hätte ihnen ihre Eigenmächtigkeit übel genommen, aber ich brauchte sie. Ich brauchte sie wirklich … Zwei Uhr … drei Uhr … fünf Uhr …

»Tom?« Er schlief, in eine Ecke der Polsterbank zurückgelehnt. Ich hatte ihm sagen wollen, dass ich etwas tun würde, dass er weggehen könne, wenn er wollte, aber ich musste es tun. Ich würde den Sarg aufmachen. Ich wollte mich vergewissern, dass es wirklich Chris war, dass er seine Arbeitskleidung trug, dass sie ihn nicht doch noch in einen Anzug gesteckt hatten.

Ich ging auf Zehenspitzen zu dem dunklen Holzsarg, nahm die Rosen herunter, die seine Mutter bestellt hatte, trat zurück und hielt den Atem an. Es war scheußlich, aber ich musste es tun. Jetzt oder nie. Morgen würde es zu spät sein. Die Matthews' würden wieder hier sein, sie würden entsetzt sein, und dann würde er ihnen allen gehören und dem Pfarrer und den Menschen in der Kirche. Heute Nacht gehörte er noch mir. Immer noch Chris. Nicht »der dreiunddreißigjährige Christopher Caldwell Matthews ...« Ich war noch immer Gill. Nicht »Geliebte im Herrn, wir sind hier versammelt«. Warum verwenden sie diesen Ausdruck nur bei Hochzeiten und Begräbnissen? Geliebte ... von wem? Von Gott? Wenn er mich so sehr liebt, warum hat er mir das angetan? Ich dachte an Gordons *»Vaya con Dios«*. Dios musste vergangenen Freitag den falschen Schalter betätigt haben.

Ich sah mich nach Tom um, der noch immer schlief ... okay, also los. Mitten in der Seitenwand des Sarges steckte ein reich verzierter Schlüssel in einem Schloss. Er ließ sich leicht drehen, und ich versuchte den Deckel hochzuheben. Ein verdammt schweres Ding. Aber ich brachte ihn hoch, und er blieb oben mitsamt dem grauen Samt. Ich blickte hinein, da lag Chris ... Chris ... er sah genauso aus wie am Freitag im Krankenhaus, nur dass man den Sand von seinem Gesicht entfernt hatte. Und noch etwas stimmte nicht ... sein Haar! Sie hatten sein Haar ganz verkehrt frisiert. Ich ging zu meiner Handtasche, holte meinen Kamm und kämmte ihn so, wie er das Haar trug, über die Ohren fallend und vorne ein bisschen zerrauft. Ich beugte mich vor und küsste das Haar auf seiner Stirn, wie ich es mit Sam mache, wenn ich sie frisiert habe. Ich versuchte, seine Hand zu halten, doch sie war steif. Wie eine Wachspuppe. Er sah so bleich aus. Ich kniete am Betpult und beobachtete ihn, ich war sicher, dass er sich bewegt oder geatmet hatte. Schließlich stand ich auf und schloss ihn in die Arme. Es war so merkwürdig, er gab nicht nach, sein Körper bewegte sich nicht mehr, dieser geschmeidige Körper mit der weichen Haut. Im Zimmer wurde es allmählich hell, das Licht fiel auf sein Gesicht, es war der gleiche Chris, der neben mir im Bett gelegen hatte, der schlafende Mann-Junge, den ich an so vielen Morgen betrachtet hatte, wenn die Nacht zu einem blassen Grau verblasste. Meine Tränen fielen auf seine Hände, dann auf sein Hemd, und liefen mir über den Hals. Gute Tränen. Nicht das verzweifelte Schluchzen der letzten zwei Tage. Ich weinte um Chris, nicht um mich. Ich küsste ihn auf die Wangen, auf die Augen und auf die Hände, die so merkwürdig auf seiner Brust gefaltet waren. Ich legte ein weißes Blümchen neben ihn und nahm die dünne Goldkette von seinem Hals. Vielleicht verstieß ich damit gegen das Gesetz. Aber er hatte sie immer getragen, und ich wusste, dass er nichts dagegen haben würde, wenn ich sie mir nahm. Es war das Gleiche wie ein Ehering … für immer, bis der Tod euch scheidet. Ich blickte weg, als ich den Deckel schloss. Ich wollte nicht zusehen, wie sein Gesicht verschwand.

Ich sah zu Tom hinüber, der noch immer auf der Bank schlief, und setzte mich auf einen der Stühle. Der Morgen dämmerte, immer noch grau, und Tom, Chris und ich waren beisammen. Ich war froh, dass ich es getan hatte, denn ich hatte dem Tod ins Antlitz geblickt, ihn berührt und geküsst. Ich hatte den toten Chris in diesem Sarg begraben, ich hatte mich von dem toten Chris verabschiedet, und der lebende Chris begann wieder zum Leben zu erwachen. Ich würde nie wieder den Körper sehen oder das Gesicht berühren, aber ich würde das Lächeln sehen und das Lachen hören, mich an sein Rufen erinnern und sein Gesicht sehen, wenn ich am Morgen erwachte und ein vertrautes Geräusch hörte. Chris war zu mir zurückgekehrt und würde immer bei mir bleiben; ich legte den Kopf zurück und schlief ein.

Etwas schüttelte mich, und ich blickte erstaunt in Tom Bardis Gesicht, ich wusste nicht mehr, wo ich mich befand.

»Möchten Sie Kaffee?«

»Ja, wie viel Uhr ist es?«

»Halb neun. Sie müssen lange geschlafen haben. Ich bin selbst stundenlang weg gewesen.« Ja, lange. Er kam mit dampfendem Kaffee in zwei Plastiktassen zurück. Wir tranken und plauderten. Der Raum wirkte im Tageslicht nicht mehr so schrecklich, wenn die Sonne durch die Fenster hereinschien.

Wir tranken den Kaffee aus, und Mrs. Matthews kam mit Jane und Don, alle sahen sehr gepflegt und fein aus. Mrs. Matthews in einem anderen schwarzen Kleid, Jane in einem marineblauen Mantelkleid und Don im gleichen dunklen Anzug.

Tom wollte mich nach Hause bringen, aber wir waren beide mit unseren Wagen gekommen, also fuhren wir hintereinander durch die leeren Straßen zum vornehmen Viertel der Stadt. Es war noch zu früh für den Sonntagsverkehr. Mrs. Matthews hatte mir vorgeschlagen, ich solle direkt in die Kirche kommen, es war also nicht notwendig, dass ich zurückfuhr, und ich war froh, weil ich ein paar Stunden zu Hause für mich hatte. Ich hatte von Chris und von Hobson Abschied genommen, und ich fragte mich, wer morgen im Georgia-Raum liegen würde. Ich würde ihn nie vergessen. Jahre später würde ich vorbeikommen, in den Korridor blicken, der von der Straße aus sichtbar war, und mich fragen, wer jetzt im Georgia-Schlummer-Raum lag.

Tom winkte, als ich vor unserem Haus anhielt, und fuhr weiter. Ich hatte ihn auf eine Tasse Kaffee einladen wollen, aber es war in Ordnung. Peg und Sam saßen beim Frühstück, und ich setzte mich auf eine Tasse Kaffee zu ihnen, ich war erschöpfter als in all den Tagen seit Freitag, aber viel friedlicher, viel ruhiger. Nach dem Frühstück ging ich nach oben und legte mich auf unser Bett; ich schlief nicht, sondern lag nur dort und war dankbar, dass Peg und Sam im Garten und nicht bei mir waren. Heute war ein Tag, an dem ich allein sein wollte.

Um halb zwei kam Peg nach oben, um zu sehen, wie es mir ging, und steckte den Kopf zur Tür herein. »Du hast noch ungefähr eine halbe Stunde Zeit.« Das erinnerte mich an meine Hochzeit, bei der Peg Brautjungfer gewesen war. Sie brummte und meckerte und beklagte sich darüber, dass sie »diesen idiotischen Schleier, den du ausgesucht hast, Gill, du Miststück« tragen musste, aber sie hatte sich schließlich als Rädelsführerin sehr brautjüngferlich betragen, nur hatte sie ihren Schleier genau vorn verbrannt, als sie eine Zigarette rauchte, bevor wir durch den Mittelgang schritten. Peg.

Ich frisierte mich und machte mich fertig bis auf das Kleid. Ich hatte noch nicht entschieden, was ich anziehen würde. Das schwarze Kleid, das ich in New York getragen hatte, sah so abgetragen aus, und mein Mantel war aus Tweed und nicht dunkel genug. Mein dunkelblaues Kleid war mir zu eng, mein aschgraues Kleid hatte vorn einen riesigen Eierfleck, den ich Samantha verdankte, und ich hatte vergessen, es zur Reinigung zu bringen, nachdem ich nach San Francisco zurückgekehrt war; blieb also das »Hochzeitskleid«, das blassgraue Kleid, das Chris nicht einmal gesehen hatte, es hing hinten im Schrank, wohin Peg es auf mein Ersuchen am Abend ihrer Ankunft getan hatte.

Zwanzig Minuten später stand ich in dem Kleid, dem Mantel, den schwarzen Schuhen, mit den Perlen meiner Großmutter vor dem Spiegel, die Haare hatte ich in einem einfachen Knoten im Nacken aufgesteckt; ich sah genauso aus, wie ich an meinem Hochzeitstag mit Chris ausgesehen hätte. Es war einen Tag und ein ganzes Leben zu spät für die Hochzeit. Ich griff in den Ausschnitt meines Kleides, um die Goldkette zu berühren, die ich an diesem Morgen von Chris' Hals genommen hatte … zu spät … viel zu spät.

38

Mrs. Matthews und die Lindquists warteten im Büro des Pfarrers hinter der Kirche. Dort trafen wir zusammen; unsere Mienen waren düster, wir waren alle feierlich gekleidet und jeder war in seine oder ihre Gedanken versunken. Wir sprachen kurz mit dem Pfarrer, dann ging er, und wir hörten, wie die Musik leise im Hintergrund einsetzte. Ich hatte ganz vergessen, mit dem Organisten zu sprechen, und erkannte nicht, was er spielte. Es klang nur sehr melodisch und traurig. Dann gingen wir in die Kirche, und ich trat mit Chris' Familie in die erste Bankreihe. Peg und Tom Bardi saßen unmittelbar hinter uns, und ich wandte mich um, um Peg noch einmal anzusehen. Ich langte nach hinten, und sie drückte mir die Hand, dann bemerkte ich, dass siebzig oder achtzig Menschen in der Kirche verteilt saßen. Nicht besonders viele, keines von den pompösen Riesenbegräbnissen, wie bei meiner Großmutter, aber doch eine Menge Leute für Chris, für einen Mann, der eigentlich nicht mit vielen Leuten verkehrt hatte. Mir fiel ein Mädchen in schwarzem Kleid und Schleier auf, drüben links, und ich blickte noch einmal hin, weil ich wusste, wen ich vor mir hatte. Es war Marilyn. Unsere Blicke begegneten einander, zwischen uns gab es keine Vertrautheit, keine Bindung wie mit Chris' Familie. Aber wir verstanden einander besser, als Chris' Familie uns beide verstehen konnte. Wir waren jetzt beide allein. Chris war fort. Ich drehte mich wieder um und sah auf den Pfarrer.

Chris lag in seinem Sarg, von Blumen umgeben.

»Geliebte im Herrn … er möge in Frieden ruhen. Amen.« Wir standen zu einem stillen Gebet auf, die Orgel spielte etwas, das wie Bach klang, und ich bedauerte, dass ich nicht daran gedacht hatte, etwas von Ravel zu verlangen. Die Sargträger von Hobson rollten den Sarg durch den Mittelgang, Mrs. Matthews trat an Dons Arm hinaus und folgte ihm, sie sah noch kleiner aus als vorher. Jane folgte ihr, ich schloss mich ihnen an und fragte mich, ob Marilyn uns folgen würde. Ich spürte, wie uns alle beobachteten, während wir hinausgingen, uns mit den Augen folgten; einige von ihnen schnüffelten, und ein paar schluchzten laut. Sie konnten sich so gehen lassen, wir nicht. Ich wusste, dass Marilyn nicht schluchzte. Es sind immer die Leute, die den »Verstorbenen« am wenigsten kennen, die so weinen.

Draußen stiegen wir in Hobsons lange braune Limousine, hinter dem Sarg. Peg stieg in Tom Bardis Wagen, und die Prozession begann die Sacramento hinunter zur Gough zu fahren und dann hinaus auf die Überlandstraße nach Daly City, an der die Lagerplätze der Gebrauchtwagenhändler und die Friedhöfe liegen.

Jane und Don unterhielten sich während der Fahrt; Mrs. Matthews und ich schwiegen. Wir saßen nebeneinander, sie blickte zu Boden, während ich aus dem Fenster sah und mir bewusst wurde, dass es sich um die gleiche Straße handelte, auf der wir vor einer Woche nach meiner Ankunft mit Sam vom Flughafen hereingefahren waren. Ein geliehener Volkswagen-Bus, und eine braune Limousine. Tausend Welten und nur eine Woche voneinander entfernt.

Auf dem Friedhof erschien der Pfarrer wieder; wir vier gingen zu dem Grab, hinter uns kamen Peg, Tom und fünf Leute, die ich nicht kannte … und Marilyn. Zuerst hatte ich Marilyn nicht gesehen. Sie stand ein wenig abseits, sah schön und tragisch aus, der Schleier bildete eine weiche graue Wolke über ihrem Gesicht, ließ ihre Augen noch größer wirken, als sie waren, das schwarze Kleid war traumhaft. Sie wirkte wunderbar graziös, sie hatte Stil. In ihrer Haltung lagen auch Stolz und Würde. Sie stand vollkommen allein da, und doch war sie trotz unserer Anwesenheit Chris' wegen gekommen. Sie blickte mir geradewegs in die Augen, war vollkommen beherrscht, doch sie war zu Chris gekommen. Wie wir auch. Ich bewunderte sie, weil sie gekommen war, und bewunderte ihre Haltung. An ihrer Stelle hätte ich genauso gehandelt, aber ich hätte wahrscheinlich verlegen oder nervös gewirkt. Nichts davon war Marilyn anzumerken.

Der Pfarrer sprach das Vaterunser, und wir senkten die Köpfe. Dann folgte Stille. Ich fuhr zusammen, als seine Stimme dröhnte: »Christopher Caldwell Matthews, wir übergeben dich der Erde und den Händen Gottes«; ich fügte lautlos hinzu: *»Vaya con Dios.«*

Wir gingen zu unseren Wagen, und als wir wegfuhren, blickte ich noch einmal zurück und sah Marilyn, die noch aufrecht, stolz und einsam dort stand, eine Witwe mit einem schwarzen Schleier.

39

Die Lindquists verließen San Francisco unmittelbar nach dem Begräbnis und nahmen Mrs. Matthews mit. Sie würde eine Weile bei ihnen in Fresno bleiben. Ich versprach anzurufen, sobald das Baby auf die Welt gekommen war, und dann waren sie fort.

Als sie mich zu Hause absetzten, stand Tom Bardis Wagen davor. Peg, Tom und Sam unterhielten sich und verstummten, als ich ins Haus trat.

»*Hi,* Mami. Wo ist Onkel Crits?« Es klang traurig und klagend, und die Kinderaugen sahen fragend zu mir empor, diesmal verlangten sie eine Antwort. Jetzt oder nie. Ich holte tief Atem.

»Komm, Sam, setzen wir uns für einen Augenblick nieder.«

»Ist er weggegangen wie mein wirklicher Daddy?«

»Nein. Das nicht.« Ich wollte nicht, dass sie den Eindruck bekam, das Leben bestehe aus einer Reihe von Männern, die weggingen und dann von Zeit zu Zeit wieder auf Besuch kamen. Vielleicht war es so, aber nicht bei Chris, nicht diesmal. »Erinnerst du dich daran, wie Oma Jean in den Himmel kam?«

»Du meinst Daddys Mami?«

»Ja.« Peg und Tom standen ruhig auf, gingen in die Küche und schlossen die Tür lautlos hinter sich. Ich hatte den Eindruck, dass Peggy weinte, war aber nicht sicher. Ich sah Sam an. Ich musste sie als Kind sehen, mich in sie hineindenken und ihr etwas sagen, das sie immer bei sich bewahren konnte, etwas Bleibendes von Chris.

»Weißt du, Liebling ... manchmal liebt Gott einen Menschen ganz besonders und findet, dass er alles getan hat, was er tun musste, und dann nimmt er ihn zu sich hinauf in den Himmel.«

»Liebt er jeden Menschen so?«

»Ja, er liebt alle, aber er lässt manche Leute sehr lange Zeit hier unten. Und andere wieder nimmt er ein bisschen früher zu sich.«

»Mami ... liebt er dich so sehr?« Ihr Kinn begann zu zittern.

»Sam, mein Liebling, ich bleibe bei dir.« Ich hatte erkannt, wohin ihre Überlegung führte. »Aber er brauchte Onkel Chris, damit er ihm bei einigen Dingen hilft. Also ist Onkel Chris jetzt im Himmel, bei Gott und Oma Jean.«

»Wird er jemals zurückkommen, um uns zu besuchen?«

»Nicht so, wie du meinst, Sam. Aber jedes Mal, wenn du an Onkel Chris denkst, wird es wie ein Besuch sein. Wenn du an Onkel Chris denkst, wird er immer bei dir sein. Wir können von ihm sprechen und an ihn denken und ihn weiterhin lieb haben. Das meint man, wenn man ewig sagt.«

»Aber ich will, dass er hier bei uns ist.« Dieser Blick ... o Gott ... dieser Blick ...

»Ich auch, aber Gott will es eben anders. Er wird uns sehr fehlen, aber wir haben ja einander. Ich habe dich sehr, sehr lieb.« Sie warf sich in meine Arme, und wir weinten beide. »Bitte, Sam, sei nicht traurig. Onkel Chris würde nicht wollen, dass du traurig bist. Er ist auch nicht traurig, er hat keine Schmerzen, er liebt uns noch immer ...« Wir hielten einander umschlungen, schaukelten vor und zurück, ihre Tränen vermischten sich mit meinen, ihre kleinen Finger pressten sich in meinen Nacken und hielten sich dort fest, als gelte es das Leben. Wir schaukelten und schaukelten, und als sie aufhörte, sah ich sie an und merkte, dass sie eingeschlafen war. Mein kleines wildes Indianermädchen, das letzte Woche Chris drei Würmer in die Hand gelegt hatte und das jetzt mit der Tatsache leben musste, dass er für immer gegangen war. Ich betrachtete sie, während sich die Dunkelheit im Zimmer mehr und mehr ausbreitete, und legte sie auf die Kissen der Couch; auf ihrem Gesicht waren noch immer Tränenspuren zu sehen.

Ich stand auf und blickte hinunter in den Garten, holte noch einmal tief Luft und ging zu Tom und Peg. Sie saßen noch in der Küche, und ihre Augen waren ein wenig gerötet. Sie sahen mich verlegen an, und Peg fragte: »Möchtest du etwas trinken?«

»Ich glaube nicht, dass es mir helfen würde.«

»Wo ist sie?«

»Sie schläft auf der Couch. Ich werde sie zum Abendessen nicht wecken. Auch für sie waren es bittere Tage. Ich hoffe, sie schläft durch.«

»Soll ich sie in ihr Bett tragen?«

»Danke, Tom, das ist eine gute Idee. Ich werde auch zu Bett gehen.« Es fiel mir schwer, über die Treppe zum Schlafzimmer zu kommen. Tom ging voraus, er hielt Sam in den Armen, ihr Körper war schlaff wie bei einer Stoffpuppe. Peg ging hinter mir. Fast hätte ich sie gebeten, mich zu schieben, der Weg bis zur obersten Stufe sah so weit aus.

Ich legte mich auf mein Bett, immer noch in dem grauen Kleid, und Peg kam herein, um mir beim Auskleiden zu helfen. »Ich kann einfach nicht, Peg.«

»Ich weiß. Zieh nur das Kleid aus. Bleib eine Weile liegen.«

Ich zog das neue graue Kleid aus und legte mich hin, während sie die Jalousien herabließ und das Licht ausmachte, und ich schlief ebenso plötzlich und fest ein wie vorhin Sam.

Ich wurde erdolcht, jemand versuchte mich zu ermorden und zu schlagen, sie rissen an meinem Rücken und schlitzten meinen Bauch auf, zerrissen jeden einzelnen Muskel ... Mein Gott, hilf mir, bitte schicke mir jemand zur Hilfe ... Ich kämpfte, um den Schmerz zu überwinden, den bösen Traum loszuwerden. Ich wachte wie zerschlagen und erschöpft auf und wollte auf die Uhr neben meinem Bett sehen. Ich hob den Kopf, da erfasste mich wieder der gleiche Schmerz, wühlte in meinem Rücken und griff auf meinen Bauch über, als wollten scharfe Krallen meine Eingeweide zerreißen. Ich musste laut schreien, und Peg stürzte herein, während ich versuchte, Luft zu bekommen, und der Schmerz allmählich nachließ.

»Gill, was ist los? Ich habe dich gehört ... Mein Gott, du siehst schrecklich aus.«

»Ich fühle mich gar nicht gut.« Ich versuchte mich aufzusetzen, und wieder durchzuckte mich der Schmerz, sodass ich mich an die Decke klammerte und mich krümmte, um nicht laut aufzuschreien.

»Beweg dich möglichst wenig. Ich werde den Arzt anrufen. Wie heißt er?«

»Morse. Die Nummer steht auf dem Block in der Küche … sag ihm … ich glaube, es sind die Wehen … sag ihm …« Wieder durchfuhr mich der Schmerz. Ich lag im Bett und kämpfte gegen die aufsteigende Panik an, versuchte, die Wellen des Schmerzes durchzustehen, und wartete auf Pegs Rückkehr.

»Er sagte, ich soll dich sofort ins Krankenhaus bringen. Kannst du bis zum Wagen gehen?«

Ich versuchte aufzustehen, konnte mich aber nicht einmal aufsetzen, und als ich versuchte, mich zum Bettrand zu wälzen, bemerkte ich, dass die Stelle, wo ich gelegen hatte, blutig war.

»O mein Gott … heiliger Jesus, Peg …«

»Jetzt reg dich nur nicht auf, Gill. Ich habe Tom angerufen, er wird bei Sam bleiben. Er kann dich auch zum Wagen tragen.«

Ich legte mich wieder hin, und die Schmerzen waren so arg, dass ich nicht sprechen konnte. Pegs Gestalt verschwamm, verschwand ganz, kam wieder, und der Schmerz traf mich wieder voll, ergriff mich, hob mich hoch und schleuderte mich dann gegen etwas Hartes, das sich anfühlte wie scharfe Felskanten. Ich wollte Pegs Hand halten, konnte aber nicht ruhig genug liegen. Dann sah ich Tom Bardi im Türrahmen.

Später stand er über mir, und bald wurde ich mit der Decke aus dem Bett gehoben und dann in Chris' Wagen gesetzt. Tom und Peg wechselten Blicke, dann muss ich ohnmächtig geworden sein, denn als ich das nächste Mal die Augen aufschlug, waren tausend Lichter über mir; große Unruhe, dazu Menschen und metallische Geräusche; ich fühlte mich wie in einem Nebel, als ob ich unmittelbar unter den Lichtern schwebte und über den Menschen, zwischen Jenseits und Diesseits hing. Ich blieb eine Weile in diesem Zustand, und dann … o Gott … o mein Gott … sie zerreißen mich … sie bringen mich um … o Gott … Chris … Peg … bitte, sie sollen aufhören … ich kann es nicht mehr aushalten, ich kann nicht mehr, ich kann nicht … ich kann nicht … und alles versank in tiefer Schwärze.

Ich erwachte in einem fremden Raum, hatte das Gefühl, als müsste ich erbrechen. Ich sah Peg, dann verschwand alles. Immer wieder erschien ihr Bild und verging. Ich erwachte und sah Peg, dann verschwand sie. Irgendwo in einer anderen Welt lag ein Mensch in einem Bett, an Transfusionen und Schläuche angeschlossen, und alles Mögliche wurde mit ihm angestellt. Ich konnte es deutlich sehen, wusste aber nicht, um wen es sich handelte. Ich war neugierig, aber doch nicht so, um zu fragen. Ich war zu müde … zu müde …

O du mein Gott, tun mir die Eingeweide weh. »Peg …? Was ist geschehen?« Ich wandte mich an sie, um sie zu fragen … mein Bauch … er ist flach … das Baby … »Peg … Peg … das Baby?« Aber ich wusste es schon. Ich wusste, was geschehen war. Das Kind war tot.

»Leg dich wieder hin, Gillian, du warst lange bewusstlos.«

»Es ist mir gleich.« Ich wurde von Schluchzen geschüttelt, wodurch die Schmerzen immer heftiger auflebten.

Nach einiger Zeit fragte ich, wie spät es sei. »Zwei Uhr.«

»Nachmittags …? Du meine Güte …«

»Ja, Gill … und … es ist Dienstag …«

»Dienstag …? O Gott!«

Schwestern kamen und gingen, Peg kam und ging, und die Zeit verstrich. Es gab nichts mehr, weshalb ich mich beeilen oder worüber ich nachdenken musste. Sam war zu Hause in der Obhut von Peg und Mrs. Jaeger, und Chris und das Kind waren gestorben. Nichts war mehr wichtig. Nichts und niemand. Nicht Chris, nicht das Kind, nicht Sam, nicht ich. Nichts mehr.

Peg musste wieder telefoniert haben, denn es kamen immer wieder Blumen von Hilary und Gordon und »John Templeton und der Stab«. Es sah aus wie eine Neuauflage des Begräbnisses. Nur war ich diesmal seelisch nicht beteiligt. Es war mir verdammt egal.

Ich entdeckte auch, dass es in Krankenhäusern üblich ist, eine Frau, die soeben ihr Kind verloren hat, mit allen anderen Wöchnerinnen zusammenzulegen. Das ist eine der psychologisch unmenschlichsten Grausamkeiten der modernen Medizin, aber sie ist eine Tatsache. Man liegt im Bett, hört, wie die Babys durch den Korridor gerollt werden, wie sie schreien. Und wünscht sich, man wäre tot. Man teilte mir genau mit, wie viel das Kind gewogen hatte, wie groß es gewesen war, welcher Blutgruppe es angehört und wie lange es gelebt hatte. Sieben Stunden und dreiundzwanzig Minuten. Und ich hatte ihn nie zu sehen bekommen. Es war ein Junge gewesen.

Ende der Woche fühlte ich mich kräftiger, und sie beschlossen, mich am Sonntag zu entlassen. Ich musste ohnehin nach Hause, denn Peg musste nach New York zurückfliegen.

»Ich bleibe noch eine Woche.«

»Nein, das tust du nicht. Du bist lang genug hier geblieben, hast mich bei meinen periodisch eintretenden Katastrophen betreut.«

»Hör auf, das alles zu dramatisieren. Ich bleibe.«

»Hör zu, Peg, ich werde eine Agentur anrufen und eine Heimhilfe kommen lassen. Ich soll drei Wochen lang mehr oder minder Ruhe halten. Du hast doch nicht vor, so lang wegzubleiben, oder?« Peg gab langsam nach, und wir einigten uns auf einen Kompromiss. Sie würde mir bis zum nächsten Mittwoch zur Verfügung stehen.

Am Sonntag verließ ich das Krankenhaus. Mit mir ein halbes Dutzend glücklicher Frauen, die ihre Kinder in pastellfarbene Decken gewickelt hatten. Peg holte mich mit dem Wagen ab, ich ließ mir meinen kleinen Übernachtungskoffer von der Schwester geben, stieg zu ihr ein und konnte nur sagen: »Komm, Peg, lass uns, zum Teufel, von hier verschwinden.«

Sie trat auf das Gaspedal, und wir waren in die Sacramento Street unterwegs.

Zu Hause war alles tadellos in Ordnung. Überall war die tüchtige Hand der perfekten Hausfrau Peg Richards spürbar. Sam erwartete mich an der Tür mit einem kleinen Blumenstrauß, den sie im Garten gepflückt hatte. Es war so schön, sie wieder bei mir zu haben. Ich war schuldbewusst, weil ich so wenig an sie gedacht hatte, als ich im Krankenhaus lag. Ich hatte auch beinahe aufgehört, mir ihretwegen Sorgen zu machen. Aber da war sie nun, meine süße Sam.

Peg bugsierte mich nach oben, packte mich ins Bett, brachte mir eine Tasse Tee, und ich fühlte mich wie eine Königin. Eine kranke Königin zwar, aber dennoch eine *Königin.* Ich hatte absolut nichts zu tun, als im Bett zu liegen und mich bedienen zu lassen.

Ich fühlte mich noch sehr schwach, und es war angenehm, dass mir Peg so vieles abnahm. Das Telefon läutete nach meiner Heimkehr zweimal. Das erste Mal war es Mrs. Matthews, das zweite Mal Gordon. Peg sah mich beide Male an, aber ich schüttelte den Kopf. Noch nicht. Alle wussten Bescheid. Das genügte fürs Erste. Ich hatte noch zu wenig Distanz. Mrs. Matthews würde mir ja doch nur sagen, wie Leid es ihr tat, und mir tat es selbst genügend Leid, außerdem hatte ich ihren Schmerz nur vergrößert. Gordon würde nur herüberkommen wollen oder vorschlagen, dass ich nach New York zurückkommen sollte, und ich wollte davon nichts hören. Ich hatte mich für Blue Jeans und Gänseblümchen entschieden ... und ich hielt noch immer daran fest. Von New York wollte ich nichts hören, auch nicht vom Magazin oder von sonst etwas. Das alles lag hinter mir, wie immer mein Leben sich entwickelt hatte.

Ich sah meine Post durch und stellte fest, dass Gordon das

Foto von uns dreien vor dem Rolls geschickt hatte. Ich sah es einmal an und warf es auf den Tisch neben meinem Bett, während Peg mir dabei zusah. »Das war vor so langer Zeit, Peg.« Sie nickte und schob das Foto wieder in den Umschlag zurück.

Das einzig Positive, das der Krankenhausaufenthalt für mich gebracht hatte, war der zeitliche Abstand, den ich zu den brutalen Schicksalsschlägen gewonnen hatte, die mich aus meinem glücklichen Leben gerissen hatten. Eine Zeit lang war ich daran gehindert, durch das Haus zu wandern, Gegenstände zu berühren, sie anzusehen und erinnert zu werden. Das hatte Zeit. Als Erstes musste ich mich ausruhen, und ich würde mehr als genug Zeit dafür haben.

Die nächsten Tage vergingen wie im Flug, und am Mittwoch fuhr Peg nach vielen Umarmungen und Lebewohls und Dankesbezeigungen weg, die nie dem Ausmaß der Hilfe entsprachen; sie gelobte, anzurufen und zu schreiben. Sie versprach sogar, im Frühjahr auf eine Woche herüberzukommen. Tom Bardi brachte sie zum Flughafen, und ich begann mich zu fragen, ob er nicht einen zusätzlichen Grund dafür hatte, als nur gefällig zu sein. Die zum Großteil gemeinsam verbrachten anderthalb Wochen hatten zwischen ihnen die gleiche Beziehung geschaffen, wie sie bei Seereisen entsteht. Sie waren aus ihrer eigenen Welt gerissen worden und dauernd zusammen gewesen, nicht auf einer Vergnügungsreise, sondern durch eine Reihe von Unglücksfällen, und sie hatten einen Schutzkreis um sich gebildet, in dem sie sich selbst eingeschlossen hatten. Vielleicht würden sie, wie nach einer Seereise, nichts Gemeinsames finden, wenn sie einander wieder trafen, falls es je dazu kam. Peg sprach vor ihrer Abreise nicht darüber, also konnte ich nur Vermutungen anstellen.

Tom gehörte ganz zu Chris' Welt, war ihm in seiner Direktheit und seiner Art, die keine Unklarheiten duldete, sehr ähnlich, doch er war unkomplizierter als Chris und wirkte warmherziger; er hatte nicht Chris' manchmal geradezu unbarmherzige Aufrichtigkeit. Auch nicht seine Brillanz. Aber ich hatte den Eindruck, dass man eben deshalb leichter mit ihm zusammenleben konnte. Er war auch weniger beredt. Bevor Peg wegfuhr, bemerkte ich, dass er mit einer Art Ehrfurcht zu ihr aufsah. Eine Haltung, über die ich jedenfalls nachdenken musste.

Ich hatte nun wieder eine Haushaltshilfe. Sie schlief in Sams Zimmer, und die ganze Routinearbeit wurde erledigt, während ich langsam meine Kräfte zurückgewann und der seelische Schmerz allmählich nachließ. Wie ich Sam versprochen hatte, war Chris immer bei uns. Wir sprachen von ihm, die Erinnerung an sein Gesicht erhellte meine Tage, und der Klang seiner Stimme erfüllte meine Träume. Ich schlief die meiste Zeit, zu viel für mein Gefühl. Es war eine Art Flucht vor der Wirklichkeit, und im Schlaf gab es immer Chris. Er wartete immer darauf, dass ich einschlief, um dann die Hand auszustrecken und mich an seine Seite zu ziehen, fort von dem leeren Haus … und von der Wirklichkeit.

40

Im März erfuhr ich aus einem Brief von John Templeton, dass Julie Weintraub fast drei Wochen im Koma gelegen hatte und dann friedlich entschlummert war, ohne das Bewusstsein wiederzuerlangen. Das war eine Gnade gewesen, da die letzten Tage, die sie bei klarem Bewusstsein verbracht hatte, von qualvollen Schmerzen erfüllt gewesen waren. Ich hatte den Eindruck, dass damit ein ganzer Band meines Lebens abgeschlossen war. Chris, das Baby, Julie. Alle waren tot. In meinem Leben mehrten sich die Gespenster. Ich stand nun wieder auf eigenen

Füßen, verbrachte viel Zeit im Haus, malte ein wenig, beschäftigte mich mit Samantha und ließ die Zeit verstreichen, ohne sie bewusst zu erleben. Es schien nichts zu geben, womit ich die Leere ausfüllen konnte. Ich hatte etwas von dem Gewicht, das ich verloren hatte, wiedergewonnen und hatte infolge meiner langen Spaziergänge mit Sam eine gesunde Farbe.

Tom Bardi kam häufig vorbei, brachte kleine Geschenke für Sam mit und aß gelegentlich mit uns zu Abend. Er hatte nie sehr viel zu erzählen, aber seine Anwesenheit war eine angenehme Abwechslung, Sam und ich freuten uns über seinen Besuch. Er erwähnte Peg fast nie, doch wenn ich es tat, richtete er sich auf, um alles mitzubekommen, was ich von ihr berichtete. Es war nett, ihn zu beobachten, und ich hätte gern gewusst, ob Peg von seinem Interesse wusste oder ob sie darüber gesprochen hatten und ich die Letzte war, die es erfahren würde.

Eines Tages konnte ich der Versuchung nicht widerstehen. »Haben Sie eigentlich etwas von Peg gehört?«

»Nein.« Dabei wurde er rot.

»Warum rufen Sie sie nicht einmal an?«

»Sie anrufen?« Er sah so konsterniert aus, dass ich das Thema fallen ließ. Sie waren schließlich erwachsen; Peg war einer der unkompliziertesten Menschen, die ich kannte, und Tom sah auch aus, als könnte er selbst auf sich aufpassen, also beschloss ich, mein loses Mundwerk zu halten und mich um meine eigenen Angelegenheiten zu kümmern.

Ich hatte zweimal von Gordon gehört, bevor er nach Frankreich abreiste, er bat mich leidenschaftlich, an mich zu denken und auch an ihn, und zu ihm zu kommen. Aber ich wollte San Francisco nicht verlassen. Und auch Chris nicht.

Ich hatte noch immer Chris' Habseligkeiten nicht durchgesehen, und wenn ich mich allzu einsam fühlte, öffnete ich seinen Schrank, betrachtete seine Stiefel, die Jeans und Pullover, und sein Geruch hüllte mich ein, dann war es, als wäre Chris nur für eine Weile weggegangen. Sein Studio blieb unangetastet. Ich war einmal dort oben gewesen, um einige Papiere zu suchen, aber dann nicht wieder. Alle im Hause wussten, dass der Zutritt zum Atelier verboten war. Ich hatte es zu einer Art Heiligtum erklärt.

Ich schrieb Peg regelmäßig und erzählte ihr, was wir so trieben, und sie antwortete fallweise. Ich wusste, dass sie ihrer Arbeit überdrüssig war, und einmal erwähnte sie, dass sie vielleicht herüberkommen würde. Aber dann schrieb sie nicht wieder davon. Sie wusste, dass meine Tür ihr immer offen stand, und ich hoffte, sie würde sich einmal entschließen zu kommen.

Sie begann mir in ihren Briefen Anstöße zu geben ... »Du musst mit Männern zusammentreffen ... Du solltest dir einen Job suchen ... Du könntest eine Reise unternehmen ...« Nie schlug sie jedoch vor, ich solle nach New York zurückkommen. So dumm war sie nicht.

Sams Schuljahr ging mit Ablauf des Monats Mai zu Ende, und ich saß eines Morgens mit ihr beim Frühstück und dachte, dass es fünf Monate her war, seit Chris gestorben war. Manchmal erschien es mir, als hätten Sam und ich immer allein gelebt, und manchmal hatte ich den Eindruck, als wäre er erst an diesem Morgen durch das Zimmer gegangen. Ich hielt diesen Schwebezustand aufrecht, hielt Chris am Leben, um nicht meine Wurzeln zu verlieren, um mich mit ihnen am Leben festzuklammern.

Ich war einsam, aber nicht so, wie ich es in New York erlebt hatte, als ich dorthin übersiedelt war. Das war unangenehm, zermürbend, quälend gewesen, voll permanentem Verdruss, schwieriger Entscheidungen und dauernder Enttäuschung, obwohl ich es damals nicht so empfunden haben mochte. Es war eine Zeit voller Zorn. Doch das Frühjahr nach Chris' Tod enthielt keinen Zorn, hatte nichts mit dem damaligen Zustand gemein, außer dass ich wieder allein war. Es hatte etwas Endgültiges, ein stilles Sichbescheiden an sich. Mein Schiff lag vor Anker, meine Reise war vorläufig hier zu Ende. Ich wollte auch nirgendwo anders sein, außer an dem Ort, an dem ich mich im Augenblick befand. Ich malte mehr, las viel und zog mich immer mehr in mich zurück. Ich bekam immer mehr Ähnlichkeit mit einer Nonne; ich hatte auch das Gefühl, mich in einem dunklen Tunnel vorwärts zu bewegen, den ich durchquerte, und sobald ich an sein Ende kam … falls ich jemals an sein Ende kam … dann würde ich sehen, was mich erwartete.

Sam sollte im Juni ihren Vater besuchen, und ich überlegte, ob ich in die Berge am Tahoe-See fahren sollte, um in eine andere Umgebung zu kommen, doch ich konnte mich nicht endgültig entschließen. Ich fühlte mich zu Hause glücklich, wo mich alles an Chris erinnerte. Ich war glücklich, weil ich in seinem Bett schlief, glücklich, weil ich seine Pullover und Arbeitshemden trug. Endlich hatte ich Chris geheiratet. Aber ich hatte einen Toten geheiratet, und er nahm mich mit sich. Ich war beinahe ebenso tot wie er.

»Sam, es läutet. Sei ein großes Mädchen und sieh nach, wer draußen ist. Ich bin hier oben, aber bevor du öffnest, frag zuerst, wer es ist.« Dann stürmte Tom die Treppe zu mir nach oben, er nahm zwei Stufen auf einmal und stürzte ins Zimmer.

»Peg kommt!«

»Wann?«

»Morgen.« Er grinste von einem Ohr zum anderen.

»Wirklich? Bist du ganz sicher? Woher weißt du es?« Es schien mir merkwürdig, dass sie mich nicht angerufen hatte.

»Sie hat mich eben angerufen.« Es klang beinahe beleidigt, weil ich an seinen Worten zweifelte. Als ob ich durch meine Fragen an der Tatsache etwas ändern könnte.

Ich hatte keinen diesbezüglichen Hinweis erhalten, außer einer vagen Andeutung in ihrem letzten Brief. Komisch.

»Sie kommt morgen früh an. Ich werde sie abholen.« Ich war versucht zu fragen, ob ich ihn begleiten dürfe. Schließlich hatte ich Peg fast mein ganzes Leben lang gekannt, und Tom, der für sie fast ein Fremder war, holte sie ab. Aber ich sagte nichts. Vielleicht war es Peg so lieber. Sie hatte schließlich ihn angerufen und nicht mich.

Da läutete das Telefon, und Peg meldete sich.

»Ich komme morgen hinüber.«

»Ich weiß es schon.«

»Oh!«

»Tom steht neben mir.«

»Grüß ihn von mir. Kann ich wieder bei dir wohnen?« Mein Misstrauen verschwand. Oder beinahe.

»Sicherlich, es würde mich sehr freuen. Wie lange wirst du bleiben?«

»Eine Woche, vielleicht zwei oder sogar drei. Ich werde sehen. Ich habe drei Wochen frei, aber ich sollte auf dem Rückweg Mutter besuchen.«

»Wunderbar. Tom sagte, er wird dich abholen. Warum kommt ihr dann nicht gleich hierher? Oder ... warte ab, wie es sich ergibt. Bis morgen. Peg, ich kann es kaum erwarten!« Wir verabschiedeten uns und legten auf.

»Wollte sie mit mir sprechen?«

»Sie war in Eile. Sie ist morgen hier, Tom.« Er sah aus wie ein kleiner Junge, genauso wie damals Chris, genauso wie gelegentlich Samantha.

Dann jagte Tom die Treppe hinunter und verschwand, und ich erblickte ihn das nächste Mal an meiner Vordertür, wo er hinter Peg stand und aussah, als hätte er den Topf mit Gold am Ende des Regenbogens gefunden. Peg warf sich in meine Arme, wir lachten und jubelten und umarmten einander, und Sam beteiligte sich auch an der stürmischen Begrüßung. Es war eine wirkliche Heimkehr.

»Willkommen bei uns. Du hast uns gefehlt.«

»Wie ich sehe, hat sich die Wohnung nicht verändert. Mein

Gott, es ist wirklich herrlich, wieder hier zu sein.« Tom trug ihr Gepäck in Sams Zimmer und erschien dann wieder. Wir aßen zusammen Lunch und saßen dann noch eine Weile herum. Später gingen Peg und Tom spazieren und erklärten, sie würden anschließend ins Kino gehen. Ich ging früh zu Bett und hörte Peg nicht zurückkommen.

Am nächsten Morgen erschien sie mit einem ernsten Gesicht beim Frühstück, was bedeutete, dass sie »mit mir zu sprechen« hatte. Mutter Peg hielt die Zeit für eine Strafpredigt gekommen. Ich wappnete mich mit einer Tasse Kaffee und einem Grinsen. Peg hatte mir wirklich gefehlt.

»Gillian.« Es klang sehr entschieden.

»Ja, Peg? Oder sollte ich dich besser ›Margaret‹ nennen? Heute Morgen klingst du mehr nach Margaret.« Doch sie erwiderte mein Lächeln nicht.

»Wo befindet sich Sam?«

»Mit Freundinnen spielen gegangen. Warum?«

»Weil ich mit dir zu reden habe, und ich will nicht, dass Sam zuhört. Gill, als ich gestern sagte, die Wohnung habe sich nicht verändert, wusste ich nicht, wie Recht ich damit hatte. Mein Gott, Gill, seine Sachen liegen noch überall herum, seine Papiere, seine Kleider, seine Hemden, seine Zahnbürste. Was, zum Teufel, ist denn mit dir los? Du bist neunundzwanzig. Er ist tot. Du nicht. Ich wette, du hast sein Studio nicht einmal angerührt. Stimmt das? Also hast du es getan?« Bei Gott, das war ein Tiefschlag. Es traf zwar zu, aber konnte sie mich denn nicht verstehen? Wie sollte ich es denn anstellen, um es ihr begreiflich zu machen? Peg hatte ein mitfühlendes Herz und ein ausgefülltes Leben, das sie sich selbst geschaffen hatte, aber sie war nie verheiratet gewesen, hatte nie Kinder gehabt, nie den Mann verloren, den sie liebte, oder dessen Kind. Sie konnte es nicht begreifen.

»Das verstehst du nicht, Peg.«

»Doch, ich verstehe es. Ich verstehe es viel besser, als du annimmst, sogar viel besser als du selbst. Ich sehe es klarer als du. Tom gibt mir Recht. Er sagt, du trägst seine Kleider, sprichst von ihm, als ob er noch immer am Leben wäre. Du unternimmst nichts, du gehst nicht aus. Mein Gott, Gill, das ist ja einfach gruselig.«

»Es ist überhaupt nicht gruselig. Ich will so leben. Wenn man dir zuhört, bekommt man den Eindruck, dass ich mich gehen lasse, weil ich seine Sachen trage, verdammt noch mal. Lass mich endlich zufrieden, ja?« Ich wurde wütend, weil sie die Wahrheit ungeschminkt aussprach. Sie hatte kein Recht dazu.

»Ich habe kein Recht dazu, so mit dir zu sprechen ... aber ich tue es trotzdem. Weil ich dich lieb habe, Gill. Ich kann es nicht ertragen, mit anzusehen, wie du dein Leben vergeudest. Du hast schon allerlei Verrücktheiten angestellt, und ich habe immer zu dir gehalten. Du kamst zurück nach New York, um sein Kind zu bekommen, und ich sagte nichts, weil ich dachte, dass du vielleicht damit Recht hast. Ich an deiner Stelle hätte es nicht getan, doch ich konnte deine Beweggründe wenigstens verstehen. Aber dann ... das ist etwas anderes, das ist unnatürlich. Bitte sieh das doch ein, o bitte, Gill, sieh doch ein, dass du dir schadest ... und Sam. Was, zum Teufel, glaubst du, wie das alles auf sie wirkt?«

Wieder wusste ich, dass das alles wahr war, und steigerte mich immer mehr in meine Abwehr hinein, ohne Peg anzusehen.

Als ich endlich aufblickte, merkte ich, dass sie weinte. Um mich und um Samantha, vielleicht sogar um Chris.

Als ich sie weinen sah, stiegen mir ebenfalls Tränen in die Augen, ich legte den Kopf auf den Tisch und weinte, all die Monate des Friedens und der Anpassung hatten sich binnen zehn Minuten in nichts aufgelöst. Weil ich mich in Wahrheit nie angepasst hatte. Ich hatte Frieden gefunden, weil ich in einem Traum gelebt und niemals der Wahrheit offen ins Auge geblickt hatte.

Vielleicht hätte ich den Verlust von Chris verschmerzen können, wenn ich sein Kind geboren hätte, aber als ich das Kind verlor, stand ich mit leeren Händen da. Nichts war mir mehr geblieben. Deshalb schuf ich mir eine Traumwelt, und als deren Zentrum Chris. In diesen zehn Minuten riss der ganze Kokon, den ich um mich gesponnen hatte, weit auf, und ich war nackt und wund und blutend, allen Widerwärtigkeiten ausgesetzt, vor denen ich mich all die Monate verborgen hatte, der unbarmherzigen Wahrheit preisgegeben. Chris war endgültig tot.

Peg ließ mich ausweinen und ging ruhig in der Küche hin und her. Nur einmal legte sie mir die Hand auf die Schulter und sagte: »Es tut mir Leid, Gill.« Es gelang mir, hervorzustoßen: »Dazu hast du keinen Grund.« Denn sie hatte Recht, und sie hatte richtig gehandelt, es auszusprechen. Ich hatte mich falsch verhalten. Hatte schrecklich, schrecklich Unrecht, und ich hatte noch dazu Sam mit hineingezogen.

»Willst du mir helfen, Peg?«

»Wie, Kleines?«

»Mir helfen, Chris' Habseligkeiten durchzusehen?«

Sie nickte. »Wann?«

»Jetzt.«

»Gleich jetzt?«

»Ja, jetzt. Wenn ich jetzt nicht damit beginne, werde ich es vielleicht nie mehr tun. Vielleicht werde ich dann immer in diesem Kokon leben, in dem ich mich eingesponnen habe.«

»Okay. Fangen wir an.« Wir saßen stundenlang beisammen, sortierten, machten Stapel und teilten alles auf. Es war für mich genauso, als hätten wir es an dem Tag nach dem Leichenbegräbnis getan; es wäre nicht anders gewesen. Der Schmerz war noch immer da. Genauso heftig.

Ich machte für Mrs. Matthews einen kleinen Haufen aus den Gegenständen, von denen ich annahm, dass sie sie haben wollte.

Und einen weiteren kleinen Stapel für Jane. Ich behielt nur ein paar Erinnerungsstücke für mich, auf die ich nicht verzichten wollte, Dinge, die einst Chris gehört hatten. Doch diesmal legte ich sie in eine Schachtel. Ich würde sie aufbewahren; ich musste sie nicht dauernd in der Hand halten und sie jede Nacht mit ins Bett nehmen. Ich wollte nur wissen, dass sie greifbar waren.

Den Rest deponierten wir in großen Stapeln in dem Schrank im Erdgeschoss, um sie bei Gelegenheit Wohltätigkeitsvereinen zu spenden.

Am Abend fiel mir ein, dass Sam bald nach Hause kommen würde, also unterbrachen wir unsere Tätigkeit. Mit den beiden unteren Stockwerken waren wir sowieso schon fertig. Die hatten wir restlos geräumt.

»Morgen machen wir uns über das Studio.«

»Willst du, dass Tom uns dabei hilft?«

»Ja.«

Am nächsten Tag durchackerten wir zu dritt den Raum, verteilten und sortierten aus. Ich schenkte Tom eine Menge von dem Inventar; es waren hauptsächlich Geräte für seinen Beruf, und er konnte sie gut verwenden. Wir arbeiteten unermüdlich den ganzen Tag, und sieben Minuten nach sechs war das Studio praktisch aufgelöst. Christopher Caldwell Matthews' irdischer Besitz war aufgeteilt und verschenkt worden. Damit ging ein Abschnitt meines Lebens zu Ende.

41

Peg war schon vierzehn Tage bei mir, und ich begann mich zu wundern. Sie erwähnte mit keinem Wort, dass sie abreisen würde, und ich wollte nicht als Erste davon sprechen, um bei ihr nicht den Eindruck zu erwecken, dass ich sie aus dem Haus haben wollte. Sie verbrachte die meiste Zeit mit Tom, und ich sah sie nicht allzu oft, doch sie wirkte glücklich, und San Francisco schien ihr zu gefallen.

Sam und ich genossen unsere letzten gemeinsamen Tage, bevor sie für einen Monat zu ihrem Vater fuhr. Ich dachte daran, mir wieder einen Job zu suchen. Pegs Besuch hatte wie gewöhnlich gewirkt.

Eines Morgens studierte ich die Stellenangebote, als Peg eintrat und im Türrahmen stehen blieb, wieder mit ihrem gewissen »Ich habe mit dir zu reden«-Blick.

»Komm, mach kein so hochoffizielles Gesicht und setz dich. Schimpf nicht gleich mit mir. Ich bin ein braves Mädchen. Ich sehe jetzt sogar die Annoncen in der Zeitung durch.«

»Mein Gott … sehe ich so aus?« Sie lachte.

»Ja. Was ist los?«

»Also … Tom und ich werden heiraten.« Sie sah aus, als würde sie für einen Augenblick den Atem anhalten.

»Peg! Das ist einfach wunderbar!« Ich sprang auf und umarmte sie. »Wann?«

»Morgen.«

»Hast du schon eine Heiratslizenz?« Die gleiche Frage hatte ich vor gar nicht so langer Zeit Chris gestellt.

»Ja.«

»Du bist vielleicht gut! Hättest du nicht schon längst etwas andeuten können?«

»Ich wusste es noch nicht. Wirklich, Gill, ich war mir nicht sicher. Dieses Gefühl ließ mich nicht los, als ich nach New York zurückfuhr, ich hatte aber nie etwas von Tom gehört und wusste nicht, wie er darüber dachte … und … ach Scheiße.«

»Mein Gott, Peg, ich kann es noch gar nicht glauben. Es gibt also noch Märchen … für manche Leute.« Wir blickten beide zur Seite, denn wir wussten, dass ihr Glück mit meinem Unglück begonnen hatte.

Dann klingelte Tom, ich küsste ihn und rief: »Herzlichen Glückwunsch!«, worauf er krebsrot wurde.

»Peg hat es dir erzählt?«

»Was erzählt?« Er wurde noch eine Nuance röter, während Peg und ich vor Lachen brüllten.

»Sie nimmt dich auf den Arm, Liebster. Ich habe es ihr schon gestanden.« Er war sichtlich erleichtert.

Thomas Hugo Bardi und Margaret Allison Richards wurden am nächsten Tag im Rathaus getraut, zusammen mit anscheinend den gleichen komischen Leuten, die an dem Tag dort gewesen waren, als Chris und ich unsere Heiratslizenz besorgt hatten, die ich noch immer aufbewahrte.

Samantha und ich waren mit einem Freund von Tom dabei, und anschließend fuhren wir alle zum Lunch nach Sausalito.

Nach dem Lunch holte Tom Pegs Sachen aus meinem Haus, und sie fuhren zu ihm nach Hause in die Flitterwochen. Nachdem sie weg waren, musste ich daran denken, wie wenig Ähnlichkeit die Wirklichkeit mit unseren Jungmädchenträumen hatte, die in der Schule in unseren Köpfen herumgeschwirrt waren. Peg hatte immer geschworen, sie würde mit einem richtigen Cowboy oder etwas Ähnlichem durchgehen. Doch keiner unserer Träume war in Erfüllung gegangen. Es war sicherlich besser so, gestand ich mir ein. Ihr hatte das Schicksal eine bessere Chance geboten. Sie würden sich bestimmt gut vertragen. Ich fragte mich, ob Pegs Mutter schon davon wusste. Die Furcht erregende Mrs. Richards, die Peg so wenig ähnlich war wie Senf dem Kaviar. Sie würde noch ein paar Wörtchen zu reden haben.

Am nächsten Tag zu Mittag trafen sie wieder bei mir zum Lunch ein, plauderten mit Sam und saßen an meinem Küchentisch, als wären sie schon seit sieben Jahren verheiratet.

»Was wirst du mit deinen Besitztümern in New York anfangen?«

»Ach, eines von den Mädchen im Büro hat versprochen, sie

zusammenzupacken und mir zu schicken. Ich besitze gar nicht so viel. Sie kann gleich einiges für sich behalten, sie wird ja auch meine Wohnung übernehmen«, wobei ich mich daran erinnerte, dass der Mietvertrag für Chris' Haus nächsten Monat ablief und ich ihn verlängern musste. »Sie waren wirklich reizend im Büro. Sie hatten erwartet, dass früher oder später so etwas eintreten würde. Sie boten mir auch gleich als Hochzeitsgeschenk einen Job im Einkaufsbüro in Oakland an.«

»Du wirst also übersiedeln?«

»Zu diesem Preis kannst du dich darauf verlassen!«

»Was sagt übrigens deine Mutter dazu? Ich vergaß, dich danach zu fragen.«

»Nichts, was ich gern wiederholen würde, aber sie wird darüber hinwegkommen.«

Wir plauderten eine Weile, und ich dachte, was für ein netter Anblick es war, die beiden nebeneinander zu sehen. Aber da vermisste ich Chris ganz besonders. Alles war so eng miteinander verflochten. Es schmerzte mich, sie so glücklich zu sehen, obwohl ich es Peg nie gestanden hätte. Doch sie ahnte es wahrscheinlich.

»Gillian?«

»Ja?«

»Warum unternimmst du nicht einmal eine Reise oder einen kleinen Tapetenwechsel? Ich habe mir auch überlegt, es wäre vielleicht für dich zweckmäßiger, in eine kleinere Wohnung umzuziehen.«

»Jetzt halte einmal einen Augenblick die Luft an, Peg. Nur mit der Ruhe. Ich habe mein Haus in Ordnung gebracht und bin in allem deinem Rat gefolgt, aber das soll nicht immer so weitergehen. Damit machen wir erst einmal eine Pause. Beruhige dich. Warum kommandierst du nicht zur Abwechslung ein wenig Tom herum, stellst ihn ein bisschen unter den Pantoffel und zeigst ihm, wer der Herr im Haus ist?«

»Sei doch nicht gleich so gereizt. Ich meine es ja gut mit dir. Zumindest solltest du eine Reise unternehmen. Du hast noch keinen Job, und Sam wird in der Zeit nicht hier sein. Warum fährst du nicht nach Hawaii oder sonst wohin in die Südsee?«

»Weil ich Hawaii nicht mag. Richard und ich waren dort, bevor Sam zur Welt kam, und es hat während des ganzen Aufenthalts geregnet.«

»Dann fahr eben woandershin.«

»Ich werde darüber nachdenken.« In Wirklichkeit war es mir nicht ernst damit. Das Haus in Ordnung bringen ging noch an, es verlassen war aber ein schwerwiegender Entschluss.

Tom und Peg verabschiedeten sich und versprachen, irgendwann morgen oder übermorgen wiederzukommen.

»Hört mal, ihr beiden, das sind jetzt eure Flitterwochen. Ihr müsst nicht bei mir babysitten.«

»Nein, uns schmeckt nur dein Kaffee«, scherzte Tom und klopfte mir auf die Schulter. Sie hatten anscheinend das Gefühl, dass sie sich um mich kümmern müssten. Es war sehr nett von ihnen. Vielleicht meinten sie auch, sie schuldeten mir etwas, weil ich sie zusammengebracht hatte. Was immer ihr Motiv war, es war nett, sie in der Nähe zu haben, sie waren ein erfreulicher Anblick, aber ich fühlte mich umso einsamer, wenn ich zusah, wie sie zusammen weggingen oder einander verliebt ansahen oder Händchen hielten, wenn sie dachten, ich merke es nicht. Chris war schon lange tot.

42

Ich hatte einen Brief von Gordon erhalten, in dem er mir mitteilte, wie gut es ihm ging und wie sehr ihm Èze gefiel. Er hatte die Absicht, wenn alles gut ging, im Spätherbst eine Ausstellung in Paris zu veranstalten, wenn seine Arbeit in dem gleichen Tempo fortschritt wie bisher. Er war sesshaft geworden, hatte ein Häuschen mit einer unglaublich schönen Aussicht und einem Dachfenster gemietet und lernte Boule spielen.

Er machte mir den Vorschlag, falls ich im Sommer nach Europa käme, ihn für ein paar Tage zu besuchen oder vielleicht einen Monat bei ihm zu verbringen, »wenn dir das zusagt«, aber ich entnahm dem Ton seiner Einladung, dass er wusste, ich würde sie nicht annehmen. Ich hatte ihn monatelang nicht gesehen, es hätte ebenso gut auch jahrelang sein können. Ich fühlte mich um so viel älter und so verändert. Nicht weiser, nur etwas resignierter, und ja, ich war ein anderer Mensch.

Ich war dabei, Sams Koffer für ihren Besuch bei Richard zu packen, und dachte, wie gut es sich traf, Tom und Peg bei mir zu haben. Ich würde nicht ganz so einsam sein. Das Haus würde ohne Sam so leer sein, aber es war besser, sie blieb die ganze Zeit bei Richard, als sie immer am Wochenende hin- und herfahren zu lassen oder durch den dauernden Wechsel der Bezugsperson zu verwirren, wenn ihr Vater in der Nähe gelebt hätte. Ich fragte mich, ob sie mit dem gleichen Gefühl der Fremdheit ihrem Vater gegenüber aufwachsen würde, wie es mir gegangen war. Vielleicht ist es die Schuld der Eltern, für die man bezahlen muss. Oder nur die Schuld mancher Väter.

Das Telefon klingelte … wahrscheinlich war es Peg.

»Hallo?«

»Allo? Allo? Ouii … Allo?«

»Ja, ich bin am Apparat … Hallo.« Eine schreckliche Verbindung; es klang, als würden die sieben Zwerge in einem Bergwerk hämmern.

»Madame Fo-res-staire, s'il vous plaît. Nous avons un appel de la part de Monsieur Ahrte«, und das Ahrte rollte so richtig schön in der Kehle der Telefonistin, es erinnerte mich an meinen Französischlehrer in der Schule.

»*C'est elle-même.*« Ich bin am Apparat.

»Gillian?«

»Ja, Gordon, was, zum Teufel, ist denn los, dass du mich aus einem anderen Erdteil anrufst? Du musst dort drüben ein Krösus geworden sein.«

»Ich habe den herrlichsten Sonnenuntergang vor mir, den ich je erlebt habe. Ich musste dich anrufen. Ich will, dass du zu mir herüberkommst.«

»Nur wegen eines Sonnenuntergangs? Den muss ich mir entgehen lassen. Da verlangst du zu viel von mir. Es ist eine so weite Reise, Gordon. Ich will noch eine Weile hier bleiben.«

»Warum kommst du nicht herüber? Und bringst Sam mit? Es wäre für sie ideal.«

»Ihr Vater holt sie in zwei Tagen ab. Sie bleibt den Sommer über bei ihm, oder zumindest einen Monat. Ich bleibe inzwischen hier und passe auf das Haus auf.«

»Für wen?«

»Für mich.«

»Bitte, Gillian. Antworte mir nicht gleich, sondern denk darüber nach, bitte.«

»Also gut, ich werde es mir überlegen.«

»Nein, wie ich dich kenne, wirst du es nicht tun.« Ich gab ihm Recht.

»Wirklich, ich werde es tun. Ich werde dir schreiben und dir mitteilen, wozu ich mich entschlossen habe.« Ich werde schreiben und absagen.

»Nein. Wenn du schreibst, bedeutet es, dass du nicht kommst. Ich werde dich in einigen Tagen nochmals anrufen. Es gibt einen direkten Flug von Los Angeles nach Nizza. Ich könnte dich dort abholen.«

»Mein Gott, ich war das letzte Mal dort, als ich ein Kind war.«

»Es ist also Zeit, die Erinnerungen wieder aufzufrischen …

bitte.« In seiner Stimme lag wieder der gewisse bittende Unterton.

»Ich werde darüber nachdenken. Wie geht es dir sonst?«

»Wunderbar. Ich bin hier sehr glücklich. Du hattest Recht.« Ich hatte also wenigstens bei ihm Recht behalten. Aber ich durfte nicht ungerecht sein. Es war niemandes Schuld, dass Chris von einem Kran gestürzt war.

»Wie geht es Greg?«

»Er war während der Osterferien hier. Es hat ihm sehr gefallen, er will im Juli wiederkommen.« In Gordons Stimme schwang etwas Neues mit. Ich hörte es trotz der sieben Zwerge, die weiter an unserer Überseeverbindung werkten.

»Hör zu, das kostet dich ein Vermögen. Ich werde bald wieder mit dir sprechen.«

»Denk darüber nach, Gill ... ich brauche dich.«

»Auf Wiedersehen.«

»Wiedersehen ... ich werde dich Ende der Woche anrufen.«

... Ich brauche dich ... ich brauche dich ... Wie lang war es her, seit ein Mann das zu mir gesagt hatte? Monate? Noch länger? Hatte Chris mich jemals wirklich gebraucht oder mich nur begehrt? Und Gordon hatte mich vorher auch nicht gebraucht. Bis zum Ende nicht. Wie lang war es her, seit ein Mann mich gebraucht hatte? Jemals ...? Ich brauche dich ...

Ich rief Peg an und erzählte es ihr, sie reagierte sofort. »Fahr hin!« Es klang wie ein Befehl. Ich hatte gewusst, dass sie das sagen würde. Warum rief ich sie dann eigentlich an? Um zu hören, wie sie mir das bestätigte? Um zu hören, wie sie »Fahr hin!« befahl?

»Sei nicht albern. Das habe ich gerade nötig, nach Südfrankreich zu fliegen und auch noch alles mit Gordon zu verpfuschen.«

»Verpfuschen? Was ist verpfuscht? Er war früher gut genug für dich. Hast du etwas Besseres, von dem ich nichts weiß? Verdammt, Gillian, ich würde mir die Chance auf keinen Fall entgehen lassen.«

»Das sollte Tom besser nicht hören.«

»Schon gut, schon gut, aber wenn du nicht hinfährst ... Kleine, dann bist du nicht ganz bei Trost.« Wir legten auf, jede gleich verstimmt über die andere. Ich ärgerte mich über Peg und über mich, weil ich sie angerufen hatte. Jetzt würde ich mir anhören müssen, wie sie mich in den nächsten Tagen bearbeiten und darauf herumreiten und mir den ganzen Sommer Vorwürfe machen würde, weil ich nicht gefahren war.

Sam reiste mit Richard ab, und sie flogen nach London. Beim Abschied sah er mich an, und ich glaube, ich tat ihm Leid. »Ich bedaure sehr, Gillian, dass dir das zugestoßen ist.« Dabei kannte er nur die Hälfte von meinem Kummer.

»Danke. Mir auch. Aber es geht uns gut. Sam gefällt San Francisco.« Alles nur, um vom Hauptthema abzulenken.

»Du fährst nie mehr nach Europa. Warum kommst du in diesem Sommer nicht hinüber, um Sam abzuholen? Es wäre eine gute Gelegenheit für dich, wieder ein wenig herumzureisen.«

»Auf der Suche nach meiner Jugend?«

»Das habe ich nicht gesagt.«

»Nein, aber gedacht. Ich werde sehen.« In diesem Jahr machten alle für Europa Reklame.

Ich sagte Sam, ich würde sie bald anrufen, und sie sah sehr nach Tränen aus, als sie fortgingen. Ich erinnerte mich daran, dass ich das gleiche Gefühl gehabt hatte, als ich ein Kind war, und es zerriss mir das Herz, als sie wegfuhren.

Ich saß im Haus, horchte auf die Stille, betrachtete das Spielzeug, das sie im Wohnzimmer liegen gelassen hatte, und fragte mich, wie Menschen ohne Kinder mit dem Leben fertig werden können.

Das Telefon läutete wieder. Ich wünschte mir, dass es Peg sein möge. Es würde nett sein, sie und Tom hier zu haben, um wieder etwas Leben im Haus zu haben und fröhliche Stimmen zu hören.

»Allo?« O mein Gott, schon wieder Gordon. Ich hatte wirklich nicht darüber nachgedacht. Noch nicht. Ich brauchte Zeit. Bitte später. Noch nicht … ich konnte nur immer wieder sagen, noch nicht.

»Gillian? Wie lautet dein Entschluss? Aber bevor du mir antwortest, sollst du wissen, dass ich es verstehe, wenn du dich anders entschließt. Ich will dich gerne hier bei mir haben, aber ich habe für dich Verständnis. Ich habe kein Recht …«

»Ich komme.« Beinahe wäre ich vom Stuhl gefallen, so überrascht war ich selbst über mich.

»Wirklich?« Ich war also nicht die Einzige, die verblüfft war.

»Ja. Ich habe mich soeben entschlossen. Eigentlich in diesem Augenblick.« Ich war noch immer erstaunt über meine Entscheidung.

»Wann kommst du?«

»Ich weiß nicht. Ich habe wirklich bis zu diesem Augenblick nicht daran gedacht. Wann geht das nächste Flugzeug hinüber?«

»Morgen.«

»Das ist zu bald.«

»Es muss nicht sofort sein. Das nächste geht morgen in einer Woche. Bis dahin hättest du genügend Zeit, um deine Abreise vorzubereiten. Wann reist Sam ab?«

»Sie ist soeben weggefahren, vor etwa acht Minuten.«

»Also gut. Ich hole dich morgen in einer Woche in Nizza ab. Ich werde auf dem Flugplatz sein. Und Gillian … Liebste … ich danke dir. Es wird dir hier gefallen, wirklich … danke.«

Ich murmelte etwas Unbestimmtes als Antwort, und wir legten auf. Welcher Teufel hatte mich da geritten? Ich hatte mir selbst einen Europaurlaub geschenkt, nicht mehr. O doch, viel mehr. Ich hatte eine ausgestreckte Hand ergriffen und mir eingestanden, wieder gebraucht zu werden, wie auch ich Gordon brauchte. Es war ein herzliches Gefühl: Chris … Chris … Liebster, verzeih mir … aber während ich in mein Zimmer ging, dachte ich an Chris. Und an Marilyn. An den wahren Chris, den nur ich kannte. Er würde mich verstehen. Er hätte es gutgeheißen.

»Peg? Ich reise. Ich habe soeben mit Gordon telefoniert. Ich fliege morgen in einer Woche.«

»Halleluja! Wir kommen sofort zu dir hinüber.« Sie kamen mit einer Flasche spanischen Weins, die wir unter lautem Gekicher innerhalb einer Stunde austranken. Sie waren »stolz« auf mich. Allzu stolz. Ich fühlte mich trotz allem, als hätte ich Chris verraten, und in einem unbemerkten Augenblick ging ich in die Küche, um Eis zu holen. Und um mit mir ein wenig allein zu sein.

Tom stand plötzlich hinter mir und blickte auf mich nieder, während ich mit den Eiswürfeln herumhantierte. Ich versuchte, nicht zu weinen und mich nicht zu ihm umzudrehen, daraufhin fasste er mich am Arm und zog mich aus meinem Versteck beim Kühlschrank.

»Er hätte es bestimmt so gewollt, Gillian. Du hättest ihm in deinem bisherigen Zustand nicht gefallen.«

»Ich weiß. Aber ich kann nicht anders. Ich muss … ich musste.«

»Das weiß ich. Aber jetzt musst du damit aufhören. Liebe ihn, Gillian, denk an ihn, denk daran, was er für ein Mensch war. Aber verwandle ihn nicht in ein Gespenst. Das war nicht seine Art. Und ebenso wenig die deine. Vergiss ihn nicht. Wie wir ihn alle nicht vergessen werden. Vielleicht wirst du nie wieder jemanden so lieben wie ihn, aber ich wette, du hast den lebenden Chris nie so geliebt wie den toten.« Ich war darüber verblüfft, wie Recht er hatte. Ich hatte Zweifel und Depressionen erlebt. Aber ich liebte ihn, und ich blickte Tom an, während neue Tränen über meine Wangen liefen, und bot ihm Trotz. »Ich habe ihn ehrlich und aufrichtig geliebt.«

»Das weiß ich. Nimm dich zusammen, Gill. Begnüge dich nicht mit Halbheiten. Das hast du früher nicht getan und Chris schon gar nicht.« Ich klammerte mich an Tom und schluchzte. Es war beinahe vorbei ... begnüge dich nicht mit Halbheiten ... lass dein jetziges Leben hinter dir, schreite vorwärts, nur weiter, streck die Hand aus ... um wieder Liebe zu geben und zu empfangen ... sei nur guten Mutes ... fahr nach Èze ... zu Gordon. Und ganz im Sinne von Chris.

Als wir zusammen aus der Küche kamen, blickte uns Peg streng an. »Ihr schmust wohl in der Küche, wie? Hör zu, Gill, ich weiß nicht, ob es dir recht ist, aber ... können wir uns das Haus ausleihen, während du weg bist? Wir müssen Toms Wohnung kündigen. Sie ist zu klein und macht mich verrückt. Der Mietvertrag läuft diesen Monat ab, und es sollte nicht schwer sein, etwas anderes zu finden.«

»Sicherlich! Gar keine Frage. Ihr könnt schon morgen einziehen.«

»Nun, ich glaube, die Woche können wir auch noch warten.« Es war ein beruhigendes Gefühl, zu wissen, dass gute Bekannte in dem Haus wohnen würden, während ich fort war. Vor allem so lebendige Menschen. Glückliche Menschen. Unsere Freunde in Chris' Haus.

Eine Woche später fuhren mich Tom und Peg nach Los Angeles. Ich hatte vorgehabt, hinüberzufliegen und dort einfach in die andere Maschine umzusteigen, aber sie wollten mich unbedingt mit dem Wagen hinbringen und gleichzeitig Toms Eltern besuchen, und vor allem wollten sie mich zum Abflug begleiten.

»Wir wollen sicher sein, dass du nicht den ganzen Sommer in Disneyland sitzt und uns erzählst, du wärst in Frankreich gewesen.«

»Du traust mir also nicht?«

»Nein.« Sie sah aus, als meinte sie es ernst. Es war eine angenehme Fahrt hinüber, wir wechselten uns am Steuer ab, und die Fahrt verging wie im Flug.

»Pan American Flug 115, ab Gate 43, letzter Aufruf für alle Passagiere nach Nizza, Frankreich, mit Pan American Flug …«

»Das ist er.«

»Ja.« Wir standen nervös herum und wussten nicht, was wir reden sollten. Es war das gleiche Gefühl wie bei Hobson. Gott, wie ich Abschiednehmen hasse.

»Peg, gib gut Acht auf dich … ich werde schreiben … Tom …« Er drückte mich an sich und reichte mich an Peg weiter, die mich ebenfalls umarmte und etwas mitgenommen aussah.

»Steig jetzt schon in das verdammte Flugzeug, bevor ich mich in meine Bestandteile auflöse, verdammt noch mal.« Das war die alte Peg.

»Lebt wohl, ihr beiden.«

Tom zeigte mir wieder einmal sein jungenhaftes Grinsen. »Wir werden gut auf das Haus aufpassen. Lass es uns zeitgerecht wissen, wann du zurückkommst, damit wir vorher noch ordentlich sauber machen.« Ich nickte, sie winkten, und ich ging durch das Gate zum Flug 115. Als ich zurückblickte, standen sie noch dort, blickten mir nach und hielten Händchen.

43

Es war noch nicht ganz Hochsaison, somit war die Maschine kaum halb ausgelastet. Es ist ein langer Flug, und die meisten Leute ziehen es vor, in New York eine Pause einzulegen. Die meisten Passagiere sahen wie Europäer aus; ich saß allein in einer Reihe, hatte drei Plätze für mich, auf der anderen Seite des Ganges saß ein Mann, der gleichfalls allein reiste und typisch amerikanisch aussah. Er blickte einige Male zu mir herüber, und ich hatte den Verdacht, er wollte vielleicht ein Gespräch beginnen, also sah ich weg.

Ich schlief die meiste Zeit während des Fluges, sonst sah ich auf die Wolkendecke unter mir, dachte an Peg und was wir alles gemeinsam erlebt hatten. Auch an Tom. Er war ein verdammt guter Freund geworden, und es schien mir logisch, dass er und Peg schließlich zueinander gefunden hatten. Wer hätte das alles vor einem Jahr vermutet? Wer würde sich getrauen, Prophezeiungen für ein Jahr im Voraus zu machen? »Verzeihen Sie, aber sind Sie nicht Lillian Forrest? Ich glaube, ich habe Sie in New York kennen gelernt.« Es war der Mann von der anderen Seite des Ganges. Ich war in Versuchung zu sagen: »Nein, mein Name ist Jane Jones.«

»Gillian Forrester. Sie haben sich beinahe richtig erinnert.« Ich sah wieder weg und hoffte, er würde sich damit zufrieden geben, festgestellt zu haben, wer ich war. Ich fragte ihn absichtlich nicht nach seinem Namen, um ihm damit keinen weiteren Gesprächsstoff zu bieten.

»Sie werden es nicht glauben, aber ich habe Sie auf einer Party kennen gelernt, die Sie gaben, ach, es ist schon lange her, es muss im Oktober vergangenen Jahres gewesen sein. In New York. Eine großartige Party.«

»Danke.«

»Ich arbeitete damals für eine Bank in New York, da sagt dieses Mädchen: ›Ich wurde zu einer schicken Party eingeladen, ich meine, dieses Mädchen versteht es wirklich, so etwas aufzuziehen. Sie hatte vollkommen Recht. Eine Superparty! Würden Sie es glauben, danach hat sie geheiratet, ich wurde nach Los Angeles versetzt, und meine Schwester bekam Zwillinge? Ich meine, das alles seit dem vorigen Herbst.« Er sah mich an, als könnte man es wirklich nicht glauben.

»Danke, ich meine, was die Party betrifft. Klingt, als hätten Sie ein bewegtes Jahr hinter sich.« Ich krümmte mich innerlich, weil ich ihn damit wahrscheinlich zu weiteren Äußerungen ermutigt hatte.

»Ja. Manchmal lehne ich mich zurück und denke: ›Wer hätte vor einem Jahr gedacht, dass ich hier in Los Angeles bin.‹ Ich meine, es ist eine ganz neue Welt für mich. Ein ganz neues Leben.«

»Mmmm … ich weiß, was Sie meinen. Wer würde es glauben?« Ich wandte mich wieder ab, um aus dem Fenster auf die Wolken zu blicken.

»Wissen Sie, Lillian, Sie sehen anders aus. Fast hätte ich Sie nicht erkannt, aber ich vergesse ein Gesicht niemals.« Er starrte mich einen Moment an. »Ja, Sie haben sich verändert. Irgendetwas an der Art, wie Sie aussehen. Nicht älter, nur anders.« Stimmt, Brüderchen, »anders«, aber älter; es ist okay, du hättest es sagen können, denn es stimmt, Kleiner.

Dann wandte ich mich zum letzten Mal ab und schlief den Rest der Reise bis nach Nizza durch.

»Veuillez attacher votre ceinture de sûreté, et ne pas …« – bitte legen Sie … »Wir werden in ungefähr fünfzehn Minuten in Nizza landen; die Ortszeit ist drei Uhr fünfunddreißig, die Temperatur beträgt achtundsiebzig Grad Fahrenheit. Wir danken Ihnen, dass Sie mit Pan American fliegen. Wir hoffen, Sie

haben einen angenehmen Flug gehabt, und wünschen Ihnen einen schönen Aufenthalt in Nizza. Sollten Sie Buchungen für den Heimflug vornehmen wollen, wenden Sie sich bitte an unseren Flugkartenschalter in der Haupthalle des Flughafengebäudes. Danke und auf Wiedersehen … *Mesdames et Messieurs, nous allons atterrir à Nice dans … Merci et au revoir.*«

Das Flugzeug kam auf der holprigen Landebahn zum Stillstand, rollte zum Flughafengebäude und blieb dort gerade so weit von ihm stehen, dass eine Gangway zu der Maschine gerollt werden konnte. Ich ging die Stufen hinunter und sah mich um. Keine Spur von Gordon. Dann erinnerte ich mich an den Zoll. *La douane.* Gordon würde auf der anderen Seite warten. Ich war erstaunlich ruhig, nur ein wenig ärgerlich, dass ich nicht zumindest Zeit gehabt hatte, mich vor der Landung ordentlich zu frisieren. Ich hatte bis zur letzten Minute geschlafen und konnte mich nur noch in aller Eile zurechtmachen. Ich fühlte mich zerknittert; es war eine lange Reise gewesen.

Der *douanier* sah nordafrikanisch aus; er stempelte meinen Pass und mein Gepäck, ohne zweimal hinzusehen. Amerikanischer Pass. Abrakadabra, wie Zauberei. Sie können dich nicht ausstehen, aber sie reißen wenigstens dein Gepäck nicht auseinander. Nicht wie in den Staaten.

»Leben Sie wohl, Lillian … auf Wiedersehen.« Mein Freund von jenseits des Ganges. Noch immer kein Gordon. Vielleicht war er durch den Verkehr aufgehalten worden? Aber wenn …? Ach, nichts anderes. O bitte, lieber Gott, tu mir das nicht an. So sehr kannst du mich doch nicht hassen … Nein, nein … und während ich in Panik geriet, blickte ich auf, und da stand er. Größer, als ich ihn im Gedächtnis hatte, magerer, sein Bart wirkte voller, seine Augen blauer in dem sonnenverbrannten Gesicht. Er sah unsicher aus, als wüsste er nicht, ob er mich schließlich doch abholen sollte. All die letzten Monate standen zwischen uns, ihre Geschichte war in seinen Augen zu lesen, ebenso wie in den meinen, das wusste ich. Wir bewegten uns nicht.

»Geben Sie auf die Stufe Acht, Madame, es ist ein sehr großer Schritt. Geben Sie auf die Stufe Acht, Sir.« Von der Zollabteilung waren es zwei hohe Stufen nach unten, und ein Angestellter warnte die ankommenden Touristen. Sie haben Recht, es ist ein sehr großer Schritt, Monsieur. Toms Worte hallten in meinen Ohren nach. »Sei tapfer, Gill, begnüge dich nicht mit Halbheiten …« Ich stieg langsam nach unten, vorsichtig, bedachtsam und blickte auf die Stufen, um meiner Grundlage sicher zu sein. Du musst immer darauf achten, dass du eine sichere Grundlage hast. Schau auf diese Stufen … eins … zwei … und ich stand neben ihm.

Er sah endlos lang auf mich nieder, zweifelnd, als könnte er es noch nicht glauben. Langsam zog er mich an sich und hielt mich sanft in den Armen.

»Ich bin zurückgekommen«, flüsterte ich in seine Schulter.

Er schloss die Augen und zog mich enger an sich. »Jetzt weiß ich es. Ich dachte, ich hätte dich auch verloren.« Einen Augenblick später blickten wir einander wieder an, all unsere Jahre spiegelten sich in unseren Augen, die Menschen, die wir gewesen waren, die Menschen, die wir geliebt hatten, die Menschen, die wir auf verschiedene Art verloren hatten … seine Frau … mein Mann … Juanita … Greg … Chris … sie waren um uns versammelt und sahen zu, wie wir Hand in Hand heimkehrten.